古典文學研究輯刊

初 編

曾永義 主編

第 6 冊

梁武帝蕭衍與梁代文風之研究

王若嫻 著

國家圖書館出版品預行編目資料

梁武帝蕭衍與梁代文風之研究／王若嫻 著 — 初版 — 台北縣
永和市：花木蘭文化出版社，2010〔民99〕
序 2+ 目 4+306 面；19×26 公分
（古典文學研究輯刊 初編：第 6 冊）
ISBN：978-986-254-370-2（精裝）
1. 南朝文學 2. 文學評論 3. 梁代
820.90353   99018478

ISBN - 978-986-2543-70-2

9 789862 543702

古典文學研究輯刊
初 編 第 六 冊   ISBN：978-986-254-370-2

梁武帝蕭衍與梁代文風之研究

作　　者　王若嫻
主　　編　曾永義
總 編 輯　杜潔祥
出　　版　花木蘭文化出版社
發 行 所　花木蘭文化出版社
發 行 人　高小娟
聯絡地址　台北縣永和市中正路五九五號七樓之三
　　　　　電話：02-2923-1455／傳眞：02-2923-1452
網　　址　http://www.huamulan.tw 信箱 sut81518@ms59.hinet.net
印　　刷　普羅文化出版廣告事業
初　　版　2010 年 9 月
定　　價　初編 28 冊（精裝）新台幣 45,000 元

梁武帝蕭衍與梁代文風之研究

王若嫻　著

作者簡介

中國文化大學中文博士，環球科技大學助理教授。以「中文鑑賞與應用」課程榮獲 962、971 與 972 教育部優質通識教育課程計畫績優課程，及第三屆全國傑出通識教育教師獎。著有《唐蘭古文字學研究》、《梁武帝蕭衍與梁代文風之研究》、《溫馨的愛──現代親情散文選》（與蕭水順教授合著）。另有〈試論梁武帝與梁代儒學之振興〉、〈試論唐甄《潛書》中的夫婦倫常觀〉、〈醫護科系國文課程設計的另一面向──以《孝經》第一章、第十八章融入課程設計為例〉、〈經典閱讀融入大一國文之設計與實踐〉等。

提　要

　　本論文內容共分七章，首章「緒論」，說明研究動機、研究之侷限與困難，考察當前研究概況，並釐定研究之範圍。第二章「梁武帝的時代背景」，探討時代背景，依政治動態、社會風氣與文士心理三目，探究梁武帝所以有別於南朝宋、齊開國君主的施政作為，及因應當時社會風氣、學術思潮與文士心理，所推動梁代文風的基本因素。第三章「梁武帝的家世生平與著述」，考述其家世生平、交遊與著述，追溯創業立功之原由，考索其政治、軍事奠基的根本，探尋其自幼受讀儒書的歷程與一生豐碩的著述，以印證其所以能以一己之力，致力於推揚梁代文風的根據。第四章「梁武帝的文學觀與作品特色」，探索其文學觀與作品藝術特色，由於梁武帝本身並未提出具體的文學觀，故此章大抵依其施政作為與喜好為據，架構其文學觀，並進一步分析作品所呈現之藝術特色。第五章「梁武帝推動文風的盛況」，綜理有梁一代的文風盛況，標其大要，依儒學的振興、百花齊放的文學集團、品評風氣的瀰漫、文集類書的編纂、宮體詩作的競造、佛典著述的鼎盛六項，以揭示梁武帝於其中的用力所在，而有別於南朝其他君王之作為。第六章「梁代文風對後世的影響」，由對古文運動的啟發、對文學理論的沃灌與對佛教典籍的導引三項，歸結梁代文風對後世的影響，以明其上承魏晉宋齊遺緒、下啟隋唐兩宋文學盛世的地位與價值。第七章「結論」總括梁武帝及梁代文風，並由五個不同角度評定梁武帝與梁代文風，以作為未來研究的參酌。末有重要參考文獻與圖像書影等附錄。

自　序

　　南北朝文學，上承先秦兩漢的餘韻，下開唐宋文學的異彩，對於我國文學的發展，具有繼往開來的地位。在南朝四世中，以蕭梁一代承平最久，文風之隆盛，向爲學者所重，對於後世文學發展的影響，尤不可忽視。

　　歷代學者對梁代文風的良窳，毀譽參半：譽之者，以爲實我國文學史上美文發展的極致，文學理論臻於成熟的階段；毀之者，對其纖巧淫豔的偏狹風格，以爲是亂代之徵。而居於一代詩文創作關鍵者，即爲當世君主個人的好惡。梁武帝身爲梁代開國之君，才學涵養深厚，對於梁代文風的闡揚，起了重要作用。

　　本文專就梁武帝與梁代文風間的關係進行探索，其所以超越往代的軌跡何在？盛況的程度如何？當時產生的文學成果與貢獻如何評價？其形成的文學理論對我國後世的影響如何判定？皆爲本論文探討的重要內容。

　　放眼當代，在中國古典文學日漸不受重視之際，所講求的，只是學步西方；創作者多援引西方文法、語句，似不知中國傳統文學爲何物，而主政者又不知如何革故鼎新，加以改善，長此以往，中國文學的前途將伊於胡底乎？懲前毖後，令人憂心如焚！一千五百年前的梁代，其文學蘊含有瑰麗美妙的作品，嚴密精切的理論，豐富多元的集團活動，不但足爲今人寫作之借鏡，更提供了當前發展創作方向的參酌與省思。

　　至於本文的撰述過程，原擬以《南朝梁武帝蕭衍及其作品之研究》爲題，當論文寫作大綱擬定，並開始撰寫之際，　洪師順隆因病溘然長逝，留予學生無盡的哀思與徬徨。論文之寫作與進行，不可一日無明師的點撥，幸經當時前中國文學研究所所長　羅師敬之苦心安排，改由　王師更生指導。　王

師情義兼備，以責無旁貸的態度負起重任。後經無數次的請益，改爲《梁武帝蕭衍及其文學》，最後再定以《梁武帝蕭衍與梁代文風之研究》爲題，於是論文的撰寫，始有明確的方向而順利展開。

在撰寫過程中，　王師無不悉心審閱，疏通紕漏。剴切指陳，剔除雜蕪，實爲嚴師；並多方開示，勸勉有加，猶若慈父，使我得進窺學問的堂奧。至於其他師友的關懷協助，家人無私的愛護支持，均成爲我論文寫作過程中最大的動力，特誌於此，用表感念。

惟因個人資質駑鈍，雖已勉力，識見仍多不及。疏漏之處，在所難免。懇祈先進，匡我不逮。

王若嫻　民國 94 年 6 月謹識於中國文化大學中文研究所

第一章　緒　論

一、研究動機之說明

　　魏晉南北朝歷時近四百年，政治遞邅，社會動盪，經濟凋弊，思想趨向百家爭鳴，文學類型與文學理論，更上承先秦兩漢餘緒，下開盛唐兩宋新局。

　　梁代（梁武帝天監元年至梁敬帝太平二年，502～557）文運最爲隆盛，梁武帝（464～549）號稱時主儒雅，篤好文章，故才秀之士，煥乎雲集，在其統治的四十八年間，史家譽爲南朝兩百年來難有之盛世。其勤於政務，文思欽明，洞達玄儒，尤長釋典，可謂博學廣聞，雄冠當世，在詩文創作方面，留下良好成績，爲當時成就卓越之文學家。

　　梁代爲南朝四世中文運最隆之時期，此與武帝大力推闡極有關係。此即劉勰《文心雕龍》所謂：「歌謠文理，與世推移，風動於上，而波震於下者也。」〔註1〕點明文風的趨向，受在位者喜好的影響，遂使當時形成「俊才雲蒸」的文學盛況。

　　梁武帝於齊永明年間出入竟陵王蕭子良（460～494）西邸文學集團，深知在位者倡導文學之重要性。故入梁後，善用其帝位之高隆與個人之愛好，凡儒雅之士，皆爲其所招納，並興辦儒學教育，舉辦文學活動，爲梁代文風樹立了方向與典範，任昉（460～508）稱其：「宋得其武，梁得其文。」〔註2〕

〔註1〕　梁·劉勰著，王師更生注譯：《文心雕龍讀本》（臺北：文史哲出版社，1991年9月初版4刷）下篇，〈時序〉第45，頁269。

〔註2〕　隋·姚察等：《新校本梁書附索引》（臺北：鼎文書局，1996年5月9版）卷27，頁404。本論文引述時概以《梁書》爲主，惟李延壽作《南史》，頗有增刪。若所徵引資料，爲《梁書》所無，則據《南史》補之。

沈約（441～513）謂其：「詠志摛藻，廣命群臣。上與日月爭光，下與鍾石比韻。」〔註3〕唐李延壽《南史·梁本紀下》謂：「自江左以來，年逾二百，文物之盛，獨美於茲。」〔註4〕劉師培（1884～1919）謂其：「齊、梁文學之盛，雖承晉、宋之緒餘，亦由在上者之提倡。」〔註5〕皆肯定梁武帝倡導推揚之成就。然而真正具體而深入探究者不多。此爲本文研究動機之一。

考述梁武帝推揚梁代文風之作爲，須由梁武帝的作品切入，方能一窺其倡導文風的立足點，推論其倡導文風的作爲，評斷其推揚之功。據《梁書》本傳載武帝著作「凡諸文集，又百二十卷。」明閭光世《文選逸集七種》盛讚梁武帝之作「譬猶璧月初滿，錦桃盡舒。」〔註6〕明張燮（1574～1640）於《歷代卅四家文集》已收錄其文集，於《七十二家集》中，贊其云：「大地精華，先輩典型，盡於此矣。」〔註7〕明張謙《六朝詩彙》亦收有梁武帝詩集。顯見武帝詩文頗獲歷來學術界之注意。然而大抵只在序跋中略有評述；惟明陸時雍《古詩鏡》以評點方式，於詩末作簡要的評斷，雖偶有發人深省處，卻不免有欠周詳。故彙聚前人研究成果，全面而具體地探究梁武帝作品，實爲研究動機之二。

梁武帝以身作則，創作詩文，編纂成各式文集與著作，影響所及，梁人創作不絕，尤以詩歌爲最，又喜好採摘前人佳句佳作，於是別集與總集的搜羅、類書的編纂，大爲興盛，並帶動文學批評、文學理論的產生，甚或旁涉於史學、佛教類之史傳作品、志怪小說等，爲隋唐文學奠定了紮實的根基。其中梁武帝個人用力之勤，不容忽視。然而綜觀歷來學者，於此鮮有論及。因此本論文除探究其生平行事與成就外，並肯定其對唐宋文學的影響，此爲研究動機之三。

二、研究之侷限與困難

在梁武帝研究的相關資料中，大多著重政治、軍事與宗教信仰方面，故

〔註3〕 沈約：〈梁武帝集〉，《全上古三代秦漢三國六朝文》（臺北：宏業書局，1985年），《全梁文》卷30，頁3123。

〔註4〕 唐·李延壽：《新校本南史附索引》（臺北：鼎文書局，1994年9月8版）卷7，頁226。

〔註5〕 劉師培：《中國中古文學史》（北京：人民文學出版社，1998年5月1刷），頁76。

〔註6〕 明·閭光世：《文選逸集七種》（明末刊本），頁1下～2上。

〔註7〕 明·張燮：《七十二家集》，收入於《續修四庫全書》1583冊（上海：上海古籍出版社，1995年），凡例，頁1。

詩文創作之光芒，盡爲所掩。更遑論探討其創作的藝術特色，故對其詩文進行分析時，頗感前無所資。

又梁武帝著作大量亡佚，研究不易，據《梁書》、《南史》本傳記載其造《制旨孝經義》「凡二百餘卷，正先儒之迷，開古聖之旨」，製佛典《涅盤》諸經義「數百卷」、《通史》六百卷，「凡諸文集，百二十卷」，然而眞能流傳至今者，僅存詩歌九十四篇，文章二百四十四篇。若欲藉此戔戔之數以窺其學術、思想，及其詩文創作之技巧與成就，實至爲困難。

至於梁武帝詩文，雖收入清嚴可均（1762～1843）所輯《全上古三代秦漢三國六朝文》及逯欽立（1910～1973）《先秦漢魏晉南北朝詩》中，然歷來對其作完整校正、評註之文字極少。文學史等相關書籍中專列梁代文學者亦不多，近來縱有《南北朝文學史》的撰述，然而專論有梁一代文學、文士者，仍不如理想。

故本論文綜合前人研究，於取材上力求恰適，立論上力求周備，然限於己身學力淺疏，掛漏之處在所難免。但期能透過分析、歸納的方法，將梁武帝的施政與作爲，加以勾勒，希望藉此一窺梁代文風盛況及其對後世之影響。

三、當前研究概況之考察

考當代有關梁武帝之研究成果，大抵著力其家世、生平及諸子姪的文學成就，政治、信仰與事功，以及歷史上之定位，和振興儒學等方面。

首先，就家世、生平方面而言，如胡德懷《齊梁文壇與四蕭研究》，係針對蕭衍及其子綱、繹、統作評傳、世系表、年譜、著述之研究。曹書杰《一門九相蕭瑀世家》乃就梁武帝家世、做全面地探討。曹道衡、傅剛《蕭統評傳》依梁武帝的家世、齊梁易代之際與登上皇位的過程，做一完整探索。上述諸書，皆爲研究梁武帝家世之佐證資料。〔註8〕

其次，於政治、信仰方面而言，如湯用彤（1893～1964）《漢魏兩晉南北朝佛教史》第十三章立「梁武帝」一節，論梁武帝佛教的貢獻。顏尙文《梁武帝「菩薩皇帝」理念的形成及政策的推展》論其結合政治與佛教之政策，並專述其佛教方面之功勣。任繼愈《中國佛教史》第三冊第一章第二節以「梁

〔註8〕 其餘單篇論文，僅以梁武帝爲主題，於其生平事蹟，稍加論述，不足與上述三書之論抗衡，故不列舉。

武帝與佛教」為標題，論其推動佛教相關事蹟。〔註9〕張振華《六朝神滅不滅問題之論爭》、李幸玲《六朝神滅不滅論與佛教輪迴主體之研究》多針對梁武帝應對范縝神滅論做研究。〔註10〕此外，單篇論文，如李則芬〈菩薩皇帝梁武帝〉專論其於佛教之事功。方立天〈梁武帝蕭衍與佛教〉、顏尚文〈梁武帝受菩薩戒及捨身同泰寺與「皇帝菩薩」地位的建立〉及〈梁武帝注解大品般若經與「佛教國家」的建立〉，則就歷史層面進行探討，並擴及政治、佛教等施政範疇。周一良〈論梁武帝及其時代〉分別就政治、軍事、佛教、學術和文才等進行全面論述。葉慕蘭〈從庾信奉和同泰寺浮屠一詩談梁武帝之佞佛〉則由庾信作品論梁武帝之佞佛。龔顯宗〈從秀才天子到皇帝菩薩——論蕭衍的宗教信向與治國歷程〉則專述其政治與宗教，兼探治績之由盛轉衰。趙以武〈試論梁武帝一生事功的成敗得失——兼論梁代在中國文化史上的地位〉對其事功與文化之建樹多所評論。〔註11〕

又其次，於儒學研究方面而言，多見於經學史、儒學史或思想史料中，真正以梁武帝儒學立論者，並不多見。如劉振東《中國儒學史‧魏晉南北朝卷》第四章言南北朝時期儒學，第一節立「梁武帝的崇儒及梁、陳統治者對儒學的態度」，則是針對梁武帝儒學方面加以研究。其餘如馬宗霍《中國經學史》、趙惠吉等著《中國儒學史》、謝祥皓、劉宗賢《中國儒學》、林登順《魏晉南北朝儒學流變之省察》、章權才《魏晉南北朝隋唐經學史》、任繼愈《中國哲學發展史》、牟鍾鑒〈魏晉南北朝時期的經學〉、陳朝暉〈梁武帝與南朝的儒學〉，曾讚揚梁武帝推動儒學之貢獻，可作為研究梁武帝儒學的重要參考。

再其次，於梁武帝推揚文風方面而言，如劉漢初《蕭統兄弟的文學集團》，以為蕭氏兄弟所以能形成各自文學集團，造成一代風氣，梁武帝之推揚，功不

〔註9〕 梁武帝為南朝四世中信仰佛教最篤者，故歷來佛教史料之相關書籍，多有設專節論述，周叔迦《中國佛教史》、李世傑《漢魏兩晉南北朝佛教思想史》、任繼愈《中國哲學史》、日人鎌田茂雄《中國佛教通史》、楊耀坤《中國魏晉南北朝宗教史》、洪修平《中國佛教文化歷程》、曹仕邦《中國佛教史學史——東晉至五代》等書皆專立一節論述梁武帝於佛教相關事蹟，此不綴述。

〔註10〕 在學位論文方面，羅文玲《南朝詩歌與佛教關係之研究》、徐立強《梁武帝制斷酒肉之主張與中國佛教素食文化之關係》多有論及梁武帝的佛教事功。

〔註11〕 前人所論梁武帝與佛教相涉者，尚有樸庵〈梁武帝與佛法〉、孫述圻〈菩提達摩與梁武帝——六朝佛教史上的一件疑案〉、歐陽鎮〈試述梁武帝力促佛教僧制的中國化〉、龔顯宗〈梁武帝治績何以由盛轉衰〉等。其中或與他文所論範圍近似，或與本論文主題相涉不多，故僅註記於此。

可沒。李嘉玲《齊梁詠物賦研究》、呂光華《南朝貴遊文學集團研究》、劉慧珠《齊梁竟陵八友之研究》、張淑芬《梁蕭氏文學集團研究》、閻采平《齊梁詩歌研究》、羅文玲《南朝詩歌與佛教關係之研究》、劉躍進《門閥社會與永明文學》、駱明玉《南北朝文學》、曹道衡〈梁武帝與竟陵八友〉、普慧〈齊梁三大文學集團的構成及其盟主的作用〉、楊德才〈蕭氏父子與梁代文學〉等，或論及梁武帝提倡梁代文風之功績，或針對竟陵八友的形成、性質及評價，唯錢汝平〈論梁武帝的文學活動及其對梁代文壇的影響〉，突顯梁武帝於其間的領導樞紐地位。在齊梁文學及相關研究方面，有盧清青《齊梁詩探微》、杜曉勤《齊梁詩歌向盛唐詩歌的嬗變》、李玉玲《齊梁詠物詩與詠物賦之比較研究》、沈玉成《蕭綱詩歌研究》等。在世族與文學相關之研究方面，有毛漢光《兩晉南北朝士族政治之研究》、蘇紹興《兩晉南朝的士族》、陳明《中古士族現象研究》、胡大雷《中古文學集團》、程章燦《世族與六朝文學》等。在文學理論研究方面，如王師更生《中國文學講話》、《中國文學的本源》、《文心雕龍研究》、張少康、劉三富《中國文學理論批評發展史》、黃霖《中國古代文學理論體系：原人論》、羅宗強《魏晉南北朝文學思想史》、王運熙與楊明合撰《魏晉南北朝文學批評史》、王瑤《中古文學史論》、吳小平《中古五言詩研究》、王運熙《六朝文學與民歌》、傅剛《魏晉南北朝詩歌史論》、汪春弘《文心雕龍的傳播和影響》、駱鴻凱《文選學》、中國文選學研究會編《文選學新論》、傅剛《昭明文選研究》、張仁青《駢文學》、黃婷婷《六朝宮體詩研究》、王力堅《六朝唯美詩學》、王力堅《由山水到宮體──南朝的唯美詩風》、曹道衡《南朝文學與北朝文學研究》、葛曉音《漢唐文學的嬗變》等，亦觸及梁代文學理論之發達。在文學史相關研究方面：林傳甲《中國文學史》、劉大杰《中國文學發展史》、李鼎彝《中國文學史》、王忠林等編《中國文學史初稿》、郭預衡《中國古代文學史長編》、劉躍進《中古文學文獻學》、蕭滌非《漢魏六朝樂府文學史》、葉幼明《辭賦通論》、馬積高《賦史》、曹明綱《賦學概論》、黃師水雲《六朝駢賦研究》等。在人物品鑑、書畫等藝術之論方面，如賈元圓《六朝人物品鑑與文學批評》、賴麗蓉《魏晉人物品鑑研究──創作性審美活動的完成》、許玉純《六朝詩歌批評與人物品鑑之關係》、陳傳席《六朝畫論研究》、楊仁愷《中國書畫》、金學智《中國書法美學》、朱仁夫《中國古代書法史》、張志和《中國古代的書法》、莊千慧《魏晉南北朝書論研究》等。皆為研究梁武帝及梁代文風所以形成的背景資料，有不可或缺的參考價值。

　　最後，於文學作品研究方面而言，武帝著有《梁武帝集》，爲歷來選本所重。如專收文章者有明梅鼎祚（1549～1615）《梁文紀》，清嚴可均《全上古三代秦漢三國六朝文》；專收詩歌者如明薛應旂《六朝詩集》、明馮惟訥（1512～1572）《古詩紀》、丁福保（1874～1952）《全漢三國晉南北朝詩》、逯欽立《先秦漢魏晉南北朝詩》；詩文並收者有明張溥所輯《漢魏六朝百三名家集》、明張燮《歷代卅四家文集》、《七十二家集》、明閻光世《文選逸集七種》，皆爲研究梁武帝詩文之重要依據。諸家所收《梁武帝集》，經仔細比較，文章部分，以嚴可均《全上古三代秦漢三國六朝文》收錄最爲完善，詩歌則以逯欽立《先秦漢魏晉南北朝詩》最爲完備，新近 2001 年由香港中文大學出版社出版之《梁武帝蕭衍集逐字索引》，便是取嚴可均本與丁福保本、逯欽立本相互參校而成，且因目前此二本皆發行點校本，爲本論文寫作時引文所本。然眞正直指梁武帝作品文學藝術特色者不多，惟近人陳松雄《齊梁麗辭衡論》獨具慧眼，在論梁代文風之興盛時，已注意到梁武帝，於該書第四章論及〈梁武帝蕭衍之麗辭〉，並針對文章特色加以分析。其後張辰〈略論四蕭的文學觀〉、龔顯宗《論梁陳四帝詩》有專論梁武帝之詩。陳慶元〈梁武帝蕭衍的文學活動及其文學觀〉則綜論梁武帝文學活動與文學觀，對其文學觀有較深廣之闡發。何沛雄〈梁武帝及其孝思賦〉，專述梁武帝生平事略及其崇儒奉佛事蹟。洪師順隆〈蕭衍的道教情懷〉、〈梁武帝作品中的「儒佛會通」論〉及〈梁武帝詩賦中的「儒佛會通」論〉、陳啓仁《齊梁新變詩風的發展歷程》、侯杰錩《梁朝帝王賦作研究──文學審美成規之考察》，則就梁武帝作品以探究其儒佛會通，兼論作品特色與藝術。劉躍進等編《六朝作家年譜輯要》收錄六朝重要作家二十位，其中收有《四蕭年譜》，顯見現今研究六朝之學者，亦視梁武帝爲六朝重要作家。其餘論文，或以六朝、南朝爲範圍，或以竟陵八友爲對象，雖論及梁武帝，然重要之專著，仍有遺珠。〔註12〕

〔註12〕歷來文學史中，多僅提及梁武帝之文學成就，然對作品進行評價者鮮少，如林傳甲《中國文學史》特立「蕭梁諸帝皆能文」，曾讚云：「六朝之文，自蕭梁而極盛，梁武帝微時，博學多通……。」謝無量《中國大文學史》第十九章中特立梁文學，論「梁初文學及諸帝之詞翰」。易君左編《中國文學史》論梁文學時，特推崇梁武帝推揚之功。李鼎彝《中國文學史》、《中國文學發展史》、鄭振鐸《中國文學史》、王忠林等編《中國文學史初稿》、郭預衡主編《中國古代文學史》等文學史書，則僅稍有論及。顯見梁武帝於梁朝文學之成就，頗受學者注意，然專論者，卻不多見。近來出版專論南北朝文學史料者，較以往爲多，然對於梁武帝作品進行評論，仍屬少數，如曹道衡、沈玉成《南

綜上所述，有關梁武帝之研究成果，對其生平事蹟、政治、信仰等，已有較豐富詳實之研究；然而對其提振梁代儒學、詩文創作、推闡文風等作為，相較之下，顯然不足。

四、研究範圍之釐定

本文題為「梁武帝蕭衍與梁代文風之研究」，重在梁武帝個人及梁代文風的探討。由於資料範圍的廣博，故在進行研究前，首先釐定其範圍。

首先，就梁武帝個人方面之研究，梁武帝身為梁代的開國之君，所處環境、交遊、思想與作為等，本已具有一定的複雜性，故其個人相關的研究資料，旁涉極廣，包含政治、軍事、社會與宗教等。然本文著重在其推動有梁一代文風之作為，於梁武帝個人的研究進程中，亦以探究其文學根柢為基礎，故著重在考述其家庭世系、生平著述，思想底蘊。尤其梁武帝於變動的時代背景中，仍能建功立業的經過，對日後推動文風的取向，實有深遠影響。最後，再據其作品的原典，推衍其文學觀與作品的藝術特色，以明其作品的風格取向與喜好，對當時文風的影響。至外延方面的考察，如信仰道教、佛教時思想的變化，政治或軍事武略的運籌，雖亦為本文應予關注的範圍，為免喧賓奪主，敘述以簡要為主。

其次，在梁代文風的研究方面，以有梁一代為斷，考索其文學繁榮的盛況，鉤稽歷來史料、文集、文論等相關書籍：史書部分，如《梁書》、《南史》、《隋書》、《舊唐書》、《新唐書》、《廿二史劄記》等，據其中記載文士所參與的文學活動，以綜理梁代文風；集部方面，則以《全上古三代秦漢三國六朝文》與《先秦漢魏晉南北朝詩》為本，藉由探索梁人詩文集與書信往返中，推知當時文風趨向及文學活動；在文論部分，藉由劉勰《文心雕龍》與鍾嶸《詩品》等文學理論專著，與沈約、蕭子顯、裴子野、蕭統等人之文學論著，得窺當時文風趨向。以明其對隋唐文學的影響。

本論文內容共分七章，除首章緒論、末章結論外，第二章探討其時代背景，由政治動態、社會風氣與文士心理三方面切入，以明梁武帝所以有別於宋、齊開國君主的施政作為，及因應當時社會風氣、學術思潮與文士心理，所推動梁代文風的基本因素。第三章考述其家世生平、交遊與著述，追溯其

北朝文學史》所論，已是其中較為完備者。然駱明玉、張宗原《南北朝文學》，幾未有論及梁武帝者。

創業立功之原由，考索其政治、軍事奠基的根本，探尋其自幼受讀儒書的歷程與其一生豐碩的著述，以印證其所以能以一己之力，致力於推揚梁代文風的根據。第四章探索其文學觀與作品藝術特色，由於梁武帝本身並未提出具體的文學觀，故此章大抵依其施政作為與喜好為據，架構其文學觀，進一步分析其作品所呈現之藝術特色。第五章綜理有梁一代的文風盛況，標其大要，依儒學的振興、百花齊放的文學集團、品評風氣的瀰漫、類書文集的編纂、宮體詩作的競造、佛典著述的鼎盛等，以揭示梁武帝於其中的用力所在，而有別於南朝其他君王之作為。第六章歸納梁代文風對後世的影響，以明其上承魏晉宋齊遺緒、下啟隋唐兩宋文學盛世的地位與價值。

五、研究方法之綜述

在方法運用方面，本文在研究進行中所採行的研究方法為分析、歸納、演繹與比較諸端，於本文的每一主題研究中，各法配合交替使用。

如分析、歸納法：則考察其所處歷史背景，作為探究其推動梁代文風之基礎，並探討其家世，考其交遊、著述，以明其學養嗜好。再以歸納法，將其一生概括為七個時期，以明其一生喜好文學、推動梁代文風之作為與進程之研究；或據《梁武帝集》原典的研讀，以分析、歸納其作品的藝術特色，一則突顯其藝術成就，一則作為探索其導引文風的基礎。並配合背景考察法，推溯其一生經歷之多變、交游之廣泛與宗教信仰的轉折，推演出其作品題材豐富多樣的特色，故無論酬答唱和，或是闡述信仰，或是代言婦女境遇等，皆能情感真誠自然；或由分析梁武帝自幼的儒學教育與詩歌受到當代民歌之影響，歸納其作品語言分別具有典雅質樸與清麗纖巧的特質。

藉由分析梁武帝身處背景、施政措施、個人喜好與文學成就，歸納其推闡梁代文風之盛況，再以綜合、比較法以明梁代文風對後世的影響。由於梁武帝為當世君王，其一人所好，當具有風行草偃之效。綜觀其個人影響，如直接敕詔的效應，或個人喜好的仿效等，推演出梁代文風的繁榮，以綜合法關照當時文士競奔的盛況，再以史書的史料記載，或文學史等前賢的研究成果，以比較法來整理紛繁，剖判條別，標其綱要，以明其對後世文學的啟迪與影響。

在行文論述時，首重實證舉例，以達到言而有徵的效果，故每一論點，必先舉直接文獻為徵，次則以間接文獻為例：直接文獻即指梁武帝本身的實

例爲證，以明其導引倡行之功，而間接文獻則是舉梁武帝週圍大臣、文士或蕭統等兄弟仿效的例證，或舉當世風從的成果，以明「風動於上，而波震於下」的影響。雖然一代文風之盛，必有前朝餘緒的積累，然此間關鍵用力者，實由梁武帝的導引所致。

是故本論文的立論點首重梁武帝個人實證，再舉大臣文士、武帝子姪與其餘文士的仿效成果，交替運用各種研究方法，作爲立論闡發的依據，發揮參照映證的作用。

第二章　梁武帝的時代背景

　　文學沿時代而嬗變，考察一代文風，首先須明白其時代背景，故「時」的因素，對梁武帝與梁代文風之關係而言，占極重要地位。

　　有梁一朝文風之所以鼎盛，與梁朝開國皇帝蕭衍大力倡導，有極大關係。以下由政治動態、社會風氣與文士心理三方面，分敘其倡導文風之時代背景。

第一節　政治動態

　　梁代文風鼎盛，雖有宋、齊以來之餘緒，然就其政治動態而言，實如劉師培《中國中古文學史》所言「亦由在上者之提倡」有關。〔註1〕梁武帝在位四十八年間，政治動態有別於宋、齊二世，故能大力敷陳文教，羅致人才，以詞藝為天下倡，因此文風鼎盛。茲就下列三點敘述之。

一、由帝位更迭到小康之治

　　自漢末政綱解紐，群雄並起，中國進入長期動亂時期，劉裕（363～422）以功高受晉禪，建立南朝宋（420），蕭道成（427～482）以國亂移宋鼎，建立南齊（479），至梁建國（502），其間朝代更迭情況嚴重，伴隨而來的是內亂相尋與外患頻仍。短暫的八十餘年間，國君易位達十五次，就劉宋而言，宋世總計六十年（420～479），共歷八位國君。蕭齊國祚二十四年（479～502），卻歷七位國君。君主在位長則三十年，短則數月。且宋、齊二世中，童昏狂

〔註1〕劉師培：《中國中古文學史》（北京：人民文學出版社，1998年5月1刷），頁76。

暴之荒主，接踵繼出，創業者不永年，繼體者又敗德，故一朝甫興，不待轉盼而又覆滅，政治極端不穩定。子孫摧殘略盡，國勢日弱，綱紀蕩然。蕭齊傳至武帝蕭賾（440～493），嚴明有斷，留心治亂，號稱永明治世，其後主昏臣強，政治敗落，故清趙翼嘗感歎古來荒亂之君，歷代皆有，然未有如江左宋齊二朝之多。〔註2〕

人君既昏暴荒淫，故內亂層出不窮，自劉宋文帝（407～453）元嘉元年（424）至蕭齊東昏侯（483～501）永元二年（500），或擁軍叛變，或弒帝另立，慢則十數年一起，快則一年數起，政治動盪，實無暇對外，以致無法恢復中原。

相較於宋齊二世帝位的更迭，梁武帝可謂南朝諸帝中在位最長久的，政治上得以保持近五十年江表無事的穩定，〔註3〕故能推動教育，挖揚風雅。帝室宗族間，保持平和，一改宋、齊以來闇弱荒主之弊，亦無子孫屠戮暴虐之舉，國內幾無內亂，直到太清二年（548）方有侯景（503～552）之亂。

在北伐方面，較著者有兩次，一為天監六年（507）的鍾離之役，當時魏將拓跋英與楊大眼率眾數十萬侵鍾離，梁以右衛將軍曹景宗（457～508）、豫州刺史韋叡（442～520）援救，大敗魏軍，〔註4〕從此魏軍不敢輕言南侵。普通六年（525）梁主動大舉北伐，遣豫州刺史裴邃（？～524）帥眾伐壽陽，未克，七年夏，又乘北魏遭邊境侵之際，復遣夏侯亶（？～529）將兵出擊，收復壽陽、合肥，是為淮堰之役。〔註5〕雖歷二次南北大戰，然較之前朝，梁時與北魏之關係已較為緩和。

政治的穩定，戰事的偃息，加上武帝勤於政事，史稱其興文學，脩郊祀，治五禮，定六律，故能治定功成，遠安邇肅，〔註6〕因此在偏安江左，文物稱盛的小康治世中，不僅為梁武帝提供文學創作之優勢，甚且為文士提供無虞的創作環境，遂使梁朝文風鼎盛。

〔註2〕 清・趙翼：《廿二史箚記校證》（臺北：仁愛書局，1984 年 9 月版）卷 11，頁 153。

〔註3〕 庾信：〈哀江南賦〉云：「五十季中，江表無事。」參《全上古三代秦漢三國六朝文》（臺北：宏業書局，1975 年）全後周文卷 8，頁 3922。梁武帝在位四十八年，此處當是取整數言之。

〔註4〕 宋・司馬光撰，胡三省注，章鈺校記：《資治通鑑》（臺北：建宏出版社，1977 年）卷 146，頁 4570～4572。

〔註5〕 隋・姚察等：《新校本梁書附索引》（臺北：鼎文書局，1996 年 5 月 9 版）卷 28，頁 419。

〔註6〕 同註5，《梁書》卷 3，頁 97。

二、由世族權勢到敘錄寒素

　　魏晉南北朝時期，世族主宰政治社會之優勢，國君須借助世族的支持以維護統治地位，然而世族頗以身居要職為尚，故梁武帝特重教育，敘錄寒素，使得文士競騁文華，文風因之大盛。

　　六朝人矜尚門閥，世族與寒素間界限嚴格。世族在政治權勢、社會地位，皆占絕對優勢。世族的產生與九品中正之法有密切之關係，《宋書》云：「漢末喪亂，魏武始基，軍中倉卒，權立九品，蓋以論人才優劣，非為世族高卑。」〔註7〕知九品中正制本是為選拔人才而訂，以才德為標，由中正官品評高低，依品任官。但各代任中正官者，多為世族，以父子兄弟相繼任之，猶若世襲，其中宋朝世族占的比例最高，達百分之八十五，齊梁亦占四分之三，〔註8〕因此九品所取多以世家為主。如此一來，九品中正制成為世族鞏固地位與維持門閥的工具，選舉時單以門第高低品人，於是世族子弟占盡優勢，門閥制度確立，世族無形的權勢也告凝定。士庶之別，視為當然，因此名門子弟，簪纓相繼，累世官宦。在社會地位方面，世族為特殊階級，天子亦承認其獨特性，齊有「士大夫故非天子所命」的說法，〔註9〕以為天子可授人官位，不能將寒庶提升為世族，自此門第益重，壁壘分明，牢不可破。

　　梁武帝深知世族權勢的牢不可破，故一方面籠絡高門，一方面拔擢寒門俊乂。尤其天監二年（503）於范雲（451～503）卒後，武帝任用徐勉（466～535）、周捨（469～524）同參國政，二人俱稱賢相，徐勉與范雲皆非來自高門，徐勉〈為書誡子崧〉云其家世清廉，常居貧素，〔註10〕知武帝敘用寒素。又於天監四年（505）置五經博士各一人，設數百學士，射策通明者，可以任官，並分遣博士祭酒至州郡立學。如此重視教育，乃與其敘錄寒素有關，特別是要刊革九品中正制，又規定年未滿三十不通一經者，不得為官。〔註11〕至天監七年（508）詔立國學，州置州重，郡置郡崇，鄉置鄉豪各一人，專典

〔註7〕　梁・沈約：《新校本宋書附索引》（臺北：鼎文書局，1998年7月9版）卷94，頁2301。

〔註8〕　毛漢光：《兩晉南北朝士族統治之研究》（臺北：臺灣商務印書館，1966年7月初版），頁104。

〔註9〕　唐・李延壽：《新校本南史附索引》（臺北：鼎文書局，1994年9月8版）卷36，頁943。

〔註10〕　同註3，徐勉：〈為書誡子崧〉，《全梁文》卷50，頁3238。

〔註11〕　同註3，梁武帝：〈定格選詔〉，《全梁文》卷2，頁2957。

搜薦之職務，因此當時無復膏梁、寒素之隔，〔註12〕至此九流常選替代九品中正。〔註13〕天監八年下詔：

> 其有能通一經，始末無倦者，策實之後，選可量加敘錄。雖復牛監羊肆，寒品後門，並隨才試吏，勿有遺隔。〔註14〕

規定只要能通一經，經過策實，無論其出身，便可敘錄爲官。由此看來，梁武帝以實際的政治措施，昭告有通經者即可入仕爲官，大量敘錄寒素，因此文士趨從，漸開梁代文風。

三、由武夫開國到時主儒雅

一個時代的文風既繫諸在位者的倡導，因此開國皇帝的質性與當代文風關係之鉅，更可想而知。

南朝皇帝多出身武將，劉裕、蕭道成與蕭衍三位開國皇帝，均藉積累軍功得天下，然由劉宋至蕭梁的開國皇帝，對文學涵養的程度，卻有明顯差別。劉宋一代君主成員的文學根柢不高，村野鄙拙之氣，隨處可見。因其先祖號爲武人，劉裕起自寒賤，出身北府，以鎮壓孫恩起義起家，內平桓玄，再歷兩次北伐，樹立威信，鞏固其地位，累積軍功，以「雄傑得天下」，〔註15〕嘗自言其本無學術。至蕭齊，開國皇帝蕭道成雖亦武將，然少爲諸生，年十三受學於碩儒雷次宗（386～448），治《禮》及《左氏春秋》，博涉經史，善屬文，〔註16〕且甚知詩，〔註17〕甚具文學涵養；文惠太子蕭長懋（458～492）臨國學，與王儉（452～489）講《禮記》、《周易》；竟陵王蕭子良招致學士，抄《五經》百家，爲《四部要略》千卷；隨郡王蕭子隆（474～494）能文，具才貌，齊武帝譽爲

〔註12〕元・馬端臨：《文獻通考》（臺北：臺灣商務印書館，1987 年 12 月臺 1 版）卷 28，頁 268。

〔註13〕同註 12，據《文獻通考》載：「梁初無中正制，年二十五方得入仕。又制九流常選。」參卷 28，頁 268。

〔註14〕同註 3，梁武帝：〈敘錄寒儒詔〉，《全梁文》卷 2，頁 2959。

〔註15〕同註 2，《廿二史劄記》卷 11，頁 231。

〔註16〕梁・蕭子顯：《新校本南齊書附索引》（臺北：鼎文書局，1998 年 11 月 2 版 1 刷）卷 1，頁 3，及頁 38。

〔註17〕同註 9，《南史》載其子曄詩學謝靈運，齊高帝評曰：「康樂放蕩，作體不辨有首尾，安仁、士衡深可崇尚，顏延之抑其次也。」參卷 43，頁 1081。此說雖不免受時尚影響，然清汪師韓云：「『不辨有首尾』一語，卓識冠絕千古。」參《詩學纂聞》，收入於《清詩話》（臺北：木鐸出版社，1988 年 9 月初版），頁 454。可知齊高帝備足一定程度之文學涵養。

「我家東阿」，〔註18〕其餘始興王蕭鑒（471～491）、江夏王蕭鋒（475～494）、晉安王蕭子懋（472～494）等，皆好文學，尤以豫章王蕭嶷（444～492）諸子為最，濟濟人才集於一門之現象，在劉宋時不曾出現。惜乎齊祚僅二十三年，惟齊武帝的永明十二年間可謂文風大盛，後因國亂告終。

　　至梁武帝開國，雖亦武將，然深具文學涵養，遠遠超過宋、齊二世的開國皇帝，故清趙翼謂：「創業之君，兼擅才學，固已曠絕百代，其次則齊、梁二朝，亦不可及也。」〔註19〕《南史》稱梁武帝「時主儒雅」，〔註20〕實有別於一般純粹由將領、武夫出身的建國君主，加上其聰敏好學，博於學藝，篤好文章，洞達儒玄佛等各領域，下筆成章，千賦百詩，直疏便就，歷觀古帝王，確實罕有能與之匹敵者。且在位期間政治穩定，因此整理文獻，制作禮樂，崇學興館，大興教育。並喜愛各種遊宴等文學活動，當時翕然侍從的文士甚多。另外，又刻意為諸子姪遴選極具學養的老師與深具文采的伴讀，影響之下，武帝子、孫皆好學善屬文。所以在梁武帝的愛好及刻意推闡下，才秀之士，煥乎雲集，故梁代文風，能遠軼宋、齊二世，成為南朝四世中，文風最鼎盛之時期。

　　總上所論，梁祚雖五十餘年，其文運之隆，文風之盛，可謂為魏晉南北朝中之最，究其原由，實與梁武帝愛好文藝，廣求人才，獎掖後進有密切關係。上有所好，下必甚之，故天下騷人墨客，衲子羽流，莫不振藻揚葩，共同致力於文學創作。

第二節　社會風氣

　　自漢末儒學式微，地位不再定於一尊，至梁朝，武帝遂致力於振興儒學。又值社會動盪，人心企求宗教信仰，於是佛教流布，玄風瀰漫，社會上清談好論之風盛行。加上中原南渡後，以建康為首都，依其水利之便，商業極為繁榮，人們生活漸趨奢華，對梁代文風影響極大。茲就下列三點敘之。

一、儒學復振，佛教大倡

　　東漢末兵革不斷，民生困乏，遂使人產生厭世之念，又因黨錮之禍，儒

〔註18〕同註9，《南史》卷44，頁1113。
〔註19〕同註2，《廿二史箚記》卷12，頁245。
〔註20〕同註9，《南史》卷72，頁1762。

生遭遇空前迫害，穎達之士痛心於政治乖張，有感於人生苦多，相率爲避世全身，遠離政治，儒學地位逐漸衰微。另一方面，儒學至此已斲喪原有精神，滲進陰陽五行、讖緯符命之說，渲染上神秘與迷信的色彩，又泥於章句訓詁與繁瑣的注釋，已難爲有識之士信服。故至東漢晚期，儒學一蹶不振。魏時曹操（155～220）重法術，用人唯才而不重德，世風丕變，權詐益進，姦逆萌生，儒家所崇敬的禮教道德，亦遭打擊。其後魏文帝（187～226）恢復太學，察舉孝廉，已是「雖設其教而無其功」，〔註21〕魏正始以後之公卿士庶，更罕通經業。

南朝中原橫潰，衣冠殄盡，宋、齊二世，干戈迭興，國祚短促，又經內亂外患，國學時或開置，勸課未博，不久又告廢棄。〔註22〕南朝宋武帝有感學校廢弛，後進頹業，因此欲敷崇墳籍，敦厲風尚。〔註23〕宋文帝元嘉十五年（438）立儒學館於北郊，由大儒雷次宗主持，聚徒教授，大力弘獎，雅風盛烈，足爲一代之盛。〔註24〕然至元嘉二十七年（450）因軍興廢，直至宋明帝（439～472）泰始六年（470）立總明觀，分儒、道、文、史、陰陽五館，〔註25〕此後內鬥嚴酷，大權旁落，無暇於此。

至齊，高帝曾深受儒學習染，建元四年（482）下詔精選儒官，廣延國胄，立國學，置學生百五十人，而後帝崩又止。〔註26〕惟當時豫章王蕭嶷於荊州開館立學，《南齊書》稱此時盛況，云：

> 永明纂襲，克隆均校，王儉爲輔，長於經禮，朝廷仰其風，胄子觀
> 其則，由是家尋孔教，人誦儒書，執卷欣欣，此焉彌盛。〔註27〕

儒學至此可謂大興，然齊武帝以後，廢立事件屢生，內爭加劇，動亂中，南齊滅亡，儒學之提倡，又告中斷。

建梁以後，政局穩定，民生安樂，梁武帝深愍儒學式微之弊病，欲大振儒學。以爲音聲所以移風易俗，故一即位，便下詔求訪百僚古樂。又重視儒學教

〔註21〕晉・陳壽：《新校本三國志附索引》（臺北：鼎文書局，1997 年 5 月 9 版）卷15，頁 464。皮錫瑞於《經學歷史》（臺北：藝文印書館，1996 年 8 月初版三刷）中稱此時期爲「中衰時代」，參頁 145。
〔註22〕同註9，《南史》卷 71，頁 1730。
〔註23〕同註7，《宋書》卷 55，頁 1544。
〔註24〕同註7，《宋書》卷 55，頁 1553。
〔註25〕同註7，《宋書》卷 8，頁 167。《南史》卷 3，頁 82。
〔註26〕同註16，《南齊書》卷 9，頁 143。
〔註27〕同註16，《南齊書》卷 39，頁 687。

育，敦崇儒術，脩飭國學，廣開館宇，增廣生員，詔求碩學，治五禮。流風所及，四方郡國，趨學向風。州郡的儒學亦大爲興起，尤其自天監四年（505）梁武帝分遣博士、祭酒到州郡立學後，各宗室方國或地方州郡紛起仿效，如安成王蕭秀（475～518）於荊州設立學校，精意於術學；〔註28〕始興忠武王蕭憺（478～522）於益州開立學校，勸課就業，並遣子蕭映親受經學，〔註29〕皆是受武帝設置五經博士、大立國學之影響。另外梁武帝曾敕何子朗等六人至何胤（446～531）隱居的東山受儒學，影響之下，民間研習儒典、聚徒講學之風，大爲熾盛，如諸葛璩（？～508）博涉經史，勤於教誨，後生就學者日至；〔註30〕天監初伏挺（484～548）居於潮溝，講《論語》，聽者傾朝，時與其父、祖三世同時聚徒講授儒學；〔註31〕卞華遍治《五經》，天監初轉安成王功曹參軍，兼《五經》博士，聚徒講授，爲當時之冠。〔註32〕因此，在武帝的大力推動下，儒者遞相聚眾講授，時人習儒者大盛，儒學方告逐漸興盛。

另外，南朝亦爲佛教色彩相當濃厚之時代。佛教初傳入時，國人難以了解其義，故借助迷信與法術，依傍道教，道教中神鬼報應、祠祀之說，恰與佛教靈魂不滅、六道輪迴之說相融合，種種理論，頗能慰藉歷經戰亂的人心，故廣受歡迎。另一方面，又藉玄學清談與文士接觸，引起廣泛注意。降及魏晉，政治社會動盪，戰事不斷，人心徬徨，苦無歸宿之際，佛法以巍巍智德，使朝野群趨，有若水之歸壑。〔註33〕由於佛教盛行，知名高僧，在宣揚佛理之餘，更融合中國傳統思想，成爲時流敬重之人。東晉以後，名士與緇流相接交遊，蔚爲風尚，僧人加入清談，士人研讀佛理，玄風與佛理相融，遂形成佛老合流之勢。而各朝君主信奉者日眾，風行草偃，亦具推波助瀾之效。如劉宋明帝以故宅起造湘宮寺以奉佛，齊武帝立禪靈寺，文惠太子及竟陵王皆篤信佛法，積極推廣佛法，招致名僧，講語佛法，道俗之盛，江左未有。佛教得到帝王隆寵與貴族信奉，一般士庶，莫不禮佛，將佛教提昇至另一高峰。

至梁代，其風益熾，梁武帝以帝王之尊，大力提倡佛教，於天監三年（504）

〔註28〕同註5，《梁書》卷41，頁585。
〔註29〕同註5，《梁書》卷22，頁354。
〔註30〕同註5，《梁書》卷51，頁744。
〔註31〕同註9，《南史》卷71，頁1733。
〔註32〕同註5，《梁書》卷48，頁676。
〔註33〕梁啓超：〈中國佛法興衰沿革說略〉，《梁啓超全集》（北京：北京出版社，1999年7月1刷）第7冊，第13卷，頁3717。

四月八日皈依佛教，下〈捨道事佛疏文〉，〔註34〕當時參加皈依儀式者有二萬
人，其隆盛可想而知。四月十一日下〈敕捨道事佛〉，〔註35〕倡公卿百官、侯
王宗族，捨棄其他外道。四月十七日，武帝第六子蕭綸（？～551）上〈遵敕
捨老子受菩薩戒啓〉，表明願追隨武帝受菩薩戒，並「捨老子之邪風，入法流
之眞教」。〔註36〕天監十八年（519），武帝受菩薩戒，〔註37〕並令其他王侯子
弟皆受佛戒，〔註38〕百官朝臣亦多啓求受戒。〔註39〕一時之間，上自皇儲，
下至王姬，道俗士庶咸希度脫，受戒成風，弟子著籍者達四萬八千人，〔註40〕
足見當時佛教盛況。

　　另一方面，武帝禮遇當世名僧，如釋法寵（451～524）、釋法雲（457～529）
等，並冠以「家僧」名號，延請其講經說法，從事佛教著述，優厚待遇，地位
甚爲隆寵；又廣建佛寺，尤以同泰寺浮屠窮工極巧，宏麗爲著，並於大愛敬寺
內建七層塔、旃檀佛像、金銅佛像等。影響所及，寺塔、僧尼數目驟增，京師
一帶寺院五百餘所，僧尼十餘萬人，〔註41〕時王公貴族，或出資廣建寺院，或
捨宅爲寺，不勝枚舉。一般文士亦深受佛教影響，表現在文學作品中，湧現大
量的相關作品，或純粹寫闡述佛理，或主題與佛寺、僧侶有關而兼述佛理者，
前者如梁武帝曾作〈十喻詩〉五首，闡述萬法皆空的道理。〔註42〕後者則與與
佛寺、僧人相關者，由題目即可明顯看出，如梁武帝〈天安寺疏圃堂詩〉，偏重
寫景，甚爲清新；〔註43〕簡文帝蕭綱（503～551）有〈遊光宅寺應令詩〉，極言
遊寺時所見之美麗景象，說理部分反較淡薄；〔註44〕王錫〈宿山寺賦〉以筆墨

〔註34〕同註3，梁武帝：〈捨道事佛疏文〉，《全梁文》卷6，頁2986。
〔註35〕同註3，梁武帝：〈敕捨道事佛〉，《全梁文》卷4，頁2970。
〔註36〕同註3，蕭綸：〈遵敕捨老子受菩薩戒啓〉，《全梁文》卷22，頁3080。
〔註37〕唐・釋道宣：《續高僧傳》（《大正新修大藏經》第50冊，史傳部2，臺北：新
　　　　文豐出版公司，1985年）卷第6，頁469。
〔註38〕北齊・魏收：《新校本魏書附西魏書》（臺北：鼎文書局，1998年9月9版）
　　　　卷98，頁2187。
〔註39〕同註5，《梁書》卷36，頁524。
〔註40〕同註37，《續高僧傳》卷第6，頁469。
〔註41〕梁郭祖深曾上書武帝，作〈輿櫬詣闕上封事〉，云：「都下佛寺五百餘所，窮
　　　　極宏麗，僧尼十餘萬。」顯見當時寺院擁有廣袤之田宅果園，資產豐沃。參
　　　　《全梁文》卷59，頁3303。
〔註42〕梁武帝：〈十喻詩〉，《先秦漢魏晉南北朝詩》（臺北：學海出版社，1984年5
　　　　月初版）梁詩卷1，頁1532～1533。
〔註43〕同註42，梁武帝：〈天安寺疏圃堂詩〉，梁詩卷1，頁1529。
〔註44〕同註42，簡文帝：〈遊光宅寺應令詩〉，梁詩卷21，頁1937。

勾勒山寺之建築情形，簡潔有力，更能將煙霞環繞的山寺，呈現得空靈澄徹，與佛教中息心靜念之思想，渾融爲一體；﹝註45﹞蕭子顯（489～537）〈玄圃園講賦〉首先盛言時節昌盛，正適於講述佛理，再敍玄圃園所在之閑曠，最末暢述聽講盛況，是揉合寫景、佛理於一爐的精美之作。﹝註46﹞由此顯見梁時佛教勃興，時人莫不深受影響。

二、玄風興起，清談好辯

　　魏晉南北朝時期，老、莊玄風興起，造就玄學全盛時期，其中原由實因知識分子面對政治日損，忌諱繁多，爲避世全身，只有向老莊玄學中尋求靈魂之寄託。當時內憂外患，歲無寧日，人心浮動，上自帝王大臣，下至文士，無不沈溺於此，於國學更設有國學館，劉宋文帝元嘉十六年（439）命丹陽尹何尚之（382～460）立玄學館，與儒學、史學、文學等館並立，各聚門徒就業，﹝註47﹞至宋明帝泰始六年置總明觀，便設玄學科，顯見官方對玄學的重視。於是玄學漸盛，士子但尚虛談，鮮涉世務，讀書人但能言而不能行，惟以吟嘯談謔、諷詠辭賦爲務，無所施用於軍國大計，有識之士雖指陳此風悖禮傷教。然上有所好，下必趨之，上下交相論玄，習染日深。另外，當時儒生多兼通《老》、《易》，﹝註48﹞促使玄、儒交融，儒家經書玄學化，梁時皇侃（488～545）作《論語義疏》，多以老莊觀點解釋，可見玄風之盛。

　　由於玄風盛行，時人好清談議論，析理精微，故梁時論著特盛，論題亦廣泛，有品評文藝者，如劉勰《文心雕龍》、鍾嶸《詩品》、裴子野（469～530）〈雕蟲論〉等；有臧否人物者，如沈約〈高士贊〉、蕭繹（508～554）〈孝德傳〉、〈忠臣傳〉等，另外有釋慧皎《高僧傳》、釋寶唱《名僧傳》等；有駁難神滅不滅之論者，包括梁武帝及僧侶、時人所作〈答釋法雲書難范縝神滅論〉，共六十四人參與辯難，頗爲可觀；甚而藝術層面亦加剖析，庾肩吾（？～551）作〈書品〉，袁昂（481～540）作〈古今書評〉，柳惲（465～517）作〈棋品〉等；有鍼砭時俗者，如郭祖深〈輿櫬詣闕上封事〉、賀琛〈條奏時務封事〉、

﹝註45﹞同註3，王錫：〈宿山寺賦〉，《全梁文》卷59，頁3300。
﹝註46﹞同註3，蕭子顯：〈玄圃園講賦〉，《全梁文》卷23，頁3088。
﹝註47﹞同註9，《南史》卷2，頁45～46。
﹝註48﹞同註5，《梁書・儒林傳》中之儒者，大多兼通《老》、《莊》、《易》，並爲之注解、理論，如伏曼容號爲大儒，少善《老》、《易》，倜儻好大言；五經博士嚴植之亦善《老》、《莊》，且能玄言。參卷48，頁662～671。

鍾嶸〈上言軍官〉等論。雖上述之作的內容，不再以玄理爲主，然其辯析事理的觀點，卻深受玄學清議之影響。加上談者以此競才騁能，對文學亦有所啓示，且注入新的生命，《文心雕龍·時序》云：「自中朝貴玄，江左稱盛，因談餘氣，流成文體。」〔註49〕因此清談習以神理、神韻來品評人物，以自然界具體之形貌以烘托人物，使談論的言辭雋永有味，達到「才藻新奇，花爛映發」的妙境，無形中影響到文章的遣辭用句，促使文章繁麗多彩。

三、商業繁榮，生活奢靡

建康爲東晉、南朝帝都所在，自南渡後，依長江水利交通之便，財貨轉運，貿遷有物，成爲商業繁榮發達、商賈雲集之都。

自劉宋以來，商業日益繁盛，稱人去而從商，以期致富。於是競收罕至之珍，遠蓄未名之貨，使高廩未充，良疇罕闢；〔註50〕齊時更加嚴重，勃興繁榮的商業，已有逐漸取代農業之勢，又因商賈日多，商稅成爲國家重要收入財源，地位提昇，權豪官僚藉職權之便，變相從事經營商業，貴族豪門經商，成爲常見之事，如宋少帝（406～424）以習商爲樂事，於華林園爲列肆，親自酤賣；〔註51〕柳世隆（442～491）爲湘州刺史時於州邸治生；〔註52〕宋明帝曾於詔書中譴責東興縣侯都督豫州諸軍事吳喜（427～471）遣部下將吏往襄陽或蜀、漢等地經商，侵官害民，興生求利；〔註53〕梁時，曹景宗任郢州刺史，在州內鬻貨聚歛；〔註54〕梁武帝子蕭紀（508～553）任益州刺史的十七年間，南開寧州、越巂，西通資陵、吐谷渾，內則修耕桑鹽鐵之功，外則通商賈遠方之利，財貨充實；〔註55〕當時任南海太守的王僧孺（465～522）親見郡內常有外國生口、海舶，一年數至之盛況，外國賈人以通貨貿易，歷任州郡皆以半價買而即賣，獲利數倍。〔註56〕由此可知貴族官僚經商，是習以爲常之事，因此積資無算，生活日益奢華，流風所及，

〔註49〕梁·劉勰著，王師更生注譯：《文心雕龍讀本》（臺北：文史哲出版社，1991年9月初版4刷）下篇，卷9，〈時序〉第45，頁273。

〔註50〕同註7，《宋書》卷56，頁1565。

〔註51〕同註7，《宋書》卷4，頁66。

〔註52〕同註16，《南齊書》卷24，頁452。

〔註53〕同註7，《宋書》卷83，頁2116～2121。

〔註54〕同註5，《梁書》卷9，頁179。

〔註55〕同註9，《南史》卷53，頁1332。

〔註56〕同註5，《梁書》卷33，頁470。

庶民日用、商販之室皆飾等王侯。由於商業的發展，藉經商致富，平民可入仕爲官，如梁時吳人陸驗，年少貧苦，落魄無行，因藉商販，成千金之富，散貨財以事權貴朱异，受薦於武帝，數年後又登列棘，並肩英彥，仕至太子右衛率。〔註 57〕即是因經商累聚財富，交遊權貴，榮登高官的例子，此風一開，遂無法抑遏。

在商業繁盛的帶動下，生活普遍趨向奢華。雖然南朝四世的開國皇帝都極爲儉樸，勤謹於政事，自奉廉潔。如宋武帝清簡寡欲，嚴整有法度，後庭無紈綺絲竹之音；〔註 58〕齊高帝即位後，身不御精細之物，杜絕一切奢侈之源，欲以身率天下，移風易俗；〔註 59〕梁武帝得天下，日止一食，膳無鮮腴，僅止豆羹糲飯，身衣布衣。這些開國皇帝識創業艱難，生活儉樸，以身體力行倡導儉約，然而奢華之風已遍存國內，難挽頹風。

梁時社會仍普遍重視商業，梁武帝於天監十五年（516）詔以農業爲本，〔註 60〕力矯宋、齊二世以來重商輕農之弊。在位期間，興駕親耕，下〈耕籍詔〉，賞賜孝悌力田者，凡十一次，以實際行動重視桑農，扭轉當時良疇罕闢之弊。然而當時習商之風極盛，郭祖深曾力陳當時「商旅轉繁，游食轉衆，耕夫日少，杼軸日空」之情況，期望武帝能廣興屯田，賤金貴粟，明定刑罰，將「勤農桑者，擢以階級；惰耕織者，告以明刑」的方式，〔註 61〕倡重農抑商，但風尚已成，實非一人所能抵擋。而由於商業經濟極度繁盛，人們生活益加奢靡浮華，因此耽溺享樂，營造豪宅，流連聲色。此種追求奢華的風氣，亦反映於文學作品中，內容多描述宅邸豪華，或男女戀情、摹寫仕女體態者，技巧方面則趨向於華文麗辭。

第三節　文士心理

梁代文風昌隆，除有政治、社會背景的時代因素外，當時文士競相馳騁，亦具推波作用。其所以競相習文，實因文士目睹週遭政治變化之鉅，又有社會風氣之習染，其心理略分爲下列四點。

〔註 57〕同註 9，《南史》卷 77，頁 1936～1937。
〔註 58〕同註 7，《宋書》卷 3，頁 60。
〔註 59〕同註 16，《南齊書》卷 2，頁 38～39。
〔註 60〕同註 3，梁武帝：〈務本詔〉，《全梁文》卷 3，頁 2961。
〔註 61〕同註 3，郭祖深：〈輿櫬詣闕上封事〉，《全梁文》卷 59，頁 3302。

一、毫無殉節的觀念

自東漢季世，權詐迭起，時人以趨勢求利爲先，紛競仕途。建安時曹操先後頒布四令，專尚跡弛之士，輕視節行之人。降及晉世，風俗益漓，司馬氏得國後，驕奢淫佚，名士乃沉淪自晦，託爲放逸，置生民憂戚於度外，謂名教綱常爲桎梏，將我國士大夫所重之禮教、名節，拋諸物外。

南朝時，政權多掌握於世族，執政日久，遂視門第之興衰重於國家之得失，置個人之幸福重於民族之生存。清趙翼嘗感歎：

> 王宏、王曇首、褚淵、王儉等，與時推遷，爲興朝佐命以自保其家世。雖市朝革易，而我之門第如故，以是爲世家大族，迥異於庶姓而已。此江左風會習尚之極敝也。〔註62〕

世家大族本爲社會之中流砥柱，今乃與世推移，視江山之易主如奕棋，謂朝代更替爲「將一家物與一家」，〔註63〕當時名士多歷任數朝而不辨其爲何朝代，影響所及，文士競奔，名節道消，故南朝貳臣特多。梁時亦復如是，身事二朝者更多於宋，當時任南齊官職者，於梁武帝起兵時，紛紛主動候謁，全然無殉節之觀念。如柳惲於齊時雅受賞狎，任驃騎從事中郎，梁武帝起兵至京邑，柳惲候謁石頭，擢爲冠軍將軍、征東府司馬，至天監元年又兼侍中，與沈約等共定新律，深受雅愛。知仕貳朝之臣特多，由魏晉至梁陳，人數漸多，尤以齊梁爲最。〔註64〕

在政權迅速更迭中，世家大族所表現「殉國之感無因，保家之念宜切」的心態，更加明顯，並引申出「自求多福」、「明哲保身」之道理，〔註65〕朝秦暮楚，身爲數朝元老者，比比皆是。惟其家族本身的優勢利益，方爲其關心之課題，於是特重文才涵養，以維持門第之不衰。

二、重視文才的表現

六朝時期，世族成爲整個社會之核心，其出身名門，家境優渥富裕，加上父祖餘蔭，不必分心學習工商與軍事，僅須傾力熟讀詩文，故自幼便具文才。爲官後，依附於皇室宗族，藉詩朋酒會相娛悅，以維護世族地位。而爲

〔註62〕同註2，《廿二史箚記》卷12，頁254。
〔註63〕同註9，《南史》卷28，頁756。
〔註64〕同註8，《兩晉南北朝士族政治之研究》，頁300。
〔註65〕同註9，《南史》卷19，頁525～526。

能保其恆久不變的門第，須具「上有賢父兄，下有賢子弟」的必然條件，方能支持門第百年而不弊不敗。〔註66〕所謂賢父兄、賢子弟則是指具孝友內行的家風及備經籍文史學業的家學，因此經史文學之表現，並爲時尚所重，父兄往往以勤學勸誘子弟，努力於文學。

在兩晉南北朝的世族中，首推瑯琊王氏的人物最盛，文才華茂，亦顯優於其他世族，沈約曾盛讚世家大族中文才相繼，未有如王氏之盛者，〔註67〕自宋武帝時的王弘（379～432）兄弟始，人倫鼎盛，並舉爲棟樑之任，下逮數世，皆不虧文雅之風，因此得簪纓不替，〔註68〕其原因就在重文才。至梁，膏腴貴遊，皆以文學相尚，罕以經術爲業，〔註69〕一門之中並世多人能文，形成文學世族，門第愈大，則文士愈多，文士愈多則家門更負盛名。最著者爲梁時劉孝綽（481～539）兄弟及群從諸子姪，有七十餘人，皆能屬文，號稱近古未有，劉孝綽三妹分別適瑯琊王叔英、吳郡張嵊、東海徐悱，亦並有才學。劉氏一門人人能文，成爲梁代極有聲望地位之世族。因此人人競相習文，翕然成風。

文才成爲世族維繫社會地位之依據，即使非出身世族中，亦藉由展現文才獲得崇高的地位。如庾於陵雖非出身於甲族，然清警博學有才思，深受梁武帝重用，其弟庾肩吾八歲能賦詩，深獲簡文帝蕭綱賞接，〔註70〕與其子信，出入東宮禁闥，恩禮莫與比隆，庾信文甚綺豔，後進競相模範，每有一文出，都下莫不傳誦。〔註71〕庾氏一族非甲族出身，卻因文才獲至高位，因此無論出身世族或寒素，無不冀望藉此獲致官位，甚而作爲升遷之跳板。加上梁武帝本身篤好文章，喜廣邀文士參與從事各種文學活動，爲增加遊宴賦詩的樂趣，在限定時間內，必須完成詩作，正可表現文士之敏捷博學，如到沆（477～506）侍宴華光殿，受詔爲二百字，限三刻使成，沆於坐中立奏，文采甚美，旋即升遷；〔註72〕張率（475～527）因侍宴賦詩，深獲武帝讚賞，其年遷秘

〔註66〕錢穆：〈略論魏晉南北朝學術文化與當時門第之關係〉，《中國學術思想史論叢》（臺北：東大圖書公司，1981年12月再版）第3冊，頁155。
〔註67〕同註3，王筠：〈與諸兒書論家世集〉，《全梁文》卷65，頁3336。
〔註68〕同註9，《南史》卷21，〈論〉，頁583。
〔註69〕同註5，《梁書》卷41，頁585。
〔註70〕同註5，《梁書》卷49，頁689～690。
〔註71〕唐・李延壽：《新校本北史并附編三種》（臺北：鼎文書局，1999年5月2版1刷）卷83，頁2793。
〔註72〕同註5，《梁書》卷49，頁686。

書省；〔註73〕劉孝綽遭免職後，奉詔和武帝〈藉田詔〉，復起爲西中郎湘東諮
議的官職。〔註74〕武帝以文采華美，藻麗可觀者，便大加升遷的誘導之下，
一時獻文者相望。

　　由於梁武帝雅好辭賦，大量引進文學之士，因此爲維繫門第的世族與冀
望獲得較崇高地位的文士，皆馳騁文華，競相學習，文風自然鼎盛。

三、喜好新變的觀點

　　六朝文士競相逞才爭勝，對文學、藝術領域，皆進行刻意的品鑒或批評，
並有意求新求變，不落俗套，以顯示出自己的文才超越他人，獲得賞識與聲譽。

　　當時喜好新變，首先表現在對文章的評論上，提出新變主張。實則早在
劉宋初年，文壇已出現追求新變之風。劉勰《文心雕龍》曾談到「宋初訛而
新」，〔註75〕同書〈定勢篇〉又謂：

> 自近代辭人，率好詭巧，原其爲體，訛勢所變，厭黷舊式，故穿鑿
> 取新，察其訛意，似難而實無他術也，反正而已。故文反正爲支，
> 辭反正爲奇。效奇之法，必顚倒文句，上字而抑下，中辭而出外，
> 回互不常，則新色耳。〔註76〕

指出晉末、劉宋以來，作家厭惡因循舊式，又無法在文學的立意造境上有所
突破，故競新好奇，顚倒文句，以追求新色，知當時文士追求作品新變，甚
至以自己的文體屢變而自負，南齊張融（444～497）〈門律自序〉云：

> 吾文體英絕，變而屢奇；既不能遠至漢魏，故無取嗟晉宋。豈吾天
> 挺，蓋不齎家聲。〔註77〕

雖尚未直接宣揚新變的主張，但知其反對因循，以屢變屢奇之文體爲傲，並
稱之爲「英絕」。蕭綱主張操筆寫志，不必擬〈內則〉之篇、摹〈酒誥〉之作。
〔註78〕蕭繹則提出：「夫世代邲改，論文之理非一；時事推移，屬詞之體或異。」
〔註79〕說明其力求新變的主張。蕭子顯於《南齊書・文學傳・史臣論》更明

〔註73〕同註5，《梁書》卷33，頁475。
〔註74〕同註5，《梁書》卷33，頁482～483。
〔註75〕同註49，《文心雕龍讀本》下篇，卷6，〈通變〉第29，頁49。
〔註76〕同註49，《文心雕龍讀本》下篇，卷6，〈定勢〉第30，頁64。
〔註77〕同註3，張融：〈門律自序〉，全齊文卷15，頁2875。
〔註78〕同註3，簡文帝：〈與湘東王書〉，《全梁文》卷11，頁3011。
〔註79〕同註3，梁元帝：〈內典碑銘集林序〉，《全梁文》卷17，頁3053。

確提出新變的主張。在社會重才，文士競相逞才以凌越他人，獲致社會聲譽的心理驅使下，競以新變之文炫人耳目，蕭子顯「若無新變，不能代雄」的主張，〔註80〕正說明當時文士追求新變的創作，方能與他人一爭高下。

在繪畫藝術方面，亦主新變，南齊謝赫為主張新變理論的倡導者。晉時謝安認為顧愷之為前所未有之傑出畫家，至謝赫時，評顧為第三品，並將顧駿之置於第二品中，原因乃顧駿之「神韻氣力，不逮前賢，精微謹細，有過往哲。如變古則今，賦彩製形，皆創新意」，〔註81〕就猶如庖犧變更卦體，史籀初改書法。由此可知謝赫重視畫法的新變。對於同在第二品的袁蒨，一方面對其畫予以「像人之妙，亞美前賢」的褒揚，但卻對其「志守師法，更無新意」，給與直率的貶抑，直指其不能新變之弊；第四品中的顧寶先亦全法陸家，然其「事事宗稟」，亦不能新變者；又盛讚第一品第一位的陸探微，能夠「包前孕後，古今獨立」，具獨創性，乃能拔得頭籌。而謝赫本人在繪畫創作時亦重視「隨時改變」、「與世事新」。〔註82〕另外姚最於梁末所撰〈續畫品錄〉亦開宗明義謂：「夫丹青妙極，夫易言盡，雖質沿古意，而文變今情。」〔註83〕質指內容，文指藝術形式，點明繪畫之內容可沿用古意，但藝術形式卻須隨時變化而通變創新。知其重視繼承傳統與創新，於品評畫家時，亦屢援用此觀點。

在書法藝術方面，亦主張創新為貴的原則，如劉孝綽善草隸，然覺自己書法仍似其父劉繪（458～502），乃變為別體；〔註84〕蕭子雲（487～549）書法為梁世所楷法，嘗自云其善效鍾元常（151～230）、王逸少（321～379）而微變其字體，答梁武帝之敕書時，云：「自此研思，方悟隸式，始變子敬，全範元常，逮爾以來，自覺功進。」〔註85〕文字間，頗以能有新變而自負；庾肩吾〈書品〉，稱讚上之上品者云：「帶字欲飛，疑神化之所為，非世人之所學，唯張有道鍾元常、王右軍其人也。」〔註86〕即指出其書法自出機杼，卓然有獨立風格，故能列入上之上品。

時人文學創作，刻意求新求變的觀點，影響到繪畫、書法等藝術領域，

〔註80〕同註16，《南齊書》卷52，頁908。
〔註81〕同註3，謝赫：〈古畫品〉，全齊文卷25，頁2931。
〔註82〕同註3，姚最：〈續畫品錄〉，全陳文卷12，頁3470。
〔註83〕同註3，姚最：〈續畫品錄〉，全陳文卷12，頁3469。
〔註84〕同註9，《南史》卷39，頁1010。
〔註85〕同註5，《梁書》卷35，頁515。
〔註86〕同註3，庾肩吾：〈書品〉，《全梁文》卷66，頁3344。

因此以雅好新變的觀點，作爲創作或品評的依據，更刺激文學新變的發展。

四、推崇愛美的風尚

　　愛美之情，與生俱來，然未有如南朝人之強烈，上自帝王卿相，下逮販夫走卒，達到整個社會行步顧影的程度，實爲其他時代所罕見。此種文士推崇愛美的風尚，影響層面廣泛，甚至左右文學之風氣。

　　由於漢末清議的發展，人們雅好品鑒批評，由重視人物的德行，轉而注意到人物的儀容、風度及其具體形貌，加上此時儒家傳統束縛之力較爲衰弛，人們擺脫傳統教條的桎梏，隨心所欲追求美感，於是社會注重穿戴打扮的風尚，逐漸普及。自曹魏時曹植、何宴等人均有傅粉習慣，甚至「動靜粉白不去手，行步顧影」。〔註87〕齊梁時，此風仍熾，《顏氏家訓》言梁朝全盛時，貴遊子弟多學無術，薰衣剃面，傅粉施朱，駕長簷車，跟高齒屐，坐棊子方褥，憑斑絲隱囊，列玩器於左右，「從容出入，望若神仙」，〔註88〕極重打扮，當時文士推崇愛美風尚，舉手投足，談玄論道，均與美聯繫在一起。

　　此外，時人特別注重儀貌之姣美，如南齊褚淵（434～482）儀貌甚美，善容止，俯仰進退，咸有風則，朝會時百遼遠國之使，莫不延首目送，連劉宋明帝亦感歎其「能遲行緩步，便持此得宰相」。〔註89〕容儀之姣美，與位極人臣的宰相聯繫在一起，可見時人對美的重視，並賦與特多的權力；又如梁何敬容（？～548）身長八尺，白晰美鬚眉，性矜莊，衣冠尤事鮮麗，每公庭就列，容止出入，深受企慕；〔註90〕張纘（499～549）年十七而身長七尺四寸，眉目疏朗，神采爽發，深受梁武帝驚異。〔註91〕由於社會普遍重視美，文士大加推崇，無形中普遍追求姿貌舉止美感的風氣，甚而左右朝廷選用官吏的標準。齊高帝欲引才學之士陸曉慧爲侍中，然見其形貌短小，便改用他人，〔註92〕反映當時社會上推崇美的風尚，容貌美麗與否，成爲朝廷選官的條件之一。因此容止姣美

〔註87〕　同註21，《三國志》卷九曹爽傳注引《魏略》，頁292。及卷21王粲傳注引《魏略》，頁603。

〔註88〕　北齊・顏之推著，李振興等注譯：《新譯顏氏家訓》（臺北：三民書局，1993年8月初版）卷3，〈勉學〉第8，頁111。

〔註89〕　同註16，《南齊書》卷23，頁429。

〔註90〕　同註5，《梁書》卷37，頁531。

〔註91〕　同註5，《梁書》卷34，頁493。

〔註92〕　同註16，《南齊書》卷46，頁806～807。

者，便得厚愛，屢見擢陞，如謝晦因此深獲宋武帝愛賞，從征關、洛，內外要任悉委之；〔註93〕謝覽為人美風神，善辭令，王峻（466～521）年少美風姿，善容止，梁武帝深悅二人風采，同見賞擢；〔註94〕到溉（477～548）身長八尺，眉目如點，白晰美鬚髯，舉動風華，善於應答，深受梁武帝器重。〔註95〕皆因容貌姣美，舉止風華受賞擢，或許以公輔之器的美稱，足見當時對美的追求。

六朝文士的愛美風尚，對文學風氣影響極大。時人終日於錦衣玉食、聲伎酒色的包圍之下，自然直接取材自生活中的諸般事物，並反應在作品的內容與形式上，於是特別重視文學的美，競向唯美的途徑發展，認為文必華美。自陸機（261～303）於〈文賦〉中倡「其會意也尚巧，其遣言也貴妍，暨音聲之疊代，若五色之相宜」，便已要求文章辭藻華麗，音聲圓潤；梁時劉勰認為詩文之富有文采，有如鉛黛用以美化姿容，與人愉悅，而文章的聲律，則有若烹調中的鹽梅與榆槿，既具調味作用，也能增強文章音樂感，提出立文之道有三：一為形文，指五色；二為聲文，指五音；三為情文，指五性，〔註96〕直言優秀作品，必須三項齊備，統於一體。文論以外，當時作品的內容，更是唯美綺靡，足見文士追求愛美，對文學影響甚鉅。

時人追求愛美的具體表現，是作品辭藻工麗，聲調律諧。如昭明太子蕭統（301～331）在武帝刻意培植下，自三歲習儒典，深受儒家影響，於文學理論方面，提出文章應具質典而不失於粗俗，華麗而不失於浮豔，視「文質彬彬」為創作之高格，孜孜以求達到此一境界。王筠（481～549）讚揚蕭統的創作云：「吟詠性靈，豈惟薄伎。屬詞婉約，緣情綺靡。字無點竄，筆不停紙。壯思泉飛，清章雲委。」〔註97〕足見其屬詞造句上確實具有華美、婉約的特色，達到「典而不野，遠而不放，麗而不淫，約而不儉」的美境。〔註98〕身為當世太子，亦為文學集團主人，提出此種文學創作的指標，對僚屬、文士追求文章華美之影響層面，更為廣大。

另外，吳均（469～520）號稱文體清拔有古氣，〔註99〕意指清峻脫俗，

〔註93〕同註7，《宋書》卷44，頁1348。
〔註94〕同註5，《梁書》卷21，頁321。
〔註95〕同註9，《南史》卷25，頁678。
〔註96〕同註49，《文心雕龍讀本》下篇，卷7，〈情采〉第31，頁77。
〔註97〕同註3，王筠：〈昭明太子哀冊文〉，《全梁文》卷65，頁3338。
〔註98〕同註3，劉孝綽：〈昭明太子集序〉，《全梁文》卷60，頁3312。
〔註99〕同註5，《梁書》卷49，頁696。

較少沾染當時綺麗之風，然其〈與柳惲相贈答詩〉與寫山水風景的書信〈與宋元思書〉、〈與施從事書〉、〈與顧章書〉等篇，皆文字清麗，摹景如畫，〈與宋元思書〉云：

> 自富陽至桐廬，一百許里，奇山異水，天下獨絕。水皆縹碧，千丈見底，游魚細石，直視無礙；急湍甚箭，猛浪若奔。夾岸高山，皆生寒樹，負勢競上，互相軒邈，爭高直指，千百成峰。泉水激石，泠泠作響，好鳥相鳴，嚶嚶成韻。蟬則千轉不窮，猿則百叫無絕。
> 〔註100〕

描寫急湍猛浪、寒山高樹，寓目輒書，美景恍若騰諸紙上。細細品味其作，則文字清綺，偶句迭出，且音韻諧美。又如博學多藝的劉峻（462～521），高傲狷介，仕途偃蹇，作〈廣絕交論〉、〈辨命論〉與〈自序〉等文，皆有爲而發，氣盛辭銳，然文采裴然工麗，鋪陳排比，事類繁富。其他如王僧孺詩文工整麗逸，多用新事，詩風亦有豔麗纖巧的一面。在在可知時人追求愛美，由美的角度，作爲創作的基本要件，對梁朝文風影響甚爲廣遠。

綜上所述，梁時可謂江左文風之全盛時期，皆導因於梁武帝之揚風扢雅，若無其提供可發展文學之環境，即令俊才天生，亦難馳騁當世，故《孟子》云：「雖有智慧，不如乘勢；雖有鎡基，不如待時。」〔註101〕就因梁武帝乘勢倡導，方能使當代文風輝映萬世。

〔註100〕同註3，吳均：〈與宋元思書〉，《全梁文》卷60，頁3305～3306。
〔註101〕清·阮元校勘：《重刊宋本孟子注疏附校勘記》（臺北：藝文印書館，1989年1月11版）卷第3上，頁52。

第三章　梁武帝的家世生平與著述

　　探究古人詩文，首當知人論世，窺其一生遭遇、好惡，以覘其思想意志，而後方能盡得其倡導文學之作爲與寄寓，是以參酌史籍，會通前人之說，由梁武帝家世、生平、交遊與著述等方面，觀其平生大要。

第一節　家族世系

　　蕭氏雖自稱爲布衣素族，〔註1〕然歷世爲宦。梁武帝蕭衍生知淳孝，天情睿敏，即深受家風影響，並能秉此以教長子孫，茲分述其先世、子裔如後。

一、先　世

　　據《新唐書・宰相世系表》，〔註2〕蕭氏源於姬姓，爲帝嚳之後，帝嚳子契受封於商（今陝西商縣），賜以子姓。過十餘世，契之後裔成湯建立商朝，後爲周武王滅，封商紂王之子武庚於殷（今河南安陽）以治殷民。周武王駕崩，武庚作亂，周公東征，殺武庚。商紂王有庶兄名啓，受封於微（今山東

〔註1〕梁武帝父蕭順之爲齊高帝蕭道成族弟，齊高帝嘗曰：「吾本布衣素族，念不到此，因藉時來，遂隆大業。」參梁・蕭子顯：《新校本南齊書附索引》（臺北：鼎文書局，1998 年 11 月 2 版 1 刷）卷 2，頁 38。清・趙翼於《廿二史箚記校證》（臺北：仁愛書局，1984 年 9 月版）亦云：「江左諸帝，乃皆出自素族……齊高既稱素族，則非高門可知也。梁武與齊高同族，亦非高門也。」參卷 12，頁 254。知其皆爲素族。

〔註2〕宋・歐陽脩等：《新校本新唐書附索引》（臺北：鼎文書局，1992 年 1 月 7 版）卷 71 下，頁 2277～2279。

梁山西北），位列子爵，故又稱微子啓。武庚既滅，周公復封微子啓於宋，都
商丘（今河南商丘東南），奉其商祀，微子仁賢，故殷之餘民甚愛戴之。微子
啓有弟名仲衍，仲衍八世孫爲戴公，生子衎，字樂父，裔孫大心因平南宮長
萬有功，周釐王元年（即宋桓公元年，681B.C）封大心於蕭邑，史稱蕭叔大
心，至此蕭氏始有國。周定王十年（宋文公十四年，597 B.C）楚國興兵滅蕭，
至此蕭國子孫潰散，居豐、沛間。

　　秦二世元年（209B.C）九月，劉邦在沛縣起事，以縣主吏蕭何爲沛主吏
掾。漢高祖爲布衣時，何數加坦護，迨漢高爲亭長，常左右追隨，平定天下
後，任蕭何爲丞相，評其功爲第一，高祖五年（202B.C）封酇侯，食邑萬戶。
蕭何畢生謹慎勤儉，不敢絲毫放縱，爲家不治恆產，並以之垂誡子孫。〔註3〕

　　何生祿，祿無子，以次子延爲酇定侯，〔註4〕延生侍中彪，彪字伯文，任
諫議大夫、侍中等官，後以事自長安徙蘭陵縣丞，至此蕭彪一支成爲蘭陵人。
彪生公府掾章，章生皓，皓生仰，仰字惠高，〔註5〕生太子太傅望之，又遷至
京兆府杜陵縣（今陝西長安縣東南），時「家世以田爲業」，至望之好學，博
覽古今，治《齊詩》，曾詣太常受業，又從夏侯勝問《論語》、《禮服》，爲京
師諸儒所稱述，漢元帝時，因通經術，任爲師傅，倍受敬仰，甘露三年(51B.C)，
主持石渠閣會議，評儒生對《五經》異同。其爲人剛正不屈，有名節，曾任
御史大夫，史贊稱其「身爲儒宗，有輔佐之能」。〔註6〕望之生光祿大夫育，

〔註3〕　漢・司馬遷：《新校本史記二家注并附編二種》（臺北：鼎文書局，2002 年 12
　　　　月 13 版）卷 53，頁 2013～2020。曹道衡、傅剛《蕭統評傳》（南京：南京大
　　　　學出版社，2001 年 12 月 1 刷）云：「《南齊書》、《梁書》和《新唐書》所記蕭
　　　　氏世系，從蕭紹以前，疑問甚多……至於蕭紹以前，我們只能推測爲世居蘭
　　　　陵，雖非蕭望之後人，先世與他可能同族。」參頁 9。至於蕭姓是否爲蕭何之
　　　　後，及其中原委，敘之甚詳，註記於此，備爲一說。
〔註4〕　同註2，《新唐書・宰相世系表》載蕭何生二子：遺、則，則生彪。與隋・姚察
　　　　等：《新校本梁書附索引》（臺北：鼎文書局，1996 年 5 月 9 版）載「何生延，
　　　　延生侍中彪」不同，參卷 1，頁 1。《南齊書》同於《梁書》。清・沈炳震：《唐
　　　　書宰相世系表訛目》（《續修四庫全書》第 289 冊史部，正史類，上海：上海古
　　　　籍出版社，1995 年），〈蕭氏〉條，「則生彪，字伯文」下注云：「《南齊書・高
　　　　帝紀》：延生彪、則，彪乃則弟，非則子。《梁書・武帝紀》同。」茲從《梁書》。
〔註5〕　同註2，《新唐書・宰相世系表》所載，章、仰、皓三代之順序與《梁書》所
　　　　載不同，參《新唐書》參卷 71 下，頁 2277。《梁書》作章生皓，皓生仰。參
　　　　卷 1，頁 1。《南齊書》亦同。參卷 1，頁 1。茲從《梁書》。
〔註6〕　漢・班固：《新校本漢書并附編二種》（臺北：鼎文書局，1997 年 10 月 9 版）
　　　　卷 78，頁 3271～3289。

甚具才能，漢哀帝讚其「威信素著」，〔註7〕育生御史中丞紹，復遷還蘭陵。紹生光祿勳閎，閎生濟陰太守闡，闡生吳郡太守冰，〔註8〕冰生苞，爲後漢中山相，苞生博士周，周生蛇丘長蟜，蟜生州從事逢，逢生孝廉休，休生廣陵郡丞豹，豹生太中大夫裔。

　　裔生整，整字公齊，爲晉淮南令。西晉惠帝時，中朝喪亂，司馬睿稱帝建康，爲東晉，當時中原世家子弟，相繼南來，蕭整避居武進縣（今江蘇丹陽）東城里，當時南遷者，皆在其地名前加一「南」字，故爲南蘭陵人。整生濟陰太守鎋，〔註9〕鎋生州治中從事副子，副子生宋南臺治中侍御史道賜。道賜生順之，字文緯，爲梁武帝蕭衍之父，曾任丹陽尹、臨湘縣侯，爲齊高帝蕭道成族弟，二人少即常相隨逐，後因武功卓絕，任蕭道成軍副，輔佐其創造皇業，時人稱其文武兼資，有德有行。齊武帝蕭賾亦言，若無蕭順之輔佐，「無以致今日」，足見其深受倚重，後因功高受忌，故不居臺輔之位。〔註10〕永明八年（490），齊武帝四子荊州刺史蕭子響（468～490）被屬下誣告謀反，齊武帝命蕭順之等討伐。因文惠太子素忌子響，密囑不許還。蕭順之不許子響自申明，於射堂縊之。早先子響密作啓數紙，藏妃王氏裙腰中，密呈齊武帝，因此蕭順之甚受怪恨，遂慚懼感病憂卒。〔註11〕天監元年（502），追爲文皇帝。史傳雖未明載梁武帝承受庭訓之梗概，然其父有德有行，資兼文武，著有文集十八卷，〔註12〕應對梁武帝的文武識見，影響極鉅，故能懷經國濟世之才，持悲天憫物之情。武帝幼年失恃，父親征戰南北，因此又深受長兄蕭懿（？～500）影響。蕭懿字元達，仕齊任晉陵太守時，以善政著稱。永明末年爲冠軍將軍。齊室大亂時，

〔註7〕　蕭望之有八子，至高官者有育、咸、由三人，育爲光祿大夫執金吾壽終，咸以大司農壽終，由官至大鴻臚，因病免，以中散大夫壽終，參《漢書》卷78，頁3289～3291。

〔註8〕　「冰」字《南齊書》作「永」，參卷1，頁1。茲從《梁書》。

〔註9〕　蕭鎋爲梁武帝的高祖，據唐・房玄齡等：《新校本晉書并附編六種》（臺北：鼎文書局，1995年6月8版）載穆帝升平元年（357年）前燕慕容俊攻段蘭於青州，朝廷派荀羨率兵救援，軍至瑯琊而段蘭已敗。荀羨只得退還下邳，留「參軍戴逯、蕭鎋二千人守泰山」，參卷75，頁1981。

〔註10〕唐・李延壽：《新校本南史附索引》（臺北：鼎文書局，1994年9月8版）卷6，頁167～168。

〔註11〕同註10，《南史》卷44，頁1108～1109。蕭子響爲蕭順之所縊事，《南齊書》記載簡略，當是蕭子顯時處梁朝，涉及武帝之父蕭順之事蹟，故多所隱諱，而無立傳。

〔註12〕同註2，《新唐書》卷60，頁1592。

率銳卒平亂，甚有功勳，然拒梁武帝反齊之請，卒爲東昏侯所忌，加以酷害。武帝乃以此於雍州起兵。蕭懿善於理政，所轄境內訟理人和，又善於軍事謀略，威振內外，因此名望功業素重，對武帝日後，影響甚鉅。

梁武帝先世，或好學通儒，或勤謹自守，或名節並隆，其世德之業，足傳於後，梁武帝秉承家風，遂得遺緒。

二、子 裔

梁武帝具文武長才，洞達儒玄，注重教育，故子裔皆文學優著，垂麗史策。宋歐陽脩（1007～1072）贊云：「梁蕭氏興江左，實有功在民，厥終無大惡，以浸微而亡，故餘祉及其後裔。自瑀逮遘，凡八葉宰相，名德相望，與唐盛衰。世家之盛，古未有也。」〔註13〕殆因武帝在位期間，有功於民，故遺留福蔭給子孫，唐時有八人居宰相之官，家門名望德業，相繼不絕，自古以來，少有也。

（一）子 輩

梁武帝共八子，除四子蕭績（505～529）以孝聞名、五子蕭續（504～547）以勇聞名外，皆甚有文采。

長子昭明太子統，字德施，小名維摩，齊和帝中興元年九月生於襄陽。生性聰睿，三歲讀《孝經》、《論語》，五歲遍讀《五經》，且能諷誦，號稱讀書數行並下，過目皆憶，因此才學過人，思維敏捷。普通七年生母丁貴嬪（485～526）病逝，水漿不入口，日食麥粥而已，足見其孝。平日雅好陶淵明（365～427），謂觀其文可遣馳競之情，袪鄙吝之意，貪夫可以廉，懦夫可以立。〔註14〕蕭統學養爲人，亦可知矣。嘗引納才學之士，討論墳籍，商榷古今，當時東宮名才並集，文學盛況，爲晉、宋以來未有。蕭統從父遊宴，每受詔賦詩，皆屬思便成，無所點易。時梁武帝大弘佛教，親自講說，蕭統亦素信三寶，遍覽眾經，宮內另立慧義殿，專爲法集之所，延請名僧，談論不絕。普通中，大軍北討，京師一時穀貴，乃命省衣減膳；勤熟政務，對所奏若有謬誤巧妄之處，皆能辯析，天下稱仁。中大通三年（531）三月乘舸游池，因姬人蕩舟，沒溺動股致病，四月暴惡而卒，年三十一，謚曰「昭明」。〔註15〕所編《文選》，爲我國現存最

〔註13〕同註2，《新唐書》卷101，頁3963。

〔註14〕梁・昭明太子：〈陶淵明集序〉，《全上古三代秦漢三國六朝文》（臺北：宏業書局，1975年）《全梁文》卷20，頁3067。

〔註15〕同註4，《梁書》卷8，頁165～171。

早的古代詩文總集。

二子豫章王綜，字世謙，天監三年封爲豫章王，歷南徐州、郢州刺史、丹陽尹，官至侍中。其母吳淑媛原爲齊東昏侯宮女，梁武帝納之後七個月生蕭綜，後自知爲東昏侯子，遂懷異志。普通六年（525）自南兗州刺史任上奔北魏，改名爲纘，字德文。大通二年（528）赴蕭寶寅之反被殺。蕭綜性聰敏，善於屬文，且有勇力，能手制奔馬。任南兗州刺史時頗勤於政事。〔註16〕

三子簡文帝綱，字世纘，天監二年十月丁未生於顯陽殿。自幼敏睿，識悟過人，六歲能屬文，辭采甚美，被譽爲吾家東阿。既長，器宇寬弘，讀書經目必記，博綜儒書，善談玄理，篇章辭賦，操筆便成。天監五年封晉安王，天監八年領石頭戍軍事起，歷任諸州軍政，出鎭外藩。性至孝，生母丁貴嬪憂，哀毀骨立，晝夜哭泣不絕。喜引納文學才士，討論篇籍。尤以任雍州刺史期間，與庾肩吾、徐摛（474～551）、劉孝威（？～549）、鮑至等十人交好，使抄撰眾籍，號高齋學士爲最。〔註17〕又嘗於玄圃講述武帝所製《五經講疏》。中大通三年昭明太子逝世，立爲太子後，〔註18〕引納庾信、徐陵等文士，形

〔註16〕同註4，《梁書》卷55，頁823～825。《梁書》、《南史》皆載蕭綜爲梁武帝第二子，然其母「吳淑媛自齊東昏宮得幸於高祖（梁武帝），七月而生綜」。且未載明其生年，惟記：「大通二年，蕭寶寅在魏據長安反，（蕭）綜自洛陽北遁，將赴之，爲津吏所執，魏人殺之，時年四十九。」若據其卒年爲大通二年，四十九歲，上推生年爲齊高帝建元二年（480），亦頗有可議。因東昏侯於中興元年（501）十二月時年方十九，參《南齊書》卷7，頁102。上推東昏侯生於齊武帝永明元年（483），故《梁書》所載，或已有傳鈔之誤，亦不得而知。

〔註17〕同註10，《南史》卷50，頁1246。

〔註18〕同註4，《梁書》卷8，頁165～171。中大通三年時，蕭綱仍爲雍州刺史，武帝徵詔入朝，未至，昭明太子曾夢與蕭綱對奕擾道，並以班劍授之。四月蕭統逝世，武帝廢嫡立庶，果以蕭綱爲太子。當時海內沸騰，故大封蕭統五子爲王。實則一方面由於有梁初立，武帝時年已六十八歲，恐長孫蕭歡年少難主大業，一方面由於蕭統曾在生母丁貴嬪墓側埋蠟鵝事件，耿耿於懷。原來普通七年丁貴嬪卒後，昭明遣人得一善墓地，時有賣地者向武帝宦官俞三副言，若得賣地三百萬錢，則以百萬酬謝俞，俞乃密啓武帝此事，事發後，武帝大驚憤怒，故蕭統至死深以此慚慨，不能自明，心常不安。武帝「以心銜故」，其子嗣歡不獲立。後程逸之獲誘略之罪，罪本不致死，然蕭綱追念蕭統「揮淚誅之」，至於蕭綱何以揮淚誅之，不得而知。《資治通鑑》則載程逸之「罪不至死」，參宋・司馬光撰，胡三省注，章鈺校記：《資治通鑑》（臺北：建宏出版社，1977年）卷155，梁紀11，頁4811。足見其中尚有隱諱，故《梁書》不載，僅見於《南史》卷53，頁1313～1313。趙翼《廿二史箚記》列「《南史》增《梁書》有關係處」與「《南史》增《梁

成其文學集團。太清三年（549）即位，爲侯景所制。大寶二年（551）被殺。著有《禮大義》、《老子義》、《莊子義》等書。

四子蕭績，字世謹，天監八年封爲南康王，十年任南徐州刺史，歷任南兗州、江州刺史。自幼聰警，任南袞州刺史期間，治事以善政著稱。以孝聞名，丁生母董淑儀之憂，居喪過禮，武帝因此手詔慰勉。中大通三年病卒，因居無僕妾，少玩好嗜慾，躬事約儉，故諡曰簡。〔註19〕

五子蕭續，字世訢，天監八年封廬陵王，歷任雍州、江州刺史，位至驃騎將軍、開府儀同三司，卒於荊州刺史任上。續少英果，以威勇聞名，膂力超人，馳射游獵，皆應發命中，威勇過人，多聚馬仗，蓄養趫雄，極意斂財，後諡爲威。〔註20〕

六子蕭綸，字世調，天監十三年封邵陵王，歷任會稽太守、江州、揚州、南徐州刺史，驕縱暴虐，侵漁百姓，曾數免官削爵，然其少聰穎有才，博學善屬文，尤工於尺牘，〔註21〕且好聚書，〔註22〕好文義。〔註23〕復爵後，餞別衡州刺史元慶和，於座中賦詩十二韻，大受武帝賞歎，旋拜郢州刺史。〔註24〕侯景亂起，任征討大都督，率眾討景，大敗逃歸，大寶二年爲王僧辯（？～555）所殺。

七子孝元帝蕭繹，字世誠，於天監十三年封爲湘東王，歷任會稽太守、侍中、江州刺史，後爲荊州刺史，都督荊雍九州諸軍事。自幼天才夙慧，聰明俊朗，五歲能誦〈曲禮〉，左右驚歎。長而博覽群書，辯才敏速，下筆成章，且工書畫。大寶三年（552）擊敗侯景，即位於江陵，承聖三年（554）雍州刺史蕭詧（519～562）引西魏軍攻江陵，戰敗被殺，城陷之時將歷年所集古今圖書十四萬卷，付之一炬。〔註25〕繹雖於政事上無突出表現，然與

書》瑣言碎事」，即增上述史事，參卷10，頁217，及卷11，頁223。足見史家曾有隱諱。

〔註19〕同註4，《梁書》卷29，頁427～428。

〔註20〕同註4，《梁書》卷29，頁431。

〔註21〕同註4，《梁書》卷29，頁431。

〔註22〕同註10，《南史》載侯景之亂時，綸舉兵援臺，曾留書二萬卷給其學士馬樞，知綸曾聚書至二萬卷。參卷76，頁1907。

〔註23〕同註4，《梁書》卷50，頁722～723。如伏挺與伏捶兄弟因具文才，皆爲其所援引。

〔註24〕同註10，《南史》卷53，頁1323。

〔註25〕同註18，據《資治通鑑》載承聖三年城將陷時，梁元帝入東閣竹殿，命舍人高善寶焚古今圖書十四萬卷。參卷165，梁紀21，頁5121。《南史》作十餘萬

裴子野等當時才秀，皆布衣之交，著述辭章，多行於世。卻性多猜忌，不能容勝己之人。〔註26〕著有《孝德傳》、《忠臣傳》、《周易講疏》、《內典博要》、《老子講疏》等書。

　　八子蕭紀，字世詢，天監十三年封武陵王，歷任丹陽尹、揚州刺史等職，梁末爲征西大將軍、益州刺史。侯景亂中，蕭紀擁兵不赴援，於大寶二年稱帝成都，年號天正，以子蕭圓照（？～553）爲太子，封置百官，旋舉兵東下，攻蕭繹，又爲西魏所據，兵敗被殺。〔註27〕蕭紀自幼勤學而有文才，文辭不喜輕華，極有骨直之氣，其性寬和，喜怒不現於色，特得武帝之寵愛。

　　由上述可知，梁武帝以清剛守正、勤儉自持爲庭訓，曾敕年幼的蕭統：「太子洗馬王錫、秘書郎張纘，親表英華，朝中髦俊，可以師友事之。」〔註28〕王錫聰敏好學而不倦，性至孝，〔註29〕張纘喜讀書，晝夜不輟，〔註30〕武帝此舉即意欲昭明耳濡目染，多學博聞；又訓示蕭綱曰：「孔休源人倫儀表，汝年尚幼，當每事師之。」〔註31〕孔休源（469～532）風範強正，明練治體，持身儉約，學窮文藝，及正色直繩，無所迴避，當官理務，不憚強禦，常以天下爲己任，〔註32〕深受武帝重委，故教子善自學習；又嘗告誡蕭繹曰：「到溉非直爲汝行事，足爲汝師，間有進止，每須詢訪。」〔註33〕到溉聰敏有才華，史贊稱其「文義優敏」，性率儉謹厚，不事鮮華，與兄弟敦睦友愛，〔註34〕特爲梁武帝賞接，誡蕭繹從而習之。故知武帝子輩們能賞接才學之士，討論墳籍，著述辭章，咸受其影響。

（二）孫　輩

　　武帝諸孫中，多有文采煥然或武功超卓者，由於人數眾多，茲以武帝諸子之名繫聯敘之如下。〔註35〕

　　　　卷，參卷8，頁245。
〔註26〕同註4，《梁書》卷5，頁136。
〔註27〕同註4，《梁書》卷55，頁825～828。
〔註28〕同註4，《梁書》卷21，頁326。
〔註29〕同註4，《梁書》卷21，頁326。
〔註30〕同註4，《梁書》卷34，頁493。
〔註31〕同註14，梁武帝：〈敕晉安王〉，《全梁文》卷4，頁2969。
〔註32〕同註4，《梁書》卷36，頁519～522。
〔註33〕同註14，梁武帝：〈敕湘東王〉，《全梁文》卷4，頁2970。
〔註34〕同註4，《梁書》卷40，頁568～569，及頁579。
〔註35〕武帝之子中，以蕭綜、蕭續二人之子事蹟不顯。二子蕭綜北至魏，武帝以其

蕭統之子有蕭歡（？～540）、蕭譽（？～550）、蕭詧、蕭譬、蕭鑒，雖未以文采稱盛，然次子蕭譽，字重孫，自幼驍勇，有膽氣，善於弓射，故能馬上用弩，撫循士卒，頗得眾人之心。〔註36〕三子蕭詧，字理孫，自幼好學善屬文，篤好文義，著有文集十五卷，尤長於佛義內典，深獲梁武帝嘉賞，曾作《華嚴》、《般若》、《法華》、《金光明義疏》三十六卷，並行於世。少有大志，不拘小節，梁時任雍州刺史，務修刑政，克己勵節，樹恩於百姓，境內大治，梁承聖四年（555），魏恭帝立其爲梁王，在位八年而卒。〔註37〕

簡文帝蕭綱二十子中，長子蕭大器（523～551），字仁宗，性寬和，有器度膽識，曾云：「家國喪敗，志不圖生；主上蒙塵，寧忍違離。」大寶二年爲侯景所殺〔註38〕。次子蕭大心（523～551），字仁恕，自幼聰明，善於屬文。四子蕭大臨（527～551），字仁宣，少敏慧，以孝聞名，後入國子學，明經策射爲甲科。五子蕭大連（527～551），字仁靖，少而俊爽，且能屬文，舉止風流有巧思，工於音樂，兼善繪畫，入國子學，射策爲甲科，武帝曾賜以馬，遂即爲謝啓，文詞甚美。六子蕭大春（530～551），字仁經，少博覽書記，善於吹笙，天性孝謹，體貌雄壯。十二子蕭大雅（533～549），字仁風，自幼聰警，姿儀甚美，特蒙武帝之鍾愛。十四子蕭大鈞（539～551），字仁博，性厚重，七歲學《詩》，諷誦時音韻清雅，於是武帝賜王羲之書一卷。〔註39〕二十子蕭大圜，字仁顯，自幼聰敏早悟，又好學，四歲便誦〈三都賦〉、《孝經》、《論語》，性至孝。及長，爲避禍，恆以讀《詩》、《禮》、《書》等爲事，魏恭帝二年（梁敬帝蕭方智紹泰元年，555）至長安，周文帝以客禮待之，入爲麟趾殿學士，務於著述，史贊稱其懷文抱質。〔註40〕

南康王蕭績之子蕭理會（？～551），字長才，自少聰慧，喜好文史，特

子直封永新侯，直字思方，位晉陵太守、沙州刺史；五子蕭續有子憑，因罪受誅而死，由次子應嗣位，《梁書》作「長子安嗣」，參卷29，頁431。然蕭應性不聰慧，見金鋌不識。參《南史》卷53，頁1318～1322。史傳未詳載其事蹟，故僅註記於此。

〔註36〕同註4，《梁書》卷55，頁829～830。

〔註37〕唐・李延壽撰：《新校本北史并附編三種》（臺北：鼎文書局，1996年5月2版1刷）卷93，頁3086～3090。蕭統五子中，蕭譬與蕭鑒二人早逝，蕭歡事蹟史書所載不多，參《蕭統評傳》，頁105～112。

〔註38〕同註4，《梁書》卷8，頁172。

〔註39〕同註4，《梁書》卷44，頁613～617。

〔註40〕同註37，《北史》卷29，頁1063～1066。又參唐・令狐德棻：《新校本周書附索引》（臺北：鼎文書局，1990年7月6版）卷42，頁756～759。

為武帝所喜愛。蕭乂理（529～550），字季英，性至孝，幼時喪父，常悲泣不已，武帝讚其「未來必為奇士」，博覽多識，有文才，嘗祭孔文舉墓，為之立碑，其文辭甚美，又生性慷慨，讀忠臣烈士事蹟之書，便感歎欽慕。〔註41〕

邵陵王蕭綸之子蕭堅（？～549），字長白，長草隸。蕭確（？～549），字仲正，有文才，工於楷隸，當時公家碑碣，皆令書之，自幼驍勇有膂力，常自習騎射，學兵法。及長，每臨陣對敵前，皆能謀畫詳贍，朝夕據鞍帶甲，馳騁往返，不以為苦，將士皆歎服其勇壯，後為侯景所殺。〔註42〕

元帝蕭繹長子蕭方等（528～549），字實相，聰敏有高才，尤長於巧思，善於騎射，喜林泉散逸，侯景圍建康時，率眾一萬赴援，後歸荊州，收集士馬，甚得眾和，又設置城柵，以為防守，其才能深獲其父蕭繹讚歎，惜兵敗被殺。四子蕭方矩（？～554），字德規，聰穎勤學，容止甚美。〔註43〕

蕭紀諸子中，次子蕭圓正（？～553）較為突出，字明允，風度優美，善於談論，性寬和，好施與，愛接士人，曾任西陽太守，以惠政聞名，後其父蕭紀敗，與兄蕭圓照同下獄死〔註44〕。蕭圓肅（539～584），字明恭，自幼風度淹雅，敏捷好學，入周拜咸陽郡守，為治寬猛相濟，以政績聞名，後為太子少傅，作〈少傅箴〉，甚受見賞，卒於隋朝，有文集十卷，又撰時人詩筆為《文海》四十卷，著述甚豐。〔註45〕

曾孫蕭巋（542～585），字仁遠，為蕭詧三子，俊辯有才學，兼好內典。繼位為後梁明帝，隋開皇四年（584）入朝，進退閑雅，百僚傾慕。性孝悌慈仁，有君人之量，四時祭享，未嘗不悲慕流涕，著《孝經》、《周易義記》及《大小乘幽微》等。〔註46〕

蕭氏一門，或博學有文義，或驍勇威武，或秉性淳孝，或雄壯有膽氣，可謂人才濟濟，皆由家風薰染使然。然因侯景之亂起，武帝子孫多喪亡亂中，故《南史》史臣論云：「備踐艱棘，蓋時運之所鍾乎。」〔註47〕實有所感歎。

〔註41〕同註4，《梁書》卷29，頁428～430。

〔註42〕同註4，《梁書》卷29，頁436。

〔註43〕同註10，《南史》卷54，頁1344～1347。

〔註44〕同註10，《南史》卷53，頁1331～1332。

〔註45〕同註40，《周書》卷42，頁755～756。

〔註46〕唐・魏徵等：《新校本隋書附索引》（臺北：鼎文書局，1997年10月9版）卷79，頁1791～1793。又參《北史》卷93，頁3090～3092。

〔註47〕同註10，《南史》卷54，頁1347。

第二節　生平事略

梁武帝一生波瀾起伏，可謂生於軍，長於亂，後創立帝業，力圖振治，振興儒學，推揚文風。然晚年遭逢侯景之亂而亡，茲依其經歷之不同，以下分為七期言之。

一、幼年時期的傳異

梁武帝蕭衍，字叔達，小字練兒，南蘭陵中都里人（今江蘇武進縣）。南朝宋孝武帝大明八年，歲次甲辰，生於秣陵縣同夏里三橋宅。終其一生傳異之事頗多。〔註 48〕不僅身有異事，相貌更受推為帝王之相，齊武帝永明九年（491）出為鎮西諮議，行經牛渚，忽逢暴風，波浪不止，於是入泊龍瀆，登岸見一長者，謂其龍顏虎步，相不可言。梁武帝欲問其名氏時，忽消逝不可得見，〔註 49〕此時其二十八歲，文武兼具，相貌堂堂，又負龍虎之相，〔註 50〕已深為時人所欽重，受異人推許能平天下之亂，安蒼生之命等大任。齊明帝建武二年（495），魏軍來襲，梁武帝赴援救司州刺史蕭誕，行經熨斗洲時，見一人身長八尺餘，容貌衣冠，皆為白色，緣江邊大呼：「蕭王大貴。」梁武帝因屢經徵祥異事，內心益覺自負重任。克魏軍後，任司州刺史，有一沙門自稱僧惲，謂梁武帝項上有伏龍，非居於一般人臣之位者，待梁武帝復欲求問時，莫知去向，已預言其君王之相；建武四年（497）監雍州事，盛傳地方有王氣，梁武帝所住齋邸，常有五色之氣回轉，狀若蟠龍之相，時有暴風忽起，四週皆煙塵環繞，惟其居處白日清朗，上有紫雲騰起，形如繖蓋，望見者皆驚異，〔註 51〕更見其深受異人期許及時人信服。

除上述神異事蹟，武帝因時有神助之力，又能得謀士戮力輔助，故每戰皆捷，如張弘策（456～502）於武帝起兵過程中，特敬異武帝，參運帷幄，身親勞役，不憚辛苦。〔註 52〕齊和帝中興元年（501）七月，梁武帝潛師欲襲加湖，以逼吳子揚，當時河道水本乾涸，無法通行船艦，然夜間有流星墜落

〔註 48〕梁武帝本傳載其幼時傳異頗多，終其一生皆有神異之事的記載，為顯其生而不凡，故將其傳異之事，註記於此。參《梁書》卷 7，頁 156。《南史》卷 6，頁 168。

〔註 49〕梁元帝：《金樓子》（臺北：藝文印書館，未載出版年月）卷 1，頁 15 下。

〔註 50〕明・張溥著，殷孟倫注：《漢魏六朝百三家集題辭注》（香港：香港商務印書館，1961 年 7 月版），頁 206。

〔註 51〕同註 10，《南史》卷 6，頁 169～171。

〔註 52〕同註 4，《梁書》卷 11，頁 205～206。

城中，四更時無雨而水暴漲，梁武帝方得率眾軍乘流齊進，大勝敵軍，〔註53〕此蓋有天助神異，使時人更視其爲君王。另外，又多有符瑞異事，同年十二月，武帝入屯閱武堂，入鎮殿中，有鳳凰集於建康城；中興二年，武帝進位相國，爲梁公時，二月有於宣武城內鑿井，得玉鏤騏驎、金鏤玉璧、水精環各二枚，又有鳳凰見於建康之桐下里，齊德宣皇后在稱美符瑞後，歸之於武帝相國府中，〔註54〕二月丙寅平旦，山上有雲氣繚繞，又有玄黃之色，狀若龍形，長十餘丈，〔註55〕四月，武帝臨受禪之際，屢抗表謙讓，後因太史令蔣道秀陳天文符讖六十四條，方受至尊之位。〔註56〕可知梁武帝本具天子之天命，故有此種傳異、符瑞感應之事，亦知其頗具不凡的一生。

除傳異事蹟以外，武帝年幼時即性淳孝，六歲時生母逝世，三日水漿不入口，哭泣哀苦，深受親黨敬異。自此之後，長養於奶媼之手，對其父兄依賴甚深，終身懷孺慕之情，恨不得能朝夕供養其父，〔註57〕相與親炙。由於年幼失恃，父親蕭順之又隨齊高帝蕭道成征戰南北，求學階段，深受其長兄蕭懿之濡染，二人情誼深厚敦篤，對日後武帝軍事才能之養成，甚具有響影。蕭懿外任晉陵太守期間，或有未能親自督教時，武帝遂多親炙母舅張弘籍，自言二人：「少離苦辛，情地彌切。」〔註58〕足見相處時間不短。弘籍爲人素風雅獻，甚受名輩推揖，武帝自亦見學其風雅人品。又受業於大儒劉瓛，對其儒學影響甚深。故此時爲梁武帝學識軍略的濡染時期。

二、竟陵八友的薰染

齊武帝永明二年（484），梁武帝起家爲巴陵王蕭子倫（479～494）南中郎法曹行參軍，〔註59〕後遷衛將軍王儉東閣祭酒。王儉一見，深爲器敬，請爲戶曹屬，此時武帝年約二十歲左右，以博學多通，兼善籌略，深獲時人推許。後爲司徒蕭子良西閣祭酒。〔註60〕永明五年（487）以後竟陵王蕭子良開

〔註53〕同註10，《南史》卷6，頁174。

〔註54〕同註10，《南史》卷6，頁181。

〔註55〕同註4，《梁書》卷1，頁25。

〔註56〕同註4，《梁書》卷1，頁20。

〔註57〕同註14，梁武帝：〈孝思賦并序〉，《全梁文》卷1，頁2950。

〔註58〕同註14，梁武帝：〈追贈張弘籍詔〉，《全梁文》卷2，頁2954。

〔註59〕同註1，巴陵王蕭子倫爲齊武帝蕭賾十三子，永明二年七月甲申始立爲巴陵王，故梁武帝爲官最早當於此時。參《南齊書》卷3，頁49。

〔註60〕同註1，《南齊書》卷9，頁124。又載竟陵王子良於永明二年正月入爲護軍將

西邸，禮才好士，傾意賓客，薈聚天下才學，武帝與沈約、謝朓、王融、蕭琛、范雲、任昉、陸倕等，皆遊於其中，有「竟陵八友」的美稱。當時王融號稱識鑒過人，以為武帝具宰制天下之能。

西邸位於雞籠山，為當時名山勝境，蕭子良於其中設山水泉石，冠絕一時。〔註61〕文學之士，於公餘閒暇，盛為文章談義，皆湊聚於此，〔註62〕從事文學創作，或作遊仙之詩，或攬勝詠物，或夜集學士，或送行餞別；又於西邸設士林館，〔註63〕得入此館者稱為學士，〔註64〕並為一無上光榮之事。〔註65〕梁武帝身處其中，與竟陵文士情相交好，對其文學創作及日後設立士林館，具深遠影響。兼之蕭子良篤信佛教，募請文士參與，對日後武帝信奉佛教、改作佛教音樂，產生極大影響。另外，此時武帝已具深厚學養，篤好儒學，精於玄學及玄談，深受沈約稱賞，謂其善發談端，精於談論。〔註66〕竟陵八友中，沈約深具史學長才，〔註67〕自永明二年，兼著作郎，撰次起居注，永明五年春受敕撰《宋書》，〔註68〕書一年便就，其間正是西邸大開之時，梁武帝此時應受濡染，遂有日後作《史通》六百卷之志；而沈約、王融、謝朓等好作樂府詩，由於樂府與音樂關係密切，沈約盛解音律，已有完整之聲律理論，〔註69〕撰《四聲譜》，自是與王融、謝朓、范雲等文章始用四聲，〔註70〕並倡八病之說。對當時二十餘歲的梁武帝，自是眼界大開，影響極鉅。

軍，兼司徒，領兵置佐。參卷40，頁694，及卷3，頁48。

〔註61〕 同註14，任昉：〈齊竟陵文宣王行狀〉，《全梁文》卷44，頁3205。

〔註62〕 同註1，《南齊書》卷48，頁841。

〔註63〕 同註4，《梁書》卷16，頁267。

〔註64〕 同註4，《梁書》卷36，頁519，及頁523。

〔註65〕 同註14，王融：〈下獄答辭〉，全齊文卷12，頁2858，又參《金樓子》卷第3，頁10下。

〔註66〕 同註14，沈約：〈武帝集序〉，《全梁文》卷30，頁3123。

〔註67〕 同註50，張溥於《沈隱侯集》題辭云：「休文大手，史書居長。」參《漢魏六朝百三家集題辭注》，頁221。

〔註68〕 梁·沈約：《新校本宋書附索引》（臺北：鼎文書局，1998年7月9版）卷100，頁2466。

〔註69〕 同註68，沈約作《宋書》，立謝靈運傳，「史臣曰」中已確立其聲律理論。參卷67，頁1778～1779。

〔註70〕 唐·封演：《封氏聞見記》（臺北：廣文書局，1968年6月初版）云：「周顒好為韻語，因此切字皆有紐，紐有平上去入之異。永明中，沈約文詞精拔，盛解音韻，遂撰《四聲譜》。……時王融、劉繪、范雲之徒，皆稱才子，慕而煽之，由是遠近文學，轉相祖述，而聲韻之道大行。」參卷2，頁21。知《四聲譜》約撰於永明中。

　　永明八年，梁武帝遷為隨郡王蕭子隆鎮西諮議參軍，永明九年春隨赴前往荊州，〔註71〕臨別時，任昉、宗夬、王延、王融等人並作詩以贈之，〔註72〕梁武帝作〈答任殿中宗記室王中書別詩〉相和，〔註73〕知梁武帝與諸文士甚為交好。永明十年，丁父憂去職。至十一年，齊武帝死，蕭子良疾篤病逝，王融亦因謀立蕭子良不成下獄死，〔註74〕西邸文學集團終告結束。

　　此時期梁武帝自二十一歲至三十歲，於西邸所結交者，對其文學創作及日後對文學之大力推闡，影響至深。

三、建功立業的膽識

　　武帝深受時人賞讚，稱其具有宰制天下之才，從此深自期許。自齊明帝建武元年至永泰元年（494～498），武帝正值三十一歲至三十五歲的壯年時期，短短五年間，因文武兼備，膽識卓越，在軍事才能方面，嶄露頭角，實為其建功立業之時期。

　　當時眼見其父蕭順之奉令平蕭子響謀反，卻遭見怪，憂懼而卒，梁武帝內心對齊武帝父子諸多不滿，〔註75〕又洞見蕭子良、王融輩，雖欲立非常之事，然其「才非負圖」，〔註76〕必致失敗，遂助蕭鸞得帝位，欲傾殺齊武帝之嗣，以雪心恥。蕭鸞亦與之事事謀畫，〔註77〕遂以籌略見用。〔註78〕

　　永明十一年（493）七月，齊武帝死，孫鬱林王蕭昭業即位，翌年正月改元隆昌（494），以蕭鸞輔政，梁武帝受蕭鸞重用，鎮守軍事重鎮壽陽（今安徽壽縣），又受封建陽縣男。〔註79〕鬱林王隆昌元年，因昏亂失道，朝廷之事皆取決

〔註71〕同註1，《南齊書》載永明八年蕭子隆代魚腹侯蕭子響為使持節、都督荊雍梁寧南北秦六州、鎮西將軍、荊州刺史。至永明九年方親府州事，參卷40，頁710。

〔註72〕齊・王融：〈蕭諮議西上夜集詩〉，《先秦漢魏晉南北朝詩》（臺北：學海出版社，1984年5月初版），齊詩卷2，頁1396；任昉、宗夬、王延各題〈別蕭諮議詩〉，任詩參梁詩卷5，頁1599，王詩見齊詩卷1，頁1377，宗詩見梁詩卷3，頁1554。

〔註73〕同註72，梁武帝：〈答任殿中宗記室王中書別詩〉，梁詩卷1，頁1528。

〔註74〕同註1，《南齊書》卷47，頁824。

〔註75〕同註3，《蕭統評傳》，頁20～25。

〔註76〕同註10，《南史》卷6，頁169。

〔註77〕同註10，《南史》卷6，頁169。

〔註78〕同註18，《資治通鑑》卷139，齊紀5，頁4344。

〔註79〕同註4，《梁書》卷1，頁2。

於蕭鸞，至七月終被廢。同時海陵王蕭昭文即位，改元延興，至十月被廢。蕭鸞即位為明帝，改元建武（494）。齊明帝建武二年，北魏遣將劉昶、王蕭帥三十萬眾，大舉攻齊，圍義陽，齊明帝以梁武帝為冠軍將軍，隸屬左衛將軍王廣之為援，距義陽百餘里。時眾人以魏軍盛，皆趑趄莫敢前，梁武帝膽識過人，以為只要出其不備，便能破敵。然王廣之等不從，反遣軍進據賢首山，未料糧道為魏軍斷絕，時人懼而不敢赴援，惟武帝奮請為先啟，遂得主帥所分麾下精兵，銜枚夜進，逕上賢首山，時魏軍無法測知武帝人數多寡，一時未敢逼進。至黎明時，武帝下令軍中：「望麾而進，聽鼓而動。」於是揚麾鼓譟，聲振山谷，其下敢死之士，與城內守軍內外夾攻，魏軍表裡受敵，大敗，魏將王蕭、劉昶敗走。此時梁武帝一舉殲滅敵人，捍衛家園，因功升為右軍晉安王司馬、淮陵太守。還為太子中庶子，領羽林監。後出鎮石頭城，〔註80〕保衛京邑。梁武帝深知齊明帝蕭鸞生性猜忌，為避功高之嫌，於是解遣部曲，常乘折角小牛車，事為齊明帝獲知後，稱讚其清儉，以勗勵朝臣。

　　建武四年（497），魏孝文帝親率眾寇雍州（今湖北襄樊），梁武帝奉令赴援襄陽，十月又詔遣崔慧景（438～500）總督諸軍，梁武帝與雍州刺史曹虎等並受節度。〔註81〕建武五年（498）三月，梁武帝與崔進逼鄧城，時魏有十萬餘兵騎奄至，崔慧景失色，大懼，欲引退，梁武帝固止之而不從，崔終為魏騎大敗，死傷略盡。梁此時武帝臨陣不亂，仍獨率眾拒戰，後全師而歸。及魏軍退還，七月，梁武帝升輔國將軍、雍州刺史、都督雍、梁、南北秦四州及郢州之竟陵、司州之隨郡諸軍事，自此掌握齊北部與西北部地區軍政大權。

四、起兵反齊的過程

　　齊明帝於建武五年七月病卒，明帝子蕭寶卷（後廢為東昏侯）即位，改元永元。先前齊明帝曾遺詔以梁武帝為雍州刺史，梁武帝遂以張弘策為錄事參軍，帶襄陽令。此時武帝正值三十六歲，無論學養、見識及軍事作戰經驗，皆已達到人生的頂峰，目睹海內動亂，遂有匡世濟民之心志，密為儲備，時與張弘策謀畫。〔註82〕任職雍州時，聞得朝廷遣詔「六貴」蕭遙光、徐孝

〔註80〕同註4，《梁書》卷1，頁2。
〔註81〕「曹虎」，《南史》作「曹武」，參卷6，頁171。《南齊書》本傳作曹虎，乃姚思廉避唐諱而改，參《梁書》卷1，頁30。
〔註82〕同註4，《梁書》卷11，頁206。

嗣、江祐、蕭坦之、江祀與劉暄輔政，以為政出多門，必亂其階且無所適從，又預見六貴間，日久定生嫌隙，相互誅滅。因此當據雍州避禍，若能勤行仁義，則可坐作西伯周文王之效。〔註83〕然當時長兄蕭懿身在郢州，遂獻計以為此時宜糾合義兵，為百姓請命，以廢昏君另立明主。〔註84〕蕭懿聞之變色而不許，武帝只得即刻召弟蕭偉、蕭憺至襄陽靜待時變，並潛造器械，廣伐竹木，沈入檀溪中，密為舟裝之備。

　　後朝廷內訌，六貴相爭，東昏侯蕭寶卷陸續誅殺六貴及朝中大臣。永元二年（500）十月，蕭懿終因勳高獨居朝廷之首被殺。〔註85〕此時東昏侯已疑梁武帝心有異志，派鄭植行刺，無功而返。〔註86〕消息傳來，武帝以雍州實力穩固，且眼見東昏侯殘暴肆虐，惡行過於商紂，深愍生民罹遭塗炭之苦，遂領甲士萬餘人，於襄陽起兵反齊。此時上庸太守韋叡帥郡兵二千，華山太守康絢帥郡兵三千，馮道根帥鄉人子弟勝兵者，梁、南秦二州刺史柳惔亦起兵應武帝。東昏侯則以劉山陽、蕭穎冑襲襄陽。後蕭穎冑知梁武帝心志，以時月未利，勸來年再進兵。

　　永元三年（501）二月，南康王蕭寶融（488～502）為相國，任梁武帝為征東將軍，此時武帝自襄陽出發，作〈移檄京邑〉，歷敘東昏侯等人之惡行，以「王師」自居，〔註87〕前進建康。永元三年三月，蕭寶融於江陵即帝位為和帝，改元中興，任梁武帝為尚書左僕射，加征東大將軍、都督征討諸軍事，假黃鉞。九月督軍圍建康，與陳伯之引兵東下，留鄭紹叔守襄陽。十二月入建康城，東昏侯為張櫻、王珍國（？～515）斬首，梁武帝遂下令盡誅凶黨王咺之以下多人，眾望盡歸梁武帝，京城戰事亦告終。宣德皇后授以中書監職，封建安郡公，食邑萬戶，中興二年（502）正月，進位相國，封梁公，武帝固辭，府僚再三勸進始受。並任西邸文士范雲、沈約、任昉為幕僚，武帝有意廢齊和帝，沈約知之進言，以為王業已就，須早定大業，〔註88〕范雲亦擁武帝之志，自此禪代大事始由二人推動。三月齊和帝禪位。四月，稱帝建康，改元天監。

〔註83〕同註4，《梁書》卷1，頁3。
〔註84〕同註4，《梁書》卷1，頁3～4。
〔註85〕同註10，《南史》卷51，頁1266。又參《蕭統評傳》，頁24～25。
〔註86〕同註4，《梁書》卷11，頁209。
〔註87〕同註14，梁武帝：〈移檄京邑〉，《全梁文》卷6，頁1978。
〔註88〕同註4，《梁書》卷13，頁234。

五、稱帝初期的政局

梁武帝在位四十八年（502～549），可分為前後兩期，前期自天監元年至普通七年（502～526），約二十五年。武帝建梁時三十九歲，方當中年，故能以開國皇帝之雄心壯志，力轉政局，由動亂漸趨穩定，期間改革吏治、官制，北伐北魏，修定律法，史稱為「天監之治」。

由於武帝淹貫經史，懷抱儒家入世濟民之襟懷，深知為國君之首務，在於長養百姓，時以《尚書》「德惟善政，政在養民」惕勵自我，百務皆以振民育德為主，〔註89〕見齊末昏政，治綱弛落，刑政多僻，愁窮四海，頒下數條聽覽民情之詔書，以革前代之失，遣內侍周省四方，觀政之興廢，以除田野不闢，獄訟無章之弊，兼訪舉賢人，積極推動政務庶事，勵精圖治，以勤於政事的態度，致力穩定政局。

首先，武帝籠絡士族，使之為己所用。尤其籠絡蕭道成嫡系子孫蕭子恪（478～529）兄弟等十六人，待之以寬大為懷，極力拉籠，使之並仕於梁。並云：「情同一家。」期望蕭子恪兄弟能「盡節報我」、「閉門高枕」。〔註90〕其次，善待佐命功臣如沈約、范雲等，使位居要職；重要武將如王茂、鄧元起、呂僧珍、曹景宗，皆因加官晉爵，更盡忠於武帝，甚且常受邀宴請，共道故舊，〔註91〕縱有不遜，全宥而不責，〔註92〕無論士族、功臣或武將，皆心悅誠服，因此能保持政局穩定。

接著，武帝承認、並保持士族高門的優越社會地位，且與世族通婚。天監十一年（512）為蕭綱娶瑯琊王儉的孫女，〔註93〕並重用高門世族，使居高官，〔註94〕以穩定政局。再配合任用真能領簿文案的寒門素族，如范雲、徐勉等。〔註95〕培養寒門俊才，〔註96〕天監八年下詔敘錄寒品後門，且「隨才

〔註89〕同註14，梁武帝：〈分遣內侍省方詔〉，《全梁文》卷2，頁2954。
〔註90〕同註4，《梁書》卷35，頁508～509。
〔註91〕同註4，《梁書》卷9，頁181。
〔註92〕同註4，《梁書》卷9，頁176。
〔註93〕同註4，《梁書》卷7，頁158。
〔註94〕武帝即位後為拉籠高門士族，鞏固政權，便委以高官之位，如王亮官至中書監，王瑩官至尚書令和丹陽尹，王峻、王份（446～524）官至侍中，謝覽官至吏部尚書，謝朓（441～506）官至中書監，袁昂官至尚書令等，皆居高官之位。
〔註95〕同註18，《資治通鑑》卷145，梁紀1，頁4530。
〔註96〕同註46，《隋書》卷26，頁724。

試吏，勿有遺隔」，〔註97〕無論高門世族或寒門才士，皆爲其所籠絡。又於天監五年下詔於州郡設州望、郡宗、鄉豪各一人，專掌搜薦。〔註98〕此外，拉籠宗教界的重要領導人物，如與道教巨擘陶弘景（452～536）書問不絕，恩禮甚篤，不能決斷的國家議事，詳加詢問。〔註99〕佛教方面則禮遇當代高僧，陸續聘有八位家僧，〔註100〕以得佛教人士的向心，並建造寺院，舉辦各種佛教活動，天監元年立釋慧超爲僧正，掌管全國佛教教徒事誼，慧超當時地位高望，眾緇侶皆曾稟受其訓，又爲武帝剖決眾情，〔註101〕察查僞經，諮議佛事，深爲時人所譽顯，對穩定政局實有正面幫助。由於武帝能安撫士族寒素、功臣武將乃至宗教界人士，便消弭反抗力量，於是能專一於內政，於天監七年（508）任徐勉爲吏部尚書，以改革選舉制度與調整官職，文官分爲十八班，武官分爲二十四班，〔註102〕使百官各盡其才，以推動各項施政。在律法方面，則詔家傳律學的蔡法度制定完備的《梁律》，〔註103〕確定刑律二十篇，每刑十五條，條文詳備，以便查斷枉直，使百姓有所遵循，以安定社會。在民生方面，此時期天災頻仍，或大旱，或久雨，或疾疫，〔註104〕武帝欲弘生聚之略，〔註105〕故倡導農業，親耕籍田，廣闢田疇，減免租調，詔允流移他鄉之農民回鄉，恢復原有田宅，〔註106〕讓百姓有所息養，使家國富庶。

在軍事方面，武帝弘圖大略，國勢漸強，自天監元年至普通七年止，四週各國不時遣使進獻方物，〔註107〕惟北方魏軍屢次興兵南侵。天監二年十月，

〔註97〕同註14，梁武帝：〈敘錄寒儒詔〉，《全梁文》卷2，頁2959。

〔註98〕同註14，梁武帝：〈均選詔〉，《全梁文》卷2，頁2958。

〔註99〕同註4，《梁書》卷51，頁743。

〔註100〕武帝聘有八位家僧，分別爲釋法雲、釋僧旻、釋慧超、釋法寵、釋明徹、僧伽婆羅、釋僧邊、釋僧遷。

〔註101〕唐‧釋道宣：《續高僧傳》（《大正新修大藏經》第50冊，史傳部2，臺北：新文豐出版公司，1985年）卷第6，頁468。

〔註102〕同註46，《隋書》卷26，頁729。

〔註103〕同註46，《隋書》卷25，頁697至700。

〔註104〕梁朝初期天災頻繁，天監元年大旱，米斗五千，民多餓死；二年東陽、信安、豐安三縣水潦，漂損人民資業，百姓愁怨，夏時多癘疫；三年多疾疫；天監七年七月大雨三月乃霽；天監十二年京邑發生大水；十五年，荊州大旱，參《梁書》卷2及《隋書》卷22及卷23。

〔註105〕同註14，梁武帝：〈聽流民還本詔〉，《全梁文》卷3，頁2961。

〔註106〕同註14，梁武帝：〈聽流民還本詔〉，《全梁文》卷3，頁2961。

〔註107〕同註4，據《梁書》載，遣使進獻方物的國家包括林邑、扶南等。參卷2，頁38～59，及卷3，頁63。

魏寇司州，三年二月，又陷梁州，[註108] 故武帝於天監四年十月詔大舉北伐，以臨川王蕭宏（473～526）都督北討諸軍事，柳惔（462～507）為副，[註109] 目的乃在收復義陽、壽陽等軍事重鎮。蕭宏率軍進發洛口，所領器械精新，軍容甚盛，魏人以為百數十年所未見。[註110] 天監五年，魏又寇鍾離，圍徐州，武帝遂以治軍嚴整、身先士卒的曹景宗、韋叡為援，利用淮水暴漲之機大敗魏軍，得保鍾離，[註111] 稍止魏軍南進。此時正值北魏自孝文帝拓跋宏卒後（北魏太和二十三年，499）的動亂時期，北魏政治日趨腐敗，又有外戚專權、宗室受戮之禍，[註112] 政治動盪，各族人民起義叛變，無暇南顧。普通五年（524），北魏爆發起義事件，爾朱榮（493～530）乘鎮壓之機，掌控北魏朝政，期間北方頗處於動亂之時，於是梁朝得休養生息，發展經濟。

梁武帝即位初期，努力推動各項仁民愛物之政治措施，因此四境昇平，民安其業，使梁代維持安定，成為南朝文風鼎盛的時期。

六、大通以後的治術與思想

梁自改元大通（527），武帝已六十四歲，可謂進入晚年時期，氣力衰耗，因有前期政局穩固的基礎，本大可保持平穩的政績，然此期武帝所倚重的家人相繼逝世，[註113] 內心頗「厭於萬機，專精佛戒」，[註114] 政事上多委任他人，又建同泰寺，四次捨身，故此期可謂一轉折點。

綜觀大通以後治術，實頗有疏弛之弊。自大通元年正月，武帝自言惟欲「思利兆民」，或「每弘優簡」看來，[註115] 或下詔南郊恩赦，或體恤尤貧之家免收捐調，或鼓勵孝悌力田，加以賞賜，[註116] 或要求朝臣各獻讜言，

〔註108〕同註4，《梁書》卷2，頁40。

〔註109〕同註4，《梁書》卷2，頁42。

〔註110〕同註4，《梁書》卷22，頁340。

〔註111〕同註4，《梁書》卷12，頁223～224。

〔註112〕北齊・魏收：《新校本魏書附西魏書》（臺北：鼎文書局，1998年9月9版）卷83下，頁1829～1830，及卷13，頁338～340，及卷16，頁404。

〔註113〕自普通七年始，武帝親近、倚重之家人相繼逝世，如丁貴嬪卒於普通七年，賢能的長子蕭統與四子蕭績均卒於中大通三年，又因立蕭綱為皇儲事，引發宗室子弟對帝位之爭鬥，應使武帝內心大受打擊。參顏尚文：《梁武帝》（臺北：三民書局，1999年10月初版），頁307。

〔註114〕同註46，《隋書》卷25，頁701。

〔註115〕同註14，梁武帝：〈俸祿給見錢并原來失散官物詔〉，《全梁文》卷3，頁2964。

〔註116〕同註14，如大通元年正月下〈南郊恩詔〉，《全梁文》卷3，頁2964。又於大

以免除不便於民之治，〔註117〕或下令禁止侵漁百姓，〔註118〕可謂爲民興利，施政得宜。然卻由反面顯示入梁後的二十餘年，表面政局穩定，實則姦宄益深。〔註119〕因爲前期眞正能爲武帝推誠輔政的大臣賢相，至此逐漸凋零，如兼掌儀體法律、軍旅謀謨等機密二十餘年的周捨，於普通五年病逝。「盡心奉上，知無不爲」的徐勉，亦卒於大同元年（535）。號稱不畏強禦、無所顧望的御史中丞、散騎常侍陸杲（459～532），亦卒於中大通四年（532），至此武帝可謂失卻股肱大臣。而自周捨卒後，軍政大事委交朱异（482～548）代掌。朱异居權要三十餘年，特受寵任，卻欺罔視聽，善窺主人意曲，阿諛奉承上旨，且貪財冒賄，與諸子競列宅屋，廣設臺池翫好，大收四方饋送財貨。朱异若此，其餘任職者，亦皆緣飾姦諂，朝臣皆承其風旨而不敢正言。〔註120〕唯獨散騎常侍賀琛眼見此象，啓陳上奏，〔註121〕力陳牧守不治政術，惟以應赴徵歛爲事，又尚貪殘，競爲剝削，造成百姓流移，風俗誇豪，姦詐盜竊彌生，國弊民疲，建言宜息費休民。武帝閱後，不思治術闕失何在，反怒敕賀琛。大同十年三月（544），武帝至蘭陵謁建陵，有秣陵老人面陳武帝「罔恤民之不存，而憂士之不祿」，〔註122〕導致劫抄蜂起，盜竊群行，陵犯公私，經年累月。加上武帝刻意儒雅之道，疏簡刑法，公卿大臣遂不留意鞠獄之事，至大同中，〔註123〕姦吏玩權，巧文弄法，貨賄成市之情形，更加枉濫。

<hr>

同四年八月下〈幸阿育王寺赦詔〉，《全梁文》卷4，頁2966。

〔註117〕同註14，如大同二年三月有〈求言詔〉，《全梁文》卷4，頁2966。至大同五年三月有〈使州郡縣進言詔〉，《全梁文》卷4，頁2966。

〔註118〕同註14，如大同七年十一月下〈赦除民間愆耗逋負詔〉，《全梁文》卷4，頁2967。〈禁豪家占假公田詔〉，《全梁文》卷4，頁2967。十二月下〈禁守宰誅求及越界分斷詔〉，《全梁文》卷4，頁2967。大同十一年三月〈省除不便於民者〉，《全梁文》卷4，頁2967。十月下〈復開贖刑詔〉、〈犯罪者父母祖父母勿坐詔〉，《全梁文》卷4，頁2968。

〔註119〕同註46，《隋書》卷25，頁700。

〔註120〕同註112，《魏書》卷98，頁2184～2185。

〔註121〕同註14，賀琛：〈條奏時務封事〉言：「自普通以來，二十餘年。」普通年間共七年（520～526），推算此文約作於大同六年至太清元年間。參《全梁文》卷48，頁3226。

〔註122〕同註46，《隋書》卷25，頁700～701。又參何之元：〈梁典總論〉，全陳文卷5，頁3428。

〔註123〕同註46，《隋書》載：「大同中，皇太子（蕭綱）在春宮視事，見而憫之，乃上疏。」作〈囚徒配役事啓〉。參卷25，頁701。

　　大同中，武帝已七十六歲，太子蕭綱三十二歲，漸將京師雜事之裁定，委交蕭綱處理，〔註124〕頗有讓太子蕭綱接任之勢，然而眞正有事奏啓時，武帝卻未聽採其建言。〔註125〕當時朝臣皆畏倖臣朱异，致使蕭綱心中亦「不能平」。〔註126〕加上廢嫡立庶事件後，其餘諸子姪未必信服，〔註127〕此時侯王子弟皆已年長，多驕蹇不法，或白日殺人，或剝掠行路，武帝深知此弊，卻不加誅討，自此法綱更疏，貴戚不法之徒尤甚。知武帝本有仁民濟世之志，然而後期年事已高，漸生昏耄，政事所託非人，雖自知缺乏股肱大臣，〔註128〕卻一再用人不當，執法不公，弛於刑典，終究造成「帝紀不立，悖逆萌生」之弊，〔註129〕朝政日益敗亂。

　　另一方面，武帝自天監三年作〈捨道事佛疏文〉，儼然將佛教定爲國教，一心廣弘經教，化度眾生，普渡群萌，所建佛寺窮工極巧，殫竭財力，〔註130〕王公貴族競相效尤，僧尼之數日眾。又於普通中起建同泰寺，因寺在宮後，大通元年，別開一門，名爲「大通門」，自此晨夕講議，多遊於此門。三月八日武帝捨身於此，自此以後，每逢改元，便行捨身，〔註131〕足見已耽溺宗教，

〔註124〕大同中，太子蕭綱上〈囚徒配役事啓〉云：「臣以比時奉敕，權親京師雜事。」知大同中以前蕭綱漸掌京師之事，大同共十一年，因此約在大同五年，此時蕭綱三十二歲。參《全梁文》卷10，頁3004。

〔註125〕同註46，《隋書》卷25，頁701。

〔註126〕同註10，《南史》載朱异方受寵倖，在朝百官莫不側目，受寵程度，連太子蕭綱心亦不能平。以爲朱异「蔑弄朝權，輕作威福」。侯景之亂時，蕭綱作〈愍亂詩〉、〈圍城賦〉，其中「褰我王度」、「豺狼」、「虺蝪」，皆意指朱异。參卷62，頁1518。

〔註127〕廢嫡立庶後，海內沸騰，武帝諸子姪皆有所望，導至「宗室爭競」。六子蕭綸得知由蕭綱入居監撫，以爲非「德舉」，故以次立，遂懷異志；七子蕭繹自幼與蕭綱相得，但侯景亂梁時，「擁眾逡巡，內懷觖望，坐觀國變，以爲身幸」，並未急於派兵援救父兄，亦懷冀望得帝位之志，參《南史》卷53，頁1321，及卷8，頁252；八子蕭紀自天監中頗有「紹宗梁位」之志。參《梁書》卷55，頁826。

〔註128〕同註14，梁武帝：〈敕責賀琛〉云：「向使朕有股肱，故可得中主，今乃不免居九品之下。」知武帝自認欠缺股肱輔政之良材。參《全梁文》卷4，頁2970。

〔註129〕同註10，《南史》卷7，頁226。北齊杜弼（491～559）〈檄梁文〉云梁武帝：「年既老矣，耄又及之。政散民流，禮崩樂壞。改換朝章，變易官品……加以用舍乖方，立廢失所，矯情動眾，飾智驚愚。毒螫滿懷，妄敦戒業……人人厭苦，家家思亂。災異降於上，怨讟興於下。」參全北齊文卷5，頁3855。顯見當時政治已有敗亂之象。

〔註130〕同註112，《魏書》卷98，頁2187。

〔註131〕同註4，《梁書》載武帝四次捨身，時間一次較一次長，第一次大通元年捨身，

對梁朝的敗亡，亦有一定影響。〔註132〕

七、晚年遭逢侯景之亂始末

武帝晚年崇信佛教，數次捨身，疏於政務，委事群倖，又不聽忠諫，太清元年（547）接受侯景請降，種下梁代亂亡之因。實則早在前一年，即中大同元年（546）時，武帝夜夢中原牧守皆以地來降，舉朝稱慶，翌日告知朱异，以爲此乃宇內方一、天道前見之徵。侯景據河南十餘州輸誠降梁，武帝召群臣廷議，雖有謝舉（？～548）等百官反對，以爲自大同二年以來，已與東魏通和，邊境無事，不宜納其叛臣以啓釁隙。但武帝仍採納朱异建言，以侯景爲大將軍，都督河南、河北諸軍事。

既納侯景，便下詔北伐魏，以司州刺史羊鴉仁（？～549）將兵三萬入懸瓠，運糧應接侯景，又以貞陽侯蕭淵明（？～556）將兵十萬攻彭城，欲得彭城後，與侯景軍隊犄角攻魏。然蕭淵明爲東魏率眾所擊，並遭擄獲。侯景與魏相持數月，終因糧草食盡，軍隊潰散而入據壽陽。太清二年二月，武帝欲偃武息兵，與魏和通，重敦鄰睦。侯景固諫，武帝勸其云：「精靜自居，無勞慮也。」〔註133〕然侯景此時心甚不安，僞作鄴人書致武帝，言求以貞陽侯蕭淵明易侯景。傅岐（？～549）曾諫謂侯景時與魏已窮義，決不肯束手而執。然武帝卻採謝舉、朱异之言，以爲侯景乃奔敗之將，不足爲恃。侯景得知後，遂懷反叛之志，與怨望朝廷的臨賀王蕭正德（？～549）陰結，〔註134〕致書使爲內應，許事成後，以天下相授。此時鄱陽王蕭範（498～549）、羊鴉仁等，數陳侯景即將謀反之事，宜早竄撲。武帝卻輕忽事危之漸，

由三月辛未至甲戌，共四日，參卷3，頁71：第二次中大通元年九月癸巳至十月己酉，歷時約半個月，參卷3，頁73：第三次則於中大同元年三月庚戌至四月丙戌，約達三十七日，參《南史》卷7，頁218：第四次則在太清元年，由三月庚子至四月丁亥，約有五十日，參卷3，頁92。又參顏尚文：〈梁武帝受菩薩戒及捨身同泰寺與「皇帝菩薩」地位的建立〉，《東方宗教研究》新一期（1990年10月），頁43～89。

〔註132〕同註3，《蕭統評傳》，頁44～46。

〔註133〕同註14，梁武帝：〈報侯景書〉，《全梁文》卷6，頁2980。

〔註134〕同註4，據《梁書》載，臨賀王蕭正德心懷怨望，遂與侯景密謀反叛。蕭正德本爲武帝弟蕭宏之子，早年武帝未有子嗣，以正德爲子。武帝即位後，正德便希儲貳，後僅封西豐侯，自此怨望頗深，覬幸災變，得居帝位。普通六年逃奔於魏，受削封爵，七年自魏逃歸，武帝復其封爵。中大通四年後，凶暴日甚，招聚亡命，實具姦心。參卷55，頁828。

以爲侯景孤危命寄，必無謀反情事。八月，果與蕭正德謀反起兵。九月，侯景發自壽春，渡江，至慈湖，建康大駭，至朱雀航，言此舉目的在欲爲帝。〔註135〕此時梁興四十七年，境內無事，罕歷兵甲之事，聞侯景舉兵猝迫，盡皆駭震，侯景兵將精銳，諸戍望風而潰。十一月，侯景立蕭正德爲帝，自爲相國。太清三年三月，侯景攻陷臺城，五月，武帝因膳食遭裁抑，憂恚感疾而死，時年八十六歲。〔註136〕侯景又迎立太子蕭綱爲帝，縊殺蕭正德。後西征江陵失利，返建康自立爲帝，改國號爲漢，〔註137〕後爲王僧辯擊敗，於船中被羊鯤所殺。

　　武帝晚年遭逢侯景亂梁之因，實太過篤信夢境神異徵兆，又急於統一中原，遂不採納忠諫之言，一意孤行，加上侯景多計難測，深諳各方矛盾嫌隙，乃得攻陷臺城，釀成大禍。

　　綜觀梁武帝一生，雖貴爲皇帝，然一生勞碌，即位前後，務於政事，思闡治綱，又欲以宗教，渡化人心，超拔一切苦難，足見其念茲在茲之願景。然終因自引侯景入城，致餓死臺城，雖後世有溺佛之名，其一片丹心，卻始終不渝。

第三節　交遊情況

　　梁武帝博學多才，深受當世推許，嘗爲齊竟陵王西邸文士之一，即位後，喜愛遊宴賦詩，在位期間，篤信佛教，故交遊甚廣。茲就典籍所載，與其關係重要或甚具影響者，按師長、文士、僧侶與隱者四部分，加以敘述，以見其往來之一斑。

一、師長的善導解疑

〔註135〕同註 10，《南史》卷 80，頁 1999。
〔註136〕同註 4，《梁書》本傳載武帝之死，云：「四月……己酉，高祖以所求不供，憂憤寢疾……五月丙辰，高祖崩於淨居殿……辛巳，遷大行皇帝梓宮於太極前殿。」極爲簡要，頗有隱諱。至侯景本傳，於「五月，高祖崩於文德殿」與「景乃密不發喪，權殯於昭陽殿，自外文武咸莫知之。二十餘日，升梓宮於太極前殿」二段文字間，置入侯景與王僧貴二人對話，侯景云：「吾常據鞍對敵……了無怖心。今日見蕭公，使人自慴……吾不可再見之。」知武帝之死，侯景實居關鍵。參卷 56，頁 851～852。《資治通鑑》亦載武帝雖爲侯景所制，然侯景「心甚憚之……是後上（梁武帝）所求多不遂志，飲膳亦爲所裁節，憂憤成疾」。參卷 162，梁紀 18，頁 5016。
〔註137〕同註 4，《梁書》卷 56，頁 859～860。

劉　瓛

武帝弱冠以前，嘗遊學於當代儒宗劉瓛之門，接受儒學教育。劉瓛字子珪，沛國相人（治今江蘇沛縣），晉丹陽尹惔之六世孫，約卒於大明中。幼即篤志好學，博通《五經》，尤精《禮》義及《周易》、《詩經》，曾講受〈月令〉。[註138]宋孝武帝大明四年（460）舉秀才，授奉朝請，不就。自居陋室，卻怡然自得，並聚眾講學，讀書不輟。

劉瓛受推爲當世大儒，比於馬融、鄭玄，[註139]與弟劉璉，在齊梁士人心目中，地位極高，劉峻稱其爲「關西孔子」，循循善誘，服膺於儒行，[註140]任昉讚其「澡身浴德，修行明經」，[註141]時京師士子、貴游子弟，莫不下席受業。丹陽尹袁粲嘗於後堂夜集，瓛在座，袁粲指庭中柳樹，云：「人謂此是劉尹時樹，每想其高風；今復見卿清德，可謂不衰矣。」瓛見重若此。性謙率，不以名自高，又至孝，祖母病疽經年，手持膏藥，漬指爲爛，母孔氏甚爲嚴明，稱其爲「今世曾子」，後居母憂，住墓下不出廬，足爲之屈，杖不能起。[註142]齊高帝即位，瓛受召入華林園談論政道，謂政在《孝經》，勸以之治天下。齊高帝咨嗟，稱讚其見識過人。

瓛襟懷寬廣，學識精深，以培育人才爲己任，對當代儒學教育，具顯著貢獻，倡「政在《孝經》」，欲以化民成俗，與時人作風，大相逕庭，竟陵王蕭子良亦甚禮遇之。梁武帝少時嘗服膺其下，析疑問難，即位後，特重《孝經》之訓讀，足見影響之深，故於天監元年，下詔爲瓛立碑，諡爲「貞簡先生」。

二、文士的相互薰習

梁武帝早年遊於齊竟陵王西邸，往來者，皆名重一時，與沈約、謝朓、王融、蕭琛、范雲、任昉、陸倕等，號爲竟陵八友。

（一）竟陵王蕭子良

蕭子良字雲英，南蘭陵武進人（今江蘇武進縣西北），生於宋孝武帝大明

〔註138〕同註1，《南齊書》卷39，頁677至680。

〔註139〕同註49，《金樓子》謂劉瓛：「當時馬（融）鄭（玄）……六義四始，尤解禮體，登高必賦，莫非警策。」參卷第1，頁15上。

〔註140〕同註14，劉峻〈辯命論〉謂：「瓛則關西孔子，通涉六經，循循善誘，服膺儒行。」參《全梁文》卷57，頁3287。

〔註141〕同註14，任昉：〈求爲劉瓛立館啓〉，《全梁文》卷43，頁3200。

〔註142〕同註1，《南齊書》卷39，頁679～680。

四年，卒於齊明帝建武元年，爲齊武帝次子、文惠太子同母弟。宋順帝昇明
三年（479）爲輔國將軍、會稽太守。齊高帝踐祚，封聞喜縣公。建元二年爲
征虜將軍、丹陽尹。四年封竟陵郡王，爲鎮北將軍，南徐州刺史。永明元年
徙爲侍中、征北將軍、南兗州刺史。永明二年正月入爲護軍將軍，兼司徒領
兵置佐，鎮西州城。四年進號車騎將軍，五年正位司徒，移居雞籠山西邸。

　　蕭子良少好文藝，傾意賓客，天下才學文士，皆遊集於此。當時除文惠
太子文學集團外，竟陵王西邸亦爲文士聚集重鎮。蕭子良敬信佛教，邸園內
數營齋戒，募請諸臣、眾僧及西邸文士參加，〔註143〕延致名僧，講論佛法，
佛教之盛，江左未有。自永明二年始，武帝爲司徒竟陵召西閣祭酒，自此甚
受倚重，付以重任，〔註144〕沈約、范雲等皆爲蕭子良幕僚，加上謝朓、蕭琛、
任昉、陸倕等，情甚相得，〔註145〕有「竟陵八友」之稱。原本家世奉道的武
帝，轉而接觸佛法。因此蕭子良文學集團所舉辦佛教齋戒、延請名僧講論，
倡戒殺生、抄集《五經》及編纂類書等活動，對梁武帝影響至鉅。

（二）王　儉

　　王儉字仲寶，祖籍瑯琊臨沂（今山東臨沂），生於宋文帝元嘉二十九年，
卒於齊武帝永明七年五月。東晉丞相王導六世孫。自幼篤學，手不釋卷。少
有宰臣之志。年十八解褐秘書郎、太子舍人，超遷秘書丞。齊建台後，遷尚
書右僕射，領吏部。永明三年領國子祭酒。王儉留意三《禮》，尤善於《春秋》，
自領國學，衣冠翕然從之，崇尚經學。當朝總理政事，斷決如流，深獲齊武
帝信任，掌選舉任官之職，士流選用，奏無不可，〔註146〕權重一時。

〔註143〕同註 1，《南齊書》卷 44，頁 774。唐・釋道宣：《廣弘明集》（《大正新修大
　　　　藏經》第 52 冊，史傳部第 4，臺北：新文豐出版公司，1985 年）載：「昔南
　　　　齊司徒竟陵王文宣公蕭子良者，崇仰釋宗，深達至教……遂開筵廣第，盛集
　　　　英髦。躬處元座，談敘宗致，十眾雲合，若赴華陰之墟，四部激揚，同謁靈
　　　　山之會。」參卷 27，頁 306。
〔註144〕同註 49，《金樓子》載：「司徒竟陵王，齊室驃騎，招納士林，待上（梁武帝）
　　　　賓友之禮。范雲時爲司徒記事，深慕上（梁武帝）德，自結神遊……（上）
　　　　歷司徒法曹祭酒掾，會輔友仁之職。」參卷第 1，頁 15。知梁武帝於西邸時
　　　　期，深受竟陵王蕭子良倚重。
〔註145〕梁武帝與西邸文士友好，任昉、王延、宗夬、王融、蕭琛等作〈別蕭諮議詩〉，
　　　　謝朓作〈冬緒羈懷示蕭諮議虞田曹劉江二常侍詩〉、〈和蕭中庶石頭詩〉，足見
　　　　關係密切。其中王融詩題名爲〈蕭諮議西上夜集詩〉。蕭琛詩題名爲〈別蕭諮
　　　　議前夜以醉乖例今畫由醒敬應教詩〉。
〔註146〕同註 1，《南齊書》卷 23，頁 436。

王儉性寡欲，唯以經國爲務，又禮敬釋法瑗、釋僧遠與釋法獻等僧侶；〔註147〕曾依劉歆《七略》體例，撰《七志》四十卷，後附有佛經、道經，重視佛典保存。永明二年梁武帝遷任其東閣祭酒，深受欽重，請爲戶曹屬，盛讚其云：「三十內當作侍中，出此則貴不可言。」〔註148〕王儉當時地位甚受隆寵，聲望極高，卻對武帝慧眼獨具，願延請爲幕僚，足見器重之深。梁武帝即位後，大力推動儒學教育，編纂佛教相關書籍，深受王儉影響。

（三）沈 約

沈約字休文，吳興武康人（今浙江武康），生於宋文帝元嘉十八年，卒於梁武帝天監十二年。其祖名林子，南朝宋征虜將軍，父璞，至宋文帝時，官至宣威將軍。幼年流寓孤貧，篤志好學，晝夜不倦，遂博通群籍，且能屬文。起家奉朝請，時濟陽蔡興宗爲郢州刺史，聞其才華，稱美曰：「沈記室人倫師表。」引爲安西外兵參軍，兼記室。齊初，爲征虜記室，文惠太子入居東宮，起爲步兵校尉，掌書記。時東宮多才士，特爲親遇。永明初，竟陵王招納文士，約亦爲上賓，當世號爲得人。性好墳籍，聚書至二萬卷。好百家之言，博物洽聞，精文史音律，有一代辭宗之美稱。

性不飲酒，少嗜慾，雖時遇隆重，而居處儉素。梁武帝於西邸時，與之舊遊，平建康城後，援引爲驃騎司馬、將軍如故，參預締構，贊成帝業，梁朝創建皇業，沈約輔弼之功甚盛。受禪後，任爲尚書僕射，封建昌縣侯。後因自負高才，出言不遜，每有得罪，晚年不見重用，欲求外出，又不見許。卒後，武帝以其「懷情不盡」，諡爲隱。〔註149〕

（四）謝 朓

謝朓（464～499）字玄暉，陳郡陽夏人（今河南太康），生於宋孝武帝大明八年，卒於齊東昏侯永元元年。少好學，善於草隸，文章清麗，長於五言詩，執筆便成，文無點易。沈約讚其云：「二百年來無此詩。」〔註150〕亦爲竟陵八友之一。初爲齊隨郡王蕭子隆鎮西功曹，轉文學，蕭子隆在荊州頗好辭賦，朓尤被賞，流連晤對，不捨日夕。後爲驃騎諮議、領記室、宣城太守。

〔註147〕梁・釋慧皎：《高僧傳》（《大正新修大藏經》第 50 冊，史傳部 2，臺北：新文豐出版公司，1985 年）卷第 8，頁 376。
〔註148〕同註 4，《梁書》卷 1，頁 2。
〔註149〕同註 4，《梁書》卷 13，頁 232～243。
〔註150〕同註 1，《南齊書》卷 47，頁 826。

又爲晉安王蕭子懋鎮北諮議、南東海太守、行南徐州事。因得罪江祏，構而害朓，下獄死，時年三十六。

梁武帝與謝朓素以文章相德，〔註151〕又絕重其詩，嘗感歎若三日不讀朓詩，即覺口臭，〔註152〕故時互相贈答。齊明帝建武二年，梁武帝出鎮石頭，作〈直石頭詩〉，抒發心中豪情壯志。朓與之唱和，作〈和蕭中庶直石頭詩〉，盛讚梁武帝神謀，勇破魏軍，功甚鉅偉，推崇欽慕。謝朓之詩寄情於景，情景交融，亦深深影響武帝之詩作。

（五）王 融

王融（468～493）字元長，瑯琊臨沂人（今山東臨沂），生於宋明帝泰始四年，卒於齊武帝永明十一年。少神明警惠，博涉有文才，從叔王儉稱其云：「（王融）至四十，名位自然及祖。」文辭辯捷，援筆可待。永明年間，爲司徒竟陵王法曹行參軍。

融亦竟陵八友之一，爲人俊爽，識鑒過人，西邸時期尤敬異梁武帝，每謂：「宰制天下，必在此人。」〔註153〕永明九年梁武帝將遠赴荊州，王融作〈蕭諮議西上夜集詩〉以贈之，武帝亦和以〈答任殿中宗記室王中書別詩〉，其中「眷言無歇緒，深情附還流」二句，〔註154〕眞情流露，感人肺腑。

（六）蕭 琛〔註155〕

蕭琛字彥瑜，蘭陵人，祖僧珍，宋廷尉卿，父惠訓，齊末爲巴東相。琛

〔註151〕同註10，《南史》卷19，頁535。

〔註152〕同註50，《魏晉六朝百三家集題辭注》，頁196。

〔註153〕同註4，《梁書》卷1，頁2。

〔註154〕同註72，王融：〈蕭諮議西上夜集詩〉，齊詩卷2，頁1396。丁福保：《全漢三國晉南北朝詩》（臺北：藝文印書館，1975年9月3版）注曰：「《古文苑》作〈別蕭諮議〉。」全齊詩卷2，頁982。梁武帝：〈答任殿中宗記室王中書別詩〉，梁詩卷1，頁1528。

〔註155〕蕭琛的生卒年，劉躍進：《門閥世族與永明文學》（北京：三聯書店，1996年3月1刷）考之甚詳，頁235。《梁書》載「（蕭琛）中大通元年，爲雲麾將軍，晉陵太守……卒，年五十二。」參卷26，頁398。若以中大通元年爲卒年（529），則當生於宋順帝昇明二年（478），然以此推算，永明二年（484）時，王儉辟琛爲主簿，年僅七歲，並不合理，與竟陵八友年齡懸殊過大。曹道衡、沈玉成：《中古文學史料叢考》（北京：北京中華書局，2003年7月1刷）認爲永明二年，琛大約爲二十餘歲的推斷，較合理，參頁604～606。又本傳載其數歲時深受從伯蕭惠開讚賞，蕭惠開卒於宋明帝泰始七年（471）。故蕭琛應生於此之前。

少而朗悟，有縱橫才辯，年數歲時，從伯蕭惠開（423～471）讚其：「必興吾宗。」起家齊太學博士，甚受丹陽尹王儉賞識，辟爲主簿，舉爲南徐州秀才。永明九年，魏與齊始通好，琛再銜命至桑乾（今山西山陰縣南），還爲通直散騎侍郎。累遷尚書左丞、御史中丞。梁時歷宣城、吳興等六郡太守。

琛爲竟陵八友之一，武帝在西邸，早與之親狎。永明九年作〈別蕭諮議前夜以醉乖例今晝由醒敬應教詩〉，其中「分手信云易，相思誠獨難」句，〔註156〕充分顯現其深切友情。入梁後，每朝讌時，以舊恩接待，稱呼其爲宗老，琛嘗經預御筵醉伏，武帝以棗投琛，琛仍取栗擲帝，正中帝面，御史中丞在坐，琛曰：「陛下投臣以赤心，臣敢不報以戰栗。」上笑悅，〔註157〕可見二人以赤心相交之一斑。

（七）范　雲

范雲字彥龍，南鄉舞陰（今河南泌陽縣西北）人，生於宋文帝元嘉二十八年，卒於梁武帝天監二年，晉平北將軍汪之六世孫。祖璩之，南朝宋中書侍郎，父抗，爲郢府參軍。雲隨父在郢府，時沈約、庾杲之與抗同府，見而友之。嘗就袁照學，晝夜不怠，袁照稱其精神秀朗而勤於學，必爲卿相之才。雲機警有識具，善於屬文與尺牘，下筆輒成，未嘗定稿，時人每疑其宿構。齊建元初，任會稽太守蕭子良幕僚，受召爲主簿，深相親任，恩禮甚隆。及居選官，任守隆重，官曹文墨，發摘若神，時人皆稱服其明贍。

雲爲竟陵八友之一，永明三年爲竟陵王記室參軍事，時梁武帝爲西閣祭酒，交情匪淺。永明末，梁武帝與兄蕭懿卜居東郊之外，雲亦築室相依，〔註158〕後與沈約同心翊贊，參運帷幄，以舊恩見拔，梁武帝亦推心任之，所奏多允。並要求臨川王蕭宏、鄱陽王蕭恢（467～526）呼雲爲兄，足見二人親善。范雲卒時，武帝爲之流涕，即日輿駕臨殯。作〈贈范雲詔〉，〔註159〕哀婉悲悽之情，躍乎紙上，諡爲「文」。其詩至今存四十餘首，鍾嶸《詩品》稱云：「清便宛轉，如流風回雪。」〔註160〕

〔註156〕同註72，蕭琛：〈別蕭諮議前夜以醉乖例今晝由醒敬應教詩〉，梁詩卷15，頁1804。

〔註157〕同註4，《梁書》卷26，頁396～398。

〔註158〕同註10，《南史》卷57，頁1418。

〔註159〕同註14，梁武帝：〈贈范雲詔〉，《全梁文》卷2，頁1956。

〔註160〕梁‧鍾嶸著，陳延傑注：《詩品注》（臺北：里仁書局，1992年9月25日），頁51。

（八）任 昉

任昉字彥昇，樂安博昌人（今山東博興縣東南），生於宋大明四年，卒於梁天監七年。昉自幼好學，四歲誦詩數十篇，八歲能屬文，自製〈月儀〉，辭義甚美。十二歲，從叔任晷許爲「千里駒」。尤善載筆，才思無窮，辭藻壯麗，起草即成，不加點竄。入齊，深獲王儉讚賞器重。永明二年王儉領丹陽尹，引爲主簿，後轉竟陵王記室參軍，以父憂去職。

永明五年，與梁武帝遇於西邸，曾有戲語，梁武帝謂：「我登三府，當以卿爲記室。」俟克京邑，果以昉爲驃騎記室參軍。〔註161〕踐祚後，拜爲黃門侍郎，遷吏部郎中，尋以本官掌著作，時詔文多出自其手。昉性好交遊，獎進才士，若得其延譽，率多升擢，衣冠貴遊，莫不爭與交好，於是冠蓋輻輳，衣裳雲合，坐客恆滿，時人慕之，號曰任君。天監三年時，轉御史中丞，秘書監，有感於自齊永元以來，秘閣四部篇卷紛雜，故手自讎校，重定篇目。天監六年出爲新安太守時，爲政清省，吏民便之。卒於官舍。

（九）陸 倕

陸倕（470～526）字佐公，吳郡吳人（今江蘇吳縣），生於宋明帝泰始六年，卒於梁武帝普通七年，晉太尉玩六世孫。祖名子眞，宋東陽太守，父慧曉，齊太常卿。少勤學，善屬文，於宅內起兩間茅屋，杜絕往來，晝夜讀書，歷經數載。永明四年，年方十七，舉本州秀才。竟陵王開西邸，攬倕爲竟陵八友之一，辟爲法曹行參軍。天監初爲右軍安成王外兵參軍，後遷驃騎臨川王東曹掾，是時禮樂制度，多所創革。〔註162〕梁武帝雅愛其文才，敕撰〈新漏刻銘〉，盛讚其文甚美；天監七年下詔作〈石闕銘〉，文中讚揚武帝登天子之位，四方順服，天下安寧，推崇備至。

三、僧侶的輔翼護持

東晉以來，僧侶與貴族交遊盛行，且出入宮廷。梁武帝篤信佛教，即位後，禮遇高僧，延請講經說法，崇敬有加，使眾高僧負責編纂佛教典籍及查察僞經。茲就較爲重要者，敘述如下。

（一）釋寶誌

〔註161〕同註4，《梁書》卷14，頁253。
〔註162〕同註4，《梁書》卷27，頁401～403。

釋寶誌（？～514），本姓朱，生年不詳，少出家，修習禪業，有人於宋泰始中見其出入鍾山，往來都邑，年已五、六十，卒於梁武帝天監十三年。齊武帝時，被視爲「惑眾」，多禁其出入。〔註163〕入梁後，武帝深爲敬事，下詔隨意出入，勿得復禁，〔註164〕自是寶誌多出入禁內，武帝得以時時向其請益佛理。天監五年，寶誌曾協助久旱祈雨的法事。〔註165〕卒時，武帝極爲沈痛，後葬於鍾山獨龍之阜，又於墓所立開善精舍，敕陸倕製銘辭於塚內，王筠勒碑文於寺門，傳其遺像。直到中大通五年（533），梁武帝以「皇帝菩薩」身分於同泰寺講《金字摩訶般若波羅蜜經》的法會上，仍受其引導，〔註166〕足見對武帝之影響。

（二）釋法雲

釋法雲，宜興陽羨人（今江蘇宜興縣南），生於宋明帝泰始三年，卒於梁武帝中大通元年，爲晉平西將軍周處（242～297）七世孫。出家爲《涅槃經》名家寶亮弟子，深受讚賞。齊時周顒、王融等一代名貴，皆爲莫逆交。

梁武帝亦甚相欽禮。天監二年，敕使長召，出入諸殿，每有義集，皆事先敕令法雲先入，而後才下詔令，並禮爲家僧。〔註167〕許多佛教方面政策皆由法雲、僧旻等人參與擬定。〔註168〕後敕立爲光宅寺寺主後，創立僧制，雅爲後則，深受時流欽敬。又代梁武帝邀集六十四位王侯大臣與學者，以論著反詰范縝〈神滅論〉。普通六年（525），繼釋慧超爲大僧正，正式主管全國佛教教團，可見其居於首輔的樞紐地位。

（三）釋慧超

釋慧超（？～526），姓廉氏，趙郡陽平（今山東境內）人，生年不詳，卒於梁武帝普通七年。八歲出家，師事臨菑建安寺慧通，直心祇順，奉敬無怠。善於草書和隸書，後到南澗寺，學《涅槃經》。梁武帝天監元年，受任命爲掌管全國佛教徒的大僧正，至普通六年解職，共任二十四年之久。天監中，

〔註163〕同註 10，《南史》卷 76，頁 1900～1901。

〔註164〕同註 14，梁武帝：〈下釋寶誌詔〉，《全梁文》卷 2，頁 2955。

〔註165〕同註 147，《高僧傳》卷第 10，頁 396。

〔註166〕同註 14，蕭子顯：〈御講摩訶般若經序〉，《全梁文》卷 23，頁 3086。又參《梁武帝》，頁 114。

〔註167〕同註 101，《續高僧傳》卷第 5，頁 463～464。

〔註168〕同註 14，郭祖深：〈輿櫬詣闕上封事〉謂：「論外則有（徐）勉、（周）捨，說內則有（法）雲、（僧）旻。」參《全梁文》卷 59，頁 3302。

帝請爲家僧，禮問殊積，詔令慧超受菩薩戒，恭惟頂禮，如法勤修。其又能剖決眾情，爲一時高望。〔註169〕天監九年四月，敕令以僧正慧超爲首，召集僧侶等二十人，審查妙光所撰《薩婆若陀眷屬莊嚴經》爲僞經後，並加擯治，〔註170〕由此一事，知武帝對慧超之信任。

（四）釋僧旻

釋僧旻（467～527），姓孫氏，生於宋明帝泰始三年，卒於梁武帝大通元年，爲孫吳帝室之後。安貧好學，精力篤課，與釋法雲同學於寶亮法師。齊時，深受竟陵王、王儉及僧柔、慧次等時流道俗之賞歎。入梁後，深受武帝推崇，天監五年，遊于都輦，入華林園講論道義，自此優位日隆。天監六年，制注《般若經》，以通大訓，朝貴皆思弘厥典，引請京邑五大法師於五寺首講《般若經》，以僧旻道居其右，武帝眷顧之情可知。又敕於慧輪殿講《勝鬘經》，帝自臨聽，〔註171〕辭旨清新，置言閑遠，於佛理若指諸掌，〔註172〕於天監七年十一月，負責帶領才學道俗僧智、僧晃、劉勰等三十人，編纂《眾經要抄》。〔註173〕卒後，帝甚爲悲惜，敕窆於鍾山之開善墓所。

（五）釋法寵

釋法寵（451～524），生於宋文帝元嘉二十八年，卒於梁武帝普通五年。原南陽冠軍人（今河南鄧縣），後遭世難，寓居於海鹽（今浙江海寧縣東），少時即有絕俗出家之志，十八歲時方捨家服道，住光宅寺。其後出都住興皇寺，又從道猛、曇濟等學，特受歎賞。日夜辛勤，不以寒暑動意。天監七年，受武帝禮遇，稱美其：「造次舉動，不逾律儀，……慈仁愷悌，雅有君子之風。」〔註174〕敕爲齊隆寺主，每有義集，以禮致之，稱呼爲上座法師。法寵主要爲梁武帝編纂《注解大品經》。卒後，帝甚傷悼。〔註175〕

〔註169〕同註101，《續高僧傳》卷第6，頁468。
〔註170〕梁・釋僧祐：《出三藏記集》（《大正新修大藏經》第55冊，目錄部，臺北：新文豐出版公司，1985年）卷第5，頁40。
〔註171〕同註101，《續高僧傳》卷第5，頁461～462。
〔註172〕同註14，梁元帝：〈莊嚴寺僧旻法師碑〉，《全梁文》卷18，頁3057。
〔註173〕隋・費長房：《歷代三寶記》（《大正新修大藏經》第49冊，史傳部1，臺北：新文豐出版公司，1985年）卷第11，頁99。
〔註174〕同註14，梁武帝：〈敕答僧正南澗寺沙門慧超〉，《全梁文》卷5，頁2975。
〔註175〕同註14，梁武帝：〈注解大品經序〉，《全梁文》卷6，頁2983～2984。又參《續高僧傳》卷第5，頁461。

（六）釋明徹

釋明徹（？～522），吳郡錢唐人（今浙江杭縣），生年不詳，卒於梁武帝普通三年。六歲喪父，志願出家，學無師友，從心自斷，每見勝事，未曾不留心諦視。齊永明十年，與僧祐（445～518）相遇，雖年齒懸殊，情同莫逆，因從之受學《十誦》，隨出楊都住建初寺，自言：「律為繩墨，憲章儀體。」遂遍研四部，校其興廢。建武中，移業經論，歷探眾師，備嘗深義，為律學方面權威，又從僧旻習各種經論有成，深受時人之推崇。天監初，講述佛法，究博經文，洞明奧旨，深受武帝賞接。天監末，敕入華林園，於寶雲僧省，專攻抄撰，鳩聚將成之時，忽遘疾不起，武帝親自怡色溫言，躬臨慰喻，知當不振，退而流涕，作〈敕答釋明徹〉，〔註176〕文中流露出無限悲悽。

（七）僧伽婆羅

僧伽婆羅（460～524），扶南國（今泰國）人，生於宋孝武帝大明四年，卒於梁武帝普通五年。幼而穎悟，偏業《阿毗曇》論。聲榮之盛，有譽海南。齊時至，住正觀寺，為天竺沙門求那跋陀弟子，於經書博涉多通，解數國書語。

梁時，武帝禮接甚厚。婆羅負責譯經工作，天監五年被敕徵召於楊都壽光殿、華林園、正觀寺、占雲館、扶南館等五處傳譯，其譯《阿育王經》，武帝極為重視，初翻經日，於壽光殿躬自筆受，又敕寶唱、慧超等相對疏出，華質有序。自天監五年至十七年間，譯書達十四部，〔註177〕成果豐碩，可見一斑。

四、隱者的會心支持

梁武帝早年崇奉道教，並有遊仙、學仙之志，故其交遊中，不乏道士、隱者，或忘情於山林之間者，皆相得於情義，待之以真誠。茲就史傳及其詩文所載，羅列於次。

（一）陶弘景

陶弘景字通明，丹陽秣陵人（今江蘇南京市），生於宋文帝元嘉二十九年，卒於梁武帝大同二年。世奉天師道術，少受薰陶，有異操，十歲時，得葛洪《神

〔註176〕同註101，《續高僧傳》卷第6，頁473。
〔註177〕同註101，《續高僧傳》載十一部四十八卷，參卷第1，頁426。《歷代三寶記》載十一部三十八卷，參卷第11，頁98。若再包括其曾襄助扶南沙門曼陀羅共同翻譯之《寶雲經》七卷、《法界體性無分別經》二卷、《文殊師利般若波羅蜜經》二卷，則為十四部四十九卷。

仙傳》，晝夜研尋，遂有養生之志。讀書萬餘卷，善琴棋，工草隸。未弱冠，齊高帝作相，引爲諸王侍讀，除奉朝請，身雖在朱門，卻閉門不交外物，唯以讀書爲務。永明十年，上表辭祿，隱居句曲山，於山中立館，自號華陽陶隱居，遍歷名山，尋訪道書、仙藥。爲人圓通謙謹，出處冥會，心如明鏡，遇物便了。永元初，更築三層樓，弘景處其上，弟子居其中，賓客至其下，與物遂絕。特愛松風，每聞其響，欣然爲樂。好著述，尚奇異，顧惜光陰，老而彌篤。其道教思想，間雜儒、佛觀點，〔註178〕著有《孝經》、《論語集注》等。

梁武帝早年信奉道教，嘗言：「少愛山水，有懷丘壑。」〔註179〕年少時，曾過著隱居生活，縱情山水丘壑間，並熱衷脫俗的隱逸生活，即位前，即與弘景交好。起兵至新林，弘景派弟子戴猛之假道奉表，取圖讖之文，合成「梁」字，獻之。又爲造年曆、神丹，帝服食後，益加敬重，每有無法決議之國家大事，輒加以諮詢，恩禮逾篤，書問不絕，冠蓋相望，時人謂爲山中宰相，〔註180〕倚重欽慕之深，可見一斑。卒後，諡爲貞白先生。

（二）何　點

何點（436～504）字子晳，廬江灊人（治今安徽舒城），生於宋文帝元嘉十三年，卒於梁天監三年。祖尚之，宋司空，父鑠，爲宜都太守。容貌方雅，博通群書，善談論。家本甲族，親姻多貴仕，何點卻不入城府，遨遊人世，不簪不帶，或駕柴車，或躡草屬，恣心所適，致醉而歸。深受王儉、豫章王蕭嶷與竟陵王景慕，時人稱爲通隱。〔註181〕

梁武帝與之早有情誼，踐祚後，手詔之語款款，望能相見，〔註182〕於是何點以巾褐引入華林園，帝甚欣悅，賦詩置酒，恩禮如舊，感歎其「高尚其道，志安容膝，脫落形骸，棲志窅冥」，〔註183〕故徵爲侍中，然點辭病不赴。卒時，帝倍懷傷惻，撰文悼念。〔註184〕

〔註178〕同註14，陶弘景：〈茅山長沙館碑〉，《全梁文》卷47，頁3222。
〔註179〕同註14，梁武帝：〈淨業賦序〉，《全梁文》卷1，頁2949。
〔註180〕同註10，《南史》卷76，頁1897～1900。武帝子蕭綸〈隱居貞白先生陶君碑〉，《全梁文》卷22，頁3081。梁武帝與陶氏之交遊，參王家葵：〈陶弘景與梁武帝——陶弘景交游叢考之一〉，《宗教學研究》（2002年1期），頁30～39。
〔註181〕同註4，《梁書》卷51，頁732～734。
〔註182〕同註14，梁武帝：〈與何點手詔〉，《全梁文》卷2，頁2955。
〔註183〕同註14，梁武帝：〈下詔徵何點〉，《全梁文》卷2，頁2955。
〔註184〕同註14，梁武帝：〈給賻何點詔〉，《全梁文》卷2，頁2957；〈敕何點弟胤〉，《全梁文》卷4，頁2969。

上述諸人皆與梁武帝交好，或沈潛學術，或輔翊帝業，或忘情山林，或襄助各式職責，不僅情義相得，詩文往返，誠摯眞切，毫無矯飾，對梁武帝學養、帝業均有極大影響。此外，在文士方面，尚與善於屬文的張率有多篇詩文往來，〔註185〕又與少工篇什的柳惲交好。而竟陵八友除王融、謝朓卒於梁代以前，其餘皆仕於梁，輔弼王業，對梁武帝大力推闡文風，具極關鍵性之影響力。在僧侶方面，尚有主編《經律異相》等各類佛典的釋寶唱，專事敷述武帝所撰義疏的釋僧遷（435～513），助編《出要律儀》的釋法超（456～526），〔註186〕於襄助武帝編撰佛典與推動佛教，影響甚鉅。

第四節　著述考徵

梁武帝文思欽明，兼備儒、玄、文、史與佛學之長，即位後雖庶事繁多，萬機待理，仍著述不輟，內經外典，罔不歷懷。〔註187〕著述豐碩，明胡應麟（1551～1602）稱其：「著述之饒，尤爲驚絕。」爲古今所未有，可謂「學總三塗，業兼七錄。而表章六籍，有功聖門」，實堪稱「閎才博識」者。〔註188〕然因代久年邈，其著述或亡於兵燹，或佚散民間，有所不全。今乃參酌史籍，

〔註185〕同註 4，《梁書》載天監二年張率奏〈待詔賦〉，深獲梁武帝稱許，作〈手敕答張率〉讚美。後率侍宴賦詩，帝作〈賜張率詩〉稱美，並奉詔往返賦詩數首。參卷 33，頁 475。

〔註186〕同註 101，《續高僧傳》卷第 1，頁 426～427。卷第 6，頁 476。卷第 21，頁 607。

〔註187〕唐・釋道宣：《集古今佛道論衡》（《大正新修大藏經》第 52 冊，史傳部第 4，臺北：新文豐出版公司，1985 年）云梁武帝：「在政四十九年，雖億兆務殷而卷不釋手。內經外典，罔不歷懷，皆爲之訓解數千餘卷。」參卷甲，頁 370。

〔註188〕明・胡應麟：《新校少室山房筆叢》（臺北：世界書局，1980 年 5 月再版）卷 38，頁 506。曹道衡、沈玉成：《南北朝文學史》（北京：人民文學出版社，1998 年 6 月 2 刷）云：「（梁武帝）博學能文，著作之多，帝王之中或可推第一。」註云：「蕭衍的著述，據《隋書・經籍志》所記，總數超過七百卷，而據《梁書・武帝紀》則超過千卷，內容涉及文、史、禮、樂、佛理、玄學乃至博奕各個方面。帝王的著述自然少不了臣僚的勞績，這個數字只能作爲參考。不過無論從歷史記載還是蕭衍自己的詩文來看，那些讚美他博學、多才藝的話，也並非是純粹的『頌聖』之辭。」參頁 246，及頁 260。顯示其著述，後人或以爲武帝自作，或以爲必有臣僚代作一部分。然因代久年逸，其餘佐證資料亦隨之湮滅，無以證成是否即爲武帝一人所作，然可以確知的是，縱有臣僚代作，武帝必撰作一部分，當爲可信者。

遍覽群目，一探其著述存佚之眞象。

一、經　部

　　《梁書》武帝本傳稱其博通儒書，著有《制旨孝經義》、《周易講疏》，及六十四卦、二《繫》、《文言》、《序卦》等義，《樂社義》、《毛詩答問》、《春秋答問》、《尚書大義》、《中庸講疏》、《孔子正言》等。《南史》本傳所載，大抵相同，惟易《毛詩答問》爲《毛詩》，改《老子講疏》爲《孝經講疏》，〔註189〕皆未載明各書卷數多寡。至唐魏徵（580～643）撰《隋書·經籍志》不惟詳載卷數，更增列武帝作品數種，茲敘之如下。

　　（一）《周易大義》二十卷，《梁書》、《南史》不著錄，《隋書·經籍志》載二十一卷，新舊唐志皆著錄爲二十卷。清馬國翰（1794～1857）據《隋書·經籍志》及陸德明（556～627）《經典釋文》所引，輯《周易大義》一卷，題爲梁武帝作。〔註190〕

　　（二）《周易大義疑問》二十卷，《隋書·經籍志》未收，兩唐志皆作梁武帝撰，宋鄭樵（1104～1162）雖收，然未標明作者，〔註191〕故兩唐志將此書歸爲梁武帝作品，不知所據爲何。

　　（三）《周易文句義疏》二十卷、《周易開題論序》十卷，此二書《光緒武進陽湖縣志·藝文志》與李雲光〈補梁書藝文志〉皆以爲梁武帝作，李氏考證云：「見《唐書·經籍志》，《唐書·藝文志》作梁蕃撰。《隋書·經籍志》未收。」〔註192〕案：《周易文句義疏》未見於《隋書·經籍志》，但收有《周易文句義》二十卷，不著撰人姓名，又收《周易開題義》十卷，爲梁蕃撰，《舊唐書·經籍志》則收《周易開題論序疏》十卷、《周易文句義疏》二十卷，下

〔註189〕同註10，《南史》卷7，頁223。

〔註190〕後晉·劉昫等：《新校本舊唐書附索引》（臺北：鼎文書局，1992年5月7版）卷46，頁1968；《新唐書》卷57，頁1425。《隋書》卷32，頁911。清·馬國翰：《玉函山房輯佚書》（臺北：文海出版社，1974年12月再版），頁236。

〔註191〕同註190，《舊唐書》卷46，頁1968；《新唐書》卷57，頁1425。宋·鄭樵：《通志略》（上海：上海古籍出版社，1990年10月1刷），藝文略第1，頁561。

〔註192〕王其塗等：《光緒武進陽湖縣志》（臺北：臺灣學生書局，1968年）卷28，頁2846；李雲光：〈補梁書藝文志〉，《臺灣師範大學國文研究所集刊》創刊號（1957年），頁4。

有小字註云:「以上並梁蕃撰。」《新唐書‧藝文志》亦同,鄭樵《通志》則逕將《周易文句義疏》二十卷、《周易開題義》十卷題爲梁蕃作。〔註193〕然梁蕃與武帝並非同一人,〔註194〕故此二書應非武帝作品。

(四)《周易繫辭義疏》一卷,見於《隋書‧經籍志》,兩唐志未收,鄭樵據隋志以爲武帝作,〔註195〕或因《梁書》武帝本傳所載「六十四卦、二《繫》、《文言》、《序卦》等義」而來,亦不可知。

(五)《尚書大義》二十卷,見載於武帝本紀,至隋志始著錄卷數,兩唐志未收。鄭樵《通志》從隋志。〔註196〕

(六)《毛詩發題序義》一卷、《毛詩大義》十一卷,二書見於《隋書‧經籍志》,兩唐志未收,鄭樵《通志》從隋志,註爲武帝作品。〔註197〕據《梁書》劉之遴(477～548)傳載:「是時《周易》、《尚書》、《禮記》、《毛詩》並有高祖(梁武帝)義疏,惟《左氏傳》尚闕。」〔註198〕合以《梁書》武帝本傳所載《尚書大義》看來,《毛詩大義》應爲武帝作,而《禮記大義》、《制旨革牲大義》三卷、《樂社大義》十卷亦爲武帝所作。〔註199〕

(七)《制旨禮記正言》、《制旨禮記中庸》,此二書未見於武帝本傳,據《梁書》載,張縮約於大同四年以後任豫章內史,在郡中述《制旨禮記正言》義,當時聽者數百人,〔註200〕至大同十年,與朱异、賀琛於建康城西士林館遞述《制旨禮記中庸》,故此二書應在大同四年前成書。

(八)《鍾律緯》六卷,未見於武帝本傳,《隋書‧經籍志》收此書,註明亡佚,兩唐志、鄭樵《通志》皆未收,《宋史‧藝文志》收作一卷,馬國翰

〔註193〕同註46,《隋書》卷32,頁911～912。《舊唐書》卷46,頁1968。《新唐書》卷57,頁1425。《通志略》藝文略第1,頁560～561。

〔註194〕《隋志》所載「梁蕃」,不知爲何人,且未著錄於張忱石編《南朝五史人名索引》與《二十五史人名索引》,《隋志》亦無本傳。清‧姚振宗《隋書經籍志考證》(《續修四庫全書》第915冊,史部目錄類,上海:上海古籍出版社,1995年)云:「梁蕃始末未詳。」註云:「疑即梁代諸王,如南平、湘東之類。」參卷1,頁31。然姚氏亦無考證。

〔註195〕同註46,《隋書》卷32,頁912。《通志略》藝文略第1,頁560。

〔註196〕同註46,《隋書》卷32,頁914。《通志略》藝文略第1,頁563。

〔註197〕同註46,《隋書》卷32,頁917。《通志略》藝文略第1,頁565。

〔註198〕同註4,《梁書》卷40,頁574。

〔註199〕同註46,《隋書》卷32,頁922、924及926。其中馬國翰據《隋書‧音樂志》上輯爲《樂社大義》一卷,參《玉函山房輯佚書》,頁1155～1157。

〔註200〕同註4,《梁書》卷34,頁504。

據《隋書‧律歷志》輯為《鍾律緯》一卷。〔註201〕

（九）《五經講疏》，《隋書‧經籍志》未收，然據《梁書》孔子祛（496～546）本傳載梁武帝撰《五經講疏》與《孔子正言》，專使孔子祛檢閱群書，以為義證，成書後，敕與朱异、賀琛於士林館遞日執經，〔註202〕蕭綱亦嘗於玄圃奉述武帝所製《五經講疏》，聽者傾朝野，〔註203〕故此書應完成於設置士林館的大同七年前後。〔註204〕則武帝本傳中所載《周易講疏》、《中庸講疏》、《孝經講疏》或皆隸屬於此種。

（十）《孝經義疏》十八卷，收於《隋書‧經籍志》，兩唐志作《孝經疏》十八卷，鄭樵從隋志，〔註205〕宋志未載。然武帝曾自講《孝經》，〔註206〕故此書應曾編撰過。至馬國翰據宋邢昺《孝經正義》與梁武帝〈明堂制〉輯為《孝經義疏》一卷。〔註207〕《孝經義疏》雖未見於武帝本傳，然武帝講《孝經》時，由朱异執讀、抄錄，〔註208〕《南史》載武帝有《孝經義》，或即《孝經義疏》。若此，則此書約成書於中大通三年以前。〔註209〕

（十一）《論語梁武帝注》一卷，此書未見於武帝本傳與各家經籍志，其注《論語》事，史志皆無記載，馬國翰據唐陸德明《經典釋文》與唐李匡乂《資暇集》所載，輯成《論語梁武帝注》一卷。〔註210〕

二、史　部

（一）《史通》六百卷，《梁書》、《南史》本傳皆云其曾撰《史通》六百

〔註201〕同註46，《隋書》卷32，頁927。及卷16，頁389～391，頁403、408。參《玉函山房輯佚書》，頁1157～1159。元‧脫脫等：《新校本宋史并附編三種》（臺北：鼎文書局，1991年2月7版）卷202，頁5053。

〔註202〕同註4，《梁書》卷48，頁680。

〔註203〕同註4，《梁書》卷4，頁109。

〔註204〕同註4，《梁書》載士林館設置的時間為大同七年十二月丙辰日。參卷3，頁87。

〔註205〕同註46，《隋書》卷32，頁934。《舊唐書》卷46，頁1980；《新唐書》卷57，頁1442。《通志略》藝文略第1，頁571。

〔註206〕同註4，《梁書》卷38，頁538。

〔註207〕同註190，《玉函山房輯佚書》，頁1517～1519。梁武帝：〈明堂制〉，《全梁文》卷1，頁2951。

〔註208〕同註112，《魏書》載梁武帝《孝經義》為朱异所錄。參卷84，頁1863。

〔註209〕同註10，《南史》載蕭子顯於中大通三年以侍中領國子博士，因武帝《孝經義》未列學官，子顯表置助教一人，生十人。參卷42，頁1073。

〔註210〕同註190，《玉函山房輯佚書》，頁1745。

卷，至《隋書‧經籍志》則載四百八十卷，小字註明起自三皇，訖於梁朝，兩唐志亦著錄，然載爲六百二卷，劉知幾（661～721）《史通》著錄爲六百二十卷，云：「至梁武帝，又敕其群臣，上自太初，下終齊室，撰成《通史》六百二十卷。其書，自秦以上，皆以《史記》爲本，而別採他說以廣異聞；至兩漢已還，則全錄當時紀傳。而上下通達。」〔註211〕顯示其或親見此書。然已亡佚，目前不傳。

（二）《孝子傳》三十卷，見《舊唐書‧經籍志》，但作者另有其人，《新唐書‧藝文志》卻載梁武帝作，不知所據爲何。宋鄭樵《通志》則收梁武帝《孝子傳》三十卷。〔註212〕鄭樵爲北宋至南宋間人，應與歐陽脩等撰《新唐書》時相去不遠，互有參照。

（三）《孝友傳》八卷，《光緒武進陽湖縣志‧藝文志》將此書收爲梁武帝著，《舊唐書‧經籍志》將其定爲梁元帝蕭繹撰，蕭繹本傳中則未見收錄。然《隋書‧經籍志》載蕭繹曾撰《孝德傳》三十卷，緊接續者爲《孝友傳》八卷，未著錄何人所作，故《舊唐書》據以爲蕭繹所撰。《新唐書》則收申秀《孝友傳》八卷，《通志》亦從《新唐書》，〔註213〕故《孝友傳》八卷之作者，或爲蕭繹，或爲申秀，無法考知。

（四）《總賚境內十八州譜》六百九十卷，此書未見於梁武帝本傳，始見於《隋書‧經籍志》，載有《梁武帝總賚境內十八州譜》六百九十卷，未著撰人，兩唐志未收，鄭樵《通志》載《梁武帝總賚境內十八州譜》七百十二卷，題爲王僧孺撰。〔註214〕《梁書》王僧孺本傳載其曾入直西省，知撰譜事，「集《十八州譜》七百一十卷」，並有其他譜系著書，〔註215〕故此書

〔註211〕同註46，《隋書》卷33，頁956。《舊唐書》卷46，頁1990；《新唐書》卷58，頁1458。唐‧劉知幾撰，浦起龍釋，白玉崢校點：《史通通釋》（臺北：藝文印書館，1978年4月初版）卷1，頁17。

〔註212〕同註190，《舊唐書》卷46，頁2001～2002。《新唐書》卷58，頁1480。《通志略》藝文略第3，頁607。宋‧王應麟：《玉海》，收入於《景印文淵閣四庫全書》第944冊（臺北：臺灣商務印書館，1983年）亦載武帝作《孝子傳》三十卷，參卷58，頁540。

〔註213〕同註192，《光緒武進陽湖縣志》卷28，頁2872。《舊唐書》卷46，頁2002。《隋書》卷33，頁976。《新唐書》卷58，頁1480。《通志略》藝文略第3，頁607。

〔註214〕同註46，《隋書》卷33，頁989。《通志略》藝文略第4，頁618。

〔註215〕同註4，據《梁書》載王僧孺尚撰有《百家譜集》十五卷、《東南譜集抄》十卷。參卷33，頁474。

或為武帝授意王僧孺所撰。

三、子　部

（一）《老子講疏》，此書見於《梁書》本傳，未註明卷數，《南史》未收，《隋書》與《舊唐書・經籍志》皆作六卷，《新唐書・藝文志》則作《老子講疏》二部，一部為六卷，一部為四卷，鄭樵承襲《新唐書》。〔註216〕案：《隋書》載有五部《老子義疏》，分別為顧歡撰一卷，其下小字註明梁時有釋慧觀撰一卷，已亡佚，另孟智周撰五卷、韋處玄撰四卷、戴詵撰九卷，四部書並列，其中摻雜武帝的《老子講疏》六卷。至《舊唐書》時，僅存孟智周《老子義疏》四卷，又有不知何人所作的《老子講疏》四卷，恐原韋氏《老子義疏》誤植造成。至《新唐書》撰寫時，散亂益加嚴重，故均歸入梁武帝所作。然武帝應於大同六年以前已著有《老子義》，並由朱异於儀賢堂奉述，無疑。〔註217〕

（二）《金策》三十卷，《梁書》本傳稱武帝具文武才幹，善騎射，齊明帝時起為寧朔將軍，鎮壽春，後歷任冠軍將軍、軍主，曾力拒魏軍獲大勝，領羽林監，惜未詳列其兵書方面之作。惟《梁書》收《金策》三十卷，《南史》收《金海》三十卷，《金策》或《金海》究屬何種性質的書，不可得知。《隋書・經籍志》兵書類，收《金策》十九卷，但未著撰人；又收《金海》三十卷，註蕭吉撰。兩唐志僅收《金海》四十七卷，註蕭吉撰，〔註218〕鄭樵從《隋書》。然梁武帝本人應甚具武略，故《隋書》收有《梁主兵法》一卷、《梁武帝兵書鈔》一卷、《梁武帝兵書要鈔》一卷，然皆未註明作者，《舊唐書》未收，《新唐書》收《兵法》一卷，註梁武帝作，鄭樵從《隋書》。〔註219〕故歷來看法，頗不一致。

〔註216〕同註46，《隋書》卷34，頁1001。《舊唐書》卷47，頁2028。《新唐書》卷59，頁1515。《通志略》藝文略第5，頁626。

〔註217〕同註4，《梁書》載大同六年朱异啓於儀賢堂奉述梁武帝《老子義》，敕許之，當時就講，朝士道俗聽者有上千餘人，號稱一時之盛。參卷38，頁538。

〔註218〕同註4，《梁書》卷3，頁96。《南史》卷7，頁223。《隋書》卷34，頁1014。《舊唐書》卷47，頁2040。《新唐書》卷59，頁1550。蕭吉為梁武帝兄蕭懿之孫，史傳稱其博學多通，精於陰陽算術，至隋時，進上儀同，以本官太常考定古今陰陽書。著有《金海》三十卷等陰陽術數之書，並行於世。參《隋書》卷78，頁1774～1777，又參《北史》卷89，頁2953～2955。且蕭吉本傳中未載其精於兵書武略之事，故《南史》作《金海》，或有誤植之疏。

〔註219〕同註46，《隋書》卷34，頁1014。《新唐書》卷59，頁1550。《通志略》藝

　　（三）《圍棋品》一卷，武帝擅棋奕，隋志載其作有《圍棋品》一卷、《棋法》一卷。《光緒武進陽湖縣志・藝文志》將《棋勢》六卷、《圍棋後九品序錄》一卷、《竹苑仙棋圖》一卷皆歸爲武帝所作，則甚爲可議。據《隋書・經籍志》收《棋勢》相關書籍五部，皆未註爲梁武帝作。〔註220〕鄭樵《通志》亦收此三書，皆非武帝所撰。兩唐志載武帝作《棋評》一卷，鄭樵《通志》則載《梁武棋評》一卷、《梁武棋法》一卷，未著撰者。〔註221〕

　　（四）《評書》一卷，此作今存，一作《書評》、《古今書人優劣評》。梁武帝善草隸，著有書法評論之作，《宋史・藝文志》將《評書》一卷註爲武帝作。鄭樵《通志》載《古今書人優劣評》一卷，爲梁武帝作，《光緒武進陽湖縣志》從之。此書與袁昂《古今書評》文字多有相似處，故唐張彥遠《法書要錄》僅收袁昂之作，以《評書》爲僞作。《評書》最早見於宋《淳化閣帖》，題爲隋僧釋智果書，〔註222〕唐韋續《墨藪》則收武帝之作，未收袁昂之作。至宋朱長文（1041～1098）編《墨池編》於兩本之間難以去取，故兼存武帝與袁昂之作，稱《書評》。至於是否眞爲武帝所作，目前難下定論。另武帝有《論書》一卷，《梁書》載蕭子雲答武帝敕云：「十許年來，始見敕旨《論書》一卷，商略筆勢，洞澈字體。」《光緒武進陽湖縣志》亦載此書。〔註223〕

　　（五）《坐右方》十卷、《梁武帝所服雜藥方》一卷，梁武帝本傳中未見記載其長於醫方或所著相關書籍，然於〈淨業賦并序〉中曾言：「因爾有疾，常自爲方。」又曾手疏治疽方賜與周興嗣（？～521）。〔註224〕《隋書・經籍

文略第6，頁652。

〔註220〕同註46，《隋書》卷34，頁1017。《光緒武進陽湖縣志》卷28，頁2898。《隋書》卷34，頁1016～1017。《隋志》載《圍棋九品序錄》五卷，范汪等撰，又有范汪等注之《棋九品序錄》一卷、袁遵所撰《棋後九品序》一卷，參卷34，頁1016～1017。至《舊唐書》，僅收《棋勢》一部六卷，范汪等注《棋品》五卷，又有未註明作者之《圍棋後九品序錄》一卷，參卷47，頁2045。故後人誤將此三書歸入武帝之作。

〔註221〕同註191，《通志略》藝文略第7，頁676。《舊唐書》卷47，頁2045；《新唐書》卷59，頁1559。

〔註222〕同註201，《宋史》卷202，頁5073。《通志略》藝文略第2，頁587。《光緒武進陽湖縣志》卷28，頁2898。《欽定重刊淳化閣帖》（臺北：藝文印書館，未載出版年月，題撰人不詳）第9，頁2上至頁3下。

〔註223〕同註4，《梁書》卷35，頁515。《光緒武進陽湖縣志》卷28，頁2898。

〔註224〕同註14，梁武帝：〈淨業賦并序〉，《全梁文》卷1，頁2950。《梁書》卷49，頁698。

志》收《梁武帝所服雜藥方》一卷，未註明撰者何人，《舊唐書‧經籍志》未收，《新唐書‧藝文志》收《坐右方》十卷，註爲武帝撰，不知所據爲何。《通志》但作《梁武帝坐右方》十卷，不著撰人。〔註225〕《光緒武進陽湖縣志‧藝文志》收作《梁元帝雜藥方》一卷，《坐右方》十卷，註梁元帝所撰，上推《隋書‧經籍志》子部小說類有《座右方》八卷，爲庾元威撰。〔註226〕故梁武帝究竟曾作醫方相關書籍與否，無法得知。

四、集　部

（一）《千文詩》，或稱《千字詩》，〔註227〕武帝此作，約作於天監十七年前後。〔註228〕此書未見《隋書‧經籍志》，然據《南史》載，沈眾爲沈約之孫，好學，頗有文詞，梁武帝盛讚其文體翩翩。〔註229〕起家爲梁鎮衛南平王法曹參軍、太子舍人時，曾注解梁武帝所制《千文詩》。

（二）《連珠》五十首，《隋書‧經籍志》載沈約注《梁武帝連珠》，另邵陵王蕭綸與陸緬各注有《梁武帝制旨連珠》，兩唐志不載，卻有梁武帝《制旨連珠》四卷，鄭樵《通志》從隋志。〔註230〕據梁元帝《金樓子》，謂武帝曾作《連珠》五十首以明孝道一事看來，〔註231〕武帝曾作《連珠》，且在天監十二年沈約卒年以前，惟武帝本傳未載。

（三）《歷代賦》十卷，此書見於《梁書》周興嗣本傳，天監十七年周興嗣奉敕協助周捨注武帝所製《歷代賦》。知在此以前，《歷代賦》已成書。《隋書‧經籍志》載此書，註爲武帝撰，然兩唐志不載，鄭樵《通志》以爲此書梁武帝所集，〔註232〕知此書或於宋時已散佚。

〔註225〕同註46，《隋書》卷34，頁1046。《新唐書》卷59，頁1567。《通志略》藝文略第7，頁681。

〔註226〕同註192，《光緒武帝陽湖縣志》卷28，頁2893。《隋書》卷34，頁1012。

〔註227〕隋‧姚察等：《新校本陳書附索引》（臺北：鼎文書局，1998年10月9版）作「千字詩」，參卷18，頁243。

〔註228〕武帝弟蕭偉於天監元年本封爲建安王，天監十七年改封爲南平王，中大通四年病逝，沈眾任南平王法曹參軍時，曾注解武帝此作，故武帝此作約於天監十七年前後。參《南史》卷52，頁1291，及《陳書》卷18，頁243。

〔註229〕同註10，《南史》卷57，頁1414。。

〔註230〕同註46，《隋書》卷35，頁1087。《舊唐書》卷47，頁2078。《新唐書》卷60，頁1620。《通志略》藝文略第8，頁714。

〔註231〕同註49，《金樓子》卷1，頁17下。文作《聯珠》。

〔註232〕同註4，《梁書》卷49，頁698。《隋書》卷35，頁1083。《通志略》藝文略

　　（四）《梁武帝集》，武帝著述甚富，約於天監十二年前即纂結成集，傳世迄今，約已一千五百餘年，其間幸賴有心人士之哀集，始得略窺一二。據《梁書》載武帝：「詔銘贊誄，箴頌牋奏，爰初在田，洎登寶曆，凡諸文集，又百二十卷。」〔註233〕內容可謂宏富。至唐李延壽撰《南史》，敘武帝文集云：「爰自在田，及登寶位，躬制贊、序、詔、誥、銘、誄、說、箴、頌、牒、奏諸文，又百二十卷。」進一步分析梁武帝作品類別。然均未明載《梁武帝集》之書名。與武帝同時期的沈約，曾爲此書題序，作〈武帝集序〉，知最晚在沈約卒年天監十二年之前，武帝文集確實已集結成書。至中大通三年時，國子博士蕭子顯曾啓撰高祖（梁武帝）集，蕭子顯在〈自序〉言頗好辭藻，屢上歌頌之作，並自比於古人，加上善於整理卷帙龐大之著作，若以中大通三年至其卒年大同三年，六年時間，以子顯才華，《梁武帝集》的整理工作，應確實成書才是；〔註234〕再者由天監十二年以前至此時（大同三年），近二十年間，武帝著作應有所廣增，故蕭子顯乃有此舉。另外，《梁書》亦載任孝恭（？～548）曾啓撰〈梁武帝集序〉，成文後，因文辭富麗，自此專掌公家筆翰，可見此序撰寫時間，最晚不會晚於太清二年，〔註235〕或與蕭子顯同時所撰，亦未可知。

　　目前最早記載《梁武帝集》確切書名與卷數者，爲《周書》，載蕭大圜曾於北朝秘閣得見《梁武帝集》四十卷。〔註236〕至《隋書・經籍志》載《梁武帝集》二十六卷，其下小字註明梁時有三十二卷，並增《梁武帝詩賦集》二十卷、《梁武帝雜文集》九卷、《梁武帝別集目錄》二卷、《梁武帝淨業賦》三卷。〔註237〕知至唐魏徵時，雖有散佚，然《梁武帝集》仍有二十六卷之譜，且唐人僅知梁時三十二卷，較諸《北史》所載四十卷，已逐漸散佚。兩唐志僅著錄《梁武帝集》十卷，〔註238〕《宋史・藝文志》、晁公武（1105～1180）

　　　　　第8，頁713。

〔註233〕同註4，《梁書》卷3，頁96。

〔註234〕同註4，《梁書》卷35，頁511～512。

〔註235〕同註4，《梁書》卷50，頁726。任孝恭生年不詳，僅知其卒於太清二年，無法上推天監十二年時年歲多少，是否堪任寫序與掌公家筆翰之大任，無由得知是否與沈約同時所撰。惜此文已亡闕不存，《全梁文》中僅載篇名，內文則註明「闕」。

〔註236〕同註40，《周書》卷42，頁757。

〔註237〕同註46，《隋書》卷35，頁1076

〔註238〕同註190，《舊唐書》卷47，頁2052。《新唐書》卷60，頁1592。

《郡齋讀書志》、尤袤（1127～1194）《遂初堂書目》及陳振孫《直齋書錄解題》均未著錄。〔註239〕鄭樵《通志》載《梁武帝集》三十二卷、《武帝雜文集》九卷、《武帝別集目錄》二卷。若當時爲鄭樵親見，則《梁武帝集》於南宋年間，雖有散佚，尚稱完好。然鄭氏撰志，書無論亡佚或現存，均予著錄，故其存佚，實難定論。今所見《梁武帝集》，最早爲宋人所集結，〔註240〕雖不專爲武帝一人所集，然其保存之功甚大。今存明人輯本，文章方面主要有明張燮《歷代卅四家文集》、《七十二家集》、明閻世光《文選逸集七種》、明梅鼎祚《梁文紀》、明張溥《漢魏六朝百三家集》、清嚴可均《全上古三代秦漢三國六朝文》與丁福保《漢魏六朝名家集》中所輯《梁武帝集》。

　　詩歌方面主要有明薛應旂《六朝詩集》、明張謙《六朝詩彙》、明馮惟訥《古詩紀》、清丁福保《全漢三國晉南北朝詩》、逯欽立《先秦漢魏晉南北朝詩》所輯《梁武帝集》。〔註241〕但就詩歌體類而言，極爲多樣，共得樂府五十四首，包括屬鼓吹曲辭漢鐃歌者三首，梁鼓角橫吹曲者一首，相和歌辭者三首，雜曲歌辭者二首，清商曲辭吳聲歌曲者二十三首，清商曲辭西曲歌者有四首，舞曲歌辭雜舞者二首，雜歌謠辭者二首，清商曲詞江南弄者十四首，及古詩四十九首，〔註242〕共計一百零三首。樂府大多五言，惟〈河中之水歌〉、〈東飛伯勞歌〉、〈白紵辭〉二首爲七言，〈江南弄〉七曲與〈上雲樂〉七曲爲

〔註239〕晁公武《郡齋讀書志》、尤袤《遂初堂書目》及陳振孫《直齋書錄解題》三家所載，皆手藏目睹之書，然此三家皆未著錄《梁武帝集》，是三人皆不曾見，參梁啓超：《圖書大辭典簿錄之部》（臺北：臺灣中華書局，1958年6月臺1版）謂：「晁志、陳錄、尤目所載，皆手藏目睹之書。」頁28。

〔註240〕明‧薛應旂輯《六朝詩集》（明嘉靖中刊本，1522～1566，現藏於國家圖書館善本書庫）有《梁武帝集》。《六朝詩集》首有序，祇泛論詩之大旨，而不言爲何人所編、所據何本，署「皇明嘉靖歲在癸卯立秋二日外方山人薛應旂序」，爲嘉靖二十二年癸卯（1543）薛應旂序。清‧傅增湘（1872～1950）：《藏園群書題記》（上海：上海古籍出版社，1989年6月1刷）謂前錄有咸淳庚午謝枋得（1226～1289）敘一首，咸淳爲南宋末年度宗的年號，庚午年則爲六年（1270），據以斷定爲宋末坊本，嘉靖時覆刊。參卷第18，集部8，頁885～886。故今所見《梁武帝集》最早爲宋人所集結。

〔註241〕其中《歷代卅四家文集》、《七十二家集》、《文選逸集七種》、《漢魏六朝百三家集》等爲詩文並收。

〔註242〕此處言梁武帝樂府與詩之數目乃析而論之，如〈襄陽蹋銅蹄歌〉三首，視之爲三首。〈子夜四時歌〉中有春歌、夏歌、秋歌、冬歌各四首，即視之爲十六首。惟〈清暑殿效柏梁體〉詩由於爲眾人詩句彙聚而成，故暫不列入本文討論範圍之內。

雜言；古詩大多爲五言，惟〈逸民詩〉十二首全爲四言，頗具古風。

五、佛　典

武帝篤信佛教，長於釋典，故其佛教著述亦極豐富，除敕撰者外，尚有武帝自著或與他人合著者如下。

（一）製《涅槃》、《大品》、《淨名》、《三慧》諸經義記數百卷，皆見於《梁書》、《南史》本傳。其中《三慧經義記》已佚，《三慧經》即《摩訶般若經》中的《三慧品》，梁武帝以爲此最爲奧遠，於是別立經卷，並於大同七年開始講說，足見對此經之重視。〔註243〕

（二）《摩訶般若波羅蜜子注經》五十卷，已佚，簡稱《大品注》或《大品注解》，約撰於天監十一年，武帝曾作〈注解大品經序〉，〔註244〕此書聚集名僧二十人，由釋法寵、釋慧令等襄助而成。

（三）《制旨大般涅槃經講疏》十帙，合目錄一百零一卷，已佚，最晚在中大通三年以前成書。〔註245〕

另外，尚有《制旨大集經講疏》二帙十六卷〔註246〕、《發般若經題論義并問答》十二卷，〔註247〕《出家人受菩薩戒法》〔註248〕、《出要律儀》十四卷等。〔註249〕

〔註243〕同註14，陸雲公：〈御講般若經序〉，《全梁文》卷53，頁3259～3260。

〔註244〕同註14，梁武帝：〈注解大品經序〉，《全梁文》卷6，頁2983。

〔註245〕同註14，昭明太子：〈謝敕賚制旨大般涅槃經講疏啓〉即載梁武帝《制旨大般涅槃經講疏》，可知此書應完成於昭明卒年以前。參《全梁文》卷19，頁3061。

〔註246〕同註14，昭明太子：〈謝敕賚制旨大集經講疏啓〉，《全梁文》卷19，頁3062。

〔註247〕同註143，《廣弘明集》載法彪〈發般若經題論義〉，敘梁武帝對《般若經》題目之解釋。參卷19，頁238。又參樸庵：〈梁武帝與佛法〉，《中華文化復興月刊》17卷7期，頁32～36。

〔註248〕同註113，《梁武帝》，頁148。《出家人受菩薩戒法》應由武帝與釋慧約、釋慧超、釋法雲等合力完成，參《續高僧傳》卷第6，頁468～469，及卷第5，頁464。

〔註249〕同註101，《續高僧傳》載十四卷，參卷21，頁607。唐·釋道宣：《大唐内典錄》（《大正新修大藏經》第55冊，目錄部全，臺北：新文豐出版公司，1985年）載二十卷，參卷4，頁266。

第四章　梁武帝的文學觀與作品特色

　　南朝文學偏向唯美，作品多具有華美工整，事典繁多的特色。梁武帝自幼受學儒書，通經博古，後爲帝王，深以經世濟民爲己任，又愛好文學，故其爲人、思想，皆表現於詩文中，形成其宗經、教化及喜愛工巧敏麗之文學觀。武帝文章多屬詔策應用文一類，多由文士代筆者，〔註1〕代筆之作，必定經過武帝的認可後方得以發布，故行文與武帝自作幾無異。〔註2〕然避免以僞爲眞，〔註3〕本章在論其文學觀時，僅酌予援引爲證，至於第二節論其作品的藝術特色時，則專就抒情寫志的詩作以論。

〔註1〕　胡國治《魏晉南北朝文學史》（臺北：金園出版社，1983年3月初版）云：
　　　　「在他（沈約）奉承蕭衍篡奪了齊政權後，成爲開國元勳，當時朝廷詔策及郊廟樂章，都出自他的手筆。」參頁141。綜觀梁武帝之文，多即位後作，屬詔策類，此類公府文誥，當爲文士代作。梁建臺後，凡是禪讓文誥，多由任昉代作，如〈梁武帝初封諸功臣詔〉，模擬武帝口氣，妥帖穩當。沈約草詔〈梁武帝踐祚後與諸州郡敕〉。此外，尚有任孝恭專掌公家筆翰，裴子野草作符檄等。
〔註2〕　梁人文章，由於時代綿邈，或亡佚，或流傳。今所見者，多經後人整理，篇名亦由後人所定，如任昉代作，出現「梁武帝」。再觀《全梁文》中文士代武帝所作詔策，無論語氣、文字，多與梁武帝之作神似。甚或無法確定究竟爲何人所作。如任昉〈封臨川安興建安等五王詔〉，《藝文類聚》歸任昉，《文苑英華》歸沈約，《全上古三代秦漢三國六朝文》歸任昉。另〈爲府僚勸進梁公箋〉亦歸任昉。至於是否無法確知何人所作，即歸梁武帝，已無法確實考證。
〔註3〕　梁武帝文集，爲明代袁集成書，至今未有專著考證是否眞爲其所作。爲求研究謹慎，避免以僞爲眞，凡其詔策一類，暫不進行藝術特色分析，僅針對詩歌進行藝術特色分析。蓋詩乃主抒情言志，並非公家文翰，當爲武帝自作。本章第一節，重在敘其文學觀，無論自作或代作，皆須經過其審核詔可，方公布施行，實可一窺其文學觀，故酌予援引。

第一節　梁武帝之文學觀

　　若欲探究梁武帝推闡有梁一代文風，必先審知其文學觀。梁武帝處於新舊文風交替時期，前有齊朝之特重辭藻、聲律，後有倡導新變與宮體的文學集團，〔註4〕在時代潮流的激盪下，表現出特殊的文學觀。然其作品散佚嚴重，且未有專門的文學理論論著。今乃綜觀其著述、施政理念、文學活動及特爲倚重之大臣文士與其諸子姪之作，歸納文學觀爲二：一爲推崇宗經教化作用；二爲主張工巧敏麗的文學觀。

一、宗經教化的文學觀

　　第一，就宗經言，所謂宗經即尊奉經典爲行文之矩矱。與武帝同時的劉勰於《文心雕龍・宗經》已開文必宗經之先河，以經書爲「洞性靈之奧區，極文章之骨髓者也」，〔註5〕其首述經之定義，繼論爲文與宗經之關係，蓋《五經》與文學關係密切，後世文體備於經典之中，縱百家騰躍，終入環中，故同篇又云：「若稟經以製式，酌雅以富言，是即山而鑄銅，煮海而爲鹽也。故文能宗經，體有六義。」〔註6〕言文章若能祖述經典，其作品具有六大優點，即用情深刻、旨趣清新、取材眞實、持理正大、體製簡約與文辭華麗。是知經典對文學影響極大，若欲在文章方面有所成就者，莫不以宗經爲本。武帝爲文，即以宗經爲本。

　　首先，就梁武帝方面，其自幼接受儒學教育，窮究《五經》典籍，深明文學與經書關係密切，因此其文學觀即以經典中豐富的文學成分爲本，稟承經典，制定體式，採《五經》之雅言，豐富作品之文辭。加上武帝以儒立心，以教化萬民之使命爲主，作品用情深刻，旨趣清新，取材眞實，持理正大，文辭華麗，且兼具教化之作用。

　　在其語言文字部分，最能表現其宗經與教化文學觀者，爲其堅持郊廟歌辭必須以《五經》文字爲主。梁初郊廟樂辭本爲沈約所撰，至普通年間，職司儒訓的蕭子雲建言宜加修改，子雲以爲藉由郊廟歌辭，乃能知周、孔之蹟，

〔註4〕　周勛初：《梁代文論三派述要》，收入於《中國中古文學史等七書》（臺北：鼎文書局，1973年2初版），頁15。

〔註5〕　梁・劉勰著，王師更生注譯：《文心雕龍讀本》（臺北：文史哲出版社，1991年9初版4）上篇，〈宗經〉第3，頁33～34。

〔註6〕　同註5，《文心雕龍讀本》上篇，〈宗經〉第3，頁35。

用以垂訓百王。〔註7〕深究其原由，在於沈約晚年倡「文章三易」，即易見事，易識字與易誦讀，〔註8〕所用文字淺雜，趨於通俗顯露，爲此武帝特作〈敕蕭子雲撰定郊廟樂辭〉，云：

> 郊廟歌辭，應須典誥大語，不得雜用子史文章淺言。〔註9〕

說明郊廟歌辭是用來祭祀天地、太廟、明堂與社稷的，實爲國家重要的祭典。武帝以爲必須以典誥之大語爲主，典誥即典謨與訓誥，爲《尚書》中的典謨與訓誥諸篇，不得雜揉子史文章之淺言。其後蕭子雲答敕，云：

> 殷薦朝饗，樂以雅名，理應正採《五經》，聖人成教。而漢來此製，不全用經典；（沈）約之所撰，彌復淺雜。……謹依成旨，悉改約制。惟用《五經》爲本……大梁革服，偃武脩文，制禮作樂，義高三正……伏以聖旨所定樂論鍾律緯緒，文思深微，命世一出，方懸日月，不刊之典，禮樂之教，致治所成。〔註10〕

原文甚長，然可大別爲前後兩個部分，前半段主以《五經》之言爲本，來制定郊廟歌辭；後半段以爲制定之目的，在於彰顯偃武脩文，以禮樂之教使國事致治有成。啓書一上，隨即敕其施用。由此可略窺武帝宗經的文學觀，以經書的內涵爲規範，達到「致治制作之懿」，〔註11〕方能收感化百姓之作用，且使國政大治，頗能符合武帝重視教化之目的。因此任昉稱美武帝作品「足以繼想〈南風〉」，〈南風〉相傳爲虞舜所作。〔註12〕武帝作品能繼承〈南風〉，此語出自好友任昉之語，足見武帝思想的宗經。

　　在其抒情言志部分，武帝以爲詩作必須秉持「言志」的宗經觀，透過外在事物，感物興情，寫景寓情。沈約作〈武帝集序〉時曾言武帝之作：

> 至於春風秋月，送別望舊，皇王高宴，心期促賞，莫不超挺睿興，

〔註7〕　梁・蕭子雲：〈請改郊廟樂辭啓〉，《全上古三代秦漢三國六朝文》（臺北：宏業書局，1975 年），《全梁文》卷 23，頁 3088。

〔註8〕　北齊・顏之推著，李振興等注譯：《新譯顏氏家訓》（臺北：三民書局，1993 年 8 月初版）卷 4，〈文章〉第 9，頁 192。

〔註9〕　同註 7，梁武帝：〈敕蕭子雲撰定郊廟樂辭〉，《全梁文》卷 4，頁 2970。

〔註10〕　同註 7，蕭子雲：〈答敕改撰郊廟樂辭〉，《全梁文》卷 23，頁 3089。

〔註11〕　明・吳訥著，于北山校點：《文章辨體序說》（北京：人民文學出版社，1998 年 5 月 1 刷），頁 26。

〔註12〕　同註 7，任昉：〈奉答敕示七夕詩啓〉，《全梁文》卷 43，頁 3200。〈南風〉見羊春秋注譯：《新譯孔子家語・辯樂》（臺北：三民書局，1996 年 7 月初版），其云爲虞舜所作之五弦琴，歌〈南風〉：「南風之薰兮，可以解吾民之慍兮。南風之時兮，可以阜吾民之財兮。」

瀋發神衷。〔註13〕

此一觀點實承〈毛詩序〉所言:「詩者,志之所之也,在心為志,發言為詩,情動於中,而形於言」之原則,〔註14〕以抒寫情志為主,對四時之變化,足以有感興於心中者,便寄託於翰墨中,因此「歲有其物,物有其容,情以物遷,辭以情發」,〔註15〕對於眼前之各種景物,或萬物之遷化,或內心之感悟,皆能深發心中之意,寄託內心的情懷,達到「興觀群怨」之境界,〔註16〕是「最附深衷」者。〔註17〕武帝曾作〈孝思賦〉寄意孺慕之情思,云:「想緣情生,情緣想起,物類相感,故其然也」,極言情思生發於胸臆,然而透過外在物類變遷之感應,引發感懷,遂有述作,故其於〈孝思賦〉中又言:

> 感四氣之變易,見萬物之化成。受天和而異命,稟地德而齊榮,察蟭螟於蚊睫,觀鵾鵬於北溟。彼含識而異見,同有色而殊形。雖萬類之眾多,獨在人而最靈。禮義別於飛走,言語異於鸚猩。念過隙之倏忽,悲逝川之不停。踐霜露而淒愴,懷燧谷而涕零。掩此哀而不去,亦靡日而弗思。仲由念魚而永慕,吾丘感風樹而長悲。雖一志而舍生,奉二親而何期。思因情生,情因思起。異情源以流樹,引思心而無已。既懷憂以終身,亦銜恤而沒齒。……心與心而相續,思與思而未央。晨孤立而縈結,夕獨處而徊徨。氣塞哀其似噎,念積心其若狂。至如獻歲發暉,春日載陽。木散百華,草列眾芳。對樂時而無歡,乃觸目而感傷。朱明啟節,白日朝臨。木低甘果,樹接清明。不娛悅於懷抱,但悁極而纏心。蒹葭蒼蒼,白露為霜。涼氣入衣,淒風動裳。心無迫而自切,情不觸而獨傷。若乃寒冰已結,寒條已折。林飛黃落,山積白雪。旅雁鳴而哀哀,朔風鼓而颼颼。目觸事而破碎,心隨感而斷絕。無一息而緩念,與四時而長切。〔註18〕

古來欲養不在之憾,堪為孝子之悲,人倫之極,武帝思慕未盡反哺之恩,心

〔註13〕清・阮元校勘:《重刊宋本毛詩注疏附校勘記》(臺北:藝文印書館,1989年1月11版),序,頁13。沈約:〈武帝集序〉,《全梁文》卷30,頁3123。

〔註14〕梁・昭明太子編,周啟成等注譯:《新譯昭明文選》(臺北:三民書局,2001年2月初版2刷),頁2156。

〔註15〕同註5,《文心雕龍讀本》下篇,〈物色〉第46,頁302。

〔註16〕清・阮元校勘:《重刊宋本論語注疏附校勘記》(臺北:藝文印書館,1989年1月11版),陽貨第17,頁156。

〔註17〕同註5,《文心雕龍讀本》上篇,〈宗經〉第3,頁34。

〔註18〕同註7,梁武帝:〈孝思賦〉,《全梁文》卷1,頁2948。

中之悲慟，不特「春秋代序，陰陽慘舒」，甚而自然界些微之變化，皆已達到「詩人感物，聯類不窮」之境，因此朱明啓節，木低甘果，涼氣淒風，旅雁哀鳴，朔風颳鼓，皆有「目既往還，心亦吐納」之作。又如〈答任殿中宗記室王中書別詩〉以敘離別餞飲，便是以平鋪直敘，直接以目中所見之景象與耳中所聽聞之音聲，故收「吟詠所發，志惟深遠」之效。又如〈直石頭詩〉中六句，藉敘地勢遠、百雉壯、翠壁、丹樓、夕池、朝雲等，無一不是眞實記錄眼中所見之物，抒發胸中所思。故其對眼中所見之春風秋月，僚友之送往迎來，遊宴之即興賦詩，多能以言志爲主，即景寓情，直抒胸臆。

　　另外，武帝曾作《五經大義》等書，欲以聖賢垂教之理，貫穿古今，並作爲萬民遵奉的典則，心之所志，發而爲文，作〈凡百箴〉，云：

> 凡百眾庶，爾其聽之。事無大小，先當孰思。思之不孰，致成反覆。
> 其心不定，不可施令。是曰亂常，是曰敗政。弗止辱身，亦喪厥命。
> 惟慈惟恕，惟孝惟敬。嚴惟率下，直惟厥正。如彼互響，如彼暴虎。
> 家聲不建，有忝爾祖。思之既孰，決意而行。臨難必勇，見義忘生。……
> 忠信孝友，皆以揚名。……誡爾凡百，勿戾勿昏，人無貴賤，道在
> 則尊。〔註19〕

文中極言慈恕孝敬，無忝所生，大倡忠貞賢良，表彰「道在則尊」之義。雖未直接將文章之事與「道」連爲一說，然文句中多脫胎、援引自五經文義，知其爲文確實能夠將《五經》之仁義道德與文學創作相結合，充分展現宗經思想。且武帝自幼習儒，曾作詩自述云：「少時學周孔，弱冠窮六經。孝義連方冊，仁恕滿丹青。」〔註20〕言浸淫於經書之悅樂、嚮往。又撰《孔子正言》二十卷，作〈撰孔子正言竟述懷詩〉抒懷，詩中充分體現其喜愛儒家之言，除六經之外，尚且「愛悅夫子道，正言思善誘」，輔以儒家相關書籍，展現出宗經爲尚的主張，極言作品必須以明教化，發揮一道德、同風俗之功用。足見其始終宗奉儒家之道，深明先王之教化，對至德要道篤奉不移，故即位後大力推闡儒學教育，鼓勵士子精通經書，將經書奉爲道統之原，闡揚先王之教，實堪稱特起於流俗之中，絕學之後者。

　　由於武帝重視經書與先王之道，自然亦重視民生疾苦，關心吏治，砥礪

〔註19〕同註7，梁武帝：〈凡百箴〉，《全梁文》卷6，頁2984～2985。
〔註20〕梁武帝：〈會三教詩〉，《先秦漢魏晉南北朝詩》（臺北：學海出版社，1984年5月初版），梁詩卷1，頁1531。

臣節，宣揚其治國之道，尤其特重《尚書》之訓讀，著有《尚書大義》，今觀其作品中雖多屬詔策章奏之文，不僅因事而發，寓有強烈之社會性與寫實性，〈求言詔〉多援用《尚書》，〈耕藉詔〉則中強調遵循古代聖哲之王之旨，故頗得「輝音峻舉，鴻風遠蹈，騰義飛辭，渙其大號」之美致，〔註21〕足見其以儒家聖人之道為中心思想，仍為「對儒家文質論的宏揚」者，〔註22〕故為文之旨切合宗經主張。

其次，就武帝親近的重要朝臣方面，武帝為文首重宗經，較親近之重要朝臣劉之遴、裴子野等，亦頗具宗經思想。如劉之遴，推崇孔聖之言，〔註23〕「比事論書，辭微旨遠。編年之教，言闡義繁」；〔註24〕又如裴子野家傳素業，世習儒史，好經籍文藝，〔註25〕行文頗重典雅質素，本傳史臣論讚揚其備足孔門四科之懿，〔註26〕深受武帝倚賴。

最後，就蕭統、蕭繹所受影響方面。蕭統深受武帝宗經思想影響，早年熟讀儒家經典，蒙劉勰啟迪，〔註27〕劉勰《文心雕龍·原道》云：「道沿聖以垂文，聖因文以明道。」言聖人洞悉自然之道，發而為文，遂稱經典，足以垂訓後世，又倡文當宗經，以為《五經》為各體之原，乃「極文章之骨髓」。〔註28〕蕭統亦具宗經傾向，論賦體之起源，莫非於經，〈文選序〉可見其大要，文辭則主文質和諧，以臻於「文質彬杉，有君子之致」。〔註29〕所編《文選》，凡經、史、子類皆不入選，卻編入與儒家經典密切的〈毛詩序〉、〈尚書序〉、〈春秋左氏傳序〉，足見其深受武帝宗經影響。

〔註21〕同註5，《文心雕龍讀本》上篇，〈詔策〉第19，頁358。

〔註22〕張辰：〈略論四蕭的文學觀〉，《內蒙古大學學報》1988年2期，頁65。

〔註23〕同註7，劉之遴〈乞皇太子為劉顯誌銘啟〉云：「之遴嘗聞，夷、叔、柳惠，不逢仲尼一言，則西山餓夫，東國黜士，名豈施於後世。」參《全梁文》卷56，頁3281。對孔聖之言，極為推崇。

〔註24〕同註7，梁武帝：〈答劉之遴上春秋義詔〉，《全梁文》卷4，頁2968。

〔註25〕同註7，范縝：〈以國子博士讓裴子野表〉，《全梁文》卷45，頁3209。

〔註26〕隋·姚察等：《新校本梁書附索引》（臺北：鼎文書局，1996年5月9版）史臣論云：「仲尼論四科，始乎德行，終乎文學。有行者多尚質樸，有文者少蹈規矩，故衛、石靡餘論可傳，屈、賈無立德之譽。若夫憲章游、夏，祖述回、騫，體兼文行，於裴幾原見之矣。」參卷30，頁449～450。

〔註27〕同註26，《梁書》卷50，頁710。又參莫礪鋒：〈從文心雕龍與文選之比較看蕭統的文學思想〉，《古代文學理論研究》第10輯，頁168～171。

〔註28〕同註5，《文心雕龍讀本》上篇，〈宗經〉第3，頁33～34。

〔註29〕同註7，昭明太子：〈答湘東王求文集及詩苑英華書〉，《全梁文》卷20，頁3064。

　　另外蕭繹論文亦主文質並重，云：「夫披文相質，博約溫潤，……能使豔而不華，質而不野，博而不繁，省而不率，文而有質，約而能潤，事隨意轉，理逐言深，所謂菁華，無以間也。」〔註30〕強調文質相和，嚴守不華、不野、不繁、不率，酌其中而返其本，實宗奉儒家爲文之道，當亦受到武帝宗經文學觀之影響。

　　第二，就教化言。所謂教化，即「道」存其中，我國自古以來，即備受重視，《周禮・春官・大師》有云：「太師教六詩，曰風，曰賦，曰比，曰興，曰雅，曰頌。以六德爲之本，以六律爲之音。」注云：「風，言聖賢治道之遺化也。賦之言鋪陳今之政教善惡。比，見今之失不敢斥言，取比類言之。興，見今之美嫌於媚諛，取善事以喻勸之。雅，言今之正者以爲後世法。頌之言誦也，容也，誦今之德廣以美之。」〔註31〕即言作品須具備知仁聖義中和之六德，因此以「玄聖創典，素王述訓」作爲典範，「原道心以敷章，研神理而設教」，方能「觀天文以極變，察人文以化成」，〔註32〕故作品承擔著教化人心的重任。顯見武帝作品亦具教化的文學觀。

　　首先，在武帝施政理念方面，藉由儒術，敦厚風俗。武帝少年即篤志經術，深諳修己治人之方，知經典深具教化作用，爲定國安邦之本，即位後欲以儒家經典教化學子，故極重視作品教化作用。《孝經》云：「移風易俗，莫善於樂。」〔註33〕武帝深知欲達教化目的，當由樂始，於天監元年下〈訪百僚古樂詔〉，云：

　　　　夫聲音之道與政通矣。所以移風易俗，明貴辨賤。而韶濩之稱空傳，

　　　　咸英之實靡託。魏晉以來，陵替滋甚，遂使雅鄭混淆，鍾石斯謬。

　　　　天人缺九變之節，朝饗失四懸之儀。歷年永久，將墮於地。〔註34〕

所謂「導之以禮樂而民和睦」，〔註35〕樂能正人心，主於中和，移風易俗，因此政情往往反映在音樂中，有謂：「治世之音安以樂，其政和；亂世之音怨以怒，其政乖；亡國之音哀以思，其民困。」武帝新有天下，有感於前代陵替

〔註30〕同註7，蕭繹：〈內典碑銘集林序〉，《全梁文》卷17，頁3053。

〔註31〕清・阮元校勘：《重刊宋本周禮注疏附校勘記》（臺北：藝文印書館，1989年1月11版），卷第23，頁356。

〔註32〕同註5，《文心雕龍讀本》上篇，〈原道〉第1，頁4。

〔註33〕清・阮元校勘：《重刊宋本孝經注疏附校勘記》（臺北：藝文印書館，1989年1月11版），廣要道章第12，頁43。

〔註34〕同註7，〈訪百僚古樂詔〉，《全梁文》卷2，頁1956。

〔註35〕同註33，《孝經注疏》，三才章第7，頁28。

之禍，生民離散之苦，欲藉訪尋古樂，〔註36〕端正音樂，去亂世亡國之音，提振治世之音，以達道和之旨。當時沈約作〈答詔訪古樂〉云：「陛下以至聖之德，應樂推之符，實宜作樂崇德，殷薦上帝。」〔註37〕以應和武帝化民成俗之意旨，故武帝雖是針對樂道所作，然特重教化目的，昭然可知。

武帝又鑑於自魏晉以來的玄風浮蕩，儒術淪歇殆盡，社會風節罔樹，〔註38〕乃標舉漢朝舉用賢人之法，以經術取士，以為：「建國君民，立教為首，砥身礪行，由乎經術。」〔註39〕認為具有儒家聖人之道的經典，乃士人為文習業、立身應世之原則，用以作為立教進仕、砥礪行止之基礎，故常言：「思闡治綱，每敦儒術。」〔註40〕認為只要闡明聖人之儒術，既可得之於內，又可行之於外，若發而為文則必能彰顯儒家教化之道，使萬民見賢思齊，風氣自然趨向醇美。因此透過敦厚儒術，文主教化，張揚治國之大綱，以濟乎天下。遂令皇太子入學，以為典範，以達「式廣義方，克隆教道」之效用。〔註41〕

其次，在著述成果方面，多注經義，敷述教化。武帝既重教化，透過著書立說，冀達化民於無形之目的。如《詩經》部分，武帝著有《毛詩答問》、《毛詩發題序義》、《毛詩大義》等書，〈毛詩序〉言：「先王以是經夫婦，成孝敬，厚人倫，美教化，移風俗。」〔註42〕以重「化下」的功夫，乃儒家重視文學的社會教化作用之指標，《詩經》中多涉倫理教化的篇章，故孔子言《詩經》「邇之事父，遠之事君」，〔註43〕又言：「不學《詩》，無以言。」〔註44〕顯示武帝特重《詩經》的倫理教化，知其「成人之速，化人之深」，欲以詩教來敦厚人倫，倡教孝友敬慎的風氣，建立禮治社會基礎，使社會導入淳美篤實之境域。武帝對《詩經》一書之注解如此豐富，足顯見其欲藉詩教而造於國治之域。

又如《孝經》部分，《孝經‧開宗明義章》明言孝為「德之本，教之所由生」，明白揭示孝是至德要道，為一切道德之本及所有教化之基礎，用以事親、

〔註36〕同註22，張辰：〈略論四蕭的文學觀〉，頁65。

〔註37〕同註7，沈約：〈答詔訪古樂〉，《全梁文》卷26，頁3106。

〔註38〕同註7，梁武帝：〈置五經博士詔〉，《全梁文》卷2，頁2957。

〔註39〕同註7，梁武帝：〈立學詔〉，《全梁文》卷2，頁2958。

〔註40〕同註7，梁武帝：〈敘錄寒儒詔〉，《全梁文》卷2，頁2959。

〔註41〕同註7，梁武帝：〈令皇太子王侯之子入學詔〉，《全梁文》卷2，頁2959。

〔註42〕同註14，〈毛詩序〉，《新譯昭明文選》，頁2156～2157。

〔註43〕同註16，《論語注疏》，陽貨第17，頁156。

〔註44〕同註16，《論語注疏》，季氏第16，頁150。

事君、立身與順天下，可達「揚名後世以顯父母」與「民用和睦，上下無怨」之致。〔註45〕因此武帝奉從劉瓛「政在《孝經》」為治國之本與借鑑，〔註46〕教化天下百姓，作《制旨孝經義》以闡孝道，並多次敷講《孝經》，或遣蕭統於壽安殿中講《孝經》。〔註47〕知武帝欲使人人以禮事親，崇尚節義，民用和睦，愛身謹行，勿以身行危而犯上作亂、違法悖禮，期望能蔚然形成淳樸敦厚的風俗，進而可推至大治之效用。因此在〈孝思賦并序〉云：「身雖死而名揚，乃忠孝而兩全。」〔註48〕又作〈連珠〉五十首以闡明孝道，一則借以抒發欲養不在之哀傷與悠悠無盡之思慕，一則欲以孝道行教化天下之用，使風氣淳厚。〔註49〕武帝十分重視〈連珠〉五十首，時人爭相為之注疏，如沈約撰《梁武連珠注》一卷、邵陵王綸撰《梁武帝制旨連珠注》十卷、陸緬撰《梁武帝制旨連珠注》十卷等，〔註50〕皆欲彰顯武帝以孝道倡教化之目的，形成以文學結合教化作用的風氣。

　　最後，在武帝所親近之大臣、皇子方面，亦可見其重視作品教化之功用。如天監元年，任昉為武帝代作集墳籍令，云：

> 近災起柏梁，遂延渠閣，青編素簡，一同煨燼，緗囊綖帙，蕩然無餘，故以痛深秦末，悲甚漢季。求之天道，昭然有徵，豈不以昏嗣作孽，禮樂崩壞？乃聖人有作，更俟茲辰，今雖百度草創，日不暇給，而下車所務，非此孰先？便宜選陳農之才，采河間之闕，懷鉛握素，汗簡殺青，依秘閣舊錄，速加繕寫，便施行。〔註51〕

文中痛惜禮樂崩壞，遂下令墳籍，依秘閣舊錄，速加繕寫流布。正顯示武帝希

〔註45〕同註33，《孝經注疏》，開宗明義第1，頁1～11。

〔註46〕唐・李延壽：《新校本南史附索引》（臺北：鼎文書局，1994年9月8版）卷50，頁1236。

〔註47〕同註26，《梁書》卷8，頁165。

〔註48〕同註7，梁武帝：〈孝思賦并序〉，《全梁文》卷1，頁2949。

〔註49〕梁元帝：《金樓子》（臺北：藝文印書館，未載出版年月）載武帝欲以孝治民，移風易俗，作〈連珠〉五十首以明孝道。參卷1，頁17下。文作「聯珠」。此五十首〈連珠〉已亡佚，《全梁文》所收，當不屬於此五十首。

〔註50〕唐・魏徵等：《新校本隋書附索引》（臺北：鼎文書局，1997年10月9版）卷30，頁1087。

〔註51〕同註7，任昉：〈為梁武帝集墳籍令〉，《全梁文》卷42，頁3192。《梁書》載天監元年，王泰遷秘書丞，因見「齊永元末，後宮火，延燒秘書，圖書散亂殆盡。（王）泰為丞，表校定繕寫」，武帝從之，方此文當作於是時。參卷21，頁324。又任昉於天監元年遷吏部郎中，以本官兼著作。參卷14，頁253。

望藉由古聖先王之述作，以恢復禮樂，道正民心。另〈天監三年策秀才文〉，云：

> 朕本自諸生，弱齡有志，閉戶自精，開卷獨得，九流七略，頗常觀
> 覽，六藝百家，庶非牆面。雖一日萬機，早朝晏罷，聽覽之暇，三
> 餘靡失，上之化下，草偃風從，惟此虛寡，弗能動俗。……〔註52〕

此作雖是任昉所代，然武帝當時頗欲藉詩文以化下之心可知。此外，〈爲梁武帝斷華侈令〉云：「夫在上化下，草偃風從，俗之澆淳，恆由此作。自永元失德，書契未紀，窮昏極悖，焉可勝言。」〔註53〕亦著重在教化。

另外，蕭子範（486〜549）在蕭統遽逝後，作〈求撰昭明太子集表〉，云：「姬旦云亡，播禮樂於百代；宣尼既歿，傳雅頌於千祀。夏啓之風，載傳樂野；周晉之跡，止在洛濱。」〔註54〕將蕭統之作比之古代聖王，以爲能夠教化人心，顯見蕭統之作，確實具此特點，〔註55〕蕭子範深知武帝倡立教化之用心，遂上此表。

而蕭繹亦主文章須具備敦風俗的教化作用，〔註56〕云：「諸子興於戰國，文集盛於二漢，至家家有制，人人有集，其美者足以敘情志，敦風俗。」〔註57〕又企慕「管夷吾之雅談」、「諸葛孔明之宏論」等「言人世」、「陳政術」之文，〔註58〕其強調文章必須肩負著敦厚風俗、教化作用之觀點，顯是受武帝啓發。

綜上之所述，武帝深受儒學薰染，重視儒家經典，爲之著述講說，主張作品以宗經爲本，其著書立言，多倡聖人之道，以敦風氣，思善誘，倡教忠孝，實表現出其宗經與教化的文學觀。

二、工巧敏麗的文學觀

武帝曾爲齊時竟陵八友之一，深受永明時盛爲文章與文才競騁的影響，主張作品的文字工整巧麗、才思敏捷，兼之其下文士刻意迎合。〔註59〕故由

〔註52〕同註7，任昉：〈天監三年策秀才文〉，《全梁文》卷42，頁3193。
〔註53〕同註7，任昉：〈爲梁武帝斷華侈令〉，《全梁文》卷42，頁3192。
〔註54〕同註7，蕭子範：〈求撰昭明太子集表〉，《全梁文》卷23，頁3084。
〔註55〕蔡鍾翔：〈蕭氏兄弟文學思想異同辨〉，《古代文學理論研究》12輯，頁74。
〔註56〕同註55，蔡鍾翔：〈蕭氏兄弟文學思想異同辨〉，頁75。
〔註57〕同註49，《金樓子》卷4，立言，頁13上。
〔註58〕同註49，《金樓子》序，頁2上。
〔註59〕此說參陳慶元：〈梁武帝蕭衍的文學活動及其文學觀〉，收入於國立成功大學
中文系編：《第三屆魏晉南北朝文學與思想學術研討會》（臺北：文津出版社，
1997年9月初版），頁195。

時人應詔與獻賦之作，明顯看出武帝主張工巧敏麗的文學觀。

　　第一，就工巧言，工巧乃就文章修辭而論。南朝駢文發達，崇尚巧構形似之言，爲文日益重視語言形式的美感，講求對偶與辭藻。所謂工巧即對偶工巧，使文字清麗或繁用事類。武帝受時風影響，以爲文章之工巧，必達「理圓事密，聯璧其章」、「眾美輻輳，表裏發揮」〔註60〕的極致。

　　首先，就武帝個人方面，其文思睿敏，雅好辭賦，對於文辭工巧之作品，特加嗟賞。任昉稱其云：「俯同不一，託情風什，希世罕工。」〔註61〕即已明言武帝寄興於詩篇文章，所作皆甚爲工巧，爲歷代少有者，此處工巧即言武帝作品對偶工整精巧而言。任昉與武帝交好，相知甚深，其評武帝詩作具工巧傾向，洵足可信。兼之武帝博學多才，多識前言往行，時與文士隸事競美，留意於事類書籍的編纂，喜愛於抽象立論的行文中，間或參以具體故實者，〈北伐詔〉云：

　　周文薄伐，實寧邊患，漢武命師，允恢王略。蕞爾犬羊，陵縱日久，宋氏云衰，乘釁逞暴，海岱彭郁，翦焉淪覆。雖每存拯定，雄圖弗舉。齊末糾紛，復肆姦毒，宛葉淮肥，仍離內侮，僞酋惡稔，天祿自降，凶渠嗣虐，險慝彌流，殘鉏親黨，咀噬黔庶，繁役絲興，毒賦雲起。司冀餘蓁，中州舊族，綴足宛頸，載離塗炭，延首南雲，思沾王澤。鼎運啓基，大業草創，蠢彼戎心，仍窺疆場。〔註62〕

當時武帝欲北伐中原，乃援引周文王、漢武帝命師興兵之事，再歷敘宋、齊二之世，北方政權逞暴肆奸，造成百姓塗炭之苦。十六字中，說盡周文、漢武之事，手法十分凝練。一則作爲「寧邊患」、「恢王略」之佐證，一則彰明弔民伐罪之仁心。無論此文是否確爲武帝自作，仍能突顯其確實主張工整、巧麗之文學觀。又如〈詔答周弘正〉，云：

　　設《卦》觀象，事高文遠，作《繫》表言，辭深理奧。東魯絕編之思，西伯幽憂之作，事逾三古，人更七聖，自商瞿稟承，子庸傳授，篇簡湮沒，歲月邈遠。田生表菑川之譽，梁丘擅琅邪之學。代郡范生，山陽王氏，人藏荊山之寶，各盡玄言之趣。說或去取，意有詳略。〔註63〕

〔註60〕同註5，《文心雕龍讀本》下篇，〈麗辭〉第35，頁134。及〈事類〉第38，頁170。
〔註61〕同註7，任昉：〈奉答敕示七夕詩啓〉，《全梁文》卷43，頁3200。
〔註62〕同註7，梁武帝：〈北伐詔〉，《全梁文》卷2，頁2957。
〔註63〕同註7，梁武帝：〈詔答周弘正〉，《全梁文》卷3，頁2965。

云聖人設卦，由卦面見形象，歷敘詮釋卦爻之事，再由孔子、周文王至後世繼承者，由春秋時商瞿、戰國時橋庇、至漢時田何、梁丘賀、東漢范升、三國王弼等，歷敘《易》學發展源流，極言玄言之趣無窮，信手拈來，文字凝練，對偶工巧，故實繁富。

其次，由武帝喜愛的詩作，亦見其主張工巧之作。尤其特愛謝朓之詩，每言：「三日不讀，即覺口臭。」〔註64〕謝朓詩工麗自得，可謂極天下之巧妙，遣詞鑄句，以清麗稱著，沈約等當代文士皆甚為推崇，後人稱美其「藻麗」、「撰造精麗，風華映人」。〔註65〕顯然武帝具有相同的文學觀，故對其詩讚譽有加，時時諷誦。

再觀文士代作詔書，以沈約、任昉二人為最。沈約〈改天監元年赦詔〉、〈資給何點詔〉、〈使四方士民陳刑政詔〉等作，任昉〈梁武帝初封諸功臣詔〉、〈求薦士表〉諸篇，工整流利，或兩兩相對，或援引富贍，成為眾家文士中代作最繁多者。任昉為文多用事，時人稱美其文云：「遒文麗藻。」〔註66〕堪稱「辭令美妙之文」；〔註67〕沈約為一代詞宗，《詩品》云：「其工麗，亦一時之選。」〔註68〕二人詩文多為《文選》所錄，實具「事出沉思，義歸翰藻」者。顯見武帝確具工巧之文學觀。

最後，就武帝親近之朝臣方面。武帝以為作品文辭必須備足工巧之特質，對作品表現工巧特色之朝臣，如陸倕、到洽（447～527）、蕭子顯等，讚賞有加。其中尤以敕陸倕所撰〈新漏刻銘〉與〈石闕銘〉二事可知。武帝素知陸倕善屬文、多識禮樂制度，敕撰〈新漏刻銘〉，漏刻即計時器，可據以知時辰，天監六年新漏刻完成後，陸倕撰銘文以表彰功德，序文先追溯計時器之初起與其重要性，再言製作緣起、製成後經再三校驗無誤的過程。銘辭方面，全用四字句，著重讚美新漏刻之精確，〔註69〕文辭甚美，深獲武帝歡心，後專管東宮書記。〔註

〔註64〕 明·張溥著，殷孟倫注：《漢魏六朝百三家集題辭注》（香港：香港商務印書館，1961年7月版），頁196。

〔註65〕 同註50，《隋書》卷35，頁1090。又參明·王世貞著，羅仲鼎校注：《藝苑卮言》（山東：齊魯書社，1992年7月1刷），頁135。

〔註66〕 同註7，劉孝標：〈廣絕交論〉，《全梁文》卷57，頁3289。

〔註67〕 駱鴻凱：《文選學》（臺北：華正書局，1989年9月），頁331。

〔註68〕 梁·鍾嶸著，陳延傑注：《詩品注》（臺北：里仁書局，1992年9月）卷中，頁53。

〔註69〕 同註7，陸倕：〈新漏刻銘〉，《全梁文》卷53，頁3258。

〔註70〕 同註26，《梁書》卷27，頁402。

70〕其後又受詔作〈石闕銘〉，所謂石闕乃指天子宮廷南面正門外所建的雙闕，朝廷將頒布之法懸卦於此，使民眾觀看奉行。天監七年武帝構築名爲「神龍」、「仁虎」的石闕，〔註 71〕陸倕再度受命撰文。此銘前有序，首讚揚武帝建梁功業，後敘建立石闕，乃爲使民眾觀法而知所歸趨，有益安國安民，長治久安之用，銘辭則多著墨於石闕的營建，閎偉壯闊，偃蹇高峻，極具布教德化作用，深切讚美其能萬古永存。〔註 72〕此文深獲武帝喜愛，讚云：「辭義典雅，足爲佳作。」〔註 73〕所謂「辭義典雅」，當指其作義理淵深，徵材廣博。張溥曾稱美陸倕之文「皆麗」，又云：「梁武起自文人，尤勤氣類，曲水清漳，同遊並唱。」〔註74〕即指出武帝與作品同樣具有工巧特色者，氣味相投，顯示武帝喜愛工巧之作。可知其文學觀，主文字工巧華麗與多用事典。

　　此外，對文士侍讌活動中所作，凡具工美者，武帝必特加讚賞。綜觀受武帝稱爲「才子」者，包括到洽、蕭子顯與張率，作品皆具備工巧的特質。如到洽曾與眾文士侍讌，受詔作詩，文辭工美，文義可觀，善用故實，獨獲稱賞爲「才子」；〔註75〕蕭子顯因好辭藻，善屬文，曾自比古人之博學能文，武帝特愛其才華，天監十六年，於朝宴中唯獨受詔賦詩，獲稱爲「才子」；〔註76〕另外受稱爲「才子」者爲張率，〔註77〕其曾抄撰事類之書，奉詔同作〈河南國獻舞馬賦應詔〉，皆多所取事，獲稱賞爲「工」。顯見武帝主張工麗之作，乃亦包含有多所取事。

　　另外，因文辭工美而受稱者，尚有王僧孺。當時武帝曾制〈春景明志詩〉，敕朝臣同作，王僧孺文字工麗，遂得頭籌，王氏於各書無所不窺，文辭麗逸

〔註71〕同註 26，《梁書》卷 2，頁 46。
〔註72〕同註 7，陸倕：〈石闕銘〉，《全梁文》卷 53，頁 3258。
〔註73〕同註 7，梁武帝：〈敕答陸倕〉，《全梁文》卷 4，頁 2969。
〔註74〕同註 64，《漢魏六朝百三家集題辭注》，頁 236。
〔註75〕同註 26，《梁書》卷 27，頁 404。《梁書》到洽本傳載，謝朓曾讚其兼資文武，蕭統與蕭綱稱其文義可觀，且曾任司徒主簿，直待詔省，受敕抄甲部書，又爲太子中舍人等職，足見作品確有可觀，且諳於典故，故獲武帝喜愛，受稱爲「才子」。
〔註76〕同註 26，《梁書》卷 35，頁 512。蕭子顯於〈自序〉中自比古人唐勒、宋玉、嚴忌、鄒陽、賈誼、傅毅、崔駰、馬融、邯鄲淳、繆襲、路溫舒等十一人，此十一人共同特色爲博學能文辭，知蕭子顯對文章頗爲自豪。參《全梁文》卷 23，頁 3087。
〔註77〕同註 20，武帝於〈賜張率詩〉云：「東南有才子，故能服官政。余雖慚古昔，得人今爲盛。」參梁詩卷 1，頁 1537。

富博，多用人所未識之事典，張溥稱其云：「杼軸雲霞，激越鍾管，新聲代變，於此稱極。」〔註78〕顯示其作品五色鬱然，五音鏗然，博而能奇，受人嘆賞。

除了工巧華美，多用典故外，武帝以文雅之致爲尚，即所謂「翩翩」。沈眾曾受召於文德殿，作〈竹賦〉，武帝嘉許云：「文體翩翩，可謂無忝爾祖。」〔註79〕即言沈眾頗有文詞，作品深得其祖父沈約之風采。沈約長於詩文，號一代文宗，文章備任昉之工，詩兼謝朓之善，且具「工麗」之美，〔註80〕足見沈眾作品亦承此優點，故而受賞。凡此種種可知，武帝所讚賞的「工」、「美」或「翩翩」，乃是指文字工巧華麗但不淫濫，甚至要具備典正淵雅之致，及取事富贍之博。

第二，就敏麗言，此就其創作而論。言人之才性與生俱來，稟受各有不同，因此「才有庸俊」，先天的稟賦與後天學養皆足以影響作品，曹丕直言：「引氣不齊，巧拙有素，雖在父兄，不能移子弟。」此處的氣「不可力強而致」，又以爲文之四科不同，「惟通才能備其體」，已大彰才性之說。〔註81〕至劉勰《文心雕龍》則云：「文章由學，能在天資，才自內發，學以外成。」又云：「是以屬意立文，心與筆謀，才爲盟主，學爲輔佐，主佐合德，文采必霸。」〔註82〕以爲才學相佐爲用，作品自臻妙境。然二者中又以才爲主，以學爲輔。顯見至梁時，不僅特重文才的表現，人人欲以文采競勝，且重視作家才性，注意到才性之異，左右著屬文遲速，云：「人之稟才，遲速異分，文之體制，大小殊功。」〔註83〕因此除主張作品的工巧外，還要配合寫作的敏麗，方爲箇中高手。武帝爲文即屬於下筆成章，直疏便就的典型人物，且作品皆能符合文質彬彬之旨，超邁古今。〔註84〕因此對於同樣文才睿敏，搦筆成文而不加點易的作品，特爲鍾愛。

〔註78〕同註64，《漢魏六朝百三家集題辭注》，頁233。

〔註79〕隋・姚察等：《新校本陳書附索引》（臺北：鼎文書局，1998年10月9版）卷18，頁243。

〔註80〕同註68，《詩品注》，頁53。

〔註81〕曹丕之「氣」，所指爲何，或曰才性，或曰氣勢，陳鍾凡《中國文學批評史》（臺北：龍泉書屋，1979年5月初版）中以爲氣指才性言之，參頁23。朱東潤《中國文學批評史大綱》（臺北：臺灣開明書店，1984年2月臺7版），亦主此說。參頁26。

〔註82〕同註5，《文心雕龍讀本》下篇，〈事類〉第38，頁169。

〔註83〕同註5，《文心雕龍讀本》下篇，〈神思〉第26，頁4。

〔註84〕同註26，《梁書》卷3，頁96。

　　首先，就武帝方面，其推崇敏麗，受此美稱者爲張率。天監二年張率上〈待詔賦〉，甚受武帝稱賞，特手敕云：

　　省賦殊佳，相如工而不敏，枚皋速而不工，卿可謂兼二子於金馬矣。
〔註85〕

張率早年受沈約稱譽爲「後進才秀」，號稱「才筆弘雅」，〔註86〕足見其作必斐然可觀。惜其〈待詔賦〉今已亡佚，無由見知「殊佳」之程度。然武帝以司馬相如（179B.C～118）與枚皋（156B.C～？）等漢代大賦家相比擬，足見其不凡。尤其司馬相如善爲文而遲慢，號「含筆而腐毫」，枚皋爲文疾速，〔註87〕號「應詔而成賦」，以喻張率作品，知〈待詔賦〉必定工麗出色又速迅成文，故獲武帝推崇與喜愛。可知武帝重視作家才性，凡能夠應詔而成賦，或援牘如口誦，或舉筆似宿構者，便極推賞。

　　又如任孝恭精力勤學，爲文敏速，受詔立成，仿若不甚留意，每受武帝稱善，累加賞賜。〔註88〕此種捯筆之敏，甚至要到達攬筆便就的程度。武帝曾於〈戲題劉孺手板詩〉有云：

　　張率東南美，劉孺洛陽才。攬筆便應就，何事久遲回。〔註89〕

劉孺（483～541）少好文章，性敏速，於御坐中作〈李賦〉，受詔而成，文不加點易，武帝甚爲稱賞。曾與張率二人侍宴並醉，未能立刻賦詩，故武帝取手板戲題。〔註90〕知武帝認爲「敏麗」便是要達到攬筆便成、文不加點易的程度，因此群臣賦詩同作時，亦以此爲評斷之標準。如普通六年餞宴廣州刺史元景隆，曾詔群臣賦詩，同用五十韻，其中王規（492～536）援筆立奏，文辭極美，乃得嘉許。〔註91〕

　　爲文敏麗，便已表現作者高人一籌之才華，若能再配合典雅或深刻之思想，則更符合武帝主張工巧、敏麗之文學觀。如以裴子野爲例，普通七年，

〔註85〕同註7，梁武帝：〈手敕答張率〉，《全梁文》卷4，頁2969。

〔註86〕同註26，《梁書》卷33，頁475。「才筆弘雅」語見昭明太子：〈與晉安王綱令〉，《全梁文》卷19，頁3060。

〔註87〕漢・班固：《新校本漢書并附編二種》（臺北：鼎文書局，1997年10月9版）卷51，頁2367。枚皋本傳載其每從帝游行，歷觀景色後，漢武帝若有所感，輒使賦之，枚皋受詔則成，故屬文疾速而成。

〔註88〕同註26，《梁書》卷50，頁726。

〔註89〕同註20，梁武帝：〈戲題劉孺手板詩〉，梁詩卷1，頁1537。

〔註90〕同註26，《梁書》卷41，頁591。

〔註91〕同註26，《梁書》卷41，頁582。

武帝敕號稱「博識」的裴子野撰寫喻魏檄文，受詔立成，文典而速，然因此事體大，關乎軍戎大事，遂詔徐勉、周捨、劉之遴等大臣集於壽光殿觀覽此文，盡皆歎服，武帝稱許：「其形雖弱，其文甚壯。」後又敕爲書喻魏相元乂，仍操筆立奏，深得嘉許，因此自普通年間以後凡有符檄，皆令其草創。〔註92〕知武帝主張敏麗、典雅，且文字甚爲暢美之作。

綜合上述，歸納武帝文學觀，知其重視文學宗經的觀點，本於儒家之道，以爲文章深具有教化之作用，且主文辭應工巧華美，對於援筆立成而不加點易的作品，特爲賞愛。

第二節　作品的藝術特色

劉熙載（1813～1881）《藝概》云：「文所不能言之意，詩或能言之。大抵文善醒，詩善醉，醉中語亦有醒時道不到者。蓋其天機之發，不可思議。」〔註93〕詩文形式、內容不同，各有異趣。綜觀武帝文章，除多屬詔策一類應用文，暫不討論外，尚有賦四篇、連珠二篇。所謂賦自詩出，主在「睹物興情」、「體物寫志」；〔註94〕所謂連珠，屬雜文類，雖爲文章枝派，然實爲「苑囿文情」的暇豫之造，〔註95〕主以辭麗言約，「有合古詩風興之義」。〔註96〕因此二者皆屬「天機之發」，重在情之興寄。武帝所作詩歌，頗受時風影響，多爲五言詩，又吸取樂府民歌精華，藉詩歌抒寫個人情志，論述時事，有「醒時道不到」之語，實在「齊梁文壇上獨樹一幟」。〔註97〕今集中所存詩作，雖未及原作之一二，〔註98〕但體類多樣，猶可見其溫柔敦厚之情性與悲憫濟世之心志。茲就其作品之藝術特色，敘之如下。

一、題材豐富多變

武帝歷世頗深，作品取材自生活經驗，言志抒情，皆有感而發，或言民

〔註92〕同註26，《梁書》卷30，頁443。
〔註93〕清·劉熙載：《藝概》（臺北：華正書局，1985年6月初版），頁80。
〔註94〕同註5，《文心雕龍讀本》上篇，〈詮賦〉第8，頁132～134。
〔註95〕同註5，《文心雕龍讀本》上篇，〈雜文〉第14，頁239。
〔註96〕同註11，《文章辨體序說》，頁54。
〔註97〕周明、胡旭：〈梁武帝其人其詩〉，《江蘇教育學院學報》第17卷第4期（2001年7月），頁82～87。
〔註98〕同註26，《梁書》載武帝云：「下筆成章，千賦百詩。」參卷3，頁96。

情政事，或吟詠山水，或酬答唱和，或敷述宗教信仰，悉借助於詩歌，無不各具特色。

　　首先，其言民情政事方面，武帝深受儒典薰陶，長懷憂國濟世之志，自永明二年（484）二十一歲時任王儉東閣祭酒起，至三十九歲（502）即位為帝，前後十九年，漂泊四方，出入西邸、赴荊州、守壽春、戰義陽、鎮石頭、遷襄陽、進鄧城、往雍州，輾轉數地。雖為領兵之將軍，實與一般地方官無異，親身感受人民生活情狀，遂能發自內心，寫出反映民情之詩篇，其中尤以寫良人遠戍在外，思婦傷神之作，頗能表現憂民之胸懷。如〈邊戍詩〉，云：

　　　　秋月出中天，遠近無偏異。共照一光輝，各懷離別愁。〔註99〕

全詩以散文句法入詩，描述遠赴邊關戍守，眼見天上一輪皎好秋月，不禁想起遠方之人，或亦正抬頭望見明月，明月之光無分遠近，遍地照應，然在此光輝之下，卻因分隔兩地，各懷離愁別緒，加上秋季蕭索的氣氛，更令人憶起歲月悠悠，一年將盡，久戰不已，士卒思鄉，婦思良人的無奈與悲哀。全詩題名「邊戍」，卻不寫戰事之殘虐與殺伐之血腥，反借「各懷離別愁」一句，提出征戰不休，人民才是最大的犧牲者，足知武帝對百姓投注無限之關懷與悲憫。又如〈織婦詩〉：

　　　　送別出南軒，離思沈幽室。調梭輟寒夜，鳴機罷秋日。良人在萬里，
　　　　誰與共成匹。願得一迴光，照此憂與疾。君情倘未忘，妾心長自畢。

　　　　〔註100〕

寫良人征役，遠在萬里遠之外，獨留婦人，冷冷清清，連盼歸都不敢奢望。漫漫寒夜，縱使是在鳴機織布時，亦不禁思念起良人，於是婦人以「誰與共成匹」的方式，自問有誰能成為共成匹配的另一半？此處所引雙關語，更見情感含蓄動人。末四句，思婦終於道出內心的渴望，只願良人還能惦念著自己，就於願已畢，情感深摯沉痛。武帝眼見人民承受苦難，感同身受，讀詩至此，仿若身陷戰亂親離之歷史現場，而其代思婦發言之作，反映出渴望和平之意念。另有抒發企求賢者的〈逸民詩〉，云：

　　　　我聞在昔，有古天子。虞華駢聖，周昌多士。緝熙朝野，體邦經始。

　　　　〔註101〕

〔註99〕同註20，梁武帝：〈邊戍詩〉，梁詩卷1，頁1536。
〔註100〕同註20，梁武帝：〈織婦詩〉，梁詩卷1，頁1535。
〔註101〕同註20，梁武帝：〈逸民詩〉十二首之二，梁詩卷1，頁1526。

全詩四言一句，以散筆入詩，言古代聖人虞舜、文王亦倚待濟濟賢才，輔國治民，蓋武帝即位後，頗思經國致治之術，使民安居樂業，故作〈逸民詩〉以抒發其渴求賢才之情。文字樸質，卻是真性情之抒發，故能感人深刻，寓意深遠。

其次，其歌詠山水方面，武帝嘗自言少愛山水，有懷丘壑之志，〔註102〕即位前的閑暇時刻，常「訪逸軌，坐修竹，臨清池」，〔註103〕徜徉於秀山麗水間；即位後，仍於萬機之餘，登臨山水，目睹山明水秀之美景，創作歌詠風光之篇什，為其帝王生活中留下珍貴之記錄，如〈首夏泛天池詩〉：

> 薄遊朱明節，泛漾天淵池。舟楫互容與，藻蘋相推移。碧沚紅菡萏，
> 白沙青漣漪。新波拂舊石，殘花落故枝。葉軟風易出，草密路難披。
>
> 〔註104〕

首二句寫初夏時節，武帝至建康城內的天淵池遊歷，後八句寫景，鮮明工細，極盡描繪之能事，僅用數筆便盡將鮮美色彩，悉數勾勒，「舟楫」二句由近處著筆，寫船楫搖蕩時，藻蘋相互推移，「碧沚」二句，寫遠處沙洲上盛開紅色花朵，映照著池邊白色的沙子，稍遠處的殘花故枝，水波拂石等細微動作，亦描繪得生動傳神，一幅大自然的初夏和作者在良辰美景中的愉悅，讀之令人有置身畫中之感，文字清麗，寫景如畫。將眼中所見之「舟楫」、「藻蘋」、「碧沚」、「紅菡萏」、「白沙」、「青漣漪」、「新波」、「舊石」、「殘花」、「故枝」、「葉」、「草」等物，多彩多姿之色澤，與初夏豔陽輝映，逸氣秀色，生動明快。頗能將池上風光與景物之特色，賦與無限生機，給人留下鮮明印象。又如〈天安寺疏圃堂詩〉，記武帝至天安寺遊歷：

> 乘和蕩猶豫，此焉聊止息。連山去無限，長洲望不極。參差照光彩，
> 左右皆春色。晻曖矚遊絲，出沒看飛翼。其樂信難忘，翛然寧有飾。
>
> 〔註105〕

首二句敘至天安寺遊憩之原因，下八句則由景色之描寫，進而抒發心中悅樂之趣，由於天安寺地處山岡之上，〔註106〕故詩中「連山」以下六句，乃以居

〔註102〕同註7，梁武帝：〈淨業賦并序〉，《全梁文》卷1，頁2949。

〔註103〕同註7，梁武帝：〈與何點手詔〉，《全梁文》卷2，頁2955。

〔註104〕同註20，梁武帝：〈首夏泛天池詩〉，梁詩卷1，頁1529。

〔註105〕同註20，梁武帝：〈天安寺疏圃堂詩〉，梁詩卷1，頁1529。

〔註106〕據劉世珩編著：《南朝寺考》（臺北：新文豐出版社，1987年6月臺1版）天安寺條考證晉始寧山，云：「法義憩於始寧之保山，（晉孝武帝）寧康三年（375），孝武皇帝遣使徵請下都講說，太元五年卒（380），春秋七十有四。帝以錢十萬買新亭岡為墓起塔三級。義弟子曇爽於墓所立新亭精舍。……今

高臨下的角度進行描述，將四周景色由遠而近，由廣闊至細微，先敘地勢有延綿不絕之山勢，一望無際的沙洲，次言抬頭望見廣闊無垠之天色，再歸結到飛鳥出沒，既有靜態，又有動態，使視覺、聽覺皆有飽足之情趣，於是將堂中之幽趣，推向高峰。最後由景入情，言內心之悅樂，文字質樸清婉，充滿詩情畫意，彷彿親歷其境。由上述可知，武帝歌詠山水風光時，運用質樸清麗之文字，寫景細緻，優美如畫，且融情於景，使詩情與畫意合而為一。

　　接著，其酬答唱和方面，武帝交遊廣闊，即位前與西邸文士情甚友好，永明九年，任隨王蕭子隆鎮西諮議參軍，隨赴鎮荊州，時任昉、宗夬、王融與王延等人皆作〈別蕭諮議詩〉贈之，武帝作〈答任殿中宗記室王中書別詩〉，云：

　　　問我去何節，光風正悠悠。蘭華時未晏，舉袂徒離憂。緩客承別酒，
　　　鳴琴和好仇。清宵一已曙，巍爾泛長洲。眷言無歇緒，深情附還流。
　　〔註107〕

首以問句起勢，已大有離情依依之態，在此美好景色中，武帝即將要離開熟悉的人事，前往荊州任職，此時正值夜間餞別的酒席上，想到天明後，便要離開友人，憂思萬端，最後以情深無盡作結，寄託無言的不捨。全詩一韻到底，首尾貫串，故其悠悠不盡之離情，乃能自然流瀉而出，毫無滯礙之感，加上其所用之韻腳悠、憂、仇、洲、流等字，皆為平聲字，平聲字多上揚，故抒發其離愁別緒，更收無盡之效。又如〈和太子懺悔詩〉：

　　　玉泉漏向盡，金門光未成。繚繞聞天樂，周流揚梵聲。蘭湯浴身垢，
　　　懺悔淨心靈。葑草獲再鮮，落花蒙重榮。〔註108〕

強調佛教懺悔修持的功效，有如蘭湯洗淨身上的塵垢，透過懺悔，能夠滌淨心靈的塵垢，蒙獲到「再鮮」、「重榮」的境域。宣揚布道、強調懺悔之好處，全詩佛理色彩濃厚，若非題作和詩，便為一完整之佛理詩作。武帝信仰佛教，時有勸人精進自強修持之作，對其子蕭綱亦是，足見武帝在酬答唱和方面的作品，內容取自現實生活所思所感，寫情則意味悠然深長，寫理則立論嚴謹，寓教於無形，與一般泛泛之交際應酬的唱和作品迥異。

　　最後，其闡述信仰方面，武帝洞達儒玄，篤於佛教，發而為詩，自別具一番風貌，如〈會三教詩〉：

之天安寺是也。」參頁24。故知其地處於一山岡上。
〔註107〕同註20，梁武帝：〈答任殿中宗記室王中書別詩〉，梁詩卷1，頁1528。
〔註108〕同註20，梁武帝：〈和太子懺悔詩〉，梁詩卷1，頁1532。

> 少時學周孔，弱冠窮六經。孝義連方冊，仁恕滿丹青。踐言貴去伐，
> 爲善存好生。中復觀道書，有名與無名。妙術鏤金版，眞言隱上清。
> 密行貴陰德，顯證表長齡。晚年開釋卷，猶日映眾星。苦集始覺知，
> 因果乃方明。示教惟平等，至理歸無生。分別根難一，執著性易驚。
> 窮源無二聖，測善非三英。大椿徑億尺，小草裁云萌。大雲降大雨，
> 隨分各受榮。心想起異解，報應有殊形。差別豈作意，深淺固物情。
>
> 〔註109〕

言其年少讀聖賢之書，深慕古人孝義之節，並以仁恕作爲律己之則。志之所
至，詩亦至焉，於詩歌創作中，仍努力表達出宣揚佛教思想之夙願。又〈十
喻詩〉五首，乃透過詩歌的方式闡述佛學理論，茲舉第四首〈乾闥婆〉爲例：

> 靈海自已極，滄流去無邊。蜃蛤生異氣，闥婆鬱中天。青城接丹霄，
> 金樓帶紫煙。皆從望見起，非是物理然。因彼凡俗喻，此中玄又玄。
>
> 〔註110〕

描述的是凡俗人生，虛妄如夢，且迷亂如幻，在三界裡迷惑，在六趣裡顛倒，
所以要人能夠破幻識眞。〈乾闥婆詩〉談的是世俗的虛空有如蜃氣樓，乾闥婆
城即所謂海市蜃樓，前三聯鋪排海中出現乾闥婆城之景象，尤以第三聯「青
城接丹霄，金樓帶紫煙」之描述，仿若眞有，然而此城雖可眼見，卻無實城，
第四聯，推翻前景，言「望見」而覺其存在，實則乃無有一切，言凡俗之人，
習以六根所見所感之事物爲眞實，執迷於無實際之事，卻無法深刻了解其空
幻之本質。全詩先舉物象，再言空幻，歸結於「空」義。另外又如〈遊仙詩〉：

> 水華究靈奧，陽精測神祕。具聞上仙訣，留丹未肯餌。潛名遊柱史，
> 隱跡居郎位。委曲鳳臺日，分明柏寢事。蕭史暫徘徊，待我升龍轡。
>
> 〔註111〕

則透過言成仙秘訣與得到仙藥，期待飛天成仙之可能，並遊於柱下史之星與
郎位之星上，實爲闡述道教情懷之作。

　　由上所引，可知武帝詩歌作品，題材豐富而多變，且能反映民情政事，
歌詠山水風光，著力塑造詩畫合一之境，酬答唱和，寓意深遠，又闡述宗教
信仰，言近旨遠，足可證明詩之爲用。

〔註109〕同註20，梁武帝：〈會三教詩〉，梁詩卷1，頁1531～1532。
〔註110〕同註20，梁武帝：〈十喻〉詩五首之四〈乾闥婆〉，梁詩卷1，頁1533。
〔註111〕同註20，梁武帝：〈遊仙詩〉，梁詩卷1，頁1530。

二、內涵溫柔敦厚

　　《論語・陽貨》云：「《詩》可以興、可以觀、可以群、可以怨。」〔註112〕詩乃有感而發之作，言志、抒情為中國詩歌之傳統精神，因此詩便具備溫柔敦厚之思想內涵。武帝具宗經之文學觀，詩歌不僅歌詠一己之悲喜，且包容對國家社會之關懷，加上其自始至終表現出對國家、人民之熱情，詩歌乃流露出感同身受之胸襟，溫柔敦厚之情懷。如〈擬青青河畔草〉：

　　　　幕幕繡戶絲，悠悠懷昔期。昔期久不歸，鄉國曠音輝。音輝空結遲，
　　　　半寢覺如至。既寤了無形，與君隔平生。月以雲掩光，葉以霜摧老。
　　　　當途競自容，莫肯為妾道。〔註113〕

此言征夫遠戍不歸，女子憂思之作。其思慕良人，乃至日有所思，夜有所夢，在似睡非睡之際，忽覺良人到來，然而醒來卻全然無蹤，於是方有「與君隔平生」之歎息。哀沉入骨，最是牽動人心。接下來二句，以月光為浮雲掩翳，綠葉為寒霜摧折，暗喻婦人之光華暗澹與青春易老，對時人之盛妝麗容，反襯此婦之無心妝扮，再以無人為思婦傳遞音信作結。全詩風格質樸，語言淺易，被譽為「秀色清音」，又極言婦人因戰事連年，良人久未見歸，心痛哀傷。可知武帝以國家生民為念，眼見戰爭不休，為民申舒悲苦，其用心之良苦，別具溫柔敦厚之詩旨，故明陸時雍評之為「語語渾稱」、「蒼然入雅」。〔註114〕除抒發對當時百姓之擔憂歎息外，武帝尚有藉詠古寄今之作，如〈代蘇屬國婦詩〉：

　　　　良人與我期，不謂當過時。秋風忽送節，白露凝前基。愴愴獨涼枕，
　　　　慅慅孤月帷。忽聽西北雁，似從寒海湄。果啣萬里書，中有生離辭。
　　　　惟言長別矣，不復道相思。胡羊久剝奪，漢節故支持。帛上看未終，
　　　　臉下淚如絲。空懷之死誓，遠勞同穴詩。〔註115〕

蘇屬國即蘇武（140B.C～60），天漢元年（100B.C）奉命赴匈奴，被執，匈奴多方誘降，終不從，後被遷到北海牧羊，達十九年，至始元六年（81B.C）因匈奴與漢和好遣回，封為典屬國。〈代蘇屬國婦詩〉實擬蘇武之妻口吻而作，前四句由二人相約見面之期已過，卻仍未見良人返回，打開思婦心中的企盼，再由季節交替，驚覺蕭瑟秋天的來到，冷冷的秋風，階前霜露為之凝

〔註112〕同註16，《論語注疏》陽貨第17，頁156。
〔註113〕同註20，梁武帝：〈擬青青河畔草〉，梁詩卷1，頁1515。
〔註114〕明・陸時雍：《古詩鏡》，收入於《景印文淵閣四庫全書》第1411冊（臺北：臺灣商務印書館，1983年），〈總論〉卷17，頁7。
〔註115〕同註20，梁武帝：〈代蘇屬國婦詩〉，梁詩卷1，頁1533～1534。

結，此時窗外蕭索，婦人內心寂寥，難以言說，配以「愴愴」、「惘惘」二疊字，極言蘇武妻久盼不歸，內心憂悲之苦。又分別與「獨」、「孤」二字相連接，遂擴大其寂寥憂愁，於是獨臥涼枕，孤月照帳，難以入眠，下開思婦沉潛蓄積的情感，忽然聽到西北方有雁鳴聲響，心中感悟或許是由北海之濱傳送而來的。接下四句，言幻想蘇武以鴻雁傳書，更見懸想思念之深，終而迸發出「帛上看未終，臉下淚如絲」的悲泣，末二句，實展現對蘇武忠貞不渝之情志。武帝藉此史實，一則反映當時歷史情狀，一則讚蘇武夫婦之忠貞，在低吟詠歎之際，亦抒發內心對國事擾攘之憂慮，表現出愛國之思想，並自喻其節操與心志，有若磐石之固，極具詩言志之縕約風韻。又如〈襄陽蹋銅蹄歌〉三首云：

> 陌頭征人去，閨中女下機。含情不能言，送別沾羅衣。（其一）

> 草樹非一香，花葉百種色。寄語故情人，知我心相憶。（其二）

> 龍馬紫金鞍，翠眊白玉羈。照耀雙闕下，知是襄陽兒。（其三）〔註116〕

此為武帝即位後，據南齊末年童謠「襄陽白銅蹄，反縛揚州兒」改寫的新曲，在《樂府詩集》中屬於「清商曲辭」。〔註117〕共三首，第一首寫離別，首二句以賦法直敘其事，點出人物、地點與事件，由外在事物描述征人待要離家遠行，婦人下機相送情形，然此時武帝所描寫與關心者，乃在於戰爭造成親人之分離，故再由近觀細膩之筆法，摹寫其內心悲傷，原本離情依依之際，該有千言萬語之叮囑，此刻卻是「含情不能言」。並以「送別沾羅衣」作結，全篇隱去「淚」字，顯得含蓄有致，於寥寥二十字內，寫盡綿綿不斷、揮之不去之離情。加上純用白描，直敘其事，更見情感渾樸之一斑。

第二首寫別後的相憶，首二句用比喻帶出，言草樹「非」一種香味，由反面狀其香味之眾多誘人；第二句花葉「百」種色，則由正面寫其花色之繁麗，比喻異鄉女子的姣美豔麗，一正一反之間，極言外界之紛繁，對獨居家鄉的思婦而言，無法對遠在他鄉的故情人釋懷。第三、四句，直訴衷情，寫法迥異於前二句，乃寄語意中之人，明白表示思婦內心，時時刻刻皆牽掛著伊人。全詩四句，含思婉轉，擔憂之情與祈望之態，一齊盡現，故陸時雍評

〔註116〕同註20，梁武帝：〈襄陽蹋銅蹄歌〉，梁詩卷1，頁1519。

〔註117〕同註50，《隋書》載〈襄陽蹋銅蹄歌〉三首為武帝即位後之作，又命沈約和三曲，以被絃管。參卷13，頁305。又參宋・郭茂倩：《樂府詩集》（臺北：里仁書局，1999年1月10日初版2刷）第48卷，頁708。

此詩云：「只四語，何所不盡。」〔註118〕加上言語樸素，自然之中又見工巧，而無雕琢之痕。

　　第三首寫誇夫，首二句寫馬極具氣勢，以「龍馬」狀馬神駿非凡，配以紫金鞍、翠眊、白玉羈，設色亮麗，紫、金、翠、白交相輝映，富麗堂皇，接著第三句言在宮門側樓觀的金輝玉映下，極襯出思婦心中想像的丈夫是如何地馬駿人貴，此種誇夫之舉，實表達婦人對夫婿一往情深。故此詩明寫男子的驍勇非凡，卻暗寫婦人深切之思念。三首詩乍看之下，似各自獨立，然武帝以婦人「情思」作為主軸，貫串三首小詩而構成一整體之作，故寫送別，清淡質樸，寫久別後的思念，自然工巧，寫闊別既久，思念之深而產生想像，情感真摯動人，實可表現武帝悲天憫人之襟懷。又如〈古意詩〉其二：

> 當春有一草，綠花復垂枝。云是忘憂物，生在北堂陲。飛飛雙蛺蝶，
> 低低兩差池。差池低復起，此芳性不移。飛蝶雙復隻，此心人莫知。

〔註119〕

詩中「飛飛」兩字極言成雙成對的蛺蝶高飛齊舞之情狀，以「低低」二字摹繪其低舞慢飛情形，使蛺蝶靈動之姿，紛呈眼前，此時思婦見忘憂花上的飛蝶，想到春日花好，蝶舞翩翩，良人久戍不歸，內心無所傾訴之情衷，襯托出其孤寂景象，全詩情景交融，充分表達女子因良人久戍不歸的悲傷。

　　另外尚有代言婦女境遇的作品，以武帝之身分與環境而言，尤屬難能可貴，蓋因當時人在歌詠婦女時，多著墨於美貌體態，有宮體詩之產生。然武帝多以人道之關懷與同理心，寫出女子境遇之悲與內心的活動，如〈河中之水歌〉：

> 河中之水向東流，洛陽女兒名莫愁。莫愁十三能織綺，十四采桑南
> 陌頭。十五嫁為盧家婦，十六生兒字阿侯。盧家蘭室桂為梁，中有
> 鬱金蘇合香。頭上金釵十二行，足下絲履五文章。珊瑚掛鏡爛生光，
> 平頭奴子擎履箱。人生富貴何所望，恨不早嫁東家王。〔註120〕

此歌詠莫愁的故事，先敘其少年及其婚後富足安逸之經歷，終而歸於其所嫁並非心中愛慕之人的怨望。首二句以起興入詩，借洛水之奔流不息，喻莫愁綿亙之愁思，接著三、四、五、六句，言莫愁之勤謹貌美與婚嫁為盧家婦情形，第七句至第十二句鋪敘盧家豪華生活，末二句為全詩關鍵，說明儘管生

〔註118〕同註114，《古詩鏡》卷17，頁157。
〔註119〕同註20，梁武帝：〈古意詩〉二首其二，梁詩卷1，頁1534。
〔註120〕同註20，梁武帝：〈河中之水歌〉，梁詩卷1，頁1520～1521。

活無虞，但莫愁心中仍有所缺憾，因其所嫁者，實非心中所愛慕之人，爲詩
「怨」之所在。全詩不明寫怨悔，然而透過先揚後抑的鋪敘方式，先揚其美
貌，揚其富足，再抑其生活情狀與愁思，將其怨悔之心描繪殆盡，與首句悠
悠無盡之流水，相互輝映。武帝對莫愁寄以無限關懷，由小見大，對廣大的
婦人，甚至全部百姓，皆投注以無限悲憫，故其作品實具有風人之旨。

　　由上可知，武帝藉詩歌表現其溫柔敦厚之內涵與情思，深得樂府詩之內
在精神，清淺流暢，清新可喜，又以敏銳之筆，摹寫其感觸，千百年後，猶
能發人潛思。《梁書》本傳稱其詩賦「文質彬彬，超邁古今」，良有以也。

三、情感坦率自然

　　齊梁時期民歌流行，尤其擬作之篇什甚夥，由於民歌內容大多取自民間，
抒發百姓心中所思，武帝又曾有近十九年轉赴各地的軍戎生活，與民間接觸、
互動頻繁，因此作品情感深刻，自然坦率。如〈逸民詩〉十二首之八，云：

　　　　思懷友朋，遠至歡道。躬開二敬，徑延三益。繾綣故舊，綢繆宿昔。
　　　　善言無違，相視莫逆。情如斷金，義若投石。〔註121〕

此詩言思招納逸民之作，並謙遜地要延請故舊宿昔之友，尤以具友直友諒友
多聞之益友爲最，其中繾綣、綢繆極言與友朋間之情感，最後以「情如斷金，
義若投石」，言交情深厚。全詩質直樸素，四言一句，又言友朋之交往，欲納
故人賢才，更見情意深刻自然，毫無矯揉造作之感。武帝樂府所吟詠者，多
具溫柔敦厚之致，其中以寫離人思婦者爲最，如〈擬明月照高樓〉：

　　　　圓魄當虛闥，清光流思筵。筵思照孤影，悽怨還自憐。臺鏡早生塵，
　　　　匣琴又無弦。悲慕屢傷節，離憂亞華年。君如東扶景，妾似西柳煙。
　　　　相去既路迥，明晦亦殊懸。願爲銅鐵響，以感常樂前。〔註122〕

此爲擬樂府之作，道盡思婦懷君而惟恐遭棄之憂念。首聯由景入情，以圓月
起興，言月光正對窗兒流瀉而入，照在空蕩蕩的居所中，脈脈清輝，引起婦
人綿長翻騰之思緒，次聯則以月光照射出婦人孤寂身影，以「孤」字點明進
入主題，接著「悽怨」、「自憐」皆言內心之情感，第三聯則以臺鏡生塵言懶
於梳妝，以匣琴無絃謂久疏歡娛，極寫寂寞無聊之態，武帝以實筆寫景，卻
直指婦人之情思而言，故收景物與情感交融之效。第四聯言悲思夫君常失於

〔註121〕同註20，梁武帝：〈逸民詩〉十二首之八，梁詩卷1，頁1527。
〔註122〕同註20，梁武帝：〈擬明月照高樓〉，梁詩卷1，頁1515。

節制，而此種離別之煩憂，不覺使人韶華速逝，五、六聯以「東扶景」、「西柳煙」喻二人境遇之懸殊，末二句極言仍願作一雙銅鐵轡頭，常隨君之左右，知婦人心繫良人，情感脈脈悠悠，陸時雍評此二句「中有無限情緒」，〔註123〕是也。全詩著墨於婦人孤寂，點出其憂愁與心中之願望，情感純任自然，並不因為是摹擬女子口吻之作，產生隔閡，而在表達女子願望時，亦坦率直言，故此作深具民歌風韻。又如〈擣衣詩〉：

> 駕言易水北，送別河之陽。沈思慘行鑣，結夢在空床。既窘丹綠謬，
> 始知紈素傷。中州木葉下，邊城應早霜。陰蟲日慘烈，庭草復芸黃。
> 金風徂清夜，明月懸洞房。嫋嫋同宮女，助我理衣裳。參差夕杵引，
> 哀怨秋砧揚。輕羅飛玉腕，弱翠低紅妝。朱顏日已興，眄睞色增光。
> 擣以一匡石，文成雙鴛鴦。制握斷金刀，薰用如蘭芳。佳期久不歸，
> 持此寄寒鄉。妾身誰為容，思君苦入腸。〔註124〕

良人行役，妻子深閨思遠，至「中州木葉下，邊城應早霜」二句，眼見蕭瑟的秋天到來，金風吹起，庭草枯黃，才驚覺到遠方的邊城也該是十分寒冷的時刻，遠方的良人，身上衣服正單，如何承受？女子只有將滿腔的思情，寄託於聲聲哀怨的杵砧聲中。此詩雖是擬女子口吻而作，然情感刻畫入微，自然率真，末二句「妾身誰為容，思君苦入腸」，可見「女為悅己者容」之心情，在整妝理裳時，實寄望良人的歸期，然而前有「佳期久不歸」，便加強思君之苦，苦入愁腸，情感的表現，自然含蓄，實為五言詩中「清響絕出」者。〔註125〕又如〈古意詩〉二首其一，反映動亂時期夫妻不得團聚之痛苦，亦語樸情真：

> 飛鳥起離離，驚散忽差池。嗷嘈繞樹上，翩翩集寒枝。既悲征役久，
> 偏傷壟上兒。寄言閨中妾，此心詎能知。不見松蘿上，葉落根不移。
> 〔註126〕

此為擬古作品，首二聯寫遠景，以男子眼中所見的離離飛鳥，嗷嘈繞樹集於寒枝起興，再接四句由景入情，寫近處的靜態，描述戍子思鄉，哀傷行役，時曠日久，於是心底的悲傷，皆化作款款深情，無處訴說。那麼此種心思，閨中之人又怎能知曉？所謂「此心詎能知」，藏著無語問蒼天的疑惑，男子心

〔註123〕同註114，《古詩鏡》卷17，頁152。

〔註124〕同註20，梁武帝：〈擣衣詩〉，梁詩卷1，頁1534。

〔註125〕同註114，陸時雍《古詩鏡》評此詩云：「讀五言詩，絕愛其清響絕出。」參卷17，頁153。

〔註126〕同註20，梁武帝：〈古意詩〉二首其一，梁詩卷1，頁1534。

境波瀾迭起，在靜態中，又有暗潮洶湧。末二句，筆頭一轉，以松蘿爲喻，說明其心志，「葉落根不移」表明其對情感之堅貞。武帝此作全用眼前所見之自然景物，烘托人物之心理，雖然篇幅短小，然情感描摹，自然能生悠悠不盡之味。又如〈江南弄〉七曲之一：

> 眾花雜色滿上林，舒芳耀綠垂輕陰。連手躞蹀舞春心。舞春心，臨歲腴。中人望，獨踟躕。〔註127〕

此詩描寫春天人們游園歌舞之情形，首二句極力鋪敘春天繁花盛開景象，有雜色繽紛之眾花，在春日吹拂之下盛開，花團錦簇，樹上的新葉因春陽的照耀，光潤翠綠，人們手拉手在上林園翩然起舞。在此美景良辰下，深宮中的宮女們，亦不禁徘徊心動。全詩音節圓潤，句式參差起伏，前五句極言眼中所見之春日繁茂，反襯末二句宮女之寂寥無趣。以武帝之身分，直爲宮女之情思代言，以「踟躕」二字表現宮女心中所思，坦率真實。又如〈東飛伯勞歌〉，則是武帝以男子的口吻，摹寫潛藏於內心的思慕：

> 東飛伯勞西飛燕，黃姑織女時相見。誰家女兒對門居，開顏發豔照里閭。南窗北牖挂明光，羅帷綺帳脂粉香。女兒年幾十五六，窈窕無雙顏如玉。三春已暮花從風，空留可憐與誰同。〔註128〕

此詩以男子的角度寫其所思慕之美貌女子。首二句以伯勞、飛燕之各飛東西，牽牛星、織女星隔河北望作比，言男子與女子只能遠遠相望，卻不能在一起之惆悵，由於牛郎織女典故之運用，已表達出男子朝思慕想，急切盼望之心情，次六句，極力描寫女子之美，借事抒情，透過渲染女子之美麗，同時表達男子之情思與愛戀，最後導入末二句，言春光已暮，繁花飄零，祈願女子切莫辜負青春容顏。由於全詩典故之運用得宜，「宛轉流麗」，敘事有條不紊，兼之吸取民歌之精華，音節流暢，深具音樂性與流動感，因此乃能「風格渾成，意象獨出」，〔註129〕顯得率直樸素，一往情深的清新氣息。

　　武帝沿用樂府舊曲的模擬之作，亦不乏佳作，雖模擬民歌，卻自出機杼，情感自然真摯，尤以寫良人征戍未歸、閨中怨思之作，皆能曲盡其妙。然亦有情感較爲大膽奔放者，如〈子夜歌〉二首：

> 恃愛如欲進，含羞未肯前。朱口發豔歌，玉指弄嬌絃。（其一）

〔註127〕同註20，梁武帝：〈江南弄〉七曲之一〈江南弄〉，梁詩卷1，頁1522。
〔註128〕同註20，梁武帝：〈東飛伯勞歌〉，梁詩卷1，頁1521。
〔註129〕同註114，《古詩鏡》卷17，頁154。及〈總論〉，頁8。

朝日照綺窗，光風動紈羅。巧笑蒨兩犀，美目揚雙蛾。（其二）〔註130〕
第一首前二句言女子含羞帶怯，後二句言女子吐歌弄絃之情態，由於此爲擬
吳歌之作，情感方面，顯得熾烈奔放，文字亦傾向坦率豔麗，如有朱、豔、
玉、嬌等具色彩性質之文字，強化其情感之濃烈。第二首寫閨中少女，前二
句寫其居住之所，綺窗、紈羅，以映襯女子之美，後二句言其巧笑、美目之
容顏，表現武帝大膽直視女子之美貌，此二句實出自《詩經・衛風・碩人》：
「齒如瓠犀，蠑首蛾眉。巧笑倩兮，美目盼兮。」運用故辭而不顯輕靡。另
外〈子夜四時歌〉春歌四首之一云：

　　　　階上香入懷，庭中花照眼。春心一如此，情來不可限。〔註131〕
亦是以大膽之筆法，描述情感的作品。除上述樂府之外，其詠物詩亦有此類
傾向，如〈詠燭詩〉：

　　　　堂中綺羅人，席上歌舞兒。待我光泛灩，爲君照參差。〔註132〕
雖明爲詠燭，然實藉燭來歌詠席上歌舞之女子，末句「爲君照參差」，又具濃
烈之情思。類似之作尚有〈詠舞詩〉、〈詠筆詩〉。足見武帝受到當時習作吳歌、
西曲影響之一斑。

　　由上述可知，武帝詩歌在情感方面，坦率自然，間亦有奔放之作，在其
感時憫人之性情中，寄寓著政局之感悟，人民之悲喜，君國之憂思，隱然有
遙深之蘊藉。張溥《漢魏六朝百三家題辭》中稱武帝云：「魏晉風烈，間有存
焉。」〔註133〕實中的之言。

四、文字古樸清麗

　　武帝自幼受儒學教育，以宗經致用爲文學觀，然受時風影響，頗好工巧
華麗之篇什，因此文字方面，古樸典重與清麗穠豔，兼而有之，往往顯得古
樸質實，莊重典雅，異於時人。如〈逸民詩〉十二首之一，云：

　　　　任重悠悠，生涯浩浩。善難拔茅，惡易蔓草。逆思藥石，慈求非道。

　　　　珠豈朝珍，璧寧國寶。想賢若焚，憂人如擣。〔註134〕
全詩四言，以言企慕賢才之心。首句自感任重道遠，感人稟性愚智、修短有

〔註130〕同註20，梁武帝：〈子夜歌〉二首其一，梁詩卷1，頁1516。
〔註131〕同註20，梁武帝：〈子夜四時歌〉春歌四首其一，梁詩卷1，頁1516。
〔註132〕同註20，梁武帝：〈詠燭詩〉，梁詩卷1，頁1536。
〔註133〕同註64，《漢魏六朝百三家題辭注》，頁206。
〔註134〕同註20，梁武帝：〈逸民詩〉十二首其一，梁詩卷1，頁1526。

限，然而人之行善，卻難有如拔茅連茹之遽然有效，惡心卻有如快速延生之蔓草，因此企求賢能。義旨淵深，加上全詩多以對偶行之，又多用成辭，如「任重悠悠」即引自《論語・泰伯》：「士不可不弘毅，任道而道遠。」「拔茅」則出自《周易・泰》：「拔茅茹以其彙。」「蔓草」則出自《詩經・鄭風・野有蔓草》：「野有蔓草，零露漙兮。」思逆耳之「藥石」，出自《左傳・襄公・二十三年》：「臧孫曰：『季孫之愛我也，疾疢也；孟孫之惡我也，藥石也。』」「非道」出自《尚書・太甲》下：「有言逆於汝心，必求諸道；有言遜於汝志，必求諸非道。」「國寶」出自《左傳・隱公・六年》：「親仁善鄰，國之寶也。」因此語言顯得質樸，具雅頌遺風，清沈德潛（1673～1769）《古詩源》稱此詩云：「淵淵渾渾，不類齊梁風格。」〔註135〕又如〈逸民詩〉十二首其五：

> 仁者博愛，大士兼撫。慈均春陽，澤若時雨。心忘分別，情無去取。
>
> 等皆長養，同加嫗煦。譬流趨海，如子歸父。〔註136〕

此詩在儒家思想之外，雜揉佛教思想，總言二者對百姓之長養，若春陽時雨，無所分別，一般地博愛、兼撫百姓，文字樸拙典雅，因此與人仿若置身春陽慈風吹薰之中。又如〈藉田詩〉：

> 寅賓始出日，律中方星鳥。千畝佇霞昕，沺露逗光曉。啓行天猶暗，
>
> 伐鼓地未悄。蒼龍發蟠蜿，青旂引窈窕。仁化洽孩蟲，德令禁胎夭。
>
> 耕藉乘月映，遺滯指秋杪。年豐廉讓多，歲薄禮節少。公卿秉耒耜，
>
> 庶甿荷鉏耰。一人慚百王，三推先億兆。〔註137〕

藉田爲古代帝王在春季率百官公卿親耕，具有勸農性質，自劉宋以來，時人重商，造成穡人遠去，田疇未闢之憾，武帝深知民以食爲天，因此若欲達固邦之本，首要重農，如此則能衣食豐樂，其重民思想，亦承繼儒家的傳統。由於藉田儀式隆重，武帝全詩並未在儀典上作過分之鋪排，反而簡要地於詩中描述一早舉行藉田之經過，及其仁德化育之心志，敘當時百官公卿、一般百姓耕藉之盛況，然而在敘事中，仍流露出對黎民愛撫之心。加上全詩多用典故，如「寅賓始出日，律中方星鳥」，即出自《尚書・堯典》：「分命羲仲、

〔註135〕清・沈德潛著，吳興王蓴父箋註，古邘劉鐵冷校刊：《古詩源箋注》（臺北：華正書局，1999年9月版）卷4，頁313。

〔註136〕同註20，梁武帝：〈逸民詩〉十二首其五，梁詩卷1，頁1526～1527。

〔註137〕同註20，梁武帝：〈藉田詩〉，梁詩卷1，頁1529～1530。

宅嵎夷日：『暘谷，寅賓出日，平秩東作，日中、星鳥，以殷仲春。』」「千畝」出自《禮記・祭義》：「昔者天子爲籍千畝，冕而朱紘，躬秉耒。」「啓行」出自《詩經・小雅・六月》：「元戎十乘，以先啓行。」「伐鼓」出自《詩經・小雅・釆芑》：「伐鼓淵淵，振旅闐闐。」「蒼龍發蟠婉，青旂引窈窕」化自《禮記・月令》：「孟春之月，天子居青陽左個，乘鸞路，駕倉龍，載青旂。」「仁化洽孩蟲，德令禁胎夭」出於《禮記・月令》：「毋覆巢，毋殺孩蟲，胎夭、飛鳥。」「一人慚百王，三推先億兆」出自《禮記・月令》：「天子親載耒耜，帥三公九卿，躬耕帝藉，天子三推，三公五推，卿諸侯九推。」文字極爲「典重蕭穆」，〔註138〕因此風格偏向典雅和諧莊重。除古詩外，武帝樂府中亦有此類作品，如〈臨高臺〉：

> 高臺半行雲，望望高不極。草樹無參差，山河同一色。彷彿洛陽道，
> 道遠難識別。玉階故人情，情來共相憶。〔註139〕

此作屬鼓吹曲辭，漢鐃歌曲，主要藉登高以抒發懷人之情思。前六句極言高臺之高迥，超越於行雲之上，抬頭向上望了又望，望不見其頂端之極限，次聯言遠眺大地，但見遠方之草樹，已無法看出其高低差別，青山綠水，亦分辨不清其顏色。第三聯言彷彿只見到一條通向洛陽的道路，然而又消逝在茫茫原野中，難以辨識。此時由景入情，想像在洛陽的故情人，此時必定也佇立在玉階之上，朝向此處翹首眺望，最後言內心之願望，希望二人雖距離遙遠，願能時時「相憶」。全詩以男子口吻作詩，文字方面一反穠豔風格，表現出男子威武氣概與執著，絕不作小兒女泫然情態，又配以天高地迥，山水遼闊之氣勢，文字愈顯古樸而又具剛直之氣。又如〈子夜四時歌〉冬歌四首之三：

> 果欲結金蘭，但看松柏林。經霜不墮地，歲寒無異心。〔註140〕

此詩言愛情盟誓，女子要求雙方若要結成同心契合之好，必須要有像松柏般的堅貞，縱使歷經風霜雨露的摧殘，心志仍不可墮地或有異心，含蓄內持，加上語出《周易・繫辭》：「二人同心，其利斷金；同心之言，其臭如蘭。」又有語句化自《論語・子罕》：「歲寒，然後知松柏之後彫也。」因此詩中言情感的忠貞不移，恰與文字之古直樸拙，相映成趣。

　　就文字清麗、穠豔方面言，武帝早年與詩中翹楚謝朓交好，酷愛閱讀朓

〔註138〕同註135，《古詩源》卷4，頁316。
〔註139〕同註20，梁武帝：〈臨高臺〉，梁詩卷1，頁1514。
〔註140〕同註20，梁武帝：〈子夜四時歌〉冬歌四首之三，梁詩卷1，頁1518。

－101－

詩，〔註141〕深受謝詩寫景文字清麗之影響，因此寫景之詩作，文字亦偏向清麗，如〈登北顧樓詩〉，云：

> 歇駕止行警，迴輿暫遊識。清道巡丘壑，緩步肆登陟。雁行上差池，
> 羊腸轉相逼。歷覽窮天步，曠矚盡地域。南城連地險，北顧臨水側。
> 潭深下無底，高岸長不測。舊嶼石若構，新洲花如織。〔註142〕

首聯由出遊停輿望遊開始寫起，敘述於大同十年（544）三月，以八十餘歲高齡，遊京口城（今江蘇鎮江），登上北顧樓之景況。北顧樓位在江蘇鎮江市東北江濱的北顧山上，北臨長江，山壁陡峭，形勢險要，依山帶水，有山丘，有深壑。武帝身處於極高地勢，而此詩之妙，就妙在至此全不言地勢，卻以「雁行」以下六句，描繪羊腸小路上之攀登者，有若斜飛之雁，參差錯落，以喻山路之迂曲高迴，置身於此，方能歷覽窮天，遠望盡地，以襯地險山高。接著言身臨水潭之側，則感潭深無以見底，高據山丘一隅，則覺岸高潭深無以探測，因此天地寥遠盡在其中。末二句觸景感物，由景入情，感歎大自然新舊更替，循環不已，以「舊嶼之石」，與一旁由水中堆積而成的新洲映襯，並以新洲上遍佈繁花如錦，與舊嶼上亙古以來變化微渺的石頭，言如織花海，年年皆有開謝，或燦爛，或凋枯，說明滄海桑田，人事變遷之速，實武帝有感於年老耄耋，而大自然則一任其循環。通篇雖著墨於登覽勝景，描寫景物，暗寓作者感歎時光飛逝，層層推進，將愁緒情思，細細淡淡地帶出，內歛含蓄，情味深長動人。加上此詩氣勢閎闊，絡繹奔會，文字仿若不事雕鏤，而愈顯清麗可喜，比喻、白描、映襯與誇示各法之運用，使全詩更見曉暢清新。

又如〈遊鍾山大愛敬寺詩〉：

> 面勢周大地，縈帶極長川。稜層疊嶂遠，迤邐隥道懸。朝日照花林，
> 光風起香山。飛鳥發差池，出雲去連綿。落英分綺色，墜露散珠圓。
> 當道蘭蓘靡，臨階竹便娟。幽谷響嚶嚶，石瀨鳴濺濺。蘿短未中攬，
> 葛嫩不任牽。攀緣傍玉澗，褰陟度金泉。長途弘翠微，香樓間紫煙。
>
> 〔註143〕

全詩為結合景物描寫佛理之作，可分為三大段，此為第二段，極寫大愛敬寺周圍形勢、風物之美，置身寺中，所見廣袤遼闊的地形、美麗綺旎的風景與莊嚴

〔註141〕同註64，《漢魏六朝百三家集題辭注》，頁196。
〔註142〕同註20，梁武帝：〈登北顧樓詩〉，梁詩卷1，頁1529。
〔註143〕同註20，梁武帝：〈遊鍾山大愛敬寺詩〉，梁詩卷1，頁1531。

的建築物。大愛敬寺爲武帝於普通二年造，位於鍾山之北的高峰上，〔註144〕地勢居高臨下，視野甚廣，依山傍水，自鍾山的竹澗，上可眺望群壑疊嶂，下可臨深澗幽谷，故可覽巖壑之奇，盡山林之邃，〔註145〕景色之美，難以譬況。此刻朝日遍照花林，萬物一片蓄勢待發之狀。再由遠處的朝陽寫到極近微處的落英與露珠，遠近的變換交替中，予人天地遼闊之感。再寫蘭薈當道，綠竹臨階，一派原始天籟，盡收眼簾。其次再以耳中所聞，鳥鳴嚶嚶，以狀寫鳥兒鳴叫相和之聲，響徹幽谷，宛轉動聽；以泉水濺濺，寫水自石瀨疾速流瀉而出，彷若眾鳥、山泉即在耳畔，更見生動，使整座山林充滿律動的音符，鬧靜相襯，令人心曠神怡。加上全段描寫之角度由遠而近，復由近而遠，交相輝映，又以疊字摹繪出視覺、聽覺之美感，文字設色清雅綺麗，以花草植物、疊巒長川、飛鳥白雲，點出繽紛的色彩，配上遠遠望見之大愛敬寺建築，更見色彩亮麗。

　　此外，就樂府方面，亦有文字清麗之作，如〈江南弄〉七曲之五〈採菱曲〉：

　　　　江南稚女珠腕繩，金翠搖首紅顏興。桂櫂容與歌採菱，歌採菱，心
　　　　未怡。牽羅袖，望所思。〔註146〕

此爲武帝天監十一年冬所改寫，〔註147〕首句點明地點與人物，呈現一片江南青山隱隱，綠水悠悠之景色，有妙齡少女倚身舟中採菱之景象，採菱女手腕上戴著珠釧，頭上有金簪翠翹，顫動生姿，搭配女子美麗的姿容，在小船上從容自在地輕啓朱唇，唱著採菱曲，然而此時加上一句「心未怡」，指出女子未見到思慕之人，於是以羅袖遮面，偷眼尋找「他」的身影。武帝此詩文字清麗，用色大膽，如以「珠」、「金翠」、「羅袖」誇飾採菱女之服飾，以「紅顏」極言其動人美貌，與藍天、綠水映照成趣，最後「牽」字的運用，表現採菱女之羞怯、機智與靈動，使整首詩陡然間栩栩如生，活脫欲出之美感。雖然此作以敘事爲主，但景與情已巧妙融合爲一，加上疊用「歌採菱」一句，使全詩分爲前後二部分，層次截然分明，而能過渡自然，敘事緊湊，又妙在能借畫面抒情，於是柔麗纏綿之情致，悠然不絕。又如〈芳樹〉：

〔註144〕宋・張敦頤著，張忱石點校：《六朝事跡類編》（上海：上海古籍出版社，1995
　　　　年1月1刷）卷11，頁112。及卷2，頁34。
〔註145〕唐・釋道宣：《續高僧傳》（《大正新修大藏經》第50冊，史傳部2，臺北：
　　　　新文豐出版社，1985年）卷第1，頁427。
〔註146〕同註20，梁武帝：〈江南弄〉七曲之五，梁詩卷1，頁1523。
〔註147〕陳・釋智匠：《古今樂錄》（臺北：藝文印書館，未載出年月），頁28上。

> 綠樹始搖芳，芳生非一葉。一葉度春風，芳華自相接。雜色亂參差，
>
> 眾花紛重疊。重疊不可思，思此誰能愜。〔註148〕

此為擬樂府之作，反映出思婦的情懷，由於多運用頂針技巧，使文氣迴旋不
已，而能層層推進。由綠樹受春風吹拂，繁花競開，接著敘花色參差，歸至
思婦見繁花競豔而傷懷，又感於春天花開之美，聯想到春花之易於凋謝，再
一轉念，不禁思念起在外之良人，進而以「思此誰能愜」，感歎自己年華易逝，
前六句極言百花繁茂，以外在綠樹、春風、芳華為鋪敘，文字色彩清麗，描
寫生動，春光無限，全不寫婦人，末二句由景入情，以虛筆寫婦人之情思，
前六句恰能如實地反襯出婦人內心之枯槁憔悴。詩語纖細麗緻，陸時雍極稱
許為「纖語」。〔註149〕

　　由上可知武帝之詩歌，頗受樂府民歌之影響，文字質樸，典雅莊重，含
有和平大雅之風，另有清麗流轉，用字工整之作，實皆寄興遙深，符合文質
彬彬之旨。故明胡應麟《少室山房筆叢》中曾推尊云：「古今人主才美之盛，
蓋無如梁武者。」〔註150〕

〔註148〕同註20，梁武帝：〈芳樹〉，梁詩卷1，頁1513。

〔註149〕同註114，《古詩鏡》卷17，頁151。

〔註150〕明‧胡應麟：《新校少室山房筆叢》（臺北：世界書局，1980年5月再版）卷
　　　　 38，頁506。

第五章　梁武帝推動文風的盛況

南朝四世中以梁代最長，政局亦較穩定，加上梁武帝本身具有文學愛好與創作之才能，在其推闡下，梁代成爲南朝文風最爲繁盛之時期，茲就下列六點，以說明當代文風之盛況。

第一節　儒學的振興 〔註1〕

宋、齊時雖提倡儒學，然國祚短促，勸課未博，故鄉里莫或開館，公卿罕通經術，朝廷大儒亦獨學弗肯養眾，後生孤陋，擁經而無所講習，儒學無法勃興。至梁，武帝自幼誦讀儒書，終其一生，篤好儒家典籍，深知儒家經典義理深奧，文字純美，實爲文章之精髓。即位後，愍前代儒學不振之弊，欲以重視儒學來彰顯文治，儒學一時大興。另一方面，梁武帝採納蕭子雲建言，以爲：「郊廟歌辭，應須典誥大語，不得雜用子史文章淺言。」主張郊廟歌辭須用典誥大語，隨後蕭子雲遂承其敕。〔註2〕國家最重要的郊廟樂辭，悉

〔註1〕　梁代儒學的振興，對當代文風亦深具影響。劉勰《文心雕龍‧宗經》已倡尊奉經典爲行文的矩矱，並提出「文能宗經，體有六義」，參梁‧劉勰著，王師更生注譯：《文心雕龍讀本》（臺北：文史哲出版社，1991年9月初版4刷）上篇卷1，〈宗經〉第3，頁35。王師更生於《文心雕龍導讀》（臺北：華正書局，2004年2月重修增訂五版）又云：「劉勰在寫作《文心雕龍》的時候，有兩個相輔相成的方法……一是『經學思想』，一是『史學識見』……『宗經』是劉勰思想的主導……以《易經》爲參天緯地的第一部經典，此後又從伏羲創典，迄孔子述訓……而聖人行文的體例有四：所謂：『簡言以達旨，博文以該情，明理以立體，隱義以藏用。』……而周、孔乃儒家道統之所繫，其微聖立言，取法周、孔，也正可以看出劉勰的『經學思想』。」說明儒學實與文學關係密切，對文風之影響，不言而喻。參頁58～62。

〔註2〕　梁武帝：〈敕答蕭子雲撰定郊廟樂辭〉，參《全上古三代秦漢三國六朝文》（臺

以《五經》爲本，故《北史》稱梁武帝專事禮樂，成爲南朝儒學最爲興盛之
時期，清焦循（1763～1820）《雕菰集》云：「正始以後，人尙清談，迄晉南
渡，經學盛於北方。大江以南，自宋及齊，遂不能爲儒林立傳。梁天監中，
漸尙儒風，於是《梁書》有〈儒林傳〉。」〔註3〕據此，知梁代可謂南朝儒學
最盛之時期。〔註4〕

一、組織機構，學優入仕

　　武帝知欲振興儒學，首先在組織教育機構與研究機構，以官方的力量，
提供學習的空間，則能有效地倡教儒學，收天下向風之效。

　　（一）就組織機構言，可分中央、地方的教育機構與講學機構。在中央
的教育機構方面，梁代儒學的振興，首先即是強化官方儒學教育，並以修飭
國學，增廣生員，置五經博士爲首要工作。天監三年的〈策秀才文〉中，顯
見武帝洞察當時諸生已有廢業惰游之勢，深患公卿罕通經術之害，頗思良規
化下，因此著力使人矢心向學、好學明經。此文共三則，第二則云：

> 朕本自諸生，弱齡有志。閉戶自精，開卷獨得。九流七略，頗常觀覽；
> 六藝百家，庶非牆面。雖一日萬機，早朝晏罷，聽覽之暇，三餘靡失。
> 上之化下，草偃風從，惟此虛寡，弗能動俗……朕傾心駿骨，非懼眞
> 龍。軺軒青紫，如拾地芥，而惰游廢業，十室而九。鳴鳥蔑聞，〈子
> 矜〉不作。弘獎之路，斯既然矣。猶其寂寞，應有良規。〔註5〕

武帝本身好學，求賢若渴，開國已有三年，故策問如何使學子傾心於學。文
中頗有弘揚儒家思想之大志，於是先前振興儒學的想法，遂化爲武帝具體的
行動。士子在此策文的刺激下，知武帝欲大振儒學，遂多有向風者。

　　在設置五經博士方面。武帝於天監四年時作〈置五經博士詔〉，開設五館，
建立國學，教學內容總以《五經》教授，置五經博士各一人，以當代名儒明
山賓（443～527）、陸璉、沈峻、嚴植之（457～508）、賀瑒（？～508）補博

　　　北：宏業書局，1975年），《全梁文》卷4，頁2970。蕭子雲〈答敕改撰郊廟
　　　樂辭〉云：「般薦朝饗，樂以雅名，理應正採《五經》……用《五經》爲本，
　　　其次《爾雅》、《周易》、《尚書》、《大戴禮》。」但凡爲「經誥之流」者，便「亦
　　　取兼用」。參卷23，頁3088。
〔註3〕清・焦循：《雕菰集》（臺北：鼎文書局，1977年9月初版）卷12，頁181。
〔註4〕清・趙翼：《廿二史箚記校證》（臺北：仁愛書局，1984年9月版）卷8，頁169。
〔註5〕同註2，任昉：〈天監三年策秀才文〉，《全梁文》卷42，頁3193。

士，各主一館講學。其中明山賓七歲即能言理，十三歲博通經傳，蕭統每讚其云：「儒術該通，志用稽古，溫厚淳和，儒雅弘篤。」〔註6〕陸璉精通儒學；〔註7〕沈峻博通《五經》，尤長《三禮》，甚受陸倕、徐勉推崇；〔註8〕嚴植之則精解〈喪服〉、《孝經》、《論語》等諸經，遍治鄭氏《禮》、《周易》、《毛詩》、《左氏春秋》等，每有講授，五館生員必至，聽者往往達千餘人；〔註9〕賀瑒少傳家學，祖道力精善《三禮》，因此亦精於《禮》，大儒劉瓛推許其云：「將來當爲儒者宗。」遂受薦爲國子生，入梁後悉禮舊事，深受倚重。〔註10〕武帝詔以當代大儒各主一館講述《五經》，使大儒更傾心於儒學的傳授工作，一時之間，懷經負笈之學子，雲會於京師。

　　五館博士既定，其次便是開設國學。雖然武帝在天監初年曾籌辦國子學，但至七年方下〈立學詔〉云：

> 建國君民，立教爲首，不學將落，嘉植靡由。朕肇基明命，光宅區宇，雖耕耘雅業，傍闡藝文，而成器未廣，志本猶闕。非所以鎔範貴遊，納諸軌度，思欲式敦讓齒，自家刑國，令聲訓所漸，戎夏同風，宜大啓庠校，博延胄子。務彼十倫，弘此三德，使陶鈞遠被，微言載表。〔註11〕

其設立國學，目的本在教化，藉儒家典籍中的忠君孝父的觀念，作爲士人砥身礪行之規範，期能陶鈞遠被。國子學一開，士子咸投身儒學中，大大增強儒學教育的力量。同時武帝重視對宗室的教育，除加強對諸子的訓讀之外，

〔註6〕　同註2，昭明太子：〈與殷芸令〉，《全梁文》卷19，頁3060。

〔註7〕　唐・李延壽：《新校本南史附索引》（臺北：鼎文書局，1994年9月8版）卷71，頁1730。隋・姚察等：《新校本梁書附索引》（臺北：鼎文書局，1996年5月9版）卷48，頁662。當時設五經博士爲明山賓、陸璉、沈峻、嚴植之與賀瑒，《梁書》獨缺陸璉，據《南史》補入。陸璉史無本傳，里爵未詳，「武帝詔修《五禮》，以璉及賀瑒、嚴植之、明山賓、沈宏爲五經博士，著《軍禮儀注》一百九十卷、《錄》二卷。」參《全梁文》卷59，頁3300，當精通儒學。

〔註8〕　同註7，《梁書》卷48，頁678～679。陸倕曾作〈與僕射徐勉書薦沈峻〉云：「……凡聖賢可講之書，必以《周官》立義，則《周官》一書，實爲群經源本。此書不傳，多歷年世……惟助教沈峻，特精此書。比日時開講肆……莫不歎服。」參《全梁文》卷53，頁3257。徐勉遂上奏武帝，請以沈峻兼爲五經博士，則其受時人推崇可知。

〔註9〕　同註7，《梁書》卷48，頁671。

〔註10〕　同註7，《梁書》卷48，頁672～673。

〔註11〕　同註2，梁武帝：〈立學詔〉，《全梁文》卷2，頁2958。

天監九年作〈令皇太子王侯之子入學詔〉，〔註12〕令其年在從師者，皆入學受讀，當時國子祭酒張充（449～514）長於義理，家學淵源，登堂講說，皇太子以下皆往聽講，王侯亦多在學，執經以拜，〔註13〕盛況一時。天監十三年崔靈恩兼國子博士，聚徒講授，聽者常達數百人；助教虞僧誕教授《左氏春秋》，號稱該通義例，為當世莫及，講授時聽者亦數百人。〔註14〕可知由天監七年開辦國學至天監十三年間，國學興盛，諸生聽講者甚眾。

武帝既開設國學，對國子學極為重視，時時親臨，並派蕭統釋奠於國學。時天監八年，蕭統於壽安殿講《孝經》，盡通大義，講畢後，親臨釋奠，〔註15〕一則用以勸學，尊崇孔聖，惕勵國學諸生努力向學，一則藉以弘揚儒教，表達武帝重視儒學，以收砥礪人心，普弘教化之功。武帝又分別於天監九年三月與十二月兩次親臨國學，策試胄子，賞賜學官。〔註16〕並在三月親臨講肆後，詔皇室宗族之子從師入學，同時到洽奉敕撰〈太學碑〉，〔註17〕以歌頌國學興盛、人才濟濟之概況。中大通四年時，武帝又欲高置學官以崇儒教，任沈重補國子助教，後除為五經博士。〔註18〕大同七年，擴充儒學教育的輔助教材，立正言博士一人，〔註19〕以專述武帝的《孔子正言》。顯示對國學極為重視。

在地方的教育機構方面，武帝注重各州郡的教育，或立州郡學，或詔允於地方開館設學，延徒受業，以傳遞儒學教育。又於天監四年分遣博士、祭酒到州郡立學，〔註20〕影響所及，各宗室方國和地方州郡紛起仿效，開館設學。尤以蕭秀、蕭憺、蕭繹之影響較鉅。就蕭秀言，天監七年，任荊州刺史時，設立學校，招納隱逸，精意於術學，搜集經記，並下教諭作〈臨荊州下招隱逸教〉，欲藉處士之高蹈行誼，作為時人風範表率，以弘風闡道；〔註21〕

〔註12〕同註2，梁武帝：〈令皇太子王侯之子入學詔〉，《全梁文》卷2，頁2959。
〔註13〕同註7，《梁書》卷21，頁330。
〔註14〕同註7，《梁書》卷48，頁677。崔靈恩本任魏為太常博士，天監十三年時歸梁，兼國子博士，故為此時。
〔註15〕同註7，《梁書》卷8，頁165。
〔註16〕同註7，《梁書》卷2，頁49～50。
〔註17〕同註7，《梁書》卷27，頁404。惜到洽之〈太學碑〉今已亡佚，未能見其面影。
〔註18〕唐·李延壽：《新校本北史并附編三種》（臺北：鼎文書局，1999年5月2版1刷）載沈重專心於儒學，從師不遠千里，而能博覽群籍。參卷82，頁2741。
〔註19〕唐·魏徵等：《新校本隋書附索引》（臺北：鼎文書局，1997年10月9版）卷26，頁724。《南史》卷25，頁679。
〔註20〕同註7，《梁書》卷48，頁662。
〔註21〕同註7，《梁書》卷22，頁343。安成王蕭秀：〈臨荊州下招隱逸教〉，《全梁文》

就蕭憺言，頗具孝悌美名，爲官厲精圖治，天監九年遷任益州刺史，開立學校，勸課就業，並遣其子蕭映親受經學，由是影響甚鉅；〔註22〕就蕭繹言，其五、六歲能誦〈曲禮〉上篇，長而好學，博通群書，任江陵令時，於府中置學，以諮議參軍賀革（479～540）領儒林祭酒，講《三禮》，當時荆楚衣冠，聽者甚眾，於擔任荆州刺史時，起州學宣尼廟以勸學，顯見蕭繹在武帝廣設學校的影響下，特重教育。〔註23〕

此外，在武帝特重教育的影響下，朝臣或地方官吏亦投入鉅大的努力，如張綰曾爲國子博士，精通儒典，於推動儒學，不遺餘力，大同五年，任豫章內史，在郡中述《制旨禮記正言》義，四姓衣冠聽者常有數百人，〔註24〕對儒學之推揚，當具影響力；諸葛璩幼事關康之，博涉經史，甚受時人禮遇；〔註25〕徐摛遍覽經史之書，精於《五經》大義，中大通三年，出爲新安太守，在郡中爲治清靜，教民禮義，勸課桑農，遂改風俗，〔註26〕亦重視儒學教育。

在講學機構方面，武帝除立中央與地方教育機構外，還致力於建立專供講學與研究的機構，以加強儒學的講授與流通，尤以士林館特爲著名。士林館建於大同七年，用以延集學者，爲當時講學兼研究之處，當代學者多曾在士林館講學，朱异與賀琛曾於此遞述武帝《禮記中庸義》。〔註27〕武帝精於儒典，著成之書，必託付給信任者講述，而朱异、賀琛便深獲武帝推崇，如朱异年末二十遍治《五經》，尤明於《禮》、《易》，曾服膺於五經博士明山賓，深受推崇，薦於武帝，大獲稱賞，爲太學博士；〔註28〕賀琛曾受碩儒賀瑒傳授經業，盡通義

卷22，頁3076。

〔註22〕同註7，《梁書》卷22，頁354。梁武帝：〈諡始興王憺冊〉載蕭憺頗能「稽擇故訓」，參《全梁文》卷5，頁2975。

〔註23〕同註7，《梁書》卷48，頁673。又參《南史》卷8，頁243。蕭繹特重教育，外藩期間曾作〈請於州立學校表〉，云：「撥亂反正，經武也。制禮作樂，緯文也。若非六經庖廚，百家異饌，三墳爲瑚璉，五典爲笙簧，豈能暴以秋陽，紆就望之景，濯以江漢，播垂天之澤。」參《全梁文》卷16，頁3042。極言地方設立學校之重要與迫切性，顯見其特重教育。

〔註24〕同註7，《梁書》卷34，頁504。

〔註25〕同註7，《梁書》卷51，頁744。《南史》載關康之少而篤學，精於《易》，曾爲《毛詩義》，將經籍疑滯者多加論釋，又造《禮論》十卷，尤善於《左氏春秋》。參卷75，頁1871。

〔註26〕同註7，《梁書》卷30，頁447。

〔註27〕同註7，《梁書》卷38，頁538。

〔註28〕據《梁書》本傳載，武帝詔求異能之士，五經博士明山賓作〈薦朱异表〉，推崇備至，武帝召見、策試後，稱其「實異」，又讚明山賓「所舉殊得其人」。

理，精於《三禮》，武帝讚其「殊有世業」，兼爲太學博士。〔註29〕

其他儒者亦以登士林館講學爲榮，如沈洙（518～569）好學不妄交遊，治《三禮》、《春秋左氏傳》，精識強記，博通《五經》，而「獨積思經術」，深獲賀琛、朱异嘉許，遂在士林館講學；〔註30〕國子博士周弘正（496～574）精通《周易》，講授時聽者傾朝野；〔註31〕虞荔（503～561）精於《五經》，博覽墳籍，且善屬文，士林館建置後，制碑奏上，武帝命勒碑於館，任用爲士林學士。〔註32〕足見儒學興旺之一斑。

除士林館以外，尚有玄圃園的宣猷堂，亦爲當時講學的重要機構。大同七年，蕭綱作〈請右將軍朱异奉述制旨易義表〉，文中首先極言《易經》之重要性，次則請朱异於玄圃園宣猷堂中奉述武帝《制旨易義》，以「弘闡聖作，垂裕蒙求」。〔註33〕此外蕭綱尚有〈請尚書左丞賀琛奉述制旨毛詩義表〉，文中推崇《詩經》爲「政教之基，故能使天地咸亨，人倫敦序」，而奉述《制旨毛詩義》之重要性，在於教化人民，務使「中和永播，碩學知宗」。〔註34〕則士林館、宣猷堂等講學機構之功能，必然發揮極大功效。武帝設置國學，推動地方教育，設立講學機構，一時之間，儒學提振，至天監中已達到「庠校棋布，傳經授受」之成效。〔註35〕

（二）就學優入仕言，儒家思想本具有積極入世的救世胸懷，以爲飽讀詩書，必須忠君孝父，以天下爲己任，因此學優入仕，向爲學子目標。武帝自幼多讀儒家經典，喜好著述儒典，即位後，推闡儒學，禮遇儒者。只要精通儒籍者，便加以敘錄。天監八年〈序錄寒儒詔〉中，便直言學以從政，乃自古以來即有，正當開國初期，每欲大闡治綱，因此敦崇儒學，廣闢閭館，若能精通一經，無論是否出身於寒門後品，經策實之後，即可斟酌敘錄。〔註36〕此詔一出，

參卷38，頁538，又《全梁文》卷58，頁3296。

〔註29〕同註7，《梁書》卷38，頁540～541。

〔註30〕隋‧姚察等：《新校本陳書附索引》（臺北：鼎文書局，1998年10月9版）卷33，頁436。

〔註31〕同註30，《陳書》卷24，頁307。

〔註32〕同註30，《陳書》卷19，頁256。

〔註33〕同註2，蕭綱：〈請右將軍朱异奉述制旨易義表〉，《全梁文》卷9，頁3003。《梁書》卷38，頁538。

〔註34〕同註2，蕭綱：〈請尚書左丞賀琛奉述制旨毛詩義表〉，《全梁文》卷9，頁3003。惟此文中並未點明奉述地點，或與朱异同樣講於玄圃園的宣猷堂亦未可知。

〔註35〕同註2，沈約：〈上疏論選舉〉，《全梁文》卷27，頁3110。

〔註36〕同註2，梁武帝：〈序錄寒儒詔〉，《全梁文》卷2，頁2959。

學子習儒者更甚。故皮錫瑞（1850～1908）讚揚當時盛況云：「南朝以文學自矜，而不重經術；宋齊及陳，皆無足觀。惟梁武（帝）起自諸生，知崇經術；崔、嚴、何、伏之徒，前後並見升寵，四方學者靡然向風，斯蓋崇儒之效。」〔註37〕顯示武帝崇儒政策成為南朝儒學最為興盛時期。

　　在武帝優禮儒者方面，其中較著者為伏曼容（421～502），伏氏生於宋武帝永初二年，早孤篤學，善於《易》，歷宋、齊、梁三朝，宋明帝時深受推崇，齊時卻未受重視。入梁後，武帝以伏氏乃舊儒，且「懷道蘊義」，精通《周易》、《毛詩》與《禮》等，隨即召拜為司徒司馬。〔註38〕伏氏具宿儒地位，素來聚徒教授，生徒眾多，伏氏一旦深獲推重，儒生乃積極投入儒學之研讀。武帝又重用曼容子伏晅為五經博士，孫伏挺為中軍參軍；又何佟之自少時特好《三禮》，強力專精，幾讀遍《禮》論，深受齊儒宗王儉推崇，號為「碩儒」，梁武帝尊重儒術，任其為尚書左丞，天監元年何佟之啟修五禮，武帝作〈答何佟之等請修五禮詔〉，以為修五禮者應以學優者為首要考量，〔註39〕以進行修定，於五禮各置舊學士一人，由何佟之總參其事，〔註40〕顯見其於《禮》學之成就，頗受肯定；賀瑒精於《三禮》，齊時曾為太學博士，天監初年任太常丞，召說《禮》義，深為武帝歎異，下詔朝朔望預華林園講說，天監四年，兼五經博士，別有詔為皇太子蕭統定禮，期間其悉禮舊事，凡武帝所創定之禮樂，多由賀瑒建議、施行，頗受禮遇；〔註41〕國子博士王承為齊儒宗王儉之孫、王暕之子，七歲通《周易》，選補為國子生，年十五射策高第，任秘書郎，後為國子博士，當時膏腴貴遊多以文學相尚，王承獨以經術為業，吐論發言皆以儒者為本，並以《禮》、《易》義訓述諸生，中大通五年任國子祭酒，

〔註37〕　皮錫瑞：增註《經學歷史》（臺北：藝文印書館，1996 年 8 月初版 3 刷），頁 190。

〔註38〕　同註 7，據《南史》載，伏曼容於齊時特不受重視，齊高帝建元年中時，曾上書勸封禪，卻因「其禮難備」而未獲認同，至齊明帝時又不重儒術，伏氏雖拜中散大夫，卻專事講說。參卷 71，頁 1731。「懷道蘊義」語見王僧孺：〈臨海伏府君集序〉，《全梁文》卷 51，頁 3248。

〔註39〕　同註 2，梁武帝：〈答何佟之等請修五禮詔〉云：「禮缺樂壞，故國異家殊，實直以時修定，以為永準。但頃之修撰，以情取人，不以學進，其掌知者，以貴總一，不以稽古。所以歷年不就，有名無實，此既經國所先，外可議其人，人定，即便撰次。」則武帝以為此次修定五禮，既是經國之所先，首要在於定「人」，其條件便是學優者為首要考量。參《全梁文》卷 2，頁 1956。

〔註40〕　同註 2，徐勉：〈上修五禮表〉，《全梁文》卷 50，頁 3237。

〔註41〕　同註 7，《梁書》卷 48，頁 672。

〔註42〕與祖、父三世曾任爲國師而頗受世人稱榮。顯見當時崇盛儒學，但凡精通於儒典，或世代以儒業相傳，便獲時人稱頌。

再者，武帝除自身做到崇敬禮遇儒者，武帝諸子姪亦優遇、親炙儒者。如蕭統，在武帝刻意培植下，三歲從著名孝子庾黔婁習《孝經》、《論語》，〔註43〕對庾氏甚爲推重，天監七年有殷鈞（484～532）、到洽、明山賓等指導，遞日講《五經》義，使蕭統對儒家典籍義理有進一步的了解，又禮遇、親近儒者，尤敬重博通經傳的明山賓，於明山賓卒後，作〈與殷芸令〉，稱美其云：「儒術該通，志用稽古，溫厚淳和，倫雅弘篤。」〔註44〕又於〈與晉安王綱令〉中，一再緬懷往昔與明山賓遊處談緒點滴，對其逝世傷懷惻愴，〔註45〕則師生情誼篤厚可知；殷鈞好學有思理，曾領國子博士，亦精通儒典，後因母憂居禮過喪，蕭統甚爲憂心，手書誠喻，〔註46〕關懷之情，溢於言表；國子博士到洽曾爲蕭統侍讀，數度任職東宮，情感深厚，甚受稱賞，其逝世時，蕭統極爲傷惋；〔註47〕中大通元年，有精熟《尚書》、《詩》、《禮》的杜之偉（508～559）任東宮學士。〔註48〕對蕭統影響至深，因此史書稱美蕭統「孝謹天至」、「仁德素著」，〔註49〕顯見優禮、親近儒者所受熏陶之深。

在蕭綱方面，蕭綱號博綜儒書，在武帝的影響下，自幼多接觸精通儒學者，尤與徐摛相處時間最長，〔註50〕徐摛自幼好學，遍讀經史，於《五經》大義皆能對應如流，起家爲太學博士，《南史》本傳將其與賀瑒、司馬褧（？～518）、朱异、顧協（470～542）等深明儒家經術者同置一傳，〔註51〕實爲儒者出身。任蕭綱侍讀，對其儒學影響極深，因此蕭綱亦禮遇儒者，如鄭灼

〔註42〕同註7，《梁書》卷41，頁585。
〔註43〕同註7，《梁書》載：「太子生而聰叡，三歲受《孝經》、《論語》。」參卷8，頁165。又於庾黔婁傳中云：「黔婁少好學，多講誦《孝經》……東宮建，以本官侍皇太子讀，甚見知重。」則昭明初立爲太子時，即以黔婁爲侍讀，由其講授《孝經》、《論語》。參卷47，頁651。
〔註44〕同註2，昭明太子：〈與殷芸令〉，《全梁文》卷19，頁3060。
〔註45〕同註2，昭明太子：〈與晉安王綱令〉，《全梁文》卷19，頁3060。
〔註46〕同註7，《梁書》卷27，頁408。
〔註47〕同註7，《梁書》卷27，頁405。昭明太子：〈與晉安王綱令〉，《全梁文》卷19，頁3060。
〔註48〕同註30，《陳書》卷34，頁454。
〔註49〕同註7，《梁書》卷8，頁169～171。
〔註50〕同註7，《梁書》卷30，頁447。
〔註51〕同註7，《南史》卷62，頁1521。

（514～581），曾受業於皇侃，勵志於儒學，精通於《禮》，蕭綱入主東宮，引為西省義學士；〔註52〕又禮遇王元規，王氏自十八歲便通《春秋左氏傳》、《孝經》、《論語》、《禮》等，深受名儒稱賞，蕭綱援引為東宮賓客，往往受令講論，甚見優禮；〔註53〕另外太學博士戚袞（519～581）、士林館學士張譏，常受令入東宮講論，頗受蕭綱歡賞；〔註54〕引五經博士沈文阿（503～563）為東宮學士，深相禮待。〔註55〕上述諸人，精於經術，皆入《陳書‧儒林傳》，顯見蕭綱自入主東宮，頗有以紹繼武帝優禮儒者之大志，時與儒者親炙。至此，上有武帝之推揚，下有東宮太子蕭綱之附和，時人對儒學之重視可見。

在蕭繹方面，蕭繹在父兄等人的影響下，亦禮遇儒者，尤其早年賀革曾為其講《禮》，又隨之出為西中郎湘東王諮議參軍，蕭繹於州置學，以賀革領儒林祭酒，續講《三禮》；〔註56〕蕭繹聞得賀琛儒學美名，深相推賞；〔註57〕太學博士顧協，博極群書，深受蕭繹薦賞，作〈薦顧協表〉，讚其行誼稱著於鄉閭，服膺道素，安貧守靜，奉公抗直之美懿；〔註58〕明山賓之子明克讓，自少以儒雅稱著，博涉書史，對《三禮》、《論語》尤有精研之處，年方十四，便為湘東王法曹參軍，後仕至中書侍郎；〔註59〕中大通四年時沈重補國子助教，後為五經博士，蕭繹時為荊州刺史，人在外藩，亦甚歡服沈重之學業該博，至即位後，遣主書何武迎沈重；〔註60〕蕭繹於江州時，對精治《毛詩》的龔孟舒禮遇甚重，且師事之。〔註61〕

武帝與蕭統兄弟優遇儒者外，皇室宗族對精通儒典者，亦多有禮遇，其中以南平王蕭偉最著。蕭偉自幼清警好學，篤誠通恕，曾撰《周易幾義》，〔註62〕亦趨賢重士，如江革曾為國子生，勤學不倦，言論必以《詩》、《書》為準則，蕭偉甚為禮遇；〔註63〕江革之子江德藻（509～565）涉獵經籍，蕭偉聞其才，

〔註52〕　同註30，《陳書》卷33，頁441。

〔註53〕　同註30，《陳書》卷33，頁448～449。

〔註54〕　同註30，《陳書》卷33，頁440，及頁444。

〔註55〕　同註30，《陳書》卷33，頁434。

〔註56〕　同註7，《梁書》卷48，頁673。

〔註57〕　同註7，《南史》卷62，頁1509。

〔註58〕　同註2，蕭繹：〈薦顧協表〉，《全梁文》卷16，頁3042。

〔註59〕　同註18，《北史》卷83，頁2808。

〔註60〕　同註18，《北史》卷82，頁2741。

〔註61〕　同註30，《陳書》卷33，頁445～446。

〔註62〕　同註19，《隋書》卷32，頁911。

〔註63〕　同註7，《梁書》卷36，頁523。

召爲東閣祭酒；〔註64〕顧越、賀文發義理精明，皆受賞重，引爲賓客。〔註65〕此外，安成王蕭秀立學校、招隱逸，推崇儒學。鄱陽王蕭恢精通《孝經》、《論語》義，於史籍多有涉獵，〔註66〕二人於天監中時，對博涉經史的諸葛璩並皆禮遇，時値諸葛璩丁母憂，蕭恢累加存問，甚爲推重；〔註67〕邵陵王蕭綸特好國子助教太史叔明之學，轉赴江州、郢州時，皆隨府遷任，又欽慕皇侃之學，以厚禮接待；〔註68〕太守衡陽王蕭元簡（？～518）對精通《禮記》、《毛詩》、《周易》的何胤深加禮敬，常有造訪，談論終日，待元簡將離郡時，二人執手涕零以別，〔註69〕則其優遇之程度可知。但凡精通於儒典者，皆爲武帝或皇室宗族所禮遇，或納爲賓客，或引爲學士，儒生因學優入仕，給與時人極大之催化作用，一時之間，儒學大興。

綜上所述，可知武帝一方面組織教育機構，使各階層者皆有機會受學儒家經典，一方面設置國家級的研究機構，使儒家經典更爲流通。兼之以精通一經者，便能學優入仕，無形中，對士子的誘導大爲增加，至此儒學興盛。

二、學者講述，撰著成風

在武帝組織教育機構、研究機構與士子學優從仕的鼓勵下，對儒學的推動，不啻產生了正面作用，學者以講述爲職志，連帶地方的研習儒典、聚徒講學之風氣，亦大爲熾盛。

（一）就學者講述言，梁時學者講述之風極盛。當時有精通儒典而不願出仕者，由於備具經術，人格高潔，屢徵不仕，武帝不願儒術就此中斷，因此遣學子受學。其中以何胤爲最著名。何胤師事劉瓛，受《易》、《禮記》與《毛詩》，精研儒典，齊時注《易》解《禮記》，曾領國子博士，以教授諸生爲樂，築室於郊外，時與學徒遊處其間。入梁後，武帝以何胤儒雅高尚，屢徵不至，天監四年選學生前往會稽雲門山從何胤受業，作〈敕何胤〉，云：

> 比歲學者殊爲寡少，良由無復聚徒，故明經斯廢。每一念此，爲之慨然。卿居儒宗，加以德素，當敕後進有意向者，就卿受業。想深

〔註64〕同註30，《陳書》卷34，頁456。《南史》卷60，頁1477。

〔註65〕同註30，《陳書》卷33，頁445。

〔註66〕同註7，《梁書》卷22，頁350。

〔註67〕同註7，《梁書》卷51，頁744。

〔註68〕同註7，《梁書》卷48，頁679～680。

〔註69〕同註7，《梁書》卷51，頁738。

思誨誘，使斯文載興。〔註70〕

遣何子朗、孔壽等六人於何胤隱居的東山受學。〔註71〕此番遣學子受學，賦與「深思誨誘」、「斯文載興」之期望，一方面是爲延續儒學教育，培育儒學人才，另一方面則有導正風俗，推闡學術之目的，對於精通儒典者具有極大鼓舞作用。

此外，尚派遣儒者至各地講學者。尤以敕遣顧越至吳地講說，顧越本吳郡鹽官人，所居之地歷世均有鄉校，以講授儒學爲主，與父祖三代遂能盡傳儒學，並專門教授，兼之其勵學不倦，深明《毛詩》、《禮》等儒典，至京師時，每與通儒碩學討論，大受周捨歡異，自此聲譽日隆。大通以後，武帝撰制旨新義，欲遴選諸儒於家鄉流通，於是受遣還至吳地，敷揚講說，〔註72〕顯示武帝重視地方講學。

在武帝遣學子受業或學者講學的影響下，儒生聽講之風，較齊時熾盛。幾乎有梁一朝的儒者皆好講學說經：孔僉少時曾師事何胤，遂精通五經，三度擔任五經博士，尤明於三《禮》、《孝經》、《論語》，講說達數十遍，所聚生徒亦有數百人；天監初年時，任中軍參軍的伏挺，於潮溝之宅講述《論語》，聽者傾朝，時其父、祖三世同時聚徒傳授儒學，罕有能出其右者，而伏挺自七歲通《孝經》、《論語》，長而博學有才思，齊末時州舉秀才，對策爲當時第一，梁武帝稱譽其爲「顏子」；卞華自幼好學，年十四召補國子生，精通《周易》，後遍治《五經》，與明山賓、賀瑒交好，天監初年遷臨川王蕭宏參軍，兼國子助教，至天監中轉安成王蕭秀功曹參軍，兼《五經》博士，聚徒教授，卞氏博涉書籍，又具機辯，因此說經析理，堪爲當時之冠；太史叔明少通《孝經》、《論語》、《禮記》，於三玄尤稱精解，號當世冠絕，每一講說，聽者常有五百餘人，邵陵王蕭綸甚好其學，赴江州、郢州時，皆隨府遷任；皇侃自幼好學，師事賀瑒，盡通大業，明於《三禮》、《孝經》與《論語》，起家兼國子助教，曾於講學時，聽者達數百人；孔子祛雖少孤貧，然好學篤實，於耕耘樵採時常懷書自隨，閒暇必誦讀，如此勤勉自勵，遂博通經術，尤明《古文尚書》，兼國子助教時，講《尚書》四十遍，聽者亦達數百人；〔註73〕其餘如袁憲招引學生講授談論，〔註74〕當時盛況可知。〔註75〕

〔註70〕同註2，梁武帝：〈敕何胤〉，《全梁文》卷4，頁2969。
〔註71〕同註7，《梁書》卷51，頁737～738。
〔註72〕同註7，《南史》卷71，頁1752～1753。
〔註73〕同註7，以上參《梁書》卷48，頁676～680。
〔註74〕同註30，《陳書》卷24，頁312。另有時國子助教虞僧誕，精通《左傳》，尤

其次就北人南來講學方面，梁時儒學大盛，流風所及，北方學者慕名南來，多聚徒講授爲主，尤以崔靈恩、戚袞、盧廣、宋懷方、孫詳、蔣顯等人較爲著名。崔靈恩自少篤學，從師遍通五經，尤精於《三禮》、《三傳》，天監十三年由北入梁，武帝以其儒術，兼爲國子博士，聚徒講授，聽者常數百人，雖性拙樸而無風采，然於解經析理時，甚有精致，一度出爲長沙內史，除國子博士；戚袞自少好學儒術，曾游學北方，受《三禮》於國子助教劉文紹，十九歲時，受武帝之敕策《孔子正言》、《周禮》、《禮記義》，表現優異，曾就國子博士宋懷方質《儀禮》之義，深受推許；〔註76〕盧廣自少明經，天監中南來，後因精於儒術，兼國子博士，遍講《五經》，與兼通經術的徐勉深相賞好，講說時，毫無北人音辭鄙拙之缺失，言論清雅。另外，宋懷方、孫詳、蔣顯亦曾聚徒講學，趙翼《廿二史箚記》極稱此時儒業之盛，云：「《陳書‧儒林傳‧序》亦謂梁武開五館、建國學、置博士，以《五經》教授。帝每臨幸，親自試冑，故極一時之盛……其時自北方來者，崔靈恩、宋懷方、戚袞外，尚有孫詳、蔣顯等，並講學……是可見梁武之世，不特江左諸儒，崇習經學，而北人之深於經者，亦聞風而來，此南朝經學之極盛也。」〔註77〕顯示儒學在武帝的提振下，盛極一時。

最後就儒風遠播方面，梁時學者遞講，北方學者南來傳佈儒學，儼然成爲當時儒學重鎮，儒風遠播至國外，如大同七年，百濟國曾表求《毛詩》博士，武帝許之，〔註78〕惜未載何人赴百濟講《毛詩》。百濟又表求講《禮》博士，時陸詡曾從禮學大師崔靈恩習《三禮義宗》，受詔赴行，今觀陸詡本傳中，於其他儒學相關事蹟記載不多，惟記赴百濟講《禮》一事。〔註79〕足見梁代儒風薰染，影響到國外。

精《春秋經傳集解》，以《左傳》教授諸生，該通義例，號當世莫及，聽者數百人。賀琛從伯父賀瑒授經業，精通義理，尤精《三禮》，天監中賀瑒去世，遂收聚諸生，於郊郭專講《禮》學，學侶滿筵。盧廣少明經業，有儒術，天監中爲國子博士，遍講《五經》，參《梁書》卷48，頁678。國子博士周弘正精於《周易》，於城西士林館講授，聽者傾朝野，參《陳書》卷24，頁307。

〔註75〕 劉振東：《中國儒學史》魏晉南北朝卷（廣州：廣東教育出版社，1998 年 6 月 1 刷）推崇當時盛況雖不如漢代馬、鄭時，亦可稱爲儒學的中興，參頁361。

〔註76〕 同註30，《陳書》載戚袞就國子博士宋懷方質《儀禮》義，宋氏爲北人，曾自魏攜来《儀禮》、《禮記》疏，祕惜不傳，將辛前謂家人將此二義本付與戚袞，若非戚袞則隨屍而殯，則戚袞受儒者之推許可知。參卷33，頁440。

〔註77〕 同註4，《廿二史箚記》卷15，頁315。

〔註78〕 同註7，《梁書》卷54，頁805。

〔註79〕 同註30，《陳書》卷33，頁442。

　　（二）就儒學撰著成風言，梁代倡立國學，私人講習儒典，聚徒講授的風氣大盛，以儒學名世者輩出，撰著成風。不特儒者致力著述，有所發明，連同文士、史家、武士皆有心於撰述儒典，遂使儒風更臻興盛。

　　首先，就儒者之撰述方面，尤以皇侃、明山賓、劉之遴與賀瑒等較著。皇侃自少好學，師事賀瑒，尤明《三禮》、《孝經》、《論語》，爲國子助教時，便於學講說，曾撰《禮記講疏》五十卷，其書上奏後，武帝詔付祕閣收藏，不久又召入壽光殿講《禮記義》，旋拜爲員外散騎侍郎兼助教。曾撰《論語義》十卷、《禮記義》五十卷、《喪服文句義疏》十卷、《喪服問答目》十三卷、《禮記講疏》一百卷、《孝經義疏》三卷，並見重於梁世，學者皆有傳習。〔註80〕

　　其餘儒者亦多有著述，如明山賓，其父僧紹，明經有儒術，曾聚徒立學，明山賓盡傳家業，博通經傳，梁時累遷右軍記室參軍，掌吉禮，置五經博士時，即首膺其選，著有《吉禮儀注》二百二十四卷、《禮儀》二十卷、《孝經喪服義》十五卷等；〔註81〕劉之遴篤學明審，博覽群籍，年十五明經對策，深爲沈約、任昉賞異，曾與裴子野、劉顯等共同討論書籍，甚爲交好，當時《周易》、《尚書》、《禮記》、《毛詩》皆有武帝義疏，惟《左氏傳》尚闕，於是劉乃著《春秋大意》十科、《左氏》十科、《三傳同異》十科，合爲三十事以上武帝，武帝大悅，詔讚其書「比事論書，辭微旨遠」；〔註82〕賀瑒少傳家業，善於《三禮》，爲劉瓛所深器，天監初有司舉治賓禮，召賀瑒說《禮》義，深受武帝異之，故預華林園講論，天監四年開五館時，兼爲五經博士，別詔爲皇太子定禮，撰《五經義》，由是悉禮舊事，對於武帝創定禮樂，多所建議，所著《禮》、《易》講疏、《朝廷博議》數百篇，《賓禮儀注》一百四十五卷。〔註83〕

　　此外，北來學者崔靈恩兼國子博士，本先習服虔《春秋左氏傳解》，然不爲江東所行，後改說杜預義，文句中常申服說以難杜義，遂著《左氏條義》以明之，崔氏既篤志於解經析理，因此著述甚眾，有《集注毛詩》二十二卷、

〔註80〕　同註7，《梁書》卷48，頁680～681。《隋書》參卷32，頁920、921、922、934。皇侃本傳未載《論語義》、《禮記義》卷數，《隋書》作十卷及四十八卷，《經典釋文敘錄》、兩唐志皆載「《禮記義疏》五十卷」。《禮記講疏》一百卷，《隋書》作九十九卷，兩唐志作一百卷。當以一百卷爲是。參陳金木：《皇侃之經學》（臺北：國立編譯館，1995年8月初版），頁36～41。

〔註81〕　同註7，《梁書》卷27，頁405。

〔註82〕　同註2，梁武帝：〈詔答劉之遴上春秋義詔〉，《全梁文》卷4，頁2968。《梁書》卷40，頁573～574。

〔註83〕　同註7，《梁書》卷48，頁六七二。

《集注周禮》四十卷、制《三禮義宗》四十七卷、《左氏經傳義》二十二卷、《左氏條例》十卷、《公羊穀梁文句義》十卷等；〔註84〕孔子祛既勤苦自勵，博通經術，尤精於《尙書》，爲西省學士時，曾輔助賀琛撰錄《梁官》，書成之後，受敕爲武帝檢閱群書以爲《五經講疏》、《孔子正言》之義證，又作《尙書義》二十卷、《集注尙書》三十卷、又續朱异《集注周易》一百卷、續何承天集《禮論》一百五十卷。〔註85〕

除以上諸人外，當時以儒學知名者，發言吐論，亦多有著作，褚仲都《周易講疏》十六卷，劉紹嗣注《尙書亡篇序》一卷，又注《尙書》二十一卷，沈宏撰《春秋五辯》二卷、《春秋經解》六卷、《春秋文苑》六卷、《春秋嘉語》六卷，〔註86〕國子助教巢猗撰《尙書百釋》三卷、《尙書義》三卷，費魁撰《尙書義疏》十卷。〔註87〕足見當時確實是儒者輩出，儒學的影響力甚鉅，甚至到了「家尋孔教，人誦儒書」的程度，社會各階層，皆受到了儒風的薰染。

其次，就文士方面，梁時不僅儒生精通儒典，一般文士亦精熟於儒書，綜觀《梁書‧文學傳》中所列的文士，不僅自幼蒙受儒學教育，具備儒學基底，或少好儒典，潛心鑽研，如劉勰在《文心雕龍‧序志》云：

> 齒在逾立，嘗夜夢執丹漆之禮器，隨仲尼而南行，旦而悟，乃怡然而喜。大哉聖人之難見也！乃小子之垂夢歟！自生民以來，未有如夫子者也。敷讚聖旨，莫若注經，而馬、鄭諸儒，弘之已精，就有深解，未足立家。唯文章之用，實經典枝條，五禮資之以成文，六典因之以致用，君臣所以炳煥，軍國所以昭明，詳其本源，莫非經典。〔註88〕

說明對儒學的崇信，表明寫作本源即經典，故《文心雕龍》高揭徵聖宗經，又倡正末歸本，言《五經》爲人「性靈鎔匠，文章奧府」，〔註89〕論文章之觀點，亦深受儒學影響；鍾嶸少時曾爲國子生，明《周易》，後著《詩品》，論

〔註84〕同註7，《梁書》卷48，頁677。杜預義即指西晉杜預《春秋經傳集解》。

〔註85〕同註7，《梁書》卷48，頁680。

〔註86〕同註19，《隋書》卷32，頁911、913、929。沈宏史無傳，《全梁文》載云：「宏，吳興武康人，天監初五經博士。有《春秋經解》六卷、《春秋文苑》六卷、《春秋嘉語》六卷、《春秋五辯》二卷。」參《全梁文》卷59，頁3300。沈宏與沈峻皆爲吳興武康人，當爲從兄弟，陸倕〈與僕射徐勉書薦沈峻〉稱許沈宏爲儒者，參《全梁文》卷53，頁3257。

〔註87〕同註19，《隋書》卷32，頁914。

〔註88〕同註1，《文心雕龍讀本》下篇卷10，〈序志〉第50，頁381～382。

〔註89〕同註1，《文心雕龍讀本》上篇卷1，〈宗經〉第3，頁36。

古今五言詩優劣，品論的觀點，即深受《詩經》等儒家思想影響，在論詩的寫作時，認爲只要弘大《詩經》賦、比、興三義，酌而用之，以風力爲詩之骨幹，加以潤色，則「味之者無極，聞之者動心」，即爲詩之至；〔註90〕何子朗入〈文學傳〉中，史稱其早有才思，所作賦文辭甚工，以文名稱擅，早年受業於何胤，甚具精理；〔註91〕紀少瑜入於《南史・文學傳》中，年十三便能屬文，王僧孺稱賞其「才藻新拔」，後爲宣城王侍讀，大同七年引爲東宮學士，到溉譽其具有「大才」，顯是文筆備足，然其十九歲遊太學，備探《六經》，博士鮑皦亦雅相欽悅，〔註92〕顯示紀少瑜精通於儒典；劉昭自幼清警，長而善屬文，深受江淹稱賞，後任臨川王蕭宏記室，有文集十卷，曾注范曄《後漢書》，世稱博悉，深諳故實，作品當甚有可觀者，然其性勤學，今《全梁文》中尚收其作三篇，除〈注補續漢書八志序〉外，〈集鈔議祭六宗論〉與〈難晉劉世明論久喪不葬服〉二篇，所論皆與《禮》攸關，尤其前文中多引《尚書》、《周禮》、《禮記》等儒典文義，且多汲引歷代注者姓名，如伏生、馬融、孔安國、鄭玄、司馬紹統等人，顯示對儒家典籍甚爲詳熟，尤精於《禮》，故能信手拈來，毫無滯疑。〔註93〕上述諸人，皆名列〈文學傳〉中，以文才知名當世，然亦幼習儒典，或終身研讀儒書。

此外，尚有未列〈文學傳〉卻深具文才，精熟於儒典，且以此爲榮，並以之作爲垂誡子孫者：王褒博覽史傳，七歲能屬文，文學優贍，曾任太子洗馬，兼東宮管記，元帝承聖三年（554）時入於周，《北史》將之列爲〈文苑傳〉，稱其頗具「才名」，〔註94〕作〈幼訓〉，言自幼即崇奉周、孔之書，〔註95〕其所以如此，實有家學淵源，其父王規爲齊時儒宗王儉之孫，號稱「才學優贍」，〔註96〕十二歲精通《五經》大義，〔註97〕王褒當秉受庭訓，受教於儒典，方能成就其才名；王筠雖未列文學傳中，然屬文妍美麗逸，見重於蕭統，沈約稱其詩云：「實爲麗則，聲和被紙，光影盈宇。」使人「歡服吟

〔註90〕梁・鍾嶸著，陳延傑注：《詩品注》（臺北：里仁書局，1992年9月25日），頁2。

〔註91〕同註7，《南史》卷72，頁1783。

〔註92〕同註7，《南史》卷72，頁1786。《梁書》無本傳。

〔註93〕同註7，《梁書》卷49，頁692。劉昭文見《全梁文》卷62，頁3322～3324。

〔註94〕同註18，《北史》卷83，頁2817。

〔註95〕同註2，王褒：〈幼訓〉，全後周文卷7，頁3918。

〔註96〕同註2，蕭綱：〈與湘東王令悼王規〉，《全梁文》卷9，頁三3000。

〔註97〕同註7，《梁書》卷41，頁581至583。

研，周流忘念」，〔註98〕堪稱傑出文士，其所以少擅才名，文成麗則，成爲「晚來名家」，實得力於多讀儒家典籍，觀其〈自序〉云：「余少好鈔書，老而彌篤。」曾讀《五經》達七、八十遍，抄撰《左氏春秋》、《周禮》、《儀記》等，〔註99〕字裡行間，頗以親自抄撰儒典爲豪，顯示文士以浸淫於儒書中爲樂；與王筠同傳者尚有「巨學」王僧孺，王氏擅長屬文，多隸事，文辭麗逸富博，五歲讀《孝經》，入梁後曾爲南海太守，作〈至南海郡求士教〉，文中強調「學惟業本」，〔註100〕顯示深受《孝經》影響，亦爲其文學成就基礎；江革聰敏早有才思，讀書精力不倦，作品辭義典雅，深受武帝賞歎，與徐勉同掌書記，才名遠播於魏，驕縱如武陵王蕭紀亦雅相欽重，稱其「文華清麗」，與之言語時，必論《詩》、《書》，然江革年少時曾詣太學，補國子生，舉高第，爲齊時王融、謝朓等推重，則其當亦精通儒典可知。

接著，就當代史學家方面，亦多自幼通習儒典，如蕭子顯曾撰《南齊書》，又撰《後漢書》，中大通三年領國子博士、國子祭酒，遞述武帝《五經義》，於儒典接觸頗深，作《孝經義疏》一卷、《孝經敬愛義》一卷；〔註101〕裴子野篤孝好學，曾祖父裴松之（372～451）曾受敕注《三國志》，所注引用書目眾多，採輯富博，〔註102〕又受詔續修何承天《宋史》，實爲專門史家，裴子野具繼承先業之大志，撰《宋略》二十卷，敘事評論精善，令沈約自歎弗逮，深爲國子博士范縝欽善，稱美其具有國士之風，精研於《禮》，作《集注喪服》二卷；〔註103〕張緬（490～531）自少勤勉於學，尤明於《後漢書》、《晉書》，執卷以策，隨問便對，曾抄《後漢書》、《晉書》以比較眾家異同，爲《後漢紀》四十卷、《晉抄》三十卷，亦堪稱史家，然天監初年曾受詔補國子生，自課讀書，手不輟卷，蕭統譽其學業該通，悅禮樂而敦《詩》、《書》；〔註104〕

〔註98〕同註2，沈約：〈報王筠書〉，《全梁文》卷28，頁3115。

〔註99〕同註2，王筠：〈自序〉，《全梁文》卷65，頁3337～3338。

〔註100〕同註7，姚察於《梁書》稱王僧孺爲「巨學」，參卷33，頁487。王僧孺：〈至南海郡求士教〉，《全梁文》卷51，頁3245。

〔註101〕同註7，《梁書》卷35，頁511。《隋書》卷32，頁934。

〔註102〕《三國志》爲晉陳壽撰，然宋文帝以此本簡略，命裴松之作注，裴廣採眾書以注，成書後作〈上三國志注表〉，參全宋文卷17，頁2525。宋文帝覽而喜之，稱美爲不朽之作。梁·沈約：《新校本宋書附索引》（臺北：鼎文書局，1998年7月9版）卷64，頁1701。

〔註103〕同註7，《梁書》卷30，頁444。《隋書》作《喪服傳》一卷，參卷32，頁920。

〔註104〕同註2，昭明太子：〈與張緬弟纉書〉云：「（張緬）學業該通，莅事明敏，雖倚相之讀墳典，郤縠之敦《詩》、《書》，惟今望古，蔑以斯過。」參《全梁文》

韋稜以書史爲業，博物強記，曾爲治書侍御史，著有《漢書續訓》三卷，然實以「經史並明」稱著於當世。〔註105〕

　　最後，就武士方面，梁代不僅文士、史學家尚儒，即使武士亦具備儒學之修養，時時研習儒書，並作爲傳家之業。如王神念（451～525）於普通中大舉北伐，徵爲右將軍，亦少好儒術；羊侃少而雄勇，膂力絕人，然雅愛文史，博涉書記，尤好《左氏春秋》，〔註106〕堪稱允文允武之武將；韋叡於武帝義軍一起便率眾投赴，爲建梁立下鉅功，入梁後，親身經歷與魏人的數度大戰，實爲梁朝建國立業的主要武將，然自幼好學，甚具學識，天監十七年時，官高位重，居朝廷仍恂恂自謙，居家無事時，年雖已七十餘，閑暇仍課諸子以學，第三子韋稜以書史爲業，明於經史，博物強識，世人譽爲「洽聞」，然韋叡之所摘發，連韋稜猶有未逮者，顯示一代武將，出入戰場，臨老時猶喜愛儒家典籍，甚而督促諸子姪以習經書爲樂，兼之一生有功而不獨居、不尚伐善，本傳云其：「功甚盛，推而弗有，君子哉。」其修爲實得力於儒家思想的陶鑄；另外韋叡四子韋黯（？～548），曾授輕車將軍，蒙受父親督導庭訓，習經史之書，頗具文詞能力。〔註107〕則當代武將在儒風甚盛的影響下，或自幼研習儒典，長而不倦，或用以督課諸子，樂此不疲，皆武帝大倡儒風所致。

　　綜上所述，梁代堪稱爲南朝儒學最興盛之時期，明胡應麟推崇，云：「六代經學獨盛於梁，以武帝究心儒術故也。」〔註108〕清王夫之（1619～1692）亦云：「六經之教，蔚然興焉。雖疵而未醇，華而未實，固東漢以下未有之盛也。」〔註109〕興盛的儒學，對推動梁代文學風氣，甚有助益，因此在儒學興盛的基礎上，有梁一朝遂成爲文風鼎盛之時期。

　　　　卷20，頁3065。其中郗鑒乃引《後漢書》鄭興傳「敦悅《詩》、《書》」注，
　　　　云：「《左傳》趙衰曰：『臣亟聞郗鑒之言矣，郗鑒悅禮樂而敦《詩》、《書》。』」
　　　　參劉宋・范曄：《新校本後漢書并附編十三種》（臺北：鼎文書局，1999年4
　　　　月2版1刷）卷36，頁1220。《梁書》卷34，頁491～492。

〔註105〕同註7，《梁書》卷12，頁225～226。
〔註106〕同註7，《梁書》卷39，頁556～557。
〔註107〕同註7，《梁書》卷12，頁220～227。
〔註108〕明・胡應麟：《新校少室山房筆叢》（臺北：世界書局，1980年5月再版）卷
　　　　38，頁508。
〔註109〕清・王夫之：《讀通鑑論》（臺北：河洛圖書出版社，1976年）卷17，頁567
　　　　～568。

第二節　百花齊放的文學集團

梁朝文風的興盛，首先表現在文學集團的繁榮上，當時文學集團數目眾多，各文學集團文士數目之龐大，幾乎包括有梁一朝所有文士，並各自以相同的文學觀點，舉辦豐富多樣的文學活動。由於文學集團眾多，活動頻繁，各集團間因文學觀點的相異，展開論爭與文學創作的競爭，標幟著各文學集團與文學觀點的成熟與進步。茲述之如下。

一、蓬勃的集團組織

梁朝文學集團在武帝登高力呼下，蓬勃熱烈地展開。其間以中大通三年蕭統卒年為界，分為前後兩個階段，以見其文學集團繁榮與對時人影響之一斑。

（一）梁代前期的文學集團

1. 梁武帝的文學集團

武帝建梁前，曾為齊竟陵王蕭子良文學集團成員，號為竟陵八友之一，永明末年又任職於隨郡王蕭子隆西府，竟陵王與隨郡王皆愛好文義，募集僚友文士，形成文學集團，武帝遊處其間，表現十分優異，故鍾嶸讚云：「昔在貴遊，已為稱首。」〔註110〕享受到豐富之文學活動生活，〔註111〕加上武帝本身文學造詣極高，稟性睿敏，下筆便就，〔註112〕博於學藝，即位後獎掖才士，推動文風，羅致人才，先前在齊竟陵王、隨郡王文學集團下的文士，多為其所提掖、羅致。

就武帝文學集團的文士言，當時無論西邸舊友或後進文士，多為武帝所援引，文學集團的文士數量，自然可觀，包括竟陵舊友中的沈約、任昉、陸倕、蕭琛等人，深受倚重，〔註113〕沈約、任昉又以文壇前輩姿態，獎掖後進；陸倕、蕭琛則為八友中較年輕者，或以故舊之情受賞，或以文章詞義典雅見

〔註110〕同註90，《詩品注》，頁3。
〔註111〕同註2，沈約：〈武帝集序〉，《全梁文》卷30，頁3123。言武帝：「善發談端，精於持論，置墨難越，推鋒莫擬。有成同誦，無假含毫，興絕節於高唱，振清辭於歲晼。至於春風秋月，送別望舊，皇王高宴，心期促賞，莫不超挺睿興，溶發神衷。及登庸歷試，辭翰繁蔚，牋、記風動，表、議雲飛。」足見武帝的文學活動十分豐富。
〔註112〕同註7，《梁書》卷3，頁96。
〔註113〕齊永明時號稱竟陵八友中，除武帝外，王融、謝朓二人卒於齊時，未入梁朝，而范雲則於入梁後的第二年即去世，文學活動方面參與並不多，因此梁代初期僅有沈約、任昉、陸倕、蕭琛等四位。

稱，活躍於文學集團中。其中沈約之詩與任昉之筆，深爲時人推崇，〔註114〕
武帝將二人網羅於文學集團之下，無異對推展文風，大有助益。

此外亦致力於引納文學之士，凡有高才者，俱皆引進且大加擢升，如少
以文章稱顯的江淹與丘遲（464～508）、王僧孺、柳惲。身居重任、竭誠事主、
且善屬文、具才器的徐勉、周捨、周興嗣、張率、蕭介等。以文藻見知的袁
峻、劉苞（482～511）與劉孺。敏悟且具文才的王泰、王規與王訓。文義可觀，
梁時俱號爲才子的「諸到」兄弟到漑、到洽、到沆與子姪輩的到藎。工於屬
文，甚受當代名流推賞的蕭子顯與劉孝綽。頗好古體的裴子野、劉之遴與顧
協、劉顯、謝徵（500～536）〔註115〕、褚翔（505～548）等三十二人，〔註116〕
在眾多文士中，武帝一視同仁，儘管仕進有前後之別，然賞賜不殊。〔註117〕
形成以武帝爲中心的文學集團，儼然成爲梁初影響力最爲龐大的團體，鍾嶸
《詩品》言當時盛況，云：

> 方今皇帝，資生知之上才，體沈鬱之幽思，文麗日月，賞究天人。
> 昔在貴遊，已爲稱首，況八紘既奄，風靡雲蒸，抱玉者連肩，握珠
> 者踵武。〔註118〕

不論是否爲溢美之辭，但文學集團風靡，文士風從的現象，確然可信，已預
爲梁代開啓文學集團繁榮的大門。

2. 蕭統的文學集團

梁武帝雅好文學，其子多具文采，亦組織文學集團，因此梁朝前期除武
帝的文學集團獨佔鰲頭外，最具影響力者，首推昭明太子蕭統之文學集團。
蕭統生於齊中興元年（501），至天監元年十一月立爲皇太子。其聰叡勤學，
加上武帝刻意栽培，幼時已有大批知名文士歷任東宮之職，約至天監十四年，
方爲其文學集團活動之始。〔註119〕而自蕭統加元服後，省覽萬機，一時內外

〔註114〕同註2，簡文帝於〈與湘東王書〉中曾云：「近世謝朓、沈約之詩、任昉、陸
　　　　倕之筆，斯實文章之冠冕，述作之楷模。」知沈約詩與任昉文，深受時人推
　　　　崇，參《全梁文》卷11，頁3011。
〔註115〕同註7，謝微於《梁書》作謝徵，卷50，頁717。《南史》作謝微，參卷19，
　　　　頁530，茲從《南史》。
〔註116〕呂光華：《南朝貴遊文學集團研究》（臺北：政治大學中文研究所博士論文，
　　　　1990年5月），頁192。
〔註117〕同註7，《梁書》卷49，頁687。
〔註118〕同註90，《詩品注》，頁3。
〔註119〕閻采平：《齊梁詩歌研究》（北京：北京大學出版社，1994年10月1刷），頁

百司奏事者雖多，然辨析庶事，纖毫無欺。年歲漸增，亦喜引納才學之士，自云餘閑暇日，乃「歷觀文囿，泛覽詞林」，〔註120〕或商榷古今，或討論篇籍，或著述文章。當時東宮藏書幾近三萬卷，名才並集，文學之盛況，號稱晉宋以來，未曾有過者，〔註121〕其中武帝曾敕選王錫與張纘等十人爲學士，〔註122〕使得東宮人才濟濟，另外尚包括殷鈞、明山賓、柳惲、王筠、謝舉、陸杲、蕭子範、殷芸、蕭洽、謝覽、柳憕、王峻、庾仲容、庾仲陵、許懋、王錫、張纘、張緬，及以淳深孝性稱著而引爲中舍人的陸襄（479～548）、王儉。曾撰《文心雕龍》論古今文體，深受賞愛的劉勰、蕭淵藻、庾黔婁、陸煦、江蒨、徐悱、蕭子恪、劉杳、杜之偉、張縮、何思澄、蕭子雲等，〔註123〕文士人數龐大，這些文士，或曾屬於武帝文學集團，或本依附於蕭統文學集團，顯見當時建康城中，原以武帝文學集團獨大的局面，因太子的身分地位特殊，一部分文士漸漸轉向蕭統文學集團。惜繁盛一時的蕭統文學集團，在中大通三年隨蕭統遽逝而告終。

3. 武帝諸弟的文學集團

武帝諸弟蕭秀、蕭偉與蕭憺等亦紛起仿效，組織文學集團。就安成王蕭秀而言，蕭秀爲武帝七弟，字彥達，幼以孝聞名，既長，美風儀，深得親友異敬。天監元年封爲安成郡王，此後歷居要職，天監十六年遷鎮北將軍，寧蠻校尉，雍州刺史，天監十七年春行至途中卒。其精意學術，搜集經記，尤以重士賤財名聞於世，〔註124〕與當時建安王蕭偉均以好士知名。蕭秀自封爲王以後，或任職中央，或旅居方鎮，期間立學校，招隱逸，其本性悅禮敦詩，〔註125〕兼之擅長爲文寫作，從兄弟蕭昺曾作〈答從兄安成王書〉，讚其云：「政譽平宣，威和

63。

〔註120〕同註2，昭明太子：〈文選序〉，《全梁文》卷20，頁3067。

〔註121〕同註7，《梁書》卷7，頁166。

〔註122〕同註7，《南史》卷23，頁640～641。武帝極重視蕭統之教育，在其年幼時，策王錫爲太子洗馬，與祕書郎張纘入宮與蕭統共游狎，不限日數，因此情兼師友。後又敕陸倕、張率、謝舉、王規、王筠、劉孝綽、到洽、張緬爲學士，十人盡一時之選。

〔註123〕同註116，《南朝貴遊文學集團研究》，頁205～216。

〔註124〕同註7，《梁書》蕭秀本傳載其以重士賤財名聞，其本傳載天監六年，將赴任江州刺史時，不採納主者所求堅舫以爲齋舫，言：「吾豈愛財而不愛士。」後聞陶潛曾孫爲里司，歎曰：「陶潛之德，豈可不及後世。」乃辟爲西曹。參卷22，頁343。

〔註125〕同註2，裴子野：〈司空安成康王行狀〉，《全梁文》卷53，頁3267。

兼濟。加以夏石奇雲，秋江迴月，翰飛紙落，理豐辭富。賞末興餘，時希逮憶。」〔註126〕則蕭秀不僅爲文學集團之首，其作品與爲人，亦深受文士喜愛，一時英傑，皆爲其所納聚，其中較重要者有篤志博學，好求異書的劉峻、專精篤學的庾仲容，工於文辭的何思澄、陸倕與劉孝綽、王僧孺、裴子野，博涉有機辯的卞華等十九人。〔註127〕蕭秀卒後，故吏夏侯亶等表立墓碑，王僧孺、陸倕、劉孝綽、裴子野等各有製文，則蕭秀對當世文士之禮重可見。

就南平王蕭偉而言，蕭偉爲武帝第八弟，字文達，性篤孝，幼即清警好學，晚年崇信佛理，尤精於玄學，曾撰《周易幾義》。〔註128〕天監元年受封爲建安郡王，並轉任各州刺史。天監十一年因劇疾，自此不復出藩，居建康城中，十七年改封爲南平郡王，中大通元年以本官領太子太傅，中大通五年卒，諡爲元襄。好士程度與安成王蕭秀齊名，偏愛招納具有才華者，若聞有才華，趨賢禮士，常如不及，因此四方遊士或知名文士，莫不畢至，〔註129〕文士包括聰敏有才思的江革，詩文俱深的吳均與何遜，辭作甚美的蕭子範，另有勵精學業，偏該經藝，兼工綴文的顧越，與學兼經史的賀文發等儒者同受禮重。〔註130〕當時蕭偉藩邸之盛，見稱於梁代，時與賓客遊於其中，曾命蕭子範爲之記實，〔註131〕則當時文學集團盛於一時可知。

此外尚有始興王蕭憺，蕭憺爲武帝十一弟，字僧達。性孝悌，天監元年受封爲始興郡王，屬精爲治，頗有政績，普通三年卒。曾於益州刺史任內開立學校，推展儒學，勸課就業，性格謙遜，降意禮接文士，並常與賓客連榻

〔註126〕同註2，蕭昺：〈答從兄安成王書〉，《全梁文》卷22，頁3078。蕭昺《梁書》作「蕭景」，乃姚思廉避唐諱，改「昺」爲「景」，參卷24，頁367。

〔註127〕同註116，其餘尚包括周興嗣、陸杲、傅昭、謝微、顧協、蕭琛、何遜、王僧孺、王籍、臧嚴、傅映、韋稜等，參《南朝貴遊文學集團研究》，頁198～201。

〔註128〕同註19，《隋書》卷32，頁911。

〔註129〕同註30，蕭偉喜招納才學之士，若聞有才者，便加引進。《陳書》載中大通四年時，聞江革之子江德藻之才，召爲東閤祭酒，參卷34，頁456。《陳書》江德藻本傳中雖未載其何年受詔爲東閤祭酒，然《梁書》南平襄王蕭偉本傳中則載其於中大通四年遷爲中書令、大司馬，故約於此時。《梁書》卷22，頁348。

〔註130〕同註30，《陳書》卷33，頁445。

〔註131〕同註7，《梁書》卷22，頁348。有關蕭偉文學集團創作之作品，至今幾不存，連《梁書》所載蕭子範之記，亦不存，參《南朝貴遊文學集團研究》，頁206。然蕭子範詩有〈入元襄王第詩〉，元襄即蕭偉之諡，故此作應爲中大通五年蕭偉卒後，蕭子範睹王故第，乃興抒發舊情之作。詩見《先秦漢魏晉南北朝詩》（臺北：學海出版社，1984年5月初版），梁詩卷19，頁1898。

而坐，深受時論稱賞。〔註132〕

4. 以文士為首的文學集團

　　梁代前期除上述文學集團外，尚有任昉、裴子野等以文士為首的文學集團。任昉於齊竟陵王西邸時期，與武帝等號稱竟陵八友，才思無窮，雅善屬文，尤長於載筆，深受一代詞宗沈約推崇。梁初，因與武帝的舊誼，任居要職，地位尊榮。又曾歷任宋、齊、梁三代，故喜好交結，獎進士友，若能得其延譽，便受升擢，衣冠貴游爭相與之交好，座上賓客，常有數十，當時集團中的文士皆曾受任昉賞識或推薦，時人稱為任君。〔註133〕擔任御史中丞時，到溉、到洽、劉孝綽、劉苞、劉孺、陸倕、張率、殷芸（471～529）、劉顯等車軌日至，號為「蘭臺聚」，〔註134〕又號為「龍門之游」，陸倕曾作〈贈任昉詩〉，詩中盛讚蘭臺聚盛況。〔註135〕直到任昉卒後，王僧孺作〈太常敬子任府君傳〉中，〔註136〕憶及任昉文思敏捷，禮接文士之豪情，仍念茲不忘。蕭繹於《金樓子·立言篇》亦言：「任彥升甲部闕如，才長筆翰；善輯流略，遂有龍門之名。斯亦一時之盛。」〔註137〕顯見蕭繹日後成長，當亦耳聞龍門之聚的盛況。然任昉於天監二年出為義興太守，雖復為吏部郎中，參掌大選，轉為御史中丞、秘書監，至天監六年又出為寧朔將軍、新安太守，文學集團真正大盛時間較短，至天監七年任昉卒後，亦隨之消散，殷芸感歎云：「哲人云亡，儀表長謝。元龜何寄？指南誰托？」〔註138〕足以顯示懷念與推重。

　　以裴子野為首的文學集團，裴子野與其兄弟黎、楷、綽，並有盛名，合稱為「四裴」，子野自少即好學，善屬文，為文敏速快捷，自言其文「獨成於心」，〔註139〕天監六年因徐勉之薦，任著作郎，掌國史及起居注，兼中書通事舍人，受敕掌中書詔誥，普通七年起，因受詔成文，自此凡有符檄，皆由子野草創。其為文不尚麗靡，且制作多法古，當時有不少人響應，並引之為同

〔註132〕同註7，《梁書》卷22，頁355。
〔註133〕同註7，《梁書》卷14，頁254。
〔註134〕同註7，《南史》卷25，頁678。
〔註135〕同註131，陸倕：〈贈任昉詩〉云：「和風雜美氣，下有真人游。壯矣荀文若，賢哉陳太丘。今則蘭臺聚，萬古信為儔。任君本達識，張子復清修。既有絕塵到，復見黃中劉。」參梁詩卷13，頁1776。
〔註136〕同註2，王僧孺：〈太常敬子任府君傳〉，《全梁文》卷52，頁3250。
〔註137〕梁元帝：《金樓子》（臺北：藝文印書館，未載出版年月）卷4，頁29下。
〔註138〕同註2，殷芸：〈與到溉書〉，《全梁文》卷54，頁3270。
〔註139〕同註7，《梁書》卷30，頁441～443。

好，與博物強記的劉顯，好古愛奇、屬文多學古體的劉之遴，殷芸、阮孝緒、顧協，以書史爲業、博物強記的韋稜、謝徵、張纘、吳平侯蕭勱、張纘等人深相賞好，或共同討論墳籍，或作詩賦酬贈，亦形成其文學集團。

（二）梁代後期的文學集團

梁朝後期文學集團中，最具影響力者爲蕭綱、蕭繹文學集團。此二文學集團，早在天監初年便逐漸形成，然相對於武帝、蕭統文學集團言，綱、繹之文學集團因地處外藩，位居偏遠，身分又僅止於武帝之子，不若昭明太子之尊榮，且年紀尚幼，未諳於文學活動，因此影響力尚不大。然隨著蕭綱的入主東宮，有感於文學創作與主張的差異性，以太子之尊，攏絡湘東王蕭繹，因此文士漸多，遂居於梁朝後期文學集團之重要地位。

1. 蕭綱的文學集團

蕭綱自幼聰敏，九流百氏之書，經目必記，又博綜儒書，篇章辭賦，操筆而成，極具文采。天監五年封爲晉安王，八年時方七歲，即出鎮外藩，在中大通三年入主東宮之前，轉任各地，〔註140〕因此武帝對其教育之督促，未如蕭統之完備，然仍爲其遴選文學俱長或兼有德行之僚屬文士，伴隨出藩，當時以遍覽經史的徐摛爲侍讀，〔註141〕因此蕭綱成長的過程中大多不在建康，父兄及建康文士對蕭綱之影響，遠不如徐摛等僚屬的教育來得深廣。徐摛任侍讀後的二十餘年，皆隨之轉徙各地，直到中大通三年，蕭綱入主東宮，徐出爲新安太守，才暫時分別，可謂文學集團中最重要的文士。蕭綱的文學集團，可分爲前、後兩個時期，前爲晉安王歷試諸藩時期，主要以在雍州時間最長，由普通四年至中大通二年（523～530）共七年，期間府中的文士，人才濟濟，幾足與其兄蕭統的文學集團平分秋色，尤其有號稱「高齋學士」的庾肩吾、劉孝威等十人，爲其抄撰眾籍，〔註142〕足知當時府中藏書豐富；後期則爲中大通三年至太清三年（531～549），約十八年，此時蕭綱二十九歲，

〔註140〕同註7，據《梁書》載，蕭綱自天監八年領石頭戍軍事起，便轉任各地，天監九年任南兗州刺史，十二年入爲丹陽尹，十三年出爲荊州刺史，十四年徙爲江州刺史，十七年又領石頭戍軍事、丹陽尹，普通元年改拜南徐州刺史，四年徙雍州刺史，中大通二年徵爲揚州刺史，因此足跡遍佈，參卷4，頁103～104。

〔註141〕同註7，《梁書》卷30，頁446。

〔註142〕同註7，據《南史》載庾肩吾初爲晉安王國常侍，常隨府徙鎮，在蕭綱任雍州刺史期間，受命與劉孝威、江伯搖、孔敬通、申子悅、徐防、徐摛、王囿、孔鑠、鮑至等十人抄撰眾籍，當時號稱爲高齋學士。卷50，頁1246。

繼為太子，入居東宮，便開文德省以置學士，充選徐陵、庾信、張長公、王褒等早期隨藩文士的第二代數人，〔註143〕引納文學才士，討論篇籍，繼著文章，此時原屬蕭統文學集團之文士，投向以蕭綱為中心的文學集團，因此文學集團，達於最盛的階段。

2. 蕭繹的文學集團

蕭繹性聰悟俊朗，博總群書，愛文好士，於天監十三年時封湘東王，後轉任各地太守、刺史。其文學集團可分為前、後兩個時期，前為會稽太守、丹陽尹時期，於天監十三年起至普通七年（514～526），約十二年，此時蕭繹自七歲至十九歲，仍屬學習觀摹階段，故為其文學集團的醞釀時期。任會稽太守時，到溉、王籍、侍讀臧嚴等跟隨在側，後為丹陽尹時期，有劉杳、顏協、顧協等加入，並與裴子野、劉顯、蕭子雲、張纘及當時才秀為布衣之交。〔註144〕後蕭繹任荊州刺史，已漸成長，開始積極推動文學活動，可謂其文學集團的成熟時期，〔註145〕尤其在荊州刺史期間，首任在普通七年至大同五年（526～539），共十四年之久，第二任則在太清元年至其即位的承聖元年（547～552），總計約二十年，在荊州時期，蕭繹自言聚書四十年來已有八萬卷，因特重抄撰群書、編纂類書等整理工作，羅致更多的文士群聚於此，遊於其下的文士，累計達五十八人之多，〔註146〕西府文士雲萃，文學大昌，實為空前未有之盛況。

二、多樣的文學活動

梁代文學集團蓬勃繁盛，人數眾多，時相聚會，所舉行的文學活動更是熱烈多樣。在眾多文學集團中，自然以政治地位最高的武帝文學集團所舉辦的文學活動最受矚目，文士參與熱烈，且成為摹倣對象，或策試數典，遊宴賦詩，或編纂書籍，談詩論文。要之，皆由文學集團成員共同參與完成，幾已成為當時文士最主要之活動。

（一）武帝文學集團的文學活動

就梁武帝文學集團的文學活動而言，由於武帝在政治方面的地位，其一

〔註143〕同註7，《梁書》卷49，頁690。
〔註144〕同註7，《梁書》卷5，頁136。
〔註145〕劉漢初：《蕭統兄弟的文學集團》（臺北：臺灣大學中文研究所碩士論文，1975年6月），頁118。
〔註146〕同註116，《南朝貴遊文學集團研究》，頁325～326。

人之所好，便足影響文士趨向。而武帝以個人喜好，積極舉辦各式文學活動，一時儒雅異人俱集，或因賦詩而受賞賜，或因獻賦而獲引見，使得文士趨之若鶩，文學活動益為時人重視，皆以參與文學活動為榮。當時沈約、范雲為代齊建梁立下鉅功，成為梁時的尚書左、右僕射，又追隨武帝身邊，並為梁初文壇元老，武帝每聚集文士以策經史之事，二人引短推長，使武帝愉悅，大加賞賚。〔註147〕顯示一入梁朝，便多次舉辦策試數典的文學活動，參與者尚有劉峻、徐勉等一時英傑或身居要職者。

在侍宴賦詩方面，武帝特別喜愛眾人賦詩的活動，往往命群臣賦詩，若得武帝稱美，便獲時人賞嘆，因此時人若欲在文學集團中展現特殊才華，便熱烈參與賦詩活動。最著者為天監五年，北魏拓跋英侵攻鍾離，曹景宗受命率軍抗擊，隔年凱旋歸來，於華光殿宴飲連句慶賀，武帝命沈約等人賦韻，曹景宗不得韻，啟求賦詩，武帝以「卿伎能甚多，人才英拔，何必止在一詩」婉拒，仍求作不已，只得詔令賦韻，時僅剩競、病二字，於是醉中操筆，作〈光華殿侍宴賦競病韻〉，斯須而成，武帝讚歎不已，朝賢驚嗟竟日，於是進爵為公，拜侍中、領軍將軍。〔註148〕足以說明當時文學集團活動的過程。另外好文章、性敏速的劉孺於御坐中作〈李賦〉，文不加點，頗受稱賞；劉孝綽侍宴時於坐為詩七首，武帝觀覽其作，篇篇嗟賞。此外，於侍宴賦詩的場合中，因詩文既工且美而受賞者，尚有王規、褚翔、王訓、張率、周興嗣等人，〔註149〕皆受賞擢升官階。

此外，尚有武帝先行創作詩文以示下，再詔群臣繼作的文學活動，題材則或因朝廷大事而作，或為出遊觀景後之抒發，各文士爭相而作，此時能受詔而作者，無不刻意迎合武帝喜好。如天監初年時，丘遲為中書侍郎，待詔文德殿，武帝著〈連珠〉，下詔群臣繼作者便達數十人，其中以丘遲所作最美；後又作〈春景明志詩〉五百字，敕在朝沈約以下群臣同作，評定王僧孺之詩為工；普通七年武帝作〈藉田詩〉，〔註150〕奉詔而作者達數十人之多，當時劉孝綽因故遭免

〔註147〕同註7，《南史》卷49，頁1219。

〔註148〕同註7，《南史》卷55，頁1356。

〔註149〕同註7，《梁書》卷41，頁582、頁586。及卷33，頁478。

〔註150〕武帝作〈藉田詩〉之時，約於到洽與劉孝綽反目之後，然史書並未載明確切時間，據到洽卒年為大通元年（527），故約於此時以前，曹道衡、劉躍進：《南北朝文學編年史》（北京：北京人民文學出版社，2000年11月1刷）中論之甚詳，頁449～450。

職，卻因和作辭藻工美，即日敕起爲西中郎湘東王諮議；柳惲工於篇什，每預曲宴，必受詔賦詩，武帝曾作〈登景陽樓詩〉，柳惲便受詔作〈奉和登景陽樓詩〉；大同十年武帝至南蘭陵修陵，至京口，登上北顧樓，作〈登北顧樓詩〉，到藎性聰慧，受詔而和，大受稱賞。知武帝即位以來，舉辦此種文學活動之喜好不曾間斷，臣下自然熱切響應，對當時文風的影響，更是無形且巨大的。

在詣庭獻賦方面，文士若一時未能以侍宴賦詩引起武帝注意稱賞者，乃改以主動詣庭獻賦的方式表現，故紛紛自動獻奏詩賦，有歌頌皇朝盛況者，有表現一己文學才能者，武帝皆厚加賞賜，有所稱許，如天監初年周興嗣就武帝革命事蹟，撰奏〈休平賦〉，文辭極美，自此每受敕作，賞賜有加；天監六年，袁峻擬揚雄〈官箴〉上奏，受嘉美，賜以束帛，並擢爲員外散騎侍郎，直文德學士省；大同四年時有白雀集聚東宮，劉孝威上〈白雀頌〉，辭甚華美。此種獻賦獻頌的風氣瀰漫於文士圈中，《梁書‧孝行傳》曾載謝藺（510～547）任外兵記室參軍，有甘露降於士林館，作〈甘露賦〉獻上，武帝嘉許之餘，又讚其文才之美，續有詔使作〈北兗州刺史蕭楷德政碑〉，又奉令製〈宣城王奉述中庸頌〉等文，後遷散騎侍郎。〔註151〕顯見因武帝雅好辭賦，當時獻文於南闕者相望，兼之恰有此種白雀聚、甘露降等異相，於是馳騁文墨，獻賦獻頌者甚多，除當場受武帝稱揚外，日後優先參與類似的受詔創作等文學活動。

自此以後，時人愛好文學創作，鍾嶸《詩品》云：「故詞人作者，罔不愛好。今之俗士，斯風熾矣。」〔註152〕道盡武帝舉辦文學活動、推動梁代文風鼎盛與文士甘心馳騖之概況。

（二）武帝諸弟文學集團的文學活動

武帝諸弟文學集團的活動，亦對文學創作影響甚鉅，文士聚集於諸王或朝廷重臣周圍，展開各種文學活動，或奉和作詩，或同詠一物，大大促進文風的繁榮。

安成王蕭秀文學集團，時時舉辦各式文學活動，劉孝綽〈司空安成康王碑銘〉云：「祇承帝命，來仕王家，兔園晚春，叨從者之賜；高唐暮天，奉作賦之私，常懼慶雲之惠不酬，而搖落奄至；豈謂輕塵之效莫展，而峻極先頹。」〔註153〕即敘述當時蕭秀愛好文學，文學集團常舉辦遊宴寫詩作賦等活動。今

〔註151〕同註7，《梁書》卷47，頁658。
〔註152〕同註90，《詩品注》，頁3。
〔註153〕同註2，劉孝綽：〈司空安成康王碑銘〉，《全梁文》卷60，頁3313。

幸存劉孝綽〈三日侍安成王曲水宴詩〉，云：

> ……東山富遊士，北土無遺彥。一言白璧輕，片善黃金賤。餘辰屬
> 上巳，清祓追前諺。持此陽瀨遊，復展城隅宴。芳洲互千里，遠近
> 風光扇。方歡厚德重，誰言薄遊倦。〔註154〕

猶可想見當時俊彥雲集赴宴之盛況。而其招賢愛士以遊宴賦詩，盛況空前，縱使在其過世之後，曾參與其第苑盛會之文士，仍念念不忘。

蕭偉文學集團之活動亦極盛，且多設於其宅邸芳林苑中，曾命蕭子範爲之著文記實，〔註155〕惜諸文士之作今已無存，今尚有蕭子範〈入元襄王第詩〉：

> 伏軾窺東苑，收淚下玉橋。昔時方轂處，於今共寂寥。夾池猶裊裊，
> 仙榭尚迢迢。一同西靡柏，徒思芳樹蕭。〔註156〕

蕭子範於中大通四年時爲大司馬平王蕭偉戶曹屬，從事中郎，因文才偏被恩遇，府中所有文筆，皆使草具，二人有知遇之恩。蕭偉卒後，子範再入王之宅邸，興起睹物懷舊之情，遂作是詩。此作一出，王筠作詩相和，云：

> 昔入睢陽苑，連步披風雲。今遊故臺處，回望闃無人。皓壁留餘篆，
> 蕙圃有餘芬。行人皆隕涕，何獨孟嘗君。〔註157〕

則王筠必爲蕭偉王府的座上客，參與過酒宴盛會，目睹賓主酬唱盡歡之場面，且頗受禮重，因此蕭偉逝世後，遂和蕭子範之作，以抒悼念之情。

（三）蕭統兄弟文學集團的文學活動

就蕭統的文學集團而言，蕭統頗具文章著述長才，身爲太子，久居建康城中，長期耳濡目染，年紀漸長，所舉辦的文學活動亦極豐富。或有侍宴賦詩活動，蕭統性好山水，常與王筠、劉孝綽、陸倕等朝士、名素遊宴賦詩，〔註158〕集團中最受倚重的劉孝綽有〈侍宴離亭應令詩〉、〈侍宴擬劉公幹應令詩〉、〈侍宴集賢堂應令詩〉等作。〔註159〕或有於聚會中同詠一物、當場作詩的活動，如劉孝綽〈詠日應令詩〉、〈於座應令詠梨花詩〉，想見以昭明太子之身分，兼又「望

〔註154〕同註131，劉孝綽：〈三日侍安成王曲水宴詩〉，梁詩卷16，頁1827。

〔註155〕同註7，《梁書》卷22，頁348。蕭偉文學集團之活動，應包括遊宴賦詩，但其下文士所留存之作品，未見有與蕭偉文學集團直接相關者，連蕭子範之記，今亦不可得見，殊爲可惜。

〔註156〕同註131，蕭子範：〈入元襄王第詩〉，梁詩卷19，頁1898。

〔註157〕同註131，王筠：〈和蕭子範入元襄王第詩〉，梁詩卷24，頁2021。

〔註158〕同註7，《梁書》卷8，頁168及卷33，頁485。

〔註159〕同註131，劉孝綽：〈侍宴集賢堂應令詩〉，梁詩卷16，頁1827。

苑招賢，華池愛客」般優禮文士，〔註160〕一旦舉辦文學活動，座中所參與的文士及同詠賦詩者，必定不止劉孝綽一人。蕭綱於〈玄圃園講頌并序〉中記其實況，云：

> 儲君德彰妙象，體睿春瓊，視膳閒晨，遊心法犍。搦管摛章，既娛娟錦縟；清談論辯，亦參差玉照。夏啓而德，周頌慚風，乃於玄圃園，栖聚息心之英，並命陳徐之士，摳談永日，講道終朝。賓從無聲，芳香動氣，七辯懸流，雙因俱啓，情遊彼岸，理愜祇園。〔註161〕

顯見好佛的昭明太子常在玄圃園、鍾山大愛敬寺與高僧、文士講談佛理，作詩與文士相和，〔註162〕可知文士多參與此類活動。

就蕭綱文學集團言，蕭綱自七歲便有詩癖，隨年歲的增長而不倦，兼有侍讀徐摛、庾肩吾、劉孝威等的影響，又觀摩父兄的盛況，其文學活動十分豐富，時與文士遊宴賦詩或彼此唱和。如蕭綱作〈山池詩〉，〔註163〕王臺卿、庾信、鮑至、徐陵、庾肩吾等均有應令同題之作，顯示蕭綱時與文士舉行登舟遊池之活動。此外庾肩吾有〈侍宴應令詩〉、〈暮遊山水應令賦得磧字詩〉、〈從皇太子出玄圃應令詩〉等作，劉孝威作〈三日侍皇太子曲水宴詩〉，或侍宴賦詩，或於暮時遊山戲水，或相偕出遊玄圃園等，各有賦詩記實。另外，蕭綱喜作詠物詩，與其下文士相互唱和，亦爲重要的文學活動之一，如其作〈雙燕詩〉，庾肩吾有〈和晉安王詠燕詩〉，蕭綱作〈詠舞詩〉二首，〔註164〕劉遵（488～535）、王訓等皆有〈應令詠舞詩〉，〔註165〕庾肩吾、庾信與徐陵皆有同題之作，蕭綱與劉孝威、劉遵皆有同題七夕穿針詩。除詩以外，蕭綱與庾信、徐陵同有〈鴛鴦賦〉，蕭綱、庾信同有對燭賦，或爲同時同題之作，蕭綱作〈望同泰寺浮圖詩〉，〔註166〕其下文士王訓、王臺卿、庾信皆有和作，知蕭綱的文學活動豐富繁多，文士參與熱烈。

就蕭繹文學集團言，時有賦詩唱和等活動，蕭繹作〈詠霧詩〉，王褒則

〔註160〕同註2，王筠：〈昭明太子哀冊文〉，《全梁文》卷65，頁3338。
〔註161〕同註2，蕭綱：〈玄圃園講頌并序〉，《全梁文》卷12，頁3020。
〔註162〕蕭統當時曾作〈鍾山講解詩〉，奉和者便有陸倕、蕭子顯、劉孝綽與劉孝儀等人。
〔註163〕同註131，蕭綱：〈山池詩〉，梁詩卷21，頁1933。
〔註164〕同註131，蕭綱：〈詠舞詩〉，梁詩卷21，頁1942。
〔註165〕同註131，王訓詩見梁詩卷9，頁1718，劉遵詩見梁詩卷15，頁1810。
〔註166〕同註131，蕭綱：〈望同泰寺浮圖詩〉，梁詩卷21，頁1935。

有同題應詔詩作。〔註167〕另外，蕭繹曾作〈春日詩〉，每句中皆以「春」字詠春日，十分清新，鮑泉作〈奉和湘東王春日詩〉，則以相同寫作手法唱和，惟句中以「新」字詠春日，令人耳目一新。〔註168〕鮑泉自年少起便事蕭繹，早見擢任，博涉史傳，兼有文筆之長，蕭繹常與之相和作詩，或有同詠一物者，如蕭繹作〈詠梅詩〉，鮑則作〈詠梅花詩〉等。此外，蕭繹有遊山賦詩之作，如〈登江州百花亭懷荊楚詩〉，文士亦群起相和。〔註169〕在聚書方面，蕭繹好士愛文，尤其具有「可久可大，莫過乎學」的觀念，〔註170〕喜好收聚圖書，《金樓子》特立〈聚書篇〉，備述收聚圖書之途徑與經過，顯見其文學集團特重聚書。

（四）文士為首文學集團的文學活動

在以文士為首的文學集團方面，任昉文學集團活動以文士間的詩文贈答為主，如陸倕作〈感知己賦〉贈任昉，任昉作〈答陸倕感知己賦〉；天監初年時，劉孝綽起家為著作佐郎，作〈歸沐詩〉贈昉，昉則以〈報劉孝綽〉詩；到溉為建安太守時，任昉作〈寄到溉詩〉贈之，到溉回〈答任昉詩〉、〈餉任新安班竹杖因贈詩〉；到洽有〈贈任昉詩〉等，足見在文風極盛的情況下，文士傳達情誼與思慕，皆以詩文方式相互酬答，一方面提供文士創作的機會，一方面帶動文學創作的盛況。

另外尚有討論學術等活動，當時任昉得一篇缺簡書，文字零落，歷示諸文士，莫有能識，劉顯號頗識古字，斷定為《古文尚書》所刪逸篇，任昉檢閱《周書》，果如其所說；〔註171〕加上有深受任昉推薦，受讚為「荊南秀氣，果有才氣」的劉之遴；博涉多通，好古愛奇，對古器上無人能識的古文亦能識讀，且有精通於文字的顧協等人，〔註172〕則任昉文學集團中此類活動當甚受重視，時相討論。

〔註167〕同註131，蕭繹：〈詠霧詩〉，梁詩卷25，頁2052。王褒：〈詠霧應詔詩〉，北周詩卷1，頁2342。

〔註168〕同註131，蕭繹：〈春日詩〉，梁詩卷25，頁2045。鮑泉：〈奉和湘東王春日詩〉，梁詩卷24，頁2026。

〔註169〕同註131，蕭繹：〈登江州百花亭懷荊楚詩〉，梁詩卷25，頁2049。此詩陰鏗曾有和作，參陰鏗：〈和登百花亭懷荊楚詩〉，陳詩卷1，頁2451。

〔註170〕同註2，梁元帝：〈與學生書〉，《全梁文》卷17，頁3047。

〔註171〕同註7，《梁書》卷40，頁570。

〔註172〕同註7，《梁書》卷30，頁445。

在裴子野文學集團方面，有以詩賦酬贈之文學活動，裴子野曾作〈寒夜直宿賦〉贈謝微，謝微以〈感友賦〉酬答；當時江總（519～594）年紀尚輕，深爲張纘推重，爲忘年友會，劉之遴曾作〈酬江總詩〉，說明任昉、裴子野文學集團成員間，多有詩文酬贈等文學活動。

三、主張各異的文學理論

梁代文學集團繁盛，所舉辦的各類文學活動雖多，大抵不脫遊宴賦詩或受詔同奉、同作與互相酬贈等，即使編纂類書，亦在增進文藻華美的共同觀點下進行。然而各文學集團之所以形成，除了政治上的考量外，乃因爲主張各異的文學理論。文學集團中，安成王蕭秀、南平王蕭偉與始興王蕭憺文學集團之影響力較小，暫置而不論，文士爲首的任昉與裴子野文學集團因附之於武帝文學集團下，合併而論。今就梁代影響力較鉅的文學集團之文學理論，分爲守舊派、趨新派與折衷派，述之如下。〔註173〕

（一）守舊派

守舊派於文學方面，主張實用性的文章，形式方面，傾向使用古樸的文字，較爲重質輕文，在文學風格方面，則強調宗經思想，具備雅正之風。此派倚附於武帝，〔註174〕因此梁初的文學集團可謂守舊派獨大的時期，此時期既以武帝爲首，一切好惡以武帝爲宗。依附者首推任昉文學集團，任氏博學多藏書，曾任職秘書監，親自讎校篇目，雖善於屬文，然於「筆」類文章特爲擅長，其作〈文章始序〉便具宗經觀點，云：

> 《六經》素有歌、詩、書、誄、箴、銘之類。《尚書》帝庸作歌，《毛詩》三百篇，《左傳》叔向貽子產書，魯哀孔子誄，孔悝鼎銘，虞人箴，此等自秦漢以來，聖君賢士沿著爲文章名之始。〔註175〕

明確指出詩歌等諸文章起源於《六經》。兼之任昉長於表奏箋序一類作品，行文方面，不離典正博古的特點。綜觀任昉主張宗《六經》爲各文體之源，實

〔註173〕周勛初：〈梁代文論三派述要〉將梁代文學理論分爲守舊派、趨新派與折衷派三派。本文茲取其派別名稱，參《中國中古文學史七書》（臺北：鼎文書局，1973年2月初版），頁1～27。

〔註174〕同註173，〈梁代文論三派述要〉，頁1～27。胡德懷：《齊梁文壇與四蕭研究》（南京：南京大學出版社，1997年7月），頁17。

〔註175〕同註2，任昉：〈文章緣起序〉，《全梁文》卷44，頁3202。

為復古派代表之一。

　　眞正大受武帝重用者，是以裴子野爲首的文學集團。裴與劉之遴、劉顯、謝微等入梁時，年約三十餘歲，在緣飾經術、文史俱長與潛心釋典方面，頗能與武帝契合。當時區分文體有所謂「文」、「筆」之別，文則爲「吟詠風謠，流連哀思」之謂，筆則屬不便爲詩，善爲章奏者泛謂之筆，〔註176〕裴子野即被蕭綱歸類於「筆」之擅長者。其作典雅，不尙麗靡之詞，制作多法古，大異於當時文體，起初尙有詆訶者，後來卻能翕然重之，探究其中原由，乃是因裴氏仕梁近三十載，頗受武帝賞識重用，爲文又能折服徐勉、周捨、劉之遴與朱异等朝中大臣，所刪略的《宋略》具備「敘事評論多善」特點，普獲讚賞。就文學觀點而言，裴氏作《雕蟲論》，主張文學當具有經世致用功用，強調文學的社會政教意義，因此在歷代作品中，特別肯定《詩經》勸美懲惡之作用。

　　當時與之響應者，大多爲長於經史者，如梁初即受任爲太學博士的劉之遴，屬文多好古體；傳昭因才能受武帝重用，性終日端居，以書記爲樂，至老不衰，且博極古今，特善人物；〔註177〕顧協亦博極群書，對於文字及禽獸草木尤稱精評，擅長於策，曾受沈約讚賞，推爲江左以來所未有者；〔註178〕劉顯因能識古文尙書所刪逸篇，與策經史書得任昉、沈約讚服，爲文方面則號稱博學尙古，受時人欽慕，〔註179〕當時謝微與裴子野、劉顯等人因同官，且文學觀點相近而友善。這批多以古體著稱之文士，頗與武帝的文學觀點契合，遂爲梁朝初期守舊派的代表。

（二）折衷派

　　就折衷派而言，主張文學的內容應兼重實用性文章與抒情詩賦，於文學形式方面，極重視文采，於文學風格方面，則崇尙雅正。此派主要以劉勰開其先，蕭統主其盟，劉孝綽等人爲其羽翼。蕭統在思想、作風與審美趣味上頗受守舊派思想影響，接受武帝傳統儒家教育，然於文學理論，卻能別開一面，獨領風騷。史傳稱其仁德素著，性喜愛游處於山水亭館，不蓄聲樂，以爲：「何必絲與竹，山水有清音。」文學理論方面，主張典麗高雅，不爲太甚，以爲過與不及皆非所宜，云：

〔註176〕同註137，《金樓子》卷4，頁28下。
〔註177〕同註7，《梁書》卷26，頁394。
〔註178〕同註7，《梁書》卷30，頁445。
〔註179〕同註7，《梁書》卷40，頁570。

> 夫文典則累野，麗亦傷浮，能麗而不浮，典而不野，文質彬彬，有
> 君子之致。吾嘗欲爲之，但恨未逮耳！〔註180〕

意指摛辭華美，並非文章弊病，惟藉華而有實，麗不傷浮，始能臻至佳妙之境。最受蕭統倚重的文士劉孝綽，〔註181〕於普通三年奉命撰錄《昭明太子集》，序云：

> 竊以屬文之體，鮮能周備，長卿徒善，既累爲遲；少孺雖疾，俳優
> 而已；子淵淫靡，若女工之蠹；子雲侈靡，異詩人之則；孔璋詞賦，
> 曹祖勸其修令，伯喈答贈，摯虞知其復古；孟堅之頌，尚有似贊之
> 譏；士衡之碑，猶聞類賦之貶。深乎文者，兼而善之，能使典而不
> 野，遠而不放，麗而不淫，約而不儉，獨善眾美，斯文在斯。〔註182〕

此中的「獨善眾美」便是指能夠文質彬彬，達到典而不野，遠而不放，麗而不淫，約而不儉的程度。蕭統在編選《文選》時，劉孝綽曾大力輔助，〔註183〕可謂蕭統「文質彬彬」文學觀的大力擁戴者與實踐者。

　　另一個主要成員爲劉勰，劉勰與蕭統關係密切。天監初年，在武帝的安排下，深得文理的劉勰兼東宮通事舍人，蕭統因愛好文學，深接愛之，相處時間既久，奇文共賞，疑義與析，情感融洽，加上年歲相差三十餘年，於文理、佛理，蕭統必多受劉勰影響，文學觀相近可知。尤其蕭統於《文選·序》提出「通變」的觀點，云：

> 若夫椎輪爲大輅之始，大輅寧有椎輪之質，增冰爲積水所成，積水
> 曾微增冰之凜。何哉？蓋蹱其事而增華，變其本而加屬。物既有之，
> 文亦宜然，隨時改變，難可詳悉。〔註184〕

論及文學的表現是隨著時代發展，日新月異，朝向美的方向發展，由質趨文，由樸趨麗，並由實用價值轉而爲藝術價值，於此則不能有保守的觀點。此論

〔註180〕同註2，蕭統：〈答湘東王求文集及詩苑英華書〉，《全梁文》卷20，頁3064。
〔註181〕同註7，《梁書》載劉孝綽自天監初年爲太子舍人，後爲太子洗馬，掌東宮管記，雖曾爲西中郎湘東王諮議，然後爲太子僕，與蕭統接觸的時間頗長，二人甚爲親密，昭明起樂賢堂時，便請畫工先圖劉孝綽像，遊宴於玄圃園中，獨執王筠袖、撫劉孝綽肩云：「所謂左把浮丘袖，右拍洪崖肩。」參卷33，頁484。
〔註182〕同註2，劉孝綽：〈昭明太子集序〉，《全梁文》卷60，頁3312。
〔註183〕據唐·元兢《古今詩人秀句·序》云：「昭明太子蕭統與劉孝綽等，撰集《文選》。」參日·弘法大師原撰，王利器校注：《文鏡秘府論校注》（北京：中國社會科學出版社，1983年7月1刷），南卷，頁354。
〔註184〕同註2，蕭統：〈文選序〉，《全梁文》卷20，頁3067。

點與劉勰《文心雕龍・通變》中「文律運周，日新其業。變則堪久，通則不
乏。趨時必果，乘機無怯。望今制奇，參古定法」相近，〔註185〕皆主張文學
創作乃是繼承傳統再變化舊體而推陳出新，如此才能賦與作品新的生命。而
在繼承與創新方面，必須以經典爲主，此種變化舊體，推陳出新的觀點，即
是劉勰所提出「望今制奇，參古定法」，所謂參古即「矯訛翻淺，還宗經誥」，
〔註186〕以宗傳統的經誥，來矯正作品之淺薄弊病，使文學作品達到文質合一，
雅俗共賞的目標，如此則能使作品「堪久」、「不乏」。足見蕭統與劉勰二人具
有宗經、徵聖的文學觀點，可謂梁代文學集團中的折衷派。

　　因此梁初後期的文壇中，已儼然興起以蕭統爲主的折衷派文學理論，較
乎梁武帝文學集團的守舊派而言，更強調文質調和，重視文章的綺麗、雅正。

（三）趨新派

　　梁代前期文壇爲守舊派、折衷派天下，主要者多是與武帝年歲相近、且
多爲蕭統兄弟的師友，然隨著武帝諸子姪的年歲漸長，各有其不同經歷與師
長影響下，發展出迥異於守舊派者，即所謂趨新派。尤其至蕭綱入主東宮後，
更大張新變派勢力，遂以蕭綱、蕭繹的文學集團爲主。

　　就趨新派而言，文學內容主言情之詩賦，文學形式則特重文采，講求聲
律，文學風格則喜華豔綺靡。蕭綱與蕭統兄弟情誼甚篤，文學理論卻各有異
同，所同者在於致力美文之創作與批評，所異者則在於以爲文學高於一切，
於典麗之外，又主放蕩，以爲文學與德行應析軌而行，不可合而爲一。其下
蕭子顯、徐陵、庾信爲大將。

　　首先就文學至上的觀點方面，以爲文學高於其他一切學問，在〈答張纘
謝示集書〉云：

> 綱少好文章，於今二十五載矣。竊嘗論之，日月參辰，火龍黼黻，
> 尚且著於玄象，章乎人事，而況文辭可止，詠歌可輟乎。不爲壯夫，
> 揚雄實小言破道；非謂君子，曹植亦小辯破言，論之科刑，罪在不
> 赦。〔註187〕

蕭綱對「文辭」、「詠歌」特爲喜愛與重視，對揚雄（53B.C～18）晚年以辭賦
爲雕蟲小技、曹植以辭賦爲小道，甚表不同，戲稱二人「罪在不赦」。蕭綱居

〔註185〕同註1，《文心雕龍讀本》下篇，〈通變〉第29，頁51。
〔註186〕同註1，《文心雕龍讀本》下篇，〈通變〉第29，頁50。
〔註187〕同註2，蕭綱：〈答張纘謝示集書〉，《全梁文》卷11，頁3010。

東宮儲君之位約二十年，父親武帝又特重文學，此論一發，當代才穎之士，遂競相附和。其次就文學唯美的觀點方面，以爲若非至美之作品，不足以凌駕一切學術，而作品若欲達到美文境界，則須特重藻飾，因此舉凡作品不合乎美文標準者，便加以評論。在〈與湘東王書〉中批評詩壇學習謝靈運、裴子野的風氣，以爲謝之才高藝精，於刻畫山水時，極盡巧密之能事，但若無才藝者，往往只得其糟粕；裴氏殫精悼史，重在「質」而欠缺麗藻，因此云：「學謝則不屆其精華，但得其冗長；師裴則蔑絕其所長，惟得其所短。」皆對至美至麗之文毫無幫助，知蕭綱主張文學「不慕質」而「尙麗靡」，〔註188〕要求詩歌文辭須具備藻飾、雕繪之美。再其次就文學緣情說方面，蕭綱主張詩歌的創作，是爲吟詠情性，極重視作品的內在情思，云：

> 至如春庭落景，轉蕙承風，秋雨且晴，檐梧初下。浮雲生野，明月入樓，時命親賓，乍動嚴駕。車渠屢酌，鸚鵡驟傾，伊昔三邊，久留四戰。胡霧連天，征旗拂日，時聞塢笛，遙聽塞笳。或鄉思悽然，或雄心憤薄。是以沉吟短翰，補綴庸音，寓目寫心，因事而作。〔註189〕

文中歷舉興感之所由，強調「寓目寫心，因事而作」，顯示其寓目於外而有感，遂發爲內情之宣洩，吟詠詩歌，方爲感人之至文。接著就文學放蕩論方面，蕭綱鼓吹以藻飾爲能事的文風，亦是將雕飾文辭視爲遊戲娛樂，於〈誡當陽公大心書〉云：

> 汝年尚幼，所闕者學，可久可大，其唯學歟。所以孔丘言：「吾嘗終日不食，終夜不寢，以思，無益，不如學也」，若使面牆而立，沐猴而冠，吾所不取。立身之道，與文章異，立身先須謹重，文章且須放蕩。〔註190〕

此處「立身須謹重」，乃誡其子立身處世須嚴守道德規範，勿有踰越常法之事，又謂「文章須放蕩」，此處的「放蕩」實與道德、教化無關，〔註191〕指文章所

〔註188〕蕭綱於〈與湘東王書〉中言裴子野：「乃良史之才，了無篇什之美。」又言：「裴亦質不宜慕。」裴子野本傳中曾謂其：「爲文典而速，不尚麗靡之辭。」參《梁書》卷30，頁443。由此可見蕭綱主「不慕質」而「尚麗靡」。

〔註189〕同註2，蕭綱：〈答張纘謝示集書〉，《全梁文》卷11，頁3010。

〔註190〕同註2，蕭綱：〈誡當陽公大心書〉，《全梁文》卷11，頁3010。

〔註191〕有關「文章且須放蕩」說，歷來多以爲與道德教化有關，或以爲蕭綱「志在桑中」，完全不理會風動教化之作用，或以爲其將人之思想生活和道德修養與文學作品完全割裂，或以爲是「黃色文學理論」，參章太炎：《國故論衡》（臺北：廣文書局，1977年7月5版），卷中，〈論式〉，頁119。蔡鍾翔等：《中

以吟詠情志，抒寫性靈，不必受到陳規舊矩束縛，亦不必具載道致用之觀念，大可變古翻新，縱橫馳騁，主張爲文要「不拘禮俗，任性而行，不治威儀」，〔註192〕如此寫作方能自由放逸，無拘無束，方可與謹重的立身生活相互調劑，〔註193〕此種以放蕩與謹重對立之論，實著重在強調文章的娛樂性，知蕭綱極力倡導雕飾之文風。最後就文學新變理論方面，蕭綱主張變古翻新，在〈與湘東王書〉中批評當時文士盲目模擬經書之風氣，文亦見載於《梁書》庾肩吾本傳，文中強調反對抒寫情志的作品一味模擬古代經書，並將「今文」與「古文」、「今體」與「古體」對立而言，〔註194〕大有以「是今」則必須「非古」之意，以作爲貴今基礎。加上長久追隨者徐摛與庾肩吾，或屬文好新變、不拘舊體，或拘於聲韻、崇尚麗靡，新變的文學觀與蕭綱相契合，故頗受優禮、拔擢。由於蕭綱的提倡，遂形成其趨新一派的文學集團。

　　此外尚有蕭子顯。好學能文，頗受武帝、蕭綱所重，蕭綱入居東宮時，蕭子顯四十五歲，正值學識的巔峰時期，又以本官領國子祭酒，蕭綱每引與促宴，對蕭綱影響極大。蕭子顯曾撰《後漢書》、《南齊書》等，於《南齊書‧文學傳‧論》闡述文學見解，云：

> 文章者，蓋情性之風標，神明之律呂也。蘊思含毫，遊心內運；放言落紙，氣韻天成。莫不稟以生靈，遷乎愛嗜，機見殊門，賞悟紛雜。〔註195〕

將文章視爲情感與聲律的統一，又視爲作者情性、性靈之表現，而提出「氣

國文學理論史》（北京：北京出版社，1991 年）第一冊〈南北朝的文學理論〉，頁 230。王運熙、顧易生主編：《中國文學批評史》（臺北：五南圖書出版公司，1993 年 2 刷）上冊，〈南北朝的文學批評〉，頁 140。郭紹虞：《中國古典文學理論批評史》（北京：人民文學出版社，1959 年）在〈魏晉南北朝〉一章中有一節〈形式主義的文論〉便標有題爲「黃色文學的理論」，便是以蕭綱此語爲中心的。

〔註192〕鄧仕樑〈釋「放蕩」——兼論六朝文風〉中考察「放蕩」一詞，謂最早用於漢代，魏晉以後頗爲常見，以爲：「從東漢到六朝，『放蕩』固然不是儒者推崇的品質，卻也不一定大受時流貶斥。」甚至提出「整個六朝，是文人放蕩的時代」之看法。參《香港地區中國文學批評研究》（臺北：臺灣學生書局，1991 年 5 月初版），頁 101～125。

〔註193〕陳芳汶：〈梁朝蕭氏三兄弟文學觀之比較〉，《中華學苑》48 期（1996 年 7 月），頁 223。

〔註194〕同註 2，蕭綱：〈與湘東王書〉，《全梁文》卷 11，頁 3011。

〔註195〕皆引自梁‧蕭子顯：《新校本南齊書附索引》（臺北：鼎文書局，1998 年 11 月 2 版 1 刷）卷 52，頁 907～909。

韻天成」，意指作品必然具有生氣勃勃之氣貌、風格，方有獨特的精神風貌。正由於文章氣韻決定於作家的性靈與審美趣味，而作者的性情、愛好各有不同，再加上作者構思過程之複雜，因此文章風貌也就異彩紛呈，創作如此，鑑賞與批評亦同樣是「各任懷抱」、「賞悟紛雜」。其後列舉歷代諸體文章的名家名篇，而終歸於「五言之製，獨秀眾品」，表達對五言詩高度之讚揚。又云：

> 習玩爲理，事久則瀆，在乎文章，彌患凡舊。若無新變，不能代雄。建安一體，《典論》短長互出：潘、陸齊名，機、岳之文永異。江左風味，盛道家之言，郭璞舉其靈變，許詢極其名理，仲文玄氣，猶不盡除，謝混情新，得名未盛。顏、謝並起，乃各擅奇，休、鮑後出，咸亦標世。朱藍共妍，不相祖述。

此處蕭子顯提出新變觀點，認爲凡是供玩賞娛樂之具，若久而無變化，則使人失去感動，文章尤其如此，若要求文章爲人所欣賞，或取代原來重要作家之地位，則必須求新求變。蕭子顯「若無新變，不能代雄」之語，實爲時代風氣之反映。而主張新變，反對雷同，往往也就主張題材、風格趨向多樣且富變化，強調「朱藍共妍，不相祖述」，則是稱美不依傍前人且能自成一體，使作品豐富多樣，又能加以變化發展者。又主「雜以風謠，輕唇利吻，不雅不俗」之說，實與蕭繹《金樓子》中「吟詠風謠」、「唇吻遒會」之主張相同。

在蕭繹文學集團方面，蕭繹文學主張於前、後兩期有較大的差異性，前期與蕭統文學集團頗爲接近，並向蕭統借閱其文集及《詩苑英華》等書，在文學理論上較爲相似，同時蕭繹亦與裴子野、劉顯、劉之遴等守舊派交往密切。後因蕭綱入主東宮，二人接觸較頻繁。〔註196〕蕭繹文學集團大受新皇太子蕭綱的招引親炙，〔註197〕二人的文學觀點在多次往返的書信中，漸趨一致，大有整合成一派之勢。因此蕭繹文學集團可謂梁代文壇三派中較爲複雜者，〔註198〕其下

〔註196〕同註7，《南史》載蕭繹與蕭綱關係密切，雖爲異母兄弟，然繹母阮修容因蕭綱母親丁貴嬪之力受寵幸，自幼感情友善。參卷53，頁1321。綱、繹保持較密切的聯繫，蕭綱初入建康，進駐東宮後，時常寫信給蕭繹。現存蕭綱文集，仍保留有幾封寫給蕭繹的書信，包括〈與湘東王令悼王規〉、〈答湘東王書〉與〈與湘東王書〉等，顯示關係親近。

〔註197〕蕭綱一入東宮便攏絡蕭繹，書云：「文章未墜，必有英絕，領袖之者，非弟而誰。每欲論之，無可與語，吾思子建，一共商榷。」參〈與湘東王書〉，《全梁文》卷11，頁3011。二人漸有相同之文學理論。

〔註198〕同註173，周勛初於〈梁代文論三派述要〉中特將蕭繹歸屬於趨新一派，頁8。另外張仁青以爲，在梁代文壇的三派中，以蕭繹的思想較爲複雜而無派別可

濟濟文士中有屬守舊派、趨新派與折衷派者，意見紛歧。因此梁朝文學發展至此，由質趨文，後期趨新派幾可謂獨佔鰲頭，有梁一朝文風遂更趨向華麗綺靡之風。

　　梁代文風鼎盛，文學集團眾多，文學觀點不同，產生不同的文學理論，梁初以武帝等人的守舊派為主，接著為蕭統的折衷派，最後為蕭綱、蕭繹等人的趨新派，各擁文士，自立其說，使梁朝文學理論趨於完整成熟，並將梁代文風推向更高峰。

　　綜上所述，梁代的文學集團聲勢浩大，由武帝為主的皇室宗族致力於提倡文學，禮遇文士，出入各文學集團中，參加各種文學活動。或由集團主人的愛好，提出某種文論，作為集體創作的指標，產生相似的詩文體。或共同編纂各式文集與類書等，由於集體動員，人數眾多，影響整個文壇，亦直接改變或提昇文學的發展。因此明胡應麟云：「梁自武帝好學，諸子彬彬繼之，故博洽之士彌眾：任昉、沈約、江淹、顧協、僧孺、子野、孝緒、之遴、二周、二張、諸劉、諸賀，肩摩轂接，競爽一時，殆古今所罕也。」〔註199〕顯然對武帝提振文學之功，大為推崇。

第三節　品評風氣的瀰漫

　　魏晉時批評意識覺醒，至梁，品評風氣特盛，除與人物相關的品鑒外，由文學作品之批評，更擴及書法、繪畫與棋奕等藝術領域，此時品鑒與批評之論，騰播於眾人之口，兼有武帝本身的重視，屢加敕作，因此各類專著相繼而出，琳瑯可觀。茲就人物的品鑒、文學的批評與藝術的評騭三點，敘之如下。

一、人物的品鑒

　　對人直接加以品評，並旁及其他事物，言其特質，斷其優劣，在漢末時已開始出現，當時趙歧（103～201）著《三輔決錄》，假託與一老者在夢中評第人物，遂感而著書，謂：「玉石朱紫，由此定矣，故謂之決錄矣。」〔註200〕已深富褒貶意味，此後類似《先賢傳》、《高士傳》等記載耆舊節士、名德先

　　　　屬，參《魏晉南北朝文學思想史》（臺北：文史哲出版社，1978年12月初版），頁785。
〔註199〕同註108，《新校少室山房筆叢》卷38，頁508。
〔註200〕漢・趙歧：《三輔決錄》（臺北：藝文印書館，未載出版年月）序，頁2上。

－141－

賢之作，相繼增多。〔註201〕西晉時王澄、王衍皆有盛名，「時人許以人倫鑒識，常爲天下士目曰：『阿平第一，子嵩第二，處仲第三。』」〔註202〕均可看出當時對各種人物的品鑒。至劉宋《世說新語》的編纂，可謂反映人物品鑒時風的最佳作品。梁武帝於即位前，曾作〈立選簿表〉，云：

> 且夫譜牒訛誤，詐僞多緒，人物雅俗，莫肯留心，是以冒襲良家，
> 即成冠族；妄修邊幅，便爲雅士。負俗深累，遽遭寵擢，墓木已拱，
> 方被徵榮。故前代選官，皆立選簿，應在貫魚，自有銓次，胄籍升
> 降，行能臧否，或素定懷抱，或得之輿論，故得簡通賓客，無事埽
> 門，頃代陵夷，九族乖失，其有勇退忘進，懷質抱眞者，選部或以
> 未經朝謁，難於進用，或有晦善藏聲，自埋衡墓，又以名不素著，
> 絕其階緒，怭須畫刺投狀，然後彈冠，則是驅迫廉撟，獎成澆競。
> 愚謂自今曹選，宜精隱括，依舊立簿，使冠履無爽，名實不違，庶
> 人識涯涘，造請自息。〔註203〕

即痛斥當時人物雅俗混亂，譜牒訛誤，詐僞百出的情形，主張依前代選官方式，確立選簿，使能銓次分明，以便作爲胄籍升降之參考。由此可知武帝重視門第分級、人物分品。即位後，在用人方面，雖然重視拔擢寒素，然曾說：「用人當用第一人。」顯示對人物仍有分品分級的觀念，尤其任劉孝綽爲秘書丞時，云：「第一官當用第一人。」〔註204〕梁時「秘書丞」負責典籍圖書的管理與整理校定工作，〔註205〕爲清要之官，稱爲「天下清官」。劉孝綽以善屬文馳名當世，擔任此官，最爲恰適，受譽爲「第一人」，足見武帝內心仍有對當代朝臣、文士分品級之觀念。由於武帝的重視，時人於官品門第、德行尊諡等各方面，特爲重視。

（一）官品門第

就官品門第言，所謂「知人則哲」，對於選官之授權任職，必定具備知人能力，《漢書》中有〈百官表〉，乃依古制列眾職之事，記在位之次。漢末王隆、應劭等因〈百官表〉不具，作《漢官解詁》、《漢官儀》，此後搢紳之徒，

〔註201〕同註19，《隋書》卷33，頁982。
〔註202〕南朝宋・劉義慶撰，梁・劉峻注：《世說新語》（臺北：臺灣中華書局，1992年元月7版2刷）〈品藻〉第9注引《晉陽秋》，頁18。
〔註203〕同註2，梁武帝：〈立選簿表〉，《全梁文》卷5，頁2976。
〔註204〕同註7，《梁書》，卷33，頁480。
〔註205〕同註19，《隋書》卷26，頁723。

取官曹名品之書，撰敍錄之而行於世。加上受到魏時九品中正的影響，對銓選官吏時，必要有所依據，乃多撰《選簿》、《官品》等書。〔註206〕

　　如天監二年，徐勉參掌大選，居選官期間，表現出色，堪稱「彝倫有序」，且該綜百氏之譜，即使坐客充滿，應對如流之際，皆能爲之避諱，在選曹期間，撰成《選品》五卷。〔註207〕若依徐勉竭誠事上的人格特質與「動師古始，依則先王」的行事準則看來，《選品》一書的撰述，應是在武帝的認可下撰成，惜此書已未見於《隋書》，內容無由得知，然或屬於選官之評等無疑。此書一上奏，武帝便下詔施用此制。至此，官階分品成爲下詔定用的依據。官階的分品，即是對人物分品的表現方式。其次裴子野作《百官九品》二卷，〔註208〕天監六年，子野因得徐勉之薦，方得歷任高職，〔註209〕此書雖已亡佚，或亦爲官品方面之作無疑。且子野以史家見長，對於官品十分熟習，曾作〈宋略選舉論〉，至今仍有留存。〔註210〕

　　另外尚有沈約，入梁時，曾任揚州大中正，負責銓選官吏，天監七年作《新定官品》二十卷，〔註211〕亦爲官曹品第之書。顯見一入梁朝，武帝便確立各官之品第，其身邊頗受尊寵的徐勉、裴子野與沈約等人，或因職務之需要，或因受詔施行，雖非武帝親自撰作，然皆在於武帝授意與認可下成書，皆是爲當時選官用人時作爲分品之依據。

〔註206〕同註 19，據《隋書》載，研究講格論品的官曹名品之作，梁時日益繁盛，如《梁勳選格》、《梁官品格》等皆是，雖多有亡佚，然見載於《隋書‧經籍志》者甚多，可見當時繁盛之大要。而此書之撰作，使得漢末以來的「搢紳之徒，或取官曹名品之書，撰而錄之，別行於世。宋、齊以後，其書益繁，而篇卷零疊，易爲亡散；又多瑣細，不足可紀，故刪。其見存可觀者，編爲職官篇」。參卷 33，頁 969。

〔註207〕同註 7，《梁書》卷 25，頁 377～378。《選品》五卷見載於《梁書》本傳，《南史》則作三卷，參《南史》卷 60，頁 1486。《隋書》作《梁選簿》三卷，參卷 33，頁 968。

〔註208〕同註 7，《梁書》卷 30，頁 444。至《隋書》已未著錄。

〔註209〕同註 7，《梁書》載徐勉薦子野時爲吏部尚書，當爲天監六年。參卷 25，頁 378。

〔註210〕同註 2，裴子野〈宋略選舉論〉指出當時萬品千群，庶僚百位等官職之選任，乃「俄折乎一面」、「專斷於一司」之情況，顯示爲官、任人時，仍有嚴重的品評區別之畫分。參《全梁文》卷 53，頁 3264。

〔註211〕同註 19，《隋書》卷 33，頁 968。《新唐書》著錄爲十六卷，參卷 58，頁 1476。據《南北朝文學編年史》定沈約《新定官品》二十卷作於天監七年，乃繫聯至天監七年正月，徐勉受詔定百官九品一事，參《南北朝文學編年史》，頁 381～382。

　　由於官曹名品的撰錄盛行，對於氏家大族譜系之撰作，亦轉昌盛。譜系之書本具有第其門閥，明紀其所承傳的作用，自漢有《帝王年譜》，後漢有《鄧氏官譜》，晉時摯虞作《族姓昭穆記》十卷，齊時漸盛，曾任中正的王儉作《百家集譜》十卷。

　　入梁後，在武帝重視選簿、官品的直接影響下，時人亦重視門閥，為計仕宦之便，多偽造譜籍，常有以新換故，更新譜籍，便能通官榮爵，隨意高下的情形。天監六年，任尚書令的沈約，作〈上言宜校勘譜籍〉一文。〔註212〕文中論到譜籍自晉時蘇峻（？～328）作亂，散亡無遺，因此任官之位宦高卑，皆無依循，至宋、齊二代，士庶不分，因此建議校勘譜籍。又強調譜籍的重要性，決定官吏的任用與否，直接影響到德政的效率，甚至關係到帝位的穩固程度或國家的存亡。沈約此論一出，當獲得武帝極大的注意，雖然並未立刻指示校堪，然自是留意譜籍。

　　至天監十七年王僧孺為北中郎將南康王諮議參軍，入直西省，知撰譜事，〔註213〕受詔改定《百家譜》，王僧孺熟悉人物故實，對於「先言往行，人物雅俗」，皆瞭若指掌，〔註214〕頗受武帝榮寵，乃取前代百家譜簿，撰成《百家譜》三十卷，〔註215〕並有《百家譜集抄》十五卷，又據賈弼《晉姓氏簿狀》為基礎，集為《十八州譜》七百一十卷，賈弼之書號稱「凡諸姓氏大品，略無遺漏」，〔註216〕依此看來，王僧孺之書必與賈書同樣富博。另有針對東南諸族進行較精細的整理，時王僧孺別將東南諸族另立一部，而不在百家之數內，成《東南譜集抄》十卷。〔註217〕

　　至此，無論是全國性或區域性的譜系分品的整理工作，均有一定成果出現。而上述諸書，雖非武帝自撰，然此種須耗費大量人力、物力的工作，當

〔註212〕同註150，此據《南北朝文學編年史》，定在天監六年事，沈約任尚書令時間在天監二年與天監九年之間，《梁書》、《南史》本傳未載明於何時，參頁374。〈上言宜校勘譜籍〉，參《全梁文》卷27，頁3110。

〔註213〕王僧孺本傳未載其入直西省，知撰譜事之年，然南康王於天監十七年進號為北中郎將，據以繫於此年，參《南北朝文學編年史》，頁419。

〔註214〕同註2，語見始安王遙光：〈上明帝表薦王暕王僧孺〉，全齊文卷6，頁2823。

〔註215〕王僧孺《百家譜》三十卷，未著錄於本傳中，參《隋書》卷33，頁989。

〔註216〕賈弼為晉太元中員外散騎侍郎，性好簿狀，於是廣集眾家，大搜群族，所撰十八州一百一十六郡，成《晉姓氏簿狀》，合七百一十二卷，號稱凡諸姓氏大品，略無遺漏，《晉姓氏簿狀》一書參清·丁國鈞：《補晉書藝文志》（北京：北京中華書局，1985年新版）卷2，頁79。

〔註217〕同註7，《梁書》卷33，頁474。然《東南譜集抄》十卷至《隋書》已未著錄。

非一人獨力完成，必定是經由武帝資助下施行，因此當時境內各州的姓氏大族，必曾施以全面性的考察重整，故後有武帝《總責境內十八州譜》六百九十卷，以作爲各官品任人授職之依據。

（二）德行尊諡

就德行尊諡言，魏晉以來，已重品目，聲名成毀決於片言。至梁朝，武帝在政治上的任人授官方面，極重視官職、譜系的分品別第，世之所尚，因有撰集，或掇拾歷來舊聞，或記錄近時人事，皆具爲人間言動，但凡可作爲品評或別第者的書籍，漸趨盛行。

武帝雖未有攸關人物品評的作品，然而至梁朝時，對人物的品評大興，尤其對具有特殊德行者，往往據類部纂聚成編。此種賦有評選性質的雜傳類書籍，如裴子野《眾僧傳》二十卷，〔註218〕爲武帝所敕撰；天監九年又敕釋寶唱撰《名僧傳》三十卷。〔註219〕蕭子顯撰《齊書》，列有文學、良政、高逸、孝義、倖臣等傳，其中所列文學等傳，實已寓「善否自見」的品評於人物言行之中，〔註220〕此書撰成後，詔付秘閣，顯知武帝見重此書。〔註221〕

在武帝重視的情況下，僧侶、士子亦撰著此類作品，如釋慧皎作《高僧傳》十四卷，虞孝敬作《高僧傳》六卷，〔註222〕陸杲著《沙門傳》三十卷，〔註223〕釋寶唱撰《比丘尼傳》四卷。〔註224〕當時藻鑑人物之作，尚有姚信所

〔註218〕同註7，《梁書》卷30，頁444。

〔註219〕唐・釋道宣：《續高僧傳》（《大正新修大藏經》第50冊，史傳部2，臺北：新文豐出版公司，1985年）卷第1，頁427。又據唐・釋道宣《法苑珠林》（北京：中國書店，1991年8月1刷）載《名僧傳》爲梁武帝敕釋寶唱撰集，參卷100，頁1388。此書遍尋經論中列代僧錄，區別條列，序言：「外典鴻文，布在方冊，九品六藝，尺寸周遺，而沙門淨行，獨無紀述。」知《名僧傳》亦分品排列。參釋寶唱：〈名僧傳序〉，《全梁文》卷74，頁3396。

〔註220〕章學誠（1738～1801）云：「儒林、文苑之篇，詳考生平，別爲品藻，參觀互證。」參清・章學誠著，葉瑛校注：《文史通義校注》（北京：北京中華書局，1985年5月1刷），〈和州志前志列傳序例〉中，頁686。又於〈答甄秀才論修志第一書〉云所記應「據事直書，善否自見」語，參頁821。

〔註221〕同註7，《梁書》卷35，頁511。當時記齊代史事已有江淹《十志》、沈約別爲《齊紀》，又參曾鞏：〈南齊書目錄序〉，《南齊書》，頁1037。然由蕭子顯自表武帝啓撰便獲詔同意，顯見此書必然是在武帝授意下成書。

〔註222〕同註19，《隋書》卷33，頁975。虞孝敬史無傳，據《法苑珠林》載《內典博要》爲湘東王記室虞孝敬撰，小字註云：「後得出家，改名惠命。」參卷100，頁1388。

〔註223〕同註7，《梁書》卷26，頁399。

撰《士緯新書》十卷、《姚氏新書》二卷，無名氏的《刑聲論》一卷，雖皆亡佚，但其內容應與劉劭《人物志》相近。〔註225〕梁時，上有武帝重視人物品評的各項政治措施，於是總撮其事類，相繼撰述者甚眾。

武帝子蕭繹為湘東王時，常記錄忠臣義士事跡，及文章之美者，因此筆有三品之分：「忠孝全者用金管書之，德行精粹者用銀管書之，文章贍逸者以班竹管書之。」〔註226〕便是寓品第人物於其中的特殊寫作方法。由於其甚早留意此類人物品第的寫作，因此攢集「感通之至，良有可稱」的孝德者，〔註227〕作《孝德傳》三十卷；另有感於當時孝子、烈女皆已立有別傳，事君之忠臣卻無所述制，乃「發篋陳書，備加論討」，〔註228〕將忠臣加以分類分品，成《忠臣傳》二十卷；又以懷想前人之德，故「綴采英賢」，〔註229〕成《丹陽尹傳》十卷；其餘尚有《懷舊志》二卷、《顯忠錄》二十卷、《全德志》一卷等，惜各書多已亡佚，無由知其內容，幸今存〈懷舊志序〉、〈忠臣傳死節篇序〉與〈忠臣傳諫爭篇序〉等文，〔註230〕其中〈懷舊志序〉中自敘回首過往，感歎：「斯樂難常，誠有之矣。日月不居，零露相半，素車白馬，往矣不追，春華秋實，懷哉何已！獨軫魂交，情深宿草。」因此廣集相交舊友，擇「戚里英賢，南冠髦俊」者入於志中，並「備書爵里，陳懷舊焉」，當已具品評之意涵。〔註231〕

〔註224〕同註2，釋寶唱：〈比丘尼傳序〉，《全梁文》卷74，頁3396～3397。

〔註225〕同註19，《隋書》子部名家類有《士操》一卷，小字註明梁時有《刑聲論》，一卷，已亡佚；又劉劭《人物志》三卷，小字註明梁時有姚信撰《士緯新書》十卷，又有《姚氏新書》二卷與《士緯新書》相近，應屬同性質。參卷34，頁1004。《人物志》以「知人誠智，則眾材得其序，而庶績之業興矣」為目的，指出知人以辨識賢愚善惡，對人物群士的善惡之跡，多有著錄，畢集於史書中，或撰扶義俶儻之士，或敘股肱輔弼之臣，或記操行高潔之儔，魏晉時《海內先賢傳》、《高士傳》等褒揚名德先賢之讚，皆此一類。

〔註226〕宋·王應麟：《玉海》，收入於《景印文淵閣四庫全書》第944冊（臺北：臺灣商務印書館，1983年）卷58，頁540。

〔註227〕同註2，梁元帝：〈孝德傳序〉，《全梁文》卷17，頁3050。

〔註228〕同註2，梁元帝：〈忠臣傳序〉，《全梁文》卷17，頁3050。

〔註229〕同註2，梁元帝：〈丹陽尹傳序〉，《全梁文》卷17，頁3050。

〔註230〕除上述各篇外，蕭繹文集尚有〈忠臣傳記託篇贊〉、〈忠臣傳陳爭篇贊〉、〈忠臣傳執法篇贊〉、〈孝德傳皇王篇贊〉、〈孝德傳天性篇贊〉，顯知《忠臣傳》、《孝德傳》皆以不同主題加以分篇撰成之作。

〔註231〕同註2，蕭繹：〈懷舊志序〉，《全梁文》卷17，頁3050。《懷舊志》著錄之人物已具品評意涵。據《顏氏家訓》（臺北：三民書局，1993年8月初版）云：「王籍〈入若耶溪〉詩云：『蟬噪林逾靜，鳥鳴山更幽。』江南以為文外斷絕，物無異議。簡文吟詠，不能忘之，孝元諷味，以為不可復得，至《懷舊志》

　　而《忠臣傳》各篇將忠臣加以分類分品，實寓品評人物的筆法。當時武帝曾十分關切蕭繹撰《忠臣傳》一事，因此蕭繹作〈上忠臣傳表〉，報告述作之旨趣，云：「資父事君，實曰嚴敬；求忠出孝，義兼臣子。」又云：「理合君親，忠孝一體。」〔註232〕足見雖言忠臣，實亦有孝子故實行誼之載錄，今雖未見武帝回應之作，然由武帝重視閱讀《孝子傳》，又每以孝字訓示諸子姪的情形看來，〔註233〕《忠臣傳》必定受到武帝的喜愛無疑。

　　影響所及，其餘文士亦紛起競效，各類名目之傳記大量產生，或有記操行高潔而不涉於世事者。如《梁書‧處士傳》中阮孝緒，屢蒙薦召而堅不出仕，著《高隱傳》十卷，宗旨在垂示聖人之跡，拯救時弊，將上自炎黃，終於天監末年的一百三十七人，分爲三品，上篇載言行超逸、名士弗傳者，中篇載始終不耗、姓名可錄者，至於下篇則載挂冠人世、栖心塵表者，〔註234〕此種分上、中、下三品的寫作方式，即爲品第人物之作。另或有專記長於吏政者，如鍾岏著《良吏傳》十卷，〔註235〕由書名觀之，當爲品評政績優良官吏之作。〔註236〕此外尚有工於製文的柳惲作《仁政傳》，蕭子顯的《貴儉傳》二十卷，劉杳（487～536）撰《高士傳》二十卷等，〔註237〕皆品評具有特殊德行或行誼之作，當是在此風習染之下的述作。

　　就其他特殊人物言，或有專門針對神童而撰作者。當時世家大族頗以文學傳家，子弟多以早慧清警聞名於世，這些才華出眾的幼童，或受期許爲「必興吾門」，或受稱爲「吾家千金」，或譽之爲神童，〔註238〕由於此類事跡眾多，

載於籍傳。」參卷4，〈文章〉第9，頁205。顏氏曾爲湘東王國右常侍，或曾親讀《懷舊志》。王籍能入《懷舊志》，實因詩作獨出，異於時人。《梁書》本傳稱其博涉有才氣，參卷50，頁713。則《懷舊志》實具品評意味。

〔註232〕同註2，梁元帝：〈上忠臣傳表〉，《全梁文》卷16，頁3042。

〔註233〕同註2，武帝於〈孝思賦并序〉云：「每讀《孝子傳》，未嘗不終軸輟書悲恨，拊心鳴咽。」參《全梁文》卷1，頁2948。武帝六子邵陵王綸於〈與湘東王書〉云：「伏以先朝聖德，孝治天下，九親雍睦，四表無怨，誠爲國政，實亦家風。唯余與爾，同奉神訓，宜敦旨喻，共承無改。」知武帝以「孝」字訓示諸子姪。參《全梁文》卷22，頁3080。

〔註234〕同註2，阮孝緒：〈高隱傳論〉，《全梁文》卷66，頁3349。《南史》載阮孝緒《高隱傳》有一百三十七人，後增劉歊、劉訏二人，至阮孝緒卒後，劉訏之兄劉絜再錄阮孝緒遺行次於篇末，成一百四十人。參卷76，頁1894～1896。

〔註235〕同註7，《梁書》卷49，頁697。

〔註236〕曹旭：《詩品集注》（上海：上海古籍出版社，1994年），前言，頁4。

〔註237〕同註7，《梁書》卷12，頁218。卷35，頁512。卷50，頁717。

〔註238〕此一時期對於才華特出之幼童多有讚譽，如江革因自幼聰敏，早有才思，其

遂有纂集之作，一則光顯其事跡，一則作爲世家大族子弟精進課業的典範，一則滿足當時喜好品鑒人物之心理，並作爲品評話題時所需。如劉昭本人自幼清警，七歲通《老》、《莊》，曾作《幼童傳》十卷，便具此旨趣。〔註 239〕另外，或有專門記變童者，劉緩作《繁華傳》三卷，〔註 240〕「繁華」語出阮籍（210～263）〈詠懷詩〉：「昔日繁華子，安陵與龍陽。」〔註 241〕其中「安陵」、「龍陽」即指楚王的男寵安陵君與魏王的男寵龍陽君，此處用指變童，顯示不僅當時社會普遍愛美的風尚，更顯示對人物品評風氣之盛，連變童亦在品評之列。又有專門記列女事蹟者，如庾仲容有《列女傳》三卷，〔註 242〕或爲專記婦女具節烈之事者。

　　除了對當時各階層人物的德行進行品等、加以撰述成編外，連對死者亦特重視「尊以諡號」。諡法本就具有別尊卑，區別等第的顯揚作用，〔註 243〕其始於周，至秦廢之，漢復其舊，歷代因循，且以一詞、一句概括一個人一生德行的文字，即爲人死後尊以諡號的方式，便是對其生前事跡的善惡，據諡法加以褒貶，贊美斥惡，具品第分等的作用，兼達善無不彰、惡無不露，規正士人之作用。武帝既重視對各階層人物的品評，又組織學者撰作吉凶軍賓嘉五禮等相關著述，在這樣的風氣習染下，有梁一朝諡法研究極活躍，〔註 244〕先有沈約《諡例》十卷，〔註 245〕後普通年間賀琛受詔撰《新諡法》，書成後即便施用，〔註 246〕

　　父深加賞器，曾云：「此兒必興吾門。」參《梁書》卷 36，頁 522；謝朓自幼聰慧，謝莊曾撫其背云：「眞吾家千金。」受稱爲神童、奇童。參《梁書》卷 15，頁 261。

〔註 239〕同註 7，《梁書》卷 49，頁 692。

〔註 240〕劉緩本傳中未見其作《繁華傳》事，蕭繹於《金樓子》載其曾使劉緩撰《繁華傳》一帙三卷，參卷 5，頁 2 上。

〔註 241〕梁・昭明太子，周啓成等注譯：《新譯昭明文選》（臺北：三民書局，2001 年 2 月初版 2 刷）卷 23，頁 974。安陵、龍陽參《戰國策》（臺北：臺灣中華書局，1990 年 9 月臺 5 版）卷 14，頁 3 上，及卷 25，頁 7。

〔註 242〕同註 7，《梁書》卷 50，頁 724。至隋志已未著錄。

〔註 243〕東漢・班固：《白虎通》（北京：北京中華書局，1985 年新 1 刷）〈諡〉篇有八章云：「大行受大名，細行受小名。」即富有區別、顯揚之作用。參卷 1 上，頁 28～34。

〔註 244〕汪受寬：《諡法研究》（上海：上海古籍出版社，1995 年 6 月 1 刷），頁 244。

〔註 245〕沈約《諡例》十卷，《隋書》作《諡法》五卷，參卷 32，頁 938，新舊唐志並作《諡例》。沈約《諡例》今已亡佚，幸〈自序〉保存於《玉海》，參卷 54，頁 457。所收諡解達七百九十四條，參晁公武：《郡齋讀書志》（臺北：臺灣商務印書館，1979 年）卷 1 上，頁 54。

〔註 246〕賀琛《新諡法》，《隋書》作《諡法》五卷，參卷 33，頁 938。《梁書》作《新

又有裴子野《附益諡法》一卷等書出現。〔註247〕足知武帝重視人物的品評。

（三）志人軼事

受東漢以來品評清談風氣的影響，遂有志人小說的產生，內容在採寫名人士大夫，或綴拾遺聞，或記述佚趣，體式方面仍多屬殘叢小語，篇幅較爲短小，文筆則簡潔樸質。至梁時，志人小說已開始出現多樣化，〔註248〕當時《世說新語》的流通，使時人競相採集人物言行佚事，以作爲品鑒人物之資。另一方面，由於品鑒人物風氣的盛行，凡敘特殊人物行止之故事，應運而生，故此種攸關人物品鑒的志人小說，至梁朝，乃形成高峰。

首先，就梁武帝的敕撰方面，武帝重視人物的分品，於人物品評、品鑒極爲重視，對專記人物言行之書的撰作，起風氣大開作用。尤其曾敕安右長史殷芸撰《小說》三十卷，〔註249〕此書因爲武帝敕撰，又名爲《梁武小說》。殷芸博覽群籍，以才學稱著，入梁後曾爲國子博士，蕭統太子侍讀，天監十三年任西中郎豫章王長史，隨遷爲安右長史。約於十三、四年間撰寫《小說》，武帝敕殷芸抄作的目的，乃是取《史通》以外的「不經之說」，遂別集爲《小說》，〔註250〕清姚振宗《隋書經籍志考證》云：「按此殆是梁武作《通史》時凡不經之說，爲《通史》所不取者，皆令殷芸集爲《小說》，是《小說》因《通史》而作，猶《通史》之外乘。」〔註251〕實亦採眾美群葩而成，所選人

諡法》，未著錄卷數多寡。參卷38，頁541。賀琛《新諡法》「務爲多而無窮」，在內容方面必定是在沈約書之上而有所增廣，加上是受詔而撰，作爲官方禮典之作，書成後「便即施用」，參《南史》卷62，頁1510。因此書之撰作分品方式與內容之務多，求完備而無所遺漏，必定是上承武帝之意旨。

〔註247〕同註7，《梁書》卷30，頁444。

〔註248〕寧稼雨：《中國志人小說史》（遼寧：遼寧人民出版社，1991年10月1刷），頁97。

〔註249〕殷芸《小說》原三十卷，至唐僅存十卷，宋晁載之《續談助》、元代陶宗儀的原本《說郛》曾收，則元末明初此書尚存，或已非全本，明以後亡失。現存數本輯本，以周楞伽輯本最富，參周楞伽：《殷芸小說》（上海：上海古籍出版社，1984年4月1刷），共輯有一百六十三條。又參余錫嘉：〈殷芸小說輯證〉，收入於《余嘉錫論學雜著》（北京：北京中華書局，1963年1月1刷），頁280～324。

〔註250〕劉知幾《史通》云：「劉敬叔《異苑》稱晉武庫失火、漢高祖斬蛇劍，穿屋而飛。其言不經，故梁武帝令殷芸編諸《小說》。」參唐·劉知幾撰，浦起龍釋，白玉崢校點：《史通通釋》（臺北：藝文印書館，1978年4月初版）卷17，〈雜說·諸晉史〉，頁438。

〔註251〕清·姚振宗：《隋書經籍志考證》（《續修四庫全書》915，史部，目錄類，上海：

物上起殷周，下迄宋、齊，依時代爲次第，分卷篇目爲「秦漢晉宋諸帝」、「周六國前後人物」、「後漢人物」、「魏人物」、「吳蜀人物」、「晉中朝江左人物」，而「特置帝王之事於卷首」，〔註252〕此種類似《史通》式的排列體例，實此書特長，〔註253〕便於按照時代順序了解各代人物，內容所記多與諸史時有異同，然皆細事，爲史家所略。且此書取劉義慶《世說新語》、《語林》諸書故事簡略抄傳，〔註254〕兼收若干鬼怪異聞，透過對人物言行事蹟的記載，作爲對人物的品鑒。故近人余嘉錫稱殷芸《小說》：「援據之博，蓋不在劉孝標《世說新語》注以下，實六朝人所著小說中之較繁富者。」〔註255〕余氏將此書比之劉孝標所注《世說新語》，足以顯證《小說》於人物品評方面之意義，更重要的是成爲下開唐代國史派小說的先河。

其次，就文士、大臣的撰作方面，梁時人物品評之盛，記錄人物言行的書十分繁多，如裴子野《類林》三卷。裴氏爲《三國志》注作者裴松之的曾孫，頗傳家學，曾撰《宋略》二十卷、《方國使圖》一卷，又領撰《齊梁春秋》，〔註256〕知其甚具史家長才。所撰《類林》原書已佚，僅《琱玉集》中引有七條佚文，餘書未見。檢視其佚文，內容上與殷芸《小說》相當，所記人物時間上自殷周，下至東漢，然並未記載梁代同時人物故事。由於裴氏多作史書，撰作本意當是別選不合史書標準的人事故事，另立一書，故爲一小說集，名之爲《類林》，原書當亦仿《世說新語》加以分門別類。〔註257〕在佚文方面，以簡要之文記易牙「凡食皆知其本末」，敘鄒衍盡忠事主受妒而誅，「盛夏五月，又爲之降雪」，言陳遵酒酣拔轄投井以留客，而能貼近人物之神貌，顯示《類林》側重人物樣貌、風采的表現，當有意作爲人物品鑒之資。

另有《俗說》，作者題爲沈約與劉孝標各一部，沈氏所撰爲五卷，至唐時僅存三卷，隋志列入於雜家類，劉氏所撰爲一卷，至唐時已亡佚，目前均有輯本。〔註258〕沈約爲文學家，亦爲史學家，精熟於典故、叢談；劉孝標則好

上海古籍出版社，1995年）卷32，頁499。此處《通史》即武帝所編《史通》。

〔註252〕魯迅：《中國小說史略》（上海：北新書局，1927年8月4版），頁61。

〔註253〕同註248，《中國志人小說史》，頁82。

〔註254〕宋・晁載之：《續談助》（臺北：新文豐出版公司，1984年6月初版）卷4，頁87。

〔註255〕同註249，〈殷芸小說輯證序言〉，頁280～281。

〔註256〕同註7，《梁書》卷30，頁444。

〔註257〕同註248，《中國志人小說史》，頁94。

〔註258〕同註19，《隋書》卷34，頁1007，及頁1011。馬國翰《玉函山房輯佚書》本

學耕讀不輟，所注之書皆號稱詳備，二人皆可能曾撰作《俗說》。體例雖未分門，但文體當與《世說新語》無別，主在記東晉至劉宋時社會上人物的佚聞雜事，無形之中殆亦有對人物進行品賞、品評的作用。雖則規模未及《世說新語》，然此書編者皆爲當代能手，對於此類人物品鑒相關作品之撰作，當具一定影響力。此外，尚有伏挺《邇說》十卷，〔註259〕《隋書・經籍志》入子部小說類，伏挺博學有才思，多識人物事實，故記以爲品評之資；蕭賁有《辯林》二十卷，《隋書・經籍志》入子部小說類，蕭賁爲齊竟陵王蕭子良之孫，自幼好學，具文才，性好著述，嘗著《西京雜記》六十卷，〔註260〕當據前人《西京雜記》加以整理，記載西漢特殊人物的佚事遺聞，人間瑣事，或有「淺俗，出於里巷」者，〔註261〕正說明其特質，然所記人事，筆法簡潔清新，光彩照人，頗得意緒秀異，文筆可觀之讚，實允當之至。其餘尚有梁、陳間人孔思尙《宋齊語錄》十卷，劉知幾將此書與《世說新語》並列而敘，書之性質不言而喻，當是有同於《世說新語》的寫作旨趣，記載宋、齊兩代人物的故事，〔註262〕以爲品評人物之資。

　　梁時人物品評風氣之盛，表現在志人小說、傳記、譜牒的修撰，劉孝標的注《世說新語》代表著人物品評風氣的最高點，更是文風昌盛的寫照。《世說新語》本爲南朝宋臨川王劉義慶（403～444）招聚文士所編，主要內容在記東漢至東晉兩百多年間的瑣事佚聞，人物層面包括上自帝王將相，下至士庶僧徒，凡有值得稱述者，便皆記載，涉及重要人物達五、六百人，記當時人物的評論與品鑒，「足爲談助」。〔註263〕至於篇目的安排，如〈識鑒〉、〈賞譽〉、〈品藻〉等，已寓有品鑒的意義。書成之後，南齊敬胤率先爲之作注，〔註264〕據現存四

　　　　題爲劉孝標撰，魯迅《古小說鉤沈》則不題撰人，然《中國小說史略》則題沈約作《俗說》三卷，參頁61。

〔註259〕同註7，《梁書》本傳作十卷，參卷50，頁723。《隋書》著錄爲一卷，參卷34，頁1011。

〔註260〕同註7，《南史》卷44，頁1106。

〔註261〕東漢・班固撰，唐・顏師古注：《新校本漢書并附編二種》（臺北：鼎文書局，1997年10月9版）卷81，頁3331。顏師古注語。

〔註262〕最早提及《宋齊語錄》爲唐劉知幾《史通》，兩唐志的雜史類著錄之，《宋史》已未見載，當在元初已佚。孔思尙諸史無傳，據書名有「宋齊」及佚文載有梁事，推爲梁陳時人，今存佚文四條。參《史通通釋》卷10，頁248。

〔註263〕清・永瑢等：《四庫全書總目提要》（臺北：臺灣商務印書館，1965年）27，子部，小說家類，頁2884。

〔註264〕汪藻於《世說敍錄・考異》推論敬胤爲「孝標以前人」，周祖謨則推斷爲南齊

十一條敬胤注，多引據史書考訂史實、人物世譜及典制、地理沿革，間或正《世說新語》原文，可謂廣徵博引。至梁時劉孝標亦爲之注，與敬胤注實有異曲同工之妙，然而劉孝標廣嗜異書，號爲「書淫」，博學多才，注成《世說新語》，注中多次自稱爲「臣」，或爲梁武帝刻意敕撰，〔註265〕因此劉孝綽方能廣爲徵引經史百家之書，於人物事蹟，記述詳備，宋高似孫推崇劉注精絕而奇，實「有不言之妙」，《四庫全書總目提要》則稱劉注「特爲典贍」、「尤爲精核」，其中所引諸書，今已佚近十之九，端賴此注流傳。〔註266〕據考證劉注所引經史雜著四百餘種，詩賦雜文七十餘種，取材宏富，顯證梁時由於品鑒人物風氣之盛，無形中亦刺激文學創作，記人記事類的志人小說，遠軼前代，輝映後世，縱或因兵荒燹亂而散佚，仍無法抹殺梁武帝於此中用力之深的關鍵意義。

二、文學的批評

　　文品乃人品的體現，梁代人物品鑒的盛行，直接刺激文學批評的興盛，賦予文學新的視野。此時人們注重個人才性的品評，使文學批評方面重視作家的才氣、風格，認爲此與文學的內涵具有直接的關聯，一則評斷作者的氣質天賦，一則解析作品的特色，又鼓勵發揮自我才情，爲文壇開拓出蓬勃氣象，故兼具論文評人之作，亦大量出現。再者，品評風氣極盛，時人既好爲文賦詩，每有一篇撰成，便流轉朝野，好論者便有品論產生，遂形成品評詩文之風氣。

　　首先，就梁武帝的文學批評言，武帝雖未有品鑒文學之著作，然而卻重視人物的分品品第，遂官有官品，家有譜牒，甚或依其德行分作傳記，加劇當時品鑒的風氣。

人，參周祖謨：〈世說新語箋疏前言〉，收錄於余嘉錫：《世說新語箋疏》（臺北：華正書局，1989年3月），頁1。又參王能憲：《世說新語研究》（江蘇：江蘇古籍出版社，2000年1月2刷），頁82。

〔註265〕同註264，《世說新語研究》，頁86。劉孝標注《世說新語》多次自稱「臣」，〈賢媛〉第九則注稱「臣謂」，〈汰侈〉第六則有注謂「臣按」，〈惑溺〉第三則有注謂「臣按」。徐傳武於〈世說新語劉注淺探〉推斷劉注或爲奉敕所作。參《文獻》1986年第1期，頁1～12。加上劉孝標於天監初年曾入西省典校秘閣，參與編纂《類苑》，又注《漢書》一百四十卷，於事類或注書，知之甚詳，因此武帝敕其注《世說》。

〔註266〕宋·高似孫：《緯略》（北京：北京中華書局，1985年新1版）卷9，頁133。《四庫全書總目提要》27，子部，小說家類，頁2884。

　　且武帝曾於天監十七年編撰《歷代賦》十卷，〔註267〕當是取歷代佳篇編成，已具有品評鑑賞的意涵，對於具有評選性質書籍的編撰，甚具鼓勵性。而武帝時時舉辦遊宴賦詩的文學活動，下詔同賦詩作者，往往高達數十人之多，武帝每由其間評選出作品最佳者，丘遲、王僧孺與劉孝綽等人之作，每能脫穎而出，受到武帝賞讚，此種方式亦具有品鑑文學作品的用意。

　　流風所向，時人遂習於評論詩文作品，如武帝之子蕭統、蕭綱與蕭繹等，以書信、序文評論當時文學風氣，或立專書專篇評論文學。另有沈約《宋世文章志》、任昉《文章緣起》、張率《文衡》、裴子野《雕蟲論》等作，上述諸人，或為武帝倚重之朝臣，或為當代文壇詞宗，或為皇太子、宗族等，皆與武帝關係親近密切。無形中，對當時文學品評風氣，具有推波之功效，於是風氣大開。

　　其次，就蕭統兄弟的文學批評言，蕭統兄弟愛好文學，各有不同的文學意趣，對於當代文學作品，亦間有所評論。就蕭統的文學批評方面，蕭統於〈陶淵明集序〉云：

> 有疑陶淵明詩，篇篇有酒，吾觀其意不在酒，亦寄酒為跡者也。其文章不群，詞彩精拔，跌宕昭彰，獨超眾類，抑揚爽朗，莫之與京，橫素波而傍流，干清雲而直上，語時事則指而可想，論懷抱則曠而且真；加以貞志不休，安道苦節，不以躬耕為恥，不以無財為病，自非大賢篤志，與道汙隆，孰能如此乎？〔註268〕

文中對陶淵明的性格才質、文章作品與生活態度的品鑑，合而為一，由作品的分析，進而了解其人的懷抱與才情，即是人文並評的典型之作。以昭明太子的身分，對當時文章的內容與形式，影響甚鉅。

　　再就蕭綱的文學批評方面，蕭綱好學能文，引納文學之士，討論篇籍，入主東宮後，便致書其弟蕭繹，對當時建康城中的文風提出批評，所論主要為詩歌，云：

> 故玉徽金銑，反為拙目所嗤；〈巴人〉、〈下里〉，更合郢中之聽。〈陽春〉高而不和，妙聲絕而不尋。竟不精討錙銖，覈量質文。有異巧心，終愧妍手。是以握瑜懷玉之士，瞻鄭邦而知退；章甫翠履之人，望闕鄉而歎息。詩既若此，筆又如之。〔註269〕

〔註267〕同註19，《隋書》卷35，頁1083，又《梁書》卷49，頁698。
〔註268〕同註2，昭明太子：〈陶淵明集序〉，《全梁文》卷20，頁3067。
〔註269〕同註2，蕭綱：〈與湘東王書〉，《全梁文》卷11，頁3011。

顯示蕭綱透過對當時的批評，急欲建立其評論的標準，為詩歌作者判別高下，樹立準的。又提出具體意見，首先就不滿於依傍經史、引經據典的作風，因為依傍經史之作，往往缺乏真摯動人的情感，若一味借用古語，對於客觀事物的真切情感，便難以傳達鮮明。可知蕭綱注重體物入微，寫人傳神，情景交融的寫作方式，反對任意引用經書成語而造成的舒緩浮疏之弊。其次，不滿於冗長繁富、質木無文的詩作，蕭綱進而批評當時詩人學習謝靈運、裴子野的風氣，以為謝詩確實為時人所傾慕，絕非一般人所能及，因是「巧不可階」。然詩中仍有其弊病，〔註270〕時人好學其詩，若不得其精華，反得冗長之失，此即為蕭綱所批評者。另又針對裴子野質木無文的詩作提出批評，裴氏擅長公家文墨，對抒情寫景的詩賦，顯然樸質而無文采，但因受武帝重用，遂多有效作者，因此蕭綱稱其作云：「了無篇什之美。」便是批評其語言質樸。蕭綱對於當代文士之作亦多有讚賞者，以為：「謝朓、沈約之詩，任昉、陸倕之筆，斯實文章之冠冕，述作之楷模。」〔註271〕無疑是給予高度評價。蕭綱以太子身分，對京師文士與文風的批評，不啻給予當世文壇極大的影響。

　　就蕭繹的文學批評方面，蕭繹自幼好學能文，著述豐碩，自言：「頃常搜聚，有懷著述。」〔註272〕對當世文士亦有評論之作，曾作《詩評》一書，惜全書亡佚。〔註273〕蕭繹以為人之才分不同，體性亦異，遂影響文藝創作，云：「明月之夜，可以遠視，不可以近書。霧露之朝，可以近書，不通以遠視。人才性亦如是，各有不同也。」〔註274〕顯示蕭繹於梁時品評風氣影響下，亦甚重人的才學相輔的評第。在《金樓子‧立言篇》又云：「遍觀文士，略盡知之。至於謝玄暉，始見貧小，然而天才命世，過足以補尤。任彥升甲部闕如，才長筆翰；善輯流略，遂有龍門之名。斯一時之盛。」〔註275〕則蕭繹對當時人物品評風氣多有習染，不僅在批評文學作品方面，頗有用力之處，即便人物與文學間，亦著力不少，曾論當時詩人，云：「詩多而能者沈約，少而能者

〔註270〕同註90，《詩品注》云其「時有不拘，是其糟粕」，「繁富為累」之弊。參卷上，頁29。

〔註271〕同註2，蕭綱：〈與湘東王書〉，《全梁文》卷11，頁3011。

〔註272〕同註2，蕭繹：〈內典碑銘集林序〉，《全梁文》卷17，頁3053。

〔註273〕同註183，《文鏡秘府論校注》載：「梁朝湘東王《詩評》云：『作詩不對，本是吼文，不名為詩。』」參南卷，〈論文意〉，頁308。然蕭繹本傳與《隋書》未載此書。

〔註274〕同註137，《金樓子》卷4，頁2下至3上。

〔註275〕同註137，《金樓子》卷4，頁29。

謝朓、何遜。」〔註276〕即針對詩人之作品加以評第的評論。另外《金樓子・立言篇》倡品藻作品的重要性，云：

> 諸子興於戰國，文集盛於二漢，至家家有製，人人有集。其美者，
> 足以敍情志，敦風俗。其弊者，祇以煩簡牘，疲後生。往者既積，
> 來者未已，翹足志學，白首不偏。或昔之所重，今反輕，今之所重，
> 古之所賤。嗟我後生，博達之士，有能品藻異同，刪整蕪穢，使卷
> 無瑕玷，覽無遺功，可謂學矣。〔註277〕

文中提到面對如此繁浩的文集作品，主要能夠「品藻異同」，分鑑「美」與「弊」者，使之「卷無瑕玷」，方可謂之「學」。將品藻的工夫與學相提並列，足見蕭繹更重視品第的工夫。身為武帝之子，蕭綱之弟，而能提出如此重視品藻工夫的主張，無形之中，提高了品評的影響力。

最後，就朝臣文士的文學批評言，尤為重要者為劉勰《文心雕龍》，總結先秦至南朝宋、齊文學批評之豐富經驗，在我國文學批評史上佔有極重要的地位，其完整之理論體系，亦為我國文學理論趨於成熟之標的。

劉勰原籍東莞莒縣（今山東莒縣），永嘉亂起，舉族南渡，父祖輩皆仕官職，但因早年失父，家貧不婚娶，卻仍奮發好學，二十歲時至上定林寺依釋僧祐整理經藏，抄撰要事逾十年，助僧祐編定大量佛典，遂能博通。至三十餘歲，得孔子託夢，決心讚聖述經，作《文心雕龍》，至齊和帝中興元年、二年（501）間成書。相傳書既已成，尚未為時流所稱，劉乃負書以干沈約，約讚此書「深得文理」，且「常陳諸几案」，沈約號為當代文壇領袖，時又顯貴，軒蓋盈門，獎掖後進，不遺餘力。劉勰受其讚賞後，自此蜚聲文壇，受到士林矚目，天監初年任職奉朝請，此後歷有遷任，曾任臨川王蕭宏記室、南康王蕭績記室，至天監十六年兼東宮通事舍人，此時昭明太子年方十七，正雅好文學，對劉勰頗為愛接。武帝亦深器重之，天監七年時敕同釋僧旻、釋僧智等才學道俗三十人，集於上定林寺抄一切經論，編成《眾經要抄》八十卷。〔註278〕普通元年，又敕與釋慧震於上定林寺撰經。〔註279〕則劉勰《文心雕龍》

〔註276〕同註7，《梁書》何遜傳中載：「世祖（蕭繹）著論論之云：『詩多而能者沈約，少而能者謝朓、何遜。』」參卷49，頁693。顯知蕭繹對當代詩人之評論，應已有「著論」產生，惜未能知是何書。今此二句題名為〈論詩〉，見《全梁文》卷17，頁3049。

〔註277〕同註137，《金樓子》卷4，頁13上。

〔註278〕同註219，《續高僧傳》卷第5，頁462。隋・費長房：《歷代三寶紀》（《大正

雖是南齊末撰成，然而入梁後深受武帝父子器賞，書流通於梁朝，對梁代文學批評之興盛，大有推波助瀾之功。而此書之編著，乃鑑於當時文論著述，「或臧否當時之才，或銓品前修之文，或汎舉雅俗之旨，或撮題篇章之意」，「各照隅隙，鮮觀衢路」，皆不述先哲經典之文，「未能振葉以尋根，觀瀾而索源」，無益於後生之慮，故汲取前人文論菁華，重新架構出以「文之樞紐」為思想指導原則的文原篇，以「論文敘筆」為根基的文體論，以「剖情析采」為內涵的文術論，以「崇替褒貶」為批評的文評論。

就劉勰的文學評論部分，所謂「崇替於〈時序〉，褒貶於〈才略〉，怊悵於〈知音〉，耿介於〈程器〉」，乃取歷代文學為評，以「時代文風」與「作家才識」為重點，一則以論世，一則在知人，而實際之批評理論存於〈知音〉篇，最後以〈程器〉篇論文學與個人道德修為關係。觀其所論，認為鑒賞與評論文學作品，應具正確的態度與方法，以音樂為喻，指出音律、文情之奧妙實不易識別，知音難逢，欲求真正成為知音者，則必須建立公正之態度，運用細緻之方法。首先，就批評態度，知音之難逢，乃在於批評家過於主觀，故貴古賤今、崇己抑人，或信偽迷真，遂難以見真識切，無法對作品作正確之評價與公允之裁判；接著又立批評的標準，以為正確的批評態度，應「無私於輕重，不偏於憎愛」，更進一步地提出文學批評者應具深廣的學識修養，「凡操千曲而後曉聲，觀千劍而後識器」，確立「六觀」的方法，即：「一觀位體，二觀置辭，三觀通變，四觀奇正，五觀事義，六觀宮商。」〔註280〕雖多著眼於形式，但惟有「披文」方能「入情」，只有「沿波」才能「討源」，由形式的全面觀察，方能深入作品的內容。再就其言人之才性與作品關係，以為「人之稟才，遲速異分，文之制體，大小殊功」，明白指出人的才性直接影響作品，觀其評論作品，多有與人之品評相關者，云：「相如含筆而腐毫，揚雄輟翰而驚夢；桓譚疾感於苦思，王充氣竭於思慮，張衡研〈京〉以十年，左思練〈都〉以一紀，雖有巨文，亦思之緩也。淮南崇朝而賦《騷》，枚皋應詔而成賦，子建援牘如口誦，仲宣舉筆似宿構，阮瑀據鞍而制書，禰衡當食而草奏，雖有短篇，亦思之速也。」〔註281〕顯示當時文學批評與人物的品評常相結合。劉勰於《文心雕龍》中立批評態度與批評方

新修大藏經》第 49 冊，目錄部，臺北：新文豐出版公司，1985 年）作天監七年，參卷第 11，頁 99。

〔註279〕同註 7，《梁書》卷 50，頁 712。

〔註280〕同註 1，《文心雕龍讀本》下篇，〈知音〉第 48，頁 352。

〔註281〕同註 1，《文心雕龍讀本》下篇，〈神思〉第 26，頁 4。

法等標準，顯見梁時文學批評風氣之盛，批評專著之多，已到達必須確立方法與標準的程度。

　　另外尚有專門品評詩歌者，為鍾嶸所著《詩品》，〔註282〕亦是由當時品評技藝風氣中得到方法，云：「至若詩之為技，較爾可知。」又於序言：「今所寓言，不錄存者。」書中所論及梁代文士甚多，沈約亦列其中，《詩品》之撰，必在天監十二年以後。〔註283〕《詩品》評詩的目的，在於拯救詩風，序中曾言當時搢紳之士，於博論之餘，未嘗「不以詩為口實，隨其嗜欲，商榷不同」，然卻「誣謼競起，准的無依」，當時劉繪「疾其淆亂，欲為當世詩品」，然文終未成，鍾嶸乃感而作《詩品》，寓有拯救詩風、以顯優劣的品評方式呈現，〔註284〕故溯源別流，「辨彰清濁，掎摭利病」，參校九品論人，《七略》裁士的品第方式，取九品論人，以三品論詩，依《七略》追溯古代流派，以「深從六藝溯流別」的批評方式定其優劣，將漢至梁詩人共一百二十三人，分別評定為上、中、下三品，〔註285〕每品之中，略依世代為先後，不以優劣詮次。鍾嶸本意既在拯救詩風，對當時詩風日卑及品論淆亂之情形，甚表不滿，以為必須指陳弊端，正本清源，乃立品論的標準，以廓清時弊，兼之受到劉繪啟發，乃成《詩品》。綜觀全書，著重在批評用典、聲病與玄言三大端。

　　就其批評用典部分，鍾嶸云：「夫屬詞比事，乃為通談。若乃經國文符，資應博古；撰德駁奏，宜窮往烈。至乎吟詠情性，亦何貴於用事。」表明奏議論說等作，援引古事，自是難免，然而詩歌本質在於吟詠性情，主在抒情，

〔註282〕關於《詩品》名稱，《梁書》著錄為《詩評》，參卷49，頁694。至《隋書》兼稱《詩評》、《詩品》，參卷35，頁1084。茲以現行通名稱為《詩品》。
〔註283〕同註90，《詩品・序》中曾敘所編寫原則：「其人既往，其文克定，今所寓言，不錄存者。」參頁4。表明所評論者均為謝世作古之詩人，其中以沈約最遲，沈氏卒於天監十二年，故成書當在此之後。與《南史》載「及（沈）約卒，（鍾）嶸品古今詩為評」吻合，參卷72，頁1779。
〔註284〕鍾嶸《詩品》評詩的目的，在於拯救詩風，或有謂鍾嶸與沈約有宿怨，以此報沈約，參《南史》卷72，頁1779。然歷來胡應麟、張錫瑜等人皆有不同看法，以為鍾、沈宿憾與沈約居中品，並無抑置之關連，參《詩品集注》，頁326～327。
〔註285〕鍾嶸於序中自云：「辨彰清濁，掎摭利病，凡百二十人。」此一百二十人並非確切數字，乃舉其成數，約而言之。據上品十二人（《古詩》亦算為一人），中品三十九人，下品七十二人，共一百二十三人，去除「應璩」重複，故為一百二十二人。然若將「晉文學應璩」作「晉文學應瑒」，則仍一百二十三人。參《詩品集注》，頁94～103。

若過於用事援典，使文章有若書抄，反有傷情韻之表達，進而批評當時任昉、王融等人「詞不貴奇，競須新事」，動輒用事，使得一般詩人浸漸成俗，遂造成「句無虛語，語無虛字，拘攣補衲」之情形，〔註286〕別立「直尋」以矯弊，強調古今勝語，多是即目所見，毫無故實，亦非出自經史之句，若要寫出自然英旨之作，就須以直尋的方法，即景抒情，自抒胸臆，而不濫用典故，徒生蠹文。其次，批評當時聲病拘忌、有礙真美，極言自永明以來，王融、謝朓、沈約等人聲韻之弊，尤其沈約要求四聲製韻，專務追求精密諧美，提出：「若前有浮聲，則後須切響，一簡之內，音韻盡殊；兩句之中，輕重悉異。妙達此旨，方可言文。」〔註287〕然而此種追求音響效果的限制，勢必影響感情的表達，使士人產生不良的學習典範，造成深遠流弊，鍾嶸云：「於是士流景慕，務為精密，襞積細微，專相凌架。故使文多拘忌，傷其真美。」指陳當時八病之說的弊病，在片面強調聲律作用，達到襞積細微，損傷才性，使文多拘忌。又對陸機〈文賦〉、李充《翰林論》、摯虞《文章流別志論》諸家文論，皆就談文體、而不顯優劣的做法不甚滿意，故借當時品第人物與藝術的方法「辨彰清濁、掎摭利病」，〔註288〕分為三品，每位作者或若干作者之下，綴以評述，或指出其淵源繼承關係，或指陳其出於某家某體。其品第優劣，追溯源流的詩論特點與方法，實深受當時人物與書畫品評之影響。

　　除上述現存書籍外，尚有已經亡佚者，如沈約《宋世文章志》、張率的《文衡》等，惜已亡佚，然仍有蛛絲可尋。就沈約的《宋世文章志》而言，是書三十卷，〔註289〕以劉宋一代為主，蒐羅其文，敘文士之生平，論辭章之端委，實為沈約有心續貂之作，能上與晉摯虞《文章志》、劉宋傅亮《續文章志》、宋明帝《晉江左文章志》等文章志連貫成一體，雖然此書已佚，然可知應與摯虞《文章志》頗有雷同，〔註290〕內容方面，主以人為綱，記作家之略歷，〔註291〕其

〔註286〕同註90，《詩品注》，頁4。又評任昉云：「昉既博物，動輒用事，所以詩不得奇。」參頁52。
〔註287〕同註102，《宋書》卷67，頁1779。
〔註288〕同註90，《詩品注》，頁4。
〔註289〕關於《宋世文章志》的卷數，沈約本傳中皆作三十卷，《隋書》、《新唐志》、《通志》史部目錄類皆作二卷，然三十卷或為其選集，而二卷則當為選集之目錄。參劉漢：《魏晉南北朝文論逸書鉤沈》（臺北：國立臺灣師範大學國文研究所碩士論文，1990年5月），頁163。
〔註290〕同註220，《文史通義》云：「晉摯虞創為《文章志》，敘文士之生平，論辭章之端委。……摯虞而後，沈約、傅亮、張騭諸人，紛紛撰錄。」參〈和州志

能夠入選者，乃其文章經過評選者，故此書亦富有對文士及其作品品評之意義。另尚有張率《文衡》十五卷，張率爲當世名家奇才，深受武帝器賞，呼爲「才子」，與名流沈約、任昉、到洽等人時相往來，〔註 292〕又曾隨晉安王蕭綱府，前後十年間，恩禮甚篤，昭明太子亦素重其人，讚其：「才筆弘雅。」史傳稱其《文衡》及文集皆行於世，則《文衡》當於大通元年前便已甚爲流通，惜自隋代亡佚，〔註 293〕故未見徵引傳世，然內容當爲衡鑒文章與品鑒批評之論文。

此外，還有佚名的《文章義府》，《隋書》將其列爲子部雜家類，於《文府》五卷下注云：「梁有《文章義府》三十卷。」〔註 294〕然未著錄撰人，故其作者及著作年代已不可考，內容亦已亡佚無存，然《文章義府》應與《文府》屬同一性質之作。姚振宗據《日本國見在書目》言《文府》十卷後，錄有《文府》十二卷、《文府》二卷、《文府雜體》八卷、《文府啓法》二卷、《文府四聲》五卷，皆未著錄撰人，姚氏因此疑各書皆爲《文府》散見者。〔註 295〕若此，則《文章義府》一書或有涉及文章精義、及有關文章體類、作法、聲韻等，內容龐雜，既論其精義，自亦屬於品鑒有關之作。

除上述各家提出文學批評的專著外，梁朝尚有多篇文學批評著述篇章，如劉孝綽〈昭明太子集序〉、王僧孺的〈太常敬子任府君傳〉、蕭子顯《南齊書・文學傳・史臣論》、裴子野〈雕蟲論〉，則時人不特於專書中評論文學作品，於各體文章中亦多有是類之作，顯見此風熾盛之一斑。

三、藝術的評騭

梁代重視人物的品鑒，舉凡各類型的人物，皆進行品鑒，加上武帝的甚好此道，時有敕命撰集成篇的作品出現，流風所及，自然延及與人有關的書法、繪畫與棋奕等藝術層面。

首先，就書法的評騭言，南朝時重視書法藝術，顏之推於《顏氏家訓》中以江南諺語：「尺牘書疏，千里面目。」強調須留意書法的學習，〔註 296〕

前志列傳序例〉中，頁 685。
〔註 291〕駱鴻凱：《文選學》（臺北：華正書局，1989 年 9 月），頁 3。
〔註 292〕同註 7，《梁書》卷 33，頁 475。「名家奇才」語見《南史》卷 31，頁 816。
〔註 293〕張率《文衡》十五卷，見載本傳中，《隋書》及其後史志已未見著錄。
〔註 294〕同註 19，《隋書》卷 34，頁 1008。
〔註 295〕同註 251，《隋書經籍志考證》卷 30，頁 483。
〔註 296〕同註 231，《顏氏家訓》，〈雜藝〉第 19，頁 379。顏之推生於梁武帝中大通元

顯示重視書法習作，書家作品既多，遂多有評騭之作產生。劉宋時有羊欣（370
～442）《采古來能書人名》，載自古而來書家六十九名，評點文字較言簡意賅；
王愔的《古今文字志》，列舉書體三十六種，書家一百一十七人，評論部份皆
較簡要。至於大加品評者，爲齊王僧虔（426～485）《論書》，〔註297〕已有品
評的理論產生。

　　梁時，品第書法藝術的風氣極爲流行，僅梁朝一代的書論，已遠遠超越
過宋、齊二代，幾可謂爲南朝時期書論極爲發達的時期。武帝撰有《書評》、
〈答陶弘景論書書〉、〈論蕭子雲書〉、〈觀鍾繇書法〉、〈觀鍾繇書法十二意〉、
〈草書狀〉、〈古今書人優劣評〉〔註298〕等作品。武帝本身不僅善草隸，且重
視書法教育，天監初年，詔摹寫專家殷鐵石由內府所藏王羲之墨跡中選出一
千個不同的字，由周興嗣作〈次韻王羲之書千字〉，賜與諸子姪，〔註299〕加上
御府內盡藏魏晉以來的書法作品，〔註300〕武帝觀覽既多，特愛討論鍾繇與王
羲之的書法作品，並將鍾繇、王羲之、王獻之（344～386）分爲三等級：

> 子敬不迨逸少，逸少不迨元常。學子敬者，如畫虎也；學元常者，
> 比畫龍也。〔註301〕

以鍾繇居首，與魏晉以來鍾王齊名、二王比肩之論法不同，〔註302〕甚至當時

年（531），約卒於隋文帝開皇十年（591）。雖入於《北齊書・文苑傳》中，
然其祖見遠、父協皆長居江南，任職蕭齊與蕭梁。顏之推生於江陵，十二歲
時適湘東王自講《莊》、《老》，曾預爲門徒。後爲湘東王參事。至梁元帝承聖
三年（554），之推二十四歲播徙北齊，四十七歲北齊滅亡，又入於周，五十
一歲周亡，遂入於隋。參唐・李百藥：《新校本北齊書附索引》（臺北：鼎文
書局，1998年10月9版）卷45，頁617～626。其年少時期皆在江南渡過，
作《顏氏家訓》舉江南諺語以勗勵子孫，足見當時南朝特重書法藝術。

〔註297〕同註2，王僧虔：〈論書〉，全齊文卷8，頁2837～2839。

〔註298〕梁武帝〈古今書人優劣評〉因與袁昂〈古今書評〉幾近，後人疑爲托武帝之
名。

〔註299〕同註7，《梁書》卷49，頁698。唐・李綽：《尚書故實》（北京：北京中華書
局，1985年新1版）載梁武帝爲教諸子寫字，命殷鐵石在王羲之的書法帖中
拓出一千個不同的字。參頁13。

〔註300〕宋・黃思伯：《東觀餘錄》（北京：北京中華書局，1985年新1版），卷上，
頁24。

〔註301〕同註2，梁武帝：〈觀鍾繇書法〉，《全梁文》卷6，頁2985。子敬即王獻之字，
逸少爲王羲之字，元常則爲鍾繇的字。

〔註302〕唐・孫過庭（648～702）《書譜》云：「自古之善書者，漢魏有鍾張之絕，晉
末有二王之妙。」《南齊書》載：「元嘉世，羊欣受王子敬正隸法，世共宗之，
右軍之體微古，不復見貴。」參卷34，頁613。

人皆尚王獻之書法，海內不復知鍾繇與王羲之。〔註303〕武帝喜愛評騭書法作品，又以鍾繇居於二王之上，對當時書法及書法品論產生極大影響。

首先，受到影響而改變臨摹字體者，為蕭子雲。當時子雲善長草書、隸書，號稱「為世楷法」，〔註304〕讀武帝敕旨《論書》後，作〈答敕論書〉，自我檢視，云：「不能拔賞，隨世所貴，規摹子敬。」因此在作《晉史》期間，寫至〈二王列傳〉時，本欲論其草隸筆法，卻言不盡意無法成篇，至讀武帝《論書》一卷，書中商略筆勢，洞徹字體，給與蕭子雲極大啟發與研思，乃悟隸式，此後「始變子敬，全範元常」，〔註305〕自覺筆力精進。子雲書跡，特受武帝喜愛，曾論其書體云：「筆力勁駿，心手相應，巧逾杜度，美過崔寔，當與元常並驅爭先。」〔註306〕足見在武帝的影響下，蕭子雲全範鍾繇書法，幾並駕齊驅，能遠流海外百濟國等地，知其影響深遠。亦可想見武帝對書法品第的一言一語，於時人書法習作影響之深。因此圍繞在武帝身旁者，皆與之往來論書不絕，如與陶弘景時有討論品評書法的書信，陶有〈與武帝啟〉，武帝則有〈答陶弘景書〉。其餘尚有庾肩吾的《書品》、〈謝東宮古跡啟〉，庾元威〈論書〉、蕭綱〈答湘東王上王羲之書書〉、蕭繹〈上東宮古跡啟〉等。

另或有出現於時人作品論述中，然已亡佚不可考者，如阮孝緒有《古今文字》三卷、丘陵《文字指要》二卷，〔註307〕蕭子雲《五十二體書》〔註308〕等，足以顯示當時評騭書法之專著，甚為風行。

武帝除與時人評論書法，亦留意於整理書跡，並加以分品列目，曾詔殷鈞、袁昂等撰述成編。首先，受詔而撰者為殷鈞，其善隸書，號為當時楷法，深受范雲、任昉的稱美，天監初年，受詔料檢西省法書古跡，列為品目，〔註309〕顯示武帝不僅自撰書法的品騭作品，並曾大規模的整理書跡，分品列目，惜今已不存。

〔註303〕同註2，陶弘景：〈與梁武帝啟〉，《全梁文》卷46，頁3214。

〔註304〕同註7，《梁書》卷35，頁515。

〔註305〕同註2，蕭子雲：〈答敕論書〉，《全梁文》卷23，頁3089。

〔註306〕同註2，梁武帝：〈論蕭子雲書〉，《全梁文》卷6，頁2985。

〔註307〕庾元威〈論書〉中提到當時有阮孝緒《古今文字》三卷，又有丹陽五官丘陵的《文字指要》二卷，參《全梁文》卷67，頁3355。然隋志作阮孝緒《文字集略》六卷。參卷32，頁943。兩唐志時僅存一卷。

〔註308〕蕭子雲《五十二體書》未見於《隋書》，新舊唐志載為一卷，參卷46，頁1986，及卷57，頁1448。

〔註309〕同註7，《梁書》卷27，頁407。

　　至普通四年，又因書家輩出，詔袁昂品古今書家二十五人，成《古今書評》，其中特別推崇張芝（？～192）、鍾繇、王羲之、王獻之等書家。其評論方式，善於用自然景象作爲比喻，如云：「王右軍書，如謝家子弟，縱復不端正者，爽爽有一種風氣。」甚且用音樂作比擬：「皇象書如歌聲繞梁，琴人舍徽。」以形容其書法，並加以品定優劣，〔註310〕仍是繼承魏晉人倫藻鑒的傳統，以書法藝術推論至人品，甚且與文學評論攸關。

　　另外尚有時人品論之作，如庾肩吾《書品》、庾元威《論書》等。庾肩吾初爲晉安王蕭綱常侍，之後官度支尚書，擅長詩賦，兼善草隸，其《書品》一卷，載漢至齊能眞、草者一百二十三人，自云：「推能相越，小例而九，引類相附，大等爲三，復爲略論，總名《書品》。」其體例分爲上中下三品，各品前附有短論，每品下又細分三等，於每等下綴加以評語，或對諸家僅下一總論，或每人均加評論，以定其藝術成就，如論楊經等十五人曰：「此十五人雖未窮字奧、書尚文情。披其叢薄、非無香草，視其涯岸，皆有潤珠。故遺斯紙，以爲世玩，見爲下之中。」〔註311〕由於受到人物品評的影響，遣詞用句多簡奧，然仍可視爲一部體例完備的書論之作。《論書》亦爲評論書法之作，庾元威年籍、爵里不詳，據《論書》所云，〔註312〕亦爲當時書學之傑出者。

　　此時對書法的評論，已有擴及對古往今來書法作品之品評，在庾肩吾《書品》有「開篇玩古，則千載共朝；削簡傳今，則萬里對面」等數語，知梁時已有視書法爲人物面目的品論原則，且包括了人品，庾元威《論書》曾載王延之語，云：「勿欺數行尺牘，即表三種人身。」〔註313〕此處「人身」即魏晉時所指人品與學識而言，〔註314〕此又以「三種人身」連用，實與魏晉以來九品中正制度及當世盛行以上、中、下三品的品鑒人物方式有關，無論是品書法，鑒人倫，皆或有相通之處，因此袁昂《古今書評》中云：「張伯英書如漢

〔註310〕同註2，袁昂：〈古今書評〉，《全梁文》卷48，頁3229。
〔註311〕同註2，庾肩吾：〈書品〉序中載有一百二十八人，今則存一百二十三人，知已有脫漏者。參《全梁文》卷66，頁3345。
〔註312〕同註2，庾元威於〈論書〉中云：「余經爲王陽侯書十牒屛風，作百體，間以采墨，當時眾所驚異，復於屛風上作雜體篆二十四種。」《全梁文》卷67，頁3354～3356。
〔註313〕同註2，庾元威：〈論書〉，《全梁文》卷67，頁3354。
〔註314〕「人身」即指人品，《世說新語・賢媛》云：「王凝之謝夫人既往王氏，大薄凝之，既還謝家，意大不悅。太傅慰釋之曰：『王郎，逸才之子，人身亦不惡，汝何以恨迺爾。』」參〈賢媛〉第19，頁632。

武帝學道，憑虛御風。」「王儀同書如晉安帝非不處尊位，而都無神思。」「陶隱居書如吳興少兒，形雖未成長，而骨體甚駿快。」其中用以形容書法風格的詞語，「都無神思」、「骨體駿快」、「骨氣風遠」、「其有意氣」等，皆品藻人物時慣用的語彙。

　　庾肩吾《書品》中亦有類似情況，如：「子敬泥掃，早驗天骨，兼以挈筆，復識人工，一字不遺，兩葉傳妙。」「子眞俊才，門法不墜。」「季琰桓玄，筋力俱駿。」「陶隱居仙才翰彩，拔於山谷。」是人品、書法共論，此種巧構比喻，實堪入於《世說新語‧賞譽》之中，〔註315〕故看似對當時書家及作品之評論，實亦是對人物的賞譽與品藻，〔註316〕已表現書法與人品關係之密切。由此可知，武帝屢次詔作《詩品》相關書籍，實與其性喜品鑑有關，足見當時對書法的評騭，在武帝的影響之下，甚爲風行。

　　其次，就繪畫的評騭言，武帝雖不以擅長繪畫稱著，然因其寶愛古畫，大加搜羅，時人亦重繪畫才藝。特別是武帝篤信佛教，天監中以張僧繇直秘書閣知畫事，張氏善長繪寺塔與人物，累受命作寺院壁畫。當時武帝子多出任外藩，武帝思念，便遣張僧繇畫之。〔註317〕武帝七子蕭繹亦善於繪畫，曾畫聖僧像，武帝親爲贊之，〔註318〕蕭繹又繪有〈職貢圖〉一幅，爲之作〈職貢圖序〉、〈職貢圖贊〉，並曾作畫上請武帝審閱，得到褒獎賞賜，爲此，蕭繹特別作〈謝上畫蒙敕褒賞啓〉一文，顯見武帝父子間必有進畫、論畫等文藝活動。影響之下，蕭繹兄弟之間，時以古畫等珍品相互共賞、酬贈。蕭繹既喜愛丹青，又因獻畫而蒙受褒賞，事必流傳於兄弟之間，因此，受贈東宮內陸探微的名畫，作〈謝東宮賚陸探微畫啓〉。則蕭繹之畫作，當時必定頗有流通，且備受稱譽，〔註319〕顯見武帝重視繪畫藝術。

　　在時人喜愛繪畫、論畫的同時，便有精通繪畫者，將繪畫加以分品的論

〔註315〕錢鍾書於《管錐編》（北京：北京中華書局，1991年6月3刷）中云：「袁氏所評書跡，十九失傳，殘存者亦輾轉摹拓，已非本相，其衡鑑未必都中肯入裏，而巧構比喻，名儁每堪入《世說新語‧賞譽》。」參第214，頁1435。

〔註316〕日‧興膳宏：〈詩品與書畫論〉，收入《六朝文學論稿》（長沙：岳麓書社，1986年），頁251。

〔註317〕唐‧張彥遠：《歷代名畫記》（北京：北京中華書局，1985年新1版）卷7，頁237。

〔註318〕同註317，《歷代名畫記》卷7，頁233。

〔註319〕同註231，顏之推《顏氏家訓》言其家中曾有蕭繹手畫蟬雀白團扇及馬圖，技藝超邁，一般人「亦難及也」。參〈雜藝〉第19，頁386。

著出現，一方面評論畫作，一方面評論畫家，如謝赫《古畫品錄》、蕭繹《續畫品》一卷等。〔註320〕其中謝赫為當時著名畫家、畫論家，姚最《續畫品》對其畫作極為稱揚，云：「寫貌人物，不俟對看，所須一覽，便工操筆，點刷研精，意在切似，目想毫髮，皆無遺失。麗服靚妝，隨時改變；直眉曲鬢，與時爭妍。」〔註321〕其作《古畫品錄》收集自三國吳的曹不興，至梁中大通四年前後的畫家二十七人，〔註322〕共分為第一品至第六品，等第分明，在每人之下綴以評語，或合二人為一條評語，以評定畫家品第。在品第畫家前，有一小段類似序文者，云：「夫畫品者，蓋眾畫之優劣。」具有評定畫家優劣的意味，依作品時間遠近，隨其品第加以裁成。

其中用以品論畫作者，亦與人品有極大關係，如評陸綏時，言：「體韻遒舉，風彩飄然。」指陸綏所畫人物體形強勁，神情飛揚，與當時品鑒人倫之用語「體韻」、「風彩」神近；評姚曇度：「畫有逸方，巧變鋒出。……因流真偽，雅鄭兼善。莫不俊拔，出人意表。天挺生知，非學所及。」再據以繫聯至其他句，常有「最為高逸」、「縱橫逸筆」、「力遒韻雅」、「意思橫逸」、「跨邁流俗」等，足見其好用俊逸超拔等字句品論畫作，甚而如：「天挺生知，非學所及。」已是由畫過度至對人天生才華的品論；另外評戴逵云：「情韻連綿，風趣巧拔。」亦是就人的情性韻緻，具有風趣靈巧超拔等特色而言，不難想見其提出所謂「六法」最重「氣韻」的原因。

謝赫所提「六法」，首先標舉「氣韻」必須生動，成為貫穿其品第高下的最高藝術原則，氣用在人倫鑒識中，便是指人具有清剛之美的形體或相應之精神、性格與情調，而韻則是指人的體態所顯現的風姿儀致，呈現出美的感受，此處氣韻之義乃是指畫中人物的精神、儀姿的生動，所帶給人之美感。因此評顧駿之云：「神韻氣力，不逮前賢，精微謹細，有過往哲。」評晉明帝司馬紹云：「雖略於神色，頗得神氣。」顯見氣韻透過畫家、畫作呈現，因此謝赫無論是指畫家、或畫中人物，均可看出品評風氣之影響。另外謝赫對畫

〔註320〕 宋·鄭樵：《通志略》（上海：上海古籍出版社，1990年10月1刷）曾著錄蕭繹《續畫品》，參藝文略第7，頁675。然未見於蕭繹本傳中。

〔註321〕 同註2，姚最：〈續畫品〉，全陳文卷12，頁3470。

〔註322〕 謝赫史無本傳，其作《古畫品錄》，收入全齊文中，作《古畫品》。參卷25，頁2931～2932，註明「爵里未詳」，因此謝赫為齊、或梁人，迭有眾說。然據其《古畫品》所記第三品、第九人為陸杲看來，此書約當作於陸之卒年中大通四年（532）以後。此書歷來有不同名稱，謝赫自稱為《畫品》，陳傳席：《六朝畫論研究》（臺北：臺灣學生書局，1999年2刷），稱為《古畫品錄》。

之評論，亦受文學批評影響，尤其六法中的第二「骨法」，明言為用筆，即筆墨運用與其所表現的感受，其評張墨、荀勗云：「風範氣候，極妙參神，但取精靈，遺其骨法。」評江僧寶云：「用筆骨梗，甚有師法。」強調用筆要有骨法，方具備內在骨力，作品才會有力度，此與《文心雕龍》中的〈風骨〉，頗有契合之處。其餘如「應物」，與《文心雕龍‧明詩》的「應物斯感」、〈章表〉的「應物制巧」等，有異曲同工之妙。

　　顯見當時品評涉及層面之廣泛，縱然題為評畫之專著，亦與人品、文學息息相關。由於武帝善於草隸，又喜加以品評，或敕詔與臣下論書，加上人物品賞的風氣盛行，影響所及，梁代對書法的品評風氣特盛。

　　最後，就棋藝的評鷔言，南朝時期極重視棋藝，故時有品第棋藝者，〔註323〕梁時更臻熾熱，天監元年沈約曾有「天下唯有文義棋書」一語，特將棋藝置諸書法之上，足以反映棋藝在當時人們心目中的重要位置。〔註324〕梁武帝本身愛好奕棋，又是圍棋能手，本傳中稱其「棋登逸品」，朝臣中柳惲、陸雲公（511～547）等以擅長奕棋聞名，每敕侍坐對奕，〔註325〕甚至從夜達旦，下棋不輟，參與者皆倦寐，唯武帝樂此不倦。〔註326〕對於善長奕棋者多加公開讚揚，〔註327〕無不鼓勵時人習練棋法，以臻達於妙品。當時童齠奕棋，蔚然成風，司馬申（？～586）十四歲以善奕馳名建康，時與到溉、朱异等游處對奕，〔註328〕陸瓊（537～586）以八歲之齡善覆局，京師號稱神童，受敕召見。〔註329〕足以顯示有梁一朝，上自皇帝，下至幼童，莫不以對奕、論棋為樂。

　　除了喜愛奕棋活動外，時人對前朝《棋品》等相關書籍的參閱與流通，十分興盛，劉孝標注《世說新語》，常引晉范汪《棋品》，〔註330〕顯示當時此

〔註323〕南朝時人重視品評奕棋，故對棋品亦多有品評，《宋書》卷54，頁1535；《南齊書》卷43，頁758，及卷46，頁811。

〔註324〕同註7，《梁書》載朱异年未二十遍治《五經》，尤明於《禮》、《易》，涉獵文史，兼通雜藝，且善長博奕書算，沈約謂其云：「天下唯有文義棋書，卿一時將去，可謂不廉。」參卷38，頁537。

〔註325〕同註7，《梁書》載柳惲善奕棋，武帝每敕侍坐，參卷21，頁332；陸雲公亦善奕棋，曾夜侍對奕，參卷50，頁724。

〔註326〕同註7，《梁書》卷32，頁459。

〔註327〕同註7，《梁書》載王瞻（453～501）涉獵書記，善於棋射，武帝每稱其有射、棋、酒三術。參卷21，頁317～318。

〔註328〕同註30，《陳書》卷29，頁386～387。

〔註329〕同註30，《陳書》卷30，頁396。

〔註330〕同註264，《世說新語》〈政事〉第3，頁5；〈方正〉第5，頁14。晉范汪等

類《棋品》之書特爲流通。梁時上下好棋成風，又喜品評，武帝遂敕令品棋。綜觀其在位期間，極重視棋藝的分品，一再敕作修纂《棋品》，如天監初詔柳惲制定棋譜，以品第二百七十八人之優劣，成《棋品》三卷，〔註331〕此次經由武帝下詔而作，成爲官方釐定棋藝品第之作，顯示梁時對棋藝分品的重視。另外，武帝亦針對善長圍棋者，加以分品成〈圍棋品〉一卷。〔註332〕然而善長棋藝者不斷出現，《棋品》的著錄，必須不斷校定更新，至大同末年，陸雲公以善奕棋受詔校定《棋品》，〔註333〕到漑、朱异等並皆參與。足見三定棋品過程中，以陸雲公等所定《棋品》，規模最爲浩大，參與者應不止三人，較諸天監初年柳惲所定，在內容與人數方面，應更廣博。

在武帝的重視下，以文辭富麗獲器賞的任孝恭，時與武帝對奕，作〈謝示圍棋啓〉，文中前半段雖言奕道，然隱含人事大道理，後半段云：「孝恭人實下愚，才歸末品。效嚬醜反，學步蹇歸。」〔註334〕任氏以「下愚」、「末品」自居，顯示當時棋品等第高下，與人品高低、才學多寡，息息相關。此外品評奕棋者，尚有沈約《棋品》一卷，〔註335〕蕭綱《棋品》五卷、《彈棋譜》一卷，〔註336〕雖或存或佚，未能全窺大要，然而正說明梁時品評風氣之盛。

第四節　文集、類書的編纂

所謂文集與類書，唐歐陽詢（557～641）《藝文類聚・序》中以爲二者並爲類書，云：「《流別》、《文選》，專取其文，《皇覽》、《遍略》，直書其事。」〔註337〕直言無論「專取其文」或「直書其事」皆爲類書。然二者實有不同，

作《圍棋九品序錄》五卷，《隋書》曾著錄，參卷34，頁1017，兩唐志作《棋品》。參《補晉書藝文志》卷3，頁93。
〔註331〕同註19，《隋書》載：「天監《棋品》一卷，梁尚書僕射柳惲撰，亡。」參卷34，頁1016。
〔註332〕同註19，《隋書》卷34，頁1017。
〔註333〕同註30，《陳書》卷30，頁396。《隋書》作《棋品序》一卷，卷34，頁1017。
〔註334〕同註2，任孝恭：〈謝示圍棋啓〉，《全梁文》卷67，頁3351。
〔註335〕同註2，沈約本傳中未見其作此書，然現存文集中有〈棋品序〉，《全梁文》卷29，頁3124。
〔註336〕同註7，《梁書》本傳未載，《南史》卷8，頁233。然蕭綱此二書至《隋書》已未見著錄，顯亡佚甚早。
〔註337〕唐・歐陽詢撰，汪紹楹校：《藝文類聚》（上海：上海中華書局，1965年11月1刷版）序，頁27。

前者專取文章的《文章流別集》、《流別論》與《昭明文選》，爲文集作品的編選，後者直書其事類的《皇覽》與《華林遍略》方爲類書。類書產生的原因，在於時人喜隸事用典，又以引用異本爲高，方能出奇制勝。然面對浩瀚的書籍，實無法窮覽子史，廣羅異本，且別集數量極其龐大，逐一閱讀或熟記，絕非易事，雖有專門目錄，可供檢索，然眞正文本仍需一一查核翻檢，以有限的時間與精力，實難以應付。加上梁朝文風獨盛，作品鬱然而起，編纂成集，人人有集之情況十分普遍，且若欲以事典取勝，則需廣搜秘本，故個人文集或博採精選優美文辭的總集，提供文士採擷孔翠、芟剪繁蕪的類書，於焉產生。武帝又親自主導編纂，作爲示範，於是上行下化，有梁一代文集與類書之編纂蜂起。

一、文集的編纂

　　梁時隸事競賽之風盛，文士作品又喜博用典故，二者皆以多讀書爲基礎，因此作品集大盛於齊梁，章學誠於《文史通義》中曾云：「集文雖始於建安，而實盛於齊梁之際。」小字註云：「摯虞《流別集》乃是後人集前人，人人自爲集，自齊之《王文憲集》始，而昭明《文選》又爲總集之盛矣。」〔註338〕指出梁人喜好搜聚各種作品，或將一己之作彙聚成書，或爲他人作品整理成編，相互觀覽展示，以爲學習；或專門搜求歷來之佳篇美文，或專聚某一地方文士之作而成書，故個人文集與總集之編纂，大爲興起。《隋書・經籍志》曾言及當時總集編纂之因，在於文運鼎盛，眾家之集，日漸滋廣，學者若欲披閱紛繁，貫散以成統，殊非時力所允許，於是採擷佳篇良作之總集，轉而眾多。〔註339〕實則個人別集之編纂，亦出自同樣的原因，一則明瞭各體文章之歷史源流與演變發展，進而知前代並世的創作成績，二則成爲學習範本，提供獵取辭藻、創作靈感的依據，故編纂風氣燦然而起。茲分爲個人別集與總集述之如下。

　　第一，就個人文集的編纂言，梁時詩文創作興盛，時人浸淫其中，濡染甚深，著作遂豐，文士之眾與著作之豐，可謂南朝之最。〔註340〕人人皆好著

〔註338〕同註220，《文史通義》卷1，〈詩教〉下，頁80。
〔註339〕同註19，《隋書》云：「總集者，以建安之後，辭賦轉繁，眾家之集，日以滋廣，晉代摯虞，苦覽者之勞倦，於是採擷孔翠，芟剪繁蕪，自詩賦下，各爲條貫，合而編之，謂之流別。是後文集總鈔，作者繼軌，屬辭之士，以爲覃奧，而取則焉。」參卷35，頁1089～1090。
〔註340〕張仁青於《魏晉南北朝文學思想史》（臺北：文史哲出版社，1978年12月初

述，文墨既多，個人別集的編纂隨之興盛。武帝號稱下筆成章，直疏便就，作品成果繁多，早在天監十二年以前，已纂結成冊，沈約爲之作序，云：

> （武帝）爰始貴游，篤志經術。究淹中之雅旨，盡曲臺之奧義，莫不因流極源，披條振藻。……及登庸歷試，辭翰繁蔚，牋記風動，表議雲飛。雕蟲小藝，無累大道。懷人君之大德，有事君之小心。爲下奉上，形諸辭旨，雖密奏忠規，遺稿必削，而國謨藩政，存者猶多。逮乎俯應歸運，仰修乾錄，載筆握簡，各有司存，如綸之旨，時或染翰。……〈鹿鳴〉、〈四牡〉、〈皇華〉、〈棠棣〉之歌，〈伐木〉、〈采薇〉、〈出車〉、〈杕杜〉之讌，皆詠志摛藻。廣命群臣，上與日月爭光，下與鍾石比韻，事同觀海，義等窺天，觀之而不測，游之而不知者矣。竊惟左史記言，右史記事，君舉必書，無論大小。況乎感而後思，思而後積，積而後滿，滿而後言，若斯而已哉。〔註341〕

沈約序中盛言武帝喜好寫作，時時「廣命群臣」，一同創作。其文集一出，又有沈約題序，必是文壇盛事，無形中對士子文學創作之趨向與編纂各種文集的熱烈程度，大有提振的鼓舞作用。大通三年，蕭子顯又啓撰武帝集，甚得武帝之心，遷爲國子祭酒。後又有任孝恭啓撰武帝集，並曾爲之作序，序文辭藻富麗，自此升遷受賞，〔註342〕惜蕭子顯與任孝恭之啓今已不見，否則當能據以窺得梁朝文集編纂之盛況。

首先，在皇室宗族方面，先後有武帝諸子姪的作品集結成書，或將他人作品纂集成書者。如蕭統文章繁富，文士群才皆欲撰錄，獨使劉孝綽彙集並作序，劉孝綽所以能獨膺此榮，乃由於備受賞識，爲文受世人所重，每作一篇，朝成暮傳，爭相諷誦，流聞絕域。蕭統此番文集首次成冊，應是欲藉劉孝綽文才之名以光美其文集。普通三年書成十卷，頗受時人矚目，蕭繹聞此文集新成，來信求借，當具有觀摩學習之意，蕭統作書回曰：「吾少好斯文，迄今無倦。譚經之暇，斷務之餘，陟龍樓而靜拱，掩鶴關而高臥。與其飽食

版）載若據《隋書·經籍志》集部所列，由漢至隋，別集凡四百三十七部，若通計亡書合八百八十六部，其中出於六朝者，達三百八十一部，佔全書百分之八十五以上，六朝別集中，以梁人著作最多，凡八十餘種，約佔全數百分之二十，參頁408。

〔註341〕同註2，沈約：〈武帝集序〉，《全梁文》卷30，頁3123。

〔註342〕同註7，《梁書》卷35，頁511。及卷50，頁726。

終日，寧游思於文林。」〔註343〕以敘其篤好文學創作。顯見蕭統文集的編纂，可謂年輕一輩文學之士的學習典範。

另外，蕭統尚有編纂他人文集的經驗，爲陶淵明作傳，極推崇其人格之高潔，又深愛陶文，遂編成《陶淵明集》八卷，並將〈陶淵明傳〉附之於後，〔註344〕序云：「愛嗜其文，不能釋手；尙想其德，恨不同時。」因此「更加搜求，粗爲區目」，據此則當時原集或已散佚，故需「搜求」，並爲之「區目」。〔註345〕其後蕭統編《文選》時選錄陶詩八首，足見其崇敬。序中又歌頌陶氏高潔的人品，指出其創作特色乃是借酒寄意，可謂中的之論。並歸納其創作成就爲「辭彩精拔」、「獨超眾類」，又給予「橫素波而傍流，干青雲而直上」之高度評價。知此次蕭統必定親自參與編纂，對陶集寄予教化的期望，云：「有能觀淵明文者，馳競之情遣，鄙吝之意袪，貪夫可以廉，懦夫可以立。」書一編成，便流通甚廣。

蕭綱方面，頗以文章自居，多有創作，外藩期間，記室參軍陸罩爲其編纂成集，成八十五卷，〔註346〕若合併蕭綱文學集團龐大的成員來看，此次所編纂的文集，必定動員多數文士襄助，而由善屬文的陸罩主其事，書成之後，甚受矚目。〔註347〕同時或有其專門詩集纂結成書，據《梁書》本傳載其雅好題詩，自言有詩癖，〔註348〕則蕭綱或已將自己作品分類編纂成集。給予其下文士撰錄文集極大之啓發。

〔註343〕同註2，蕭統：〈答湘東王求文集及詩苑英華書〉，《全梁文》卷20，頁3064。

〔註344〕同註2，蕭統於〈陶淵明集序〉末言陶氏之文亡佚甚爲可惜，於是纂成文集，「並粗點定其傳，編之於錄」，顯見應是先有傳，再爲之編文集的。參《全梁文》卷20，頁3067。

〔註345〕稍後北齊陽休之（509～582）亦曾編纂陶淵明集，〈序〉云：「……（陶）集先有兩本行於世：一本八卷，無序；一本六卷，并序目。編比顛亂，兼復闕少，蕭統所撰八卷，合序目誄傳，……編錄有體，次第可尋。」知在蕭統以前，陶集似已有兩種版本行於世。參全隋文卷9，頁4062。又參清·陳澧著，陳之邁編集：《陶淵明集札記》（香港：龍門書店，1974年9月），頁3。

〔註346〕同註19，《隋書》載：「梁簡文帝集八十五卷，陸罩撰，並錄。」參卷35，頁1076。

〔註347〕蕭綱集成書後，當頗爲流通，文士多曾觀覽，當時號「外氏英華，朝中領袖」的張纘亦曾讀過，並作書以謝示集一事，然此文今已未能見，幸而蕭綱〈答張纘謝示集書〉今仍留存，參《全梁文》卷11，頁3010。足可證明蕭綱文集編成後甚受矚目。

〔註348〕同註7，《梁書》載蕭綱曾序云：「余七歲有詩癖，長而不倦。」參卷4，頁109。惟此序文全文未能得見，然足可推知其詩作豐富，或已編纂成書。

　　蕭綱不僅將其作編纂成書，尚且爲集團文士之作撰集成冊。如時任晉安王長史的司馬褧，少傳家業，甚精於《三禮》，強力專精，手不釋卷，天監十七年卒，蕭綱任庾肩吾集司馬褧作品爲十卷。〔註349〕或因爲此次編纂個人文集成書的經驗，頗有自信，蕭統卒後，蕭綱再次編纂蕭統文集，同時編寫其別傳，二書當由蕭綱主導，文士輔助，成書後，蕭綱上表武帝，作〈上昭明太子集別傳等表〉，文中稱美云：「稟仁聖之姿，縱生知之量。孝敬兼極，溫恭在躬，明月西流。」又敘蕭統自幼便有文章之敏，長而備元良之德，欲將其文集編纂成書，乃謹「以不肖，妄作明離」，以瞻仰故實，「揄揚盛軌，宣記德音」，並請求將此二書「備之延閣，藏諸廣內」，以彰茂實，永表洪徽。〔註350〕蕭綱一則推崇昭明作品與爲人皆備足可稱，一則顯示此二書編撰之優秀，堪能永垂不朽。知蕭綱對其編纂文集能力頗爲自負；後又作〈昭明太子集序〉，以誌昭明之德，並讚其作品，顯示蕭綱應親自參與編纂，熟讀蕭統全部作品，乃能隨手拈來，簡明扼要。

　　此外蕭綱還爲姐妹臨安公主編成文集三卷，武帝諸女中以臨安、安吉與長城三公主有文才。〔註351〕蕭綱爲臨安公主編成文集後，作〈臨安公主集序〉，稱美云：「若夫託勾陳之寶，出玉臺之尊，鳳儀間潤，神姿照朗，愛敬之道夙彰，柔嫻之才必備。」又形容其作「清管遼亮」、「淚篠藏蕤」，「文同積玉，韻比風飛」，〔註352〕顯示臨安公主之作，文采與韻律皆足稱頌，因此搜求散逸，編纂成集，以遺式後人，則此文集當爲蕭綱協助編纂成書，〔註353〕顯見不僅當代文士好作撰述，連女子亦不遑多讓。

　　另外，武帝異母弟蕭秀之子蕭機（499～528），善於吐納，由於其父精意學術，搜集經記，家中頗富藏書，故能博學強記，大通二年（528）卒時，詩賦已達數千言，蕭繹爲其集成《安成煬王集》五卷，並作序，〔註354〕惜此序與《安成煬王集》亡佚不存，〔註355〕否則必能據以知當時盛況。

〔註349〕同註7，《梁書》卷40，頁567～568。

〔註350〕同註2，蕭綱：〈上昭明太子集別傳等表〉，《全梁文》卷9，頁3002。

〔註351〕同註7，《南史》載武帝諸女中「臨安、安吉、長城三主並有文才，而安吉最得令稱」，參卷51，頁1278。《隋書》著錄爲三卷，參卷35，頁1079。

〔註352〕同註2，蕭綱：〈臨安公主集序〉，《全梁文》卷12，頁3017。

〔註353〕同註251，《隋書經籍志考證》案語，參卷39之9，頁98。

〔註354〕同註7，《梁書》卷22，頁345。

〔註355〕同註7，《梁書》卷22，頁345。《隋書經籍志考證》卷39之8，頁78。《金樓子》亦著錄《安成煬王集》一秩四卷，參卷5，頁3下。

　　此種由皇子主動爲自己或文士編纂文集的作爲，實具拋磚引玉之效，人人爭相一睹，學習仿效，因此皇室宗族頗好纂集文集，文士朝臣，處士儒者，但有作品者，或自撰成書，或由其友人、門下代撰，一時之間，幾達人人有集之盛況。

　　其次，在文士方面，如江淹少以文章稱顯，至晚年雖才思微退，仍對自己作品極爲寶愛，作〈自序傳〉，自言幼傳家學，六歲能屬詩，既長而博覽群書，「不事章句之學，頗留精於文章」，〔註356〕後將所著述百餘篇作品，自撰爲前、後二集，各二十卷、十卷，〔註357〕又作〈雜體詩〉三十首，模擬漢魏晉宋三十位詩人的詩體風格，雖未編成文集，然三十首詩前有序文，足見其甚有搜求著作而自成一書之心志；〔註358〕又如何遜之文深受范雲、沈約等名流稱賞，文與劉孝綽並見重於世，號爲「何劉」，連蕭繹亦稱其爲「詩少而能者」，卒後，由王僧孺集爲八卷，王僧孺當時是否曾爲之題序，已不得知，然而以僧孺麗逸之文，又深具撰作眾書之經驗，常爲人編纂文集，必有作序無疑；〔註359〕謝微好學善屬文，賦詩辭美且速，卒後，友人王籍集其文爲二十卷。〔註360〕知文士多讀詩文佳作，對自己或友人之作，多具特殊審美意趣，因此一旦有足夠豐富的作品，雅多不願見其散佚零落，加上風氣之影響，遂多編撰成書者。

　　接著，在朝臣方面，武帝既博通儒學，又好文學，對於精通此道之文士，多拔擢厚用。如徐勉博通經史，善屬文，勤於著述，甚受倚重，官居顯位，著作甚多，亦有前、後二集，共四十五卷行於世，〔註361〕王僧孺著有〈詹事徐府君集序〉，稱其云：「專心六典，積賾必深。汎遊群籍，菁華無棄。捔扎含毫，必弘靡麗。」〔註362〕則徐勉不僅精熟於經史各籍，文采亦頗具靡麗可觀之特色；王筠少擅才名，沈約推崇云：「晚來名家，唯見王筠獨步。」亦受武帝與蕭統喜愛，曾將所撰文章，以一官爲一集，自洗馬、中書、中庶子、

〔註356〕同註2，江淹：〈自序傳〉，《全梁文》卷39，頁3177。
〔註357〕同註7，《梁書》卷14，頁251。江淹本傳中未載其前集、後集之卷數，然《隋書》則載前集於梁時有二十卷，至隋時僅九卷；後集則有十卷，參卷35，頁1077。
〔註358〕同註2，江淹：〈雜體詩序〉，《全梁文》卷38，頁3171。
〔註359〕同註7，《梁書》卷49，頁693。今《全梁文》王僧孺集中已未見其爲《何遜集》所作之序。
〔註360〕同註7，《梁書》卷50，頁718。
〔註361〕同註7，《梁書》本傳著錄前後二集四十五卷，《南史》則作五十卷，至《隋書》載前集三十五卷，後集十六卷並序錄。
〔註362〕同註2，王僧孺：〈詹事徐府君集序〉，《全梁文》卷51，頁3248。

吏部、左佐、臨海、太府各十卷行於世。〔註363〕則當時不僅文士將自己的著述編纂成集，連一般朝臣，若有足夠的作品，亦有分類匯整成編者。

最後，在處士與儒者方面，梁時南徐州秀才諸葛璩博通經史，處身清正，深受太守蕭琛、安成王蕭秀、鄱陽王蕭恢禮遇，然屢詔不出，舉秀才亦不就，惟勤於誨誘，且夕講誦而不輟，卒後，所著文章由門人劉曒集而錄之，成二十卷。〔註364〕儒者伏曼容亦有作品集編纂成書，伏氏自少篤學，精通《周易》、《毛詩》、《論語》與《禮》，齊時，常以聚徒教授自業，梁時以舊儒受召拜爲司馬，天監元年卒，其作品集當有專人編纂，今存王僧孺〈臨海伏府君集序〉一文，對其勤於創作，甚爲推崇。〔註365〕

第二，就總集的選編言，自晉摯虞《文章流別集》始，至南朝梁特爲興盛，當時文集漸多，無法通覽，因此有總集的編纂。武帝特喜著述，入梁後，著手編纂《歷代賦》十卷，應爲專門搜羅歷代以來賦之佳篇，此書於天監十七年由周捨受敕作注，周捨本傳稱其博學多通，音韻清辯，頗擅長於聲律，武帝讚其云：「義該玄儒，博窮文史。」〔註366〕又歷任重要官職，兼掌國史詔誥等，對於《歷代賦》的編纂，或亦有參與。然周捨畢竟未諳賦體，恐未能臻於善美，又由周興嗣襄助，〔註367〕周興嗣博通記傳，善於屬文，所獻賦篇，文辭工美，往往得到武帝的嘉賞，據此可想見《歷代賦》內容，必包羅廣博，注本亦蔚爲大觀。身爲皇帝，武帝親自編選《歷代賦》，敕朝臣輔助作注，此事在當時的京師文壇必極受矚目。此書於天監十七年前便已成書，當時與武帝最爲親近的蕭統恰爲十八歲，在武帝的刻意培植下，諸子姪與文士競相編纂各類總集，幾成爲當時全民運動。

在武帝諸子姪方面，首先影響最鉅、最直接者爲蕭統。蕭統的文學成就主要表現在詩文總集的編纂方面，本傳載其引納才學，討論篇籍，東宮書達三萬卷，除自著的文集二十卷外，尚編有古今典誥文言爲《正序》十卷，彙集漢以後的五言詩佳作成《文章英華》二十卷，〔註368〕又撰集《文選》三十

〔註363〕同註7，《梁書》卷33，頁485～487。

〔註364〕同註7，《梁書》卷51，頁744。

〔註365〕同註2，王僧孺：〈臨海伏府君集序〉，《全梁文》卷51，頁3248。

〔註366〕同註2，梁武帝：〈襃異周捨詔〉，《全梁文》卷3，頁2963。

〔註367〕同註7，《梁書》卷49，頁698。《隋書》載《歷代賦》共十卷，爲武帝所撰，參卷35，頁1083。然至兩唐志中已未見著錄。

〔註368〕《南史》作《英華集》二十卷，《隋書》作《文章英華》三十卷，參卷35，頁1084。據《梁書》本傳載《文章英華》二十卷。《南史》載《英華集》二

卷，其中《正序》與《文章英華》分別爲文集與詩集，今已亡佚。然當時《文集》與《詩苑英華》編成後，眾人皆爭睹爲快，蕭繹聞書新成，即寫信求借，蕭統回信略述二書之梗概：

> 得疏，知須《詩苑英華》及諸文製，發函伸紙，閱覽無輟。雖事涉烏有，義異擬倫，而清新卓爾，殊爲佳作。夫文典則累野，麗亦傷浮，能麗而不浮，典而不野，文質彬彬，有君子之致。吾嘗欲爲之，但恨未逮耳。觀汝諸文，殊與意會，致於此書，彌見其美。遠兼邃古，傍暨典墳，學以聚益，居焉可賞，吾少好斯文，迄茲無倦……曜靈既隱，繼之以朗月；高舂既夕，申之以清液。並命連篇，在茲彌博。又往年因暇，搜采英華，上下數十年間，未易詳悉，猶有遺恨，而其書已傳，雖未爲精覈，亦粗足諷覽，集乃不工，而並作多麗，汝既須之，皆遣送也。〔註369〕

此處文集指劉孝綽新編《昭明太子集》十卷，成書於普通三年，《詩苑英華》即指此次昭明新編成之書，今已不存，未能知其選編標準，但據書名可知主要以詩爲主。昭明又言搜采歷來詩中之英華者，雖直言其所不足，在於「未易詳悉」與「未爲精覈」，但仍「粗足諷覽」，顯示內容方面必有可觀者。至於所選之詩，必與其文學觀相符，所以回信中著力描述其文學觀，云：「文典則累野，麗亦傷浮，能麗而不浮，典而不野，文質彬彬，有君子之致。」又自言：「吾嘗欲爲之，但恨未逮耳。」顯示對自己作品未達「文質彬彬」的文學境界頗有憾恨。蕭統以太子身分，動見觀瞻，一舉一動，俱爲時人所矚目，既著力於編纂各類集書，有所好者，乃多方打探援借。

　　至普通四年後，蕭統又欲新編一部綜合詩、賦、文爲一體的總集，此當亦出於武帝的考慮，〔註370〕遂特命東宮新置學士，以明山賓等人參與其事，

十卷。《隋書》分別著錄，兩唐志均著錄作《古今詩苑英華集》二十卷，《宋史‧藝文志》未見著錄。李雲光以爲二書當爲一書。參李雲光：〈補梁書藝文志〉，《臺灣師範大學國文研究所集刊》創刊號，1957 年，頁 116。明胡應麟《詩藪》以爲蕭統尚有《詩選》二十卷，云：「乃彙集漢以後五言詩之佳作而成，惟今已不可見。」參《詩藪》（臺北：廣文書局，1973 年 9 月初版）外編 2，頁 434。此《詩選》或即爲《古今詩苑英華》亦未可知。

〔註369〕同註 2，昭明太子：〈答湘東王求文集及詩苑英華書〉，《全梁文》卷 20，頁 3064。

〔註370〕何融於〈文選編撰時期及編者考略〉云：「劉孝綽、王筠等與王規、張緬等兩群學士年輩雖有早晚之不同，然據《南史》王錫傳載，梁武帝曾敕令王錫、

〔註371〕由此進入《文選》的編纂階段，成為其眾多編選作品中最著名者。《文選》選錄自先秦至梁代作者一百三十人，作品五百一十四篇，為現存最早的詩、文總集，前有蕭統序文說明選文標準，並例舉詩、賦等文體，〔註372〕或論述其源流演變，或分析其體制特點，對各體文章凡能達到「入耳之娛」、「悅目之玩」者，大加讚揚，加以選錄。至於經書、子書、史書，則不在選錄範圍內，因此類與詩賦諸體，性質不相同，功用有別，且「不以能文為本」，此處的「文」指「文采」，所謂「能文」，則是指語言文字運用上能做到色彩鮮明、奇偶相生而音韻和諧，倘俱能臻於此境，自可收「入耳」、「悅目」之效。故序中論到史書中贊論序述時，特意云：「若其贊論之綜緝詞采，序述之錯比文華，事出於沈思，義歸乎翰藻，故與夫篇什，雜而集之。」「綜緝詞采」、「錯比文華」即注重美化文詞，若贊論序述能通過「沈思」、「翰藻」所得，亦為精心組織詞藻，達到文采斐然者，則加以選錄。蕭統所處時代，駢文盛行於世，倡「沈思」、「翰藻」作為選文標準，頗受時風影響。《文選》之編纂，將大多數優秀的文學作品彙聚成編，實網羅放佚，使零章殘什，皆有所歸，且刪汰繁蕪，菁華畢出，恰又為遣詞造句提供完整的學習典範，與時風交互影響，為後世總集類的編纂帶來極大影響。

其次在蕭綱方面，曾令徐陵編撰《玉臺新詠》十卷，《大唐新語》謂蕭綱為太子時，喜作豔詩，境內化之，號為「宮體」，晚年令徐陵撰《玉臺集》以大其體，〔註373〕據此，所編纂時間最晚當在徐陵出使北魏的太清二年以前

張纘、陸倕、張率、謝舉、王規、王筠、劉孝綽、到洽、張緬等十人為東宮學士，可知此兩群年輩不同人物曾共同聚於東宮。」參《昭明文選論文集》（臺北：木鐸出版社，1976 年 5 月）第 1 冊，頁 44。故兩次東宮學士皆由武帝主導敕命，對編撰《文選》的輔助人員，實具直接的影響力可微。

〔註371〕同註 7，《梁書》載：「（普通）四年……東宮新置學士，又以山賓居之。」明山賓為經學博士，不以文名，此次居於東宮新學士之列，當是武帝敕命，參卷 27，頁 406。王重民（1930～1975）在敦煌遺書中見一部類書《雜鈔》，云：「梁昭明太子召天下才子相共撰，謂之《文選》。」則蕭統編是書，實非全由一己之力完成，乃武帝支持與文士襄助。參王有三：〈敦煌四部書（1900 至1959）提綱〉，收入於《敦煌遺書論文集》（臺北：明文書局，1985 年 6 月初版），頁 20～21。

〔註372〕有關《文選》文體的分類，有三十七類說，有三十八類說，近人游志誠則主張有三十九類，詳見游志誠：〈論文選之難體〉，收入於《昭明文選學術論考》（臺北：臺灣學生書局，1996 年 3 月初版），頁 141～178。然〈文選序〉中所列類則與《文選》目錄稍有差異。

〔註373〕唐‧劉肅：《大唐新語》（臺北：仁愛書局，1985 年 10 月版）卷 3，〈公直〉

（548），此後徐陵被扣留，未能再返回為蕭綱服務，或編纂任何書籍，故約在中大通六年蕭綱為皇太子的第四年。〔註374〕

　　此書之編撰，實出於蕭綱授意。所謂「以大其體」，即為宮體張目，廣收博採漢代以來作品，表明此類詩作，向來已有之意。《四庫全書總目提要》曾云：「是書作於梁時，故簡文稱皇太子，元帝稱湘東王，今本題陳尚書左僕射太子少傅東海徐陵撰，殆後人之所追改。……其書前八卷，為自漢至梁五言詩，第九卷為歌行，第十卷為五言二韻之詩，雖皆取綺羅脂粉之詞，而去古未遠，猶有講於溫柔敦厚之遺，未可概以淫豔斥之。」〔註375〕知此書體制以五言詩為主，其餘三言、四言、七言與雜體僅為少數，內容以綺豔為宗，貴在搖蕩性情，《文選》所不錄者，《玉臺新詠》卻多加擇錄，知此書之選編，流連哀思為主，並不避忌通俗平易之作，故高篇雅製與俗什俚章皆有採錄。序中又云此書編撰動機，乃供一般宮女諷誦而作，實則當時人喜好吳聲、西曲等民間歌謠，因此才穎之士，競效其體，梁時綺豔尤甚，遂多加撰錄有關婦女題材，亦反映當代歌詠男女豔情之喜好，故有是作之產生。兼之蕭綱曾云：「立身先須謹重，文章且須放蕩。」〔註376〕直言立身之道有別於文學創作，以為創作此種文學實無損人品，亦無傷風教，於是令徐陵選錄歷代詩歌中尤稱綺豔者，作為諷誦之資，以助於提高精神生活。

　　接著，在蕭繹方面，蕭繹著述弘富，於《金樓子》特立〈著書〉篇，詳述其與文學集團文士所著四部文集及類書，甚為宏富。又留意總集的編纂工作，曾主動寫信給其兄蕭統求借《詩苑英華》一書，遂得到寶貴的編書經驗，加上性喜聚書，有大批文學之士的輔弼，在完備的圖書資料與充足的人力配合下，編纂出數本總集。如蕭賁編《碑集》十帙百卷，王孝祀編《詩英》一帙十卷，〔註377〕蕭淑撰《西府新文》十一卷，為編選荊州西府府中文士文章的選集。〔註378〕各書雖已亡佚，然據書名推知，《碑集》或為選錄當時碑銘之

　　　　第5，頁42。

〔註374〕同註316，興膳宏：〈玉臺新詠成書考〉，收入於《六朝文學論稿》，頁343～346。

〔註375〕清・永瑢等：《合印四庫全書總目提要及四庫未收書目禁燬書目》（臺北：臺灣商務印書館，1971年7月增訂初版）37，集部・總集類1，〈玉臺新詠提要〉，頁4123。

〔註376〕同註2，蕭綱：〈誡當陽公大心書〉，《全梁文》卷11，頁3010。

〔註377〕同註137，《金樓子》卷第5，頁3下。王孝祀史無本傳，僅知為瑯瑘人。

〔註378〕同註231，《顏氏家訓》載：「吾家世文章，甚為典正，不從流俗；梁孝元在蕃

佳作,《詩英》則取眾詩作之菁華者,《西府新文》則編選荊州西府中文士文章之佳者成書,以供時人玩讀習作之用。尤有特色者,乃專門限定於荊州西府文士之作品,與他書搜求歷來佳作者迥異。三部書的主編者除王孝祀之外,蕭賁自幼好學,具文才,好著述,甚得湘東王之歡心;〔註379〕蕭淑爲蕭介從弟,頗具文才,〔註380〕當專精於書籍編纂,成果亦具一定水準。

另外,蕭繹尚撰有《內典碑銘集林》三十卷,係匯集佛教塔寺、僧人碑銘之作,於自序中言其編纂旨趣與意圖,亦在愛玩詞章,或作爲時人研讀之用,云:「予幼好雕蟲,長而彌篤。遊心釋典,寓目詞林,頃常搜聚,有懷著述。」〔註381〕知此書之纂集,乃是歷經長久醞釀,廣爲搜聚而成,至於作品皆「不擇高卑,唯能是與。儻未詳悉,隨而足之」,但凡寓目之作,皆加以置入,以求詳備而無所遺佚,期望能遺式後人。今就《全梁文》所集蕭繹作品,爲佛寺所撰作之碑類文章頗多,顯示其確實親自參與編纂,熟讀歷來相關佳篇。顯見蕭繹所編總集,是有系統地逐一將詩、文分類編纂,尤以《西府新文》較爲突出,足以代表其編纂總集之特色,出於精心規畫,且有系統地整理出具體成果。

除武帝與諸子姪競編各種總集,成果豐碩外,時人亦受此風浸染,遂多有編纂書籍產生。如陸少玄,爲陸澄(425~494)之子,家中藏書萬餘卷,〔註382〕自幼坐擁書城,又出身篤信佛教的家庭,〔註383〕乃大事搜集佛像相關雜銘之作,纂成《佛像雜銘》十三卷,〔註384〕或效法其父編纂《法集》方式,廣搜歷

邸時,撰《西府新文》,訖無一篇見錄者。」參卷4,〈文章〉第9,頁191。故《西府新文》爲荊州西府文士文章之選集。《隋書》作蕭淑撰,參卷35,頁1084。

〔註379〕同註7,《南史》卷44,頁1106。

〔註380〕同註7,《梁書》載蕭介博涉經史,善於屬文,然性高簡,少交遊,惟願與族兄琛、從弟淑等文酒賞會,時人比爲謝氏烏衣之遊。知蕭淑頗具文才。參卷41,頁588。

〔註381〕同註2,蕭繹:〈內典碑銘集林序〉,《全梁文》卷17,頁3053。

〔註382〕同註195,《南齊書》卷39,頁685~686。陸少玄史無傳,《南史》載:「時陸少玄家有父澄書萬餘卷,(張)率與少玄善,遂通書籍,盡讀其書。」參卷31,頁815。

〔註383〕陸少玄之父陸澄篤信佛教,與僧若友好,參《續高僧傳》卷第5,頁460。曾受敕編纂漢以來關於佛教著作,據梁・釋僧祐:《出三藏記集》(《大正新修大藏經》第55冊,目錄部全,臺北:新文豐出版公司,1985年)載:「宋明皇帝,投心淨域,載餐玄味,迺敕中書侍郎陸澄撰錄法集。陸博識洽聞,苞舉群籍,銓品名例,隨義區分。凡十有六帙,一百有三卷,其所闕古今亦已完備矣。」參卷第12,頁820。

〔註384〕同註19,《隋書》卷35,頁1085。

來以佛像爲主題之銘文，內容堪稱詳備；類似者尙有釋僧祐《箴器雜銘》五卷，以供時人研習創作之資；〔註385〕另外徐勉曾撰集《章表集》十卷，〔註386〕當爲以婦人爲主的表章類總集，則可想見除了詩集、文集或箴銘類之佳作纂結成書外，尙有以婦人爲主題者，顯示當時各式文集的繁盛情況。另謝朓有《雜言詩鈔》五卷，〔註387〕專門纂集雜言詩之佳作而成篇者。上述諸人，或以家傳素業，或以浸淫日久，以一己之力編纂總集，加上其他文士埋首於集團主人之下，奮力編纂成各種總集，想見有梁一朝上下競相編纂之盛況。

二、類書的編纂

　　南朝隸事風氣興盛，詩文風貌爲之一變，大量使事用典，大明、泰始年間的文章，幾若書抄，至任昉、王融，堆砌僻典、競須新事，遂乃至「句無虛語，語無虛字」。〔註388〕因此當時詩文「緝事比類，非對不發，博物可嘉，職成拘制」，〔註389〕甚或全借用古語，用以引申今情，乃至以一事不知爲恥，以字有來歷爲高。齊梁時，士人更喜馳騁詞場，以數典隸事爲樂，而成爲學問淺深之表徵。隸事活動有徵事、策事之分，徵事乃共舉一物，各疏見聞，以多者取勝；策事則爲暗舉所知，令人射覆，以中者爲優。皆以博聞強記、多識故實爲要，尤以齊梁之交時，風氣特盛。〔註390〕連帶對文士的評價，亦以富博爲尙，文士藉數典用事，誇示學問宏瞻，相爲炫耀，時人或互以經史相策，隸事比美。社會上既盛行隸事之風，連父、祖輩的教育方式，亦時相質問，讓子弟學習隸事。如陸雲公五歲時誦《論語》、《毛詩》，九歲讀《漢書》，略能記憶時，從祖陸倕、劉顯便質問十事，對而無所失，深得讚異。時人自幼身在一片隸事風氣之中，自然成爲箇中好手。梁武帝爲其子所遴選之僚屬侍讀，亦皆精於此道，湘東王蕭繹侍讀臧嚴，行止書卷不離於手，於學多所諳記，精於《漢書》，號爲博洽，蕭繹曾自執四部書目以試策，臧嚴自甲至丁

〔註385〕同註19，《隋書》卷35，頁1085。至唐時已亡佚。
〔註386〕同註7，《南史》卷60，頁1486。《梁書》則作《婦人集》十卷，參卷25，頁387。《隋書》則作《婦人集》十一卷，未著撰人，參卷35，頁1082。姚振宗《隋書經籍志考證》中以爲即徐勉所作，參卷40，頁123。
〔註387〕同註19，《隋書》卷35，頁1084。今已亡佚。
〔註388〕同註90，鍾嶸於《詩品》嘗評任昉「既博物，動輒用事」，參頁4。
〔註389〕同註195，《南齊書》卷52，頁908。
〔註390〕同註108，《少室山房筆叢》卷39，頁523。

卷,各對一事,並作者姓名,毫無遺失。蕭繹又嘗策試張纘百事,張纘對闕
其六,號爲百六公;〔註391〕劉顯曾執卷策吳平侯蕭勱,而能酬應如流,乃至
卷次、行數無所差失;〔註392〕則時人頗以深諳故實爲高可知。

隸事比美的風氣大開,文士作品若能表現華美的辭藻,徵引典實,亦獲
世人重視。綜觀武帝所稱美的作品,皆文辭富麗,且對作品富麗者,備加敬
重,尤其大同五年時,魏收(506～572)與王昕(?～559)同聘於梁,因「辭
藻富逸」,深受武帝與群臣的敬異,足顯示武帝「喜事鋪張,故其臣亦每爲夸
飾」之一斑。〔註393〕由於武帝一人之所好,影響群臣,進而成爲當時作品之
審美標準。作品不僅繁用典故,且以新奇冷僻或人所未見者爲高妙,以致時
人率多以能勝過同儕、別出眾作爲目的,更喜以博學、多用新事驚炫他人,
是故編纂包該詳備的類書,遂應運而生。

類書即捃摭群書,以類相從,區以部類,條分件繫,以利檢索者,編纂
之目的在於供文士綴輯辭藻、故實之用。最早爲魏文帝時使諸儒集五經群書,
隨類相從,號爲《皇覽》,〔註394〕此書抄集歷數歲乃成,合四十餘部,部有數
十篇,通合八百餘萬字,六百八十卷,〔註395〕內容含咀英華,裁成類例,體
製極龐大,被推爲類書之權輿,〔註396〕然以深藏秘府之中,一般文士無由見
得,難以尋檢入文,故編纂之風猶未盛行。〔註397〕劉宋時顏延之(384～456)
有《纂要》一卷、何承天(370～447)有《皇覽》一百二十三卷。齊有竟陵
王蕭子良集學士依《皇覽》書例所編《四部要略》千卷,〔註398〕皆爲類書之

〔註391〕同註7,《南史》卷56,頁1389。
〔註392〕同註7,《南史》卷51,頁1263。
〔註393〕同註296,《北齊書》卷37,頁484。清・許槤評選,黎經誥箋註:《六朝文
　　　　絜箋注》(臺北:廣文書局,1990年9月3版),頁44。
〔註394〕晉・陳壽撰,宋・裴松之注:《新校本三國志注附索引》(臺北:鼎文書局,
　　　　1997年5月9版)云:「(劉劭)黃初中……受詔集五經群書,以類相從,作
　　　　《皇覽》。」參卷21,頁618。《玉海》謂:「類事之書,始於《皇覽》。」參
　　　　卷54,頁447。
〔註395〕同註394,《三國志》註引《魏略》,卷23,頁664。
〔註396〕清・孫馮翼《問經堂叢書》輯本〈皇覽序〉謂:「(《皇覽》)採集經傳,以類
　　　　相從,實爲類書之權輿。」參《皇覽》(北京:北京中華書局,1985年新1
　　　　刷),頁1,今已亡佚,僅存輯本。
〔註397〕當時編纂類書之風尚未興盛,晉朝幾乎沒有類書的編纂,僅陸機三卷私人編《要
　　　　覽》,《玉海》曾引《中興館閣書目》載陸機自序云:「直省三暇,乃集《要覽》
　　　　三篇。」參卷54,頁447。《中興館閣書目》曾著錄一卷,但至南宋以後失傳。
〔註398〕同註195,《南齊書》卷40,頁698。

流，已漸開類書編纂之風。

　　梁武帝於永明時期，留心文學之事，曾出入齊竟陵王文學集團，對大費時間與人力所編纂成的《四部要略》千卷，當有所耳聞；且又與喜用典故的任昉、王融等人友善，深受影響，遂重視類書的編纂。故至梁朝時，所編纂類書有若繁花迸發，上至王公貴族，下至一般士大夫階層，競相編造，盛極一時。

　　首先，在《壽光書苑》方面，為武帝開國初年詔修的第一部類書，〔註399〕《隋書·經籍志》著錄二百卷，為劉杳所領撰，〔註400〕兩唐志尚著錄，至《宋史·藝文志》已不載。《梁書》本傳僅言其入華林園編纂《華林遍略》，卻對其纂輯《壽光書苑》一事，隻字未提。然《梁書·文學傳》載武帝曾旁求儒雅，詔采異人，以到沆、丘遲、王僧孺、張率等人，入直文德、通宴、壽光等殿，其中張率於天監初直入文德待詔省，敕抄乙部書，七年敕直壽光省，治丙、丁部書抄，又敕到洽抄甲部書，〔註401〕則《壽光書苑》或於天監初年始修，約成書於天監七年後，且由劉杳總結、統輯四部書資料而成，並以壽光省得名。惜今已亡佚。

　　其次，在《類苑》方面，此書為天監七年至十一年，蕭秀任荊州刺史期間引劉峻所編。蕭秀重士，多納聚英傑之詞人。劉峻因高才博學，於事類博聞強記，深得蕭秀雅重。此時恰是蕭秀搜集經記各書之時期，府中藏書甚豐，引劉峻為戶曹參軍，給其書籍，使抄錄事類，編成《類苑》一百二十卷。〔註402〕編成後，當代儒者劉之遴即寫信求借：

　　　　聞閣足下作《類苑》……，鉛摘既畢，殺青已就，義以類聚，事以
　　　　群分，述征之妙，楊班儔也，擅此博物，何快如之。雖復子野調聲，
　　　　寄知音於後世；文信構覽，懸百金於當時，居然無以相尚。自非沈
　　　　鬱澹雅之思，安能閉志經年，勤成若此。吾嘗聞為之者勞，觀之者

〔註399〕胡道靜：《中國古代的類書》（北京：北京中華書局，1982 年 2 月 1 刷），頁 43。
〔註400〕同註 19，《隋書》卷 34，頁 1009。《舊唐書》中亦載此書，然作者註為劉香，香字當為杳字之誤，參卷 47，頁 2045。《梁書》載劉杳自少好學，博綜群書，精於故實，沈約、任昉、王僧孺、韋昭、張晏、范岫等皆曾自歎不及，或多方請教。參卷 50，頁 715～717。
〔註401〕同註 7，《梁書》卷 33，頁 475。及卷 27，頁 404。
〔註402〕同註 7，《梁書》卷 50，頁 702：又蕭秀子蕭機本傳載：「家既多書，博學強記。」則蕭秀府中確實藏書豐富。參卷 22，頁 345。《類苑》於隋志、兩唐志均著錄，至南宋陳振孫始云亡佚。參宋·陳振孫撰，徐小蠻等點校：《直齋書錄解題》（上海：上海古籍出版社，1987 年 12 月 1 刷）卷 14，頁 423。

逸，足下已勞於精力，宜令吾見異書。〔註403〕

稱美此書括綜百家，馳騁千載，彌綸天地，纏絡萬品，撮道略之英華，搜群言之隱賾，《類苑》雖已佚，然由此文得知書之內容，搜羅廣博，無怪時人推崇為「異書」。劉峻亦答書略述編纂經過：

> 九冬有隙，三餘暇時，多游書圃，代樹萱蘇，若夫采囊囊於緗紈，閱微言於殘竹，嗢飫膏液，咀嚼英華，不知地之為輿，天之為蓋，靡測迴塘，莫辨輿馬，烏足以言乎。是用周流填素，詳觀圖謀，搦管聯策，纂茲英奇，蛩蛩之謀，止於善草；周周之計，利在銜翼，故鳩集斯文，蓋自綴其漏耳，豈冀藏山之名，播於士大夫哉。〔註404〕

文中描述編纂時「閉志經年」，用心專致，棄絕一切娛樂之艱鉅過程，又敘其體製詳備，以為天下事類，盡該於此，〔註405〕並稱此書為「英奇」，足見劉峻頗以《類苑》完備博大而自豪。兼之劉峻少而好學，又喜異書，時人譽為「書淫」，因多讀異本，所以博極群書，文藻秀出，〔註406〕曾作《漢書注》一百四十卷〔註407〕、又注《世說新語》。以此功力所編纂之類書，當足以驚服時人。

接著，在《華林遍略》方面，此書為天監十五年（516）敕徐勉或徐僧權舉學士入華林園所撰，〔註408〕勉舉何思澄、顧協、劉杳、王子雲、鍾嶼等五人，及華林園學士七百餘人，人撰一卷，前後共歷經八年乃成，以壓倒劉峻所撰《類苑》，〔註409〕惜此書已佚，無由知其內容，應為專輯故實之書無疑。

〔註403〕同註2，劉之遴：〈與劉孝標書〉，《全梁文》卷56，頁3281。
〔註404〕同註2，劉峻：〈答劉之遴借類苑書〉，《全梁文》卷57，頁3286。
〔註405〕同註254，《續談助》卷4，頁95。
〔註406〕同註7，《梁書》卷50，頁701～702。
〔註407〕同註19，《隋書》載：「劉孝標注《漢書》一百四十卷……並亡。」參卷33，頁954。
〔註408〕同註7，《南史》卷72，頁1782～1783。《華林遍略》卷數有三說，《南史》作七百卷，隋志作六百二十卷，參卷34，頁1009。日・藤遠佐世《日本國見在書目錄》作六百二十卷，見頁51，兩唐書志皆作六百卷。至於編者亦有二說，兩唐志徐勉撰，隋志作梁綏安令徐僧權等撰，《直齋書錄解題》（卷14，頁423）、《日本國見在書目錄》皆同。至於是否二徐並為領修人，實不可考。
〔註409〕同註254，《續談助》引《大業雜記》載劉峻《類書》成，自言天下之事畢盡於此書，梁武帝心生不服，敕撰《華林遍略》以高之。參卷4，頁95。又參《南史》卷49，頁1219～1220。武帝喜好隸事，若宴集文士，便策經史以隸事，時范雲、沈約皆取悅武帝，每得賞賚。劉峻率性而動，不能隨眾浮沈，會武帝策錦被事，眾言已罄，武帝試問劉峻，峻又疏十餘事，武帝失色，自是惡之。正可反見武帝重視隸事。

〔註410〕由武帝意欲編纂《華林遍略》以壓倒《類苑》一事看來，七百卷的《華林遍略》無論在內容、編纂過程及其完備富贍的程度，應遠超過一百二十卷的《類苑》，加上主事者徐勉博涉經史，善於屬文，對各書事典必定瞭若指掌，編撰類書，自非難事；另外，徐僧權家中藏有豐富的史書，以善書知名，長久浸淫書中，必熟悉故實。〔註411〕加上輔助者何思澄作品辭文典麗，劉杳博綜群書，多識強記，顧協博極群書，無論是主導者或襄助者，皆善於故實的運用，博於眾典，再配以充分的人力與時間，且有先前編撰《壽光書苑》之經驗，彙撰成此書，實堪稱爲異書中的異書，英奇中的英奇，成爲梁朝類書中卷帙之冠。

另外，尚有武帝敕撰的各類佛教類書，武帝於佛教類書之編纂最具成效，在位期間，敕撰者多達五部。由於當時佛典經論，或散居群籍中，或文意奧難，莫說一般人，即便是僧侶亦難以條貫明瞭。然透過此種以類部居，分條相從的繫聯、編纂，實帶給一般研讀者莫大便利。天監七年十一月，武帝以法海浩博，淺識窺尋，難以該究，敕釋僧旻領銜帶領釋僧智、釋僧晃、劉勰等三十位才學僧俗，以釋寶唱兼贊其功，綸綜終始，於定林上寺抄一切經論，以類相從，至天監八年四月編纂成《眾經要抄》一部八十八卷。〔註412〕目的在於顯證深文，控會神宗，因此文字方面辭略意曉，冀望於鑽求佛法者有太半之益。〔註413〕

又敕釋寶唱撰《續法輪論》，當時武帝有感佛法沖奧，近識難通，若非才學，實無由造極，乃敕釋寶唱將佛教東流後，道俗之作中，有敘佛理著作弘義者，並通鳩集成書，號爲《續法輪論》，合七十餘卷，書雖已佚，然可知主要內容乃依佛教義理類別，分類編纂而成。目的在使迷悟者，見便歸信，縱非佛教徒，經由閱讀《續法輪論》中的佛典義理論集，亦能夠深助道法。又敕撰《義林》，天監七年敕釋智藏（458～522）等二十人，續眾經義理，成《義林》八十卷，〔註414〕將諸經論中有義例處，悉錄相從，以類聚之，分條歸納

〔註410〕張滌華：《類書流別》（臺北：大立出版社，1985年4月），頁25。
〔註411〕徐僧權史無本傳，爲徐伯陽（516～581）之父，據《南史》徐伯陽本傳載，徐僧權爲梁東宮通事舍人，領秘書，以善書知名，家藏有史書甚豐。參卷72，頁1790。
〔註412〕同註278，《歷代三寶紀》卷11，頁99。及《續高僧傳》卷第1，頁426。
〔註413〕梁‧釋寶唱：《經律異相》（《大正新修大藏經》第53冊，事彙部上，臺北：新文豐出版公司，1985年），序，頁1。
〔註414〕同註219，《續高僧傳》卷第1，頁426。

編纂而成，譬同世林，無事不植。武帝於大法會時，必定親覽，用以觀講，便於佛法義理之講述與論辯之進行。〔註415〕

又敕撰《佛記》，此書爲武帝敕虞闡、到溉、周捨等博尋經藏，搜採注說，條別派分，各以類附，編撰《佛記》三十篇，書成後，武帝對虞闡等人所作序文，不甚滿意，特敕沈約作〈佛記序〉。由序文中可推知此書內容爲佛教弘傳的事蹟，並以類相從，編纂而成，期使「引彼眾流，歸之一源，可令莘莘含識，望塗知返」，〔註416〕使讀者不迴遑於岐路，且跳脫三界火宅，直接悟入佛法。另有敕釋寶唱撰《經律異相》，此書於天監十五年敕撰，五十卷，目錄五卷，共分爲五帙，今仍存，由序可知武帝以爲佛典文句浩漫，鮮能該洽，於天監七年敕撰《眾經要抄》，然《眾經要抄》所遺漏的稀有異相、難聞秘說之事，猶散亂於眾篇之中，故於天監十五年敕鈔經律要事，由釋僧豪、法生等相助檢讀、編纂成書，博綜佛教流傳之經籍，擇採秘要，使以類相從，令讀者一覽，便易於明瞭，以使將來學者可不勞而博。〔註417〕足見當時類書編纂之盛，亦影響到佛教類書的整理。

至於武帝之子方面，不僅愛好文學且篤信佛教，在武帝影響下，編纂多種類書。如蕭綱，武帝曾使孔休源二度任職蕭綱府內，並敕：「當每事師之。」〔註418〕孔休源才識通敏，諳練故實，聚書盈七千卷，手自校治。〔註419〕其聚書習好，必定影響深遠，故蕭綱在雍州刺史期間便網羅劉孝威等十人抄撰眾籍，入居東宮後又與文學之士討論篇籍，召許懋（464～532）等諸儒參錄編撰成《長春義記》，此書編於中大通三年，〔註420〕成書之後，請徐陵爲之撰序，惜此書、此序亡佚，未能見其梗概。〔註421〕然此書編纂的主事者許懋，自幼篤志好學，十四歲即入太學受讀《毛詩》，且領師說，晚而覆講，聽者達數十百人，撰成《風雅比興義》十五卷，尤明故實，號稱「儀注學」，又號「經史

〔註415〕同註278，《歷代三寶紀》載《義林》編纂的時間作「普通年」，參卷11，頁100。《續高僧傳》則作天監七年，參卷第1，頁426。目前已無從查考，故若就智藏卒於普通三年來看，約作於天監七年至普通三年間。

〔註416〕同註2，沈約：〈佛記序〉，《全梁文》卷30，頁3124。《佛記》已佚，無由知其編寫時間，然而沈約曾爲之作序，故推此書成於沈約卒年天監十二年以前。

〔註417〕同註413，《經律異相·序》，頁一。

〔註418〕同註2，梁武帝：〈敕晉安王〉，《全梁文》卷4，頁2969。

〔註419〕同註7，《梁書》卷36，頁522。

〔註420〕同註7，《梁書》卷40，頁579。

〔註421〕同註30，《陳書》卷26，頁326。今全陳文徐陵集中已未見此序文。

笥」，天監初年吏部尙書范雲曾舉其參詳五禮，所提意見連武帝亦大加折服，且能刊正許多儀注，《南史》稱其學藝「以經笥見推」，〔註422〕故《長春義記》一書在資料方面當包羅萬象。但又恐所編內容不夠深廣，使當時儒者沈文阿撮異聞以增廣，沈文阿研精章句，頗承襲家學，〔註423〕博通經籍，得沈氏助編，內容範圍必極爲豐富。

另外，由於武帝虔心禮佛，蕭綱諸兄弟亦篤好之，在許多公私場合，往往要寫些與佛教相關的詩賦文章，故集合眾多文士編纂出此種收羅佛教語彙、美辭故實的類書，遂與群賢抄綴成《法寶聯璧》。蕭綱曾與陸罩、蕭子顯等文士學者三十人抄綴區分，以類相從，成《法寶聯璧》，有同於《華林遍略》一書。此書卷數龐大，共二百二十卷，〔註424〕耗費時日甚久，早在蕭綱任雍州刺史期間即開始抄綴，歷經數年，入東宮後，仍持續不輟，至中大通六年成書，蕭繹作〈法寶聯璧序〉。書雖已佚，然序文曾概述內容：「酌其菁華，撮其旨要，採彼玟鱗，拾茲翠羽。」並推崇云：「百法明門，於茲總備；千金不刊，獨高斯典。」〔註425〕又有當代擅長編纂佛教著作的釋寶唱主其事，以區別其類的綴比方式成書，〔註426〕內容頗號富博，加上編撰者皆爲當代才人，規模龐大，內容富博，特爲時人所重。

另有蕭繹編《內典博要》，蕭繹喜收聚圖籍，有助於類書之纂修，《金樓子》立〈聚書篇〉詳述收聚圖書的經過，篇末總結聚書四十年，得書八萬卷，並以「河間之侔漢室，頗謂過之矣」自豪。〔註427〕搜聚如此廣博之書本，對編纂類書所需，大有助益，由文學集團文士虞孝敬協助編纂編成《內典博要》三十卷，〔註428〕主要是與佛教語彙故實相關的類書，內容方面，頗似《皇覽》、

〔註422〕同註7，《南史》卷60，頁1486～1487。

〔註423〕沈文阿受蕭綱援引以助編《長春義記》，沈氏之父沈浚、祖舅太史叔明、舅王慧興皆並通《五經》，長於《三禮》等儒家經典，沈文阿盡傳其家學之業，乃位五經博士。

〔註424〕同註278，《歷代三寶記》卷11，頁100。《法寶聯璧》，《梁書》、《南史》本傳皆題〈法寶連璧〉，梁元帝序題爲「聯」。在卷數方面，〈法寶聯璧序〉作二百二十卷。參《全梁文》卷17，頁3052。《梁書》本傳作三百卷。

〔註425〕同註2，梁元帝：〈法寶聯璧序〉，《全梁文》卷17，頁3052。

〔註426〕《法寶聯璧》應爲佛教性質的類書，《續高僧傳》載釋寶唱協助修纂，云：「乃簡文之在春坊，尤耽內教，撰《法寶聯璧》二百餘卷，別令寶唱綴比，區別其類。」顯示蕭綱入居東宮後，寶唱襄助以編纂此佛教類書。參卷第1，頁426。

〔註427〕同註137，《金樓子》卷第2，頁16下。

〔註428〕《內典博要》作者、卷數，《金樓子》作三十卷，參卷5，頁4上。《梁書》

《類苑》等書。

　　除上述集合眾人之力編纂成的類書，尚有以個人精力纂成者，如蕭統《錦帶書》一卷〔註429〕、蕭琛《皇覽抄》二十卷、《皇覽目》四卷。劉孝綽自少有盛名，仗氣負才，辭藻爲後進所宗，詩作尤稱於朝野，頗留意於詩之創作，對於當世詩作頗有品論意涵，編成《詩苑》一書；〔註430〕張纘晝夜校讀其兄張緬所聚圖書，後爲秘書郎，例當遷任，然因欲遍觀閣內圖籍，固求不徙，曾執四部書目以爲：「若讀此畢，乃可言優仕矣。」乃博極眾書，著《鴻寶》一百卷，〔註431〕所聚事類當十分豐饒；另有沈約《珠叢》一卷、《俗說》三卷、《雜說》二卷、《袖中記》二卷、《袖中略集》一卷、《子鈔》十五卷；〔註432〕庾肩吾爲文頗重辭采華美，曾爲蕭綱抄撰眾籍，遂留心編撰成《採璧》三卷；〔註433〕另有湘東王功曹參軍朱澹遠《語對》十卷、《對要》三卷、《群書事對》三卷，爲偶句隸事之始，〔註434〕其中《語麗》十卷，爲採摭書語中之麗者，據其類別分爲四十門，故實爲類書；〔註435〕庾仲容專精篤學，晝夜手不輟卷，與劉峻並號稱強學，與詳悉故實的謝幾卿（476～547）甚爲友好，亦詳於典故，有《子抄》三十卷。〔註436〕可見當時因應隸事，類書編纂的風氣，可謂洋洋大觀。

　　劉師培於《中國中古文學史》曾言：「類書一體，亦以梁代爲盛，藩王宗室，

〔註429〕本傳作一百卷，參卷5，頁136。《隋書》不著撰人，作三十卷，參卷34，頁1009。《法苑珠林》作湘東王記室虞孝敬撰，四十卷，參卷100，頁1388。
陳振孫《直齋書錄解題》註爲梁元帝蕭繹所撰。據張仁青《麗辭探賾》（臺北：文史哲出版社，1985年3月修訂再版）則認爲此書皆比事儷語，且語氣不類六朝文，亦不類唐格，故疑爲宋人按月令集爲駢句，以備箋啓之用，後人不知乃輯入昭明太子集中，題〈錦帶書十二月啓〉。參頁95。
〔註430〕同註231，《顏氏家訓》載：「劉（孝綽）……，又撰《詩苑》。」參卷4，〈文章〉第9，頁207。劉孝綽《詩苑》未見載於本傳，隋志亦未著錄。
〔註431〕同註7，《梁書》卷34，頁492～503。本傳著錄爲一百卷。《隋書》著錄爲十卷，未著撰人。參卷34，頁1008。
〔註432〕同註19，《隋書》卷34，頁1009。
〔註433〕《梁書》、《南史》本傳均未著錄，參《隋書》卷34，頁1007。
〔註434〕朱澹遠史無本傳，爲荊州人，梁時任湘東王蕭繹之功曹參軍。參《直齋書錄解題》卷14，頁423。《四庫全書總目提要》卷135，頁2790。又《群書事對》，隋書作《眾書事對》，參卷34，頁1008。
〔註435〕《麗語》於《新唐書》中猶列雜家，參卷59，頁1534。然至《文獻通考》將之列爲「類書」中，參元・馬端臨：《文獻通考》（臺北：臺灣商務印書館，1987年12月臺1版）卷228，頁1827。
〔註436〕同註19，《隋書》卷34，頁1009。

以是相高，雖爲博覽之資，實亦作文之助。」〔註437〕梁代在類書的編纂上，確實大有用力之處，使得詩文用事數典，以富博爲長，時人乃多所創作，遂使梁朝文集、類書之編纂，形成相互滋長之勢，瀰漫文壇，多所創獲。明王世貞《藝苑卮言》中極稱美云：「自三代而後，人主文章之美，……凡二十九主。而著作之盛，則無如蕭梁父子。」〔註438〕武帝個人文集創作甚多，影響之下，幾達人人有集的盛況，顯示在梁武帝的推揚下，梁代文集、類書之纂輯，已達於頂峰。

第五節　宮體詩作的競造

　　一代政治恆足以左右一代文風，梁代文風便是在武帝推揚下，朝野文士薈聚，文學集團鬱集，各體文學蓬勃發展，其中尤以宮體詩作最受矚目。「宮體」一詞見《梁書》蕭綱本傳：「（簡文帝）雅好題詩……然傷於輕豔，當時號曰『宮體』。」徐摛本傳亦載。知宮體詩即流行於梁代文壇的一種詩體，具「輕豔」、「新變」特色。雖至蕭綱時，方出現宮體詩一詞，然劉師培《中國中古文學史》云：「宮體之名，雖始於梁，然惻豔之詞，起源自昔……均以淫豔哀音，被於江左。迄於蕭齊，流風益盛……特至於梁代，其體尤昌。」〔註439〕指明此類詩作，由來已久。至有梁一朝，文士朝臣競相造作，詩情綺靡，遂形成一代風尚。

一、武帝愛好的直接影響

　　武帝個人的好尚，足以左右萬民之趨向。武帝自樂府民歌中汲取豔麗哀淒之情調，注入新興的新體詩中，因此詩作頗有豔情色彩。身爲帝王而好爲此道，創作大量宮體詩，對當代詩風大有影響。

　　首先，就樂府擬作方面，劉宋順帝劉準時，民間雖已開始「競造新聲雜曲」，〔註440〕然文士擬作尚不多。〔註441〕自梁開國，因武帝的愛好，逐漸受

〔註437〕劉師培：《中國中古文學史》（北京：人民文學出版社，1998年5月1刷），頁89。

〔註438〕明·王世貞：《新刻增補藝苑卮言》，收入於《續修四庫全書》（上海：上海古籍出版社，1995年）1695集部，詩文評類，頁510。

〔註439〕同註437，《中國中古文學史》，頁90。黃婷婷：《六朝宮體詩研究》（臺北：臺灣師範大學國文研究所碩士論文，1983年4月），頁59。本文論及蕭綱等以外的詩作時，亦稱宮體詩。

〔註440〕同註195，《南齊書》卷33，頁594。

〔註441〕劉宋時文士模擬民間歌謠之作不多，甚至對擬作者頗有詆訶，故文士多薄而

到重視。武帝籍於南蘭陵中都里，本爲布衣素族，至齊時方顯貴，父蕭順之
受封爲臨湘縣侯，武帝因此得於永明年間出入竟陵西邸，後因任職之故，輾
轉遷徙各地，約達十九年，與民間接觸時間甚長，當浸染民間歌謠，頗有習
作之樂。西邸時期與沈約等人友善，得八友之號，諸友所創作吳歌西曲部分，
惟沈約與武帝之作留存至今。建梁後，以其地位，登高力呼，一時間，文士
競造，儼然形成風尙。

今觀武帝存詩，宮體詩約占一半。樂府作品，多爲摹寫情歌等大膽奔放
之作，如〈上聲歌〉云：

花色過桃杏，名稱重金瓊。名歌非下里，含笑作上聲。〔註442〕

文字鮮豔濃麗，描寫重點在女子身上，實具豔情特色者。〈上聲歌〉本「哀
思之音，不及中和」，武帝既改作〈上聲歌〉歌辭，內容與文字皆趨向華美
綺豔。且武帝特好改作歌辭，尤其鎮雍州時，有童謠唱：「襄陽白銅鐵，反
縛揚州兒。」後果如謠歌所言，即位後，更造新聲，作〈襄陽蹋銅蹄歌〉三
首，〔註443〕云：

陌頭征人去，閨中女下機。含情不能言，送別沾羅衣。（其一）

草樹非一香，花葉百種色。寄語故情人，知我心相憶。（其二）

此歌謠本具讖言作用，武帝改作，雖亦言送征人遠去，然全無征戍之豪邁雄
渾氣勢，反將重點置於女子無心織機、含情灑淚送別，或思婦寄情方面。至
天監十一年冬，又改西曲製〈上雲樂〉七曲、〈江南弄〉七曲，〔註444〕茲舉〈江
南弄〉七曲中的〈遊女曲〉云：

氛氳蘭麝體芳滑，容色玉耀眉如月。珠佩娔妮戲金闕，戲金闕，遊

紫庭，舞飛閣，歌長生。〔註445〕

敘歌舞歡笑情狀，詩著重在對女子綺香豔貌與舞姿之描摹。至於其餘六曲，
亦敘女子娉婷窈窕之姿態、嘹亮參差之歌聲與耀華眩目之綺羅，風格極爲綺

不爲。宋順帝昇明二年（478），王僧虔有感於人尙謠俗之「煩淫」，排斥正曲，
雅樂淪喪，上表〈樂表〉，期能「緝理舊聲」，參全齊文卷8，頁2834～2835。
王僧虔「好文史，解音律」，以正統儒家觀點，要求復古，顯示文士多加以鄙
薄，故模擬兢造之風未盛。

〔註442〕同註131，梁武帝：〈上聲歌〉，梁詩卷1，頁1519。

〔註443〕同註19，《隋書》卷13，頁305。

〔註444〕陳・釋智匠：《古今樂錄》（臺北：藝文印書館，未載出版年月），頁28上。

〔註445〕同註131，梁武帝：〈遊女曲〉，梁詩卷1，頁1523。

麗。沈約有〈趙瑟〉、〈秦箏〉、〈陽春〉、〈朝雲〉四曲和作，亦敘「羅袖飄飄拂雕桐」、「迎歌度舞」等歡舞情形。〔註446〕武帝身爲開國君主，雅好文學；沈約爲權重一時大臣，提攜後進，不遺餘力。二人合作改製、和作〈江南弄〉，此作一出，迅速流傳遐邇，成爲文士與後進急欲效習的目標。

　　除了武帝自己創作外，在與朝臣侍讌賦詩時，亦詔文士歌詠。天監初年，詔劉苞詠〈採菱調〉，〔註447〕雖未載明劉苞是否因此受賞，然而劉苞以文藻見知於武帝，往往多預遊宴等活動，所作〈採菱調〉無論在內容或文字方面，皆迎合武帝喜好，傾向綺麗華豔，由是常出入侍宴。另一方面，由於武帝頗好此作，設立吳歌西曲之女妓，並以賞賜臣下，據《南史》載，普通末，武帝由後宮擇〈吳聲〉、〈西曲〉女妓各一部，賞賜徐勉，〔註448〕顯示〈清商曲辭〉中的〈吳聲〉、〈西曲〉當時尚有女樂伴奏。由於武帝重視此類作品，後宮宮女時加練習，方能由其中擇取較優者組成一部，賜與大臣。因此群臣從風而靡，王侯將相，鴻商富賈，如恐不及，無形中便具推波之效。

　　其次，就新體詩作方面，自永明以來，文壇已倡華豔纖巧之新體詩，梁時，在形式與音調上之技巧越趨精進，實已超乎謝朓、沈約之上。明胡應麟於《詩藪》中云：「唐律雖濫觴沈、謝，於時音調未遒，篇什猶寡，梁室諸王特崇此體；至庾肩吾，風神秀朗，洞合唐規。」〔註449〕指明入梁後，宮體詩大放異彩，實由武帝首開其端，於是劉孝綽等競效其下，遂使文士趨之，將詩題集中於歌女舞伎、麗人寵姬，以描繪女子姿容情思及身邊瑣物，極盡具體細微之刻畫，成爲當時詩壇主流。

　　武帝本人多有樂府或模擬之作，在題名爲詠物的篇什中，就內容來看，實爲豔情極致。如〈詠筆詩〉，云：

　　　昔聞蘭蕙月，獨是桃李年。春心儻未寫，爲君照情筵。〔註450〕

實是藉筆詠麗人，尤以末二句寫女子芳心所寄託，委婉中仍見情意流瀉。又如〈紫蘭始萌詩〉，云：

　　　種蘭玉臺下，氣暖蘭始萌。芬芳與垗發，婉轉迎節士。獨使金翠嬌，
　　　偏動紅綺情。二遊何足壞，一顧非傾城。羞將苓芝侶，豈畏鶗鴂鳴。

〔註446〕同註131，梁詩卷6，頁1624～1625。
〔註447〕同註7，《南史》卷39，頁1008。劉苞〈採菱調〉今已未見。
〔註448〕同註7，《南史》卷60，頁1485。
〔註449〕同註368，《詩藪》外編2，頁450。
〔註450〕同註131，梁武帝：〈詠筆詩〉，梁詩卷1，頁1536。

〔註451〕

首二句寫種植蘭草，接著六句轉詠其芳香婉麗，是轉而描繪麗人。故雖爲詠蘭，然而卻充滿著綺豔色彩。另外〈詠舞詩〉云：

> 腕弱復低舉，身輕由迴縱。可謂寫自歡，方與心期共。〔註452〕

前二句描寫舞者的動作，後二句則摹寫其內心所思，已具有宮體詩之貌。另外〈詠燭詩〉云：

> 堂中綺羅人，席上歌舞兒。待我光泛灩，爲君照參差。〔註453〕

名爲詠燭，然而實爲歌詠堂中的「綺羅人」與「歌舞兒」。顯示當時頗多歌舞歡宴場合，發而爲詩，無論詠物與否，皆多關注於女子身上，或敘其動作舞姿，或言其華麗衣著，因此已具有典型宮體詩傾向，亦達巧構形似之極致。身爲帝王而好此作，朝臣百官莫不投其所好，遂熱衷創作，相互酬唱。梁初宮體詩，便緣於武帝的喜好與創作，於焉大盛。

二、文士朝臣的風從效應

武帝即位前，多參與各種文學活動，與喜好創作的文士往來密切，即位後對表現優異者，大加擢升或賞賜，文士、朝臣創作之趨向，多投武帝所好，其中尤推沈約爲最。在《玉臺新詠》中，收錄沈約詩作便近四十首，是除了武帝、蕭綱外，歷來詩人最多者，當是「這方面著先鞭的人物」，其中一部分便是專詠女性體態、舉止之美的詩作。〔註454〕鍾嶸《詩品》評其詩云：「詳其文體，察其餘論，固知憲章鮑明遠也。所以不閑於經綸，而長於清怨。」〔註455〕言其詩繼承鮑照（？～466）而來，鮑照作品中多屬模擬民歌之作，顯見沈約詩作中確實具有鮮明的民歌特性，且具色彩濃豔之風。如其作〈夜夜曲〉、〈襄陽蹋銅蹄歌〉三首、〈江南弄〉四首、〈四時白紵歌〉五首、〈團扇歌〉二首等，便深具民歌情調，內容方面亦較大膽奔放。如〈四時白紵歌〉五首，刻劃明媚麗人，〈春白紵〉云：

〔註451〕同註131，梁武帝：〈紫蘭始萌詩〉，梁詩卷1，頁1536。
〔註452〕同註131，梁武帝：〈詠舞詩〉，梁詩卷1，頁1536。
〔註453〕同註131，梁武帝：〈詠燭詩〉，梁詩卷1，頁1536。
〔註454〕《玉臺新詠》選沈約詩作，大抵可別爲兩類，一爲傳統的閨怨詩類，屬女子哀歎不遇或離別等內容的詩，另一則是描寫女性體態。參駱玉明、張宗原：《南北朝文學》（合肥：安徽教育出版社，1998年2月2刷），頁110。又參日·興膳宏：〈豔詩的形成與沈約〉，《六朝文學論稿》，頁125。
〔註455〕同註90，《詩品注》卷中，頁52。「經綸之體」，指顏延之的詩風而言，宋元嘉文壇中顏延之詩風適與鮑照相對，鮑照作品中則以模擬民歌者較多。

蘭葉差參桃半紅，飛芳舞縠戲春風。如嬌如怨狀不同，含笑流眄滿
堂室。翡翠群飛飛不息，願在雲間長比翼。佩服瑤草駐容色，舜日
堯年歡無極。〔註456〕

極力描寫歡情舞態，所使用文字，設色傾向濃豔綺麗。想必武帝在即位後，
便倚重沈約精於音律與擅長作詩之才華，敕沈約造〈四時白紵歌〉，再由武帝
造後二句，〔註457〕又令沈約爲〈襄陽蹋銅蹄歌〉三首以和己作，被之管絃。
〔註458〕如其一云：

分手桃林岸，送別峴山頭。若欲寄音信，漢水向東流。〔註459〕

詩言征人遠戍在即的送別情形，全詩含蓄婉軟，爲三首中惟一入選至《玉臺
新詠》者。〔註460〕顯示在當時人眼中，此詩實具有宮體特色。另外沈約詩作
多有描寫男女豔情，如〈夢見美人〉，云：

夜聞長歎息，知君心有憶。果自閨闈開，魂交睹顏色。既薦巫山枕，
又奉齊眉食。立望復橫陳，忽覺非在側。那知神傷者，潺湲淚霑臆。

〔註461〕

全詩敘爲情感傷，筆調柔媚哀悽。故宋劉克莊（1187～1269）《後村詩話》稱
其云：「褻慢有甚於《香奩》、《花間》者。」〔註462〕沈約居一朝榮寵之盛，內
容述作又具此傾向，在當時勢必爲文士競相傳誦。

除沈約外，眾多文士的應和，遂將宮體詩作推向全盛時期。如王僧孺自幼
家貧，齊時曾爲太學博士，深受僕射王晏（？～495）賞好，天監時領著作郎，
復入西省，知撰譜事，性好墳籍，於書無所不窺，詩文皆工巧麗逸，多用新事。
再者王僧孺年紀較武帝少一歲，年紀相仿，曾同遊於竟陵王西邸，與任昉友善。
今存詩近四十首，樂府雖不多，然已具詠歡蕩子、倡家女等較柔靡的擬作出現，
〔註463〕風格頗爲豔麗，張溥稱其云：「集中諸篇，杼軸雲霞，激越鍾管，新聲代

〔註456〕同註131，沈約：〈春白紵〉，梁詩卷6，頁1626。

〔註457〕同註444，《古今樂錄》，頁33上。

〔註458〕同註19，《隋書》卷13，頁305。

〔註459〕同註131，沈約：〈襄陽蹋銅蹄歌〉，梁詩卷6，頁1624。

〔註460〕梁·徐陵，清·吳兆宜注，程琰刪補，穆克宏點校：《玉臺新詠》（臺北：明
　　　　文書局，1988年7月10日初版）卷10，頁490。

〔註461〕同註131，沈約：〈夢見美人〉，梁詩卷6，頁1640。

〔註462〕宋·劉克莊撰，王秀梅點校：《後村詩話》（北京：北京中華書局，1983年12
　　　　月1刷）卷1，頁6。

〔註463〕王僧孺本有集三十卷，新舊唐志皆載爲三十卷。至兩宋以後亡佚，宋志已未

變，於此稱極。」〔註464〕顯示其詩確實具有新變的色彩。今觀其〈月夜詠陳南康新有所納詩〉，云：

> 二八人如花，三五月如鏡。開簾一種色，當戶兩相映。重價出秦韓，
> 高名入燕鄭。十城屢請易，千金幾爭聘。君意自能專，妾心本無競。
>
> 〔註465〕

詩中極盡刻畫新受寵麗人之嬌態嬌韻，與麗宇相映爭輝，故呈現歡愉明媚之氣氛。又如〈詠寵姬詩〉，云：

> 及君高堂還，值妾妍粧罷。曲房褰錦帳，迴廊步珠屣。玉釵時可挂，
> 羅襦詎難解。再顧連城易，一笑千金買。〔註466〕

極力以華美豔麗之辭藻，刻畫女子居處設置之精巧，藉以烘托其妖妍旖旎之姿色。又如〈爲人寵姬有怨詩〉，云：

> 可憐獨立樹，枝輕根易搖。已爲露所浥，復爲風所飄。錦衾褻不開，
> 端坐夜及朝。是妾愁成瘦，非君重細腰。〔註467〕

末二句與首二句呼應，描寫寵姬遭遇世事炎涼，感情離合，透過「是妾愁成瘦，非君重細腰」二句，盡展現寂寞淒涼心境。頗能翻出新意，然而卻仍不免纖巧有餘。〔註468〕再觀其詩題、詩意、詩句，無一不呈現出濃豔輕靡色彩，在題材與風格方面，實爲一典型宮體詩人。

柳惲出身世族，齊時深受竟陵王稱賞。入梁後，授長史兼侍中，屢有升遷。具貴介公子的高雅素養，善彈琴等才藝，亦好作宮體詩。觀其〈長門怨〉，云：

> 玉壺夜惜惜，應門重且深。秋風動桂樹，流月搖輕陰。綺簷清露溽，
> 網戶思蟲吟。歎息下蘭閨，含愁奏雅琴。何由鳴曉佩，復得抱宵衾。
>
> 無復金屋念，豈照長門心。〔註469〕

見著錄。今僅存張溥所編定《王左丞集》，收錄於《漢魏六朝百三名家集》中。擬作樂府〈鼓瑟曲有所思〉云：「知君自蕩子，奈妾亦倡家。」已著力描寫兒女柔靡之情。參梁詩卷12，頁1760。

〔註464〕明・張溥：〈王左丞集題辭〉，《漢魏六朝百三家集題辭注》（香港：香港商務印書館，1961年7月版），頁233。

〔註465〕同註131，王僧孺：〈月夜詠陳南康新有所納詩〉，梁詩卷12，頁1765。

〔註466〕同註131，王僧孺：〈詠寵姬詩〉，梁詩卷12，頁1767。

〔註467〕同註131，王僧孺：〈爲人寵姬有怨詩〉，梁詩卷12，頁1768。

〔註468〕曹道衡、沈玉成：《南北朝文學史》（北京：人民文學出版社，1998年6月2刷），頁215。

〔註469〕同註131，柳惲：〈長門怨〉，梁詩卷8，頁1673。

全詩著重在以景物鋪敘女子身處深閨之寂寥。古代女子命若浮萍，飄泊無根，且因一夫多妾之社會習俗，使女性迭遭失寵命運，柳惲遂假托女子口吻，以抒佳人幽怨，藉由「門重且深」、秋風、流月，以寫清秋撩人愁思，次以綺簷、網戶轉至女子閨房，接著有歡息、含愁，點出末四句，極言其愁緒，雖寫女子愁思、動作，卻未有當時詩作之淫靡脂粉氣息。又如〈擣衣詩〉五首之三，云：

> 鶴鳴勞永歎，采菉傷時暮。念君方遠遊，望妾理紈素。秋風吹綠潭，
> 明月懸高樹。佳人飾淨容，招攜從所務。〔註470〕

詩中寫女子企慕遠遊的夫君，故歡息、傷時，便縱理紈素，耳中所傾聽的是秋風再來，淒涼之意陡生；眼中所望見的乃是明月高懸枝頭，春去秋來，時光荏苒，企盼團圓之心升起，無一不是引起內心情思之物，以敘心中所思所苦。柳惲畢竟出身世族，所作實有特色，縱作宮體詩，高爽明朗之氣象亦自然湧現。

　　另外，尚有以文辭著稱的王筠，十六歲作〈芍藥賦〉，文辭甚美，深爲時流推崇，〔註471〕曾與殷芸以方雅見禮於蕭統，沈約更以「晚來名家，唯見王筠獨步」之語薦揚於武帝，遂累遷爲太子洗馬中舍人，掌東宮管記。地位隆寵，所作之詩，必爲時人爭相閱讀。觀所存之詩，不乏有歌詠宮體者，如〈詠蠟燭詩〉，云：

> 執燭引佳期，流影度單帷。朣朧別繡被，依稀見蛾眉。熒明不足貴，
> 燋爐豈爲疑。所恐恩情改，照君尋履綦。〔註472〕

王筠既久處於庭園麗宇中，對屋內擺設之各種器具飾物，發爲詩篇，藉詠燭述女子心中思念，用辭造像皆柔美纖巧，末二句「所恐恩情改，照君尋履綦」，讀之既愛且憐，引人無限玄思。

　　除上述梁朝較負盛名之宮體詩作外，尚有不標榜寫宮體豔情者，然觀其作，仍不乏有此類作品。如吳均與何遜，二人篇什偏向清新之詩趣，亦有宮體詩作。吳均家世寒賤，好學有才俊，因「文體清拔有古氣」，號稱爲「吳均體」，其文深爲沈約所喜好，柳惲則召爲幕僚，日引與賦詩，約於天監十三年，

〔註470〕同註131，柳惲：〈擣衣詩〉五首之三，梁詩卷8，頁1677。
〔註471〕沈約甚推重王筠之詩，於〈報王筠詩〉云：「昔時幼壯，頗愛斯文，含咀之間，倏焉疲暮。不及後進，誠非一人，擅美推能，實歸吾子。」極力讚揚王筠之詩可知。參《全梁文》卷28，頁3115。
〔註472〕同註131，王筠：〈詠蠟燭詩〉，梁詩卷24，頁2020～2021。

隨建安王蕭偉由江州回到建康，授奉朝請，〔註 473〕始受重用，與武帝往來密
切。為文清拔，有怪怒之氣，〔註 474〕張溥則稱其：「詩什纍纍，樂府尤高。」
〔註 475〕顯見其詩作甚多。後與何遜、王筠、王僧孺、蕭子雲等游處，所作〈有
所思〉、〈小垂手〉皆帶有濃烈的閨婦之思傾向。如〈春詠詩〉，云：

> 春從何處來，拂水復驚梅。雲障青瑣闈，風吹承露臺。美人隔千里，
> 羅幬閉不開。無由得共語，空對相思杯。〔註 476〕

首二句直言「春」，其下六句則漸次寫美人相關事物，雖有美人，然相距千里
之隔，而羅幬又閉而不開，遂無由共語、惆悵相思，刻畫真率，頗引發愛憐
與綺想。又如〈去妾贈前夫詩〉，云：

> 棄妾在河橋，相思復相遼。鳳凰簪落鬢，蓮花帶緩腰。腸從別處斷，
> 貌在淚中消。願君憶疇昔，片言時見饒。〔註 477〕

描寫棄婦思君，中間四句雖是描摹其髮飾、服裝，然並未以濃麗之筆調，反
著重白描，並極言因離別、淚灑而斷腸、消瘦，雖是言棄婦，跳脫出一般宮
體詩範疇，於含蓄溫婉中，透露濃厚柔情。

另外，尚有何遜，其八歲能賦詩，深受范雲等推重，沈約讀其詩，讚云：
「一日三復，猶不能已。」顯見其詩深為時人所重。然亦頗有宮體詩作，如
〈詠舞妓詩〉，云：

> 管清羅薦合，絃驚雪袖遲。逐唱回織手，聽曲動蛾眉。凝情眄墮珥，
> 微睇託含辭。日暮留嘉客，相看愛此時。〔註 478〕

寫歌妓舞女，樂聲、舞姿不輟，由於聲、舞皆具變化多端之動態，詩中用辭
便顯得弘麗妍贍，以曲寫其狀，並以「回織手」、「動蛾眉」、「凝情」、「微睇」

〔註 473〕同註 7，《梁書》載吳均仕途多舛，早年功名不遂。天監初年並未受到武帝重
用，二年為吳興太守，期間因不得意離去，又先後入臨川王蕭宏、建安王蕭
偉府中，為記室。又參《南北朝文學史》，頁 206～207。建安王蕭偉本傳載
天監九年出為江州刺史，天監十二年徵為撫軍將軍，卻「以疾不拜」，十三年
時改為左光祿大夫，因疾不復出藩，故知約於天監十三年前，吳均已還至建
康，並除奉朝請之官職。參卷 22，頁 347。

〔註 474〕隋・王通撰，宋・阮逸注：《中說》（臺北：廣文書局，1975 年 4 月初版）稱
吳之文「怪以怒」，參卷第 3，頁 25。大抵指吳均之文具有齊、梁時人所少見
的不平之氣，參《南北朝文學史》，頁 207。

〔註 475〕同註 464，〈吳朝請集〉，《漢魏六朝百三家題辭注》，頁 257。

〔註 476〕同註 131，吳均：〈春詠詩〉，梁詩卷 11，頁 1749。

〔註 477〕同註 131，吳均：〈去妾贈前夫詩〉，梁詩卷 11，頁 1748。

〔註 478〕同註 131，何遜：〈詠舞妓詩〉，梁詩卷 9，頁 1706。

像徵其舞態，造境繁華而熱鬧。又如〈苑中見美人詩〉，云：

　　　羅袖風中捲，玉釵林下耀。團扇承落花，復持掩餘笑。〔註479〕

以寫實手法，細膩地塑造出一活生生之美人，並以「羅袖」、「玉釵」映寫其
貌美。如〈詠照鏡詩〉，云：

　　　朱簾旦初捲，綺機朝未織。玉匣開鑑影，寶臺臨淨飾。對影獨含笑，

　　　看花時轉側。聊爲出繭眉，試染天桃色。羽釵如可間，金鈿畏相通。

　　　蕩子行未歸，啼粧坐沾臆。〔註480〕

詩中用語「朱簾」、「綺機」、「玉匣」、「寶臺」、「羽釵」、「金鈿」等，皆是女
子閨房中之物什，逐一疊放詩中，全以靜物鋪敍，遂使全詩充滿脂粉柔靡氣
息，加上對影含笑、看花轉側、爲出繭眉而染夭桃之色、啼粧等女子於閨房
內之動態，動靜之間，更彰顯出綺豔的色彩，明陸時雍稱其詩云：「探景每入
幽微，語氣悠柔。讀之，殊不盡纏綿之致。」〔註481〕便是由其對眼中所見之
麗景，頗能捕捉幽微情態，讀來纏綿之致所發。

　　上述諸人，乃由齊入梁的重要詩人，其中沈約卒於天監十二年爲最早，
接著上承永明詩風的柳惲、何遜、吳均相繼病故於天監末年、普通初年之際，
王僧孺則卒於普通三年，〔註482〕已大開新變之體，惟王筠卒於太清三年，然
自中大通三年蕭綱入東宮後，王筠轉而遷任外地，對建康城中的文壇已較無
影響力。〔註483〕這批文士堪稱梁代前期重要文士，受寵於武帝，多作宮體篇
什，遂能開風氣之先，對後來宮體詩大盛，有深遠的影響。

三、蕭統兄弟的應和鼓吹

　　武帝諸子姪中，蕭統、蕭綱與蕭繹最具文采。綜觀三人詩作，首先受到影
響者當屬蕭統。蕭統既爲太子，長期居於東宮，所接觸者，當是與武帝較親近

〔註479〕同註131，何遜：〈苑中見美人詩〉，梁詩卷9，頁1709。

〔註480〕同註131，何遜：〈詠照鏡詩〉，梁詩卷8，頁1693。

〔註481〕明・陸時雍：《古詩鏡》，收入於《景印文淵閣四庫全書》第111冊（臺北：
　　　　臺灣商務印書館，1983年），〈總論〉，頁9。

〔註482〕柳惲卒於天監十六年，吳均卒於普通元年（520），何遜約卒於天監十七年或
　　　　十八年間（518～519），何遜本傳未詳載其卒年，《南北朝文學史》考之甚詳，
　　　　茲從之。參頁220。王僧孺卒於普通三年，要之皆在普通三年以前。

〔註483〕同註7，《梁書》載王筠任太子洗馬、中舍人期間，文才甚受武帝、蕭統賞接。
　　　　然自受敕爲蕭統作哀策文後，出爲臨安太守，累年不調。此後輾轉各地。參
　　　　卷33，頁485～486。對建康文壇無多大影響力。

之臣子，因此自幼喜好寫作賦詩，曾有集二十卷，至宋末多有亡佚，今存詩作中，與豔情攸關者並不多見，〔註484〕幸有一線蛛絲可尋，如〈長相思〉，云：

> 相思無終極，長夜起歎息。徒見貌嬋娟，寧知心有憶。寸心無以因，
> 願附歸飛翼。〔註485〕

便是擬女子口吻以敘心中無盡相思之情。又如〈詠同心蓮詩〉，觀其詩題，似為詠物，實與「同踰並根草，雙異獨鳴鸞。以茲代萱草，必使愁人歡」有關，〔註486〕側重寫女子情思愁苦之狀。然蕭統畢竟多受儒家典籍薰陶，兼之卒年甚早，雖受時風影響，然所作不多，且風格仍尚未有過分輕綺柔靡者，真正受到武帝影響而多作宮體詩者為蕭綱。

蕭綱堪稱宮體詩之大家，開啟宮詞之巨擘，〔註487〕所以能建立起神采獨異的文學集團。蕭綱於雍州時期，已開始創作此種風格之作品。尤以天監十一年，武帝與沈約改西曲製〈上雲樂〉與〈江南弄〉等，當時蕭綱方十歲，或一時無法創作此類詩篇，但在耳濡目染下，後來亦嘗試作〈江南弄〉，茲舉〈採蓮曲〉為例，詩云：

> 桂楫蘭橈浮碧水，江花玉面兩相似。蓮疏藕折香風起，香風起，白
> 日低。採蓮曲，使君迷。

足見蕭綱已有習作。今存有〈江南曲〉、〈龍笛曲〉、〈採蓮曲〉三首，詩之內容，與男女情事有關，無論技巧或遣詞用字，皆可謂是已臻熟練的程度。蕭綱在入居東宮以前，已受其文學集團文士影響，好作宮體詩，入居東宮後，計有二十年生涯。此時既立為皇太子，入居建康城，由東府遷移至東宮時，恰為三十歲的盛年，〔註488〕對大環境之認知，已具備縝密洞察之能力，應可感受到武帝廢嫡立庶引起朝野不善的反應，〔註489〕凡此種種，必使蕭綱產生

〔註484〕《先秦漢魏晉南北朝詩》著錄蕭統樂府七首，詩二十六首。《梁書》載其有集二十卷，參卷8，頁171。隋志、新唐志並同。然至《宋史‧藝文志》僅著錄五卷。《文獻通考》不著錄，宋末已有亡佚。今〈擬古詩〉、〈林下作妓詩〉、〈晚春詩〉等皆見於《玉臺新詠》，當為蕭綱詩，《四庫全書總目提要》亦有是說，參第29，集部，別集1，頁3109～3110。

〔註485〕同註131，蕭統：〈長相思〉，梁詩卷14，頁1792。

〔註486〕同註131，蕭統：〈詠同心蓮詩〉，梁詩卷14，頁1800～1801。

〔註487〕同註439，《六朝宮體詩研究》，頁75。

〔註488〕同註7，《梁書》載蕭綱於中大通三年五月時受立為皇太子，至七月臨軒策拜，當時因脩繕東宮之故，權居於東府，至中大通四年九月，方還移至東宮。參卷4，頁104。

〔註489〕據宋‧司馬光撰，胡三省注，章鈺校記：《資治通鑑》（臺北：建宏出版社，

極大的不安全感，因此二十餘年外藩生涯中所追隨且較爲親密的文士們，此時亦隨之還至建康。

　　蕭綱既好作宮體詩，其下文學集團文士，競相迎合，多有造作。尤與蕭綱關係密切的徐摛，其作既號稱宮體，當與現今《玉臺新詠》中蕭綱所作類似。如〈胡無人行〉，云：

　　　　列楹登魯殿，擁絮拭胡妝。猶將漢閨曲，誰忍奏氈房。遙憶甘泉夜，

　　　　闇淚斷人腸。〔註490〕

又如〈賦得簾塵詩〉，云：

　　　　朝逐珠胎卷，夜傍玉鉤垂。恆教羅袖拂，不分秋風吹。〔註491〕

前者詠麗人，後者詠物，皆呈現柔美流麗之色，雖不拘泥用典，卻格外流利清新。透過拭妝、闇淚斷腸、羅袖等，仍具宮體詩之特色。又如〈詠橘詩〉，云：

　　　　麗樹標江浦，結翠似芳蘭。焜煌玉衡散，照耀金衣丹。愧以無雕飾，

　　　　徒然登玉盤。〔註492〕

詩中多用色彩字眼，以「麗樹」、「結翠」、「芳蘭」、「玉衡」、「金衣」、「玉盤」等物事，襯托出富麗精巧之美感，實亦爲宮體典型風格之一。

　　徐摛之子徐陵（507～583），生於天監六年，較蕭綱少四歲，自普通二年蕭綱爲寧蠻校尉，乃任參寧蠻府軍事，中大通三年隨入爲東宮學士，直至太清二年兼通直散騎常侍，出使至北魏以前，均屬梁朝太平時期，兼之既生長於南朝金粉之地，正當武帝父子一門風雅，其父徐摛復爲提倡新變文體之重要人物，居於此時代與家世之中，遂亦多作宮體詩。如和蕭綱〈詠舞詩〉，作〈奉和詠舞詩〉，云：

　　　　十五屬平陽，因來入建章。主家能教舞，城中巧畫桩。低鬟向綺席，

　　　　舉袖拂花黃。燭送空迴影，衫傳篋裡香。當由好留客，故作舞衣長。

　　　　〔註493〕

1977 年）載蕭統卒後，武帝曾徵蕭統之子蕭歡至建康，「欲立以爲嗣」，然猶豫甚久，終立蕭綱爲皇太子，「朝野多以爲不順」，司議侍郎周弘正作〈奏記晉安王〉以諫。至終武帝因人言不息，封蕭統三子爲大郡，用慰其心。參卷155，梁紀11，頁4808～4811。此次之「人言」，連武帝諸子中的蕭繹、蕭紀亦以爲非「德舉」。參《南史》卷53，頁1326，及頁1328。

〔註490〕同註131，徐摛：〈胡無人行〉，梁詩卷19，頁1891。

〔註491〕同註131，徐摛：〈賦得簾塵詩〉，梁詩卷19，頁1892。

〔註492〕同註131，徐摛：〈詠橘詩〉，梁詩卷19，頁1891。

〔註493〕同註131，徐陵：〈奉和詠舞詩〉，陳詩卷5，頁2529。蕭綱詩參梁詩卷22，

言舞者善舞，巧於粧畫，並敘其舞姿，「低鬟」、「舉袖」，迴影傳香，詩作實綿密華美，相較於蕭綱詩，更具有豔麗華靡之色。又如〈走筆戲書應令詩〉，云：

> 此日乍殷勤，相嫌不如春。今宵花燭淚，非是夜迎人。舞席秋來卷，
> 歌筵無數塵。曾經新代故，那惡故迎新。片月窺花簟，輕寒入錦巾。
> 秋來應瘦盡，偏自著腰身。〔註494〕

又如〈詠織婦詩〉，云：

> 纖纖運玉指，脈脈正蛾眉。振躡開交縷，停梭續斷絲。簷前初月照，
> 洞戶朱帷垂。弄機行掩淚，彌令織素遲。〔註495〕

二詩雖亦見華屋美飾，然多代之以寂寞、哀歎，顯示其頗有關注於女子心理描寫之佳作，尤以末二句「弄機行掩淚，彌令織素遲」，堪稱佳句。史傳稱其文云：「頗變舊體，緝裁巧密，多有新意。」〔註496〕詩亦復如此，無論詠物寫景，皆能觀察細微，或以寫人之技巧，生動描繪，筆調流利而不晦澀，自現一番風味。

庾肩吾詩流傳較徐摛多，於《庾度支集》中，寫宮體詩約占一半，如〈詠美人看畫詩〉，云：

> 絳樹及西施，俱是好容儀。非關能結束，本自細腰枝。鏡前難並照，
> 相將映淥池。看粧畏水動，斂袖避風吹。轉手齊裾亂，橫簪歷鬢垂。
> 曲中人未取，誰堪白日移。不分他相識，唯聽使君知。〔註497〕

對美人之容儀、動作刻畫精微，不厭其詳，使畫與麗人之美，相映成趣。又如〈詠舞曲應令詩〉，云：

> 歌聲臨畫閣，舞袖出芳林。石城定若遠，前谿應幾深。〔註498〕

全詩詠歌聲、舞姿，以周圍華美屋飾為襯，更具綺麗性質。又如〈賦得轉歌扇詩〉，云：

> 團紗映似月，蟬翼望如空。迴持掩曲態，轉作送聲風。〔註499〕

柔膩豔麗，幾與蕭綱之詩無別，但見豔情，殊少個人風格。

頁 1975。
〔註494〕同註131，徐陵：〈走筆戲書應令詩〉，陳詩卷5，頁2529。
〔註495〕同註131，徐陵：〈詠織婦詩〉，陳詩卷5，頁2533。
〔註496〕同註30，《陳書》卷26，頁335。
〔註497〕同註131，庾肩吾：〈詠美人看畫詩〉，梁詩卷23，頁1993。
〔註498〕同註131，庾肩吾：〈詠舞曲應令詩〉，梁詩卷23，頁2002。
〔註499〕同註131，庾肩吾：〈賦得轉歌扇詩〉，梁詩卷23，頁2001。

　　另蕭子顯入梁後累有升遷，曾爲太子中舍人、國子博士、國子祭酒等職，聰慧善屬文，頗負才氣，尤長於史學，著《南齊書》，於〈樂志〉中僅採「殷薦宴享，舞德歌功」之類的作品。〔註500〕未有論及樂府等民間歌謠，然〈文學傳論〉中曾謂：「習玩爲理，事久則瀆，在乎文章，彌患凡舊，若無新變，不能代雄。」〔註501〕足見其具有文學新變的觀點。自中大通三年擔任侍中以後，備受武帝重用，境遇非凡，地位隆寵，號召創作此類詩篇，當成爲時人爭讀之作品。如〈春別詩〉四首，〔註502〕雖多藉春日之景鋪敍離別，然句中多用「情相依」、「動妾思」、「羅袂」、「淚沾巾」、「紅粧」、「銜悲攬涕」等詞句，麗人形象鮮活明豔。又如〈烏棲曲應令〉三首，〔註503〕爲擬作樂府，詩中多用「裙邊雜佩」、「持寄君」、「濃黛輕紅」、「花色」、「侍匹」、「褰裳」、「遊女」，頗有豔麗色彩。此詩爲應令之作，蕭綱、蕭繹亦有〈烏棲曲〉四首，〔註504〕足見當時此類同賦宮體詩作的活動，時時舉辦，參與者甚眾。

　　劉遵自少清雅而有學行，工屬文，起家爲著作郎、太子舍人，累遷晉安王宣惠、雲麾二府記室，自此以後，每隨蕭綱遷任，並隨入東宮，偏受寵遇，二人遊處時間極長，作品雖多已亡佚，無由知其創作趨向，然據《梁書》稱其工屬文，蕭綱譽其云：「文史該富，琬琰爲心，辭章博贍，玄黃成采。」〔註505〕當是稱美其作品逸麗可觀。今觀其所存詩，半爲歌詠豔情之作，如〈相逢狹路間〉，云：

　　　　春晚駕香車，交輪礙狹邪。所恐帷風入，疑傷步搖花。含羞隱少年，

　　　　何因問妾家。青樓臨上路，相期竟路賒。〔註506〕

詩中春晚、香車、含羞、青樓，實充滿脂粉綺香。其餘如〈繁華應令詩〉、〈應令詠舞詩〉等，著重在敍美男子「鮮膚勝粉白，慢臉若桃紅」與麗人「舉腕嫌

〔註500〕同註195，《南齊書》卷11，頁196。

〔註501〕同註195，《南齊書》卷52，頁908。

〔註502〕同註131，蕭子顯：〈春別詩〉，梁詩卷15，頁1820。

〔註503〕同註131，蕭子顯：〈烏棲曲應令〉三首，梁詩卷15，頁1818。

〔註504〕同註131，蕭綱：〈烏棲曲〉四首，參梁詩卷20，頁1922。蕭繹：〈烏棲曲〉四首，參梁詩卷25，頁2036。

〔註505〕同註7，《梁書》卷41，頁593。劉遵作品是否曾經纂結成書，已無法考證。其卒於大同元年，蕭綱本欲將其作撰結成集，然因心中大爲痛惜，似未能成書。參蕭綱：〈與劉孝儀令悼劉遵〉，《全梁文》卷9，頁2999～3000。故至隋志中便未著錄，今《全梁文》中亦未收其作品。

〔註506〕同註131，劉遵：〈相逢狹路間〉，梁詩卷15，頁1809。

衫重，迴腰覺態妍。情繞陽春吹，影逐相思絃」等容色、妝飾及動作，〔註507〕實輕豔之至。

　　劉孝綽之弟劉潛，自幼勤學擅於文，曾受敕製〈雍州平等寺金像碑〉，文辭宏麗，此後隨晉安王蕭綱出鎮襄陽，為安北功曹史，後隨入東宮，屢有升遷，與梁室諸王情分非常。今存詩十二首，幾有一半為寫宮體者，如〈和詠舞詩〉云：

　　　　迴屐裾香散，飄衫鈿響傳。低鈒依促管，曼睞入繁絃。〔註508〕

詩中就舞者之衣著、舞姿刻畫細膩、精緻，無一不入微，兼有「香散」、「飄衫」等較動態之字眼，使全詩籠罩於香綺之色。又如〈又和詠舞詩〉與前詩風格類似，皆以舞者曼妙動感之姿態為主線，敘其服飾隨之變化的美感。〔註509〕另外亦有代言閨怨，〈閨怨詩〉云：

　　　　本無金屋寵，長作玉階悲。一乖西北麗，寧復城南期。永巷愁無歇，
　　　　應門閉有時。空勞織素巧，徒為團扇詞。匡床終不共，何由橫自私。

　　〔註510〕

相較於前二首，此詩顯然更具有為婦人代言並設身處地的悲憫心理，因此並未在女子閨房或服飾等外在事物多費筆墨，卻透過「金屋寵」之典故，以比擬手法，點出女子心中悲與怨。其餘如〈詠舞詩〉、〈詠織女詩〉、〈詠石蓮詩〉等，風格則偏向委婉柔和。

　　陸杲之子陸罩，自少篤學，多所該覽，善於屬文，曾為晉安王記室參軍，後入東宮為太子中庶子，掌管記，甚受禮遇。今存詩四首，其中〈閨怨詩〉與〈詠笙詩〉，屬宮體詩，〈閨怨詩〉充滿女子愁苦悲思之狀，以「留步惜餘影，含意結愁眉」敘女子動態，〔註511〕心中愁思由怨成思，躍然紙上，實具豔情特色。另〈詠笙詩〉為當時同詠樂器之作，然全詩著重於描繪麗人之「羅袖」、「絳唇」等姿容，刻畫「含情」、「逸態」之情態，〔註512〕與蕭綱之作甚有雷同處。

〔註507〕同註131，梁詩卷15，頁1809～1810。

〔註508〕同註131，劉孝儀：〈和詠舞詩〉，梁詩卷19，頁1895。

〔註509〕同註131，劉孝儀：〈又和詠舞詩〉云：「轉袖隨歌發，頓屐赴絃餘。度行過接手，迴身乍斂裾。」梁詩卷19，頁1895。

〔註510〕同註131，劉孝儀：〈閨怨詩〉，梁詩卷19，頁1894。

〔註511〕同註131，陸罩：〈閨怨詩〉，梁詩卷13，頁1777。

〔註512〕同註131，陸罩：〈詠笙詩〉，梁詩卷13，頁1778。

　　除自外藩援引入東宮的文士外，入居東宮的蕭綱繼續招納新的文士。大
同二年後，王褒任職東宮，〔註513〕使東宮文學集團更爲壯大。其中徐陵、庾
信以善作詩名聞，影響尤鉅。庾信爲庾肩吾之子，歷仕梁、魏、周、隋四朝，
曾爲抄撰學士，與父庾肩吾皆任職東宮，恩禮莫與比隆，後因侯景亂梁，乃
至江陵輔佐元帝蕭繹，出使西魏，後羈留長安。〔註514〕蕭綱於太清三年（549）
五月即位時，庾信年三十七，至蕭繹被殺、江陵被攻，自此羈留北方時恰四
十二歲，前半生因居於江南的承平時期，後則入北朝，爲亡國羈旅之情，作
品遂有前後兩種不同風格。《周書》本傳論其作以淫放爲本，以輕險爲宗，斥
爲「詞賦之罪人」，《北史》謂其作意淺而繁，文匿而彩，責之爲「亡國之音」，
〔註515〕便是指其前期之作。庾信雖爲梁代後起文士，因有父親餘蔭，甚受蕭
綱寵信，兼聰敏絕倫，博覽群書，文辭綺豔，成爲後進競相模仿的對象，作
品傳誦千里。中大通三年隨侍東宮，適宮體詩大爲興盛之時，君臣相和競造，
此時年恰二十八歲的庾信，年少才高，逞其才能而致力於綺豔，以迎合蕭綱
之意趣，遂爲箇中高手。如〈和詠舞詩〉云：

> 洞房花燭明，燕餘雙舞輕。頓履隨疏節，低鬟逐上聲。步轉行初進，
> 衫飄曲未成。鶯迴鏡欲滿，鶴顧市應傾。已曾天上學，詎是世中生。

〔註516〕

著重寫燭光明室中女舞者之舞姿，隨樂曲快慢，顧盼生姿，飄飄而動之衣衫在
燭光映照下，人動影亦動，爲全詩增添幾許輕柔、美豔的意態，末二句將女子
比擬成天上美女下凡，顯是其姿容之麗，舞態之美，皆一時之選。又如〈奉和
夏日應令詩〉，顯然亦是諸文士同詠之作，此詩寫夏日之酷暑難消，然句中多用
「朱簾」、「翠幕」已隱含女子閨房意象，再者有「和粉」、「生香」，便深具脂粉
綺香，再配上「衫」、「扇」等具體物事，全詩頓生麗人形象，〔註517〕主題雖爲

〔註513〕同註7，《梁書》卷41，頁582～583。王褒其父王規卒於大同二年後，褒任
　　　　職於東宮，故約於此時。
〔註514〕庾信出使西魏，北周伐魏後，因慕南朝文化，遂羈留於長安。卒於隋文帝開
　　　　皇元年（581），年六十九歲。然唐·令狐德棻等：《新校本周書附索引》（臺
　　　　北：鼎文書局，1998年7月9版）本傳未載卒年，《北史》載隋開皇元年卒，
　　　　參卷83，頁2794。再以宇文逌〈庾信集序〉推卒年爲六十九。參全後周文卷
　　　　4，頁3901～3903。又參《南北朝文學編年史》，頁617。
〔註515〕同註514，《周書》卷41，頁744。《北史》卷83，頁2782。
〔註516〕同註131，庾信：〈和詠舞詩〉，北周詩卷3，頁2372～2373。
〔註517〕同註131，庾信：〈奉和夏日應令詩〉，北周詩卷3，頁2381。

夏日，反而全著眼於脂粉綺豔之女子。又如〈詠畫屏詩〉二十五首之二十一首，
云：

> 聊開鬱金屋，暫對芙蓉池。水光連岸動，花風合樹吹。春杯猶雜泛，
> 細果尚連枝。不畏歌聲盡，先看箏柱欹。〔註518〕

詩雖是詠物，首二句便點出女子慵懶情態，中四句轉而寫景，末二句點出女
子心思，並未花費過多的筆墨於描摹麗人，卻已盡現其姿容風采，堪稱宮體
本色。其餘如〈夢入堂內詩〉、〈閨怨詩〉、〈看舞詩〉等，或敘雕梁香壁，或
敘畫眉梳頭，或言空房故怨之悲思，或言衫袖舉鬢之舞姿，實亦宮體詩之特
色，然皆能流麗而不濁滯，創新而不陳腐，臻至「綺而有質，豔而有骨」之
境，無怪明楊慎（1488～1559）推其為梁之冠冕。〔註519〕

蕭繹亦為宮體詩之創作者。蕭繹頗具高名，與裴子野等為布衣交，引為知
己，到溉等才穎之士先後歸附其下，詩文賞析，盛稱一時。於濟濟文士中，意
見紛紛，或守舊，或趨新，或折衷，派別滋多。今觀蕭繹論文亦較無一貫主張
與堅定之壁壘，〔註520〕因此成為蕭綱拉攏的對象，蕭綱不僅由親近之文士大加
吹倡，又聯合外藩的蕭繹，並派遣庾信至其府中，聯成一氣，造成二王聯手的
氣勢。當時蕭綱新至京師推動其宮體詩風時，遭遇挫折，便意欲擴大新變風向
的勢力，遂聯想到兄弟間推許為梁之「子建」的蕭繹，作〈與湘東王書〉，云：

> 文章未墜，必有英絕，領袖之者，非弟而誰。每欲論之，無可與語，
> 吾思子建，一共商榷。辯茲清濁，使如涇渭，論茲月旦，類彼汝南。
>
> 〔註521〕

殷殷企盼蕭繹與之一氣，在手足情深、皇太子之威權，與武帝等人的刻意創
作下，蕭繹遂轉變創作方向，多作宮體詩。〔註522〕觀其大同初年前後，作〈看

〔註518〕同註131，庾信：〈詠畫屏詩〉二十五首之二十一，北周詩卷4，頁2397～2398。

〔註519〕明‧楊慎：《升菴詩話》（北京：北京中華書局，1985年新1版）云：「庾信
之詩，為梁之冠冕，啟唐先鞭。」參卷9，頁5～6。

〔註520〕蕭繹於《金樓子‧立言》中云：「筆，退則非謂成篇，進則不云取義，神其巧
惠，筆端而已。至如文者，惟須綺縠紛披，宮徵靡曼，唇吻遒會，情靈搖蕩。」
所謂「綺縠紛披」乃主藻采之說；「宮徵靡曼，唇吻遒會」乃主聲調之說；「情
靈搖蕩」乃主感情之說。既主張有采、協聲律、富感情，則可謂畢文學之
能事。蕭繹既主張如此，本人又擅作宮體篇什，頗有重文輕質傾向。然又於
〈立言篇〉與〈內典碑銘集林序〉主文質並重。

〔註521〕同註2，簡文帝：〈與湘東王書〉，《全梁文》卷11，頁3011。

〔註522〕同註7，《梁書》本傳載蕭繹第一次任荊州刺史時為普通七年至大同五年之
間，共計十四年，在其任荊州刺史的第六年，即中大通三年時蕭統逝世，蕭

摘薔薇詩〉，云：

> 倡女倦春閨，迎風戲玉除。近叢看影密，隔樹望釵疏。橫枝斜綰袖，
> 嫩葉下牽裾。牆高攀不及，花新摘未舒。莫疑插鬢少，分人猶有餘。

〔註523〕

雖是敘看人摘薔薇，於花之敘述不多，卻字字不離麗人，對其動作、衣飾刻
畫細緻，極盡描寫。全詩老練成熟，堪稱爲典型的宮體詩。此時蕭繹年近三
十，當已習作此類詩，故能於文士宴集場合上揮筆而就。另外蕭繹詩中尚有
大量「名詩」，如〈宮殿名詩〉、〈縣名詩〉、〈屋名詩〉、〈車名詩〉、〈船名詩〉、
〈歌曲名詩〉、〈藥名詩〉、〈針穴名詩〉、〈龜兆名詩〉、〈獸名詩〉、〈鳥名詩〉、
〈樹名詩〉、〈草名詩〉、〈相名詩〉等，〔註524〕就其題名而言，似爲詠物，然
實變相寫豔情、麗人，文筆極爲巧麗，技巧頗具匠心，或爲其遊戲之作亦未
可知。

　　蕭繹既喜作宮體詩，其下文士乃戮力迎合，尤以劉緩、何思澄與孔翁歸
等較爲出眾。劉緩自少即甚知名，風流迭宕，歷任安西湘東王記室，雖有升
遷，皆隨之遷任，跟隨蕭繹時間極長，號稱「名高一府」，作〈看美人摘薔薇
詩〉，云：

> 新花臨曲池，佳麗復相隨。鮮紅同映水，輕香共逐吹。繞架尋多處，
> 窺叢見好枝。矜新猶恨少，將故復嫌萎。釵邊爛熳插，無處不相宜。

〔註525〕

全以麗人爲歌詠主題，透過紅花襯映女子，細寫其容貌、動作而終歸結於其
美麗之姿容。又如〈雜詠和湘東王詩〉三首，分別爲〈秋夜〉、〈寒閨〉、〈冬
宵〉，原是和蕭繹之作，然蕭詩今僅存〈秋夜〉、〈寒閨〉二首。〔註526〕此五首
詩曾收錄於《玉臺新詠》，且均以女子口吻敘秋冬寒夜，獨處深閨之寂寥苦楚。

　　梁代既盛行宮體篇什，無論詠物寫景，皆與描繪麗人有關，上自武帝，

綱入主東宮，二人雖相隔甚遠，但蕭繹仍受影響而作此類詩作。
〔註523〕同註131，蕭繹：〈看摘薔薇詩〉，梁詩卷25，頁2047。
〔註524〕同註131，梁詩卷25，頁2041～2045。其中惟〈姓名詩〉、〈將軍名詩〉二首，
　　　　詩之內容，似與宮體詩較無關，故此處未加著錄。
〔註525〕同註131，劉緩：〈看美人摘薔薇詩〉，梁詩卷17，頁1848。劉緩本傳敘述簡
　　　　略，云：「歷任安西湘東王記室。」據《先秦漢魏晉南北朝詩》載，其於大同
　　　　初歷安西湘東王記室。後遷鎮南湘東王中錄事，隨赴江州而卒，參《梁書》
　　　　卷49，頁692。而蕭繹任江州刺史時爲大同六年，又參卷3，頁85。
〔註526〕同註131，劉緩詩見梁詩卷17，頁1849。蕭繹詩見梁詩卷25，頁2054。

下至朝臣文士，相扇成風，女詩人亦有此類作品。如徐悱妻劉令嫻，為劉孝綽之妹，甚有才學，文尤清拔，其夫徐悱卒時，作〈祭夫文〉，文辭悽愴，有文集三卷，〔註527〕今觀其〈答唐娘七夕所穿鍼詩〉云：

> 倡人助漢女，靚粧臨月華。連針學並蔕，縈縷作開花。嬌閨絕綺羅，
> 攬贈自傷嗟。雖言未相識，聞道出良家。曾停霍君騎，經過柳惠車。
> 無由一共語，暫看日升霞。〔註528〕

詩中詠倡人及其動作、情思，無一不妥帖入微。其餘如〈和婕妤怨詩〉、〈答外詩〉二首等，或敘寵移無情而「愁思百端生」，或因佳期不遇而「心愁不成趣」，〔註529〕皆述女子幽怨春閨之思為主題，顯然頗受時人影響。又如范靖之妻沈滿願，史無本傳，有集三卷，〔註530〕今觀其所作〈戲蕭娘詩〉，云：

> 明珠翠羽帳，金薄綠綃帷。因風時暫舉，想像見芳姿。清晨插步搖，
> 向晚解羅衣。託意風流子，佳情詎可私。〔註531〕

全圍繞在女子閨房與身上裝飾，詩風偏向輕柔。此外〈詠燈詩〉、〈詠五彩竹火籠詩〉、〈詠步搖花詩〉等，題名為詠物，主在描寫麗人，與宮體詩之寫作技巧頗為神似。另外尚有劉繪之女劉氏，為王淑英妻，深具才學，〔註532〕所作〈昭君怨〉、〈暮寒詩〉、〈贈夫詩〉等，或悲於「相接辭關淚」，或苦於「未肯惜腰身」，或有感於「淚滿春衫中」，皆為類似之作，顯見當時宮體詩作風靡競造。

　　綜上述所論，有梁一朝，上有武帝之倡導，下有附和者的推波助瀾，創作宮體詩的風氣，盛於一時，此風既開，文士競造於下。有識之士雖加以禁斥，然而此種「蕩目淫心，充庭廣奏」之勢，〔註533〕已難以遏止。梁代中期以後，蕭綱在東宮力倡，出藩在外的蕭繹則附會爭豔，再兼有其下各自的文士迎合，各式場合中，大量同作宮體詩以自娛，清沈德潛云：「詩至蕭梁，君臣上下，惟以豔情為娛。」〔註534〕至此樂府民歌原有的精神亦漸失去，而基本上屬於悽苦、

〔註527〕同註7，《梁書》卷33，頁484。《隋書》卷35，頁1079。
〔註528〕同註131，劉令嫻：〈答唐娘七夕所穿鍼詩〉，梁詩卷28，頁2131。
〔註529〕同註131，梁詩卷28，頁2130，及2131。
〔註530〕同註19，《隋書》卷3，頁1079。又參梁詩卷28，頁2132。
〔註531〕同註131，沈滿願：〈戲蕭娘詩〉，梁詩卷28，頁2134。
〔註532〕同註7，《梁書》載劉繪之子劉孝綽有妹三人，其一適琅邪王淑英，三人皆甚有才學。參卷33，頁484。
〔註533〕同註2，裴子野：〈宋略樂志敘〉，《全梁文》卷53，頁3265。
〔註534〕清‧沈德潛著，吳興王蓴父箋註，古邠劉鐵冷校刊：《古詩源箋註》（臺北：

哀切之音的吳歌西曲，〔註535〕在大量創作之下，歌辭因附著於樂曲，聲情相應，悽切清怨的情調與柔靡輕綺的詩情，遂瀰漫於詩中，蔚爲當時的潮流。

第六節　佛典著述的鼎盛

　　佛教以外來文化的姿態，傳入中國，與中國傳統之儒、道文化接觸後，歷經依附、衝突到相互融合，過程中，佛教亦漸趨中國化。至梁，由於武帝的崇奉，佛教儼然有國教之姿。文士與僧侶交遊密切，加上文風興盛，佛典的著述與佛教相關之詩文作品，亦極盛行，梁釋僧祐曾敘當時情形，云：「自尊經神運，秀出俗典。由漢屆梁，世歷明哲。雖復緇服素飾，並異跡同歸。講議讚析，代代彌精。注述陶練，人人競密。所以記論之富，盈閣以牣房，書序之繁，充車而被軫矣。」〔註536〕足說明當時佛典相關著述之富與梁代文風之盛。今人陳慶元稱美云：「梁代是一個佛教文學繁榮興盛的時代，也是我國佛教文學取得相當成就的時代，其原因與晉宋以來佛教與佛教文學的發展有關，更與梁武帝蕭衍的極力推弘佛教，並身體力行創作佛教文學作品有著密切的關聯。」所言甚是。〔註537〕茲述之如下。

一、佛經的翻譯與注解

　　佛教經文必透過翻譯方能流傳廣布，譯成之後，必經由注解，方能辭達意通，因此推動佛教必先翻譯經文，注解經文。武帝篤信佛教，對佛典譯經與注疏極爲用心，敕譯僧人學者翻譯、注疏，進上審定，頒行天下，各種譯注一時蜂出。

（一）佛典的翻譯

　　就經文的翻譯言，單是梁朝間扶南僧人僧伽婆羅一人所從事的佛經翻譯

華正書局，1999 年 9 月版），頁 316。

〔註535〕宋・郭茂倩：《樂府詩集》（臺北：里仁書局，1999 年 1 月初版 2 刷）在論〈清商曲辭〉時言此種清商樂因遭梁、陳亡亂，存者益寡，至隋文帝時乃微更損益，「去其哀怨」，參卷第 44，頁 638。顯示此調基本上多具有哀怨聲情，故《古今樂錄》中言〈歡聞變歌〉較爲「悽切」，《宋書・樂志》則以〈丁督護歌〉之聲爲「哀切」，《古今樂錄》又以〈上聲歌〉爲「哀思之音」。

〔註536〕同註383，《出三藏記集》卷第 12，頁 82。

〔註537〕陳慶元：〈梁武帝蕭衍的文學活動及其文學觀〉，收入於《第三屆魏晉南北朝文學與思想學術研討會論文集》（臺北：文津出版社，1997 年 9 月初版），頁 207。

工作，便計有十四種：《寶雲經》七卷、《法界體性無分別經》二卷、《文殊般若波羅蜜經》二卷、《阿育王經》十卷、《孔雀王陀羅尼經》二卷、《文殊師利問經》二卷、《度一切諸佛境界智嚴經》一卷、《菩薩藏經》一卷、《文殊師利所說若般波羅蜜經》一卷、《舍利弗陀羅尼經》一卷、《八吉祥經》一卷、《十法經》一卷、《解脫道論》十三卷、《阿育王傳》五卷，〔註538〕其中以翻譯《阿育王經》最爲恭敬慎重。此書主譯者爲僧伽婆羅，天監五年時，受敕徵召於揚都壽光殿、華林園、正觀寺、占雲寺、扶南館等五處傳譯。〔註539〕雖然《阿育王經》早在西晉時已由安法欽翻譯成七卷，〔註540〕然武帝又特別敕請重譯，並於天監十一年六月二十六日初翻經日，親自駕臨譯場，筆受其文，〔註541〕然後乃付譯人，盡其經本，敕釋寶唱、大僧正釋慧超、釋僧智、家僧釋法雲及袁曇允等人共譯，期能華質有序，不墜譯宗。譯成後頗得武帝歡心，自此禮接甚厚，聘僧伽婆羅爲家僧，足顯示武帝對《阿育王經》翻譯的重視。阿育王爲中印度摩揭陀國孔雀王朝第三世王，於西元前三世紀左右曾統一印度，政治上施政得宜，富有博愛精神，實爲印度有史以來治績空前之統治者，亦爲保護佛教最有力之統治者，〔註542〕曾於國內廣建寺塔。〔註543〕武帝此番擴而充之，譯成十卷，乃有意遵循阿育王政治與佛教結合之典型，〔註544〕因此特別重視《阿育王經》之重譯。

當時譯經事業之盛，除有僧伽婆羅等外國僧人襄助外，尚有天竺沙門眞諦，亦因聞梁武帝盛佛之名，於中大同元年八月達海南（今廣州），太清二年閏八月

〔註538〕同註278，《歷代三寶記》卷第11，頁98。唐・釋道宣：《大唐內典錄》（《大正新修大藏經》55冊，目錄部全，臺北：新文豐出版公司，1985年）卷第4，頁265～266。《阿育王傳》五卷爲天監初年第一次譯出，但或因與魏世之書僅稍小異，又敕付釋慧超、曼陀羅等襄助，再譯成《阿育王經》十卷，故《阿育王經》爲「第二出」之本，參卷第4，頁265。

〔註539〕同註219，《續高僧傳》卷第1，頁426。

〔註540〕西晉・安法欽譯：《阿育王傳》（《大正新修大藏經》50冊，史傳部2，臺北：新文豐出版公司，1985年），頁99～131。梁武帝敕譯雖名爲《阿育王經》，內容實爲阿育王傳記。

〔註541〕同註278，《歷代三寶記》載：「《阿育王經》十卷，天監十一年六月二十六日，於揚都壽光殿譯，初譯日，帝躬自筆受。」卷第11，頁98。又參《大唐內典錄》卷第4，頁265。

〔註542〕李志夫譯：《印度通史》（臺北：國立編譯館，1981年12月臺初版），頁153～161。

〔註543〕同註540，《阿育王傳》卷第1，頁101～102。

〔註544〕顏尚文：《梁武帝》（臺北：東大圖書公司，1999年10月初版），頁153。

入京邑，〔註 545〕武帝於寶雲殿竭誠供養，將要「傳翻經教」時，不幸侯景之亂起。〔註 546〕雖其入梁時遭逢喪亂，仍隨處翻傳，親注疏解，至承聖年，仍譯著十六部，合四十六卷之多。〔註 547〕入陳後又續有多部譯著產生，堪稱為我國譯經史上富有成果的譯者之一。〔註 548〕在武帝主導譯經的影響下，單是梁朝一朝所譯佛經，便達二百四十八部，〔註 549〕居於南朝四世之冠。由於譯經數目增加，使得佛典之注解、類書、作品集等相關書籍編纂日多，佛教之盛，達於頂峰。

（二）佛典的注解

就佛典的注疏言，研讀佛典，首重譯本，然佛典譯本，或因卷帙龐雜，不利研習，或因意義深奧，譯文隱晦，不易了解，因此必須借助注疏方能通達其旨意。佛典有注解以來，首推晉釋道安（312～385）影響最大，〔註 550〕自此注疏益多，成為佛教典籍中之要項。梁時譯者漸多，注疏者亦漸繁盛。尤其武帝為讚揚正道，剔除疑網，〔註 551〕「故採眾經，躬述注解」，〔註 552〕於是敕注眾多佛典。

在《大般涅槃經》集解及義疏方面，此書為天監七年時敕建元寺釋法朗所撰，〔註 553〕當時武帝因法海浩瀚，淺識難尋，遂敕注《大般涅槃經》七十二卷，並敕寶唱兼贊其功，綸綜終始，緝成部帙，完成這部巨著。又於天監八年五月八日敕釋寶亮撰《涅槃義疏》十餘萬言，武帝親自作序，〔註 554〕書

〔註 545〕同註 278，《歷代三寶記》卷第 11，頁 99。
〔註 546〕同註 219，《續高僧傳》卷第 1，頁 429～430。
〔註 547〕同註 538，《大唐內典錄》卷第 4，頁 266。
〔註 548〕任繼愈：《中國佛教史》（北京：中國社會科學出版社，1997 年 12 月 2 刷）第 3 卷，頁 226。
〔註 549〕同註 219，《法苑珠林》卷 100，頁 1395。
〔註 550〕梁・釋慧皎：《高僧傳》（《大正新修大藏經》50 冊，史傳部 2，臺北：新文豐出版公司，1985 年）云：「條貫既序，文理會通，經義克明，自安始也。」顯示道安在佛典注解方面之影響。參卷第 5，頁 352。
〔註 551〕同註 2，梁武帝：〈寶亮法師涅槃義疏序〉，《全梁文》卷 6，頁 2984。
〔註 552〕同註 538，《大唐內典錄》卷第 4，頁 266。
〔註 553〕《大般涅槃經》即《大般涅槃子注經》七十二卷，《續高僧傳》言建元寺釋法朗編。參卷第 1，頁 426。據《歷代三寶記》稱：「建元寺沙門釋法郎。」《大唐內典錄》則稱：「建元寺沙門釋法朗。」實為同一人。參《續高僧傳》卷第 5，頁 460。以上書名與編者稍異，或應為版本傳抄日久所衍之誤。今存《大般涅槃經集解》七十一卷，見《大正新修大藏經》第 37 冊（經疏部，臺北：新文豐出版公司，1985 年），頁 377～611。又參《梁武帝》，頁 155。
〔註 554〕同註 550，《高僧傳》中稱「涅槃義疏」，又稱「大涅槃義疏」，卷第 8，頁 381

之內容，搜羅閎富，包該廣博。武帝既敕令法朗編《大般涅槃子注經》，又敕寶亮撰《大般涅槃義疏》，知其重視涅槃學，在位期間，親自講說《涅槃經》，〔註555〕且《梁書》本傳亦載其曾制《涅槃》諸經義，並於寺中講說，〔註556〕或許即在上述二書基礎上，不斷增加注文，最後撰為《制旨大涅槃經講疏》。

　　另外，在注解《大品般若經》方面，武帝著有《摩訶般若波羅蜜子注經》五十卷或一百卷，〔註557〕簡稱為《大品注》或《大品注解》。《摩訶般若波羅蜜經》二十七卷本為姚秦時鳩摩羅什（344〜413）所譯，簡稱為《大品經》。至武帝時又重為注解，此書目前已亡佚，幸保留武帝之序，〔註558〕撰注時間約在天監六年至十一年之間，〔註559〕參與者有天保寺釋法寵、靈根寺釋慧令等名僧二十人，於眾多注解中，「取其要釋」，廣其所見，以達「質而不簡，文而不繁」之旨，使讀之者有所深思。〔註560〕知武帝不僅注《涅槃經》相關書籍，連對《大品經》之注解亦極用心。另外尚有《三慧經講疏》〔註561〕、《淨名經義記》、《制旨大集經講疏》十六卷，〔註562〕及《發般若經題論義並問答》

〜382。《涅槃義疏》即《大般涅槃義疏》。《歷代三寶記》未見著錄。《廣弘明集》、《大般涅槃經集解》及《高僧傳》收梁武帝所撰序文。今存《大般涅槃經集解》七十一卷，題寶亮等輯，《東域傳燈目錄》載，此書目錄七十二卷，注云：「梁揚都沙門釋僧朗奉敕注。皇帝共十法師為靈昧寺寶亮法師制義疏序。」參日・永超：《東域傳燈目錄》（《大正新修大藏經》55 冊，目錄部全，臺北：新文豐出版公司，1985 年），頁 1154。

〔註555〕同註219，《續高僧傳》載：「于時梁高（武帝）重法，自講涅槃。」卷第9，頁 492。

〔註556〕同註7，《梁書》載：「（梁武帝）篤信正法，尤長釋典，制《涅槃》、《大品》、《淨名》、《三慧》諸經義記，復數百卷，聽覽餘暇，即於重雲殿及同泰寺講說，名僧碩學，四部聽眾，常萬餘人。」參卷3，頁96。

〔註557〕同註538，《大唐內典錄》卷第4，頁266。

〔註558〕同註2，梁武帝：〈注解大品經序〉，《全梁文》卷6，頁2983。

〔註559〕《摩訶般若波羅蜜子注經》五十卷的撰寫年代，有不同說法，據陸雲公的〈御講般若經序〉稱天監十一年，參《全梁文》卷53，頁3259。但《續高僧傳》言為天監六年，參卷第5，頁462；又有作天監七年者，參頁464。故此書約作於天監六年至十一年間。

〔註560〕同註2，梁武帝：〈注解大品經序〉，《全梁文》卷6，頁2983。

〔註561〕《三慧經》即《摩訶般若經》中的《三慧品》，武帝以為此品是「最為奧遠」，故將之「別立經卷」，於大同七年開始講說，著《三慧經講疏》，參陸雲公：〈御講般若經序〉，卷53，頁3259〜3260。及湯用彤：《漢魏兩晉南北朝佛教史》（北京：北京大學出版社，1997 年 9 月 1 刷），頁 502。《中國佛教史》第3卷，頁 23。

〔註562〕同註2，昭明太子：〈謝敕賚制旨大集經講疏啟〉，《全梁文》卷19，頁3062。

十二卷，〔註563〕惜目前皆已亡佚，年代亦無從考證，〔註564〕仍可看出武帝對佛典注疏之成就。

　　武帝既好作集解巨著，廣爲徵引群籍，於是時人紛作注解。當時甚受倚重的釋法雲，曾受學於僧印，僧印又曾受學於以《法華經》著名的釋慧龍，〔註565〕因此法雲熟習《法華經》，後與門下共同完成《法華經疏》八卷，所釋甚爲詳細，〔註566〕今仍存。其餘注經者尚有釋慧皎的《涅槃義》十卷、《梵網戒》等注疏之書，不僅盛行於世，且受時人推崇。〔註567〕

　　梁時的注經由武帝主導、敕命注疏，受敕者人數動輒數十人，或精於某一經論，或能專於義解，加上此時更重義理之探討與論辯，時人頗有自行注解者，注經幾成爲眾僧首要工作。其所注疏，皆搜羅諸家之本，而成細密繁富之巨著，於保留佛典資料之成就，實亦可觀。

　　綜上所述，武帝重視佛經之翻譯，又以具此才能者如僧伽婆羅、眞諦等，廣譯經文，譯出中國佛教史上光輝燦爛之成就；又注疏各類佛經，廣徵博引，使注解資料備極宏富，兼能有「質而不簡，文而不繁」之功，使欲研讀者，乃有所依據。武帝大闢文風，又帶動佛教經文之翻譯與注疏，功甚偉鉅。

二、類書與文集的編纂

　　佛典經書的譯本與注疏既日漸繁多，又有武帝刻意推行崇奉，在各種文學活動與佛教活動中，或多引述佛典故實，或進行法理之論辯。於是要在極短的時間內，迅速翻檢得適用之成詞與故實，有效地吸納各類佛經中的菁華與佳篇，必須具備以各種專題彙編而成的類書與作品集，遂大行其道。

（一）類書的編纂

　　就佛教類書的編纂言，時人爲文，特重成詞與故實之運用，此風不僅彰顯於撰作一般詩文上，影響所及，凡與佛教相關之著作，亦多有援引故實者。

〔註563〕法彪於〈發般若經題論義〉曾記述梁武帝對《般若經》題目的解釋，參唐‧釋道宣：《廣弘明集》（《大正新修大藏經》52 冊，史傳部 4，臺北：新文豐出版公司，1985 年）卷第 19，頁 238。
〔註564〕同註 548，《中國佛教史》第 3 卷，頁 380。
〔註565〕同註 550，《高僧傳》卷第 8，頁 380。
〔註566〕唐‧釋湛然：《法華文句記》（清康熙四年嘉興楞嚴寺刊本）中云：「讀光宅法雲疏，唯見文句紛繁，章段重疊。」參卷第 1 上，頁 10 上。
〔註567〕同註 278，《歷代三寶紀》卷第 11，頁 100。

加上武帝刻意推闡佛教，佛典眾多，若欲速成或遍讀群經，唯有藉閱讀類書，方能立竿見影，於是編纂專錄佛教中同一主題的類書，大為盛行。

　　在武帝直接敕編佛教類書方面，或有以佛教禮儀為專題者，如天監四年時，敕令釋寶唱編《眾經飯供聖僧法》五卷、《眾經護國鬼神名錄》三卷、《眾經諸佛名》三卷、《眾經擁護國土諸龍王名錄》三卷、《眾經懺悔滅罪方法》三卷等經，至天監十五年、十六年成書。其編纂方法即總撰群經，以部類區分的方式，〔註568〕將主要內容以「建福禳災」、「禮懺除障」、「饗接鬼神」、「祭祠龍王」等為主題，依次分類而成，目的在於期能包括幽奧，詳略古今；或有以現行經論為專題者，如《眾經要抄》，乃就現行一切經論加以分類、整理，採以類相從方式編纂而成，編纂者由釋僧旻為首，敕選才學俱優的僧俗之士，包括釋僧智與劉勰等三十餘人，〔註569〕在釋寶唱的輔助下，於上定林寺綸綜終始，輯成部帙；〔註570〕或有以經書之義例為專題者，如《義林》，天監七年時，〔註571〕武帝博採佛典經論中各種主要的義例，以分類相從方式，由釋智藏等二十位才學之士所撰；或有以異相祕說為專題者，如《經律異相》，由寶唱奉敕抄集經律，分類編撰而成，目的在使有心學佛者將來「可不勞而博」，〔註572〕故為一部採錄漢譯經、律、論中的佛教故實、現存最古的大型佛教類書，亦為重要的佛教故事總集，全書九十三部，收故事七百六十五則，每則事類之末，註有某經某卷出處，對當時博引典故之用，大有裨益。兼之內容不採艱澀的理論論述，僅採錄具有故事情節的佛典原文，所搜選的故事構思奇特，文字文采茂美，成為後來我國文學作品的重要素材。故近人周叔迦（1899～1970）稱揚云：「所以明因果，崇敬信，此書為最，所謂可以興可以勸者也。」〔註573〕

〔註568〕同註278，《歷代三寶紀》卷第11，頁99。《續高僧傳》卷第1，頁426。

〔註569〕同註278，據《歷代三寶記》載《眾經要抄》自天監七年十一月始到八年夏四月方成書。參卷第11，頁99。此書已亡佚，據《續高僧傳》知此書抄上定林寺一切經論，以類相從編纂而成。卷第5，頁462。

〔註570〕同註219，《續高僧傳》卷第1，頁426。

〔註571〕同註219，《續高僧傳》卷第1，頁426。此書亡佚，《大唐內典錄》載此書將「諸經論有義例處，悉錄相從，以類聚之。譬同世林，無事不植」，知編纂原則為以類相從。且將此書置於《法寶聯璧》與《內典博要》間，當為佛教類書無疑，參卷第4，頁267。

〔註572〕同註413，《經律異相・序》，頁1。

〔註573〕周叔迦：《釋典叢錄》，收入於《周叔迦佛學論著集》（北京：北京中華書局，1991年1月1刷），頁1106。

在武帝諸子姪與文士的風從方面，武帝既崇好佛教，詩文中常引述佛典，於是纂集卷帙龐博的類書，作為徵引故實或義例之用，對當時佛教界與文學界產生重大影響，惜目前未有更完整的資料可進一步瞭解當時哪些文士曾參與編纂類書之梗概。然時風之影響，時人多有競纂佛教類書者。如蕭綱輯《法寶聯璧》二百二十卷。〔註 574〕顯見蕭綱在父親武帝影響下，網羅文士從事編纂佛教類書《法寶聯璧》，足知當時佛教類書之編纂，不僅為僧侶重要工作，幾亦成為文士們最重要的活動之一。

另外，蕭繹集《內典博要》三帙三十卷。《金樓子》收此書，然無註語，《梁書》、《南史》本傳稱此書為蕭繹作，卷帙多達百卷，至《隋書》不著撰人，作三十卷，《法苑珠林》著錄為四十卷，言為湘東記室虞孝敬撰，〔註 575〕故此書應由其文學集團學士虞孝敬等人共同編纂而成，內容當廣徵群籍，資料豐富。《大唐內典錄》稱此書不僅「頗同於《皇覽》、《類苑》之流」，又可作為「內學群部之要徑」，〔註 576〕則此書既有類書之性質，且具包羅各書經義之價值。

（二）作品的集結

就佛教作品集的集結言，由於時人好佛，發言論述或論辯析理時，要皆離不開與佛教相關之理論，於是專門收錄佛教相關作品的書籍，應運而生，以供時人研讀引述。而此類作品集的叢刊，名為法集，早在劉宋明帝時已敕陸澄撰錄《法論》，陸澄博識洽聞，苞舉群集，故能銓品名例，隨義區分，成十六帙一百一十三卷，〔註 577〕廣收道安諸人著作，號稱古今完備。至梁時，武帝亦敕編多部，以便時人研讀。

武帝當時敕纂輯經典，如《續法輪論》，便是將佛教教義理論，加以類別，編纂成書的。當時武帝以為佛法沖奧，一般人近識難通，若非才學之士，實無由造極，乃敕釋寶唱將佛教東來，道門俗士，凡有敘佛理著作弘義者，皆加鳩聚，號為《續法輪論》，合七十餘卷，惜已亡佚，否則不僅能據以了解佛教東傳以來道俗與佛教之關係，更進一步探知武帝所編此書之盛況。其餘類

〔註 574〕參註 538，釋道宣則稱此書云：「有同《華林遍略》，惰學者有省過半之功。」參《大唐內典錄》卷第 4，頁 267。顯示此書足堪比擬六百二十卷之《華林遍略》。

〔註 575〕同註 19，《隋書》卷 34，頁 1009。《法苑珠林》卷 100，頁 1388。

〔註 576〕同註 538，《大唐內典錄》卷第 4，頁 267。

〔註 577〕同註 383，《出三藏記集》卷 12，頁 82～85。又參《漢魏兩晉南北朝佛教史》，頁 406。

似者尚有敕釋寶唱所輯《法集》一百四十卷，〔註578〕此書已亡佚，內容無由知曉，然就寶唱本傳載，《法集》成書後經由武帝親覽，再流通內外，〔註579〕主要內容當為佛教義理之纂結，則武帝意欲透過閱讀此類佛教義理之書，使一般人進入佛法境界之目的可知。

此外，釋僧祐亦有類似《法集》之作，共分為八帙，其中影響最大者為《弘明集》十四卷。僧祐生於劉宋元嘉二十二年（445），卒於梁天監十七年，精通律藏，以此聞名，深受武帝崇敬。所編《弘明集》為現存最早的佛教文集，頗類《昭明文選》，故列為總集類，《舊唐書》、《四庫全書總目提要》皆有著錄。〔註580〕全書所錄概皆與佛教相關之文章，共收一百八十四篇，作者一百二十二人，絕大多數為王臣士子，僧人十八人（不包括作者），內容包括泛釋世人對佛教的非議、專駁道教的詰難、論釋因果形神、敘佛教與朝廷之交涉、討論佛教儀規、抽繹佛法大義，並檄討外道異說及影響身心的「魔障」等，可謂網羅當時佛教作品最完備者。

武帝繼前人遺功，再將我國撰述與佛理相關之作者，裒集成帙卷數量龐大的叢刊，並敕使流通，不僅使眾多相關作品得以流傳，更收保存珍貴資料之功效。

三、僧傳與寺塔的撰記

（一）僧傳之撰

就僧人傳記言，梁代文風之盛，史學發達，著述之風大興，當時紀傳體史書較為著名者有沈約《晉書》、《宋書》、蕭子雲《晉書》、蕭子顯《後漢書》、《南齊書》、謝吳《梁書》等，此時紀傳體史書之發達，影響到佛學著述。兼之品評人物之作頗豐，多作人物傳記。自兩晉以至梁朝，佛教史書中以僧人傳記最為發達，〔註581〕或有記一人、一類或一時一地僧人之傳記者，較知名者如竺法濟的《高逸沙門傳》一卷、釋法安《志節傳》五卷、釋僧寶《遊方

〔註578〕同註19，《隋書》作一百七十卷。參卷35，頁1089。
〔註579〕同註219，《續高僧傳》卷第1，頁426。
〔註580〕《舊唐書》列為總集類，參卷47，頁2079。《四庫全書總目提要》卷145，頁3016。並稱許此書云：「梁以前名流著作，今無專集行世者，頗賴以存。」實說明《弘明集》於保存重要佛教類文章之作用與價值。
〔註581〕湯一介：〈高僧傳緒論〉，梁·釋慧皎撰，湯用彤校注，湯一玄整理：《高僧傳》（北京：北京中華書局，1997年10月3刷），頁1。

沙門傳》、釋僧祐《薩婆多部相承傳》五卷；或有記一時一地僧人傳紀者，如郗超《東山僧傳》、張孝秀《廬山僧傳》、陸杲《沙門傳》三十卷三書。〔註582〕最重要者，首推不以時地性質為限的通撰僧傳，現存者以梁代僧侶、學者所著作影響最鉅，其敘列歷代諸僧，特立專書，所攝至廣，至為重要。

當時一般文士、朝臣，在武帝崇盛佛教之影響下，或受敕而作，或自行纂著，如甚受武帝倚重的裴子野，末年深信佛教，持身教戒，終身茹素，曾受敕撰《眾僧傳》二十卷；陸杲任御史中丞時，以諒直見稱於武帝，素信佛法，持戒甚精，撰《沙門傳》三十卷；山中宰相陶弘景撰《草堂法師傳》一卷；與蕭綱頗有交情的處士張孝秀（481～522），撰《廬山僧傳》；〔註583〕湘東王記室虞孝敬撰《高僧傳》六卷，專記高潔沙門的事蹟；〔註584〕釋僧祐的《眾僧行狀》，〔註585〕一時之間僧傳之作大起。

不僅朝臣文士多撰述此類作品，連僧侶亦競相撰述，如釋寶唱撰《比丘尼傳》四卷，前有寶唱序，敘佛教傳入中國，至兩晉之際的淨檢首先為比丘尼，此後數目增多，以修持著稱者漸多，為使其事蹟流傳後代，故博採碑頌，廣搜記集，詢訪故老，自東晉穆帝升平年間（357～361）至梁天監年間（502～519），約一百六十年左右，記晉、宋、齊、梁女尼，共六十五人，為我國佛教史籍中唯一專述比丘尼事蹟的專書，成為後世研究兩晉南北朝時期婦女信奉佛教概況之寶貴資料庫。〔註586〕

另外寶唱尚有《名僧傳》三十一卷，為天監十八年受敕編寫，〔註587〕約於南宋間亡佚，唯日本沙門宗性，於日本文曆二年（宋理宗端平二年，1235）

〔註582〕同註550，《高僧傳‧序》云此三書：「各競舉一方，不通古今，務存一善，不及餘行。」卷第14，頁418。
〔註583〕同註7，張孝秀入《梁書‧處士傳》，其博涉群書，專精釋典，去職歸山後，與劉慧斐（478～536）居於東林寺。與蕭綱頗有交誼，張卒後，綱聞之傷悼，書與劉慧斐，以述其貞白。參卷51，頁746，及頁752。
〔註584〕同註219，虞孝敬史無傳，參《法苑珠林》卷100，頁1388。《續高僧傳》載：「逮太清中湘東王記室虞孝敬學周內外，撰《內典博要》三十卷，該羅經論，條貫釋門。洎宮陷沒，便襲染衣，更名道命，流離關輔。」參卷第1，頁426。虞氏既曾助蕭繹編《內典博要》，當對佛教甚有了解，故編寫《高僧傳》。
〔註585〕同註19，《隋書》卷35，頁1086，下有小字註明亡佚。
〔註586〕楊耀坤：《中國魏晉南北朝宗教史》（北京：北京人民出版社，1994年4月1刷），頁191。
〔註587〕同註219，《續高僧傳》卷第1，頁427。《大唐內典錄》卷第4，頁266。又參《歷代三寶記》卷3，頁45。

取東大寺所藏三十卷《名僧傳》中抄取一卷，共抄錄三十六僧之傳略，并原書目錄，稱《名僧傳鈔》。《名僧傳》所錄資料極爲豐贍，頗能補慧皎《高僧傳》之闕文，故周叔迦曾云：「晉、宋諸家僧傳，凡十有八種，……降及今日，諸家傳記皆不傳，每恨不能得唱公全作而讀之。」〔註588〕顯見此書堪稱當時最爲完備者。另有釋慧皎《高僧傳》十四卷，《續高僧傳》雖有慧皎本傳，然事蹟簡略，〔註589〕僅知其學通內外，博訓經律，春夏弘法，秋冬著述，作《高僧傳》，傳記十三卷，序錄一卷，序中言自漢時佛教東來，至梁時已近五百年間，所出名僧及所著僧史書籍甚多，云：「意似該綜，而文體未足。」又云：「梁來作者，亦有病諸。……唱公纂集，最實近之，求其鄙意，更恨煩冗。」顯示其對當時初成書的《名僧傳》內容，頗感缺憾，故廣泛搜集僧傳雜錄，史地著作，訪之故老耆舊，而成此書。又言稱「高僧」而不稱「名僧」，實因「若實行潛光，則高而不名；寡德適時，則名而不高」，故《高僧傳》記道德高尚者爲主，〔註590〕以補前著偏於一跡、一行、一科，或辭事闕略、文體未足之憾。全書所載時間起自東漢明帝永平十年（67），終於天監十八年，共四百五十三年，正傳共二百五十七人，旁出附見者二百三十九人，共分爲十類編排，前八類有「論」與「贊」，後二類有「論」無「贊」，保留梁代以前德高者僧家之事蹟，亦爲研究漢朝至梁時佛教史之重要參考依據，更可窺得當時品評人物、撰述與文學風氣之盛。另外尚有釋僧祐《薩婆多部傳》五卷，爲專記有部律師之作。〔註591〕又或有附之於他書中者，如釋僧祐《出三藏記集》，前十二卷爲記目錄，後三卷則附以僧傳，共錄三十二僧傳，〔註592〕大多爲後來釋慧皎《高僧傳》所採錄。

〔註588〕梁‧釋寶唱：《名僧傳鈔》（臺北：新文豐出版公司，1995年4月1版2刷），頁1～34。又參《釋典叢錄》，頁1100。

〔註589〕同註219，《續高僧傳》卷第6，頁471。

〔註590〕同註550，《高僧傳》卷第14，頁418～419。慧皎曾言：「瑯瑯王巾所撰僧史，意似該綜，而文體未足。」「王巾所撰」即《法師傳》十卷，參《隋書》卷33，頁978。王巾作王中，參《全梁文》卷54，頁3271。茲從《隋書》作王巾。王巾卒於天監四年，活動主要在南齊，此書或作於蕭齊之世，於梁朝作最後修訂。《文選》收〈王簡栖頭陀寺碑文〉，李善注引云：「（王巾）有學業，爲〈頭陀寺碑〉，文詞巧麗，爲世所重……天監四年卒。」參梁‧蕭統編，唐‧李善等注：《文選》（臺北：文津出版社，1987年7月出版）卷59，頁2527。

〔註591〕同註19，《隋書》卷33，頁979。《大唐內典錄》作《薩婆多師資傳》五卷，參卷第4，頁265。

〔註592〕同註383，《出三藏記集》卷第13～15，頁94～114。

在眾多僧侶傳記中，以梁武帝敕編《佛記》三十篇與釋僧祐《釋迦譜》記佛陀生平二書最爲特出。武帝希望時人藉由閱讀釋迦佛傳記的四十九年事蹟，能避開歧路，跳出三界火宅，悟入佛法，故敕令虞闡、到溉、周捨等人編撰《佛記》，令一代詞宗沈約撰序，沈約受命立成，武帝閱後，敕繕寫流布。〔註593〕此書雖已亡佚，藉沈約〈佛記序〉可推測其編纂方式及佛圖澄、鳩摩羅什等高僧來往印度、西域、中國的僧侶傳記，與天、人、畜生、餓鬼、地獄等五道眾生業報情形與感應事蹟等。另有釋僧祐《釋迦譜》，本爲五卷，隋末唐初增廣爲十卷本，二種本子皆分爲三十四篇，前九篇稱「譜」，後二十五篇稱「記」，且篇名皆相同，〔註594〕此後廣略稍異的兩種本子一併流傳。此書尤異於一般傳記，僧祐以諸經中所載佛陀生平，「群言參差」、「同異莫齊」，〔註595〕於是抄集眾經中所載佛陀自降生至成道過程的相關資料，依事類剪裁編排而成，甚易檢索，實爲一部近似類抄性質的著作。

（二）寺塔之記

就寺塔之記言，梁時佛教備受崇信，僧尼、寺塔數目驟增，文士亦習染佛教，與僧侶往來頻繁，又喜捨宅屋以建造寺塔，一往一來之間，或因日習月染而流轉於名山寺塔之間，或因朝夕遊處而作各寺塔名篇，或有專爲佛寺佛像撰勒碑文者，故梁時此類作品甚多。

梁時劉璆曾奉敕撰《京師寺塔記》二十卷，劉璆史無傳，爲梁時尚書兵部郎兼史學士。〔註596〕據《大唐內典錄》載唐高宗龍朔元年（661），釋彥琮（557～610）以宇內塔寺靈相甚多，足以感化人心，開治誠信，乃就劉璆《京師寺塔記》爲本，發憤創就纂結，緝成《大唐京寺錄傳》十卷，又云：「江表梁室，著記十卷。東都後魏，亦流五軸。」〔註597〕此處「五軸」指

〔註593〕同註2，梁武帝：〈敕答沈約〉，《全梁文》卷5，頁2974。

〔註594〕梁・釋僧祐：《釋迦譜》（《大正新修大藏經》50冊，史傳部2，臺北：新文豐出版公司，1985年）本爲五卷，見《出三藏記集》卷第12，頁87。至隋朝《歷代三寶記》誤爲四卷，《開元釋教錄》改爲五卷，隋末唐初時乃有十卷本，《大唐內典錄》云：「更有十卷本，余親讀之。」則十卷本亦曾流通。參卷第4，頁265。

〔註595〕同註594，《釋迦譜》卷第一并序，頁1。

〔註596〕同註219，《法苑珠林》卷100，頁1388。《隋書》著錄爲十卷，錄一卷。參卷33，頁985。《大唐內典錄》作《楊都寺記》一十卷。參卷第10，頁331。

〔註597〕同註538，《大唐內典錄》卷第5，頁283。《舊唐志》未著錄《大唐京寺錄傳》，

楊衒之《洛陽伽藍記》五卷，「十卷」則爲劉璆《京師寺塔記》。《京師寺塔記》既爲敕撰，內容資料當堪稱豐富，較之劉宋釋曇宗《京師寺塔記》與齊劉悛（439～499）《益部寺記》，〔註598〕卷帙更爲龐大。惜至《舊唐書》後便亡佚。然釋彥琮將此書與《洛陽伽藍記》相提並論，二書寫作方式，當有相似處，則價值可知。

除了寺塔之記外，因爲梁武帝喜捨宅爲寺，時人競造佛寺之風頗盛，一旦佛寺、佛像建造完成，便勒碑文於其上，於是記佛寺、佛像碑文之作甚多，若表現特優者，武帝便加以賞賜。如武帝以三橋舊宅爲光宅寺，敕周興嗣、陸倕各製寺碑；〔註599〕又曾令蕭洽制同泰寺、大愛敬寺刹下銘，因文辭甚美，翌年遷官；任孝恭受敕撰〈建陵寺刹下銘〉，文辭富麗，從此專掌筆翰。

武帝好作佛寺佛像碑銘，給與文士、朝臣等無形影響。時人爲能夠熟習佛寺碑文的寫作，便有專門彙聚成書者，如梁時釋僧祐嘗修繕諸寺，使寺廟廣開，造立經藏，搜校卷軸，〔註600〕留意於各寺碑文，纂成《集諸寺碑文》四十六卷；〔註601〕梁武帝子蕭繹曾撰《釋氏碑文》三十卷，〔註602〕現存其文集中便有〈荊州長沙寺阿育王像碑〉、〈善覺寺碑〉等十一篇相關作品，〔註603〕明張溥爲其題辭時云其：「釋典諸文，雕鏤匠意，威鳳紺馬，增其燦爛。」〔註604〕其中「威鳳紺馬」一句，便化脫自蕭繹〈梁安寺刹下銘〉：「神童戾止，甌連翩於威風；薩埵來遊，屢徘徊於紺馬。」〔註605〕顯示張溥已注意到蕭繹多寫佛寺、佛像碑銘等作品。

不僅蕭繹如此，其兄蕭綱亦多有此類作品，如〈釋迦文佛像銘〉、〈大愛敬寺刹下銘〉等十餘篇。深受昭明太子愛接的劉勰，因長於佛理，當世京師

　　　《新唐志》著錄爲十卷，顯示至後晉時已有散佚。參卷59，頁1527。

〔註598〕同註550，《高僧傳》載劉宋釋曇宗有《京師寺塔記》二卷，齊時劉悛有《益部寺記》，卷第13，頁416與卷第14，頁418。《隋書》僅著錄釋曇宗《京師寺塔記》二卷，參卷33，頁985。劉悛爲劉緬之子，爲齊時人，參《南史》卷39，頁1002。

〔註599〕同註7，《梁書》卷49，頁698。

〔註600〕同註550，《高僧傳》卷第11，頁403。

〔註601〕同註538，《大唐內典錄》卷第10，頁331。《隋書》作《諸寺碑文》四十六卷，參卷35，頁1086。

〔註602〕同註19，《隋書》卷35，頁1086。

〔註603〕同註2，《全梁文》卷18，頁3056～3057。

〔註604〕同註464，《漢魏六朝百三家集題辭注》，頁215。

〔註605〕同註2，梁元帝：〈梁安寺刹下銘〉，《全梁文》卷18，頁3054。

寺塔及名僧碑誌，必請以製文。曾作〈剡縣石城寺彌勒石像碑文〉，〔註606〕
文中極力敘造由人功而瑞表神力之功，並歷敘剡山神蹟、石城命名之由來，
及建安王造彌勒石像原由與願望，或雜有論冥機神理之感化人心，或夾有記
剡山峻絕之姿，或又讚建安王蕭偉獨具神理，乃能受顯靈機，宿障康復，或
又頌石像造建經過與天工人巧，全文有闡述佛理感通之妙，亦有記景色禎瑞
之境，實爲極出色之作品。其餘如當時擅爲文的任孝恭受敕作〈建安寺刹下
銘〉、〈多寶寺碑銘〉；文辭妍美、受蕭統喜愛的王筠作〈開善寺碑〉；以才優
聞名的劉孝綽作〈栖隱寺碑〉；擅作銘記且辭義典雅的陸倕作〈天光寺碑〉；
性好墳籍，爲文麗逸多用新事的王僧孺作〈中寺碑〉；文詞巧麗的王巾作〈頭
陀寺碑文〉，則當時文士多作佛寺碑文之盛況可知。

四、目錄與律典的輯成

武帝既盛弘佛教，廣延博古，旁採遺文，編修各類佛教相關書籍，各式
相關作品既多，佛典目錄的編輯，乃應運而生。

（一）佛典目錄的編輯

就佛教書籍目錄編纂言，佛家典籍浩瀚，翻譯著作日益繁多，在研讀佛
經之餘，深感若無分類周密的理想目錄，既無法探索奧密，亦無從閱讀起，
故開始匯編佛教經典書目，以供有心閱讀者按圖索驥，並指明一條讀經的途
徑。當時編纂成書者，數目自不在少數，《開元釋教錄》曾敘列古今諸家目錄，
梁以前便有二十三部。〔註607〕始作目錄且確然可信者爲東晉釋道安，曾在襄
陽校閱眾經，釐正考訂，編撰佛經目錄名作《綜理眾經目錄》，〔註608〕梁時尚
見行於世，釋僧祐稱讚曰：「爰自安公，始述名錄，銓品譯才，標列歲月，妙
典可徵，實賴伊人。」〔註609〕惜於隋初失傳。〔註610〕自此以後目錄續出，考
訂嚴密，因此佛典目錄之作，遂具編定佛典之功用。

梁武帝時敕命譯注各種佛經，又以護教爲己任，遂有欽定的佛典目錄產

〔註606〕同註2，劉勰：〈剡縣石城寺彌勒石像碑文〉，《全梁文》卷60，頁3309～3310。
〔註607〕唐・釋智昇：《開元釋教錄》（《大正新修大藏經》第55冊，目錄部全，臺北：
　　　　新文豐出版公司，1985年）卷10，頁572～573。
〔註608〕同註550，《高僧傳》卷第5，頁352。
〔註609〕同註383，《出三藏記集》卷第2，頁5。
〔註610〕同註278，《歷代三寶記》卷第15，頁127。

生。其有鑑於當時華林園總集釋氏經典達五千四百卷，〔註611〕天監十四年敕釋僧紹就華林園華林殿所藏佛經撰成《華林佛殿眾經目錄》四卷，僧紹略取釋僧祐《出三藏記集》之目錄而略有增減。〔註612〕書成後，因未能合武帝之意，又敕寶唱「因紹前錄」，據以重編，加以注解，敘述提要，並再行分類重編爲《眾經目錄》四卷，共一千四百三十三部，三千七百四十一卷。〔註613〕寶唱此錄編成後，深獲時望，自此受命掌管華林園寶雲經藏，專門負責搜求佛典遺逸的工作。惜目前《眾經目錄》亡佚。

　　由於武帝的重視，時人亦重視佛教一類的書目。如阮孝緒於普通年間編《七錄》便是最佳見證，阮氏沉靜寡慾，篤好墳史，乃博採宋、齊以來王公之家的書記，再參校官簿，撰編成《七錄》，外篇二錄中便有佛法一錄，編定有戒律部、禪定部、智慧部、疑似部、論記部，合二千四百一十種，二千五百九十六帙，五千四百卷，使佛典目錄於經籍總目中占有一極重要的地位。〔註614〕足見不僅僧侶重視佛典目錄之整理，連同時人亦極重視此類資料之編排與整理。

　　目前能見到最早編寫佛教經典目錄者爲釋僧祐所編《出三藏記集》十五卷，〔註615〕書又名《三藏集記》、《出三藏記》，簡稱爲《僧祐錄》、《祐錄》，宋、元、明史之〈藝文志〉皆有著錄，然《四庫全書總目提要》卻未加著錄。三藏，乃指佛教經、律、論而言，故爲記集歷代以來中國所出翻譯之經律論，約成書於天監九年至十三年之間，爲梁代以前眾多佛經目錄中唯一流傳至今的著作。原書本未註記收典總數，據隋費長房統計，共收佛典二千一百六十二部，四千三百二十八卷。〔註616〕

　　就《出三藏記集》之體製而言，多採東晉釋道安《綜理眾經目錄》，且頗

〔註611〕同註19，《隋書》卷35，頁1089。

〔註612〕同註278，《歷代三寶記》卷第11，頁99。

〔註613〕同註219，《續高僧傳》卷第1，頁426。又參《歷代三寶記》卷第15，頁126。

〔註614〕阮孝緒《七錄》分內外二篇，外篇二錄收有佛法一錄。我國經籍總目中載佛書，始於魏之《中經簿》，晉荀勖《中經簿》亦載佛經，參吳士鑑：《晉書斠注》(仁壽本《二十五史》，臺北：二十五史編刊館，1956年1月初版)卷39，荀勖傳注，頁16下。王儉《七志》雖編入佛道二家，然俱不在《七志》內，至《七錄》乃有佛法一錄。參《全梁文》卷66，頁3348。

〔註615〕《出三藏記集》之卷數在流傳中頗有不同，明南藏本爲十五卷，明北藏本爲十七卷，因北藏本無卷六，以卷六爲卷七，第十二卷析爲二卷，故爲十七卷，然內容並無變化。

〔註616〕同註278，《歷代三寶記》卷第15，頁126。

有續補其目錄之志，〔註617〕因此讀祐錄可想見安錄，猶若讀班志可想見劉略。
〔註618〕其成書於《漢書‧藝文志》與《隋書‧經籍志》間，與一般藝文志有
所不同，我國藝文志中通常志前有總序，再分類排列書名、卷數撰者，每一
類畢，便總其家數，條其派別。《出三藏記集》書前亦有總序，然其中分爲四
個部份，一爲撰緣記，乃記佛經和譯經之起源；二爲銓名錄，乃著錄歷代佛
教經典目錄，與藝文志所不同，在於以時代撰人分類，其次則爲異出經、古
異經、失譯經及律部，又次則爲失譯雜經、抄經、疑經、注經等，〔註619〕因
僧祐爲律學專門，故特詳於律部；三爲總經序，匯集諸經的前序、後記，共
一百二十篇，除序以外，復載各經各卷篇目，故據篇目，乃能略知該書內容
之大要；四爲述列傳，乃記載譯著佛經者之傳記，以譯經僧爲主，兼及義解
僧與求法僧，外國二十二人，中國十人，包括由後漢至蕭齊。就本書之特殊
價值而言，首先在述列傳部分，傳記人數雖不多，然可謂目前所存最早之僧
傳，其間史料爲稍後釋慧皎《高僧傳》所輯採，並可考後來僧傳之因革與異
同，影響至鉅；其次在總序部分而言，其輯採諸家經序，爲他本經目所未見，
可據以考知譯經經過及內容，實與後來書錄解題、書目提要之用無異，後記
中又多記明譯經地點與年月日，尤爲可貴。〔註620〕加上這些經序、後記皆爲
六朝時人之作，或評介經旨大意，或記敘出經始末，或考比不同譯本，或闡
發作者心得體會，或載錄種種史實，文富辭約，事鉤眾經，清嚴可均輯《全
上古三代秦漢三國六朝文》，將此部分悉數採納於其中，更足顯示《出三藏記
集》之價值；最後，在銓名錄部分，共分爲十五錄，一類爲據道安《綜理眾
經目錄》全書七錄之目錄而編，〔註621〕一爲僧祐所新置，因此《出三藏記集》
乃在道安《綜理眾經目錄》編錄之基礎上成書，可謂爲道安書體例的紹繼者

〔註617〕同註 383，僧祐《出三藏記集》自序云：「敢以末學響附前規（釋道安），率
　　　　其管見，接爲新錄。」是僧祐乃私淑道安，並以續補《綜理眾經目錄》爲己
　　　　任。

〔註618〕語見梁啓超：〈佛家經錄在中國目錄學之位置〉，《佛學研究十八篇》（上海：
　　　　上海古籍出版社，2001 年 9 月 1 刷），頁 341。

〔註619〕所謂「異出經」，乃指原本同而至中國譯本不同者；失譯經，即譯人姓名亡失
　　　　者；抄經即撮舉諸經之大要者；注經即注解；疑經即真僞未辨或已辨爲僞經者。

〔註620〕陳垣：《中國佛教史籍概論》（臺北：新文豐出版公司，1983 年元月初版），
　　　　頁 3。

〔註621〕釋道安《綜理眾經目錄》全書共立七錄，分別爲經論錄、失譯經錄、涼土異
　　　　經錄、關中異經錄、古異經錄、疑經錄、注經及雜經志錄等七類。後有梁釋
　　　　僧祐的承襲，成爲後世佛經目錄的分類原則。

與分類資料之保存者。此書之編纂，可謂集目錄、總集、僧傳諸類於一書，足見除在保存文獻意義外，尚有意使時人在研讀此書之同時，更能據目錄以求佛經，據書序以知佛義，據僧傳以知眾僧行誼，實融鑄各類精華於一書。

佛典目錄之存在，不僅導引學者尋驪探珠，並能循目搜集，編修刻藏，使之代代相傳，久而不息。因此姚名達《目錄學》稱目錄學史中，以佛經目錄最值得敬佩。〔註622〕而武帝一朝所編佛典目錄，可謂上承前代遺緒，開創更完備之佛典目錄體制，不僅由官家敕編，尚且有釋僧祐、阮孝緒等人投注極大的創見與精力。

（二）律典的編撰

就律典的編撰言，梁時弘傳佛法，僧侶既眾，或有乖戾者，或不遵戒律者，〔註623〕武帝認為戒律為佛教中一切修行的根本，因此進行佛典經論的重編工作，對作為佛法修行的軌範與行為的準則之「律藏」與「戒律」，亦極為重視，敕專攻律學之僧侶加以分類整理，有《律藏》、《出要律儀》及敕撰《在家出家受菩薩戒法》等相關書籍。

武帝於天監末年敕釋明徹編修《律藏》。明徹於齊時曾從釋僧祐受學《十誦律》，深知律為繩墨，用以憲章禮儀，乃遍研四部，校其興廢，當時律辯，莫有能折，遂成律學名家。入梁後，武帝欽待不次。天監末年，武帝以律明萬行，戒條章法廣博繁雜，希望以「撮聚簡要，以類相從」的編纂原則，延請明徹入華林園寶雲僧省，專功抄纂《律藏》的工作。〔註624〕期能編出簡要的律典，作為佛教徒行持之憑藉。惜普通三年，此書編纂將成之際，明徹因生病死亡，至於此書後來是否續編完成，已無法得知。

另外又編纂《出要律儀》，武帝因律部繁廣，一旦臨要使用檢索，難以究明，於敕「律學之秀」釋法超為僧正後，冀能確立儀表典範，故在政事聽覽之餘暇，遍檢戒律，編纂《出要律儀》十四卷。編纂之方式為「以少許之詞，網羅眾部」，〔註625〕知其主要特點在以簡馭繁。成書後，分發境內，使全佛教徒遵循使用。

〔註622〕姚名達《目錄學》（臺北：臺灣商務印書館，1988年5月臺4版）中斥往昔學者未能吸收佛典目錄之優點，故作此結論，參頁90。

〔註623〕同註550，《高僧傳》載齊代高僧釋僧宗，講說時聽者近千，然卻任性放蕩，亟越儀法，得意便行，不以為礙。參卷第9，頁379。梁慧皎作《高僧傳》，對其不守戒法，頗有春秋之筆。

〔註624〕同註219，《續高僧傳》卷第6，頁473。

〔註625〕同註219，《續高僧傳》載此書為十四卷，參卷第21，頁607。至《大唐內典

雖然目前已經亡佚，無由知其編纂者，然眞正主事編纂者應是由武帝親自規劃或參與，並由都邑僧正釋法超、釋寶唱等人襄助編纂而成的。〔註626〕

上述二書已亡佚，然在敦煌石室中保存一卷武帝敕撰的《在家出家受菩薩戒法》。〔註627〕據《出家人受菩薩戒法》卷尾跋文記載，爲天監十八年五月敕寫，此年四月八日武帝曾從慧約受菩薩戒，〔註628〕五月即敕撰《出家人受菩薩戒法》，奉持的是擅長讀誦佛典的釋慧明。〔註629〕今存〈出家人受菩薩戒法卷第一〉爲武帝所撰《在家出家受菩薩戒法》的殘卷，編纂的範圍爲當時所能搜集到的所有資料，徵引佛經達十四種，復參考六種《菩薩戒法》，〔註630〕顯示武帝博採經律，對佛教之篤信與重視。

五、佛教作品的創作

南朝佛教盛行，君主、貴族莫不禮佛，廣爲宣揚。至武帝及其宗室成員，皆愛好文學，人人能文，在武帝好佛的影響下，文士引佛理入詩以闡述佛理，或與佛教攸關的詩文，與日俱增。

（一）闡述佛理之作

就闡述佛理之作言，此類詩歌作者多精信佛法，藉詩文闡述佛理，故文辭較爲質樸，以意境取勝。如武帝〈會三教詩〉，自言「少時學周孔」、「中復觀道經」、「晚年開釋卷」，詩中羅列儒道佛三教之菁粹，並言三教源同流別，

録》載爲二十卷，參卷第4，頁266。

〔註626〕同註544，《梁武帝》，頁146～147。據《梁武帝》考證，《出要律儀》資料來源「網羅眾部」，經過閱讀、歸納分類、再參考當世習俗所纂結的律儀規條，當非日理萬機的武帝所能獨力完成的。《續高僧傳》釋法超傳敘此書編纂經過，法超本人爲武帝「都邑僧正」，精於律學，當爲編纂參與者。《大唐內典録》載釋寶唱奉詔撰，參卷4，頁266。

〔註627〕此部書現藏於法國巴黎國民圖書館，編目爲「伯希和第二一九六號」，又見黃永武輯《敦煌寶藏》（臺北：新文豐出版公司，1981年）第116冊，頁513～561。但字跡模糊。日人土橋秀高曾於一九六八年整理校讀過此篇殘卷，將全文刊於日本龍谷大學佛教學會所編的《佛教文獻的研究》（昭和43年，頁93～148）。又參《梁武帝》，頁147～148。

〔註628〕同註219，《續高僧傳》卷第6，頁469。

〔註629〕同註550，《高僧傳》載釋慧明爲唱導法師道照的弟子，師徒皆擅長讀誦佛典，於宋齊梁三世極負盛名，參卷第13，頁415。慧明至梁時深受倚重，曾爲梁武帝舉辦「斷酒肉」法會的都講，並向僧尼大眾宣讀武帝〈斷酒肉文〉。參《廣弘明集》卷第26，頁299。

〔註630〕同註544，《梁武帝》，頁147～150。

殊途同歸。當時開善寺釋智藏作〈奉和武帝三教詩〉，云：

> 心源本無二，學理共歸眞。四執迷叢藥，六味增苦辛。資緣良雜品，
> 習性不同循。至覺隨物化，一道開異津。大士流權濟，訓義乃星陳。
> 周孔尚忠孝，立行肇君親。老氏貴裁欲，存生由外身。出言千里善，
> 芬爲窮世珍。理空非即有，三明似未臻。近識封歧路，分鑣疑異塵。
> 安知悟云漸，究極本同倫。我皇體斯會，妙鑒出機神。眷言總歸巒，
> 迴照引生民。顧惟慚宿植，邂逅逢嘉辰。願陪入明解，歲暮有攸因。

〔註 631〕

此爲奉和闡述佛理之作。武帝以帝王身分提倡，得能與之奉作者，必定表現出受倚重程度，因此時人以奉和或同作爲榮，多創作類似作品。當時武帝作〈十喻詩〉五首，以言諸法皆虛亡不實。子蕭綱作〈十空詩〉六首，實則十空即十喻，主要言萬法皆空之理，如〈十空詩〉中〈鏡象〉云：

> 精金宛成器，懸鏡在高堂。後挂七龍網，前發四珠光。迴望疑垂月，
> 傍瞻譬璧璫。仁壽含萬類，淮南辯四鄉。終歸一無有，何關至道場。

〔註 632〕

此種唱和之作，亦時時出現在文士間的文學活動中，以群策群力的方式完成類似的組詩，如庾肩吾〈八關齋夜賦四城門〉詩，共十六首，以闡述佛理者，全詩以釋迦牟尼仍爲太子時寫其出東、西、南、北城門，分別見老、病、死、沙門，而有感於人生之苦，乃興起出世之念頭。除庾肩吾外，同作者尚有簡文帝蕭綱、徐防、孔燾、諸葛艤、王臺卿、李鏡遠等人。〔註 633〕除自行抒闡佛理之作外，當時在武帝倡受佛戒〔註 634〕、聽講佛理法會等號召之影響，文士往往多參與此類佛教儀式或活動，於是將懺悔受戒之心得、經過，發而爲詩文，並相互和作，此類作品，一時湧現而出。〔註 635〕

〔註 631〕同註 131，釋智藏：〈奉和武帝三教詩〉，梁詩卷 30，頁 2189～2190。
〔註 632〕同註 131，蕭綱：〈十空詩〉，〈鏡象〉，梁詩卷 21，頁 1938。
〔註 633〕《先秦漢魏晉南北朝詩》收〈八關齋夜賦四城門〉作者爲庾肩吾，《廣弘明集》收錄作者爲八人，參卷第 30，頁 354～355。
〔註 634〕梁武帝重視佛教戒律，除親受菩薩戒外，並要求宗族、大臣等亦受菩薩戒，參《續高僧傳》卷第 6，頁 469。
〔註 635〕當時武帝盛倡佛教，朝賢多啓求受戒，然卻不知江革精信因果，作〈覺意詩〉五百字賜之，參《梁書》卷 36，頁 524。子蕭綱亦受菩薩戒，作〈重雲殿受戒詩〉，惜今已不存，僅存其下文士庾肩吾〈和太子重雲殿受戒詩〉。另蕭綱作〈蒙預懺直疏詩〉，武帝作〈和太子懺悔詩〉，同奉者尚有王筠〈奉和皇太

如蕭統作〈鍾山解講詩〉，敘其於鍾山開善寺法會中聽釋智藏講佛經，當時「朝賢時彥，道俗盈堂，法筵之盛，未之前聞」，[註636]並作〈開善寺法會詩〉，講經完畢，解散法座後，偕文學之士往游鍾山開善寺，進謁智藏，行弟子之禮，並請講《大涅槃經》，後又預北閣談論，遊寺外山曲，有感於佛法精微之義理，登高至山巖最高處以遊勝境，最後歸於意欲結識高僧，[註637]並賦詩而歸。此次參與聽講的文士蕭子顯、劉孝綽、劉孝儀、陸倕等人皆作〈奉和昭明太子鍾山解講詩〉。足知當時武帝大崇佛法，文士多參與佛教活動，無形之中，詩文遂多反映佛理。

其次就藉詠物、詠山水而兼寓佛理者尤多，特別是武帝時，喜愛建造佛寺、精舍，[註638]又往往選置於山巔水湄之處，景色秀麗，對佛寺建築甚為講究，極盡富麗閎偉，時人在往返朝拜間，一時興起，便抒發己興，武帝曾作〈遊鍾山大愛敬寺詩〉。[註639]子蕭統作〈和上遊鍾山大愛敬寺詩〉，亦敘佛理，夾雜周邊景色，再歸結至對佛理之虔篤不移；蕭綱亦時時參訪佛寺，曾作〈往虎窟山寺詩〉，同和詩作者便有王囧、陸罩、孔燾、王臺卿、鮑至等五人，則當時參與者人數龐大。

（二）志怪小說之作

就志怪小說言，梁武帝力倡佛教，數次捨身、譯著佛典，舉辦各式講經與法會，又親近道教。時人習染於浩瀚無邊的佛法中，閱讀神奇怪異的佛教故事，遂喜其穎異之說，兼之佛道交會，吸取道教鬼異故事，乃多採佚聞奇事，撰作成頗具「張皇鬼神，稱道靈異」的小說。單是有梁一朝所作的小說，數量甚多，堪為南北朝之最。[註640]顯示梁朝在佛教的普遍興盛與文風鼎盛的刺激下，專記神異的小說亦飆然而起。

子懺悔應詔詩〉、〈和皇太子懺悔詩〉。
[註636] 同註219，《續高僧傳》卷第5，頁467。
[註637] 蕭統：〈鍾山解講詩〉末二句云：「非曰樂逸遊，意欲識箕穎。」箕穎即箕山與潁水，此處借指高僧釋智藏所居之地，參俞紹初校注：《昭明太子集校注》（鄭州：中州古籍出版社，2001年7月1刷），頁34。
[註638] 梁武帝崇信佛教，曾建造多所佛寺，皆窮工極巧，殫盡財力，參北齊‧魏收等：《新校本魏書附西魏書》（臺北：鼎文書局，1998年9月9版），卷98，頁2187。
[註639] 同註131，梁武帝：〈遊鍾山大愛敬寺詩〉，梁詩卷1，頁1531。
[註640] 韓秋白、顧青：《中國小說史》（臺北：文津出版社，1995年6月初版1刷），頁37。

在武帝著作方面，雖未有撰著神異小說的專書，然曾撰述〈斷酒肉文〉，敘因果輪迴報應，舉例云：

> 若啖食眾生子，眾生亦報，啖食其子。如是如怨對，報相啖食，歷劫長夜，無有窮已。如《經》說：「有一女人，五百世害狼兒，狼兒亦五百世害其子。又有女人，五百世斷鬼命根，鬼亦五百世斷其命根。」如此皆是經說，不可不信。其餘相報，推測可知。〔註641〕

文字簡潔，所敘涉及此類神異秘聞之說。身為一國之君，文章中所舉事例，乃為朝臣共同關注，見其引敘如此，當有風從效應。文章之外，武帝尚編撰有關宗教性質的《眾經飯供聖僧法》、《眾經護國鬼神名錄》、《眾經懺悔滅罪方法》等書，內容有關「禮懺除障」、「饗接鬼神」、「祭祀龍王」等法會儀式依據，範圍「包括幽奧，詳略古今」，必當包羅古今怪異之事。天監初又詔虞闡等將佛教宏傳的事蹟，撰成《佛記》三十篇，內容包括「神塗詭互」、「靈怪倜儻」等天、人、畜生、餓鬼、地獄五道眾生業報情形與感應故事。〔註642〕至天監十一年敕請僧伽婆羅重譯《阿育王經》十卷，記載阿育王事蹟，其中卷二〈見優波笈多因緣品〉敘阿育王禮拜優波笈多為國師，並常接受其教化，且於釋迦牟尼誕生、悟道、傳法、涅槃等地建塔供養；於卷三〈供養菩提樹因緣品〉敘阿育王供養菩提樹，以及佛世未入涅槃的事蹟；卷四〈鳩摩羅因緣品〉載阿育王子鳩摩羅受害失明事。書多涉神奇怪秘之說，又頗具故事性，加上武帝極重視此書，參與譯者皆一代高僧。天監十五年又敕釋僧旻等編成《經律異相》五十卷，內容側重在「希有異相」、「難聞秘說」，今據〈釋迦為薩婆達王身割肉貿鷹〉、〈目連遷無熱池現金翅鳥〉、〈尸毗王制肉代鴿〉等條目，〔註643〕不僅敘佛事，亦甚具故事情節，且多載秘異之事。由此可知，武帝重視編纂佛教故事中神佛感應等神異事蹟之書，本意當是藉以推行佛教，並具勸誡之用，於是或聘一代名僧參與，或納朝臣文士助編。影響之下，文士在吸收此類作品菁華之餘，步武之作頗多。

在朝臣文士方面，如吳均著《續齊諧記》，今雖僅存一卷，然清拔雅雋，卓然可觀，堪稱小說之上乘，〔註644〕《四庫全書總目提要》譽為「小說之表

〔註641〕同註2，梁武帝：〈斷酒肉文〉，《全梁文》卷7，頁2990。

〔註642〕同註2，沈約：〈佛記序〉，《全梁文》卷30，頁3124。

〔註643〕同註413，《經律異相・序》，頁1。又參卷第10，頁50；卷第14，頁75；卷第25，頁137。

〔註644〕寧稼雨：《中國文言小說總目提要》（山東：齊魯書社，1996年12月1刷），

表者」；任昉撰《述異記》二卷，書中多記古代神話，與其他志怪不同，文「言簡而味雋」。〔註645〕另蕭綺整理《拾遺記》，此書本東晉王嘉撰，至梁時蕭綺加以整理，今本前有蕭綺序，言書本十九卷，二百二十篇，因有散佚，「皆為殘闕」，經「蒐檢殘遺」，遂刪繁存實合為一部十卷，知當非王嘉原作，為蕭綺整理之本。書中「多涉禎祥之書，博采神仙之事」，頗有若干遺聞軼事，足以補史之闕，〔註646〕與同時期志怪相比，文字顯得鋪彩錯金，詞藻豐茂。

　　蕭繹於《金樓子》中特立〈志怪〉一篇，凡五十三條，所言皆荒誕神奇秘事，篇幅或詳細，或簡略，然能輯得五十三條，當是蕭繹頗留心於此類秘聞。另外尚有《仙異傳》三卷、並付其下文士纂成《研神記》一帙一卷。〔註647〕蕭繹為武帝子，為梁代後期文學集團之一的領導者，西府文士以之馬首是瞻，無形之中，提高志怪類秘聞小說的地位。

　　另外尚有梁少府卿謝綽撰《宋拾遺》十卷〔註648〕、劉之遴《神錄》五卷〔註649〕、顏協的《晉仙傳》、江祿《列仙傳》〔註650〕、江淹《赤縣經》〔註651〕、王曼穎《補續冥祥記》〔註652〕等書，一時之間作者輩出。

　　頁21。又參李劍國：《唐前志怪小說輯釋》（臺北：文史哲出版社，1987年7月再版），頁591。

〔註645〕譚正璧：《中國小說發達史》（上海：光明書局，1935年8月初版），頁113。

〔註646〕唐・房玄齡：《新校本晉書并附編六種》（臺北：鼎文書局，1995年6月8版）王嘉本傳載其著《拾遺錄》十卷，參卷95，頁2496～2497。《隋書》著錄《拾遺錄》二卷，為王子年撰，子年即王嘉字，又著錄《王子年拾遺記》十卷，題蕭綺撰，參卷33，頁961。《舊唐書》著錄為三卷，題王嘉撰。《新唐書》同，《舊唐書》又著錄《拾遺記》十卷，題蕭綺撰。《新唐書》作蕭綺錄，則《拾遺記》、《拾遺錄》或為二書，作者有王嘉、蕭綺二說。參齊治平校注：《拾遺記》（北京：北京中華書局，1981年6月1刷），前言，頁1～20，及附錄242～246。

〔註647〕同註137，《金樓子》卷5，頁1下。

〔註648〕同註19，《隋書》卷33，頁960。謝綽史無傳，為梁時少卿，書亦亡佚，然與蕭綺整理《拾遺記》同入《隋書・經籍志》雜史，《隋志》稱此類之書云：「自後漢已來，學者多鈔撮舊史，自為一書，或起自人皇，或斷之近代，亦各其志，而體制不經。又有委巷之說，迂怪妄誕，真虛莫測。」當或為同一類之書。

〔註649〕《神錄》與吳均《續齊諧記》同入雜傳類，隋志云：「魏文帝又作《列異》，以序鬼物奇怪之事，嵇康作《高士傳》，以敘聖賢之風。因其事類，相繼而作者甚眾，名目轉廣，而又雜以虛誕怪妄之說。推其本源，蓋亦史官之末事也。載筆之士，刪採其要焉。」《神錄》或亦涉虛誕怪妄之內容。參卷33，頁980。

〔註650〕同註7，《南史》卷36，頁945。《隋書》未收。

〔註651〕同註7，《南史》卷59，頁1451。

〔註652〕同註19，《隋書》卷33，頁980。王曼穎史無傳，卒於梁時，參《梁書》卷

　　由上可知，佛教至梁時而特盛，各式佛教活動有武帝的刻意護持與推動，自皇太子以下皆熱烈參與，參與之餘，要熟讀佛典，嫻於佛教典故，因此佛教著述的編纂大為興盛。佛教類書、作品集與各類僧傳等作品，皆在武帝敕命下，由專門高僧主事編纂，並帶領才學僧俗襄助以成其事，文士愈參與編纂，愈能在詩文中表現出佛理，無怪乎唐釋道宣讚揚曰：「弘傳聖教，隨代興隆，其中高者，無越梁祖。」〔註653〕足見武帝對此風影響之鉅。今人任繼愈言梁時能「努力把諸種不同性質的佛典加以整理、調合、總結，力圖使佛教變成一個統一體」數語，〔註654〕雖是以佛教為主所發之言論，實則此種佛教著述之盛，乃大受當時文風所致。

　　　22，頁348。
〔註653〕同註538，《大唐內典錄》卷第4，頁263。
〔註654〕同註548，《中國佛教史》第3卷，頁151。

第六章　梁代文風對後世的影響

　　有梁一代，文風鼎盛，遠軼前代，著述蜂出，各體兼備，文士並起，當時炳煥之人文，足以輝映萬世。茲試由對後世古文運動的啟發、文學理論的沃灌與佛教典籍的導引三點，以探究梁代文風對後世之影響。

第一節　對古文運動的啟發

　　東漢以降，行文漸趨駢偶化。至梁武帝時，特好形式工整、取事富贍，聲韻方面，則有沈約等人大倡「一簡之內，音韻盡殊，兩句之中，輕重悉異」，因此詩文雕章琢句，綜輯辭采，舉事類義，縱非賦體，亦多用駢文偶句，內容傾向輕綺華豔之風格，又受到梁時宮體詩的影響，此種纖巧之風，更達到登峰造極的程度。針對梁文末流的空疏浮華，已有文士建言改變文體、改造文風與文學語言等，遂啟發唐代的古文運動。茲由下列三點，以述唐人對梁代文學的反思與改革。

一、對思想的刺激

　　梁人作品內容偏取宮廷生活與婦女題材，漸趨於空疏浮華；形式上則講究聲律，要求平仄相應，對偶工整，事類繁密，時人一味追求巧構形似，忽視作品的內涵，無關乎經世濟民之道。其間雖有劉勰等人力倡宗經，然而，已非一時可以力轉。至隋唐有識之士，遂紛以儒家的角度，主張作品內容須以明道、宗經致用為中心，並應具人文化成之功用。

　　隋時李諤〈上書正文體〉以儒家思想為依據，從崇實尚用的觀點出發，

評前朝積弊云：「降及後代，風教漸落。魏之三祖，更尚文詞，忽君人之大道，好雕蟲之小藝。下之從上，有同影響，競騁文華，遂成風俗。江左齊、梁，其弊彌甚，貴賤賢愚，唯務吟詠。遂復遺理存異，尋虛逐微。」王通（584～617）透過儒學思想，於《中說》中立〈天地〉、〈事君〉等篇，主張學者必宗儒家聖人之道，學者之文必「貫乎道」與「濟乎義」；又論詩的作用在於政教，以為詩必上達三綱，下達五常，用以「徵存亡，辯得失」，並以約、達、典、則論文辭。以儒家觀點審視前朝文風之弊，實是對梁代虛空浮華之文風，進行深切反思，已大啟文以載道的端緒。

入唐後，太宗於貞觀二年（628）所下詔書，已特別提倡儒家思想，並重用儒生。貞觀七年（633）詔顏師古（581～645）考定五經，其後又詔修《五經正義》。此後高宗、玄宗皆提倡儒學。唐代士人在重儒的風氣中，針對於梁代駢偶之作的頹靡，紛紛提出經世教化的文學主張。唐初，文壇仍襲梁代遺風，作品講究華麗的辭藻，形式「彩麗競繁」，趨向「逶迤陵頹，流靡忘返」。〔註1〕李百藥（565～648）作《北齊書·文苑傳》以為「江左梁末，彌尚輕險，始自儲宮，刑乎流俗」，於是特重文采華美，然皆「莫非易俗所致，並為亡國之音」，強調「文之所起，情發於中」。令狐德棻（583～660）作《周書·王褒庾信傳·論》，以為「文章之作，本乎情性。覃思則變化無方，形言則條流遂廣。雖詩賦與奏議異軫，銘誄與書論殊塗，而撮其指要，舉其大抵，莫若以氣為主，以文傳意。考其殿最，定其區域，摭《六經》百氏之英華，探屈、宋、卿、雲之秘奧」，欲一改梁朝「以淫放為本」、「以輕險為宗」之文風。王勃（649～675）倡議文章中須貫徹儒家精神，即所謂「周公孔氏之教」，使其具有「甄明大義，矯正末流，俗化資以興衰，家國由其輕重」的經世教化作用，〔註2〕此一觀點的提出，當是針對梁文虛空之弊。陳子昂（659～700）力倡寫作具有鮮明爽朗思想的作品，以勁健、剛正有力的語言形式表達，點出風清骨峻的特點，欲一掃梁人纖巧頹靡的文風，於〈與東方左史虯修竹篇序〉批評梁代文學形式云：「漢魏風骨，晉宋莫傳。」強調作品力避梁人的輕倩工巧，已大廓初唐以來梁代餘風之纖弱。〔註3〕而迎向風骨與氣象。又倡文學內

〔註1〕 唐·盧藏用：〈右拾遺陳子昂文集序〉，收入於郭紹虞主編《中國歷代文論選》（上海：上海古籍出版社，1989年2月10刷）上冊，頁391。
〔註2〕 唐·王勃：〈上吏部裴侍郎啟〉，收入於清·董誥等奉敕編，陸心源補輯拾遺：《全唐文及拾遺》（臺北：大化書局，1987年3月初版）卷180，頁817。
〔註3〕 宋·劉克莊撰，王秀梅點校：《後村詩話》（北京：北京中華書局，1983年12

容須文以載道、宗經復古，云：「文章道弊五百年矣。漢、魏風骨，晉、宋莫傳。然而文獻有可徵者，僕嘗暇時觀齊、梁間詩，彩麗競繁，而興寄都絕。每以永歎，思古人常恐逶迤頹靡，風雅不作，以耿耿也。」〔註4〕即力倡漢、魏風骨，強調《詩經》的風雅與寄興，要求詩歌須「骨氣端翔，音情頓挫，光英朗練，有金石聲」，所言雖指詩歌，實是對梁朝文學的批評與反思。以為梁人之詩缺乏真實情感，無充實內容，故在文章中提出興寄，以為詩歌要言之有物，寄懷深遠，因物喻志，托物寄情，所作〈感遇詩〉三十八首，即為其「興寄」主張的最佳實踐。其後李白（701～762）亦標舉復古之風，對梁宮體詩的形式，提出批評，加以改革。孟棨《本事詩》載李白論詩，對梁詩「豔薄」與崇尚聲律的形式，有所不滿，意欲大倡復古。〔註5〕

到唐肅宗、代宗時的元結（719～772）則提出「風雅不興，幾及千歲」的觀點，〔註6〕欲回復詩歌的優良傳統，內容方面反對寫「歌兒舞女」的污惑之聲，棄去「拘限聲病，喜尚形似」的作品，因此其文感情真摯，摒棄華藻，風格樸實。其後李華（715～774）、蕭穎士（716～768）與梁肅（753～793）先後提出此種纖細唯美的作品，適足以對政治產生不良影響，喻之為「亡國之音」，或云：「貴之而江東亂，用之而中國衰。」〔註7〕斥為「妄益文彩，俱是淫聲」，並評其為「損本逐末，流遍華壤」、「尋虛逐微」，〔註8〕足以背棄「大聖之規模」，對「羲皇舜禹之典，伊傅周孔之說，不復關心」，進一步提出文章「以《五經》為泉源」，〔註9〕「必先道德而後文學」的主張。〔註10〕

其後，韓愈（768～824）、柳宗元（773～819）出，倡行宗經、明道的觀點。韓愈云：「愈之為古文，豈獨取其句讀不類於今者耶！思古人而不得見，學古道

月 1 刷），頁 6。

〔註4〕　同註1，唐·陳子昂：〈與東方左史虯修竹篇序〉，收入於《中國歷代文論選》上冊，頁 388。

〔註5〕　唐·孟棨等撰，李學穎標點：《本事詩》（上海：上海古籍出版社，1991 年 4 月 1 刷）載：「梁陳以來，豔薄斯極，沈休文又尚以聲律，將復古道，非我而誰歟。」參〈高逸〉第 3，頁 17。

〔註6〕　同註1，唐·元結〈篋中集序〉，收入於《中國歷代文論選》上冊，頁 392。

〔註7〕　同註2，唐·王勃：〈上吏部裴侍郎書〉，《全唐文》卷 180，頁 817。

〔註8〕　同註1，隋·李諤：〈上隋高帝革文華書〉，收入於《中國歷代文論選》上冊，頁 326。

〔註9〕　同註2，唐·獨孤及：〈檢校尚書吏部員外郎趙郡李公中集序〉，《全唐文》卷 388，頁 1770。

〔註10〕　同註2，唐·梁肅：〈常州刺史獨孤及集後序〉，《全唐文》卷 518，頁 2362。

則欲兼通其辭。通其辭者，本志乎古道者也。」〔註11〕以古道作為文章之本，又云：「己之道，乃夫子、孟軻、楊雄所傳之道。」〔註12〕主關心民生疾苦，因此為文須有感而發，有為而作，云：「大凡物不得其平則鳴……人之於言也亦然：有不得已者而後言，其歌也有思，其哭也有懷，凡出乎口而為聲者，其皆有弗平者也。」〔註13〕舉凡文章、詩歌皆為「不平則鳴」之作，故清姚鼐（1732～1815）稱其論著皆「取於《六經》、《孟子》」。〔註14〕而此種載道之文、宜去陳言的精神與觀點，即是在反對梁代唯美纖弱文風的基礎上所提出。又主張在舊有繼承的基礎上創新求變，即「沈浸醲郁，含英咀華」，〔註15〕以為文貴獨創，「師其意，不師其辭」，〔註16〕強調作品必「不因循」，務去陳言，則字句皆由己出，即重視語言的創新。又以為作文須能「肆外」，即文章形式的創新，使作者能夠自由馳騁筆力。並將儒家道貫注於精神氣質中，文章自然充實飽，並以氣聯結文與道，云：「雖然，不可以不養也，行之乎仁義之途，游之乎《詩》、《書》之源，無迷其途，無絕其源，終吾身而已矣。氣，水也；言，浮物也；水大而物之浮者大小畢浮。氣之與言猶是也：氣盛，則言之短長與聲之高下者皆宜。」〔註17〕氣之所培養在於仁義之途、《詩》《書》之源，氣一旦形成，作品自具精神，因此語句的長短，聲調的鏗鏘，皆緣由於充盈之氣的舒卷流溢。所謂氣盛，則「必出入仁義，其富若生蓄，萬物必具，海含地負，放恣橫從，無所統紀」，〔註18〕文章若能氣盛，則語氣流暢，韓愈以「氣盛」之文掃除梁朝靡弱、無病呻吟之弊，故作品呈現氣勢宏大，雄奇變幻的氣象，皇甫湜（777～830）稱其云：「渾渾灝灝，不可窺校。及其醲放，毫曲快字，凌紙怪發，鯨鏗春麗，驚耀天下。」〔註19〕正是其詞必己出、氣盛言宜，融鑄氣與情於全文的效果，遂能一反梁人輕綺纖巧之氣格。

〔註11〕同註2，唐‧韓愈：〈題哀辭後〉，《全唐文》卷567，頁2577。

〔註12〕同註2，唐‧韓愈：〈重答張籍書〉，《全唐文》卷551，頁2504。

〔註13〕同註2，唐‧韓愈：〈送孟東野序〉，《全唐文》卷555，頁2519。

〔註14〕清‧姚鼐著，王文濡校注：《評校音注古文辭類纂》（臺北：臺灣中華書局，1970年11月臺3版）序目，頁1。

〔註15〕同註2，唐‧韓愈：〈進學解〉，《全唐文》卷558，頁2534。

〔註16〕同註2，唐‧韓愈：〈答劉正夫書〉，《全唐文》卷553，頁2514。

〔註17〕同註2，唐‧韓愈：〈答李翊書〉，《全唐文》卷552，頁2509。

〔註18〕同註2，唐‧韓愈：〈南陽樊紹述墓志銘〉，《全唐文》卷563，頁2561。

〔註19〕同註1，唐‧皇甫湜：〈韓文公墓誌銘〉，收入於《中國歷代文論選》上冊，頁437。

柳宗元亦要求「文者以明道」，〔註 20〕云：「文之用，辭令褒貶，導揚諷諭而已。」〔註 21〕因此為文必針對事而發，或評時弊，或言政事，反映時世，關懷民生，發揚儒者精神，使作品具深刻之思想，高舉文以載道，謂：「文以行為本，在先誠其中。」〔註 22〕因此強調「不苟為炳炳烺烺、務采色、誇聲音」的作品，〔註 23〕即是針對梁朝特重聲律的運用、務求文字華美所提出，倡立辭藻的淺易，反對模擬，主張創新。以為「學存焉，辭不至焉，不可也」，〔註 24〕並具體指出：「抑之欲其奧，揚之欲其明；疏之欲其通，廉之欲其節；激而發之欲其清，固而存之欲其重。」〔註 25〕拈出為文要兼顧「抑」、「揚」、「疏」、「廉」、「激」、「固」各環節，則文章方能達到深刻而又觀點鮮明，明快暢達又有所收束，清新又凝重。故能以「深雄雅健」的作品，力避梁人彩麗競繁辭藻的文風，而另創新局。

顯見梁人作品空疏，專致於婦女題材，風格纖弱委靡，氣格都乏，無益於大道。及至末流，唐人已由思想進一步提出對文學的改變，或倡「文以明道」、「文以載道」，或使具有「甄明大義」，或務達於「骨氣端翔」，所論實是在梁人空疏文章的刺激下，所興起的改革主張。

二、對文體的牽引

劉勰《文心雕龍》中所設定的文體分類，為「文」、「筆」兩大系統，文的系統指有韻的文體，如詩、樂府與賦等；筆的系統則指無韻的文體，如史傳、諸子、論、說等，〔註 26〕條理極為密備。梁代文風鼎盛，各類文學創作蔚然而起，然好用裁對隸事，注重敷藻和聲，集駢儷之大成。遂刺激唐代古文運動起，推動以散文寫作，對後世文體影響極鉅。

首先，就文的系統言，主要以詩與賦二部分。就詩的部分，詩至梁時，講求形式與格律，鍛字練句的推敲，更臻精細，實為唐代近體詩之張本，因此唐代近體詩所以能夠千巖競秀，實是遠接漢魏，近繼梁代。

〔註 20〕同註 2，唐・柳宗元：〈答韋中立論師道書〉，《全唐文》卷 575，頁 2610。
〔註 21〕同註 2，唐・柳宗元：〈大理評事楊君文集後序〉，《全唐文》卷 577，頁 2618。
〔註 22〕同註 2，唐・柳宗元：〈報袁君陳秀才避師名書〉，《全唐文》卷 575，頁 2611。
〔註 23〕同註 2，唐・柳宗元：〈答韋中立論師道書〉，《全唐文》卷 575，頁 2610。
〔註 24〕同註 2，唐・柳宗元：〈送表弟呂讓將仕進序〉，《全唐文》卷 578，頁 2624。
〔註 25〕同註 2，唐・柳宗元：〈答韋中立論師道書〉，《全唐文》卷 575，頁 2610。
〔註 26〕王師更生：《文心雕龍新論》（臺北：文史哲出版社，1991 年 5 月初版），頁 20。

　　所謂近體詩，包含五七言絕句、律詩及排律。五言七言皆本於「委巷中歌謠」之體，五言體經魏晉漸臻成熟；七言則較晚於五言，至梁朝已稍具規模。五言至齊謝朓〈玉階怨〉、王融〈自君之出矣〉，已近成熟階段。梁武帝與謝朓、王融等合稱為竟陵八友，多所唱和，自是互相習染；入梁後，詩歌新變，轉向輕豔，又多吸收民間歌謠之養分，復有永明聲律興起之濡染，影響所至，所作詩更趨於人為藝術之造作，音律、對偶與辭藻，已肇唐詩之先聲。

　　梁武帝所作諸詩，已略具唐詩規模，如〈詠筆詩〉與〈邊戍詩〉等，〔註27〕若置諸唐人五絕中，幾可謂為唐人之作。在樂府方面，武帝〈芳樹〉，後人多有同題之作，如陳代李爽、顧野王（519～581）、張正見、唐沈佺期（656～714）、盧照鄰（636～695）、徐彥伯（？～714）、韋應物、元稹（779～831）、羅隱（833～910）等人皆有〈芳樹〉，盧照鄰之作「風歸花歷亂，日影度參差。容色朝朝落，思君君不知」數句，〔註28〕更是脫胎自梁武帝文句；梁武帝之〈有所思〉，陳後主（553～604）、顧野王、張正見、陸系、隋盧思道、唐沈佺期、李白、孟郊（751～814）、盧仝、韋應物等人亦有此作，沈佺期「君子事行役，再空芳歲期。美人曠延佇，萬里浮雲思」句，〔註29〕亦化自梁武帝之詩意；梁武帝製〈江南弄〉七曲，後世仿作者，不勝其數，尤以〈采蓮曲〉為最，如陳後主、隋盧思道、殷英童、唐崔國輔、徐彥伯、李白、賀知章（659～744）、王昌齡、儲光羲、張籍、白居易（772～846）等，〔註30〕足見梁武帝詩作確實有足以啓迪後人者。武帝諸子蕭綱、蕭繹，亦多有此作，且皆清麗可喜，字句圓潤，較之後來的唐人絕句，不遑多讓。蕭綱〈夜望單飛雁〉一詩，清陳祚明（1623～1674）推為唐代「七言絕句緣起斷自梁朝」之徵；〔註31〕另蕭綱〈雜句春情詩〉前為七言，末二句以五言行之，明楊慎評為「七言律之濫觴」，〔註32〕足以顯示至梁

〔註27〕 梁武帝：〈詠筆詩〉，《先秦漢魏晉南北朝詩》（臺北：學海出版社，1984 年 5 月初版）梁詩卷 1，頁 1536。〈邊戍詩〉，梁詩卷 1，頁 1536。

〔註28〕 宋‧郭茂倩：《樂府詩集》（臺北：里仁書局，1999 年 1 月初版 2 刷）卷 17，頁 248。

〔註29〕 同註28，《樂府詩集》卷 17，頁 254。

〔註30〕 梁武帝〈江南弄〉七曲對後世影響甚鉅，同題之作者極多，參《樂府詩集》卷 50，頁 730～738。

〔註31〕 清‧陳祚明：《采菽堂古詩選》，《續修四庫全書》（上海：上海古籍出版社，1995 年）1591 冊，卷之 22，頁 222。

〔註32〕 明‧楊慎：《升菴詩話》（北京：北京中華書局，1985 年北京新 1 刷）卷 4，頁 53。黃節（1873～1935）《詩學》（臺北：學海出版社，1974 年 1 月初版）亦云：「梁簡文帝春別詩……亦變古詩之體而為之者也；然已為七絕之濫觴

朝時，無論五言或七言，俱已具備唐詩絕律之風。

　　梁代文士如何遜、柳惲之詩，無論章法與音節，俱與唐詩神似，尤以柳惲〈搗衣詩〉，深得陳祚明讚譽，稱其詩，云：「居然是以唐響希古調，故甚類太白。」又云其詩爲：「盛唐之傑構。」與「豈不與太白類。」縱是〈從武帝登景陽樓詩〉已有闕文，仍盛譽爲：「可成一絕句。」〔註33〕又如吳均〈贈別新林詩〉、〈別王謙〉二詩，受推崇爲「極似太白」等語，〔註34〕顯示柳惲、吳均詩已爲唐詩開啓門徑，甚至對後來唐代詩人巨擘李白影響深遠。又如庾肩吾〈九日侍宴樂遊苑應令詩〉，陳祚明評之爲：「聲漸類初唐。」或評爲：「盛唐佳作。」或評爲：「聚初唐五七律佳處。」〔註35〕又王僧孺〈至牛渚憶魏少英詩〉，堪推爲：「不墜唐律。」〔註36〕則梁詩在聲律上，已奠定唐代近體詩基礎，清沈德潛《說詩晬語》云：「五言律，陰鏗、何遜、庾信、徐陵，已開其體；唐初人研揣聲音，穩順體勢，其製乃偉。」〔註37〕說明梁代詩人之用力。故後人評詩之際，或云梁代詩人之作與唐詩絕似，或云其必爲李、杜所愛，直指梁人詩作，無論聲律、風貌，已與唐詩無異，實點出唐詩所以能夠大備於盛唐，有梁一朝文士的戮力創作，實具奠基之功。

　　由於梁武帝力倡文學，提供良好的文學創作環境，時人遂注意形式的錯綜變化，推敲和諧之聲調，雕章練句之餘，自累積多種寫作技巧，大開唐詩先河。然而後人論述盛唐絕律詩之興起，多上溯六朝，絕少言及梁武帝用力之關鍵性，〔註38〕惟胡國治《魏晉南北朝文學》獨具慧眼，云：「到了梁代，

矣。簡文既開茲體，又爲春情曲……蓋本春別詩之體而少變之，已駸駸乎具七律之形矣。」參頁8。
〔註33〕同註31，《采菽堂古詩選》卷之25，頁264～265。
〔註34〕同註31，《采菽堂古詩選》卷之25，頁273。
〔註35〕同註31，《采菽堂古詩選》卷之25，頁265～266。
〔註36〕同註31，《采菽堂古詩選》卷之25，頁260。
〔註37〕清・沈德潛：《說詩晬語》，收入於丁福保編：《清詩話》（臺北：木鐸出版社，1988年9月初版）卷上，頁538。
〔註38〕歷來論唐詩興起於六朝者甚眾，然多未能明確指出梁武帝於當時創作詩體與推闡文風之重要地位，如明・王世貞：《藝苑卮言》（收入於《續修四庫全書》1659冊・集部・詩文評類）云：「六朝之末，衰颯甚矣。然其偶麗顏切，音響稍諧，一變而雄，遂爲唐始，再加整栗，便成沈宋。人知沈宋，律家正宗，不知其權輿于三謝，彙鑰於陳隋也。」參卷2，頁461。明・謝榛著，宛平校點：《四溟詩話》（北京：北京人民出版社，2001年10月2刷）云：「詩以漢魏並言，魏不逮漢也。建安之作，率多平仄穩帖，此聲律之漸；而後流至六朝，千變萬化，至盛康極矣。」參卷1，頁3。清・沈德潛：《說詩晬語》云：

七言詩才進一步得到發展，這首要歸功於梁武帝蕭衍。」〔註39〕實道盡其闡揚之努力與詩體創作之成就。

再就賦的部分，《文心雕龍·詮賦》云：「賦也者，受命於詩人，而拓宇於《楚辭》也。」賦為古詩之流，重在「義必明雅」與「詞必巧麗」，亦即具備華麗的詞藻與雅正的情感。梁時賦體短篇小品，形式駢偶，兼之時人倡聲律之說，故呈現金聲玉潤、繡錯綺交之態，稱之為小賦或駢賦。梁武帝本傳稱其有「千賦百詩」，編纂《歷代賦》十卷，觀其賦作，句式方面，偶對連篇，字數亦多定型於四、六，或五、七間用，且典實累牘，藻飾華麗。評斷文士之賦作，亦以此為優劣標準，遂使有梁一朝賦作傾向巧麗之能事。蕭統輯《文選》三十八類中，賦冠其首，其子類內容包羅萬象，所選以陸機、沈約較多，兼之〈文選序〉多有對偶，被譽為：「即使放在六朝駢文中也堪稱上乘。」〔註40〕故梁人所作賦，下筆成儷，用事必雙，句式趨向駢四儷六，隔句作對，或有運用五、七言詩句，工整富贍，甚至幾全用偶對形式。

清孫梅《四六叢話·凡例》云：「駢儷肇自魏晉，厥後有齊梁體、宮體、徐庾體，工綺遞增。」〔註41〕指出六朝駢文之創作，重視聲韻之美及設色之巧。至梁時，更臻於熾烈，滿紙錦繡，通篇采繪，又有沈約等人倡聲律的影響，講究辭飾與韻律，遂開隋唐之先躅。〔註42〕故《四庫全書總目提要》稱庾信時云：「駢偶之文，則集六朝之大成，而導四傑之先路。」〔註43〕因此唐人在此基礎上，續加發展為律賦，又推衍成另一風格之作。

「秦漢以來，樂府代興，六代繼之，流衍靡曼。至有唐而聲律日工，託興漸失，徒視為嘲風雪、弄花草，遊歷燕衍之具，而詩教遠矣。學者但知尊唐而不上窮其源，猶望海者指魚背為海岸，而不自悟其見小也。」參卷上，頁 523。

清·錢泳：《履園譚詩》云：「詩之為道，如草木之花，逢時而開，全是天工，並非人力。溯所由來，萌芽於三百篇，生枝布葉於漢魏，結蕊含香於六朝，而盛開於有唐一代。」收入於《清詩話》，參總論，頁 872。上述諸人雖多言唐詩應上溯至六朝，然而六朝之中，有梁一代文風特盛，梁武帝之推闡，用力甚勤。

〔註39〕 胡國治：《魏晉南北朝文學史》（臺北：金園出版社，1983 年 3 月初版），頁131。

〔註40〕 梁·蕭統著，俞紹初校注：《昭明太子集校注》（鄭州：中州古籍出版社，2001年 7 月 1 刷），前言，頁 9。

〔註41〕 清·孫梅：《四六叢話》（臺北：世界書局，1984 年）凡例，頁 1。

〔註42〕 清·李調元：《賦話》（臺北：世界書局，1974 年 6 月 3 版）卷 1，頁 1。

〔註43〕 清·永瑢等：《四庫全書總目提要》（臺北：臺灣商務印書館，1985 年）卷 149，頁 3111。

明徐師曾《文體明辨》論及律賦的形成，即云：「始於沈約『四聲八病』之拘，中於徐庾『隔句作對』之陋，終於隋唐『取士限韻』之制。」〔註44〕已說明除限韻外，其與梁代的賦，實無二致，且更重視音律諧協，對偶亦精切為工，故初唐四傑頗尚辭藻，但清而能麗。當時王績（585～644）〈游北山賦〉已是白描手法；李白以「天然去雕飾」之手法寫賦；元積〈觀兵部馬射賦〉為一篇律賦，「以藝成而動舉必有功為韻」，描寫馬射試武的場景，有故事、情節，有人物對話，有動作的描寫，大有現今記敘文之手法；白居易的律賦〈性習相近遠賦〉，「以君子之所慎焉為韻」，論證「性相近，習相遠」一題，所運用即現今議論文之手法。除散文化的傾向外，句式與對偶，甚或出現六句以上的長隔句對，如白居易〈動靜交相養賦〉，隔句為對，每聯在六句以上，句式已與散文相差無幾，跳脫駢四儷六、隔句作對的形式。足見唐賦上承梁賦的基礎，句法、與寫作，均加以推衍成另一新局。故劉師培云：「左、陸以下，漸趨整練。齊梁而降，益事妍華。自唐迄宋，以賦造士，創為律賦。」〔註45〕實一語中的。歷代評述賦作，凡有論及唐賦先聲，多提及梁人賦作之影響，〔註46〕顯見其深受梁代啟迪之一斑。

其次，再就筆的系統言，主要包括書牘、記與史傳等部分。駢文極盛於梁朝，當時寫作多以駢文形式，因此或連篇偶對，或事類繁密。然文體行之既久，已難於其中自出新意。唐人遂倡以新的散文形式，替代駢文，在以古文寫作的要求，直接刺激序文、雜文與史傳作品等文體。

在序文部分，在唐以前序文並不獨立成篇，總與詩、賦或書相聯繫，梁沈約〈梁武帝集序〉、蕭統〈文選序〉等諸篇，皆以駢文形式寫作，至如贈序一類，尚付闕如，縱使欲敷述一己胸懷，亦多以「體物寫志」的賦作相贈。至唐時，序一類文體，不僅獨立成篇，並發展成贈序之作。李白〈早春於江夏送蔡十還家雲夢序〉，雖多以四、六句行之，然主在敘友誼、慰離情，故仍見文情並茂。而在韓、柳的創作下，達到炫人耳目的成績，別開一體的寫作形式，擴大寫作的內容，遂成我國重要文體之一。韓、柳二人皆寫作大量的贈序文，如韓愈的〈送李愿歸盤谷序〉、〈送孟東野序〉、〈送董邵南序〉，柳宗

〔註44〕明・徐師曾著，羅根澤校點：《文體明辨》（北京：人民文學出版社，1998 年 5 月 1 刷），頁 101。

〔註45〕劉師培：《論文雜記》（北京：人民文學出版社，1998 年 5 月 1 刷），頁 138。

〔註46〕同註 44，《文體明辨》，頁 101。至李曰剛：《辭賦流變史》（臺北：文津出版社，1994 年 1 月初版 2 刷）亦有此論，參頁 177～178。

元的〈送薛存義序〉等名篇，皆是借序論事，或抒懷，或言志，不僅表達其文學創作的觀點，抒發文以載道的文學主張，評斷世事的看法，表達對師友等的情感，一一都於此類序文中展現出來。

在雜文、寓言部分，《文心雕龍》置「雜文」入文的系統，而寓言則是自先秦以來，尚不屬於獨立的文體，僅存於諸子或史傳散文中。至唐朝，在反對駢文，倡以散文寫作，並要求有所諷寓、寄託的觀點，此類作品，一時大為興起。其中韓愈的雜文即深富特色，如〈雜說〉四篇，短小精悍，寓意深刻，而〈進學解〉構思奇特，設為對答，有若漢東方朔〈答客難〉、揚雄〈解嘲〉，〔註47〕而將懷才不遇之感，巧妙融入；柳宗元的寓言則深見成就，〈臨江之麋〉、〈黔之驢〉與〈永某氏之鼠〉合稱〈三戒〉，借動物以寓寫人事，另外〈哀溺文〉、〈招海賈文〉亦深具諷諫。要皆以散文行之，刻畫精微，亦為難得佳作。

在史傳文部分，史傳撰作之不易在於「總會之難」與「銓配未易」，故重在「按實而書」，「曉其大綱」。〔註48〕然而梁人所作史傳，爭尚駢儷，多以四字為句，罕用散文單行者。如沈約《宋書》中的〈謝靈運傳論〉、〈恩倖傳論〉，以駢文寫成，且編入《文選》，尤以前篇形式美麗，音聲鏗鏘；蕭子顯《南齊書》頗有「刻雕藻績之變尤多」。〔註49〕而裴子野〈宋略總論〉、〈選舉論〉與〈樂志序〉幾以四六句式寫作。

至隋姚察作《梁書》則多以古文行之，如〈韋叡傳〉敘合肥之功，〈昌義之傳〉議鍾離之戰等，皆曲折明暢，勁氣銳筆，一洗梁人蕪冗積習，傳論之文字，亦皆以散文行之，故清趙翼稱：「世但知六朝之後古文自唐韓昌黎始，而豈知姚察父子已振於陳末唐初。」〔註50〕唐令狐德棻（583～667）撰《周書》，敘事繁

〔註47〕韓愈〈進學解〉全篇以散文的氣勢，綴以駢文的句式，兼具韻文的音律，並以辭賦的結構，記一段假設的問答。林紓《韓文研究法》中云：「進學一解，本於東方〈客難〉，揚雄〈解嘲〉……所謂沈浸濃郁，含英咀華者，真是一篇漢人文字……所長在濃淡疏密間錯而成文，骨力仍是散文。」劉師培《論文雜記》中則云：「劉彥和作《文心雕龍》，敘雜文為一類。吾觀雜文之體，約有三端：一曰答問，始於宋玉，蓋縱橫家之流亞也；厥後子雲有〈解嘲〉之篇，孟堅有〈賓戲〉之答，而韓昌黎〈進學解〉亦此體之正宗也。……」參頁113。

〔註48〕同註26，《文心雕龍讀本》上篇，卷4，〈史傳〉第16，頁280～281。

〔註49〕宋·曾鞏：〈南齊書目錄序〉，收入於梁·蕭子顯：《新校本南齊書附索引》（臺北：鼎文書局，1998年11月2版1刷），頁1038。

〔註50〕清·趙翼：《廿二史箚記》（臺北：仁愛書局，1984年9月版）卷9，第135，頁196。

簡得宜，剪裁頗淨，趙翼《陔餘叢考》讚云：「敘事繁簡得宜，文筆亦極簡勁。」
〔註51〕《四庫全書總目提要》亦盛稱此書作於儷偶相尚之時，卻有意矯時之弊，
不專尚虛詞。魏徵《隋書》敘事簡練，文筆嚴淨，宋鄭樵《通志》謂此書乃自
遷、固以來，史家重「文彩儷然可喜」者所不及。〔註52〕

　　除此之外，唐人作品中，專寫人物傳記的作品亦極繁多，且不囿於史家
所作，將寓言、小說一體皆兼融並蓄於其中，使得這些傳記之文，深富思想
性與藝術性，如韓愈〈張中丞傳後序〉刻畫張巡（709～757）等人抗擊安史
叛軍形象，筆酣墨飽，展現人物形象，〈圬者王承福傳〉記富貴之家的興廢無
常，使人悟得「擇其力之可能者行焉」；柳宗元〈種樹郭橐駝傳〉、〈梓人傳〉、
〈捕蛇者說〉等，以記一人之傳記，又有類於雜論性質的散筆，寓託對當時
政治社會之諷諫，而〈童區寄傳〉，名為傳記，實為記事，文勢跌宕，一波三
折，頗有類於小說的筆法。

　　顯見梁代文風、文體對唐代古文運動的刺激，不僅使韻文中的詩、賦有
更為長足的發展，在散文領域中，亦大開贈序、雜文、寓言、傳記等文體的
先河。

三、對行文的激盪

　　梁人的駢體文盛行，崇尚巧構形似之言，行文首重駢儷、對偶及繁用事
典，任何文誥、書牘，幾無不使用駢體寫作。及至後來，駢文大行，又有隸
事、聲韻的講究，更傾向綺麗華豔之態，屢為後人評為亡國之音，隋唐以來
批評者甚多。在一片撻伐聲中，唐人為力避梁人為文之弊，行文方面倡以散
代駢，成為雜夾少量駢偶句，但以自由的單行散體為主的古文，清曾國藩（1811
～1872）推許「古文」即是「棄魏晉六朝駢儷之文，而返之於《六經》兩漢，
從而名焉者也」。〔註53〕故唐人之作，行文多取古文形式，縱或使用駢儷形式，
亦富含流轉生動、句式參差之特色。

　　唐魏徵作所疏文，已多改用古文寫成，不再如梁人所用駢儷的形式，亦
能表現出諍諫本色。初唐王勃雖亦寫作駢文，然就其寫作技巧言，實具吸收

〔註51〕清・趙翼：《陔餘叢考》，收入於《續修四庫全書》1151 冊・子部・雜家類（上
　　　海：上海古籍出版社，1995 年）卷 7，頁 455。
〔註52〕宋・鄭樵：《通志略》（上海：上海古籍出版社，1990 年 10 月 1 刷），頁 590。
〔註53〕清・曾國藩：〈覆許仙屏書〉，收入於《曾文正公全集》（臺北：世界書局，1991
　　　年 11 月 4 版）書牘類，頁 68。

與改造的態度，如〈秋日登洪府滕王閣餞別序〉堪爲代表，全文將敘述、寫
景與抒情，巧妙融合爲一體，行文方面，清詞麗句，含有壯大澎湃的氣勢與
激情，顯然已力脫梁文之圍，展現新的氣息，實爲不可多得之佳作。駱賓王
（626～684）〈代李敬業傳檄天下文〉，氣勢雄健，義正辭嚴，尤其「一抔之
土未乾，六尺之孤安在」、「請看今日之域中，竟是誰家之天下」數句，〔註54〕
行文之間，憤慨至極，咄咄逼人，具備眞實情感的抒發，並展現雄渾壯大的
境界，與梁人之作，已有本質上的差別。

　　陳子昂見當時「文章承徐（陵）、庾（信）餘風，天下祖尚」，遂「始變
雅正」，〔註55〕以風雅替代浮靡的主張，寫作雅正的文體，其兼寫駢散兩體，
散體上疏「實疏樸近古」，奏議、書疏間有駢偶，融入散體，已令人耳目一新，
直接以理論配合創作實踐，幾完全跳脫梁人駢體文之空洞疏離，與其所倡導
寫作須達「興寄」、「風骨」等原則相應。

　　唐玄宗時，漸棄雕飾之文，崇尚典雅，時有張說（667～730）、蘇頲（670
～727）的「雄辭逸氣」，即所謂「燕許大手筆」，〔註56〕文章主氣體雄渾，行
文時亦無纖弱之態。後有李華、蕭穎士、賈至（718～772）、元結、獨孤及（725
～777）諸家後繼發揚，以古文相標榜，推崇三代兩漢的古文，提出道爲文本，
務實切用。其中元結大力寫作古文，反對浮華的文體，行文中所顯露「激發」、
「嗟恨」與「傷憫」等強烈情感，〔註57〕所作抨擊時世的雜文、小品，短小
精悍，文筆犀利，善於諷刺，多是「快恨於當時」之作，故元結之文，幾已
全無駢文的積習。〔註58〕

　　蕭穎士之作格不近俗，凡所擬議，必希古文，一變自梁以下的雕采之辭，
顯見其一反梁代駢儷的行文方式。大曆、貞元年間，獨孤及、梁肅多尚古學，
爲文最爲淵奧，受儒林所推重。〔註59〕

〔註54〕同註2，唐・駱賓王：〈代李敬業討武氏檄〉，《全唐文》卷199，頁898。

〔註55〕宋・歐陽脩等：《新校本新唐書附索引》（臺北：鼎文書局，1992年1月7版）
　　　　卷107，頁4078。

〔註56〕同註55，《新唐書》卷125，頁4402。

〔註57〕同註2，唐・元結：〈文編序〉，《全唐文》卷381，頁1737。

〔註58〕同註43，《四庫全書總目提要》謂元結，云：「文章戛戛自異，變排偶綺靡之
　　　　習……奇古不蹈襲，蓋唐文在韓愈以前，毅然自爲者，自結始。」參卷149，
　　　　頁3130。

〔註59〕後晉・劉昫等：《新校本舊唐書附索引》（臺北：鼎文書局，1992年5月7版）
　　　　卷160，頁4195。

　　至韓愈繼承前代文學而能加以幻化，清劉熙載讚揚云：「韓文起八代之衰，實集八代之作。蓋惟善用古者能變古，以無所不包，故能無所不掃也。」〔註60〕韓愈並未完全否定梁朝駢文，然而在寫作時注意到行文的變化，清劉開（1784～1824）稱美云：「取相如之奇麗，法子雲之閎肆，故能推陳出新，徵引波瀾，鏗鏘金石以窮極聲色。」〔註61〕實因其能善用散文句式參差之長，再加以酌用偶對，故呈現富麗雄奇，絕無滯凝之難。故於古文運動中，韓愈之功績可謂「摧陷廓清之功，比於武事」，〔註62〕正說明其行文能夠變化梁朝駢儷之文的特色。

　　柳宗元亦反對梁朝等靡麗之文，其遊記清雋有味，秀美而奇，文筆雅致，如〈永州八記〉等作，行文鮮用對偶句式，採散文行之，反而能隨作者遊處所見景物，流動轉呈，情景交融，相映成趣；記寓言則文字活暢，饒富寄寓，如〈蝜蝂傳〉、〈羆說〉等寓言，則行文句式簡要，毫無事類繁重、偶對之害，反能一筆點出寓意所在；傳記則點染深刻，發人省思，如〈段太尉逸事狀〉則毫無駢偶對仗的工整凝重，全以古文行之，或長或短，刻劃自然，脈絡井井，段氏忠君愛民之情性如見。

第二節　對文學理論的沃灌

　　梁武帝雖未有專門文學理論論著，然其刻意推揚文學，時人所提出的文學理論甚多，其中《文心雕龍》與《詩品》，成為梁時文學理論發展成熟之標誌，蕭統所編《文選》則為我國詩文編選的典範，亦寓有褒貶之意，對後世總集的編纂，影響尤為深遠。隨著時間的延長，梁人所提出之文學理論，對後世的文學理論影響極深。王師更生認為此即我國文學理論的三種基型，云：「在韻文理論方面，繼鍾嶸《詩品》之後有詩話、詞話；在散文理論方面，繼劉勰《文心雕龍》之後有文話；在駢文理論方面，繼蕭統《昭明文選》之後有評點、選本和四六話。」〔註63〕對後世文學理論影響深切。

〔註60〕清・劉熙載：《藝概》（臺北：華正書局，1985年6月初版）卷1，頁20～21。
〔註61〕同註1，清・劉開：〈與阮芸臺宮保論文書〉，收入於《中國歷代文論選》下冊，頁287。
〔註62〕同註2，唐・李漢：〈唐吏部侍郎昌黎先生韓愈文集序〉，《全唐文》卷744，頁3454。
〔註63〕王師更生：〈如何開拓中國古代文學理論的新局──從整理「文話」談起〉，收入於王師更生：《更生退思文錄》（臺北：文史哲出版社，1997年7月初版），

一、對詩話的影響

　　鍾嶸《詩品》對後世詩話、詩評等，影響甚鉅。尤其標舉評詩的滋味說、風力說等，及評詩方法，如品第高下、別以流派、摘句評論等，對後世影響至鉅，《文史通義》稱美云：「（《詩品》）之於論詩……皆專門名家，勒爲成書之初祖也。」〔註64〕後世詩話之作，實深受沾漑。

　　唐代已深受《詩品》影響。初唐李嗣眞（？～696）曾撰《詩品》等書，〔註65〕云：「吾作《詩品》，希偶聞合神交，自然冥契者，是才難也。」〔註66〕知其頗受鍾嶸《詩品》影響。〔註67〕釋皎然（720？～796）《詩式》將「味」與「取境」相聯繫，〔註68〕以「味」作爲論詩標準。司空圖（837～908）《二十四詩品》標舉「味外之旨」，重視韻味，又云：「文之難，而詩之難尤難。古今之喻多矣。而愚以爲辨於味，而後可以言詩也。」〔註69〕強調「辨於味」於論詩的重要性，並於《擢英集・述》云：「遇則以身行道，窮則見志以言。」表明寫詩乃在表達一己之「志」，〔註70〕故於《二十四詩品》評詩立說，多以言志爲中心，〔註71〕實有《詩品・序》之遺跡。殷璠《河岳英靈集》結構上有序、有論、有評，連評語格式、用語幾悉同《詩品》，並將詩人之作加以「優劣升黜」，〔註72〕實可以頡頏《詩品》，〔註73〕其《丹陽集》多援引《詩品》

<hr>

頁 146。

〔註64〕　清・章學誠著，葉瑛校注：《文史通義校注》（北京：北京中華書局，1985 年 5 月 1 刷）卷 5，內篇 5，〈詩話〉，頁 559。

〔註65〕　同註 59，《舊唐書》卷 191，頁 5099。

〔註66〕　李氏《詩品》早佚，然其《書品》仍存，參唐・張彥遠：《法書要錄》（北京：北京中華書局，1985 年新 1 版）卷 3，頁 43。

〔註67〕　日・興膳宏：〈詩品與書畫論〉，收入於《六朝文學論稿》（長沙：岳麓書社，1986 年 6 月 1 刷），頁 267。

〔註68〕　唐・釋皎然著，李壯鷹校注：《詩式校注》（濟南：齊魯書社，1987 年 7 月 2 刷），頁 53。

〔註69〕　同註 1，唐・司空圖：〈與李生論詩書〉，收入於《中國歷代文論選》上冊，頁 490。

〔註70〕　唐・司空圖：《擢英集・述》，收入於《司空表聖詩文集》（北京：文物出版社，1982 年 10 月），頁 10。及〈一鳴集序〉，頁 1。

〔註71〕　王潤華：《司空圖新論》（臺北：東大圖書公司，1989 年 11 月初版），頁 215～225。

〔註72〕　同註 2，孫光憲：〈白蓮集序〉，《全唐文》卷 900，頁 4215。

〔註73〕　清・毛先舒：《詩辯坻》，收入於《四庫全書存目叢書補編》第 45 冊（濟南：齊魯書社，2001 年）卷 3，頁 192。《河岳英靈集》頗受《詩品》影響，參傅璇琮：《河岳英靈集研究》（北京：北京中華書局，1992 年 9 月 1 刷），頁 103～109。

評語「直致」、「骨氣」、「綺密」等。

　　另外，唐人論詩取法於《詩品》，多為摘句圖，大開後世文學評論「摘句法」的濫觴，〔註74〕如高仲武《中興間氣集》對所選作者及詩，均附簡練扼要的評述，實取法於《詩品》。張為《詩人主客圖》乃「摘句為圖」，〔註75〕其餘如元思敬《詩文秀句》、李洞所輯《賈島詩句圖》、黃滔的《泉山秀句集》，即受此影響，故多取其「秀句」的選編標準。其中《詩人主客圖》，側重論述中晚唐詩人的派別源流，設「廣德大化」等六派，再將「法度一則」、風格類同者繫於六主門下為客，實在《詩品》「深從六藝溯流別」的基礎上，〔註76〕續加推衍而成。〔註77〕

　　宋時詩話興起，《詩品》益受重視，紹述之作甚多，如范溫《潛溪詩眼》韻味說，以為韻生於「盡美」、「有餘」，味則在於「深遠無窮」，而賞韻玩味的特殊審美規律則是「超然神會，冥然吻合」，〔註78〕實受鍾嶸滋味說影響。黃徹（？～1162）《䂬溪詩話》頗有「因筆論其當否」之意，〔註79〕乃效《詩品》的摘句評論。高似孫編《選詩句圖》，所謂句圖即摘編《文選》所選詩的佳句，並將與此有關或受此影響之詩句，附載於後，附若干說明，序云：「宋襲晉，齊沿宋，凡茲諸人，互相憲述。神而明之，人莫知之……予亦知之，乃為圖詁，略表所以憲述者。」〔註80〕實是建立意象系統的譜系，表明詩人於創作上「互相憲述」之淵源關係，此種編排實受梁代文學評論著述時「源出某某之意」的影響。〔註81〕劉克莊《後村詩話・新集》品評唐人之詩，皆

〔註74〕　張伯偉：〈鍾嶸詩品的批評方法論〉，《中國社會科學》（1986 年第 3 期），頁159～170。

〔註75〕　同註43，《四庫全書總目提要》卷191，頁4236。

〔註76〕　同註64，《文史通義》卷5，內篇5，〈詩話〉，頁559。

〔註77〕　陳才智：〈主客圖與元白詩派的成立〉，《中國詩學》（2002 年 6 月）第 7 輯，頁 119～134。清・紀昀：〈田侯松巖詩序〉以為《主客圖》頗襲自《詩品》，參《紀文達公遺集》，收入於《續修四庫全書》集部第 1435 冊（上海：上海古籍出版社，2002 年）卷9，頁 369。其〈張為主客圖序〉又評價云：「顧其分合去取之間，往往與人意不相愜，豈如《詩品》源出某某之類。」參卷9，頁 357。足徵其影響之深。

〔註78〕　《潛溪詩眼》收入於郭紹虞輯：《宋詩話輯佚》（臺北：華正書局，1981 年），頁 372～375。

〔註79〕　宋・黃徹著，湯祥新校注：《䂬溪詩話》（北京：人民文學出版社，1998 年 5月 1 刷），序，頁 1。及後記，頁 213。

〔註80〕　宋・高似孫：《選詩句圖》（北京：北京中華書局，1985 年新 1 刷），序，頁 1。

〔註81〕　同註43，《四庫全書總目提要》云：「其（《文選句圖》）句下附錄之句，蓋即

「採摘精華，品題優劣」，亦具品第高下優劣之法則。〔註82〕嚴羽《滄浪詩話・詩評》，著重品評歷代詩人詩作，品第高下之法，加以推源溯流，〔註83〕頗脫胎自《詩品》。清桂馥（1736～1805）於〈同席錄序〉云：「鍾述三品，劉撰《雕龍》，直過董狐，覈同平輿，故次之以品陟。」〔註84〕皆對梁人品第高下，推崇備至。故孫德謙（1874～1935）《雪橋詩話・序》云：「詩話之作，於宋最盛……尋其意制相規，大抵皆準仲偉。」〔註85〕

至明徐泰《談詩》序中即說明仿效鍾嶸，其評詩方式與不錄存者，皆襲自《詩品》。王世貞《藝苑卮言》，自言頗受《詩品》裁量品第之影響。〔註86〕顧起綸《國雅品》，無論書名或書中對詩人分品，皆有「品」字，析爲士品、閨品等五品，〔註87〕其首列品目，即「仿鍾嶸《詩品》」之例，〔註88〕頗有紹述意味。〔註89〕宋育仁撰《三唐詩品》三卷，〔註90〕亦仿《詩品》。

清代詩話更爲發達，何文煥編《歷代詩話》時，即首列《詩品》，顯見影響之一斑。王夫之《夕堂永日緒論》云：「夫景以情合，情以景生，初不相離，唯意所適。」〔註91〕指出感物而應，情景相會，觸景生情，以情狀景，則自然靈妙便成佳構。於《詩譯》又云：「以樂景寫哀，以哀景寫樂，一倍增其哀樂。」〔註92〕更臻於妙品。又拈出「現量說」，〔註93〕強調直接感受與瞬間觸發的眞

　　　鍾嶸《詩品》源出某某之意。」參卷191，頁4236。

〔註82〕同註3，《後村詩話》，〈點校說明〉，頁2。

〔註83〕明・李維楨：〈汪永叔詩序〉云：「自漢以後，不說詩而爲詩，然未始無師承者。梁鍾記室《詩品》，其出有源；宋嚴滄浪《詩話》，其習有體。授受漸摩，日異而月不同。」參《大泌山房集》，收入於《四庫全書存目叢書》集部151冊（臺南：莊嚴文化公司，1997年6月初版1刷）卷24，頁42。

〔註84〕清・林昌彝著，王鎮遠、林虞生標點：《射鷹樓詩話》（上海：上海古籍出版社，1988年12月1刷）卷5，頁98～99。

〔註85〕孫德謙：《雪橋詩話》（臺北：鼎文書局，1971年3月初版）序，頁11。

〔註86〕明・王世貞著，羅仲鼎校注：《藝苑卮言校注》（濟南：齊魯書社，1992年），頁155。

〔註87〕明・顧起綸：《國雅品》（臺北：明文書局，1991年），頁139～193。

〔註88〕同註43，《四庫全書總目提要》卷193，頁4288。

〔註89〕王士禎曾將此書與鍾嶸《詩品》並列，參北京大學張健：《王士禎論詩絕句三十二首箋證》（臺北：文史哲出版社，1994年4月初版），頁234～235。

〔註90〕據陳衍：《石遺室詩話》（臺北：廣文書局，1982年8月初版）卷1，頁1。

〔註91〕清・王夫之：《夕堂永日緒論》內編，收入於《船山遺書》（北京：北京出版社，1999年）第8卷，頁4623。

〔註92〕清・王夫之：《詩譯》，《船山遺書》第8卷，頁4614。

〔註93〕清・王夫之：《相宗絡索》云：「一觸即覺，不假思量計較。顯現眞實，乃彼

實感受，以即景會心，直接面對外在景物，抒寫「因情因景」之作，方臻於自然靈妙，云：「禪家所謂『現量』。」〔註94〕正說明由心中、目中與相融浹後而得之作，便是「含情而能達，會景而生心，體物而得神，則自有靈通之句，參化工之妙」，〔註95〕故許文雨《鍾嶸詩品講疏》引此詮釋鍾嶸「直尋」，〔註96〕顯見亦受此啓發。葉燮（1627～1703）《原詩》有感觸起興，克肖自然的說法，〔註97〕主張作品取之於人志情感，透過外在觸發而產生，方爲至文。〔註98〕袁枚（1716～1797）「性靈」說亦化自《詩品》，〔註99〕於〈倣元遺山論詩〉云：「天涯有客太詅癡，誤把抄書當作詩。抄到鍾嶸《詩品》日，該他知道性靈時。」即是指「直尋」言，提倡「獨寫性靈」，〔註100〕其《續詩品》特立〈著我〉一題，點出「吐故吸新」，〔註101〕強調作詩獨創性，《隨園詩話》中又云：「要之，以出新意，去陳言爲第一著。」〔註102〕強調以創新的語言表達內心感受，非一味援引故實。劉熙載《藝概》多效法鍾嶸摘句評論，於〈詩概〉、〈詞曲概〉所評詩詞，皆援引原作者之語，不僅得其評論之肯綮，又給讀者饒富之興味。王國維（1877～1927）以爲眞景物、眞情感融合形成意境，正是我國詩歌藝術經久不衰之所在，於《人間詞話》云：「寫情則沁人心脾，寫景則在人耳目。」又云：「有我之境，以我觀物，故物皆著我之色彩。」〔註103〕與《詩品》所論極爲契合。此外，沈德潛《說詩晬語》、翁方綱（1733～1818）《石洲詩話》以「風

之體性本自如此，顯現無疑，不參虛妄。」收入於《船山遺書》第七卷，頁4093。

〔註94〕清・王夫之：《夕堂永日緒論》，收入於《船山遺書》第8卷，頁4621。

〔註95〕清・王夫之：《薑齋詩話》卷下，收入於《清詩話》，頁14。

〔註96〕許文雨：《鍾嶸詩品講疏》（四川：成都古籍書店，1983年5月1刷），參頁22。

〔註97〕清・葉燮著，霍松林校注：《原詩》（北京：人民文學出版社，1998年5月1刷）外篇上，頁47。

〔註98〕同註97，《原詩》內篇下，頁25。

〔註99〕王英志：《袁枚評傳》（南京：南京大學出版社，2002年5月1刷），頁382～387。

〔註100〕清・袁枚：〈倣元遺山論詩〉，收入於袁枚著，周本淳標校：《小倉山房詩文集》（上海：上海古籍出版社，1988年3月1刷）卷27，頁691。清・袁枚著，顧學頡校點：《隨園詩話補遺》（北京：人民文學出版社，1982年9月2刷）卷4，頁652。

〔註101〕清・袁枚：《續詩品》，收入於《清詩話》，頁1035。

〔註102〕清・袁枚著，顧學頡校點：《隨園詩話》（北京：人民文學出版社，1982年9月2刷）卷6，頁185。

〔註103〕王國維著，滕咸惠校注：《人間詞話新注》（臺北：里仁書局，1987年8月20日），頁58。

骨」評詩，〔註104〕亦皆不離《詩品》「風力」範疇。

故章學誠《文史通義》中謂：「詩話之源，本於鍾嶸《詩品》。」〔註105〕評價之高，將《詩品》推為我國詩話之祖。其沾溉後世詩話，裨益詞林，自無庸置疑。

二、對文話的指引

梁人文學理論振鑠於後世者，首推劉勰《文心雕龍》，堪稱「體大慮周」、「籠罩群言」的巨著，〔註106〕王師更生曾盛讚此書云：「若干理論，不僅為我國古代文學理論作了完美的總結，就是對後世文學理論的發展，也做出了應有的指引。」〔註107〕尤其籠罩駢散，涵蓋廣遠，對後世文話啓迪甚深，徵引、襲用者極多，故清梁章鉅（1775～1849）《楹聯叢話》云：「劉勰《文心雕龍》，實文話所託始。」孫復清於跋浦銑《復小齋賦話》亦言：「文之有話，始於劉舍人之《文心雕龍》。」影響之閎深，可謂窮高樹表，極遠啓疆。

在文話部分，劉氏《文心雕龍》以下，隋唐間論文專著之見存者不多，然仍受其沾溉。如北齊顏之推《顏氏家訓・文章》篇即深受《文心雕龍》影響，高標文章原出《五經》，云：「文章者，原出《五經》。詔命策檄，生於《書》者也；序述論議，失於《易》者也；歌詠賦頌，生於《詩》者也；祭祀哀詠，生於《禮》者也；書奏箴銘，生於《春秋》者也。朝廷憲章，軍旅誓誥，敷顯仁義，發明功德，牧民建國，施用多途。」〔註108〕強調尊經，將詔、命、策等二十種不同文體分繫於《五經》之下，謂文章體製，導源於《五經》，凡百詞藝，皆由此出，與《文心雕龍・宗經》所論頗為雷同，遙相呼應，具有一脈相承的關係。

此外，唐代論文之說，大多見於史書的文苑傳與文學傳，〔註109〕綜觀其

〔註104〕同註37，《說詩晬語》，頁533。清・翁方綱著，陳爾冬校點：《石洲詩話》（北京：人民文學出版社，2001年10月2刷）卷1，頁25。

〔註105〕同註64，《文史通義》卷5，內篇5，〈詩話〉，頁559。

〔註106〕同註64，《文史通義》卷5，內篇5，〈詩話〉，頁559。

〔註107〕王師更生：〈「龍學」研究在隋唐〉，《六朝隋唐文學研討會論文集》（嘉義：國立中正大學系所主辦，1994年4月），頁1。

〔註108〕北齊・顏之推著，李振興等注譯：《新譯顏氏家訓》（臺北：三民書局，1993年8月初版）卷4，〈文章〉，頁171。

〔註109〕同註63，〈如何開拓中國古代文學理論的新局——從整理「文話」談起〉，頁146。該文中談到我國論文之說，唐時已多有成書者，然目前已未能見其原作，

論文學的本源與作用，多與《文心雕龍》不謀而合。劉知幾《史通》雖是論史，然與專門論文的《文心雕龍》頗具繼承關係，劉氏〈自敘〉中曾述著書源淵與《文心雕龍》之關係，〔註110〕故明故應麟《少室山房筆叢・史書佔筆》條云：「《史通》之爲書，其文劉勰也。」〔註111〕日人空海（774～835）著《文鏡秘府論》，其文學主張與文學創作方面，則「是繼承《文心雕龍》的緒業而擴大發展的」。〔註112〕綜觀其〈天卷序〉中首先強調文章的重要性，繼而肯定文源出於自然，又論其功用，西卷〈論病〉亦謂：「文章之興，與自然起。」〔註113〕實受《文心雕龍・原道》啓發，故二者所論幾如出一轍，顯見其立說毫無二致。

　　至宋朝，文話之作漸多，發展超越前世，亦深受《文心雕龍》影響，如陳善《捫蝨新話》，所論作文貴首尾相應等章法之說，實受〈鎔裁〉、〈章句〉與〈附會〉諸篇影響；南宋陳騤（1128～1203）《文則》專論文章修辭，以爲文法修辭、練字等須由經書中找尋典範，此宗經觀點亦受《文心雕龍》點撥，以爲六經之文爲文字之準則，爲文之途徑，當取法六經與諸子之文，〔註114〕俱同於《文心雕龍》；李塗《文章精義》開篇云：「《易》、《詩》、《書》、《儀禮》、《春秋》、《論語》、《大學》、《中庸》、《孟子》，皆聖賢明道經世之書；雖非爲作文設，而千萬世文章從是出焉。」〔註115〕以爲經典實一切文章之總會與文

　　　　如孫郃《文格》、馮鑒《修文要訣》、王諭《文旨》、王志範《文章龜鑒》、張仲樞《賦樞》、范傳正《賦訣》、浩虛舟《賦門》、白行簡《賦要》與紀干俞《賦格》等，皆是其例。
〔註110〕唐・劉知幾撰，浦起龍釋，白玉崢校點：《史通通釋》（臺北：藝文印書館，1978 年 4 月初版）云：「詞人屬文，其體非一，譬甘辛殊味，丹素異彩，後來祖述，識昧圓；家有詆訶，人相持擿；故劉勰《文心》生焉。若《史通》之爲書也，蓋傷當時載筆之士，其義不純，思欲辨其指歸，殫其體統。夫其書雖以史爲主，而餘波所及，上窮王道，下掞人倫，總括萬味，包吞千有，自《法言》已降，迄於《文心》而往，固以納諸胸中，不曾　芥者矣。」參卷 10，〈自敘〉第 36，頁 264～265。
〔註111〕明・胡應麟：《新校本少室山房筆叢》（臺北：世界書局，1980 年 5 月再版）卷 13，頁 176。
〔註112〕同註 107，〈「龍學」研究在隋唐〉，頁 13。
〔註113〕日・弘法大師原撰，王利器校注：《文鏡秘府論校注》（北京：中國社會科學出版社，1983 年 7 月 1 刷）西卷，〈論病〉，頁 396。
〔註114〕宋・陳騤著，王利器點校：《文則》（北京：人民文學出版社，1998 年 5 月 1 刷），頁 1～55。
〔註115〕宋・李塗著，王利器點校：《文章精義》（北京：人民文學出版社，1998 年 5 月 1 刷），頁 59。

體之濫觴，又論文章極則爲「辭理俱到」，主文字力求簡約，當是與《文心雕龍》宗經同一脈絡。王正德《餘師錄》，以爲文章的精華在於六經，譬猶「一氣之運，產出萬化」，故爲文當以六經爲指歸，而論文以理爲主，實承劉勰〈情采〉、〈鎔裁〉諸篇，又論氣以達其文，則會通〈體性〉篇而來；吳子良（1197～1256）《荊溪林下偶談》，﹝註116﹞以爲經書理義可法，句法尤可法，強調爲文之大概爲「主之以理，張之以氣，束之以法」，標舉「文雖奇，不可損正氣；文雖工，不可掩素質」等說，幾脫胎自《文心雕龍》。

至元陳繹曾撰《文筌》，序中揭示文之理以經書爲至精，云：「六經之文不可及，何則？以其意、體、法皆備故也。」於〈古文譜‧立本〉中首立「經書」，強調務求專精。﹝註117﹞徐駿《詩文軌範‧文範》多引用《文心雕龍》諸篇。﹝註118﹞其影響可見一斑。

明清文士仍以《文心雕龍》宗經爲職志，如明楊慎曾評點《文心雕龍》，於《丹鉛總錄》與《升庵詩話》中大量援引。吳訥（1370～1455）《文章辨體》與徐師曾《文體明辨》可謂明代文體論的總集大成之作，所論多受《文心雕龍》影響，徐師曾〈文章綱領‧總論〉中引《文心雕龍‧宗經》篇的宗經六義，知「稟《經》以製式」亦爲徐書文體論之標的。宋濂（1310～1381）《文原》，上篇究文章來源，下篇剖析文章利病，由體至用，皆以宗經爲本，又言文貴在「辭達而道明」。高琦《文章一貫》輯古來文章作法，首立「立意」、「氣象」與「篇法」。朱荃宰《文通》體制幾乎同與《文心雕龍》。其餘陳懋仁《文章緣起注》與《續文章緣起》等無不以《文心雕龍》作爲文章學的根據，祖述其文體論。﹝註119﹞

清張次仲（1589～1676）《瀾堂夕話》論文章，主張反擬古、反剽竊、貴神氣，貴修飾潤色。而桐城派三大家，皆以經典爲文之根源，方苞（1668～1749）〈答申謙居書〉云：「若古文，則本經術而依於事物之理，非中有所得，不可以爲僞。故自劉歆承父之學，議禮稽經而外，未聞姦慝污邪之人，而古

﹝註116﹞《荊溪林下偶談》之作者之考證，參劉懋君《兩宋文話述評》（臺北：東吳大學中文研究所碩士論文，1982年），頁81～82。

﹝註117﹞元‧陳繹：《文筌》，收入於《續修四庫全書》（臺南：莊嚴文化公司，1997年6月初版1刷）集部‧詩文評類，第416冊，頁79～82。

﹝註118﹞元‧徐駿：《詩文軌範》，收入於《四庫全書存目叢書》（臺南：莊嚴文化公司，1997年6月初版1刷）集部‧詩文評類，第416冊，頁116～157。

﹝註119﹞汪春泓：《文心雕龍的傳播與影響》（北京：學苑出版社，2002年6月1刷），頁225。

文為世所傳述者……茲乃所以能約《六經》之旨以成文。」〔註120〕直指若能求經典之大旨，則依禮行義，文始大成。姚鼐〈復汪進士輝祖書〉云：「夫古人之文，豈第文焉而已，明道義，維風俗……達其辭則道以明，昧於文則志以晦。」〔註121〕揭櫫宗經明道為作文之要務。劉大櫆（1698～1780）《論文偶論》中，雖標舉「義理、書卷、經濟者，行文之實」，以義理稽之於書卷，然書卷即「根之於六經之旨」，〔註122〕以為為文須以六經之旨，再參酌諸子，方能正其源，又以「作文若字句安頓不妙，豈復有文字乎」，故力倡文貴奇、貴高、貴大、貴遠、貴簡、貴疏、貴變、貴瘦、貴華、貴參差、貴去陳言、貴品藻，則臻於「妙處」，其中所論修辭之法，又與《文心雕龍》遙相呼應。張秉直《文談》以為文章為經國之業，載道之器，重視文章經世致用之能，所論皆以經為經，以史為緯。清張裕釗（1823～1894）《濂亭論文集》則提出文之謀篇須「層見疊出，不使一覽而盡，而自首至尾，義緒一線」，又主運筆、接筆、轉筆時「最要令人不測，須轉換變化不窮，須勁折出入，生殺老健簡明」。吳德旋（1767～1840）《初月樓古文緒論》中亦強調作文的章法、句式，故「章有章法，句有句法，字有字法」，要達到「剛柔並濟」、「自然恰好」，方能具「風神絕世」之致。〔註123〕曾國藩《鳴原堂論文》論奏疏時屢稱「與六經同風」，實以宗經為本，而論奏議之作，首要文字顯豁、詞旨深遠、結構整齊，其標揭宗經與義法之嚴密，實深受《文心雕龍》之沃灌。劉熙載《藝概》開宗明義即標舉宗經，又論理法兼顧、敘事之法與剪裁之法等。至清章學誠論戰國諸子之文，亦有源出於六經者，於《文史通義》云：「戰國之文，其源皆出於六藝……九流之所分部，《七錄》之所敘論，皆於物曲人官，得其一致，而不自知為六典之遺也。」〔註124〕即指各家各派之作皆出於經典而加以變化的。

　　近代文話亦深受《文心雕龍》之啟迪，如林紓（1852～1924）《畏廬論文》標「正言」、「體要」即援引《文心雕龍·徵聖》，所論流別，又多取法自《文

〔註120〕清・方苞：〈答申謙居書〉，收入於《方望溪文集》（江蘇：中國書店，1991年6月1刷），頁81。

〔註121〕清・姚鼐：〈復汪進士輝祖書〉，收入於《惜抱軒全集》（江蘇：中國書店，1994年12月2刷）文集卷第6，頁68。

〔註122〕同註1，清・劉大櫆：《論文偶記》，參《中國歷代文論選》下冊，頁137。

〔註123〕清・吳德旋：《初月樓古文緒論》（北京：人民文學出版社，1998年5月1刷），頁20～22。

〔註124〕同註64，《文史通義》卷1，內篇1，〈詩教〉上，頁60。

心雕龍》。吳曾祺（1852～1925）《涵芬樓文談》全書架構與立說，多紹承《文心雕龍》之處，以《五經》爲文學本源，立〈宗經〉一篇，云：「學文之道，首先宗經；未有經學不明，而能擅文章之勝者。夫文之能事，務在積理；而理之精者，莫經爲最。蓋出自聖人所刪定，其微言大義，自遠出諸子百家之上。吾人生平持論，常得此爲據依，自無偏駁不純之弊。」〔註125〕以爲宗經爲習文之首務，乃積理之必備、文術之基石。其以宗經爲準的，實承繼劉勰宗經而來，又論運筆有喜馳驟及尚高潔二端，各有所長，然而眞正「善用筆者，或縱之數千言而不厭其詳，或約之數十言而不見其簡。詳之至而使人不見其有可刪，簡之至而使人不見有可益，斯爲妙矣」。其餘如胡懷琛（1886～1938）《文則》，及至近人薛鳳昌（1876～1944）《文體論》、蔣伯潛（1892～1956）《文體論纂要》、顧蓋丞《文體指南》等書，亦受《文心雕龍》宗經、分體之影響；此外，夏丏尊（1885～1946）《文章講話》論文以情爲主、以氣爲主，譚正璧（1901～1991）《文章法則》論文章作法，馬敍倫（1885～1970）《修辭九論》論文之謀篇與鍛練、氣勢，皆深受《文心雕龍》之影響。顯見《文心雕龍》實爲後世文話立下千古不移之基石。故清林紓《春覺齋論文》書中推崇《文心雕龍》「爲最古論文之要言」，〔註126〕近人陳必祥稱：「古代散文文體的分類，肇始於漢魏，大盛於齊梁，繁衍於宋明，論定於晚清……而有關各類文體的流變，特徵的論述，均又以《文心雕龍》爲鼻祖。」〔註127〕

　　最後就四六話、賦話言，《文心雕龍》不僅包該廣博，又以駢文寫成，對日後的四六話、賦話等專著，影響甚鉅。〔註128〕

　　在四六話方面，宋代已有較完整的著作產生，王銍作《四六話》，序云：「銍類次先子所謂詩賦法度與前輩話言，附家集之末。又以銍所聞於交游間四六話事實，私自記焉。其詩話、文話、賦話各別見云。」爲目前得見最早以詩話形式命稱賦話之例。另外尚有謝伋《四六談麈》、洪邁（1123～1202）《容齋四六叢談》所論駢文的對偶、用事，多有襲自〈麗辭〉、〈事類〉者，

〔註125〕清・吳曾祺著，楊承祖點校：《涵芬樓文談》（臺北：臺灣商務印書館，1998年6月臺2版1刷），宗經第1，頁1～3。

〔註126〕清・林紓：《春覺齋論文》（北京：人民文學出版社，1998年5月1刷），頁42。

〔註127〕陳必祥：《古代散文文體概論》（臺北：文史哲出版社，1987年10月初版），頁30。

〔註128〕同註63，王師更生：〈魏晉南北朝散文研究的重要性〉，收入於《更生退思文錄》，頁132～133。

楊囷道《四六餘話》一卷、至明王志堅（1576～1633）有《四六法海》，實受《文心雕龍》之啓發。清代駢文大盛，各種賦論相關著述湧現，李兆洛（1769～1841）繼《文選》後而有《駢體文鈔》，陳維崧（1625～1682）《四六金針》，孫梅《四六叢話》乃集各家成說，阮元（1764～1849）〈文言說〉、劉師培作《論文雜記》等書，實大張蕭統「沈思」與「翰藻」之說。

　　在賦話方面，清代以前的賦話專論並未曾見，唐時已有從音韻方面研究賦的專著，新舊唐志著錄褚令之《百賦音》一卷、郭微之《賦音》二卷，另有白行簡《賦要》、范傳正《賦訣》等，五代時有和凝《賦格》。至宋時《賦格》、《賦範》與《賦選》等粹辨論體格之書，一時出現甚多，〔註129〕然至《明史·藝文志》中多已不載。元時祝堯《古賦辨體》對賦之源流演變與作家作品作精深之評論，然仍屬於賦的總集而非賦話專著。明代詩話、詞話已極發達，然正式的賦話尚未產生，陳山毓《賦略緒言》一卷，然收為其賦選集《賦略》一書的附錄。直至清代，則出現專門研究賦作的賦話產生，如清李調元（1734～1802）《賦話》十卷，分為新話與舊話：新話重在評論律賦，包括律賦發展歷史、創作技巧與評論賦家賦作；舊話中的七、八卷輯錄漢代至六朝有關作家的佚事，九、十卷則由各史書與筆記中收集出唐至明代賦壇趣聞。又如王芑孫（1755～1817）《讀賦卮言》一卷，分為導源、審體等十六項，或追溯賦體起源與演變，或述作賦之技法要訣，或指引作賦門徑，或考尋舊例、指陳異同，最後論文與賦之關係，並註記賦壇舊事，頗得探幽發微之創獲。孫梅《賦話》二卷，收入於《四六叢話》，其對律賦製題、立韻、構篇與修辭等論述，尤為精闢。林聯桂《見星廬賦話》十卷，論歷代賦家啓承演變，揭示賦體特性。劉熙載《賦概》一卷，收錄於其《藝概》，內容總雜卻言簡意賅，所論以古體為限，故多涉先秦兩漢之作，略及於唐、宋名篇，而述賦之鋪陳與評論作家作品，皆獨具創。浦銑《復小齋賦話》上下二卷，內容所論自先秦至明，以唐宋居多，於作家則多論其品格，並論律賦體製、作法，隨例立論，並輯錄佚聞。

　　除上述專著外，清代尚有汪廷珍《作賦例言》、孫奎之《賦苑卮言》、江含春《楞園賦說》、鮑桂星《賦則》等，皆專門就賦體立論之專著，而有所發明。直至近代，以賦話形式研究專著者有饒宗頤《選堂賦話》與何沛雄《讀

〔註129〕元·祝堯：《古賦辨體》云：「渡江前後，人能蟹斷聲律，盛行《賦格》、《賦範》與《賦選》，粹辨論體格，其書甚眾。」

賦零拾》，皆沿習舊例，對歷代賦家賦作作行辯析與評騭，前書並著錄流散海外之賦集珍本，後書則歷代賦作於國外翻譯流行，顯見《文選》著錄賦體一類之作，影響淵源流長，研究者亦不乏其人。

三、對評點的啓迪

梁武帝推動文風，親自纂成《歷代賦》十卷，專門輯錄前代賦篇佳作，影響之下，蕭統廣收天下圖書，與文士編成《文選》，對後世評點、選本，影響閎遠。

首先就評點言，所謂評點，即後世研讀者，或以筆於書上筆記，或旁批，或眉批，或抹，或圈，或點，以標明書中精義、心得之讀書筆札，稱之爲評點，又稱爲批點、圈評。《文選》乃彙合賦、詩、文於一編，爲選文之大成，〔註130〕成爲我國第一部詩文總集，選錄自先秦以迄南朝八個朝代一百三十多位作家作品，囊括當時文章精華，對我國詩文評點影響甚鉅。

《文選》成書後，迅速流傳北朝，〔註131〕顯見流通之廣。隋唐時極盛一時，始有爲之研究音義，或爲之作注者，蕭該作《文選音義》、曹憲亦有《文選音義》，許淹作《文選音》、李善爲之作注，並著《文選辨惑》，遂有所謂「文選學」。其中曹憲始以《文選》授諸生，同郡魏模及其子景倩亦相傳授。唐玄宗開元六年（718）呂延祚奏《五臣集注文選》，知《文選》研究至唐時大盛。兼之唐代科舉以詩賦試士，制科中頗重視文辭秀逸與詞藻宏麗者，士人遂人手一編，考覈之書漸繁，常寶鼎《文選著作人名目》三卷，敍《文選》著作人姓名鄉里行事與述作之意，已有評點之意。其餘唐人著述論及者尚有顏師古《匡謬正俗》、李匡乂《資暇集》、丘光庭《兼明書》等。

宋時《文選》仍見重藝林，〔註132〕成爲士子熟讀必備之書。然而《文選》專題之著作，多已亡佚，縱有傳世，亦大抵與臚類典或採辭藻之用。其餘對《文選》加以評釋者，如北宋沈括（1031～1095）《夢溪筆談》、姚寬《西溪

〔註130〕同註40，《昭明太子集校注》，頁308。

〔註131〕宋・李昉等：《太平廣記》（北京：北京中華書局，1981年8月2刷）載北齊高祖高歡（496～547）曾令人讀《文選》一事，北齊高歡於武定五年去逝，說明此時《文選》已流傳至北朝，參卷247，頁1916。

〔註132〕宋・陸游撰，李劍雄、劉德權點校：《老學庵筆記》（北京：北京中華書局，1997年12月2刷）陸游言：「國初尚《文選》……方其盛時，士子至爲之語曰：『《文選》爛，秀才半。』」參卷8，頁100。

叢話》、黃朝英《靖康緗素雜記》等書，對《文選》之考證條數，多寡不一，多能有所引據；南宋以後，評點逐漸興盛、成形，〔註133〕相繼而作者眾多，洪邁《容齋隨筆》、王觀國《學林》、羅大經《鶴林玉露》、袁文《甕牖閒評》、葛方立《韻語陽秋》等則頗足以備徵引而資博識，王應麟《困學紀聞》書中所涉《文選》者尤為精鑿。則宋人於著述之中評《文選》，數量甚多，已廣受後人注意。在科舉與教學的影響下，其餘古文選本，亦多有學者評點本產生，如呂祖謙（1137～1181）《古文關鍵》選錄古文，各標其命意布局，示人以門徑，每於文句的切要處「多以筆抹」，〔註134〕為一古文評點本，陳振孫稱其：「標抹注釋，以教初學。」〔註135〕真德秀（1178～1235）《文章正宗》以「明理切用」為選文標準，欲使學者識源流之正；樓昉《迂齋評註古文》（或題《崇文古訣》），學出呂祖謙，後出轉精，評選大略如《古文關鍵》，而所評點則繁簡得中，推闡加密，於後學者更有裨益；謝枋得《文章軌範》專為舉業者而設，各卷前有序言，綜論所選文的風格及作用，序言後即評點諸家之文，其批註亦本呂祖謙手法，於文中精神命脈處以筆抹出，用字得力處，則以點識之，評騭簡要，亦為習文者所必讀。魏天應《論學繩尺》，亦用作科考用途，於每題先標出處，再立說大意，並綴以評語。

　　至元時評點者，如方回（1227～1307）《文選顏謝鮑詩評》四卷，專取《文選》所錄顏延之、鮑照、謝靈運、謝連惠詩，各為論次，或加以評點考證，或取一字為句眼；劉履《風雅翼》十四卷，包括《選詩補注》八卷、《選詩補遺》二卷與《選詩續編》四卷，其詮釋評論頗為詳贍；元人於著述中評及者，如白珽《湛淵靜語》與李治《敬齋古今》，涉及《文選》者數十條。

　　明代印刷術盛行，評點更為蓬勃，且能在批抹處發其關鍵，於評點處示其肯綮，孫月峰有《孫月峰先生評文選》〔註136〕、鄒思明《文選尤》十四卷，「以三色板印之。〈凡例〉謂總評分脈則用朱，細評探意則用綠，釋音義解文辭則用墨」。閔齊華《文選瀹注》三十卷，亦有批點之法。凌濛初（1580～1644）輯評《選詩》七卷，則專錄《文選》之詩，雜採各家評語於上方；另外楊慎《丹鉛

〔註133〕同註43，《四庫全書總目提要》卷37，以為評點「是盛於南宋末」，頁756。
〔註134〕同註43，《四庫全書總目提要》卷185，頁4151。
〔註135〕宋・陳振孫撰，徐小蠻、顧美華點校：《直齋書錄解題》（上海：上海古籍出版社，1987年12月1刷）卷15，〈總集類〉，頁451。
〔註136〕明・孫月峰：《孫月峰先生評文選》，收入於《四庫全書存目叢書》（臺南：莊嚴文化公司，1997年6月初版1刷）集部第287冊，頁1～677。

總錄》、方以智（1611～1671）《通雅》、顧炎武（1613～1682）《日知錄》等書亦有評考《文選》；其餘如文集之評點，如茅坤（1512～1601）《唐宋八大家文鈔》、歸有光（1506～1571）《文章指南》、《評點史記》等，於圈點以外，復有評註，於文章緊要處，皆標示出來，後學者可由此爲人手之階，便於詳參。

　　清考據之學興盛，而集部中以《文選》爲最古，故評點者亦多，當時阮元面對桐城古文滔滔，仍奮力奉《文選》爲宗，作〈與友人論古文書〉與〈書梁昭明太子文選序後〉，〔註137〕盛讚有加，並表彰選學，皆可見梁《文選》對清學者影響。何焯《義門讀書記》中《文選》編爲五卷，悉爲評文之言。余仲林《文選紀聞》搜羅自宋以來評論《文選》者，搜採全備，卷帙富博。汪師韓（1707～？）《文選理學權輿》八卷，取《選》注以類別爲八門，末則綴以己說，並附有評論。其餘如洪若皋《昭明文選越裁》十一卷、于光華《評注文選》十五卷等，則附加圈點評語，近人黃侃（1886～1935）有《評點昭明文選》，更顯見《文選》於我國評點影響之深。其餘王先謙（1842～1917）《續古文辭類纂評註》，嚴謹有義法，王文濡（1867～1935）又加評註，評語音註，畫段圈點足有啓發後人者。另有《秦漢三國文評註讀本》、《南北朝文評註讀本》、《唐文評註讀本》、《宋元明文評註讀本》、《清文評註讀本》等，雖未明言受到蕭統《文選》影響，然其選編佳篇，勒成一篇，實是深受《文選》啓迪。

　　再就選本言，《文選》成書後，梁代編纂總集風氣大爲興盛，仿效《文選》編集一代詩文選集者輩出，或有同名以續、以擬、以廣者，俾「探遺珠於滄海」；或有效《文選》而勒成一代詩文，以「采拾菁華，抉摘藻異，雅類兔園之冊，允爲獺祭之資」者，〔註138〕故駱鴻凱謂：「總集之存於今者，以《文選》爲最古，鴻篇鉅製，垂範千秋。」〔註139〕唐殷璠《河岳英靈集・序》云：「梁昭明太子撰《文選》，後相效著述者十餘家，咸自稱盡善。」〔註140〕殷氏距蕭

〔註137〕同註1，清・阮元：〈與友人論古文書〉，《中國歷代文論選》下冊，頁591～592。〈書梁昭明太子文選序後〉，《中國歷代文論選》上冊，頁338～339。

〔註138〕駱鴻凱：《文選學》（臺北：華正書局，1989年9月版）源流第3，頁42～123。《文選》於隋唐以降，代有成書，尤以唐、清爲最盛。《文選學》曾列舉各朝代《文選》學相關著述，析之爲五類，其中「廣續」一類，重在探遺珠於滄海；「辭章」一類重在「采拾菁華，抉摘藻異，雅類兔園之冊，允爲獺祭之資」，前者以續作自居，後者與文學關係密切。

〔註139〕同註138，《文選學》，頁1。

〔註140〕唐・殷璠：〈河岳英靈集序〉，《中國歷代文論選》上冊，頁393～394。

統卒年約二百年，〔註141〕相效著述者達十餘家，顯見其對唐時選編總集影響之一斑。當時仿效《文選》而以同名爲賡續者，有孟利貞《續文選》十三卷、卜長福《續文選》三十卷、卜隱之《擬文選》，〔註142〕或曰續，或曰擬，皆賡續《文選》之作，卜長福甚至因編選此類之書而獲授官位。〔註143〕另外徐堅（659～729）等編《文府》二十卷，〔註144〕又稱爲《文纂》〔註145〕、《續文選》，〔註146〕則此書或專選《文選》以外的詩賦之文，亦實受《文選》影響。《文府》成書於開元十九年（731），〔註147〕乃蕭嵩以「《文選》是先祖所撰，喜於嗣美」，遂奏皇甫彬等人續修《續文選》，〔註148〕然未能成，後又奏徐氏修書，成《文府》，則此書編纂初意，實定名爲《續文選》，當爲紹繼之作。另裴潾編《大和通選》三十卷，成書於唐文宗大和八年（834），乃裴氏「集歷代文章，續梁昭明太子《文選》」。〔註149〕則《文選》頗受時人重視，成爲士子必讀之書，地位幾與經書同列，〔註150〕無怪時人但凡彙聚前人之佳作者，

〔註141〕據傅璇琮〈河岳英靈集前記〉考證，殷璠編《河岳英靈集》起迄年限爲開元二年至天寶十二年間，參《唐人選唐詩新編》（陝西：陝西人民教育出版社，1996 年 7 月 1 刷），頁 102。

〔註142〕同註 55，《新唐書》卷 60，頁 1622。又參〈唐人編選詩歌總集敍錄〉，收入於陳尚君：《唐代文學叢考》（北京：社會科學出版社，1997 年），頁 199～201。

〔註143〕同註 55，《新唐書》載卜長福於唐玄宗開元十七年（729）上《續文選》而獲授富陽尉。參卷 60，頁 1622。

〔註144〕同註 55，《新唐書》注云：「開元中詔張說括《文選》外文章，乃命堅與賀知章、趙冬曦分討，會詔促之，堅乃先集詩賦二韻爲《文府》上之。」參卷 60，頁 1622。

〔註145〕同註 59，《舊唐書》賀知章本傳載此書始修於開元十年（722），書又名《文纂》。參卷 190 中，頁 5033。

〔註146〕唐・張九齡：《曲江集》（臺北：世界書局，1988 年 2 月初版）〈徐文公神道碑銘〉載《文府》又稱爲《續文選》，參卷 19，頁 166。

〔註147〕宋・王溥：《唐會要》（臺北：世界書局，1989 年 4 月 5 版）載：「開元十九年二月，禮部員外郎徐安貞等撰《文府》二十卷上之。」參卷 36，頁 658。

〔註148〕宋・王應麟：《玉海》，收入於《景印文淵閣四庫全書》第 944 冊（臺北：臺灣商務印書館，1983 年）卷五四引《集賢注記》，頁 441。

〔註149〕同註 59，《舊唐書》卷 17 下，頁 553。又參裴氏本傳，卷 171，頁 4449。

〔註150〕《文選》可謂唐代士子必讀之書，杜甫、韓愈寫作，深受《文選》沾溉，爲堅確不移之事實。參宋・何汶撰，常振國、絳雲點校：《竹莊詩話》（北京：北京中華書局，1984 年 5 月 1 刷）引《瑤溪集》云：「杜子美教其子曰：『熟精《文選》理。』……老杜大率宗法《文選》，咀嚼爲我語。」參卷 1，頁 7。白居易〈偶以拙詩數首寄呈裴少尹侍郎〉云：「《毛詩》三百篇後得，《文選》六十卷中無。」知其熟讀《文選》，參唐・白居易：《白香山詩集》（臺北：世界書局，1991 年 9 月 8 版）後集卷 4，頁 279。韓愈於〈中大夫陜府左司馬

必托名《文選》。

宋代以後，廣、續之文代有制作，明劉節《廣文選》八十二卷，序云其門分類析「皆准昭明之舊」，又云書乃「廣蕭子之選」，〔註151〕實上紹《文選》而作。湯紹祖《續文選》二十七卷，序開頭云：「粵昔《文選》之成於梁昭明太子也。」文中甚為推崇，遂發陳編，「重加銓次，遠自昭明以後，近自不佞以前」，名為《續文選》，〔註152〕知此書亦自奉為《文選》續作。另外周應治《廣廣文選》二十四卷與胡震亨（1569～1645）《續文選》十四卷。〔註153〕足見梁武帝刻意使蕭統所編《文選》，影響至深，後世總集編纂多以同名為賡續，曰廣、曰擬、曰續，以為典範，足見其影響之深。

另外，凡纂一代之集者，莫不奉《文選》為圭臬，以為典範。北宋姚鉉（986～1020）編《唐文粹》一百卷，對《文選》極為推崇，故作書「以嗣於《文選》」，實欲「繼《文選》而垂範來世」。〔註154〕南宋呂祖謙編北宋詩文總集《宋文鑑》一百五十卷，《文獻通考》盛稱此書堪與前代《文選》比擬。〔註155〕此後諸家之編，如元蘇天爵（1294～1352）《元文類》七十卷、明程敏政（1445～1500）《明文衡》、清人莊仲方《南宋文範》七十卷、沈果庵編《南宋文鑑》析為三十一類、張金吾（1787～1829）《金文最》一百二十卷等書，多於書序中盛讚《文

李公墓誌銘〉云：「（李邦）年十四，能闇記《論語》、《尚書》、《毛詩》、《左氏》、《文選》凡百餘萬言，凜然殊異。」參《全唐文》卷563，頁2561。知唐人已將《文選》與經書並列。

〔註151〕明・劉節：《廣文選》，《景印文淵閣四庫全書》集部第297冊（臺北：臺灣商務印書館，1983年），頁508。

〔註152〕明・湯紹祖：《續文選》，《四庫全書存目叢書》（臺南：莊嚴文化公司，1997年6月初版1刷）集部第334冊，頁1～2。

〔註153〕明・周應治《廣廣文選》二十四卷則有據北京清華大學圖書館藏明崇禎八年（1635）周元孚刻本影印本，通行本有濟南：齊魯書社於2001年印行之版本。明・胡震亨：《續文選》（臺北：臺灣商務印書館，1973年）乃據明刊本影印。

〔註154〕清・陸以湉撰，崔凡芝點校：《冷廬雜識》（北京：北京中華書局，1997年12月2刷）云：「其大要以復古為主，搜擇博而別裁正，一代文物之盛，賴是以存，直其繼《文選》而垂範來世也。」參卷1，頁21。

〔註155〕元・馬端臨：《文獻通考・經籍考》云：「文字總集，各為流別，始於贄虞，以簡代繁而已，未必有意：然積之既多，則世亦不能久傳，今其遠者，獨一《文選》尚存，以其少也。近世多者至百千卷，今雖尚存，後必淪逸。獨呂氏《文鑑》，去取為有意，止百五十卷，得繁簡之中，鮮遺落之患：所可惜者，前代文字源流不能相接，若自本朝至渡江，則粲然矣。」收錄於宋・呂祖謙編，齊治平點校：《宋文鑑》（北京：北京中華書局，1992年3月1刷），附錄2，頁2170～2171。

選》，故寄意上承《文選》，勒爲一代鴻編。〔註156〕顯見《文選》一書對後世文章選編影響之深廣。

綜上所述，梁代在武帝的推揚之下，文風鼎盛，所流通的《文心雕龍》、《詩品》與《文選》，對我國後世文學，韻文之詩話、詞話，散文之文話，駢文之四六話與賦話等文學理論之發展，極具影響，其沃灌之深，足見一斑。

第三節　對佛教典籍的導引

佛教自東漢末年傳入中國，歷代譯著雖十分可觀，然因兵燹、水火或其餘種種因素，多有湮滅不存者，至梁武帝大力提倡佛教，闡揚文風，推動編纂各類的佛教書籍，對佛教典籍的保存，厥功甚鉅。

一、僧人傳記的續編

梁武帝個人雖未編纂僧侶傳記，然頗受其倚重的釋寶唱於天監十六年撰成《比丘尼傳》四卷，專記比丘尼生平事略。又撰《名僧傳》，專記當代名傳事蹟。釋慧皎在釋寶唱《名僧傳》的基礎上撰成《高僧傳》十四卷，依僧人德業，區別爲十科，當時相繼編撰者尙有裴子野《眾僧傳》二十卷、虞孝敬《高僧傳》六卷、釋僧祐《薩婆多部傳》五卷等繁花碩果，成爲繼作者之楷模，對後世產生極鉅的啓發。

首先就僧人通傳方面。如唐釋道宣《續高僧傳》三十卷，序云：「昔梁沙門金陵釋寶唱撰《名僧傳》，會稽釋慧皎撰《高僧傳》，創發異部，品藻恒流，詳覈可觀，華質有據。」〔註157〕對《名僧傳》與《高僧傳》二書所析之部類與內容，讚譽備至，知此書刻意續釋寶唱《名僧傳》與釋慧皎《高僧傳》。該書初成於唐太宗貞觀十九年（645），增補於高宗麟德二年（665）。《大唐內典錄》自言錄爲三十卷，〔註158〕〈序〉云：「始岠梁之初運，終唐貞觀十有九年，一百四十四載，包括嶽瀆，歷訪華夷，正傳三百四十人，附見一百六十人。」

〔註156〕清・黃廷鑒：《第六絃溪文鈔》（北京：北京中華書局，1985 年新 1 刷）卷 4〈張月霄傳〉，頁 86〜87。及卷 2〈愛日精廬藏書志序〉，頁 28。

〔註157〕唐・釋道宣：《續高僧傳》（《大正新修大藏經》第 50 冊，史傳部 2，臺北：新文豐出版公司，1985 年）序，頁 425。

〔註158〕唐・釋道宣：《大唐內典錄》（《大正新修大藏經》第 55 冊，目錄部，臺北：新文豐出版公司，1985 年）卷 5，頁 282。

〔註159〕所收僧人上始梁初，下迄唐麟德二年。分類方面，大體師承前書而略有變通，〔註160〕析爲十科。內容方面，徵採周富，敘載詳瞻，詞句綺麗，筆力更見縱放，可謂居諸部僧人總傳之首，實爲步武前書之續作。〔註161〕

北宋釋贊寧（919～1001）《宋高僧傳》三十卷。成書於北宋太宗端拱元年（988），體例亦爲十科，篇題則一依《續高僧傳》，每題之下均附有小註，以爲解說，篇末有論，提綱挈領，以總括全篇大旨，所收人物的時限紹接《續高僧傳》，約始於唐高宗乾封二年（667），即卷十四釋道宣卒年，終於宋太宗雍熙四年（987），即卷七所載義寂的卒年，距北宋開國僅二十八年。內容多爲唐代高僧，次爲五代，最後才是宋代。序云：「時則裴子野著《眾僧傳》，釋法濟撰《高逸沙門傳》，陸杲述《沙門傳》，釋寶唱立《名僧傳》……焉知來者靡曠其人，慧皎刊修，用實行潛光之目。道宣輯綴，續高而不名之風，令六百載行道之人，弗墜於地。」〔註162〕則此書上紹《名僧傳》、《高僧傳》，記一代僧人傳記之意旨，十分明顯。

又如明釋如惺《大明高僧傳》八卷，成書於明神宗萬曆四十五年（1617），專載宋、元、明高僧事蹟的僧人總傳，雖在起始時間與北宋《宋高僧傳》並未銜接，〔註163〕但自序強調，書之創作，乃遠紹六朝、唐之道宣與宋之贊寧

〔註159〕同註157，《續高僧傳》序，頁425。各版本《續高僧傳》所收人物之截止年限與人數，與自序頗有差異。檢《大唐內典錄》卷5，釋道宣於《續高僧傳》之後，又著錄《後集續高僧傳》一部十卷，參頁282。《新唐書》著錄此書，參卷59，頁1526。然至釋智昇《開元釋教錄》已未見後書。再觀今本《續高僧傳》所收卒於貞觀十九年以後僧人傳記，結構內容與用詞遣句，皆與卒於貞觀十九年以前僧人傳記珠聯璧合，當皆釋道宣手筆。且釋道世《法苑珠林》引《續高僧傳》甚多，亦有卒於貞觀十九年以前僧人，如卷六五引智聰，《法苑珠林》作於總章元年（668），距道宣卒年乾封二年（667）僅一年，故《續高僧傳》與《後集續高僧傳》在釋道宣在世時或已合併，亦未可知。

〔註160〕周叔迦：《釋典叢錄》，收入於《周叔迦佛學論著集》（北京：北京中華書局，1991年1月1刷），頁1101。

〔註161〕同註157，《續高僧傳》書末言自梁以後，僧史荒蕪，高行明德，湮沒無紀，撫心痛惜之餘，「故當微有操行，可用師模範，即須綴筆，更廣其類」。參卷30，頁707。遂補苴增廣，又仰託周訪，務在搜盡，將梁至唐初的南北僧人，羅括入書。每篇後立一「論」，亦承襲《高僧傳》，均在撮示一科指歸，溯沿源流，評議人物史事，顯示《續高僧傳》確實爲步武前書之續作。

〔註162〕宋·釋寧贊：《宋高僧傳》（《大正新修大藏經》第50冊，史傳部2，臺北：新文豐出版公司，1985年）序，頁709。

〔註163〕《大明高僧傳》收僧人年限，大體自北宋徽宗宣和六年（1124），即卷七慶元府天童寺普交的卒年，終於明神宗萬曆二十一年（1593），即卷四天臺慈雲寺

等所作諸《高僧傳》。另有釋明河（1588～1640）《續補高僧傳》二十六卷，乃續北宋釋贊寧《宋高僧傳》，「補」指補錄《宋高僧傳》中未收的唐、五代僧人；「續」則主要在宋、元、明時期高僧，內容析爲十科，將「讀誦」改爲「讚誦」，各科之末不列「論」，仍可謂是受梁時眾家所編《高僧傳》之影響。

　　近代喻謙（？～1933）亦有《新續高僧傳四集》六十六卷，成書於民國十二年，乃喻謙受託編纂，遂搜討舊編，徵求遺簡，經「鉛槧三易，寒暑五周」而成，內容記錄宋初至清末高僧功德業績，著錄範圍廣泛，並補《明高僧傳》疏漏，篇幅宏大，結構嚴整，〔註164〕題名爲「新續」，乃欲上承梁釋慧皎《高僧傳》、唐釋道宣《續高僧傳》、宋釋贊寧《宋高僧傳》、明《明高僧傳》的新續作，故題名爲《新續高僧傳四集》。〔註165〕由於此書旁徵博引，敘事簡潔，文字暢達，極具參考價值。

　　近年來所編《民國高僧傳初編》與《續編》、《三編》與《四編》，序中亦強調上承梁時釋寶唱《名僧傳》與釋慧皎《高僧傳》，定名爲《民國高僧傳》，「以續前賢之餘緒，用廣流傳於當來」，又以我國歷來皆有《高僧傳》的纂輯，遂起效法之心，〔註166〕所定子目，效法梁人作法，作某地某寺某人傳，如「泰縣宏開寺釋玉成傳」，顯示梁時的二部寶典，影響之至，時至今日，仍多加因襲。

　　其次就專敘某一類僧侶傳記方面。有梁一朝專敘某類、某科或某地僧侶之僧傳，爲數不少，後世仿繼而作者，有唐淨義（635～713）《大唐西域求法高僧傳》、清彭紹升（1740～1796）《居士傳》、近代釋震華（1909～1947）《續比丘尼傳》等，皆是遠紹梁時撰作僧傳的啓發。

　　唐淨義《大唐西域求法高僧傳》二卷，又名《西域求法高僧傳》，約成書於唐天授二年（691），爲彰美「西越紫塞而孤征」與「南渡滄溟以單逝」等

　　　　眞淨卒年，前後四百六十九年，與《宋高僧傳》所收，相隔一百四十七年。
　　　　參明・如惺：《大明高僧傳》，（《大藏新修大藏經》）第 50 冊，史傳部 2，臺
　　　　北：新文豐出版公司，1985 年），頁 901。
〔註164〕《新續高僧傳四集》載宋初至清末高僧千餘人事，正傳六十五卷，分十科：
　　　　一譯經、二義解、三習禪、四明律、五護法、六靈感、七遺身、八淨讀、九
　　　　興福、十雜識。相同者十之八九，深受影響。參喻謙：《新續高僧傳四集》（臺
　　　　北：廣文書局，1977 年 12 月初版），頁 7～8。
〔註165〕同註 164，《新續高僧傳四集》，楊度序，頁 5。及述詞，頁 1。
〔註166〕于凌波：《民國高僧傳初編》（臺北：昭明出版社，2000 年 8 月 1 刷），頁 12。
　　　　于凌波：《民國高僧傳續編》（臺北：昭明出版社，2000 年 8 月 1 刷），頁 13
　　　　～17。

求法大師事蹟，〔註167〕載唐代自玄奘西行回國以後至淨義撰成本書為止的四十六年間，曾赴印度求法僧人之傳記，共六十五人，依西行先後年代編排，成為專門研究唐代西行求法僧人事蹟的傳記。清彭紹升《居士傳》五十六卷，成書於清高宗乾隆四十年（1775），為專記歷代佛教居士的生平事蹟，尤著重在其佛教活動方面，全書收自後漢，迄清乾隆年間，正傳二百二十七人，附見七十七人，由於居士包括層面非常廣泛，既有名卿宿儒，亦有黎民庶子，書前之〈發凡〉云：「佛門人文記載，其專繫宰官白衣者，故有祐法師《弘明集》、宣律師《廣弘明集》。」〔註168〕明言受到梁代編撰佛教人物傳記的啓發。

　　另有釋震華所編《續比丘尼傳》六卷，此書曾遭兵火，前功盡棄，遂再次搜借資料撰寫，終於民國二十八年成書。此書編纂原由，蓋釋震華有感於梁釋寶唱撰《比丘尼傳》以後，「步塵無繼」，使女尼事蹟「寥落千百餘年」，故決心奮筆續寫。〔註169〕題名方面則依寶唱題名，前有「續」字，內容方面專記高德女尼事蹟，依時間順序、略古詳今，著錄自梁至民國時女尼，總計正傳二百人，附見四十七人，最末二篇則記尚生存之女尼。則此書當是受到寶唱《比丘尼傳》之影響。

二、佛教典籍的編纂

　　武帝既重佛教的流傳，對於佛教教義相關文獻自是十分注重，敕一代高僧釋寶唱編撰《續法輪論》七十餘卷，以鳩聚佛理弘義篇章；另編《法集》一百四十卷，〔註170〕作為「深助道法」之依據，頗能保存佛教流傳以來的義典。又敕寶唱領銜編撰，往往以才學兼備的文士、僧侶襄助，以官方集體式的力量，編纂成集，遂形成一代風尚。因此凡與佛教事蹟相涉者，便加以搜羅，匯編成書，不僅官方出資，當時由個人獨力編纂的亦大有人在，如釋僧

〔註167〕唐・淨義：《大唐西域求法高僧傳》（《大正新修大藏經》第 51 冊，史傳部 1，臺北：新文豐出版公司，1985 年）序，頁 1。

〔註168〕清・彭紹升：《居士傳》（江蘇：江蘇廣陵古籍刻印社，1990 年 5 月 1 刷）發凡，頁 1。

〔註169〕釋震華：《續比丘尼傳》，收入於《高僧傳合集》（上海：上海古籍出版社，1991年 12 月 1 刷）序，頁 982。釋震華俗姓唐，江蘇興化人，自號京口夾山沙門。鎮江竹林寺、上海玉佛寺主持，自幼穎悟，感釋寶唱撰《比丘尼傳》，決心奮筆作《續比丘尼傳》。參《中國學術名著提要・宗教卷》（上海：復旦大學出版社，1997 年 4 月一刷），頁 602。

〔註170〕同註157，《續高僧傳》卷第 1，頁 426。

祐《弘明集》十四卷。梁朝此種對佛教義理等文獻的保存，對後世影響極深。

唐時有釋道宣《廣弘明集》三十卷，其遍覽圖書，能爲詩賦，隋大業中習律學，後潛心研討、著述。〔註171〕成書於唐高宗麟德元年（664），因見當時佛教文獻，流失迅速，遂竭力護法弘教，因此「博訪前敘，廣綜《弘明》」。〔註172〕清紀昀（1724～1805）以爲此書乃續梁釋僧祐《弘明集》基礎上所編出的佛教思想資料彙編，〔註173〕然釋道宣已加以變革，不稱「續」而名爲「廣」，云：「廣弘明者，言其弘護法網，開明於有識。」〔註174〕故編纂動機與宗旨，皆志深弘護，以闡明佛學義理，深受梁釋僧祐影響。〔註175〕體例方面，《廣弘明集》與《弘明集》「小殊」，〔註176〕析爲「歸正」、「辨惑」、「佛德」等十篇，每篇前各有一序，因此敘述、論辨與選輯並重，又有感於「有梁所撰，或未尋討」，於是「尋條揣義，有悟賢明，孤文片記，撮而附列」，收魏晉至初唐以來各類文章二百八十餘，作者一百三十餘。宋以後入於《大藏經》，與《弘明集》同列爲「護教部」之首。

宋張商英（1044～1122）作《護法論》一卷、元釋子成《折疑論》五卷，雖未明言是受到梁武帝之影響，然而《護法論》本意實在「弘宗扶教」，大闡佛教「補治化之不足」與「陰翊王度」的作用，〔註177〕故頗能「議論勁正，取與嚴明，引證誠實，鋪陳詳備」，在世人謗佛的情況下，達到「釋天下之疑，息天下之謗」的效用。〔註178〕而《折疑論》主在解時人對佛教之疑，〔註179〕

〔註171〕釋道宣生平參唐・釋智昇：《開元釋教錄》（《大正新修大藏經》第55冊，目錄部，臺北：新文豐出版公司，1985年）卷8，頁562。又參《宋高僧傳》卷14，頁790～791。

〔註172〕唐・釋道宣：《廣弘明集》（《大正新修大藏經》第52冊，史傳部4，臺北：新文豐出版公司，1985年）序云：「昔梁鍾山之上定林寺僧祐律師，學統九流，義包十諦。情敦慈救志存住法，詳括梁晉，列辟群英。留心佛理，構敘篇什。撰《弘明集》一部，一十四卷。討顏謝之風規，總周張之門律。辯駁通議，極情理之幽求。窮較性靈，誠智者之高致。備於秘閣，廣露塵心。」遂加以編修，參頁97。

〔註173〕同註43，《四庫全書總目提要》卷145，頁3017。

〔註174〕同註172，《廣弘明集》〈統歸篇・序〉，卷29，頁335。

〔註175〕同註172，《廣弘明集》〈法義篇・序〉云：以爲「昔梁已敘其致，今唐更廣其塵，各有其志，明代代斯言之不絕。」參卷18，頁220。

〔註176〕同註43，《四庫全書總目提要》卷145，頁3017。

〔註177〕明・宋濂：〈重刻護法論題辭〉，收入於宋・張商英：《護法論》（《大正新修大藏經》第52冊，史傳部4，臺北：新文豐出版公司，1985年），頁637。

〔註178〕同註177，鄭德輿序，頁637。

實受梁人編纂弘道護教等佛學著述撰集之影響。〔註180〕

此外，明梅鼎祚編《釋文紀》四十五卷，成書於明莊烈帝崇禎四年（1631），乃裒集歷代名僧之文，以及諸家為釋氏所作之文，其中第二卷至四十三卷為東漢至陳、隋之作，後二卷則為無名氏之作，要皆為唐以前所作，採摭繁富，保留六代以前佛教相關作品。〔註181〕則自梁以降，對於佛教相關作品之採摭裒集，已漸為人所注重，不僅僧人留心於此，即文士亦著意於搜羅編撰的工作。

除了將相關的文章編纂成書，尚有針對釋氏之詩編纂成書者，如宋李龏編《唐僧弘秀集》十卷，書成於南宋理宗寶祐六年（1258），收唐代釋子之詩五百首，使殘篇斷簡能傳之於後世，〔註182〕顯示自梁時專收僧人之作而編著成書之風氣影響甚深。

三、佛教類書的彙聚

武帝愛好文藝，天監初編撰《壽光書苑》與《華林遍略》兩大類書，對於佛教相關典籍方面，亦編修各種大型類書，參與編撰者常達數十人，如天監七年編《眾經要抄》時，網羅釋僧旻、劉勰等三十人，至編《經律異相》時，亦有釋僧豪、釋法生等人的襄助。此種由官方敕修佛教類書，領銜主修者，或為一代家僧，或任一代宗師，書成之後，編撰者多受武帝禮遇，深為時人矚目。足知梁朝編纂佛教類書的興盛，後代類似續修者皆受其啟發。

唐釋道世《諸經要集》二十卷、《法苑珠林》一百卷。釋道世研核律部，鑽尋書籍，譽馳三輔。〔註183〕《諸經要集》成書於唐高宗顯慶四年（659），乃是在《經律異相》的基礎上，讀一切經，「隨情逐要」，將人所堪行之「善惡業報」、「幽微」、「秘典」等編錄成帙，〔註184〕為一部專採摘佛典中有教

〔註179〕元・釋子成：《折疑論》（《大正新修大藏經》第 52 冊，史傳部 4，臺北：新文豐出版公司，1985 年）云：「曲而斷之謂折，猶豫不決之謂疑。評議難辨之謂論。此論因妙明子居山時，有客特詣請問，以決所疑，妙明子引三教微言以答之，遂成是錄。故曰折疑。」參卷 1，頁 794。

〔註180〕黃啟江：〈張商英護法的歷史意義〉，《中華佛學學報》9 期（1996 年 7 月），頁 123～126。

〔註181〕同註43，《四庫全書總目提要》卷 185，頁 4211。

〔註182〕宋・李龏編：《唐僧弘秀集》，收入於《景印文淵閣四庫全書》（臺北：臺灣商務印書館，1983 年）第 1356 冊，頁 861～862。

〔註183〕同註158，《大唐內典錄》卷第 5，頁 283。及《宋高僧傳》卷第 4，頁 726。

〔註184〕唐・釋道世：《諸經要集》（《大正新修大藏經》第 54 冊，事彙部下，臺北：

法修行儀軌與善惡業報事緣的書籍，再分類編次而成的類書，共分三十部。
〔註 185〕此後釋道世又積十之功，於總章元年（668）纂成《法苑珠林》，此
書爲我國大型的佛教類書，〔註 186〕總括佛藏經典，旁摭世間墳籍，卷帙繁
多，事理淹博。全書一百篇，始〈劫量篇〉，終於〈雜記篇〉，各篇之內分若
干部，有些尚在「部」以下分細類，此書「以類編錄」，部類前皆各序別論，
令學者能就門隨部，檢括使用，頗具提綱挈領之效，〔註 187〕內容亦包括各
項教理與一般知識，引用典籍達四、五百種之多，其中佛教經律論與佛教集
傳便占三分之二，佛教以外諸書如志怪小說、筆記、野史、雜傳，包括許多
散佚不傳之佛經等，端賴此書而得保存，〔註 188〕尤其在內容方面，基本上
已涵蓋《經律異相》與《諸經要集》，〔註 189〕而《經律異相》中〈商人驅牛
以贖龍女得金奉親〉故事，幾乎全爲《諸經要集》、《法苑珠林》與《太平廣
記》所取，〔註 190〕其一脈相承之關係，不言而喻。

　　北宋釋贊寧《大宋僧史略》三卷，成書於宋眞宗咸平二年（999），爲採
用典志體編撰的佛教典故集。以佛教史傳的載錄及作者的見聞爲本，以事爲
門題，「搜求事類」後再類聚條分，〔註 191〕年代由東漢佛教東來至北宋初年爲
止，共分爲五十九門。其序自云：「夫僧本無史，覺乎《弘明》二集，可非記
言耶。《高》、《名僧傳》，可非記事耶。言事既全，俱爲載筆。」於是在披覽

　　　　新文豐出版公司，1985 年）序，頁 1。
〔註185〕《諸經要集》與《經律異相》皆摘引佛典原文，今人陳士強《佛典精解》（上
　　　　海：上海古籍出版社，1992 年 11 月 1 刷）於《諸經要集》條下，多次比較
　　　　二書異同，正説明其承繼關係，參頁 757〜765。
〔註186〕陳援庵：《中國佛教史籍概論》（臺北：新文豐出版公司，1983 年元月初版）
　　　　稱《法苑珠林》爲類書體，參頁 61。
〔註187〕同註 162，《宋高僧傳》卷 4，頁 726。
〔註188〕同註 186，《中國佛教史籍概論》，頁 63〜64。
〔註189〕同註 185，《佛典精解》，頁 768。
〔註190〕梁・釋寶唱：《經律異相》（《大正新修大藏經》第 53 冊，事彙部上，臺北：
　　　　新文豐出版公司，1985 年）卷 43，頁 225。《諸經要集》卷 6，頁 48。唐・
　　　　釋道世：《法苑珠林》（《大正新修大藏經》第 53 冊，事彙部上，臺北：新文
　　　　豐出版公司，1985 年）卷 91，頁 954〜955。此後宋・李昉等：《太平廣記》
　　　　（臺北：新興書局，1988 年）亦有，稱〈俱名國〉，參卷 420，頁 3138。臺
　　　　靜農：〈佛教故實與中國小説〉，收入於《佛教與中國文學》（臺北：大乘文化
　　　　出版社，1978 年 2 月初版），頁 124。
〔註191〕宋・釋贊寧：《大宋僧史略》（《大正新修大藏經》第 54 冊，事彙部下，臺北：
　　　　新文豐出版公司，1985 年）序，頁 235。

之暇，「遂樹立門類，援求事類」，將「富哉事蹟，繁矣言詮」及「諸務事始，一皆隱括」，〔註192〕故此書以事爲題，分類編纂，知此書實亦受梁代各書啓迪。

北宋釋道誠撰《釋氏要覽》三卷，書成於宋眞宗天禧三年（1019），此書爲一部分門別類介紹佛教名物制度與修行方面的名詞術語及事項的著作。釋道誠以爲《華嚴經》上「菩薩有十種知」，〔註193〕並以此爲宗旨，「採義類以貫穿，撮樞要而精簡」，〔註194〕編撰成類似出家須知的書，體例方面採「以類相從」，內容包括僧人稱謂、寺塔異名、受戒功德等，莫不收載，間亦有若干釋文爲作者融會佛教文句後補充，或再據一己見聞編撰，故書之性質介於類書與佛教辭典之間。〔註195〕全書共分二十七篇，計收詞目六百七十九條，此種編纂類書的方式，頗受梁武帝編修佛教類書的啓發。

另有南宋釋法雲（1086～1158）所編《翻譯名義集》七卷，成書於南宋高宗紹興十三年（1143），爲一部摘引佛典中梵語音譯名詞之書，加以分類編排，〔註196〕予以詮釋的佛教辭典型書籍，對名詞的義釋外，尚著眼於詞目義蘊的闡發，故釋文特爲詳盡，內容廣徵博引，條解論辯，有的詞目釋文近五千字者，〔註197〕儼然爲一篇的專題論文。當遠受武帝編修佛教類書、纂集各類佛教義理之書的啓迪。

四、佛典目錄的纂輯

梁武帝大興佛法，搜羅、撰寫眾多佛教相關書籍，在書籍繁浩、便於隨時翻檢的情況下，對佛典整理、目錄著錄的工作，自是迫切需要，因此天監年間敕釋僧紹撰《華林佛殿眾經經目》四卷、敕釋寶唱編《梁世眾經目錄》，影響所及，梁朝僧侶、文士多編撰佛典目錄，尤以阮孝緒《七錄》最負盛名。〔註198〕一時之間，佛典目錄的撰作，粲然而起，直接影響隋朝費長房、釋法

〔註192〕同註191，《大宋僧史略》序，頁235。
〔註193〕宋・釋道誠：《釋氏要覽》（《大正新修大藏經》第54冊，事彙部下，臺北：新文豐出版公司，1985年），頁258。
〔註194〕同註193，《釋氏要覽》後序，頁310。
〔註195〕同註185，《佛典精解》，頁941。
〔註196〕南宋・釋法雲：《翻譯名義集》（《大正新修大藏經》第54冊，事彙部下，臺北：新文豐出版公司，1985年），序，頁1055。
〔註197〕同註196，《翻譯名義集》卷6，心意識法第57，「阿陀那」條，頁1153。
〔註198〕梁阮孝緒《七錄》已佚，據《廣弘明集》所收阮孝緒〈七錄目錄〉載，在外篇收有「佛法錄」三卷，分戒律部七十一種，禪定部一百四種，智慧部二千

經與釋彥琮等人對佛典目錄的編撰，〔註199〕後來唐《大唐內典錄》、《開元釋教錄》等書，後出轉精，顯證梁人所編佛教目錄的啓發作用。

　　隋釋法經《眾經目錄》七卷，成書於隋文帝開皇十四年（594），全書七卷中有別錄六卷，總錄一卷，較之《出三藏記集》的分類進步，顯見其深受《出三藏記集》影響而稍有變革。〔註200〕隋費長房《歷代三寶記》，成書於隋開皇十七年（597），此書之編纂，直接受到《出三藏記集》影響。〔註201〕《歷代三寶記》實兼具有佛教史與經錄雙重性質，〔註202〕而更重要者在其代錄部分，代錄有三項內容，一爲序，介紹一代王朝始末，佛教流布情形及一代譯撰者、典籍總數；二爲目錄，列舉一代譯者各自姓名及其出典總數，間附一代失經總數；三爲正文，敘列譯者出典的名稱、卷數及生平事蹟。相較於釋僧祐《出三藏記集》中的譯典與譯者小傳析分之情形，已做變革，然此改變，實化自《出三藏記集》而更有助於了解譯經背景。另外，尚有釋彥琮《眾經目錄》五卷，爲隋文帝仁壽二年（602）敕撰，〔註203〕序云：「披檢法藏，詳定經錄，隨類區辯，總爲五分。」〔註204〕在體例上，此書雖較前代書錄有較大改變，但仍是受到前書的啓發。

　　唐釋道宣《大唐內典錄》，成書於唐高宗麟德元年（664），釋道宣學風酷

七十七種，疑似部四十六種，論記部一百一十二種。參《廣弘明集》卷第3，頁108～109。

〔註199〕黃志洲：〈隋代敕編佛經目錄體制探究〉，《和春學報》第6期（1999年7月），頁75～84。

〔註200〕隋釋法經《眾經目錄》（《大正新修大藏經》第55冊，目錄部，臺北：新文豐出版公司，1985年）直接受到《出三藏記集》影響，推崇云：「自爾（釋道安）達今二百年間，經製經錄者，十有數家，或以數求，或用名取，或憑時代伐，或寄譯人。各紀一隅，務存所見。獨有楊州律師僧祐，撰《三藏記錄》，頗近可觀。……今唯且據諸家目錄，刪簡可否，總摽綱紀。位爲九錄，區別品類。」參卷第7，頁148。

〔註201〕隋·費長房：《歷代三寶記》（《大正新修大藏經》第55冊，目錄部全，臺北：新文豐出版公司，1985年）云：「今之所撰集，略准三書以爲指南，顯茲三寶，……僧之元始，城塹棟梁。毗贊光輝，崇於慧皎。其外傍採隱居，歷年國志、典墳、僧祐《記集》、諸史傳等，僅數十家。」參卷15，頁120。

〔註202〕湯用彤：《隋唐佛教史稿》（臺北：木鐸出版社，1988年9月初版）敘此書云：「敘佛陀行化及東漸以後之歷史，並譯著目錄及作者略傳，實中華佛教全史也。」頁115。

〔註203〕同註157，《續高僧傳》卷第2，頁437。

〔註204〕隋·釋彥琮：《眾經目錄》（《大正新修大藏經》第55冊，目錄部，臺北：新文豐出版公司，1985年）序，頁150。

類釋僧祐，本傳稱其爲僧祐轉生，〔註205〕故其書雖有意續費長房《歷代三寶記》，〔註206〕然費書實上承釋僧祐《出三藏記集》，且釋道宣又於〈歷代道俗述作注解〉中對《出三藏記集》甚爲推崇，隱然有紹繼其人以「總會群錄，鳩聚結之」之心志。〔註207〕又唐釋智昇《開元釋教錄》二十卷，成書於唐玄宗開元十八年（730），體例大體依自《大唐內典錄》，而分類愈精密，〔註208〕清紀昀對其推崇有加，〔註209〕高麗義天則在〈新編諸宗教藏總錄序〉中推此書於前書的基礎上，後出轉精。〔註210〕另有明佺《大周刊定眾經目錄》十五卷，成書於周武后天冊萬歲元年（695），序云：「酒下明制，普令詳擇。存其正經，去其僞本。謹按梁朝釋僧皎、釋僧祐、釋寶唱，隋朝僧法經等所撰一切經目錄，隋朝翻經學士費長房所撰《開皇三寶錄》，唐朝僧道宣所撰《內典錄》等。」〔註211〕此書內容部分有據祐錄、寶唱錄、法經錄、長房錄、內典錄等已編入正目的大小經律論和聖賢集傳，實亦受梁代眾家經錄之影響。

　　梁代佛典目錄編纂之盛，上承前朝，下開隋唐，梁啓超曾謂：「經錄之學，至隋而殆已大成。」其源流即上承梁朝而有致焉，〔註212〕故梁武帝於敕撰佛教相關書籍，於中國佛教史上，具有不可抹滅之地位。

〔註205〕同註162，《宋高僧傳》卷第14，頁790。

〔註206〕《大唐內典錄》卷一至卷五的〈歷代眾經傳譯所從錄〉明顯反映《大唐內典錄》與《歷代三寶記》的內在繼承關係，尤其歷代著錄的格式相同，內容部分亦有承襲。參宗教委員會編：《中國學術名著提要·宗教卷》（上海：復旦大學出版社，1997年4月1刷），頁192～193。

〔註207〕同註158，《大唐內典錄》卷第10，頁326。

〔註208〕梁啓超：〈佛家經錄在中國目錄學之位置〉，《佛學研究十八篇》（上海：上海古籍出版社，2001年9月1刷），頁356～359。

〔註209〕同註43，《四庫全書總目提要》卷145，頁3019。

〔註210〕高麗義天：〈新編諸宗教藏總錄序〉（《大正新修大藏經》第55冊，目錄部，臺北：新文豐出版公司，1985年）云：「議者以爲經法之譜，無出昇之右矣。」參頁1165。

〔註211〕唐·明佺等：《大周刊定眾經目錄》（《大正新修大藏經》第55冊，目錄部，臺北：新文豐出版公司，1985年）序，頁372～373。

〔註212〕同註208，〈佛家經錄在中國目錄學之立置〉，《佛學研究十八篇》，頁353。

第七章 結 論

　　梁武帝蕭衍身處南朝政局動盪之際，藉由軍功的積累，僚友的護持，成為一代開國之君。即位後，在政治方面，偃武修文，維持政局穩定；宗教方面，篤信佛教。對文學方面之成就和貢獻，堪稱為有梁一代文風之推手；故學者或譽其：「六朝帝王之佼佼者，在位四十八年，文治武功，彪炳史冊，唐宗漢武，差可比隆。」或稱其：「在齊、梁兩代的文壇上都有其不可忽視的地位。」〔註1〕正顯示梁武帝於千餘年後，仍受到學者肯定。

　　本論文以梁武帝為著眼點，以有梁一代為範疇，探究梁武帝之所以使梁代文風鼎盛，遠軼前代者，實有其個人與時代之背景。經研思所得，歸結說明如下：

　　首先，就其對文才學養之陶鑄言：梁武帝雖藉軍功而居高位，然其本身實深具儒學根基，著述豐富，史傳稱其「洞達儒玄」，「藝能博學，罕或有焉」，當今學者譽之為「秀才天子」，〔註2〕顯見其留意於文才之陶鑄；兼之出身官宦世家，族伯蕭道成為南齊開國帝王，時梁武帝十六歲，正當學習的黃金時期，復有齊竟陵王蕭子良的招納，故早年深受家學之陶鑄與僚友之薰習，奠定愛好文學之根砥；又親炙當世大儒劉瓛，立志以儒家經典為文學之本，遂能成就其學養之深廣。將十九年輾轉戍守各地的實務經驗，轉化成對民生的

〔註1〕 張仁青：《魏晉南北朝文學思想史》（臺北：文史哲出版社，1978 年 12 月初版），頁 97。曹道衡、沈玉成：《南北朝文學史》（北京：人民文學出版社，1998 年 6 月 2 刷），頁 248。

〔註2〕 當今學者龔顯宗於《論梁陳四帝詩》（高雄：復文出版社，1995 年 9 月初版 1 刷）稱美梁武帝時云：「皇帝菩薩是他後天的修為，秀才天子方是他先天的特質。」參頁 21。

關懷，遂大張「政在養民，德存被物」的職志，〔註3〕振興儒學，推揚文風。

其次，就其對作品之表現言：武帝著述豐富，學者譽其云：「猗歟盛哉，可謂曠絕百代。」〔註4〕然歷來未能受到學界的正視，從文學史或詩歌史的角度觀之，武帝雖不以詩文名家，詩歌作品亦不爲六朝之特出者，但不得謂非文學家。實因其詩文之名，已爲政治、宗教信仰所掩之故。文學觀方面，武帝以儒立心，以爲郊廟歌辭宜用《五經》文字，並秉持詩必言志的觀點，感物興情。今人陳慶元以爲梁武帝「文學觀傾向於傳統的儒家思想」，〔註5〕允爲公正之論。在教化部分，武帝即位後立即訪尋古樂，作爲「移風易俗，明貴辨賤」之準則，〔註6〕目的即在於「作樂崇德」，〔註7〕另一方面詔以經術取士，以爲「砥身礪行」的根源。〔註8〕並抉發《詩經》大義，闡釋《孝經》之理，撰述孔子言論，實以教化爲目的，足見其教化的文學觀。就文辭工巧言，武帝喜愛精巧工麗之作，凡大臣代作詔書，隸事富贍，兩兩相對，屬辭清麗者，皆冠以「才子」的稱號，足以顯示武帝於文辭方面特主工巧；又鍾愛文才睿敏，掇筆成文而不加點易之作。詩文表現方面，武帝目前所留存之文多屬詔策，故歷來學者往往略而不論。然由其「言志」的詩作及「體物寫志」的辭賦而言，「無疑是魏晉南北朝重要的文學家之一」。〔註9〕今觀其詩賦，皆深受時風影響，內容多與婦女有關，好用典故。題材豐富多變，喜取材自日常生活中，抒情敘志，有感而發，且寓意深遠。在內涵方面，溫柔敦厚，流露出感同身受之慨嘆，並代言婦女境遇之苦，曲盡其「怨」，實具風雅之旨。尤其武帝多受當時民歌影響，在敘寫詩歌時，蘊含無限情緒，而能意象獨出。文字古樸典重與清麗穠豔兼備，尤其武帝深受儒典薰陶，文字自呈現清麗曉暢的風貌。

在其推闡文風之成果言：文風之興廢，與時代氣運之隆替、人主質性之庸雅，息息相關。自魏晉以來可謂我國文學自覺之時期，各朝文風代興，宋、

〔註3〕 梁武帝：〈求言詔〉，《全上古三代秦漢三國六朝文》（臺北：宏業書局，1975年）《全梁文》卷4，頁2966。

〔註4〕 同註1，《魏晉南北朝文學思想史》，頁409。

〔註5〕 陳慶元：〈梁武帝蕭衍的文學活動及其文學觀〉，收入於《第三屆魏晉南北朝文學與思想學術研討會論文集》（臺北：文津出版社，1997年9月初版），頁203。又云：「蕭衍的文藝思想仍然屬於傳統的儒家思想的範疇。」參頁201～202。

〔註6〕 同註4，梁武帝：〈訪百僚古樂詔〉，《全梁文》卷2，頁2956。

〔註7〕 同註4，沈約：〈答詔訪古樂〉，《全梁文》卷26，頁3106。

〔註8〕 同註4，梁武帝：〈立學詔〉，《全梁文》卷2，頁2958。

〔註9〕 同註6，陳慶元：〈梁武帝蕭衍的文學活動及其文學觀〉，頁193。

齊之際，或因內亂迭起，或因國祚短暫，文風未臻昌盛。至梁武帝時，刻意
以帝王的力量，推闡文風。

在振興儒學方面，梁武帝自幼讀儒書，愛好儒學，即位後深愍儒學勢微，
大倡儒學，以具體可行的政治措施，加以推動，又以「通經者可以居官」爲
誘餌，一時之間，儒學大振，故清焦循《雕菰集》中謂宋、齊二代皆無〈儒
林傳〉，自「梁天監中，漸尚儒風，於是《梁書》有〈儒林傳〉」，〔註10〕清趙
翼亦極稱南朝至梁武帝始崇尚經學。〔註11〕正足以說明梁武帝推動儒學之功。

在文學集團方面，宋齊以來文學集團漸盛，梁武帝未即位前，曾參與文
學集團。即位後，深知文學集團與穩定政局間的微妙關係，故網羅儒雅，推
展文學集團，大力護持文學集團的各類活動。使梁朝各文學集團呈現繁榮景
況。故劉師培《中國中古文學史》論及梁朝文風之盛，云：「梁承齊緒，武帝
尤崇文學。嗣則昭明太子、簡文帝、元帝，並以文學著聞，而昭明、簡文，
均以文章爲天下倡……而安成、南平二王，尤好文士。任昉之流，亦爲當時
文士所歸。此亦梁代文學興盛之由也。」〔註12〕

在詩文、藝術品評風氣方面，梁武帝喜好品評，對當世產生摹仿效應，
故其品鑑人物、製定官品，又評奕棋、論書法，褒貶詩文，甚或對詩賦兼備
工美特質者，多加賞賜與獎讚。因此傳記之書，志人小說，品第之書鬱然而
起，如《文心雕龍》的流通，《詩品》的撰作，與其他文學評論的著述，又擴
及《書品》、《畫品》、《棋品》等，把品評風氣，推向高峰。

在文集類書編纂方面，宋齊以來，詩文多以辭藻華麗爲美，隸事富博爲善，
並作爲評斷文才高下之標準。梁武帝留意於文集類書的搜羅，專以辭賦爲對象，
編成《歷代賦》十卷；在前代各種類書的基礎上，編纂卷帙贍博的《壽光書苑》
等類書。影響所及，時人紛紛仿效。故張仁青《魏晉南北朝文學思想史》中強
調，云：「在六朝別集中，又以梁人所著最多……辭人之眾，著述之豐，遠軼前
代。」又云：「（類書）編纂目的在供詞章家獵取辭藻、綴輯故實之用。其後代
有繼作，極盛於梁朝。」〔註13〕對武帝引領之功，甚爲推崇。

在宮體詩作的盛行方面，宋齊以來，詩作盛行，入梁後，民歌淫靡綺麗

<hr/>

〔註10〕清・焦循：《雕菰集》（臺北：鼎文書局，1977年9月初版）卷12，頁181。
〔註11〕清・趙翼：《廿二史箚記》（臺北：仁愛書局，1984年9月版）卷8，頁169。
〔註12〕劉師培：《中國中古文學史》（北京：人民文學出版社，1998年5月1刷），頁
　　　　76～78。
〔註13〕同註1，《魏晉南北朝文學思想史》，頁408，及頁92。

之造作大興。兼之有四聲八病的激盪，詩歌創作遂傾向豔情一隅。梁武帝曾征戍各地，多接觸此類作品，詩作傾向豔情、閨怨。曹道衡、沈玉成《南北朝文學史》論及宮體詩之興盛，便直指與武帝之倡導有關，〔註14〕時人遂多有習作，方能下開唐詩盛世，成為唐代五七言律詩之奠定期，甚而為宋詞之先驅。康正果則極稱：「這些摹寫豔事豔態的詞作，顯然與南朝以來的豔詩一脈相承。」〔註15〕所論雖是以南朝宮體詩為主，然南朝中以梁朝宮體詩尤為盛行，顯見梁人所作宮體詩對後世詩作之沾溉。

在佛教典籍的纂輯表現方面，梁武帝受齊竟陵王蕭子良崇佛影響，即位後力倡佛教，致力於佛教相關典籍的撰作：注重佛教經文的翻譯與注解，彙編各種佛教類書及文集，敕作僧傳與寺塔之記，又結合山水文學，多有記佛寺碑塔之文。並整理佛典目錄書籍，制定戒律。因此，佛教相關典籍之撰述，蜂出並起，相關詩文、小說，亦陵越前人。故湯用彤《漢魏晉南北朝佛教史》論南朝佛教時特立「梁武帝」一節，云：「南朝佛教至梁武帝而全盛。」〔註16〕又云：「佛教勢力之推廣，至梁武帝可謂至極。……至若佛經浩瀚，已至整理之時。故武帝三次敕編目錄。卷帙既多，為初學便利計，常有纂集。僧尼傳記，亦頗多撰述……影響深入。」〔註17〕對梁武帝於佛典纂輯的貢獻，持肯定之態度。

是故，梁朝文運之隆盛，「不僅在魏晉南北朝中為最，即謂在整個中國歷史上稱最亦無不可」，〔註18〕究其中原由，在於武帝能「稽古右文，揚風扢雅」，上有好者，下必甚焉，遂造成江左文風之全盛時期，學者稱美此時盛況，云：「直可凌轢漢武，睥睨魏文。」〔註19〕足見梁武帝闡揚文風，上承宋齊前朝、下開隋唐之關鍵地位。

至於，梁代文風對後世的影響，分以下三方面加以說明。

在其對古文運動的啟發方面，梁人為文皆以駢儷為尚，文風傾向纖巧柔靡。隋唐文士，仍多有承襲。然有識之士已開始反思此風之弊，遂刺激古文

〔註14〕同註1，《南北朝文學史》，頁241～242。

〔註15〕康正果：《風騷與豔情——中國古典詩詞的女性研究》（河南：河南人民出版社，1988年9月1刷），頁251～258。

〔註16〕湯用彤：《漢魏晉南北朝佛教史》（北京：北京大學出版社，1997年9月1刷），頁337。

〔註17〕同註17，《漢魏晉南北朝佛教史》，頁341。

〔註18〕同註1，《魏晉南北朝文學思想史》，頁46。

〔註19〕同註1，《魏晉南北朝文學思想史》，頁46。

運動的興起。在思想部分，大倡宗經明道的原則，與經世教化的作用，以「《五經》爲泉源」，強調達到明是非、備教化、明大道的旨趣。在文體部分，梁人好作詩歌、駢文，一則下開唐代五言、七言詩之盛世，一則唐人轉梁代駢賦爲律賦，並倡以散代駢，以古文爲號召。在行文方面，梁人行文首重駢儷、對偶、聲韻與事類，極盡綺麗華豔之態，唐代既大倡文以載道，主以自由句式的古文寫作，以表達眞實情感，並以清新剛健的風格取代柔靡纖巧，點出風清骨峻的特點，發揮清剛雄渾的風格。故唐人之古文運動實深受梁代文風的啓發。

在其對後世文學理論的沃灌方面，梁朝可謂品評風氣最昌隆之時期，所流通或著作的書籍，又以《文心雕龍》與《詩品》最負盛名，加上《文選》，可謂爲我國詩話、文話與評點等三項基型的源頭，對後世文學理論之沾漑，至深且鉅。《詩品》可謂我國詩話之祖，《文心雕龍》標舉文章宗經，後世文話，以此爲宗，劉永濟云：「此固歷代尊經所致，而經文自有典則，足爲後人楷模，實其眞因也。」〔註20〕《文選》專收歷代佳作，唐時已有「選學」之名，故對其注釋、考校或評釋評點者輩出。

在其對佛教典籍的導引方面，在僧人傳記續編部分，梁人編出數量龐大的僧人傳記，其編纂體例，成爲後代取法的楷模，或冠以「續」字，或直接冠以朝代名，繼踵之意甚明。在佛教典籍編纂部分，梁人編纂佛教典籍，作爲「深助道法」之依據，後人於此基礎上加以推廣，或號爲護法，或裒集僧人詩文爲一編。在佛教類書的彙聚部分，成爲後世佛教類書纂輯的基礎。在佛典目錄排纂部分，因襲者甚夥，並能後出轉精。此中最力者，即爲梁武帝，故曹仕邦云：「佛門史著之大量出現，肇自蕭梁，此關乎梁武帝之宗教政策。」〔註21〕雖是專就其史著一部分，亦足以見武帝對佛教典籍保存之功。

綜上所言，近人對梁代文風推闡之評價，多持肯定態度。梁武帝身處南朝政治更迭之際，猶能力持政治穩定，繼而引領文風，稱譽有加。而曹道衡、沈玉成則稱其：「不論是政治地位的影響，還是創作實踐的示範，在齊、梁兩代的文壇上都有其不可忽視的地位。」〔註22〕點出梁武帝領導文風之功，遂能上承

〔註20〕梁・劉勰著，劉永濟校釋：《文心雕龍校釋》（香港：香港中華書局，1980年2月），頁6。
〔註21〕曹仕邦：《中國佛教史學史──東晉至五代》（臺北：法鼓文化公司，1999年10月初版）自序，頁8。
〔註22〕同註1，《南北朝文學史》，頁248。

前代文學遺緒，下開隋唐兩宋文學。武帝樞紐地位之重要性，不言而喻。

　　總地來看，梁武帝於推動梁代文風之原委，必須再由客觀、公正的態度，詳加推究，方能真正探知其中功過，並作爲未來研究梁代文學的重要依據。

　　一、從梁武帝奪權鬥爭的手段看，梁武帝智計橫出，善於籌畫，決策果斷，故能終結齊末的混亂，脫穎成爲梁朝國君。究其於奪權爭鬥中的手段，看似以天命代齊，其中過程實具「險躁之心」〔註23〕與矯情之飾。尤其是身處齊末數個權勢集團的角力中，實有重大關係。梁武帝痛惡齊武帝父子，陰助齊明帝，多出謀畫策，殺害齊高帝（蕭道成）與齊武帝（蕭賾）等眾多子孫，袖手觀望竟陵八友中的好友王融擁立蕭子良失敗喪亡經過，又以一言，計使齊明帝縊殺隨王蕭子隆。〔註24〕此後梁武帝因之官爵榮寵，卻矯情掩飾，〔註25〕故能夠在性素猜忌的政治鬥爭中，壯大自己。後來又盡誅齊明帝諸子東昏侯蕭寶卷、蕭寶融等。入梁後，蕭子顯作《南齊書》，對此諱莫如深，直至唐李延壽作《南史》，方現真相。〔註26〕然而過程中，梁武帝皆以安定天下國家之名爲號召，以幕僚獻計的姿態，不僅殺人於無形，並藉以累居高位，終於在羽翼豐滿、收絡人心後，成「禪代」之功，其背後，實以險躁之心與矯情爲基礎。

　　二、從梁武帝宗教信仰上看，魏晉南北朝爲我國三教調和之時期，時人深受影響。於宗教信仰本無可厚非，甚至可以導民正俗。然而身爲一國之君，對宗教信仰過於投入，歷來多以「溺於佛教」或「佞佛」評之，其中得失利弊，不言而喻。綜觀武帝即位後，事佛甚勤，撰著佛典，修寺造像，蔬食斷欲，優容僧人，前後四次捨身並大赦天下，耗費龐大的國家資源，導致佛寺、僧人數量驟增，形成政治、社會與經濟極重的負擔，造成人民生活的苦痛。當時郭祖深與荀濟痛陳溺情於佛教所帶來的蠹俗傷法之害。清王夫之《讀通鑑論》亦指此適足「壞人心、隳治理」，甚或導致「蕭氏父子所以相戕相噬而亡其國家」，〔註27〕對於梁武帝佞佛之遺害，一針見血。

〔註23〕同註2，《梁書》魏微語，卷6，頁151。

〔註24〕唐・李延壽：《新校本南史附索引》（臺北：鼎文書局，1994年9月8版）卷6，頁169。

〔註25〕同註25，《南史》卷6，頁170。

〔註26〕同註25，《南史》文學傳載吳均欲撰《齊史》，向梁武帝索齊起居注及群臣行狀，不得，遂自撰《齊春秋》，而遭「敕付省焚之，坐免職」一事。參卷72，頁1781。

〔註27〕清・王夫之：《讀通鑑論》（臺北：河洛圖書出版社，1976年3月臺景印初版）

　　三、從梁武帝對文臣武將的籠絡上看，梁武帝之所以能夠代齊，實因文臣武將的積極輔弼，即位後，爲斷息他人異心，爲己所用，以懷柔手段加以籠絡。茲以沈約爲例，沈氏在梁武帝建梁的過程中，最爲處心積慮，不僅勸其「早定大業」，爲之草具詔書，成就王業，又勸殺齊和帝，斷梁武帝後顧之憂，功勳之鉅，實無第二人。然沈約志在臺司，武帝卻始終不許。究其原由，實懼他人奪取高位。〔註28〕故對於文臣武將，皆不予高位，反藉偃武修文，休養生息爲名，時時舉行文學活動，使文臣武將參與其中，以消磨二心。再以蕭齊子孫爲例，梁武帝對齊武帝弟豫章王蕭嶷之子蕭子恪，大加拉籠，自言：「情同一家。」而取天下則「非惟自雪門恥，亦是爲卿兄弟報仇」，〔註29〕自此以後，蕭子恪兄弟十六人並仕於朝，且以擅長文學，特爲武帝所重。因此武帝多舉辦文學活動，正是《讀通鑑論》中所言：「梁武之始立也……崇虛文以靡天下之士。」〔註30〕深究其故，卻是出於籠絡、懷柔的政治考量。而文士只知逢迎趨阿，毫無氣節，實爲後人所不恥。

　　四、從梁武帝開啓宮體詩的寫作上看，專寫婦女題材的詩作，歷代皆有，至梁朝形成創作風氣，對時人詩作的體物精微，起了積極的作用。然若由反面論之，以中國文學史的遞嬗言，過大甚於功。推究其肇因，在於梁武帝。試觀武帝入梁後，多寫豔情淫靡之詩，無形中成爲推動宮體詩作的推手，其下一班大臣相率投入，君臣上下專致力於婦女姿容、服飾與體態的描摹、玩賞，就身爲人君者，其內心心態，實有欠貞正。而武帝諸子蕭綱、蕭繹等文學集團，更是大張豔幟。一朝文風，當然以此類纖巧靡麗者爲尚，我國文學至梁，向下沈淪至「其濫極矣」的程度，〔註31〕故王夫之評梁代寫作宮體詩之風氣，謂：「人知其淫豔之可惡也，而不知相率爲僞之尤可惡也。」〔註32〕

卷17，第25，頁580，及頁581。

〔註28〕同註28，《讀通鑑論》載：「雖然，梁武抑豈能伸罪以致討（沈）約與（張）稷哉？徒惡之而已。惡之深，因以自惡也；於惡之深，知其自惡也。置（張）稷於青、冀，而弗任（沈）約以秉均，抑安能違其不可盡泯之秉彝乎？」說明梁武帝對沈約助其奪位後的憂懼與厭惡。參卷17，第11，頁565。

〔註29〕同註2，《梁書》卷35，頁508。

〔註30〕同註28，《讀通鑑論》卷17，第23，頁578。

〔註31〕同註28，《讀通鑑論》載王夫之評語，曰：「文章之體，自宋、齊以來，其濫極矣。」參卷17，第11，頁565。

〔註32〕同註28，《讀通鑑論》卷17，第26，頁582～583。直至近來學者亦對梁朝宮體大盛之風，迭有批評，孟瑤《中國文學史》（臺北：大中國圖書公司，1997年10月5版）中稱宮體詩爲色情詩，參頁159。《中國文學發展史》（臺北：

至陳，詩歌內容益加淫媚，被譏為「眾作等蟬噪」。故就梁武帝開啟梁代寫作
宮體詩之盛況，實有大過。

　　五、從梁代文風研究的途徑上看，歷來研究梁代文風者，多著意於梁人
詩文集、文學評論之書，或專致意於史籍的考證，然而此皆是就一般資料性
的研究。在創新的世紀中，對於梁代文風，當以嶄新的視野，重新審視，並
另闢新的研究途徑。孔子曾云：「視其所以，觀其所由，察其所安，人焉廋哉，
人焉廋哉。」〔註33〕雖是就人的觀察言，實亦適用於梁代文風的體現：一則
取梁人自作之詩文，詳察其創作成果的傾向與成就，再配合梁人文論的評述，
推衍其立論或批評的來龍去脈，並參酌史籍、史論記載，考察梁代重要人物
的言行舉止，推究其是否人文合一。最後，以後世的評論作為稽考的尺度，
作為評斷的依據；尤為至要者，乃是研究者秉執深廣閎擴的見解，公正客觀
的立場，不偏不倚的態度，方能作為評量梁代文風的標準。

　　華正書局，1991 年 7 月）亦稱色情文學，參頁 293。胡國治《魏晉南北朝文
　　學史》（臺北：金園出版社，1983 年 3 月初版）稱此時的詩作「內容更為低下
　　的，乃至於以輕豔的筆調，著意於描繪女性的色情」，參頁 125。龔鵬程主編
　　《五十年來的中國文學研究》（臺北：臺灣學生書局，2001 年 3 月初版）云：
　　「梁陳兩代以宮體詩著稱，可是，在所有的古典文學種類中，為世詬病最甚
　　的莫過於宮體詩。」參頁 121。顯見對於梁宮體詩，歷來多持反面的態度。
〔註33〕清・阮元校勘：《重刊宋本論語注疏附校勘記》，（臺北：藝文印書館，1989
　　年 1 月 11 版）為政篇第 2，頁 17。

重要參考文獻

本參考文獻所列，凡三大項，一爲專書，二爲期刊論文，三爲學位論文。其中「專書」部分資料龐雜，爲突顯專家研究之性質，首爲「梁武帝著述類」，次爲「重要參考書目」。又爲使用者查詢便利計，皆以書名、篇名筆畫順序排列。

一、專　書

（一）梁武帝著述類

1. 《梁武帝集》一卷，梁武帝，明嘉靖間（1522～1566）刊本，收入於明朝薛應旂《六朝詩集》，臺北：廣文書局影印本，1972 年。

2. 《梁武帝集》，梁武帝，收入於佚名編《六朝詩集》，《續修四庫全書》1958 冊・集部・總集類，上海：上海古籍出版社，1995 年。

3. 《梁武帝詩》，梁武帝，明嘉靖壬子（31 年，1552）金城蘇郡刊本，收入於明張謙等編《六朝詩彙》。

4. 《梁武帝御製集》1 卷，梁武帝，明崇禎（1628～1644）太倉張氏原刊本，收入於明張溥《漢魏六朝百三家集》。

5. 《梁武帝集》8 卷，梁武帝，明末刊本，收入於明閻光世輯閱《文選逸集七種》。

6. 《梁武帝御製集》12 卷，梁武帝，明末刻本影印，收入於明張燮輯《七十二家集》，《續修四庫全書》第 1585、1586 冊，集部・總部類，上海：上海古籍出版社，1995 年。

7. 《梁武帝御製集》1 卷，梁武帝，清翻刻明崇禎太倉張氏原刊本，收入於明張溥《漢魏六朝百三家集》。

8. 《梁武帝御製集》一卷，梁武帝，清光緒 3 年（1877），滇南唐氏壽考堂重刊本，收入於明張溥《漢魏六朝百三名家集》。

9. 《梁武帝集》2 卷，梁武帝，清光緒 5 年（1879）彭懋謙述堂本影本，收入於明張溥《漢魏六朝百三名家集》，江蘇：江蘇廣陵古籍刻印社影印，1990 年 3 月 1 刷。

10. 《梁武帝御製集》1 卷，梁武帝，清光緒 18 年（1892），南雅書局校刊本，收入於明張溥《漢魏六朝百三名家集》。

11. 《梁武帝御製集》1 卷，梁武帝，民國 14 年（1925）掃葉山房石印本，收入於明張溥《漢魏六朝百三名家集》。

12. 《梁武帝詩》，梁武帝，收入於明馮惟訥輯，《詩紀》，《景印文淵閣四庫全書》第 1380 冊，臺北：臺灣商務印書館，1983 年。

13. 《梁武帝文一卷》，梁武帝，收入於明梅鼎祚編《梁文紀》卷一，《景印文淵閣四庫全書》第 1399 冊，臺北：臺灣商務印書館，1983 年。

14. 《梁武帝集》7 卷，梁武帝，賞雨軒藏版，收入於明張燮編《歷代卅四家文集》，鄭州：中州古籍出版社印行，1997 年。

15. 《梁武帝詩》，收錄於丁福保，《全漢三國晉南北朝詩》，臺北：藝文印書館，1975 年 9 月 3 版。

16. 《梁武帝詩》，收入於逯欽立，《先秦漢魏晉南北朝詩》，臺北：學海出版社，1984 年 5 月初版。

17. 《梁武帝集》，清・嚴可均輯，馮瑞生審訂，北京：北京商務印書館，1999 年 10 月 1 刷，收入於《全上古三代秦漢三國六朝文》。

18. 《梁武帝蕭衍集逐字索引》，劉殿爵等主編，香港：中文大學出版社，2001 年。

（二）重要參考書目

1. 《一門九相蕭瑀世家》，曹書杰，吉林：吉林人民出版社，1997 年 8 月 1 刷。

2. 《二十二史劄記校證》，清・趙翼，臺北：仁愛書局，1984 年 9 月版。

3. 《人間詞話新注》，王國維著、滕咸惠校注，臺北:里仁書局，1987 年 8 月。

4. 《十三經注疏》，清・阮元，臺北：藝文印書館，1989 年 1 月 11 版。

5. 《大正新修大藏經》，大藏經刊行會編，臺北：新文豐出版公司，1985 年。

6. 《大唐新語》，唐・劉肅，臺北：仁愛書局，1985 年 10 月版。

7. 《中古五言詩研究》，吳小平，江蘇：江蘇古籍出版社，1998 年 12 月 1 刷。

8. 《中古文學文獻學》，劉躍進，江蘇：江蘇古籍出版社，1997 年 12 月 1 刷。

9. 《中古文學史料叢考》，曹道衡、沈玉成，北京：中華書局，2003 年 7 月 1 刷。

10. 《中古文學史論》，王瑤，北京：北京大學出版社，1998 年 1 月 1 刷。

11. 《中古文學集團》，胡大雷，桂林：廣西師範大學出版社，1996 年 4 月 1 刷。

12. 《中古文學概論等五書》，楊家駱主編，臺北：鼎文書局，1977 年 2 月初版。

13. 《中國小說史略》，魯迅，上海：北新書局，1927 年 8 月 4 版。

14. 《中國小說發達史》，譚正璧，上海：上海光明書局，1935 年。

15. 《中國中古文學史》，劉師培，北京：人民文學出版社，1998 年 5 月 1 刷。

16. 《中國中古文學史等七書》，楊家駱主編，臺北：鼎文書局，1977 年 2 月初版。

17. 《中國文言小說總目提要》，寧稼雨，濟南：齊魯書社，1996 年 12 月 1 刷。

18. 《中國文學史》，中國社會科學院文學研究所中國文學史編寫組，北京：人民文學出版社，1992 年 5 月 8 刷。

19. 《中國文學史》，王文生主編，北京：高等教育出版社，1989 年 8 月 1 刷。

20. 《中國文學史》，林傳甲，臺北：學海出版社，1986 年 3 月初版。

21. 《中國文學史》，金啓華等，江西：江西教育出版社，1989 年 3 月 1 刷。

22. 《中國文學史》，章培恒、駱玉明主編，上海：復旦大學出版社，1997 年。

23. 《中國文學史大綱》，楊蔭深，臺北：臺灣商務印書館，1988 年 9 月臺 2 版。

24. 《中國文學史之宏觀》，陳伯海，北京：中國社會科學出版社，1995 年 12 月 1 刷。

25. 《中國文學史初稿》，王忠林等，臺北：福記文化公司，1985 年 5 月修定 3 版。

26. 《中國文學批評》，方孝岳，北京：三聯書店，1986 年 12 月 1 刷。

27. 《中國文學批評史》，陳鍾凡，臺北：龍泉書屋，1979 年 5 月初版。

28. 《中國文學批評史大綱》，朱潤東，臺北：臺灣開明書店，1984 年 2 月臺 7 版。

29. 《中國文學的世界》，日・前野直彬著，龔霓馨譯，臺北：臺灣學生書局，1989 年元月初版。

30. 《中國文學的本源》，王師更生，臺北：臺灣學生書局，1988 年。

31. 《中國文學思想史》，日‧青木正兒著，鄭樑生、張仁青譯，臺北：臺灣開明書店，1977 年 10 月。

32. 《中國文學理論史》，王金凌，臺北：臺灣學生書局，1988 年 4 月初版。

33. 《中國文學理論史》（1），蔡鍾翔，黃保眞，成復旺著，北京：北京出版社，1987 年 6 月 1 刷。

34. 《中國文學理論批評發展史》，張少康、劉三富，北京：北京大學出版社，1996 年 9 月 2 刷。

35. 《中國文學概論》，尹雪曼，臺北：三民書局，1991 年 8 月 4 版。

36. 《中國文學講話》，王師更生，臺北：三民書局，1998 年 4 月 3 版。

37. 《中國文學講話》（5），魏晉南北朝文學，中華文化復興運動推行委員會主編，臺北：巨流圖書公司，1985 年 6 月 1 版 1 印。

38. 《中國文藝變遷論》，張世祿，上海：上海商務印書館，1934 年 1 月再版。

39. 《中國古代小說演變史》，齊裕焜主編，蘭州：敦煌文藝出版社，1990 年 9 月 1 刷。

40. 《中國古代文學》上冊，徐季子主編，上海：華東師範大學出版社，1992 年 3 刷。

41. 《中國古代文學史長編》隋唐五代卷，郭預衡，北京：北京師範學院出版社，1993 年 11 月 1 刷。

42. 《中國古代文學理論體系：原人論》，黃霖等，上海：復旦大學出版社，2000 年 5 月 1 刷。

43. 《中國古代文學創作論》，張少康，北京：北京大學出版社，1983 年 12 月 1 刷。

44. 《中國古代文學講座》，郭石山，喻朝剛主編，吉林：吉林大學出版社，1987 年 2 月 1 刷。

45. 《中國古代文體學》，褚斌杰，臺北：臺灣學生書局，1995 年 4 月。

46. 《中國古代目錄學簡編》，未著撰人，臺北：木鐸出版社，1986 年 10 月初版。

47. 《中國古代的類書》，胡道靜，北京：北京中華書局，1982 年 2 月 1 刷。

48. 《中國古代書法史》，朱仁夫，臺北：淑馨出版社，1999 年 12 月 2 刷。

49. 《中國古代繪畫理論發展史》，葛路，臺北：華正書局，1987 年 5 月初版。

50. 《中國地方行政制度史》，嚴耕望，臺北：中央研究院歷史語言研究所發行，1990 年 5 月 3 版。

51. 《中國佛教文化歷程》，洪修平，江蘇：江蘇教育出版社，1995 年 12 月 1 刷。

52. 《中國佛教史》，任繼愈，北京：中國社會科學出版社，1997 年 12 月 3 刷。

53. 《中國佛教史學史——東晉至五代》，曹仕邦，臺北：法鼓山文化公司，1999 年 10 月初版。

54. 《中國佛教史籍概論》，陳援庵，臺北：新文豐出版公司，1983 年元月初版。

55. 《中國佛教通史》，鐮田茂雄原著，高雄：佛光出版社，1993 年 2 月初版。

56. 《中國佛教與傳統文化》，方立天，上海：上海人民出版社，1998 年 5 月 3 刷。

57. 《中國志人小說史》，寧稼雨，遼寧：遼寧人民出版社，1991 年 10 月 1 刷。

58. 《中國沙門外學的研究——漢末至五代》，曹仕邦，臺北：東初出版社，1994 年 11 月。

59. 《中國政治思想史·秦漢魏晉南北朝卷》，劉澤華主編，浙江：浙江人民出版社，1996 年 11 月 1 刷。

60. 《中國哲學史》，任繼愈，北京：人民出版社，1995 年 4 月 13 刷。

61. 《中國哲學史》，歐崇敬，臺北：洪葉文化公司，2002 年 3 月初版 1 刷。

62. 《中國哲學發展史》，任繼愈，北京：北京人民出版社，1998 年 5 月。

63. 《中國書法史》，日·眞田但馬著，瀛生、吳緒彬譯，北京：人民美術出版社，1998 年 9 月 1 刷。

64. 《中國書法批評史》，姜壽田執行主編，杭州：中國美術學院出版社，1998 年 5 月 2 刷。

65. 《中國書法批評史略》，陳代星，四川：巴蜀書社，1998 年 8 月 1 刷。

66. 《中國書法美學》，金學智，江蘇：江蘇文藝出版社，1997 年 10 月 2 刷。

67. 《中國書畫》，楊仁愷，臺北：南天書局，1992 年 5 月初版 1 刷。

68. 《中國書畫美學史綱》，樊波，長春：吉林美術出版社，1998 年 7 月 1 刷。

69. 《中國書學論著提要》，陳滯冬，四川：成都出版社，1990 年 6 月 1 刷。

70. 《中國教育通史》，毛禮銳、沈灌群主編，山東：山東教育出版社，1995 年 7 月 2 刷。

71. 《中國通史要略》，繆鳳林，臺北：臺灣商務印書館，1989 年 10 月重排 1 版。

72. 《中國散文史》，陳柱，上海：上海書店，1987 年 12 月 2 刷。

73. 《中國散文美學史》，吳小林，黑龍江：黑龍江人民出版社，1993 年 5 月 1 刷。

74. 《中國散文藝術論》，李正西，臺北：貫雅文化公司，1991 年 1 月初版。

75. 《中國經學史》，馬宗霍，臺北：學海出版社，1985 年。

76. 《中國詩話史》，蔡鎮楚，長沙：湖南文藝出版社，1994 年 10 月 2 刷。

77. 《中國詩學批評史》，陳良運，江西：江西人民出版社，1995 年 7 月 1 版。

78. 《中國儒家學術思想史》，劉蔚華、趙宗正主編，山東：山東教育出版社，1995 年。

79. 《中國儒學》，謝祥皓、劉宗賢，臺北：水牛圖書出版公司，1995 年 12 月。

80. 《中國儒學史》，趙惠吉等，鄭州：中州古籍出版社，1993 年 4 月。

81. 《中國儒學史》，劉振東，廣東：廣東教育出版社，1998 年 6 月。

82. 《中國儒學思想史》，張豈之，陝西：陝西人民出版社，1990 年 4 月。

83. 《中國學術思想史》，林啓彥，臺北：書林出版社，1996 年 8 月 2 刷。

84. 《中國歷代文論選》，郭紹虞主編，上海：上海古籍出版社，1989 年 2 月 10 刷。

85. 《中國叢書綜錄》，上海圖書館編，上海：上海古籍出版社，1986 年 2 月 1 刷。

86. 《中國魏晉南北朝宗教史》，楊耀坤，北京：北京人民出版社，1994 年 4 月 1 刷。

87. 《中國魏晉南北朝思想史》，羅宏曾，北京：人民出版社，1994 年 1 月 1 刷。

88. 《中國魏晉南北朝政治史》，何德章，北京：人民出版社，1994 年 4 月 1 刷。

89. 《中國魏晉南北朝教育史》，卜憲群、張南，北京：人民出版社，1994 年 4 月 1 刷。

90. 《中國魏晉南北朝經濟史》，劉靜夫，北京:人民出版社，1994 年 4 月 1 刷。

91. 《中國魏晉南北朝藝術史》，黃新亞，北京：人民出版社，1994 年 4 月 1 刷。

92. 《中說》，隋‧王通撰，宋‧阮逸注，臺北：廣文書局，1975 年 4 月初版。

93. 《五十年來的中國文學研究》，龔鵬程主編，臺北：臺灣學生書局，2001

年 3 月初版。

94. 《今存南北朝經學遺籍考》，簡博賢，臺北：黎明文化公司，1975 年 2 月版。

95. 《元和姓纂》（附四校記），唐・林寶撰，岑仲勉校記，北京：北京中華書局，1994 年 5 月 1 刷。

96. 《六朝人才觀念與文學》，林童照，臺北：文津出版社，1995 年 5 月初版 1 刷。

97. 《六朝文絜箋註》，清・許槤選，黎經誥箋註，臺北：廣文書局，1990 年 9 月 3 版。

98. 《六朝文學論文集》，日・清水凱夫著，韓基國譯，重慶：重慶出版社，1989 年 10 月 1 刷。

99. 《六朝文學論稿》，日・興膳宏著，彭恩華譯，長沙：岳麓書社，1986 年 6 月 1 版 1 刷。

100. 《六朝作家年譜輯要》，劉躍進、范子燁編，哈爾濱：黑龍江教育出版社，1999 年 1 月 1 刷。

101. 《六朝的城市與社會》，劉淑芬，臺北：臺灣學生書局，1992 年 10 月初版。

102. 《六朝社會文化心態》，趙輝，臺北：文津出版社，1996 年元月初版。

103. 《六朝美學史》，吳功正，江蘇：江蘇美術出版社，1996 年 4 月 2 刷。

104. 《六朝唯美文學》，張仁青，臺北：文史哲出版社，1980 年 11 月初版。

105. 《六朝唯美詩學》，王力堅，臺北：文津出版社，1997 年 7 月 1 刷。

106. 《六朝散文比較研究》，張思齊，臺北：文津出版社，1997 年 12 月 1 刷。

107. 《六朝畫家史料》，陳傳席，北京：文物出版社，1990 年 12 月 1 刷。

108. 《六朝畫論研究》，陳傳傳，臺北：臺灣學生書局，1999 年 9 月 2 刷。

109. 《六朝詩論》，洪師順隆，臺北：文津出版社，1985 年 3 月再版。

110. 《六朝樂府與民歌》，王運熙，臺北：新文豐出版公司，1982 年 8 月初版。

111. 《六朝駢文形式及其文化底蘊》，鍾濤，北京：東方出版社，1997 年 6 月 1 刷。

112. 《六朝駢賦研究》，黃師水雲，臺北：文津出版社，1999 年 10 月 1 刷。

113. 《六朝麗指》，清・孫德謙，臺北：新興書局，1963 年 11 月新 1 版。

114. 《升菴詩話》，明・楊慎，北京：北京中華書局，1985 年新 1 刷。

115. 《廿五史述要》，楊家駱主編，臺北：世界書局，1988 年 11 月 5 版。

116. 《文心雕龍札記》，黃季剛，臺北：文史哲出版社，1973 年 6 月再版。

117. 《文心雕龍注等六種》，梁・劉勰著，清・紀昀評，黃叔琳注，臺北：世

界書局，1986 年 10 月 4 版。

118. 《文心雕龍的傳播和影響》，汪春弘，北京：學苑出版社，2002 年 6 月 1 刷。

119. 《文心雕龍研究》，王師更生，臺北：文史哲出版社，1989 年 10 月增訂 3 版。

120. 《文心雕龍校釋》，梁·劉勰著，劉永濟校釋，香港：香港中華書局，1972 年 2 月第 1 版。

121. 《文心雕龍新論》，王師更生，臺北：文史哲出版社，1991 年 5 月初版。

122. 《文心雕龍讀本》，梁·劉勰，王師更生注譯，臺北：文史哲出版社，1991 年 9 月初版 4 刷。

123. 《文史通義校注》，清·章學誠著，葉瑛校注，北京：北京中華書局，1985 年 5 月北京 1 刷。

124. 《文淵閣書目》，明·楊士可等編，北京：北京中華書局，1985 年新 1 刷。

125. 《文章正宗》，宋·眞德秀，《景印文淵閣四庫全書》第 1355 冊，臺北：臺灣商務印書館，1983 年。

126. 《文章辨體序說》，明·吳納著，于北山校點；《文體明辨序說》，明·徐師曾著，羅根澤校點，北京：人民文學出版社，1998 年 5 月 1 刷。

127. 《文選》，梁·蕭統編，唐·李善等注，臺北：文津出版社，1987 年 7 月初版。

128. 《文選學》，駱鴻凱，臺北：華正書局，1989 年 9 月。

129. 《文選學新論》，中國文選學研究會編，鄭州：中州古籍出版社，1997 年 10 月 1 刷。

130. 《文館詞林》，唐·許敬宗等，北京：北京中華書局，1985 年新 1 刷。

131. 《文鏡秘府論校注》，日·弘法大師原撰、王利器校注，北京：中國社會科學出版社，1983 年 7 月 1 刷。

132. 《文獻通考》，元·馬端臨，臺北：藝文印書館，1987 年 12 月臺 1 版。

133. 《文體論纂要》，蔣伯潛，臺北：正中書局，1959 年 7 月臺 1 版。

134. 《日本國見在書目錄》，日·藤遠佐世，臺北：新文豐出版公司，1984 年 6 月初版。

135. 《世紀末閱讀宮體詩之帝王詩人》，陳大道，臺北:雲龍出版社，2002 年 10 月 1 刷。

136. 《世族與六朝文學》，程章燦，哈爾濱：黑龍江教育出版社，1998 年 10 月 1 刷。

137. 《世說新語》，南朝宋·劉義慶撰，梁·劉峻注，臺北：臺灣中華書局，

1992 年元月 7 版 2 刷。

138. 《世說新語研究》，王能憲，江蘇：江蘇古籍出版社，2000 年 1 月 2 刷。

139. 《世說新語箋疏》，南朝宋・劉義慶撰，余嘉錫疏，臺北：華正書局，1989 年 3 月。

140. 《古小說鉤沈》，魯迅，香港：新藝出版社，1976 年 11 月。

141. 《古今樂錄》，陳・釋智匠撰，臺北：藝文印書館，未載出版年月。

142. 《古文法纂要》，朱任生，臺北：臺灣商務印書館，1984 年 9 月初版。

143. 《古文通論》，馮書耕，金仞千著，臺北：國立編譯館叢書編審委員會，1979 年 4 月 3 版。

144. 《古文關鍵》，宋・呂祖謙評，蔡文子註，清・徐樹屏考異，俞樾跋，臺北：廣文書局，1981 年 7 月再版。

145. 《古代散文文體概論》，陳必祥，臺北：文史哲出版社，1987 年 10 月初版。

146. 《古典文學論探索》，王夢鷗，臺北：正中書局，1984 年。

147. 《古詩源箋註》，清・沈德潛著，吳興王蒓父箋註，古邗劉鐵冷校刊，臺北：華正書局，1999 年 9 月版。

148. 《古詩鏡》，明・陸時雍，《景印文文淵閣四庫全書》第 1411，冊，臺北：臺灣商務印書館，1983 年。

149. 《司空圖的詩歌理論》，祖保泉，臺北：國文天地雜誌社，1991 年 2 月初版。

150. 《史通通釋》，唐・劉知幾撰，浦起龍釋，白玉崢校點，臺北：藝文印書館，1978 年 4 月初版。

151. 《四六叢話》，清・孫梅，臺北：世界書局，1962 年。

152. 《四庫全書總目提要》，清・永瑢等，臺北：臺灣商務印書館，1971 年 7 月增訂初版。

153. 《四溟詩話》，明・謝榛著，宛平校點；《薑齋詩話》，清・王夫之著，舒蕪校點，北京：人民文學出版社，2001 年 10 月 2 刷（合訂本）。

154. 《玉函山房輯佚書》，清・馬國翰輯，臺北：文海出版社，1967 年。

155. 《玉函山房輯佚書續編三種》，清・王仁俊輯，上海：上海古籍出版社，1989 年 9 月 1 刷。

156. 《玉海》，宋・王應麟，《景印文淵閣四庫全書》第 944 冊，臺北：臺灣商務印書館，1983 年。

157. 《玉臺新詠》，梁・徐陵編，清・吳兆宜注，程琰刪補，穆克宏點校，臺北：明文書局，1988 年 7 月 10 日初版。

158. 《玉臺新詠研究》，劉躍進，北京：北京中華書局，2000 年 7 月 1 刷。

159. 《白虎通》，東漢・班固，北京：北京中華書局，1985 年新 1 版。

160. 《目錄學》，姚名達，臺北：臺灣商務印書館，1988 年 5 月臺 4 版。

161. 《目錄學概論》，武漢大學北京大學目錄學概論編寫組編著，北京：中華書局，1990 年 2 月 8 刷。

162. 《先秦漢魏晉南北朝詩》，逯欽立，臺北：學海出版社，1984 年 5 月初版。

163. 《全上古三代秦漢三國六朝文》，清・嚴可均，臺北：宏業書局，1975 年。

164. 《名僧傳鈔・補續高僧傳》，梁・釋寶唱撰、明・明河撰，臺北：新文豐出版公司，1995 年 4 月 1 版 2 刷。

165. 《江北詩話》，清・洪亮吉著，陳邇冬校點，北京：人民文學出版社，1998 年 5 月 1 刷。

166. 《江蘇光緒武進陽湖縣志》，清・董似縠修，湯成烈纂，臺北：臺灣學生書局，1968 年。

167. 《百種詩話類編》，臺靜農，臺北：藝文印書館，1974 年 5 月初版。

168. 《老學庵筆記》，宋・陸游，北京：北京中華書局，1997 年 12 月 2 刷。

169. 《佛教史料學》，藍吉富，臺北：東大圖書公司，1997 年 7 月初版。

170. 《佛教與中國文化》，張曼濤主編，臺北：大乘文化出版社，1978 年 2 月初版。

171. 《佛教與中國文學》，孫昌武，上海：上海人民出版社，1988 年 8 月 1 刷。

172. 《佛教與中國古典文學》，陳洪，天津：天津人民出版社，1993 年 1 月 1 刷。

173. 《佛經傳譯與中古文學思潮》，蔣述卓，江西：江西人民出版社，1993 年 9 月 2 刷。

174. 《佛學研究十八篇》，梁啓超，上海：上海古籍出版社，2001 年 9 月 1 刷。

175. 《余嘉錫論學雜著》，余嘉錫，北京：北京中華書局，1963 年 1 月 1 刷。

176. 《宋文鑑》，宋・祖呂謙編，齊治平點校，北京：北京中華書局，1992 年 3 月 1 刷。

177. 《更生退思文錄》，王師更生，臺北：文史哲出版社，1997 年 7 月初版。

178. 《李太白全集》，唐・李白撰，元・蕭士贇補，宋・楊齊賢注，明・郭雲鵬編，臺北：世界書局，1997 年 5 月 2 版 1 刷。

179. 《兩晉南北朝士族政治之研究》，毛漢光，臺北：臺灣商務印書館，1966 年 7 月初版。

180. 《兩晉南北朝歷史論文集》，李則芬，臺北：臺灣商務印書館，1987 年初版。

181. 《兩晉南朝的士族》，蘇紹興，臺北：聯經出版公司，1987 年 3 月初版。

182. 《周叔迦佛學論著集》，周叔迦，北京：北京中華書局，1991 年 1 月 1 刷。

183. 《尚書故實》，唐・李綽，北京：北京中華書局，1985 年新 1 版。

184. 《居士傳》，清・彭紹升，江蘇：江蘇廣陵古籍刻印社，1990 年 5 月 1 刷。

185. 《抱經樓書目》，羅振玉，收入於《羅氏雪堂藏書遺珍》第 7 輯，北京：全國圖書館文獻縮微複製中心，2001 年。

186. 《明文衡》，明・程敏政，臺北：世界書局，1967 年 12 月再版。

187. 《東晉南北朝學術編年史》，劉汝霖，北京：北京中華書局，1987 年 11 月 1 刷。

188. 《河岳英靈集研究》，李珍華、傅璇琮，北京：北京中華書局，1992 年。

189. 《法苑珠林》，唐・釋道世，北京：中國書店，1991 年 8 月 1 刷。

190. 《法華文句記》，唐・釋湛然，清康熙四年嘉興楞嚴寺刊本。

191. 《直齋書錄解題》，宋・陳振孫撰，徐小蠻，顧美華點校，上海：上海古籍出版社，1987 年 12 月 1 刷。

192. 《金文最》，清・張金吾，臺北：成文出版社，1969 年 8 月臺 1 版。

193. 《金文雅》，清・莊仲方，臺北：成文出版社，1967 年 8 月臺 1 版。

194. 《金樓子》，梁・蕭繹，臺北：藝文印書館，未載出版年月。

195. 《門閥士族與永明文學》，劉躍進，北京：三聯書店，1996 年 3 月 1 刷。

196. 《南北朝文評註讀本》，王文濡選註，臺北：廣文書局，1981 年 12 月初版。

197. 《南北朝文學》，駱明玉、張宗原，合肥：安徽教育出版社，1998 年 2 月 2 刷。

198. 《南北朝文學史》，曹道衡、沈玉成，北京：人民文學出版社，1998 年 6 月 2 刷。

199. 《南北朝文學編年史》，曹道衡、劉躍進，北京：人民文學出版社，2000 年 11 月 1 刷。

200. 《南北朝文舉要》，高步瀛選注，孫通海點校，北京：北京中華書局，1998 年 7 月 1 刷。

201. 《南北朝經濟》，陶希聖、武仙卿，臺北：臺灣商務印書館，1979 年 4 月臺灣發行。

202. 《南北朝詩文紀事》，周建江輯校，鄭州：中州古籍出版社，2001 年 9

月 1 刷。

203. 《南宋文範》，清・莊仲方，臺北：鼎文書局，1975 年 1 月初版。

204. 《南朝文學與北朝文學研究》，曹道衡，江蘇：江蘇古籍出版社，1998
年 7 月 1 刷。

205. 《南朝會要》，清・錢儀吉撰，《續修四庫全書》第 775 冊，史部，政書
類，上海：上海古籍出版社，1995 年。

206. 《建康實錄》，唐・許嵩撰，張忱石點校，北京：北京中華書局，1986
年 10 月 1 刷。

207. 《昭明太子集校注》，梁・蕭統著，俞紹初校注，鄭州：中州古籍出版社，
2001 年 7 月 1 刷。

208. 《昭明文選研究》，傅剛，北京：中國社會科學出版社，2000 年 1 月 1
刷。

209. 《昭明文選論文集》，陳新雄、于大成主編，臺北：木鐸出版社，1976
年元月。

210. 《昭明文選學術論考》，游志誠，臺北：臺灣學生書局，1996 年 3 月初
版。

211. 《秋星閣詩話》，清・李沂撰，收入《清詩話》，臺北：木鐸出版社，1988
年 9 月初版。

212. 《范縝評傳》，潘富恩、馬濤著，南京：南京大學出版社，1996 年 3 月 1
刷。

213. 《述異記》，梁・任昉，臺北：藝文印書館，1965 年。

214. 《風騷與豔情—中國古典詩詞的女性研究》，康正果，河南:河南人民出
版社，1988 年 9 月 1 刷。

215. 《香港地區中國文學批評研究》，陳國球編，臺北：臺灣學生書局，1991
年 5 月初版。

216. 《原詩》，清・葉燮著，霍松林校注，北京：人民文學出版社，1998 年 5
月 1 刷。

217. 《唐代古文運動論稿》，劉國楹，西安：陝西人民出版社，1984 年 7 月 1
刷。

218. 《唐宋古文運動》，錢冬父，臺北：群玉堂出版公司，1992 年 7 月初版 2
刷。

219. 《唐書宰相世系表訂譌》，清・沈炳震撰，《續修四庫全書》第 289 冊，
上海：上海古籍出版社，1995 年。

220. 《唐詩紀事》，宋・紀有功，臺北：鼎文書局，1971 年。

221. 《書法名論集》，馮亦吾注譯，河北：河北美術出版社，1993 年 8 月 1

刷。

222. 《書法美學史》，蕭元，湖南，：湖南美術出版社，1998 年 6 月 3 刷。

223. 《書法與中國文化》，歐陽中石等著，北京：人民出版社，2000 年 1 月 1 刷。

224. 《書學史》，祝嘉，北京：中國書店，1987 年 9 月 1 刷。

225. 《校訂本中國文學發展史》，未著撰人，臺北：華正書局，1991 年 7 月。

226. 《殷芸小說》，梁·殷芸撰，周楞伽輯，上海：上海古籍出版社，1984 年 4 月 1 刷。

227. 《郡齋讀書志》，宋·晁公武，臺北：臺灣商務印書館，1974 年。

228. 《高僧傳》，梁·釋慧皎著，湯用彤校注，湯一玄整理，北京：北京中華書局，1997 年 10 月 3 刷。

229. 《高僧傳研究》，鄭郁卿，臺北：文津出版社，1987 年 1 月出版。

230. 《國故論衡》，章太炎，臺北：廣文書局，1977 年 7 月 5 版。

231. 《國學發微》，劉師培，1934～1935 年武寧南氏排印本。

232. 《崇文總目附補遺》，宋·王堯臣等編次，清·錢東垣等輯釋，北京：北京中華書局，1985 年北京新 1 版。

233. 《帶經堂詩話》，清·王士禛著，張宗柟纂集，戴鴻森校點，北京：人民文學出版社，1998 年 2 月 1 刷。

234. 《梁武帝》，顏尚文，臺北：東大圖書公司，1999 年 10 月初版。

235. 《通志略》，宋·鄭樵撰，上海：上海古籍出版社，1990 年 10 月 1 刷。

236. 《野鴻詩的》，清·黃子雲，收入《清詩話》，臺北：木鐸出版社，1988 年 9 月初版。

237. 《陳寅恪先生文集》，陳寅恪，臺北：里仁書局，1981 年 3 月 10 日。

238. 《陶淵明集札記》，清·陳澧著，陳之邁編集，香港：龍門書店，1974 年 9 月。

239. 《陶淵明集校箋》，晉·陶淵明著，楊勇編著，臺北：正文書局，1987 年 1 月 1 日出版。

240. 《碧溪詩話》，宋·黃徹著，湯新祥校注，北京：人民文學出版社，1998 年 5 月 1 刷。

241. 《圍爐詩話》，清·吳喬，北京：北京中華書局，1985 年新 1 刷。

242. 《敦煌古籍敘錄》，王重明，臺北：木鐸出版社，1981 年 4 月。

243. 《敦煌遺書論文集》，王有三，臺北：明文書局，1985 年 6 月初版。

244. 《敦煌寶藏》，黃永武輯，臺北：新文豐出版公司，1981 年。

245. 《曾文正公全集》，清·曾國藩，臺北：世界書局，1991 年。

246. 《絳雲樓書目》，清‧錢謙益撰，陳景雲注，北京：北京中華書局，1985年新1刷。

247. 《隋唐五代文學研究》，杜曉勤，北京：北京出版社，2001年12月1刷。

248. 《隋唐制度淵源略論稿》，陳寅恪，香港：香港中華書局，1974年4月港版。

249. 《隋書經籍志考證》，清‧姚振宗，《續修四庫全書》史部目錄類，上海：上海古籍出版社，1995年。

250. 《傳統文學與類書之關係》，方師鐸，天津：天津古籍出版社，1986年8月1刷。

251. 《新校少室山房筆叢》，明‧胡應麟，臺北：世界書局，1980年5月再版。

252. 《新校本三國志注附索引》，晉‧陳壽，臺北：鼎文書局，1997年5月9版。

253. 《新校本北史並附編三種》，唐‧李延壽，臺北：鼎文書局，1991年4月7版。

254. 《新校本北齊書附索引》，唐‧李百藥，臺北：鼎文書局，1998年10月9版。

255. 《新校本史記三家注附編二種》，漢‧司馬遷，臺北：鼎文書局，2002年12月13版。

256. 《新校本宋史并附編三種》，元‧脫脫等，臺北：鼎文書局，1991年2月7版。

257. 《新校本宋書附索引》，梁‧沈約，臺北：鼎文書局，1998年7月9版。

258. 《新校本周書附索引》，唐‧令狐德棻，臺北：鼎文書局，1998年7月9版。

259. 《新校本南史附索引》，唐‧李延壽，臺北：鼎文書局，1994年9月8版。

260. 《新校本南齊書附索引》，梁‧蕭子顯，臺北：鼎文書局，1998年11月2版1刷。

261. 《新校本後漢書並附編十三種》，南朝‧宋‧范曄，臺北：鼎文書局，1999年4月2版1刷。

262. 《新校本晉書并附編六種》，唐‧房玄齡等，臺北：鼎文書局，1995年6月8版。

263. 《新校本梁書附索引》，隋‧姚察等，臺北：鼎文書局，1996年5月9版。

264. 《新校本陳書附索引》，隋‧姚察等，臺北：鼎文書局，1998年10月9

版。

265. 《新校本隋書附索引》，唐・魏徵等，臺北：鼎文書局，1997 年 10 月 9 版。

266. 《新校本新唐書附索引》，宋・歐陽修，臺北：鼎文書局，1992 年 1 月 7 版。

267. 《新校本漢書并附編二種》，東漢・班固，臺北：鼎文書局，1997 年 10 月 9 版。

268. 《新校本舊唐書附索引》，後晉・劉昫等，臺北：鼎文書局，1992 年 5 月 7 版。

269. 《新校本魏書附西魏書》，北齊・魏收等，臺北：鼎文書局，1998 年 9 月 9 版。

270. 《新譯昭明文選》，梁・蕭統編，周啓成等注譯，臺北：三民書局，2001 年 2 月初版 2 刷。

271. 《新譯顏氏家訓》，北齊・顏之推著，李振興等注譯，臺北：三民書局，1993 年 8 月初版。

272. 《新續高僧傳四集》，喻謙，臺北：廣文書局，1977 年 12 月初版。

273. 《滄浪詩話校釋》，宋・嚴羽著，郭紹虞校釋，北京：人民文學出版社，2000 年 7 月 2 刷。

274. 《經學通論》，皮錫瑞，臺北:臺灣商務印書館，1989 年 10 月臺 5 版。

275. 《補晉書藝文志》，清・丁國鈞，北京：北京中華書局，1985 年新 1 版。

276. 《補續高僧傳》，明・明河撰，臺北：新文豐出版公司，1975 年 7 月初版。

277. 《詩式校注》，唐・釋皎然著，李壯鷹校注，濟南：齊魯書社，1987 年 7 月 2 刷。

278. 《詩品注》，梁・鍾嶸著，陳延傑注，臺北：里仁書局，1992 年 9 月。

279. 《詩品研究》，曹旭，上海:上海古籍出版社，1998 年 7 月 1 刷。

280. 《詩品集注》，曹旭，上海：上海古籍出版社，1994 年。

281. 《詩話和詞話》，張葆全，臺北：萬卷樓圖書公司，1993 年 4 月初版 1 刷。

282. 《詩話總龜》，宋・阮閱編，周本淳校點，北京：人民文學出版社，1998 年 2 月 1 刷。

283. 《詩藪》，明・胡應麟，臺北：廣文書局，1973 年 9 月初版。

284. 《資治通鑑》，宋・司馬光撰，胡三省注，章鈺校記，臺北：建宏出版社，1977 年。

285. 《遂初堂書目》，宋・尤袤，北京：北京中華書局，1985 年新 1 版。

286. 《圖書大辭典簿錄之部》，梁啟超，臺北：台灣中華書局，1958 年 6 月台 1 版。

287. 《漢唐佛教思想論集》，任繼愈，北京：人民出版社，1994 年 8 月 1 刷。

288. 《漢魏六朝文學論文集》，曹道衡，桂林：廣西師範大學出版社，1999 年 9 月 1 刷。

289. 《漢魏六朝百三家集題辭注》，明‧張溥著，殷孟倫注，香港：香港商務印書館，1961 年 7 月版。

290. 《漢魏六朝專家文研究》，劉師培講述，臺北：臺灣中華書局，1969 年 9 月初版。

291. 《漢魏六朝詩歌語言論稿》，王雲路，陝西：陝西人民教育出版社，1997 年。

292. 《漢魏六朝樂府文學史》，蕭滌非，北京：人民文學出版社，1998 年 6 月 1 刷。

293. 《漢魏六朝樂府詩》，王運熙、王國安，臺北：國文天地雜誌社，1990 年 10 月初版。

294. 《漢魏四十四家易注》，清‧馬國翰撰，臺北：成文出版社，1976 年。

295. 《漢魏兩晉南北朝佛教史》，湯用彤，臺北：臺灣商務印書館，1991 年 9 月臺 2 版 1 刷。

296. 《漢魏兩晉南北朝佛教思想史》，李世傑，臺北：新文豐出版公司，1980 年 5 月。

297. 《管錐篇》，錢鍾書，北京：北京中華書局，1991 年 6 月 3 刷。

298. 《箋經室遺集》，清‧曹元忠，吳縣學禮齋線裝書，1941 年。

299. 《齊梁文壇與四蕭研究》，胡德懷，南京：南京大學出版社，1997 年 7 月 1 刷。

300. 《齊梁詩研究》，閻采平，北京:北京大學出版社，1994 年 10 月 1 刷。

301. 《齊梁詩探微》，盧清青，臺北：文史哲出版社，1984 年 10 月初版。

302. 《齊梁詩歌向盛唐詩歌的嬗變》，杜曉勤，臺北：商鼎文化出版社，1996 年 8 月 1 日 1 版 1 刷。

303. 《齊梁詩體傳》，曹鼎著，長春：吉林人民出版社，2000 年 9 月 1 刷。

304. 《齊梁麗辭衡論》，陳松雄，臺北：文史哲出版社，1986 年 1 月初版。

305. 《劉勰評傳》，楊明，南京：南京大學出版社，2001 年 12 月 1 刷。

306. 《樂府文學史》，羅根澤，臺北：文史哲出版社，1991 年 1 月 4 版。

307. 《樂府詩集》，宋‧郭茂倩編，臺北：里仁書局，1999 年 1 月 10 日初版 2 刷。

308. 《緯略》，宋‧高似孫，北京：北京中華書局，1985 年新 1 刷。

309. 《論文偶記》，清‧劉大櫆著，舒蕪校點；《初月樓古文緒論》，清‧吳德旋著；《春覺齋論文》，清‧林紓著，北京：人民文學出版社，1998 年 5 月 1 刷（合訂本）。

310. 《論梁陳四帝詩》，龔顯宗，高雄：高雄復文出版社，1995 年 9 月。

311. 《論語正義》，清‧劉寶楠，臺北：臺灣中華書局，1970 年臺 3 版。

312. 《賦史》，馬積高，上海：上海古籍出版社，1998 年 9 月 2 刷。

313. 《賦話》，清‧李調元，臺北：藝文印書館，1966 年。

314. 《賦話六種》，何沛雄，香港：三聯書店，1982 年 12 月 1 刷。

315. 《賦學概要》，曹明綱，上海：上海古籍出版社，1998 年 11 月 1 刷。

316. 《儒學興衰史》，馬勇，廣州：廣東人民出版社，2001 年 1 月 2 刷。

317. 《歷代名畫記》，唐‧張彥遠，北京：北京中華書局，1985 年新 1 刷。

318. 《歷代叢書大辭典》楊家駱主編，北京：警官教育出版社，1994 年 10 月 1 刷。

319. 《歷朝詩話析探》，龔顯宗，高雄：復文圖書出版社，1990 年 7 月初版。

320. 《甌北詩話》，清‧趙翼著，霍松林、胡主佑校點，北京：人民文學出版社，1998 年 5 月 1 刷。

321. 《蕙風詞話》，清‧況周頤，臺北：河洛圖書出版社，1975 年 10 月初版。

322. 《蕭子顯及其文學批評》，詹秀惠，臺北：文史哲出版社，1994 年 11 月初版。

323. 《蕭統評傳》，曹道衡、傅剛，南京：南京大學出版社，2001 年 12 月 1 刷。

324. 《隨園詩話》，清‧袁枚著，北京：人民文學出版社，1998 年 2 月 1 刷。

325. 《駢文學》，張仁青，臺北：文史哲出版社，1984 年 3 月初版。

326. 《鍾嶸詩品研究》，張伯偉，南京：南京大學出版社，2000 年 3 月 2 刷。

327. 《鍾嶸詩品講疏》，許文雨，成都：成都古籍出版社，1983 年 5 月 1 刷。

328. 《藏園群書經眼錄》，清‧傅增湘撰，北京：北京中華書局，1983 年 9 月 1 刷。

329. 《藏園群書題記》，清‧傅增湘撰，上海：上海古籍出版社，1989 年 6 月 1 刷。

330. 《魏晉六朝文學批評史》，羅根澤，臺北：臺灣商務印書館，1996 年 3 月臺 2 版 1 刷。

331. 《魏晉南北朝文化史》，萬繩楠，臺北：雲龍出版社，1995 年 6 月初版。

332. 《魏晉南北朝文化史》，羅宏曾，四川：四川人民出版社，1989 年 8 月 1 刷。

333. 《魏晉南北朝文論選》，郁沅、張明高編選，北京：人民文學出版社，1999年1月1刷。

334. 《魏晉南北朝文學史》，胡國治，臺北：金圓出版公司，1983年3月初版。

335. 《魏晉南北朝文學史料述略》，穆克宏，北京：北京中華書局，1997年1月1刷。

336. 《魏晉南北朝文學批評史》，王運熙、楊明，上海：上海古籍出版社，1989年6月1刷。

337. 《魏晉南北朝文學思想史》，張仁青，臺北：文史哲出版社，1978年12月初版。

338. 《魏晉南北朝文學思想史》，羅宗強，北京：北京中華書局，1996年10月1刷。

339. 《魏晉南北朝文學研究》，吳云主編，北京：北京出版社，2001年12月1，版。

340. 《魏晉南北朝文學論集》，香港中文大學中國語文學系主編，臺北：文史哲出版社，1994年11月初版。

341. 《魏晉南北朝史》，王仲犖，上海:上海人民出版社，1998年6月8刷。

342. 《魏晉南北朝史》，鄭欽仁等，臺北:國立空中大學，1998年8月初版。

343. 《魏晉南北朝史》，林瑞翰，臺北：五南圖書公司，1995年12月初版2刷。

344. 《魏晉南北朝史論集》，周一良，北京：北京大學出版社，1997年6月1刷。

345. 《魏晉南北朝史論稿》，黃繩楠，安徽：安徽教育出版社，1983年8月1刷。

346. 《魏晉南北朝佛教論叢》，方立天，北京：北京中華書局，1995年7月2刷。

347. 《魏晉南北朝易學書考逸》，黃慶萱，臺北：幼獅出版社，1975年。

348. 《魏晉南北朝隋唐經學史》，章權才，廣東：廣東人民出版社，1996年8月1刷。

349. 《魏晉南北朝詩話》，蕭榮華，濟南：齊魯書社，1986年。

350. 《魏晉南北朝詩歌史論》，傅剛，吉林：吉林教育出版社，1995年。

351. 《魏晉南北朝儒學流變之省察》，林登順，臺北：文津出版社，1996年4月。

352. 《瀛奎律髓》，元·方回編，《景印文淵閣四庫全書》第1366冊，臺北：臺灣商務印書館，1983年。

353. 《藝文類聚》，唐・歐陽詢，臺北：文光出版社，1974 年 8 月初版。

354. 《藝苑卮言校注》，明・王世禎著，羅仲鼎校注，濟南：齊魯書社，1992 年 7 月 1 刷。

355. 《藝概》，清・劉熙載，臺北：華正書局，1985 年。

356. 《辭賦流變史》，李曰剛，臺北：文津出版社，1994 年 1 月初版 2 刷。

357. 《辭賦通論》，葉幼明，湖南：湖南教育出版社，1991 年 5 月 1 刷。

358. 《類書流別》，張滌華，臺北：大立出版社，1985 年 4 月。

359. 《麗辭探賾》，張仁青，臺北：文史哲出版社，1985 年 3 月修訂再版。

360. 《釋氏疑年錄》，陳援菴著，臺北：天華出版公司，1983 年 5 月初版。

361. 《續談助》，宋・晁載之，臺北：新文豐出版公司，1984 年 6 月初版。

362. 《讀通鑑論》，清・王夫之，臺北：河洛圖書出版社，1976 年 3 月臺景印初版。

363. 《體裁與風格》，蔣伯潛，臺北：世界書局，1982 年 11 月 4 版。

364. 重編影印《全唐文及拾遺》，清・董誥等奉敕編，陸心源補輯拾遺，臺北：大化書局，1987 年 3 月初版。

365. 增註《經學歷史》，皮錫瑞，臺北：藝文印書館，1996 年 8 月初版 3 刷。

二、期刊論文

1. 〈「大般涅槃經集解」研究的基礎〉，日・菅野博史，《東洋文化》第 66 卷，頁 93～173。

2. 〈「龍學」研究在隋唐〉，王師更生，國立中正大學中國文學系所《六朝隋唐文學研討會論文集》，1994 年 4 月，頁 1～21。

3. 〈一門能文，人人有集──論蕭氏父子的文化底蘊〉，趙福海，《長春師範學院學報》，1999 年 1 月，頁 22～31。

4. 〈不落窠臼，獨創新制──述說梁武帝力促佛教僧制中國化的具體表現〉，歐陽鎮，《內明》293 期，1996 年 8 月，頁 33～37。

5. 〈中國古代類書概述〉，李峰，《河南圖書館學刊》1990 年 4 期，頁 53～54。

6. 〈六朝文學的歷史地位──兼論唐詩繁榮的原因〉，葉幼明，《湖南師院學報》1982 年 3 期，頁 55～60。

7. 〈六朝志怪小說中以佛教為主題故事之情節分析〉，陳逢源，《致理學報》8 期，1994 年 11 月，頁 145～156。

8. 〈六朝書論中的審美觀念〉，鄭毓瑜，《臺大中文學報》第 4 期，1991 年 6 月，頁 307～339。

9. 〈天學史上的梁武帝〉，江曉原、鈕衛星，《中國文化》15、16 期，1997 年 1 期，頁 128～140。

10. 〈文心雕龍：綜合儒道佛的美學建構〉，施惟達，《雲南社會科學》1991 年 2 期，頁 83～88。

11. 〈文選的流傳與影響〉，傅剛，《中國典籍與文化》2000 年 1 期，頁 67～71。

12. 〈文選對魏晉以來文學傳統的繼承和發展〉，曹道衡，《文學遺產》2000 年 1 期，頁 48～58。

13. 〈文變染乎世情，興廢系乎時序——劉勰文學史觀中的「民俗」因素雛議〉，何懿，《安徽教育學院學報》1993 年 2 期，頁 11～13。

14. 〈由人物鑒賞到文論——看南朝文學審美意識〉，林秀珍，《問學》4 期，2002 年 3 月，頁 37～51。

15. 〈任昉駢文略論〉，鍾濤，《青海師範大學學報》社科版 1993 年 3 期，頁 68～73。

16. 〈宋代文話及評點書之文學理論舉隅〉，林翠芬、賴奕倫，《虎尾技術學院學報》5 期，2002 年，頁 13～25。

17. 〈宋代婉約詞與六朝詩風之關係〉，王力堅，《文學遺產》1996 年 2 期，頁 67～74。

18. 〈宋四六話的興起與駢文理論的演進〉，莫山洪，《廣西社會科學》110 期，2004 年 8 期，頁 107～109。

19. 〈李白詩歌與盛唐文化〉，袁行霈，《文學遺產》1986 年 1 期，頁 3～11。

20. 〈李白魏晉南北朝詩人〉，裴斐，《文學遺產》1986 年 1 期，頁 12～21。

21. 〈沈約文學批評六論〉，陳慶元，《福建師範大學學報》1987 年 4 期，頁 58～65。

22. 〈阿育王與梁武帝〉，談玄，張曼濤《佛教與政治》，臺北：大乘文化出版社，1979 年 3 月初版，頁 329～365。

23. 〈南北朝經學之消長與統一〉，黃忠天，《孔孟月刊》30 卷 8 期，1992 年，頁 20～28。

24. 〈南朝九品中正制的發展演變及其作用〉，張旭華，《中國史研究》1998 年第 2 期，頁 49～60。

25. 〈南朝君主的思想傾向與意識形態的多元化〉，劉莘，《重慶師院學報哲社版》1997 年第 3 期，22～32。

26. 〈南朝梁代傑出的編輯家——蕭統〉，蕭月賢，《鄭州大學學報》1993 年 4 期，頁 36～38。

27. 〈昭明太子和梁武帝的建儲問題〉，曹道衡，《鄭州大學學報哲社版》1994

年第 1 期，頁 78～84。

28. 〈昭明太子與梁代中期文學復古思潮〉，劉躍進，趙福海主編《文選學論集》，長春：時代文藝出版社，1992 年 6 月 1 刷，頁 246～261。

29. 〈述東晉王導之功業〉，陳寅恪，《中山大學學報》1956 年 1 期，頁 163～175。

30. 〈重色家風與梁代的宮體詩〉，胡旭，《浙江社會科學》，2003 年 2 期，頁 161～165。

31. 〈宮體詩的當代批評及其政治背景〉，駱明玉、吳仕遠，《復旦學報》1999 年 3 期，頁 114～118。

32. 〈書魏書蕭衍傳後〉，陳寅恪，《中山大學學報》1958 年 1 期，頁 79～80。

33. 〈張商英護法的歷史意義〉，黃啓江，《中華佛學學報》9 期，1996 年 7 月，頁 123～166。

34. 〈從文選選文看編纂者的文學觀〉，日・清水凱夫，趙福海主編《文選學論集》，長春：時代文藝出版社，1992 年 6 月 1 刷，頁 200～215。

35. 〈從弘明集、廣弘明集看魏晉南北朝道、佛間的詧應〉，王文泉，《康寧學報》1 卷 2 期，1999 年，頁 29～45。

36. 〈從秀才天子到皇帝菩薩——論蕭衍的宗教信向與治國歷程〉，龔顯宗，《普門學報》8 期，2002 年 3 月，頁 229～254。

37. 〈從南朝文學論爭與發展看「文選・序」之意義〉，許銘全，《中國文學研究》16 期，2002 年 6 月，頁 99～132。

38. 〈從庾信奉和同泰寺浮屠一詩談梁武帝之佞佛〉，葉慕蘭，《中國古典文學研究》5 期，2001 年 6 月，頁 13～24。

39. 〈從曹氏父子到蕭氏父子〉，蕭華榮，《古典文學知識》總 7 期，1986 年 7 月，頁 86～89。

40. 〈從歷代三寶記論費長房的史學特質及意義〉，阮忠仁，《東方宗教研究》新 1 期，1990 年 10 月，頁 92～129。

41. 〈梁武帝及其孝思賦〉，何沛雄，南京大學中國語言文字學系主編《魏晉南北朝文學論集》，南京：南京大學出版社，1997 年 9 月 1 刷，頁 665～674。

42. 〈梁武帝作品中的「儒佛會通」論〉，洪師順隆，《國立編譯館館刊》28 卷 1 期，1999 年 6 月，頁 79～104。

43. 〈梁武帝其人其詩〉，周明、胡旭，《江蘇教育學院學報》第 17 卷第 4 期，2001 年 7 月，頁 82～87。

44. 〈梁武帝受菩薩戒及捨身同泰寺與「皇帝菩薩」地位的建立〉，顏尚文，《東方宗教研究》新一期，1990 年 10 月，頁 43～89。

45. 〈梁武帝和「竟陵八友」〉，曹道衡，《齊魯學刊》1995 年第 5 期，頁 46〜53。

46. 〈梁武帝注解大品般若經與佛教國家的建立〉，顏尚文，《佛學研究中心學報》3 期，1998 年 7 月，頁 99〜127。

47. 〈梁武帝治績何以由盛轉衰〉，龔顯宗，《歷史》168 期，2002 年 1 月，頁 103〜107。

48. 〈梁武帝的儒學思想論略〉，樂勝奎，《天津社會科學》，2002 年 4 期，頁 130〜133。

49. 〈梁武帝長春殿講義與印度天學〉，江曉原，《中國典籍與文化》1998 年 2 期，頁 64〜67。

50. 〈梁武帝時代的神滅不滅之諍〉，陳兵，《內明》第 268 期，1994 年 7 月，頁 24〜28。

51. 〈梁武帝統治述論〉，許輝，《學海》1994 年 5 期，頁 89〜94。

52. 〈梁武帝與佛法〉，樸庵，《中華文化復興月刊》17 卷 7 期，1984 年 7 月，頁 32〜36。

53. 〈梁武帝與南朝的儒學〉，陳朝暉，《孔子研究》1994 年第 1 期，頁 50〜55。

54. 〈梁武帝蕭衍的文學活動及其文學觀〉，陳慶元，國立成功大學中文系編《魏晉南北朝文學與思想學術研討會論文集》，臺北：文津出版社，1997 年 9 月初版，頁 193〜209。

55. 〈梁皇懺初探〉，徐立強，《中華佛學研究院》2 期，1998 年，頁 177〜206。

56. 〈梁陳宮體詩的發展和界說〉，樊榮，《學術研究》1996 年 10 期，頁 76〜80。

57. 〈梁朝蕭氏三兄弟文學觀比較〉，陳芳汶，《中華學苑》48 期，1996 年 7 月，頁 205〜224。

58. 〈梁蕭氏家族的文學觀〉，秦元，《齊魯學刊》1997 年 1 期，頁 13〜16。

59. 〈清代的「文心雕龍學」〉，王師更生，收入於高雄：中山大學出版《第七屆清代學術研討會會前論文集》，2002 年，頁 1〜21。

60. 〈產生昭明文選時代的文學氛圍漫談〉下，屈守元，《文史雜誌》1991 年 4 期，頁 35〜37。

61. 〈產生昭明文選時代的文學氛圍漫談〉上，屈守元，《文史雜誌》1991 年 3 期，頁 9〜11。

62. 〈略論四蕭的文學觀〉，張辰，《內蒙古大學學報》哲社版，1988 年 2 期，頁 65〜72。

63. 〈略論唐代的南朝化傾向〉，牟發松，《中國史研究》1996 年 2 期，頁 51～65。

64. 〈陶弘景與梁武帝——陶弘景交游叢考之一〉，王家葵，《宗教學研究》2002 年 1 期，頁 30～39。

65. 〈菩薩皇帝梁武蕭衍〉，李則芬，《東方雜誌》19 卷 6 期，1985 年，頁 26～33。

66. 〈菩薩達摩與梁武帝——六朝佛教史上的一件疑案〉，孫述圻，《南京大學學報》1984 年 3 期，頁 98～106。

67. 〈隋代敕編佛經目錄體制探究〉，黃志洲，《和春學報》6 期，1999 年 7 月，頁 75～84。

68. 〈經律異相及其主編釋寶唱〉，白化文、李鼎霞，袁行霈《國學研究》第 2 卷，北京：北京大學出版社，1994 年 7 月 1 刷，頁 575～596。

69. 〈補梁書藝文志〉，李雲光，《臺灣師範大學國文研究所集刊》創刊號，1957 年，頁 1～118。

70. 〈試述梁武帝力促佛教僧制的中國化〉，歐陽鎮，《江西社會科學》1996 年 11 期，頁 63～65。

71. 〈試說古文評選〉，于立君、王安節，《松遼學刊》2 期，2001 年 4 月，頁 43～47。

72. 〈試論梁代天監、普通年間文學思想與創作〉，傅剛，《文學遺產》1998 年 5 期，頁 19～29。

73. 〈試論梁武帝一生事功的成敗得失——兼論梁代在中國文化史上的地位〉，趙以武，《嘉應大學學報》第 19 卷第 5 期，2001 年 10 月，頁 77～82。

74. 〈試論鮑照於齊梁之際的文學影響〉，凌迅，《東岳論叢》1984 年 3 期，頁 98～103。

75. 〈試論魏晉人物批評對中國文學批評的影響〉，曾維才，《文藝理論研究》1991 年 4 期，頁 81～86。

76. 〈對梁武帝幾首有爭議詩歌的斷歸〉，于英麗，《福州大學學報》2002 年 2 期，頁 44～46。

77. 〈對劉勰家貧不婚娶和依沙門僧祐的看法〉，馬宏山，《文心雕龍學刊》1984 年 1 期，頁 434～446。

78. 〈精采絕豔祖風騷——論宮體詩的淵源〉，杜青山，《南都學報》社科 1991 年 3 期，頁 65～71。

79. 〈齊梁三大文學集團的構成及其盟主的作用〉，普慧，《社會科學戰線》1998 年 2 期，頁 106～113。

80. 〈齊梁詩人與儒學〉，鄧仕樑，《香港中文大學中國文化研究所學報》20

卷，1989 年，頁 195～218。

81. 〈劉孝標注《世說新語》方法試探〉，曾文樑，《輔仁國文學報》11 集，1995 年 5 月初版，頁 59～77。

82. 〈劉勰、顏之推文藝觀之比較〉，房聚棉，《瀋陽師範學院學報》社科 1994 年 1 期，頁 1～6。

83. 〈劉勰「情志說」述評〉，林偉珊，《南華師範大學學報》社科版 1992 年 2 期，頁 58～64。

84. 〈劉勰對文學作品的評價方式〉，盧景商，《輔仁國文學報》11 集，1995 年 5 月初版，頁 105～135。

85. 〈劉勰與佛教〉，孔繁，《文心雕龍學刊》1983 年總 1 期，頁 414～433。

86. 〈摯虞的著述及其在文論上之成就〉，王師更生，《出版與研究》30 期，1978 年 9 月 16 日，頁 19～21。

87. 〈談《文心雕龍‧聲律篇》與齊梁時代的聲律論〉，向長青，《文心雕龍學刊》1983 年總 1 期，頁 294～305。

88. 〈談文學上的影響關係——以志怪小說對唐傳奇的影響爲例〉，陳傳芳，《人文及社會學科教學通訊》6 卷 4 期，1995 年 12 月，頁 132～143。

89. 〈談我國古代佛經專科目錄學的成就〉，高舉紅，《雁北師院學報》1996 年 2 期，頁 74～76。

90. 〈論中國散文之藝術特徵〉，王師更生，《教學與研究》9 期，1987 年 6 月，頁 35～61。

91. 〈論六朝時期的禮學研究及其歷史意義〉，劉曉東，《文史哲》1998 年 5 期，頁 86～89。

92. 〈論梁武帝及其時代〉，周一良《魏晉南北朝史論集》，北京：北京大學出版社，1997 年 6 月，頁 338～368。

93. 〈論梁武帝的文學活動及其對梁代文壇的影響〉，錢汝平，《紹興文理學院學報》第 21 卷第 5 期，2001 年 10 月，頁 60～65。

94. 〈論梁武帝與梁代的興亡〉，曹道衡，《齊魯學刊》總第 160 期，2001 年 1 期，頁 45～54。

95. 〈論清代駢文研究的幾個問題〉，莫道才，《廣西師範大學學報》39 卷 3 期，2003 年 7 月，頁 34～38。

96. 〈論隋及初唐反駢觀念的形成〉，莫山洪，《柳州師專學報》15 卷 2 期，2000 年 6 月，頁 1～5。

97. 〈論齊梁詩風在中唐時期的復興〉，孟二冬，《文學遺產》1995 年 2 期，頁 41～53。

98. 〈論儒學對魏晉至齊梁文論之影響——兼論六朝文藝美學特徵〉，黃景

進，《中華學苑》36 期，1988 年 4 月，頁 81～127。

99. 〈論儒釋兩家之講經與義疏〉，牟潤孫，《新亞學報》4 卷 2 期，1960 年，頁 353～413。

100. 〈論韓柳傳記文的產生因素——兼談唐代古文與唐傳奇的關係〉，趙殷尚，《國立編譯館館刊》28 卷 1 期，1999 年 6 月，頁 105～122。

101. 〈論釋門正統對紀傳體裁的運用〉，曹仕邦，《新亞學報》11 卷，1974 年 9 月，頁 149～222。

102. 〈歷代賦集與賦學批評〉，許結，《南京大學學報》2001 年 6 期，頁 27 ～36。

103. 〈蕭氏父子〉，李鍌，中華文化復興運動推行委員會主編《中國文學講話》五魏晉南北朝文學，臺北：巨流圖書公司，1985 年 6 月，頁 385～404。

104. 〈蕭氏父子與宮體詩理論〉，馬海英，《綿陽師範高等專科學校學報》第 19 卷第 3 期，2000 年 6 月，頁 69～72。

105. 〈蕭氏父子與梁代文學〉，楊德才，《文史哲》1998 年 6 期，頁 37～41。

106. 〈蕭衍的道教情懷〉，洪師順隆，鄭志明主編《第二屆海峽兩岸道教學術研討會論文集》3《道教的歷史與文學》，2000 年 7 月初版，頁 517～546。

107. 〈蕭統之文學思想〉，張仁青，《新亞學報》20 卷，2000 年 8 月，頁 101 ～115。

108. 〈蕭統文選研究述略〉，穆克宏，《鄭州大學學報》1993 年 1 期，頁 14 ～21。

109. 〈蕭統的文學主張和對文獻編纂學的貢獻〉，徐紹敏，《杭州大學學報》14 卷 1 期，1984 年 3 月，頁 30～36。

110. 〈蕭綱的文章且須放蕩說再探〉，鄭力戎，《文史哲》1990 年 1 期，頁 51 ～57。

111. 〈蕭綱評傳——梁朝四蕭文學創作探索之四〉，胡德懷，《鷺江大學學報》1994 年 1 期，頁 46～53。

112. 〈蕭綱詩論〉，蘇涵，《山西師大學報》1989 年 4 期，頁 54～58。

113. 〈謝靈運之評價與梁代詩風演變〉，駱明玉、賀聖遂，《復旦學報》1983 年 6 期，頁 74～78。

114. 〈簡論我國散文的立體、命名與定義〉，王師更生，《孔孟月刊》25 卷 11 期，頁 39～44。

115. 〈簡論魏晉南北朝時期儒學的地位和作用〉，劉學智，《哲學與文化》29 卷 6 期，2002 年 6 月，頁 552～561。

116. 〈轉型期的唐代駢文批評〉，奚彤云，《廣西師範大學學報》39 卷 3 期，2003 年 7 月，頁 28～33。

117. 〈魏晉南北朝時期梁朝圖書文化事業〉，張瑩，《津圖學刊》1999 年 2 期，頁 80～86。

118. 〈魏晉南北朝散文寫作的嬗變〉，王興華，《杭州大學學報》哲社版 1989 年 2 月，頁 59～63。

119. 〈關於梁武帝舍道事佛的時間及其原因〉，趙以武，《嘉應大學學報》第 17 卷第 5 期，1999 年 10 月，頁 1～5。

120. 〈關於梁武帝舍道與事佛〉，趙以武，《嘉應大學學報》第 18 卷第 1 期，2000 年 2 月，頁 5～11。

121. 〈類書的沿革〉，倪春發，《河南圖書館季刊》1982 年 2 期，頁 27～31。

122. 〈類書溯源〉，洪湛侯，《圖書館學通訊》1980 年 2 期，頁 86～91。

123. 〈釋「放蕩」──兼論六朝文風〉，鄧仕樑，《中國文學報》第 35 冊，1983 年 10 月，頁 37～53。

124. 〈釋僧祐──撰制經錄信施造像之律學大德〉，王鵬凱，《慧炬雜誌》387 期，1996 年 9 月，頁 45～51。

三、學位論文

1. 《「齊梁新變詩風」的發展歷程》，陳啓仁，嘉義：中正大學中國文學研究所碩士論文，2000 年 5 月。

2. 《中國近代文話敘錄》，林妙芬，臺北：東吳大學中文研究所碩士論文，1986 年 4 月。

3. 《六朝人物品鑒與文學批評》，賈元圓，臺北：東吳大學中國文學研究所碩士論文，1985 年 11 月。

4. 《六朝佛教志怪小說研究》，薛惠琪，臺北：文化大學中文研究所碩士論文，1993 年 6 月。

5. 《六朝志人小說研究》，黃東陽，臺北：東吳大學中國文學研究所碩士論文，2000 年 7 月。

6. 《六朝宮體詩研究》，黃婷婷，臺北：臺灣師範大學國文研究所碩士論文，1983 年 4 月。

7. 《六朝散筆之研究》，余淑瑛，臺北：臺灣師範大學國文研究所碩士論文，1991 年 5 月。

8. 《六朝詩歌中之佛教風貌研究》，王延蕙，臺北：中國文化大學中文研究所碩士論文，2000 年 6 月。

9. 《六朝詩歌批評與人物品鑑之關係》，許玉純，嘉義：南華大學中國文學研究所碩士論文，2003 年 6 月。

10. 《兩宋文話初探》，陳邦禎，臺北：文化大學中文研究所碩士論文，1980

年 6 月。

11. 《兩宋文話述評》，劉懋君，臺北：東吳大學中文研究所碩士論文，1982
    年 5 月。

12. 《明清文話敘錄》，李四珍，臺北：文化大學中文研究所碩士論文，1983
    年 6 月。

13. 《南北朝至初唐五言律詩格律形成之研究》，向麗頻，高雄：中山大學中
    國文學研究所碩士論文，1995 年 6 月。

14. 《南北朝經學初探》，汪惠敏，臺北：輔仁大學中國文學研究所，1976
    年 5 月（嘉新水泥公司文化基金會研究論文）。

15. 《南朝貴遊文學集團研究》，呂光華，臺北：政治大學中國文學研究所博
    士論文，1990 年 5 月。

16. 《南朝詩研究》，王次澄，臺北：東吳大學中國文學研究所博士論文，1982
    年 2 月。

17. 《南朝詩歌與佛教關係之研究》，羅文玲，臺中：東海大學中文研究所碩
    士論文，1996 年 5 月。

18. 《昭明文選與玉臺新詠之比較研究》，顏智英，臺北：臺灣師範大學國文
    研究所碩士論文，1991 年 6 月。

19. 《梁武帝「菩薩皇帝」理念的形成及政策的推展》，顏尚文，臺北：灣師
    範大學歷史研究所博士論文，1989 年 6 月。

20. 《梁武帝制斷酒肉之主張與中國佛教素食文化之關係》，徐立強，臺北：
    華梵大學東方人文思想研究所碩士論文，2000 年 5 月。

21. 《梁朝帝王賦作研究——文學審美成規之考察》，侯杰錩，臺北：政治大
    學中文研究所碩士論文，2003 年 6 月。

22. 《梁蕭氏文學集團研究》，張淑芬，臺北：淡江大學中國文學研究所碩士
    論文，1993 年 6 月。

23. 《清代賦話述評》，林振興，臺北：文化大學中文研究所博士論文，2001
    年 5 月。

24. 《齊梁竟陵八友之研究》，劉慧珠，臺北：政治大學國文研究所碩士論文，
    1992 年 6 月。

25. 《齊梁詠物詩與詠物賦之比較研究》，李玉玲，高雄：高雄師範大學國文
    研究所碩士論文，1991 年 5 月。

26. 《齊梁詠物賦研究》，李嘉玲，臺北：政治大學國文研究所碩士論文，1988
    年 6 月。

27. 《劉勰年譜》，王金凌，臺北：輔仁大學中國文學研究所，1973 年（嘉
    新水泥公司文化基金會研究論文）。

28. 《慧皎高僧傳及其分科之研究》，徐燕玲，臺北：華梵大學東方人文思想研究所碩士論文，2002 年 6 月。

29. 《歷代興業帝王政治迷思之研究》，吳彰裕，高雄：中山大學中山學術研究所碩士論文，1985 年 6 月。

30. 《蕭統兄弟的文學集團》，劉漢初，臺北：臺灣大學中國文學研究所碩士論文，1975 年 6 月。

31. 《蕭綱詩歌研究》，沈凡玉，臺北：臺灣大學中國文學研究所碩士論文，2001 年 7 月。

32. 《魏晉「人物品鑑」研究——創造性審美活動的完成》，賴麗蓉，臺北：臺灣師範大學國文研究所博士論文，1996 年 5 月。

33. 《魏晉六朝文體觀念考析》，賴欣陽，中壢：中央大學中文研究所碩士論文，1995 年 6 月。

34. 《魏晉南北朝文論佚書鈎沈》，劉渼，臺北：臺灣師範大學國文研究所碩士論文，1990 年 5 月。

35. 《魏晉南北朝書論之研究》，莊千慧，臺南：成功大學中國文學研究所碩士論文，1999 年 6 月。

36. 《魏晉南北朝賦論研究》，梁承德，臺北：東吳大學中國文學研究所博士論文，1999 年 6 月。

書　影

圖像一　梁武帝蕭衍圖像（見於臺北：萬象圖書公司，1993 年 10 月張玉
法總校訂《名君評傳》三）

圖像二 梁武帝蕭衍圖像（見於臺北：國家出版社，1981 年何君達編著《中國皇帝列傳》）

書影一　《梁武帝御製集》卷一（見於明·張燮《七十二家集》，收入《續修四庫全書》第1585冊，茲據北京圖書館藏明末刻本影印）

梁武帝御製集卷之一

梁高祖武皇帝蕭衍著

賦

淨業賦有序

少愛山水有懷丘壑身羈俗羅不獲遂志夙
往之行非任縱之心因爾登庸恤是王事屬時
多故世路屯塞有事戎旅略無寧歲上政昏虐
下豎姦亂君子道消小人道長御刀應敕梅蟲
兒荋法珍俞靈韻豐勇之如是等多輩誌公所
謂亂戴頭者也誌公者是沙門寶誌形服不定
示見無方于時群小竊其神異乃羈之華林外
閤公亦怒而言曰亂戴頭亂戴頭各執權軸人
出號令威福自由生殺在口忠良被屠蔽之害
功臣受無辜之誅朋色黨同外頭各驅皆稱帝
王人主尊極用其詭詐亂衆心出入盤遊無
悤昏曉屏除京邑不恤日夜屬續者絕氣道傷
子不遑哭臨厥用長沙宣武王有大功於國禮報無
懍如崩厥川長沙宣武王有大功於國禮報無

梁武帝集卷一

與杜伯符等六七輕使以至雍州仇諸軍歸欲
見謀害奄至於弟姪亦羅其禍送後遷桓融
見重壯士匡虎冀甲精銳君親無校便欲束身
待殺兆之禱基出自群小畏壓溺三不畏況後
姦豎蕭穎胄等所靴即遣馬驛傳道至雍州乃赫
州爲蕭穎胄等所靴藏苑爲天下笑俄而山陽乃荆
然大號建牙豎旗四方同心如響應聲以濟永
元二年正月絲自襄陽義勇如雲細纜漭漢竟

陵太守曹宗馬軍主殷昌等各領驍勇弁庠迎
候波浪逆流亦四十里至朕所乘舫乃止彖雙
白魚跳入舸前義等以為中興之符宋應雲劭天行
退散新亭圍林任情草澤下獨夫既除蒼生甦
宿震鳳馳鄴城赴定江州降款姑熟甲盱坌生甦
息便欲歸志圍林任情草澤下逼民心上畏天
命事不獲已遂爾大寶如臨深淵如履薄冰猶
欲避位以俟能者若其遜讓必復魚潰非直身
宛名辱亦貽累幽顯乃作貳日日夜夜常思惟循

書影二　《梁武帝集》（見於《六朝詩集》，收入《續修四庫全書》第 1589 冊，茲據明嘉靖刻本影印）

梁武帝集

詩

明月照高樓

圓暉當虛闥清光流思延延思照孤影棲悠還

自憐臺鏡早生塵匣琴又無絃悲慕屢傷節離

憂亟華年君如東扶景姜似西柳煙相去既路

迴明晦亦殊懸願爲銅鐵繽以感長樂前

芳樹

綠樹始搖芳芳生非一葉一葉度春風芳芳自

相接色雜亂參差衆沈紛重疊重疊不可思思

此誰能懌

河中之水歌

河中之水向東流洛陽女兒名莫愁十三能織

綺十四採桑南陌頭十五嫁爲盧郎婦十六生

兒似字一作阿侯廬家蘭室桂爲梁中有欝金蘇

合香頭上金釵十二行足下絲履五文章珊瑚

挂鏡爛生光平頭奴子擎履箱人生富貴何所

望恨不早嫁東家王

春歌

蘭葉始滿地梅花已落枝持此可憐意摘以寄

心知

夏歌

江南蓮花開紅光復碧水色同心復同藕異心

無異踟中花如繡簾上露如珠欲知有所思停

織復踟蹰○含桃浣花日黃鳥營飛時君住馬

已疲妾去蠶已饑

秋歌

繡帶合懽結錦衣連理文懷情入夜月含笑出

朝雲○當信抱梁期莫聽回風音鏡上兩入鬢

分明無兩心

冬歌

寒閨動散帳密筵重錦席賣眼拂長袖含笑瑙

上客

長安有狹斜行

洛陽有曲陌曲曲不通驛忽遇二少童扶轡問

君宅我宅邯鄲右易憶後可知大息組紃中

息佩陸離小息尚青綺總角遊南皮三息俱入

門家臣拜門垂三息俱升堂音酒盈千巵三息

俱入戶內有光儀大婦理金翠中婦事玉櫳

小婦獨閒暇調笙遊曲池丈夫少徘徊鳳吹方

書影三　　《梁詩》（見於明·馮惟訥《詩紀》，茲據國家圖書館藏明萬曆鄭郡吳琯校刊本）

梁第一　　　詩紀七十四

北海馮惟訥彙編

鄭郡謝　　陛校訂

武帝　　姓蕭氏諱衍字叔達初仕齊累遷隨王鎮西諮議參軍後封東昏而自立四傳五十年五

樂府

芳樹

綠樹始搖芳芳生非一葉一葉度春風芳華自相

接雜色亂參差眾花紛重疊重疊不可思思此誰

書影四 《梁武帝集》(見於鄭州：中州古籍出版社，1997 年複印賞雨軒
藏板明．張燮《歷代卅四家文集》)

梁武帝御製集卷之一

梁高祖武皇帝蕭衍著

賦

淨業賦 有序

少愛山水有懷丘壑身羈俗羅不獲遂志屏獨

往之行垂任縱之心因爾登庸以從王事屬時

多故世路屯蹇有事戎旅略無寧歲上政昏虐

下豎姦亂君子道消小人道長御刀應勅梅蟲

見茹法珍俞靈韻豐勇之如是等多輩誌公所

書影五　《梁武帝集》（見於臺灣大學圖書館藏清光緒 18 年南雅書局校刊本明·張溥《漢魏六朝百三名家集》）

書影六　《梁武帝御製集》（見於江蘇廣陵古籍刻印社，1990 年 3 月據清光緒 5 年彭懋謙信述堂刊本影印明·張溥《漢魏六朝百三名家集》）